조선후기 통신사 필담창화집 번역총서 36

甲申槎客萍水集

갑신사객평수집

조선후기 통신사 필담창화집 번역총서 36

甲申槎客萍水集

갑신사객평수집

김유경 역주

보고사
BOGOSA

이 역서는 2008년도 정부재원(교육과학기술부 학술연구조성사업비)으로 한국연구재단의 지원을 받아 연구되었음(KRF-2008-322-A00073)

차례

◇ 사객평수집 권5 槎客萍水集 卷之五

◇ 영인자료 [우철]

일러두기

1. 통신사 필담창화집 번역총서는 제1차 사행(1607)부터 제12차 사행(1811)까지, 시대순으로 편집하였다.
2. 각권은 번역문, 원문, 영인자료(우철)의 순서로 편집하였다.
3. 300페이지 내외의 분량을 한 권으로 편집하였으며, 분량이 적은 필담창화집은 두 권을 합해서 편집하고, 방대한 분량의 필담창화집은 권을 나누어 편집하였다.
4. 번역문에서 일본 인명과 지명은 한국 한자음 그대로 표기하고, 처음 나오는 부분의 각주에 일본어 발음을 표기하였다. 그러나 번역자의 견해에 따라 본문에서 일본어 발음대로 표기를 한 경우도 있다.
5. 번역문에서 책명은 『 』, 작품명은 「 」로 표기하였다.
6. 원문은 표점 입력하였는데, 번역자의 의견에 따라 표기하는 것을 원칙으로 하였지만, 가능하면 한국고전번역원에서 정한 지침을 권장하였다. 이 경우에는 인명, 지명, 국명 같은 고유명사에 밑줄을 그어 독자들이 읽기 쉽게 하였다.
7. 각권은 1차 번역자의 이름으로 출판되었는데, 최종연구성과물에 책임연구원과 공동연구원의 이름이 반드시 들어가야 한다는 한국연구재단의 원칙에 따라 최종 교열책임자의 이름으로 출판되는 책도 있다.
8. 제1차 통신사부터 제12차 통신사에 이르기까지 필담 창화의 특성이 달라지므로, 각 시기 필담 창화의 특성을 밝힌 논문을 대표적인 필담창화집 뒤에 편집하였다.

갑신사객평수집(甲申槎客萍水集)

이 책은 갑신년(1764)의 통신사행 때 일본 비전주(備前州) 국학(國學)에 소속된 문사(文士) 5인이 비전주 우창(牛窓 : 우시마도)에서 조선통신사행의 문사 4인과 만나 시문을 창화한 내용과 이후의 서신 교환을 기록한 5권 1책의 사본으로, 일본 국회도서관 소장본이다.

조선의 사행은 에도로 향하던 1764년 1월 13일 낮에 우창에 배를 댔고, 저녁 등불을 밝힌 뒤에 마주(馬州) 기실(記室)의 안내로 양국 문사 간의 만남이 이루어졌다. 이때 통신사행 문사들과 수창한 비전주 국학의 문사는 비전주의 국사(國史)이자 국학(國學)인 시포직춘(市浦直春), 문학(文學)인 화전소(和田邵)와 문학인 정잠(井潛), 문학 겸 세자시독(世子侍讀)인 근등독(近藤篤) 그리고 서생(書生)인 구산덕기(龜山德基) 등 5명이다. 이들과 만난 조선 통신사행의 문사는 제술관 남옥(南玉)과 정사 서기 성대중(成大中), 부사 서기 원중거(元重擧), 종사관 서기 김인겸(金仁謙) 등 4인이다.

이 책은 5권 1책으로, 1권부터 5권까지에는 각각 별도의 편찬자가 표시되어 있다. 이는 조선의 사행 문사들과 수창한 우창의 문사 5인이 1권부터 5권까지 각각 1권씩 자신에게 해당하는 필담과 수창을 각각 한 권으로 정리하여 전체 한 책으로 묶었기 때문이다. 시포직춘이 1권,

화전소가 2권, 정잠이 3권, 근등독이 4권, 구산덕기가 5권을 편찬하였는데, 이 순서는 그들이 국학에서 맡은 직급순과 일치하며 조선 문사와 명함을 통한 순서와도 일치한다.

1권의 앞에는 권수 표시 없이 독립적으로 분리된 부분이 있는데, 이 부분에는 편찬자가 표시되지 않았다. 통신사 교류에서 양국 문사의 창화는 명함을 통하는 것으로 시작하기 마련인데, 이 책에도 우창의 문사 5인과 통신사의 문사 4인이 자신을 소개하는 부분이 권수 구분 없이 1권의 앞에 제시된 것이다. 이 부분은 시문 창화의 주인공들에 관한 소개 부분이라고 할 수 있는데, 시포직춘을 비롯한 5인의 문사가 인사말과 함께 자신의 성명, 자호, 관직 등을 통신사행의 문사들에게 알리는 내용과 그 응답으로 조선 문사들이 자신을 소개하는 부분이다. 다섯 권 전체에 등장하는 인물들을 1권이 시작되기에 앞서 따로 정리하여 놓은 것이다.

이들의 필담과 시문 창화는 밤이 깊어서야 끝났고 다음날인 1월 14일 아침 사행은 우창을 떠났다. 13일 밤의 창화 때나 14일의 아침의 작별 때에 양측 문사들은, 사행이 에도에서 국서를 전달한 뒤 귀국하는 길에 우창에 이르면 다시 수창할 수 있을 것으로 생각하였다. 그러나 4개월 뒤인 5월 15일 사행이 다시 우창에 이렀을 때에는 시 수창이 이루어지지 않았다. 최천종(崔天宗) 피살 사건의 여파로 사행의 문사들이 시 수창을 자제하였기 때문이다.

이들 양국의 9인 전체의 필담과 창화는 13일 밤 단 하루 동안 이루어졌다. 필담은 다음날 아침 이별 때에도 잠시 있었지만 이때에는 국학의 문사 5명 중 2명만이 참여하였다. 그러므로 양국의 문사 전체가 현장에서 시를 창수하고 필담을 주고받은 시간은 1월 13일 하룻밤에

불과하다. 그러나 3권과 4권에는 이별한 이후 여러 차례 서신을 통해 주고받은 시문들도 수록되어 있다. 3권의 편찬자인 정잠과 4권의 편찬자인 근등독은 여러 차례 사행의 문사들에게 서신을 보내어 시를 고쳐 보내고, 또 소식을 물었으며 그러한 내용이 이 책의 3권과 4권에 기록되어 있다. 사행의 문사들도 장편 배율에 대한 화답시를 추후에 지어보내기도 하고 답장을 보내기도 하였으며 그들과의 추억을 회상하며 시를 지어 보내기도 하였기 때문이다.[1]

이 책의 각권은 모두 수창한 시와 필담을 구분하여 시를 먼저 기록하고 필담은 나중에 기록하였다. 수창이 먼저 이루어진 뒤에 필담을 했기 때문에 이와 같이 구성한 것은 아니다. 실제로는 시 수창과 필담이 섞여 이루어졌음에도 편찬 방식 상 수창 시와 필담을 의도적으로 분리하였기 때문에 수창 시를 먼저 기록하고 필담을 뒤에 기록한 것이다.

여러 차례 필담이 오가다가 시 창수가 이루어졌고 필담이 계속되었다. 그런데도 이 책의 각권에서는 수창 시를 앞에, 필담을 뒤에 수록하고 있다. 3권과 4권에서는 필담 사이에 시를 기록하기도 하였는데 그것은 창수시가 아니라 기존의 시를 보이며 품평을 청하거나, 부채에 시를 적어달라고 한 것 등이다. 3권에는 부채에 시를 적어달라고 하여 받은 시 2수, 4권에는 읽어보고 품평해달라고 한 자신의 근작시 12제 13수가 기록되었다. 각각 부채에 글씨를 써달라고 부탁하는 필담과 품평을 청한다는 필담에 이어 시가 기록되었으며, 시가 첨부된 뒤에는 이후의 대화가 기록되었다. 그러므로 시와 필담을 분리하여 기록한다는 편찬 기준은

1 김유경, 「『갑신사객평수집』의 구성과 牛窓 문사와의 교류 양상」, 『조선통신사연구』 11호, 조선통신사학회, 2010.

수창 시에만 해당한다. 수창과 무관한 시는 필담에 섞어 기록하였다.

이 『갑신사객평수집』은 1764년 1월 13일 저녁부터 밤까지 조선의 문사 4인과의 만나 필담과 수창을 가진 일본의 문사 5인이, 한 장소에서 동시에 필담한 내용을 각기 자신에게 해당하는 부분을 자신의 시각에서 서술하여 각 한 권씩으로 기록하여 묶은 독특한 형식의 책이다. 각권의 분량은 상당한 차이를 보이는데, 3권과 4권이 분량 면에서 월등하며 시적 수준이나 교류의 깊이 면에서도 그러하다. 특히 제3권의 편찬자 정잠은 갑신년(1764) 우창에서의 이 만남과 창수를 별도의 개인 저작 『우저창화집(牛渚唱和集)』[2]으로도 편찬하였다.

1월 13일 우창에서의 만남 이후 지속적으로 서신을 교환하며 교류를 이어가던 정잠과 근등독이 각각 편찬한 3권과 4권에는 통신사행이 에도로 향하는 과정과 국서 전달 이후 귀국 길에 다시 우창에 이르기 전까지 주고받은 서신 및 화답시 들까지 실려 있다. 이 둘은 사행이 귀국하는 길에 우창에서 다시 한 번 조선의 문사들과 만나 필담을 가질 기회가 있었다. 이 둘이 조선 문사들에게 전별서(餞別序)를 써주었다는 기록이 조선 문사의 통신사행록에는 나타나는데[3] 이 책에는 보이지 않는다. 『갑신사객평수집』이 편찬이 우창에서의 재회 이전에 이루어졌다고 추정할 수 있는 부분이다.

이 책을 통해 우창의 문사들은 조선 문사들과의 필담보다 시 수창을 더 원했으며, 조선의 문사들은 필담을 우선시했음을 알 수 있다.

2 중야삼민(中野三敏), 「자료소개 『우저창화집(牛渚唱和集)』」, 九州大學 韓國硏究센터 年報 Vol.9(2009.3), 75~151쪽; 김성진, 「계미사행단의 대판체류와 대전선사 축상」, 동아시아문화연구소 추계국제학술대회 발표문, 2010.9.10.

3 성대중, 『일본록』(홍학희 옮김, 『부사산 비파호를 날듯이 건너』, 소명출판, 2006, 111쪽).

또한 우창의 문사들은 조선의 문사 4인들 외의 인물들 정사, 부사, 역관 등에게도 시를 전하고 싶어 하였으며, 조선의 문사들은 형식적인 문제, 전례 등을 따지면 신중하였음을 알 수 있다. 또한 조선의 문사들은 우창의 문사들에게 자신들이 앞으로 거치게 될 지역의 문사들에 관한 정보 및 학술 경향을 알고자 하였으며, 이전 사행 때 창수한 기록들이 출간되었는지 여부에 관심이 높았다는 점도 알 수 있다. 이 책에는 서문이 없다. 5인이 각각 서술한 각 권을 아우를 서문을 짓지 않았고, 만남의 주체 9인을 소개하는 부분이 있을 뿐이다. 또한 이 책의 각권의 편찬자들은 조선 문사들에 관한 평을 거의 드러내지 않았다.

이 책은 1764년 1월 13일 밤 비전주 우창에서 비전주 국학에 소속된 일본의 문사 5인이 조선통신사행의 문사 4인과 만나 필담과 창화를 한 현장을 5인이 각각 한 권씩 서술하여 1책으로 엮은 책으로, 각 권 가운데 분량이 월등히 많은 3권과 4권에서는 이후 일정 시기까지의 서신 교환까지 기록한 책이다.

갑신사객평수집 전

甲申槎客萍水集 全

갑신사객평수집 전

사객평수집

주객이 명함을 통하다

시포직춘(市浦直春)

빙사(聘使)의 배가 지난 해 조선을 떠나 11월의 차가운 바람[1]과 12월의 혹독한 추위를 겪느라 현로(賢勞)[2]가 많으셨습니다. 체후가 가볍고 건강하시며 여행 중에 나이를 더하여 이제 이곳에 이르시니, 기쁨을 어찌 말로 표현할 수 있겠습니까? 감히 축하드립니다.

---

1 11월의 차가운 바람과 12월의 엄한 추위[觱發~栗烈] : 『시경(詩經)』「빈풍(豳風)」 칠월(七月)에, "7월에 유성(流星)이 떨어지면 9월에 새로 만든 옷을 입혀 준다. 11월의 날씨는 바람이 거세고 12월의 날씨는 추위가 매서우니, 옷이 없으면 어떻게 해를 넘기겠는가. [七月流火 九月授衣 一之日觱發 二之日栗烈 無衣無褐 何以卒歲]"라 하였다. 필발(觱發)은 바람이 차가움, 율렬(栗烈)은 날씨가 매우 차가움을 말한다. 일지일(一之日)은 '1월의 날'이란 뜻으로 주(周)나라의 정월을 말하는데, 음력으로는 11월이 되고, 이지일(二之日)은 음력 12월이다.

2 많은 수고 : 현로(賢勞)란 능력이 많기 때문에 나랏일로 유독 수고함, 혼자만 고생한다는 불평이 나올 정도로 업무가 어렵고 복잡한 직책을 말한다. 『시경(詩經)』「소아(小雅)」〈북산(北山)〉에, "대부가 균평하지 못하여 나 혼자만 종사하게 해, 홀로 어질다 하네.[大夫不均 我從事獨賢]"라고 하였으며, 『맹자(孟子)』에, "이 모두가 나라의 일인데 나만 혼자서 능력이 있다고 하여 고생을 한다는 뜻이다.[此莫非王事 我獨賢勞也]"라고 하였다.

저의 성은 시포(市浦)이고 이름은 직춘(直春), 자는 자목(子木), 호는 남죽(南竹)으로서, 비전후(備前侯)를 섬겨 휘하(麾下)의 장창대(長鎗隊)를 거느리고 겸하여 국사(國史)를 주관하고 국학(國學)을 관장하고 있습니다. 이제 저희 군주의 명을 받들어 두세 명의 문학(文學) 이끌고 와서 여러분의 훌륭한 모습을 접하니, 다른 무엇이 이와 같이 다행스럽겠습니까? 제가 비록 글 솜씨가 졸렬하지만 어찌 감히 저의 정성을 펴지 않을 수 있겠습니까? 부족하나마 못난 율시 한 수를 적어 올리니, 한 번 웃어주시기를 바랍니다. 만약 화답시를 내려주시면 매우 감사하겠습니다.

제가 객관에 맡은 일이 많기 때문에 혹시 글 자리[文席]에 자주 빠지는 일이 있더라도 용서해주시기를 바랍니다.

화전소(和田邵)

저의 성은 화전(和田)이고, 이름은 소(邵), 자는 백고(伯高), 호는 일강(一江) 또는 형비사주인(衡泌舍主人)입니다. 비전주(備前州) 반궁(泮宮)[3]의 문학으로 있는데, 저희 군주께서 여러분을 영접하라고 명하셨습니다. 이제 바닷길에 아무 탈이 없어 이곳에 배를 대시시니, 경하하고 경하합니다. 여러 날 간절히 바라다가 비로소 인자한 모습을 뵈오니, 한없이 기쁘고 송구합니다. 감히 여쭙건대 여러분의 자와 호는 어떻게 되시는지요?

3 반궁(頖宮) : 반궁(泮宮)과 같다. 제후의 나라에 설치한 대학.

정잠(井潛)

만 리 길에 산을 넘고 물을 건너 오셨는데 모습에 아무 탈이 없으시니, 뛸 듯한 기쁨을 다할 수 없습니다. 지금 태평한 시절이 백 년 간 이어져 단 하나의 화살도 쏠 일이 없었고 파도가 이는[4] 놀라움도 없어서, 저희와 같은 천한 사람들도 봉메(捧袂)[5]하고 절해(絶海)의 고도(孤島)에서 여러분을 만나 뵐 수 있게 되었으니, 이보다 더 큰 행운이 없습니다.

저의 성은 정(井), 이름은 잠(潛), 자는 중룡(仲龍)이며, 동도(東都)[6] 사람입니다. 오랫동안 살아온 집이 동천태산(東天台山) 아래에 있기 때문에 호를 사명산인(四明山人)이라 합니다. 나이는 28살이며, 관직은 저희 읍에서 문학(文學)을 맡고 있습니다. 저의 선인(先人)의 휘는 통희(通熙)이며, 자는 자숙(子叔), 호는 난대(蘭臺)로서, 예전 동도(東都)의 직의감(直醫監)이던 현번(玄璠)의 차자(次子)입니다. 장년의 나이에 저희 후(侯)의 초빙에 응하여 연향(延享)[7] 무진년(戊辰年)[8] 대국의 수빙(修聘) 때에 번(藩)의 명을 받들어 이곳에서 사신들을 영접하여, 대국의 구헌(矩軒) 박공(朴公)[9]과 제암(濟菴) 이공(李公)[10]과 해고(海皐) 이공(李公)[11] 일행과 수창하기를 주선하셨었습니다. 불초(不肖)한 저는 선친의 관직을 이어받

4 파도가 일다[揚波] : 전쟁 따위가 일어나 사회가 질서를 잃고 소란해지는 일을 비유한다.

5 봉메(捧袂) : 왼손을 오른손 위에 놓고 두 손을 마주 잡아, 공경(恭敬)의 뜻을 나타내는 예.

6 동도(東都) : 에도[江戶]. 지금의 도쿄.

7 연향(延享) : 일본의 연호. 1744-1747.

8 무진년(戊辰年) : 1748년.

9 구헌(矩軒) 박공(朴公) : 제술관(製述官) 박경행(朴敬行).

10 제암(濟菴) 이공(李公) : 서기(書記) 이봉환(李鳳煥).

11 해고(海皐) 이공(李公) : 서기 이명계(李命啓).

아 번의 문학(文學)이 되어 동도(東都)의 번저에서 급사(給事)를 맡고 있는데, 지금 다시 저희 군의 명을 받아 스승을 배행하고 왔습니다.

거친 글 몇 편으로써 호저(縞紵)[12]를 드리는 예를 대신하니, 여러분께서 어여삐 여기시어 글을 내려주시면 저 혼자만의 행운이 아닐 것이요, 선친 역시 지하에서 기뻐하실 것입니다. 감히 여러분의 관계(官階)는 어떠하며 연세는 어떻게 되시며, 형제와 자녀는 몇이시며, 부모님은 생존하여 계신지를 적어 보여 주시면 삼가 위로가 되겠습니다.

근등독(近藤篤)

두 나라가 선린(善隣)의 뜻을 중시하여 백 년 간 심맹(尋盟)[13]의 예를 닦아 사해가 평안하여 먼지 한 점 일지 않는 듯합니다. 뱃길에 아무 탈이 없어 사신의 깃발이 이에 이르니, 이것은 하늘이 살펴 돌아보아 주신 덕분이라고 생각됩니다. 감히 경하 드립니다.

저의 성(姓)은 근등(近藤)이고, 이름은 독(篤), 자는 자업(子業), 호는 서애(西厓)이며, 관직은 국학문학(國學文學) 겸 세자시독(世子侍讀)입니다. 저희 군주인 비전후(備前侯)의 명을 받들어 빈관에서 뵙는 일을 맡아 여러분의 맑은 풍모를 접하게 되었습니다. 여러분께서 저버리지

12 호저(縞紵) : 생사(生絲)로 만든 띠와 모시옷이라는 뜻으로, 우정이 깊음을 비유한 말. 오(吳)나라의 계찰(季札)과 정(鄭)나라의 자산(子産)이 흰 비단 띠와 모시옷을 주고받은 고사에서 유래한다.

13 심맹(尋盟) : 예전 맹약을 거듭 굳게 하다. 『춘추좌씨전(春秋左氏傳)』 「애공(哀公) 22년」에, "지금 그대가 반드시 예전의 맹약을 굳게 해야 한다고 말하고 있지만, 만약 굳게 할 수 있는 것이라면, 역시 그 맹약을 식게 할 수도 있는 것이다.[今吾子曰 必尋盟 若可尋也 亦可寒也]"라고 하였다.

않으시고 조그마한 자리를 내어주시면 구름을 헤치는[14] 소망을 이룰 것이니 감사하고 공경하는 마음을 어찌 다할 수 있겠습니까?

구산덕기(龜山德基)

만 리 길을 항해하시면서 뱃길에 아무 탈이 없어 엄숙하게 임하시니, 이 또한 두 나라의 경사가 아니겠습니까? 감히 경하 드립니다. 저의 성은 구산(龜山)이고, 이름은 덕기(德基), 자는 자양(子讓)이며 호는 남창(南窓)입니다. 비전주 국학의 서생(書生)으로서 이번에 저희 번의 명을 받들어 두 세 명의 문학을 따라 빈관에서 뵙는 일을 맡았습니다. 만약 부족한 저를 청안(青眼)으로 돌아보아주신다면 실로 큰 영광이겠습니다. 이에 보잘것없는 제 글을 예물로 바치니, 삼가 고명(高明)께서 가르침을 주시기를 바랍니다.

추월(秋月) 성은 남(南), 이름은 옥(玉), 학사(學士)

저의 자는 시온(時韞), 호는 추월(秋月)입니다. 아버님만 생존하셨으며 형제는 셋이고 나이는 43세입니다. 결성군(潔城郡)[15] 태수를 지냈으며, 지금은 승문원(承文院)의 교검(校檢)입니다.

14 구름을 헤치다[披雲] : 구름을 헤치고 하늘에서 내려왔다는 뜻으로, 귀한 손님이 왕림해주신 데 대해 공경하는 말.

15 결성군(潔城郡) : 충청도 결성현(結城縣)

용연(龍淵) 정사서기(正使書記)

저의 성은 성(成)이고, 이름은 대중(大中), 자는 사집(士執), 호는 용연(龍淵)으로, 창산인(昌山人)[16]이며, 임자생(壬子生)[17]입니다. 계유년(癸酉年)에 사마시(司馬試)에 합격하였고, 병자년(丙子年)에 대책문(對策文)으로 대과(大科)에 급제하였습니다. 아버님만 생존해 계시며, 아우가 하나 있고 아들도 하나 있습니다. 나이 33세

현천(玄川) 부사서기(副使書記)

저의 성은 원(元)이고, 이름은 중거(重擧), 자는 자재(子才), 호는 현천(玄川)이며 나이는 46세이고, 벼슬은 장흥랑(長興郎)[18]입니다. 부모님은 모두 돌아가셨고 형제가 하나 있으며 아들은 없습니다. 각각의 종이에 적을 수 없으니, 돌아가며 보셨으면 좋겠습니다.

퇴석(退石) 종사서기(從事書記)

저의 성은 김(金), 이름은 인겸(仁謙), 자는 사안(士安), 호는 퇴석(退石)이며, 나이는 58세, 부모님은 모두 돌아가셨고 형제는 없습니다.

16 창산인(昌山人) : 창녕(昌寧) 성씨 창산공파(昌山公波)임을 말한다.

17 임자(壬子) : 1732년.

18 장흥랑(長興郎) : 종8품 장흥고봉사(長興庫奉事)를 지낸 일을 말한다.

甲申槎客萍水集 全

槎客萍水集

《主客通刺》 市浦直春

聘使之槎，去歲發韓，已經鷺發，又過栗烈，賢勞多多，貴體輕健，旅中添壽，方抵於斯，欣喜何言？敢賀．僕姓市浦，名直春，字子木，號南竹，事備前侯，領麾下長鎗隊，兼掌國史督國學．方今承寡君之命，携二三文學，來接芝眉，何幸如之？僕雖拙詞賦，豈不敢敍下悃乎？聊錄鄙律一首，奉備

軒渠，若賜高和爲幸甚．僕館中職事多，若有屢辭文席，幸恕之．

和田卲

僕姓和田，名卲，字伯高，號一江，又號衡泌舍主人，官爲備前州頖宮文學．寡君命以迎接諸君，今也，海路無恙，錦帆泊此，慶賀慶賀．渴望有日，始接慈範，不勝欣悚．敢問諸君字號爲何？

井潛

跋涉萬里，行色無恙，踊躍何罄，方今治世百年，一矢不相加遺焉，無

揚波之警焉, 而如吾儕賤人, 亦捧袂而得承諸公之顔色於絶海之外, 何幸加之. 僕姓井, 名潛, 字仲龍. 東都人, 以舊家于東天台山下, 號四明山人, 春秋二十有八, 官敝邑之文學. 不肖之先人, 諱通熙, 字子叔, 號蘭臺, 故東都直醫監玄璠之次子. 年壯應我侯之聘, 延享戊辰, 大國修聘, 奉藩命, 迎接大使於此地, 與大國矩軒 朴公, 濟菴 李公, 海皐 李公之徒, 周旋唱酬. 不肖潛以先父職官, 故襲爲藩文學, 給

事于東都藩邸, 今復奉寡君之命, 來陪於函丈. 蕪詞數章, 聊以換縞苧之贈, 諸公憐以有賜, 乃不獨不肖之幸也, 先人亦將展眉於地下矣. 敢請諸公官在何階, 貴庚幾齡, 交蓴及令胤幾位, 尊親在堂否, 冀示之欽慰.

近藤篤

二國重善隣之義, 百年修尋盟之禮, 四海晏如不揚一塵. 錦帆無恙, 文旆抵此, 想是天降眷顧之所致乎! 敢賀. 僕姓近藤, 名篤, 字子業, 號西厓,

官國學文學兼世子侍讀. 承寡君備前侯之命, 執謁賓館, 奉接清範. 諸公不棄賜, 借盈尺之地, 遂披雲之望, 感戴何罄?

龜山德基

航海萬里, 錦帆無恙, 嚴然臨焉, 不亦兩邦之慶乎? 敢賀. 僕姓龜山, 名德基, 字子讓, 號南窓, 爲備前國學書生. 今承本藩之命, 從二三文學, 執謁賓館, 若不遐棄枉蒙青眄, 實鄙生之大幸也. 因奉呈蕪章以供贄, 敬伏惟高明有以敎之.

秋月 姓南, 名玉, 學士

僕字時韞, 號秋月, 嚴侍下, 雁行三人, 年今四十三. 曾任潔城太守, 今承文校檢.

龍淵 正使書記

僕姓成, 名大中, 字士執, 號龍淵, 昌山人, 壬子生, 癸酉司馬, 丙子對策登第, 奉嚴君, 有弟一人, 子亦有一人. 年三十三

玄川 副使書記

僕姓元, 名重擧, 字子才, 號玄川, 年四十六, 官長興郎. 永感下, 有弟一人, 無子. 未能各紙. 幸輪照.

退石 從事書記

僕姓金, 名仁謙, 字士安, 號退石, 年五十八, 永感下, 無兄弟.

사객평수집 권1

槎客萍水集 卷之一

사객평수집 권1

시포직춘 자목보(市浦直春 子木甫) 찬(撰)

조선 제술관 추월 남공 서기 용연 성공 현천 원공 퇴석 김공께 우러러 받들다

奉呈朝鮮製述官秋月南公 書記龍淵成公 玄川元公 退石金公 各位案下

남죽(南竹)

사신들[1] 멀리서 바다 동쪽 향하여　皇華遙指海東天
아득한 파도에 객선을 띄웠네　渺渺波濤泛客船
사귐이 천추에 오래니 나라 사이 신의 있고　交久千秋異方信
이름이 만 리에 높으니 사신이 어질도다　名高萬里使臣賢
수맹(修盟)의 예물[2]은 양곡[3]에 임하고　修盟玉帛臨暘谷
국속 살피는[4] 사신들 의관이 화려한 자리에서 빛나네　觀國衣冠映綺筵
역로는 아직 봄 눈 속에 추운데　驛路猶寒春雪裡

1 사신들[皇華] : 『시경(詩經)』「소아(小雅)」 황황자화(皇皇者華)에서 유래한다.

2 예물[玉帛] : 옥과 비단. 회맹(會盟) 때에 쓰는 귀한 예물을 말한다.

3 양곡(暘谷) : 해가 처음 돋는 곳이라는 뜻으로, 여기서는 일본을 지칭한다.

4 국속을 살피다[觀國] : 나라의 풍속을 관찰한다는 뜻으로, 여기서는 노(魯)나라에 사신으로 갔을 때 음악을 듣고는 치란과 흥망을 알았던 연릉계자(延陵季子) 계찰(季札)의 고사를 말한다.

재주 있는 붓 영가편[5]으로 몇 번이나 화답해주실까 才毫幾和郢歌篇

자리에서 남죽의 운에 화답하다

席上酬南竹瓊韻

추월(秋月)

천년의 우저(牛渚)[6]에 달은 중천인데 牛渚千秋月半天
잔설 남은 물가 마을에 배를 매었네 水村殘雪繫征船
강가 성 완연히 소주 항주에 든 듯 아름다운데 江城宛入蘇杭美
나그네 맞이 빈번한 어진 소(邵)선생을 만났네 候客頻逢邵幹賢
풍마[7]가 남북으로 멀리 떨어졌다고 말하지 마오 風馬休言南北海
영서[8]는 빈연(賓筵)의 처음부터 끝까지 간격 없으리니 靈犀不隔始終筵
관직이 문무를 겸했으니 재주 많음 알겠는데 官兼文武知多藝
등불 앞에서 새로이 으뜸가는 시를 얻었네 新得燈前第一篇

5 영가편(郢歌篇) : 초(楚)나라의 도읍인 영(郢) 땅의 노래라는 뜻으로 매우 고상한 시편을 뜻한다.

6 우저(牛渚) : 우시마도[牛窓]를 가리킴.

7 풍마(風馬) : 풍마우(風馬牛). 멀리 떨어져 있음을 비유한 말. 『춘추좌씨전(春秋左氏傳)』 「희공(僖公)」 4년 조에 "군주께서는 북해에 처하시고 과인은 남해에 처해 있으니, 이것이 마치 바람난 마소들이 암수가 서로 찾아도 만날 수 없는 것과 같습니다.[君處北海, 寡人處南海, 唯是風馬牛不相及也.]"라고 한 데서 유래한다.

8 영서(靈犀) : 영묘(靈妙)한 물소 뿔. 한 가운데에 구멍이 뚫려 있어 양쪽이 관통되었으므로, 두 사람의 의사(意思)가 서로 투합함을 비유한다. 당나라 이상은(李商隱)의 〈무제(無題)〉에 "몸에 채색 봉황의 한 쌍 날개는 없지만, 마음에는 신령한 물소 뿔 한 점의 밝음이 있어라.[身無彩鳳雙飛翼 心有靈犀一點明]" 한 데서 유래한다.

시포남죽의 운에 급히 차운하다
走次市浦南竹

용연(龍淵)

음률이 상응하는 다른 나라 하늘 아래	鐘律相應是各天
수놓은 돛배로 와 사신 배를 맞아주네	繡帆來迓使華船
청상검 자전검[9] 지닌 오 땅[10] 선비요	清霜紫電吳門士
금 거울 구슬 주머니 찬 초 땅[11] 현인이로다	金鏡瑤囊楚國賢
학사관[12] 안 꽃은 붓을 비추고	學士館中花照筆
여랑호[13] 위 달빛은 자리에 드네	女娘湖上月侵筵
우창의 경치 이 같이 아름다우니	牛窓物色佳如許
새로이 읊는 풍아는 몇 편이나 될까	風雅新聲又幾篇

남죽에게 화답하다
和南竹

현천(玄川)

높은 다락 위 하늘에 새 달 떠오른 때	高閣虛明新月天
문 앞 봄빛 속에 다락배 매었네	門前春色繫樓船
백 년 동안 물리도록 천하 주유 꿈꾸다가	百年跡倦寰中夢

9 청상검 자전검[清霜紫電] : 둘 다 옛 보검의 이름.

10 오 땅[吳門] : 소주(蘇州) 또는 그 일대를 뜻하는 말. 이 지역이 춘추시대 오나라 땅이므로 이와 같이 말한다.

11 초 땅[楚國] : 일본을 오나라와 초나라에 비유한 것이다.

12 학사관(學士館) : 우창의 객관 이름.

13 여랑호(女娘湖) : 이곳의 호수 이름으로 추정된다.

한 자리에서 해외의 현인을 만났네　一榻人逢海外賢
붉은 해는 부상에서 객로를 지키는데　紅日扶桑看客路
소금(素琴)[14]의 유수곡(流水曲)[15]은 빈연에 펴지네　素琴流水攤賓筵
오나라 금 초나라 옥의 광채 매우 새로우니　吳金楚玉多新彩
시(詩)일랑은 이 나라 시편을 수습해도 좋으리　不妨詩收邦國篇

시포남죽의 운에 차운하다

次市浦南竹見贈韻

퇴석(退石)

장풍으로 곧장 부상의 넓은 하늘에 이르니　長風直到廣桑天
소중화의 의관을 실은 배 한 척이로다　小華衣冠載一船
이백년 이래로 나라 간 신의를 통하니　二百年來通國信
삼천리 밖에서 그대의 훌륭함을 얻었네　三千里外得君賢
동한(東韓)의 병든 객은 나이 더함을 슬퍼하는데　東韓病客悲添齒
남쪽 땅 시인은 자리 가득함을 기뻐하누나　南土詞人喜滿筵
꽃과 새에게는 세월을 묻지 않으리니　花鳥春秋須莫問
시 주머니[16]엔 오직 화조편이 들었으리　奚囊惟有畵鳥篇

---

14 소금(素琴) : 아무런 장식(裝飾)도 없는 소박(素朴)한 거문고.

15 유수곡(流水曲) : 춘추시대 명연주자 백아(伯牙)가 타고 그의 벗 종자기(鍾子期)가 들었다는 거문고 곡조. 고산유수곡(高山流水曲) 또는 아양곡(峨洋曲)이라고도 한다. 백아가 거문고를 잘 탔는데 종자기는 이것을 잘 알아들었다. 그리하여 백아가 마음속에 '높은 산[高山]'을 두고 거문고를 타면 종자기는 이를 알아듣고 "아, 훌륭하다. 험준하기가 태산과 같다.[善哉 峨峨兮若泰山]" 하였으며, 백아가 마음속에 '흐르는 물[流水]'을 두고 거문고를 타면 종자기는 이를 알아듣고 "아, 훌륭하다. 광대히 흐름이 강하와 같다.[善哉 洋洋兮若江河]" 하였다. 『열자(列子)』「탕문(湯問)」.

원운에 첩운하여 제술관과 삼 서기의 화운시에 감사하다
疊原韻奉謝製述官三書記賜高和

남죽(南竹)

나그네 길에 동해에서 봄을 맞으니　客裏春來東海天
봉래(蓬萊) 영주(瀛洲)[17] 아름다운 기운 다락배를 비추네　蓬瀛佳氣映樓船
물결을 보는 것[18]은 매승[19]의 부(賦)에 못지않으니　觀濤不讓枚乘賦
사신 임무 받듦이 어찌 계자의 어짊[20]에 부끄럽겠나　奉使何慚季子賢
대국의 광화(光華)가 이국에 빛나니　大國光華動殊域
여러 손님 태도가 잔치 처음에 드러나네　群賓容止見初筵
나의 못난 재주는 연인석[21]에 비할 만하니　菲才堪比燕人石

16 시 주머니[奚囊] : 당(唐)나라 시인 이하(李賀)가 명승지를 돌아다닐 때마다, 어린 종복[奚奴]이 비단 주머니를 등에 지고 그 뒤를 따라다녔는데, 이하가 새로운 시를 지으면 곧장 그 주머니에 넣어 저녁에 돌아오면 주머니 속에 시가 가득 차 있었다. 『당서(唐書)』「이하전(李賀傳)」.

17 봉영(蓬瀛): 봉래(蓬萊)와 영주(瀛洲)의 병칭으로, 방장(方丈)과 함께 바다 가운데 있다고 전하는 삼신산(三神山)을 가리킨다.

18 물결을 보다[觀濤] : 중국 전한(前漢)의 문인 매승(枚乘)이 〈칠발(七發)〉로써 초(楚)나라 태자(太子)의 병을 치유하는데, 제5발에 "팔월 보름날 여러 공후 및 먼 지역에서 사귄 형제들과 함께 광릉의 곡강으로 물결치는 것을 구경하러 갔다.[將以八月之望 與諸侯遠方交遊兄弟 並往觀濤于廣陵之典江]"이라 한 데서 유래한다. 『文選』 권34.

19 매승(枚乘) : 중국 전한(前漢)의 문인. 사부(詞賦)에 능하였으며, 〈칠발(七發)〉 등의 명편이 있다. 양효왕(梁孝王) 때에 추양(鄒陽)·사마상여(司馬相如) 등과 함께 이름이 높았다.

20 계자의 어짊[季子賢] : 계자는 춘추시대 오(吳) 나라 왕 수몽(壽夢)의 넷째 아들인 계찰(季札). 그가 현명하므로 임금으로 세우려 하였으나 적자(適子) 제번(諸樊) 이 왕위를 이어야 한다고 사양하여 절개를 지켰다. 노(魯)나라에 사신으로 갔을 때 음악을 듣고는 치란과 흥망을 알았다고 한다. 봉호(封號)는 연릉계자(延陵季子).

21 연인석(燕人石) : 연석(燕石). 연산(燕山)에서 나는 돌. 옥(玉)과 비슷하지만 옥이 아닌 돌이다. 평범하고 재주 없음을 비유하는 겸칭.

홀연 경구편[22]을 보게 될 줄 뉘 알았을까	誰料忽看瓊玖篇

남죽에게 거듭 화답하다
疊和南竹

추월(秋月)

삼한과 부상 멀리 떨어진 줄 모를 정도로	未信韓桑限各天
시인들이 곳곳마다 웃으며 배를 맞네	詞人隨處笑迎船
강산에서 이미 성한 문풍 알았는데	江山已識文風盛
눈썹에서 바로 어진 성품 알겠네	眉睫仍看性氣賢
옛 뜻은 향기로운 연기로 찻잔에 떠 있고	古意香煙浮茗盌
사귀는 정은 맑은 달로 시 자리 위에 돋았네	交心淸月上詩筵
삼장의 소아[23]로는 우정을 다하기 어려워	三章宵雅難窮誼
모르는 새 주고받은 시 열 편이 넘누나	不覺相酬過十篇

남죽에게 거듭 화답하다
疊和南竹

용연(龍淵)

푸른 야자 붉은 귤은 호수에 어렸는데	靑棕紅橘蘸湖天
서화 보고 미불(米芾)의 배[24] 비로소 멈추었네	書畫初停大米船

22 경구편(瓊玖篇) : 경구는 좋은 보석 또는 어진 재주라는 뜻으로, 경구편은 주옥같은 명편을 뜻한다.

23 삼장의 소아[三章宵雅] : 소아는 『시경(詩經)』 소아(小雅). 소(宵)는 소(小)이다. 소아 3장은 〈녹명(鹿鳴)〉, 〈사모(四牡)〉, 〈황황자화(皇皇者華)〉를 말한다.

가장 이름난 정자는 강좌에서 으뜸인데	第一名亭江左勝
두세 시인은 천하의 현인일세	二三詞客斗南賢
호탕한 정 가득 싣고 봄 배에 탔다가	豪情滿載乘春帆
고아한 정취 그대로 지니고 와 밤잔치를 정했네	雅趣全歸卜夜筵
본래 문자 같아 기미(氣味)가 친하니	自是同文親氣味
조경(晁卿)[25]이 일찍이 한림편(翰林篇)을 들였다네	晁卿曾入翰林篇

다시 남죽에게 화답하다
再和南竹

현천(玄川)

남북으로 만 리나 떨어져 살다가	生居萬里北南天
남해[26]로 배를 타 홀연히 만났네	忽勝相逢漲海船
창 안에 촛불 켜고 솔 차 마시며 이야기하니	櫺燭松茶長短話
구름 껴 비 오는 물가 마을에 두세 현인 있도다	洲雲汀雨兩三賢
바닷가 구름이 소매 적실까 근심되지만	正愁積水雲侵袖
깊은 밤 시 자리에 달 드는 건 괜찮다네	不妨深更月入筵
이곳의 풍토와 산천을 자세히 살펴서	風土山川憑仔細
고국에 돌아가선 직방편[27]을 지으리	且將歸裁職方篇

24 미불(米芾)의 배[大米船] : 북송(北宋)의 서화가(書畫家)인 미불(米芾)과 미우인(米友仁) 부자가 항상 배에다 서화(書畫)를 싣고서 강호를 유람했다. 이들의 배를 '미가선(米家船)'이라 하고, 부자를 각각 대미(大米)·소미(小米)라 했다. 자신들이 타고 온 배를 미불의 배에 비유한 것이다.

25 조경(晁卿) : 당(唐)나라 현종(玄宗) 때 비서감(祕書監)을 지낸 일본인. 조감(晁監) 조형(朝衡)으로도 불리었다.

26 창해(漲海) : 남해(南海).

남죽에게 화답하다

和南竹疊贈韻

퇴석(退石)

별들도 멀고 먼 한밤중인데	星斗迢迢午夜天
본련사[28] 밖에 객이 배를 대었네	本蓮寺外客停船
매화 아래서 깊은 정 담긴 정 담긴 글을 보고	花牋梅下看情重
등잔 앞에서 훌륭한 그대 모습 보네	芝宇灯前得爾賢
축도(筑島)의 비린 구름 아래서 국포의 시 지었는데	筑島腥雲題菊圃
금오산[29] 신선 달 아래 시 잔치를 열었네	金鼇仙月開詩筵
내일 이별 후에 화답할 때엔	應和來日分携後
오로지 겸가(蒹葭)[30]의 제일편을 읊으리	惟誦蒹葭第一篇

필어(筆語)

아룀[稟]

남죽(南竹)

네 분께서는 화답을 내려주시기 바랍니다.

---

27 직방편(職方篇) : 지리에 관한 글을 말한다. 직방은 주(周)나라 때의 벼슬로, 천하의 지도(地圖)와 사방의 공물(貢物)을 맡았다.

28 본련사(本蓮寺) : 사행이 머물던 객관의 이름.

29 금오산(金鼇山) : 금오는 신화 상 바다에 있다는 큰 거북. 여기서는 우창의 산을 표현한 말이다.

30 겸가(蒹葭): 『시경(詩經)』「진풍(秦風) 〈겸가(蒹葭)〉. 물가에 있으면서 친구를 그리워 한다는 의미를 담고 있다.

황혼에 명함을 통하여 사부(詞賦)를 증정하고 여러 차례 필어를 왕복하였는데, 시각이 초경(初更)이 지나도록 여러 객이 수창할 차례를 재촉하지 않았다. 그래서 이렇게 적었다.

답(答)

추월(秋月)

제가 마땅히 화답할 것입니다만 만 리의 사람이 다행히 한 자리에서 만났으니, 먼저 필담을 하고 다음에 수창을 할 것입니다. 모름지기 빠른 돛이나 달리는 말처럼 급히 서둘러서는 안 될 것입니다.

아룀[稟]

추월(秋月)

남죽(南竹)께서 처음에 주신 시는 찾아보았으나 찾아내지 못하였습니다. 혹시 필담 종이 속에 섞여 들어간 듯하니, 찾아서 보내주시기를 바랍니다. 만약 필담지 중에 없으면 다시 적어서 주시는 것이 어떻겠습니까?

답(答)

남죽(南竹)

제가 처음에 드린 거친 시를 종이 가운데서 찾아보았으나 찾아내지 못하였습니다. 소매 안에 별도로 초고가 있으니 감히 다시 적어 올립니다.

아룀[稟]

현천(玄川) · 퇴석(退石)

어제 필담한 종이 중에 잘못된 것이 석 장 있어, 고쳐 써 드립니다. 이 종이를 받아두시고 먼저 종이는 돌려주시기를 바랍니다.

두 분께 답함(答二賢)

남죽(南竹)

어젯밤 두 현인들께서 화답해주신 주옥같은 시편들에 잘못된 것이 있다고 고쳐 써 주시니 높으신 뜻이 간절하고 간절합니다. 뛸 듯이 기쁘기가 한량이 있겠습니까? 간직하여 보배로 삼겠습니다. 원래의 종이는 말씀대로 돌려드리겠습니다. 행로의 앞길에 봄추위가 여전하리니 자애(自愛)하시고, 식사를 잘하십시오. 저는 다만 회정(回程)하여 돌아오실 때 들르실 날을 손꼽아 기다리겠습니다. 사명(四明)과 서애(西厓)도 정중한 마음을 전해달라고 합니다.

아룀[稟] 처음에 올린 시를 출발한 뒤 고쳐 올렸다. 그러므로 이 말을 덧붙였다.

남죽(南竹)

제가 처음에 올린 파장(巴章)[31]을 시 모임 뒤에 좌우께서 찾으셨으나

31 파장(巴章) : 자신의 시를 낮추어 이른 말. 파인(巴人)은 초(楚)나라의 속된 가요의 이름으로, 파기(巴記), 파곡(巴曲)이라고도 한다. 초나라 때 대중적 노래인 '하리(下里)'와 '파인(巴人)'은 수천 명이 따라 부르더니, 고상한 '백설(白雪)'과 '양춘(陽春)'의 노래는

찾지 못하셨고 저도 찾지 못하였습니다. 발선(發船)하실 때가 임박하여 고쳐 쓸 여가가 없고, 별도로 초고가 있으니 한 번 보시라고 잠시 올렸었습니다. 생각건대, 문자가 거칠어 어르신께 무례함이 있을까 우려되니 죄송하고 죄송합니다. 지금 고쳐 적어 올리니, 웃으시며 받아주시기를 바랍니다.

너무 어려워서 겨우 수십 명밖에 따라 부르지 못하더라는 이야기가 송옥(宋玉)의 〈대초왕문(對楚王問)〉에 나온다.

槎客萍水集 卷之一

市浦直春 子木甫撰

《奉呈朝鮮製述官秋月 南公·書記龍淵 成公·玄川 元公·退石 金公各位案下》 南竹

皇華遙指海東天, 渺渺波濤泛客船. 交久千秋異方信, 名高萬里使臣賢. 修盟玉帛臨暘谷, 觀國衣冠映綺筵. 驛路猶寒春雪裡, 才毫幾和郢歌篇.

《席上酬南竹瓊韻》 秋月

牛渚千秋月半天, 水村殘雪繫征船. 江城宛入蘇杭美, 候客頻逢卲幹賢. 風馬休言南北海, 靈犀不隔始終筵. 官兼文武知多藝, 新得燈前第一篇.

《走次市浦南竹》 龍淵

鐘律相應是各天, 繡帆來迓使華船. 清霜紫電吳門士, 金鏡瑤囊楚國賢. 學士館中花照筆, 女娘湖上月侵筵. 牛窓物色佳如許, 風雅新聲又幾篇.

《和南竹》 玄川

高閣虛明新月天, 門前春色繫樓船. 百年跡倦寰中夢, 一榻人逢海外賢. 紅日扶桑看客路, 素琴流水擺賓筵. 吳金楚玉多新彩, 不妨詩收邦國篇.

《次市浦南竹見贈韻》 退石

長風直到廣桑天, 小華衣冠載一船. 二百年來通國信, 三千里外得君賢. 東韓病客悲添齒, 南土詞人喜滿筵. 花鳥春秋須莫問, 奚囊惟有盡烏篇.

《疊原韻奉謝製述官三書記賜高和》 南竹

客裏春來東海天, 蓬·瀛佳氣映樓船. 觀濤不讓枚乘賦, 奉使何慚季子賢. 大國光華動殊域, 群賓容止見初筵. 菲才堪比燕人石, 誰料忽看瓊玖篇.

《疊和南竹》 秋月

未信韓桑限各天, 詞人隨處笑迎船. 江山已識文風盛, 眉睫仍看性氣賢. 古意香煙浮茗盌, 交心淸月上詩筵. 三章宵雅難窮誼, 不覺相酬過十篇.

《疊和南竹》 龍淵

青棕紅橘蘸湖天, 書畵初停大米船. 第一名亭江左勝, 二三詞客斗南賢. 豪情滿載乘春帆, 雅趣全歸卜夜筵. 自是同文親氣味, 晁卿曾入翰林篇.

《再和南竹》 玄川

生居萬里北南天, 忽勝相逢漲海船. 櫨燭松茶長短話, 洲雲汀雨兩三賢. 正愁積水雲侵袖, 不妨深更月入筵. 風土山川憑仔細, 且將歸裁職方篇.

《和南竹疊贈韻》 退石

星斗迢迢午夜天, 本蓮寺外客停船. 花殘梅下看情重, 芝宇灯前得爾賢. 筑島腥雲題菊圃, 金鼇仙月開詩筵. 應和來日分携後, 惟誦蒹葭第一篇.

《筆語》

稟 南竹

願四賢賜高和. 黃昏通剌, 贈以詞賦, 筆語屢往來, 漏聲過初更, 諸客未催吟次, 故及此

答 秋月

僕當屬和, 而萬里之人幸接一席, 先之以筆話, 次以酬唱, 未爲不可不須汲汲如風檣之疾陣馬之驟.

稟 秋月

南竹初惠之詩, 尋覔不得或亂入於筆談紙中, 覔送爲望, 如不在其中, 改寫以示, 如何?

答 南竹

僕初呈之蕪章, 尋覔紙中, 不得, 袖中別有艸稿, 敢復奉呈.

稟 玄川·退石

昨日軸, 有失檢者三張, 改書以呈, 更留此紙, 原本還擲, 幸甚.

答二賢 南竹

昨夜二賢所酬瓊韻, 有失檢者, 改書以賜, 高意懇懇, 欣躍何限, 藏以爲寶. 原本承教奉還之, 前途春猶寒, 自愛加飧, 僕只數回程之日耳. 四明·西厓, 亦欲爲傳慇懃.

稟 初呈詩, 解纜後改書以贈, 因附此語. 南竹

僕初呈巴章, 辭席後, 左右尋覓不得, 僕亦尋不得. 解纜期迫, 不暇改書, 別有艸稿, 暫供電矚. 伏惟紙墨荒蕪, 恐似狎尊者, 多罪多罪. 今改書以奉呈, 冀更笑留.

사객평수집 권2

槎客萍水集 卷之二

사객평수집 권2

화전소 백고보(和田邵 伯高甫) 찬(撰)

조선국 제술관 추월 남공, 서기 용연 성공, 현천 원공, 퇴석 김공께 드리다

奉呈朝鮮國製述官秋月南公 書記龍淵成公 玄川元公 退石金公

일강(一江)

옛 맹약 지켜 천리 길 다시 찾아오니	舊盟千里更追尋
사행길에 어찌 찬 서리를 어려워하랴	跋涉豈難霜氣侵
부절 지닌 사신들 대궐을 하직하고	持節使臣辭鳳闕
뗏목 탄 재사(才士)들 계림을 출발했네	乘槎才子發雞林
풍랑 이는 바다 밖에 고향 소식 드물어	風濤海外疎鄕信
눈 비 오는 하늘 끝 객의 마음 슬프리	雨雪天涯傷客心
객관에서 그대 맞아 시모임 열어	賓館迎君催雅會
잠시의 만남[1]이나 흥은 얼마나 깊은지	一時傾蓋興何深

1 잠시의 만남(傾盖) : 수레를 멈추고 일산을 기울인다는 뜻으로, 길에서 잠깐 만남을 말한다.

달 아래서 일강의 운에 차운하다

月下次一江韻

추월(秋月)

남방의 먼 산천 찾아오느라 수고하여	南紀山川勞遠尋
풍랑 이는 만 리에 흰머리 생겨났네	風濤萬里白頭侵
북극성 바라보며 대궐을 생각하고	星瞻斗極懷京闕
봉오리 터뜨린 매화 창에서 고향을 꿈꾸었지	花綻梅窓夢故林
구름 걷히니 마을마다 함께 달을 보게 되고	雲盡千村同得月
시 이루니 사해가 한마음이네	詩成四海共論心
웅잠의 현포[2]에는 신선 기운 많으니	熊岑玄圃多仙氣
형비사주인[3]의 도의(道義) 깊음을 알겠네	衡泌知君道意深

화전 일강에게 사례하다

謝和田一江

용연(龍淵)

만 리 넌 삼도[4]에 연하를 찾아오니	三島烟霞萬里尋
더운 습기[5] 옷 적셔도 근심치 않네	不愁衣帶瘴烟侵

2 웅잠의 현포[熊岑玄圃] : 웅잠은 웅이산(熊耳山) 봉우리, 곧 웅이산을 말한다. 비전주(備前州)의 명산으로 웅이산이 있다는 내용이 3권의 필담에 나온다. 현포는 곤륜산 꼭대기에 신선이 사는 곳인데, 여기서는 화전소가 사는 곳을 뜻한다.

3 형비사주인[衡泌] : 형비는 형문(衡門)과 샘의 주변이라는 뜻으로, 은거(隱居)의 땅을 이르는데, 여기서는 화전소(和田卲)의 다른 호(號)인 형비사주인(衡泌舍主人)을 뜻하기도 한다.

4 삼도(三島) : 봉래(蓬萊)·방장(方丈)·방장(瀛洲)의 삼신산(三神山). 여기서는 일본을 가리킨다.

산과 호수 뛰어난 흥이 우저(牛渚)[6] 따라 일어나고	湖山逸興遵牛渚
글로 맺은 맑은 인연이 귤 숲에 있도다	翰墨淸緣在橘林
바다 밖에서 바야흐로 기로[7]의 한을 갚겠고	海外方酬夔老恨
물결 사이에서 새로이 악군[8]의 마음을 알겠네	波間新識鄂君心
일본과 조선의 책 속에는 문아가 넉넉하니	和韓卷裡饒文雅
대대로 사귐의 정 깊었음을 더욱 잘 알겠네	世世交情倍覺深

일강에게 화운하다

和次一江

현천(玄川)

은빛 깃대 옥 부절로 남쪽을 찾아오니	銀幢玉節斗南尋
남해엔 겨울 지나 눈비가 내리네	漲海經冬雨雪侵
봄기운은 점점 교룡과 이무기[9]의 굴을 열고	春色漸開蛟蜃窟
봄빛은 저물녘에 귤나무 용나무 숲에서 나오네	韶光晩出橘榕林
화려한 등 아래서 삼신산의 객과 마주하니	華燈共對三山客
채색 붓이 자주 이국 사람의 마음을 통해주네	彩筆頻通異域心

---

5 장연(瘴烟) : 장기(瘴氣) 낀 안개·이내. 장기는 축축하고 더운 땅에서 생기는 독한 기운을 말한다.

6 우저(牛渚) : 우창을 가리킨다.

7 기로(夔老) : 요순(堯舜) 시대의 악관(樂官)인 기(夔)를 말하는 듯.

8 악군(鄂君) : 춘추 시대 월왕(越王)의 아우 자석(子晳). 악군이 배를 타고 가는데, 한 여인이 다른 배에서 노를 저으며 그를 사모하는 마음을 노래를 하자, 악군이 수놓은 비단 이불로 덮고 자리를 같이하였다고 한다. 우창이 물가이므로 이 고사를 인용한 것이다. 『설원(說苑)』「선설(善說)」.

9 교신(蛟蜃) : 교룡과 이무기. 물에 사는 동물의 범칭.

내일이면 외로운 배는 어느 곳을 향하려나　明日孤帆何處向
먼 하늘 이르는 곳에 물과 구름 깊으리라　遠天低處水雲深

화전 일강의 운에 차운하다
次和田一江韻

퇴석(退石)

만 리 부상에 멀리서 찾아오니　扶桑萬里遠相尋
어느새 귀밑머리 희어졌네　贏得霜毛兩鬢侵
찰랑찰랑 놀란 파도 일포(日浦)에 이었는데　拍拍驚濤連日浦
멀고먼 찬 달은 삼나무 숲에 떠올랐네　迢迢寒月上杉林
풍속 다른 두 나라 사람 처음 자리를 잇대었는데　二邦殊俗初聯榻
사해가 동포이니 함께 마음을 의탁하네　四海同袍共托心
동서로 한 번 작별하면 다시 만나기 어려우니　一別東西難再遇
밤 깊도록 시로 담화해도 좋으리　不妨詩話到更深

석상에서 추월 남공에게 드리다
席上奉贈秋月南公

일강(一江)

늦게야 우진[10]에 목란주[11]를 매시니　牛津晚繫木蘭舟

---

10 우진(牛津) : 우시마도[牛窓]를 가리킴.

11 목란주(木蘭舟) : 나무배. 춘추전국 시대 오나라 왕 합려(闔閭)가 심양강(潯陽江)에 있는 목란주(木蘭洲)에 목란수(木蘭樹)를 많이 심었다고 한다. 궁전을 짓기 위해 심은

한밤에 다행히 선객 놀음을 따랐도다　　一夜幸隨仙客遊
붓 휘두르니 구름과 안개가 자리 위에 비추어　　揮筆雲烟筵上映
흥을 타 문득 영주산[12]에 이른 듯하네　　却疑乘興到瀛洲

일강에게 다시 화답하다
重和一江

추월(秋月)

누 위에 등을 매단 다락배 타고　　樓上懸燈樓上舟
부상 지척에 기이한 유람 분명하네　　扶桑咫尺辨奇遊
우호[13]의 달빛이 속기(俗氣)를 씻어주니　　牛湖月色淸塵骨
십주[14]를 멀리서 찾을 필요 없으리　　未必迢迢覓十洲

석상에서 용연 성공에게 드리다
席上奉贈龍淵成公

일강(一江)

기자 나라[15] 그대 서기의 재주 높으니　　箕國君高書記才
해동으로 사명 받듦 또한 웅장하도다　　海東奉使亦雄哉

것인데 노반(魯班·魯般)이 목란으로 배를 만들어 그 이후 시인들이 배를 아름다운 배를 목란주라고 일컫는다.

12 영주(瀛洲) : 영주산(瀛洲山). 삼신산(三神山)의 하나.

13 우호(牛湖) : 우시마도[牛窓]를 가리킴.

14 십주(十洲) : 도교에서 말하는 신선이 산다는 열 곳의 명승지. 선경(仙境)을 일컫는다.

15 기국(箕國) : 기자(箕子)의 나라라는 뜻으로 조선을 일컬은 말.

객로의 풍물은 구슬프기 쉬웠으리니　　客中風物易悽感
몇 곳의 강산이나 시 생각 재촉했소　　幾處江山詩思催

일강에게 다시 화답하다
重和一江

용연(龍淵)

난초 위의 비취새[16] 남국의 재주인데　　翡翠蘭苕南國才
그대의 글을 보니 참으로 기이하네　　看君藻思信奇哉
평호의 달빛이 사람을 좇아 더욱 좋아　　平湖月色隨人好
시전지(詩箋紙)가 한밤에 시심을 재촉하네　　剩是詩籤半夜催

석상에서 현천 원공에게 드리다
席上奉贈玄川元公

일강(一江)

흩날리는 봄눈이 북풍에 높은데　　飄飄春雪北風高
신선 배[17]는 며칠이나 파도를 건너 왔나　　幾日仙槎涉海濤
우연한 만남에서 어찌 시인의 뜻을 알까마는　　邂逅何知騷客意
시가 이뤄지니 채필에서 영웅호걸을 보겠네　　詩成彩筆見英豪

16 비취난초(翡翠蘭苕) : 두보(杜甫)의 〈희위육절구(戲爲六絶句)〉에 "난초 위에 나는 비취새만 간혹 볼 뿐이요, 푸른 바다에서 고래를 끌어올리진 못하네.[或看翡翠蘭苕上 未掣鯨魚碧海中]"라는 구절이 있다. 『두소릉시집(杜少陵詩集) 권11』.

17 사신배[仙槎] : 신선의 뗏목이란 주로 사신의 배를 말한다.

일강에게 다시 화답하다
重和一江

현천(玄川)

초(楚)나라 노인[18] 풍류는 구름 위로 높고	楚老風流逸雲高
일강[19]의 성근 비에 파도가 일렁이네	一江踈雨湧波濤
푸른 솔과 푸른 대는 겨울 지낸 색인데	蒼松綠竹經冬色
연월 중의 사람은 호해에 으뜸이네	烟月中人湖海豪

석상에서 퇴석 김공에게 드리다
席上奉贈退石金公

일강(一江)

깃발 펄럭이며 만 리 길 행하시더니	文旆翩翩萬里程
저물녘 해구(海口)에 뱃노래 들리네	海門斜日棹歌聲
사신 별이 시 읊는 자리에 비추니	使星來照唱酬坐
천한 재주 부끄러워하며 통성명하네	堪愧菲才通姓名

일강의 운에 차운하다
次一江見贈韻

퇴석(退石)

석목 동쪽[20]으로 만 리길 오니	析木東頭萬里程

18 초로(楚老) : 초 땅의 노인이라는 뜻으로, 화전소를 가리킨다.
19 일강(一江) : 온 강이라는 뜻과 함께 호가 일강인 화전소(和田邵)를 뜻한다.

새로운 소리의 시 울리니 문득 놀라네　　忽驚詩鼓有新聲
늙고 문재(文才) 없음 스스로 가련하여　　自憐衰病文才拙
그대에게 말하노니 이름을 묻지 마오　　寄語吾君莫問名

필어(筆語)

아뢲[稟]

일강(一江)

인장을 사용해주시기 바랍니다.

답(答)

추월(秋月)

우리나라 종이는 인장을 사용하기에 마땅치 않습니다. 재화시(再和詩)를 쓸 것 같으면 귀국의 종이나 중국 종이에다 적어서 인장을 찍도록 하겠습니다.

20 석목동(析木東) : 석목의 동쪽이라는 뜻으로 일본을 가리킨다. 석목은 기(箕)·두(斗) 두 별 사이의 별자리인데, 정동쪽 인방(寅方)에 해당하며, 지역으로는 요동 지방 또는 우리나라를 지칭하는 말로 쓰이는 말이다.

아룀[稟]

일강(一江)

기해년(己亥年)[21] 빙문 때에 제 선인(先人)께서 귀국의 청천(淸泉) 신공(申公) 등과 이 객관에서 모였었습니다. 그때의 시편(詩篇)이 지금까지 상자 안에 보배로이 간직되어 있습니다. 이제 또 불초한 제가 또 문연(文筵)에 배행하게 되니, 매우 기쁩니다. 여러분께서는 거쳐 지나신 승경(勝景)에 필시 대작(大作)이 있으실 터이니, 이 부채에 적어 주신다면 종신토록 지극한 보배로 삼을 것입니다.

답(答)

추월(秋月)

대를 이어 문학(文學)을 맡으시니, 가문의 명성이 손상되지 않았다고 이를 만합니다. 깊이 존경하고 존경합니다. 저희들은 시를 잘 못하여 높은 안목에 누가 될 것이지만, 간절히 청하심을 저버릴 수 없으니 제가 마땅히 지어 올리겠습니다.

답(答)

용연(龍淵)

대대로 공덕을 받드셨으니 그 아름다운 복을 깊이 경하합니다. 기해년 사행 때에 종조부(從祖父) 소암공(嘯菴公)[22]께서 부사(副使) 서기(書

21 기해년(己亥年) : 1719년.

記)로 오셔서 존공(尊公)과 창수한 것이 많습니다. 그때의 수창록 가운데 보관된 것이 있으면 얻어 볼 수 있겠습니까?

일강(一江)이 또 말하였다. "지난 일을 서로 함께 생각하니, 마음이 감동됩니다. 오늘 저녁 당신과 함께 필연(筆硯)을 함께할 것을 생각이나 했겠습니까? 기쁘고 기쁩니다. 기해년에 창수한 친필은 휴대하고 있지 않습니다만, 소암공(嘯菴公)께서 지으신 부사산(富士山) 대작(大作)은 장황[23]하여 간직하고 있습니다."

기록하여 말함[錄云]

추월(秋月)

다섯 분은 나이가 어떻게 되시는지요?

답(答)

일강(一江)

직춘(直春)은 57세, 잠(潛)은 28세, 독(篤)은 42세, 덕기(德基)는 35세이고, 저는 기해생(己亥生)[24]입니다.

22 소암공(嘯菴公) : 성몽량(成夢良 1718-1795) : 1719년 사행의 부사 서기. 호 소헌(嘯軒), 장소헌(長嘯軒).

23 장황(裝潢) : 서책이나 서화첩 따위를 종이나 비단(緋緞)으로 발라서 꾸며 만드는 일.

기록하여 말함[錄云]

추월(秋月)

일강(一江)의 연세는 몇이신지요? 문과 무를 겸하셨으니, 생각건대 고재(高才)이시리라 여겨집니다. 또한 이곳과 귀부(貴府)와의 거리는 몇 리나 되는지요?

답(答)

일강(一江)

저를 장려해주심이 저의 실정에 넘으니, 감당하지 못하겠습니다. 또한 이곳과 성부(城府)와의 거리는 40 리 남짓입니다.

아룀[稟]

일강(一江)

제가 이리로 오는 중에 여러분의 이번 행차에 술을 금한다고 들었는데, 정말 그렇습니까? 술은 함께 즐길 수 있게 하고 또 시재(詩材)를 돕는 것입니다. 더구나 오늘 밤 서로 만난 회합은 실로 천년에 한 번 만나는 기회인데, 술이 없다면 무엇으로 즐길 수 있겠습니까? 아름다운 손님을 맞는 마음에 매우 한스럽습니다. 그러므로 시에 술을 말하지 않았습니다.

24 기해생(己亥生) : 1719년 출생. 44세.

답(答)

추월(秋月)

술은 광약(狂藥)입니다. 더구나 우리 성상께서 새로이 주고계(酒誥契)[25]를 지으셔서 백성이 감히 입에 가까이할 생각을 하지 않으며 또한 술이라는 글자도 말하지 않습니다. 당신의 시 중에 술잔과 술통을 말하지 않는 것은 참으로 예로써 응대하는 것이라 이를 할 만합니다. 지극하신 뜻에 깊이 감사합니다.

일강(一江)이 또 말하였다. "비록 만남의 감흥은 있으나 자리가 삭막합니다. 무진년 사행 때는 그렇지 않았습니까? 어떠했는지요?"

추월(秋月)이 또 말하였다. "무진년은 금법이 있기 전입니다. 오늘은 차(茶)로 대신 시흥(詩興)을 돋웁시다."

일강(一江)이 또 말하였다. "저희들은 이번에 비로소 문연(文筵)에서 모시게 되었는데 금법이 생겼으니, 한스럽고 한스럽습니다. 차로써 시흥을 돋우라는 말씀을 들으니 한바탕 웃음이 납니다."

기록하여 말함[錄云]

추월(秋月)

부채에 시를 써 달라고 하시니, 억지로 써 드리겠습니다.

25 주고계(酒誥契) : 영조(英祖)가 금주령을 내린 일을 말함.

답(答)

일강(一江)

부채에 글을 써 주시니, 감사함이 그지없습니다.

기록하여 말함[錄云]

퇴석(退石)

성의가 비록 간절하시나, 졸필이라 글씨를 써드릴 수 없습니다. 부끄럽고 한스러우나 어쩌겠습니까?

답(答)

일강(一江)

간절히 청합니다.

퇴석(退石)이 또 말하였다. "글씨가 매우 거칠지만 당신의 뜻을 저버릴 수 없어 억지로 부채에 적습니다. 다른 사람이 보지 않게 하시고 다만 저의 정(情)만 받으시기 바랍니다."

일강(一江)이 또 말하였다. "써주신 부채는 매우 감사합니다."

아뢲[稟]

일강(一江)

저의 벗 중촌파릉(中村巴陵)이라는 자가 있는데, 전각(篆刻)과 인장(印章)을 좋아하여 일찍이 인보(印譜)를 새겼습니다. 당신께서 서쪽으로부터 오신다는 소식을 듣고는 저를 통해 작은 기예를 올리고자 하기에, 제가 그것을 가지고 왔습니다. 바쁘시더라도 잠시 틈을 내어 한 번 보아주시고 책 앞에 몇 자를 적어주신다면, 어찌 파릉(巴陵)만의 행운이겠습니까? 저 또한 매우 행운이니, 부탁하고 부탁합니다.

답(答)

추월(秋月)

인장은 저도 무척 좋아하는 것입니다. 마땅히 서문을 써서 돌려드리겠습니다. 다만 파릉과 더불어 담화하지 못하는 것이 한스러울 뿐입니다. 만약 당신의 소개로 인하여, 파릉의 좋은 솜씨로 제 이름과 자호를 새긴 것을 얻어 돌아갈 수 있다면 다행이겠습니다. 어떠하신지요?

답(答)

일강(一江)

말씀을 받들겠습니다. 돌아가시다 들르실 때에 가지고 와서 드리겠습니다.

추월(秋月)이 또 말하였다. "이와 같이 애써주시니, 깊이 감사드립니

다. 그러면 제가 얻고자 하는 것을 적어 드리겠습니다."

일강(一江)이 또 말하였다. "좋습니다."

추월(秋月)이 또 말하였다. "저는 명인(名印)을 몇 본 얻고 싶은 것이지, 대단히 중요하고 기이한 것이 필요하지는 않습니다. 제가 원하는 것을 많이 얻지 못하더라도 표시된 것 몇 본을 얻고자 합니다."

따로 인형(印形)을 그려 보이는 중에 점을 찍은 것이 있었다.

일강(一江)이 또 말하였다. "좋습니다."

용연이 말하였다. "인보는 매우 귀한 물품입니다. 한 번 그 솜씨를 빌려 하여금 보잘것없는 성명을 인보에 남겨두지 못하는 것이 한스럽습니다."

일강(一江)이 끄덕였다.

용연(龍淵)이 또 말하였다. "다 새겨주신다면 매우 다행이겠습니다. 만약 어렵다면 점을 친 것을 얻기 바랍니다."

별도로 보여준 도장 모양에 점을 찍은 것이 있었다.

퇴석(退石)이 또 말하였다. "많은 것을 얻을 수는 없겠습니다만, 보여주신 인본을 얻고 싶습니다. 혹시 승낙을 받을 수 있겠습니까?"

퇴석이 또 말하였다. "많이 구하는 것이 아닙니다. 다만 하나의 투식이면 됩니다. 혹시 승낙을 받을 수 있겠습니까?"

도장의 그림 하나를 보여주었다.

세 분께 아룀(稟三賢)

일강(一江)

파릉이 직무가 바쁘기 때문에 돌아가실 때 들르실 날까지 새길 수 있을지 모르겠습니다. 되고 안 되고를 확실히 말씀드릴 수는 없습니다마, 여러분을 위해 뜻을 받들도록 해보겠습니다.

답(答)

추월(秋月)

파릉과는 반밤의 만남도 없으니, 어찌 청을 받아주기를 바랄 수 있겠습니까? 다만 이방(異邦)의 진귀품으로써 미가(米家)의 보물[26]로 삼으려 하여, 저도 모르게 바라는 것이 지나치게 되었으니, 노여워 마시기를 바랍니다.

기록하여 말함[錄云]

추월(秋月)

짧은 동안에 시가 십여 수 이루어졌습니다. 볼 만하지 못하니 매우 부끄럽고 부끄럽습니다. 다만 여러분의 한 번 웃음거리로 돌아갈까 근심스러우니, 장독 덮개로 쓰시기를 바랍니다. 여러분께서는 화답시를 다 받으셨는지 하나하나 살펴보시기 바랍니다.

---

26 미가지보(米家之寶) : 북송(北宋)의 서화가(書畵家)인 미불(米芾)이 고서화(古書畫)를 매우 좋아하여 많이 수집하였다.

부록(附錄)

소동(小童)이 곁에 있었다. 일강(一江)이 물었다. "나이가 몇인가?"

소동이 붓을 들어 답하였다. "스물 하나입니다."

일강이 다시 물었다. "성명은 무엇인가?"

소동이 다시 대답하였다. "성은 배(裵)요, 이름은 한성(漢星)입니다."

일강이 또 물었다. "네 분 중에 술을 즐기는 분은 누구신가?"

소동이 다시 대답하였다. "우리나라에서는 국법으로 금주령이 내려 술을 마실 수 없습니다."

소동이 썼다. "여쭙겠습니다만, 강고(江尻)[27]는 여기서 얼마나 됩니까? 고국을 떠나 와 해가 이미 바뀌었습니다."

일강이 답하였다. "여기서 강고까지는 600여 리요."

중자매(中子楳)의 인보(印譜) 권두에 쓰다

추월(秋月)

무릇 사물이라는 것은 우의(寓意)하는 것은 되지만 역지(役志)[28]해서는 안 된다. 역지하면 사랑하는 것이 비록 고상한 것이더라도 족히 몸을 괴롭힐 수 있으니, 위(衛)나라 의공(懿公)의 학(鶴)[29]과 혜숙야(嵇叔

---

27 강고(江尻) : 에지리.

28 역지(役志) : 마음을 쓰다. 마음을 지나치게 쓴다는 뜻으로 쓴 말.

29 위나라 의공의 학[衛懿公之鶴] : 춘추 시대 위(衛)나라 의공(懿公)이 학을 좋아하여 대부(大夫)의 수레에 태우고 다녔는데, 전쟁이 나자 나라 사람들이, "학더러 싸우라 하라. 학은 실제로 녹위(祿位)가 있지만 우리는 아무 것도 없으니 싸울 수 없다."고 반발하였다. 『좌전(左傳)』「민공(閔公)」.

夜)의 금(琴)[30]이 이것이다. 우의(寓意)는 즐기는 바가 비록 자잘한 것이더라도 마음을 병들게 할 수는 없으니, 의료(宜僚)의 농환(弄丸)[31]이나 유비(劉備)의 삭모(槊毛)[32]가 이것이다. 인장을 좋아하는 벽(癖)은 미가(米家)[33]에서 시작되어 학산당(學山堂)[34]으로 이어졌는데 외국인들도 종종 그 인학(印學)을 배워서 즐겼다.

지금 일동(日東)의 중자매(中子楳)가 스스로 인보를 만든 것을 보니, 법을 취함이 넓고 사물을 궁구함이 돈독하며 마음 씀이 각고(刻苦)하여 파격(破格)과 정격(正格)이 어울려 드러나서 예스러운 기운이 완연하다. 비록 제기(祭器)와 북[鼓]에 새긴 것이나 사주(史籒)와 이사(李斯)[35]가 쓴

30 혜숙야의 금[嵇叔夜之琴] : 진(晉)나라 때 죽림칠현(竹林七賢) 중의 한 사람인 혜강(嵇康). 숙야는 자(字). 거문고 연주를 즐겼다. 혜강이 〈광릉산(廣陵散)〉을 잘 연주하였으나 이 곡을 남에게는 전수하지 않았다. 나중에 참소를 입고 죽음을 당할 때 칠현금으로 이 곡을 연주하면서 "〈광릉산〉이 이제 끊어지는구나." 하였다. 『진서(晉書)』 49권 「혜강열전(嵇康列傳)」.

31 의료의 농환[宜僚之丸] : 의료는 춘추 시대 초(楚)나라의 용사(勇士) 웅의료(熊宜僚). 농환(弄丸)을 잘 하여, 여덟 개는 늘 공중에 떠 있고 한 개만이 손에 쥐어져 있었다. 초나라와 송(宋)나라 사이에 전쟁이 일어났을 때, 송나라 군사가 싸움도 잊은 채 그의 농환을 구경하다가 전쟁에 졌다. 사물에 집착하지 않고 자기의 경지에 도취하였는데 일이 자연히 풀린 예를 든 것이다. 농환(弄丸)은 공중에 높이 던졌다가 받는 구슬이나 공 또는 그러한 놀이이다.

32 유비의 삭모[劉先主之髦] : 촉한(蜀漢)의 1세 황제 유비(劉備)는 평소에 삭모[毦]를 좋아하였는데, 어떤 사람이 소꼬리 삭모를 주니 유비가 손으로 그것을 꼬고 있었는데, 제갈량의 지적을 받은 유비는 꼬던 삭모를 던져 버리고 다시는 가까이 하지 않았다. 『삼국지(三國志)』 35권 「촉서(蜀書)」 5 「제갈량전(諸葛亮傳)」. 삭모는 기(旗)나 창(槍) 따위의 머리에 술이나 이삭 모양으로 만들어 다는 털을 말한다.

33 미가(米家) : 북송(北宋)의 서화가(書畫家)인 미불(米芾).

34 학산당(學山堂) : 명(明)나라 말기의 학자 장호(張灝). 당시 전각가(篆刻家)의 작품을 모아 『학산당인보(學山堂印譜)』를 편찬했다. 박제가(朴齊家)가 쓴 〈학산당인보초석문서(學山堂印譜抄釋文序)〉가 있다.

것이라도 어찌 이보다 나을 수가 있겠는가? 다만, 모르겠거니와 자매(子楳)는 능히 우의(寓意)하되 역지(役志)하지 않을 수 있었는가?

그러나 인장을 새기는 일은 또한 매우 어렵다. 끊어진 돌과 낡은 종에서 그 글씨를 구하며, 거친 산과 깊은 골짜기에서 그 재료를 구하며, 먼 지방 궁벽한 곳에서 그 도장밥을 구하여 세 가지를 갖추어야 한다. 또 고금 사방에 조사하고 고증하여 서법(書法)·각법(刻法)·인법(印法)을 구해야 하니 이른바 팔난(八難)이 다 있다고 하겠다.

자매(子楳)는 이러한 경지에 이를 수 있었으니, 바둑이나 장기 같은 기예에 빠지는 것처럼 인보(印譜)에 탐닉한 것은 아님을 알 수 있다. 아니면 잘 모르겠으나, 자매가 큰 근본과 통달한 도리에 종사하면서도 여력으로 이에 힘썼던 것인가? 자매의 벗 화전소(和田卲) 백고(伯高)[36]가 우저(牛渚)로 나를 찾아와서 이 인보를 보여주고 자매의 뜻을 말해주었다.

나는 나의 개인 인장 몇 매를 자매가 새겨 줄 수 있도록 백고에게 청하였다. 또한 이 인보의 기이하고 예스러움을 좋아하여 한 부를 얻어 고국에 돌아가 인학(印學)에 정밀한 이들에게 자랑하고 자매의 명성을 널리 알릴 수 있기를 원한다. 백고가 자매에게 하나하나 알려주면 자매는 기꺼이 들어줄 것인가? 나는 배를 매어 놓고 기다릴 것이다. 갑신년에 소화객(小華客)은 쓰노라.

35 추사(籒斯) : 사주(史籒)와 이사(李斯). 사주는 주(周)나라 선왕(宣王)때의 태사(太史)로 대전체(大篆體)를 만들었으며, 이사는 여러 지방에서 쓰이던 각종 자체(字體)를 정리하여 소천체(小篆體)로 통일하였다.

36 백고(伯高) : 화전소의 자(字).

槎客萍水集 卷之二

和田邵 伯高甫撰

《奉呈朝鮮國製述官秋月 南公·書記龍淵 成公·玄川 元公·退石 金公》

一江

舊盟千里更追尋, 跋涉豈難霜氣侵. 持節使臣辭鳳闕, 乘槎才子發雞林. 風濤海外疎鄕信, 雨雪天涯傷客心. 賓館迎君催雅會, 一時傾蓋興何深.

《月下次一江韻》 秋月

南紀山川勞遠尋, 風濤萬里白頭侵. 星瞻斗極懷京闕, 花綻梅窓夢故林. 雲盡千村同得月, 詩成四海共論心. 熊岑玄圃多仙氣, 衡泌知君道意深.

《謝和田一江》 龍淵

三島烟霞萬里尋, 不愁衣帶瘴烟侵. 湖山逸興遵牛渚, 翰墨淸緣在橘林. 海外方酬夔老恨, 波間新識鄂君心. 和韓卷裡饒文雅, 世世交情倍覺深.

《和次一江》 玄川

銀幢玉節斗南尋, 漲海經冬雨雪侵. 春色漸開蛟蜃窟, 韶光晩出橘榕林. 華燈共對三山客, 彩筆頻通異域心. 明日孤帆何處向, 遠天低處水雲深.

《次和田一江韻》 退石

扶桑萬里遠相尋, 贏得霜毛兩鬢侵. 拍拍驚濤連日浦, 迢迢寒月上杉林. 二邦殊俗初聯榻, 四海同袍共托心. 一別東西難再遇, 不妨詩話到更深.

《席上奉贈秋月 南公》 一江

牛津晩繫木蘭舟 一夜幸隨仙客遊 揮筆雲烟筵上映 却疑乘興到瀛洲

《重和一江》 秋月

樓上懸燈樓上舟, 扶桑咫尺辨奇遊. 牛湖月色淸塵骨, 未必迢迢覓十洲.

《席上奉贈龍淵 成公》 一江

箕國君高書記才, 海東奉使亦雄哉. 客中風物易悽感, 幾處江山詩思催.

《重和一江》 龍淵

翡翠蘭苕南國才, 看君藻思信奇哉. 平湖月色隨人好, 剩是詩籤半夜催.

《席上奉贈玄川 元公》 一江

飄飄春雪北風高, 幾日仙槎涉海濤. 邂逅何知騷客意, 詩成彩筆見英豪.

《重和一江》 玄川

楚老風流逸雲高, 一江踈雨湧波濤. 蒼松綠竹經冬色, 烟月中人湖海豪.

《席上奉贈退石 金公》 一江

文旆翩翩萬里程, 海門斜日棹歌聲. 使星來照唱酬坐, 堪愧菲才通姓名.

《次一江見贈韻》 退石

析木東頭萬里程, 忽驚詩鼓有新聲. 自憐衰病文才拙, 寄語吾君莫問名.

《筆語》

稟 一江

冀用印章.

答 秋月

我國紙不宜印章, 如有再和之作, 當用貴國紙, 或唐紙而印之.

稟 一江

已亥聘時, 先人會貴國青泉申公等于斯館, 詩篇到今爲篋中之珍, 今又以僕不肖, 趨陪于文筵, 良幸良幸. 諸君所經歷山河之勝景, 必有大作, 書此扇面賜之, 又以爲終身之至寶.

答 秋月

世篤文學之好, 可謂不墜家聲, 深仰深仰. 僕輩詩不, 足塵高眼, 勤索難孤, 僕當浣呈.

答 龍淵

敬奉世德, 深賀趾美. 己亥使行時, 僕之從祖嘯菴公, 以副使書記來, 與先尊公唱酬多矣. 其時酬唱錄, 如有貯在箱篋者, 可得奉玩否?

一江又曰: 相共思往事, 心戚戚焉. 何料今夕與君同筆硯? 多幸多幸. 己亥唱酬眞蹟, 不携來. 嘯菴公富山之大作, 裝潢藏之.

錄云 秋月

五位, 貴庚幾何?

答 一江

直春五十七, 潛二十八, 篤四十二, 德基三十五, 僕以己亥生.

錄云 秋月

一江尊庚幾何? 職兼文武想高才 亦如之此距貴府幾里?

答 一江

推奬過實, 不敢當. 此地距城府, 四十里强.

稟 一江

僕曾聞諸途說, 諸君此行有酒禁, 果然否? 酒以合歡, 且助詩材者也. 況此宵交會, 實千載之一機也. 無酒何以燕樂? 嘉賓之心, 恨歎恨歎. 故詩中不言酒.

答 秋月

酒是狂藥. 況我聖上, 新作酒誥契, 邦人不惟不敢近口, 亦不敢言酒

之一字. 盛詩中不說盃樽, 可謂以禮處人. 深仰至意.

一江又曰: "雖有雅興, 席上索寞. 戊辰之槎. 不然. 如何?"

秋月又曰: "戊辰在禁法之前, 今日諸以茗椀代之, 以助詩興."

一江又曰: "我輩始侍文筵, 在禁法之後, 可恨可恨. 以茗助詩興, 始聞命一笑."

錄云 秋月

便面題詩之索, 當强副.

答 一江

便面之貺, 感佩何罄.

錄云 退石

盛意雖勤, 筆拙不能揮洒, 愧恨, 奈何?

答 一江

固請.

退石又曰: "筆甚荒蕪, 而難孤盛意, 强題便面, 勿掛他眼, 只可領情耳."

一江又曰: "便面之貺, 遂所懇感佩."

稟 一江

僕友有中村巴陵者, 性好篆刻印章, 嘗刻印譜. 聞諸君之西來, 願因僕呈小技, 乃携之而來. 雖倥傯之中, 一閱之, 若得賜數語於卷端, 豈唯巴陵之幸哉? 僕亦爲幸不少也. 至囑至囑.

答 秋月

印章僕所癖愛者, 當弁卷而還之. 但恨未得與巴陵一談. 若因足下紹介, 得巴陵好手刻賤名 與號字以歸, 則幸矣. 如何如何?

答 一江

謹受教, 回程之期, 携而奉之.

秋月又曰: "荷此周章, 深佩至意. 然則鄙所欲求者, 當錄奉."

一江又曰: "諾.

秋月又曰: "僕欲得數本名印, 不要大但要奇. 雖未可多得如願. 願得所點者三四本." 別圖印形示之中, 有加點者

一江又曰: "諾

龍淵曰: "印譜儘奇品也. 恨不得一倩其手, 使拙者名姓留諸群玉所也." 一江頷.

龍淵又曰: "如得盡刻, 則固幸矣. 倘以爲難, 願得打點者." 別圖印形示之中, 有加點者

退石曰: "乞不拚行, 而見君印本, 僕欲得之, 倘蒙感諾否?"

退石又曰: "不敢多求, 只此一套, 倘蒙感諾否?" 圖一印形示之

稟三賢 一江

巴陵居劇職, 回程之期, 不知果雕刻否, 成否難諾, 試爲諸君維持之.

答 秋月

巴陵未有半宵之雅, 何望見副, 第以異方奇珍, 欲作米家之寶, 不覺所欲者奢, 惟賢恕之.

錄云 秋月

倉卒成十許篇, 詩不足觀, 多愧多愧, 只愽諸賢一粲歸, 而覆瓿爲望, 請各位句照.

《附錄》

小童在傍, 一江問曰: “年幾許?”

小童援筆答曰: “二十一.”

一江又問曰: “姓名如何?”

小童又答曰: “姓裵 名漢星也.”

一江又曰: “四位, 好酒爲誰?”

小童又答曰: “我國大禁, 不能飮也.”

小童書曰: “借問江尻, 距此幾里? 出離鄕關, 歲已換.”

一江答曰: “江尻距此, 六百餘里.”

《書中子楳印譜卷首》 秋月

夫物可以寓意, 不可以役志. 役志則所愛者雖淸, 適足以厲身, 衛·懿公之鶴, 嵇叔夜之琴, 是也. 寓意則所娛者雖細, 不能以病心, 宜僚之丸, 劉先主之髦, 是也. 印章之癖, 始於米家, 而昉於學山堂, 外國人往往得其學, 而嗜好之. 今觀日東, 中子楳所自爲譜, 其取法也博, 其致物也篤, 其用心也苦, 奇正錯出, 古氣宛然, 雖彝鼓所刻, 籒斯所書, 何以加焉? 但未知, 子楳能寓意, 而不役志乎否? 雖然爲是者, 亦甚難, 斷石敗鐘, 以求其文, 荒山巨壑, 以求其材, 遠邦絶域, 以求其泥, 三者備矣, 又考信於古今四方, 求書法·刻法·印法, 所謂有八難者也. 子楳之能至於是, 則其不爲酣荒博弈之誘, 可知矣. 抑未知, 子楳能從事於大本達道, 而餘力於斯乎否? 子楳之友和田伯高, 訪余于牛渚之上, 示是譜,

道子楳之意, 余請, 伯高介於子楳, 惠刻余私印數枚, 且喜是譜之奇古, 願得一本, 歸以夸國中之精印學者, 揚子楳之聲名, 伯高, 其一一告子楳, 子楳肯之否? 吾將維舟而待之. 時甲申, 小華客題.

사객평수집 권3

槎客萍水集 卷之三

사객평수집 권3

정잠 중룡보(井潛 仲龍甫) 찬(撰)

보력(寶曆) 갑신년 봄에 조선 왕의 사신 삼 대부(大夫)가 내빙(來聘)하였으며, 동지판사(同知判事) · 학사(學士) · 서기(書記) · 의원(醫員) · 서화원(書畫員)이 따라 왔다. 행차가 비전주(備前州)를 거치니, 번(藩)에서 경대부(卿大夫)로 하여금 교로(郊勞)[1]하게 하고, 유사(有司)가 쌀과 꼴과 희생(犧牲) 등을 바치고 장막과 땔감을 제공하였다. 또 우저(牛渚)에서 잔치를 열어 문학(文學) 등의 선비가 사행(使行)의 학사(學士)와 서기(書記) 등을 접대하도록 명을 받았다.

나는 모자라는 재주로 자리를 채우고 있어서 독학(督學)인 포직춘(浦直春)[2]과 문학(文學)인 전소(田邵)[3]와 등독(滕篤)[4], 산덕기(山德基)[5]와 더불어 저쪽의 제술관 남옥, 정사서기 성대중, 부사서기 원중거, 종사관 서기 김인겸 등과 빈관에서 회합하여 시를 창수(唱酬)하고 필담을 나

---

1 교로(郊勞) : 교외까지 나아가 손님을 맞고 위로함.

2 포직춘(浦直春) : 시포직춘(市浦直春).

3 전소(田邵) : 화전소(和田邵).

4 등독(滕篤) : 근등독(近藤篤).

5 산덕기(山德基) : 구산덕기(龜山德基).

누었으니, 정월(正月) 을축일(乙丑日)이다. 밤 사경(四更)에 이르러 모임이 끝났다. 제술관의 소동(小童) 배한성(裵漢星)과 서기의 노자(奴子) 안흥복(安興福)이 글 적는 일에 배행(陪行)하였다. 그 창수와 필어를 아래에 적는다.

조선 제술관 추월 남공에게 드리다
奉贈朝鮮製述官秋月南公几下

사명(四明)

대영(大瀛)[6] 바다 밖에 길은 아득한데	大瀛海外路悠悠
봄바람을 불어 주어 채익[7]을 띄웠네	吹送春風彩鷁舟
북 피리 소리는 비단물결과 함께 일어나고	鼓吹聲兼錦浪起
깃발들 빛깔은 청운과 함께 떠 있네	旌旗色共青雲浮
한 기운이 함곡관에 걸렸다[8]고 모두 말하여	俱言一氣懸函谷
두 별이 익주로 향함[9]을 먼저 알았지	先卜雙星向益州

6 대영(大瀛) : 영주(瀛洲) 곧, 일본을 뜻한다.

7 채익(彩鷁) : 화려하게 꾸민 배. 익(鷁)은 물새의 일종인데, 이 새가 풍파를 잘 견디므로 뱃머리에 이 새의 모양을 그려 넣었던 데서 유래한다.

8 한 기운이 함곡관에 걸렸다[一氣懸函谷] : 함곡관(函谷關)의 관령(關令) 윤희(尹喜)가 자기(紫氣)가 동쪽에서 서쪽으로 옮겨 오는 것을 보고 성인이 오실 것이라고 기대하였는데, 과연 노자(老子)가 청우(青牛)를 타고 와 윤희에게 『노자(老子)』 3천자를 전했다고 한다.

9 두 별이 익주로 향함[雙星向益州] : 한(漢)나라 화제(和帝)가 각 지방에 민정(民情)을 순찰하는 사신(使臣)을 보내면서 미복(微服)으로 암행(暗行)하게 하였더니, 두 사신이 익주에 들어가서 이합(李郃)의 집에 자는데, 이합이 두 사람에게 묻기를, "두 분이 서울을 떠날 때에 조정에서 두 사신 보낸 것을 알고 오셨는가." 하였다. 두 사신이 놀래어, "우리는 듣지 못하였다. 어찌 아는가." 하니 이합이 하늘에 별을 가리키며 "두 사신별[使星]이

남국에서 명월주(明月珠)가 자리를 비추니 南國明珠光照席
천 리 길에 가져와 누구에게 던져주려나 齎來千里爲誰投

조선 서기 퇴석 김공에게 드리다
奉贈朝鮮書記退石金公几下

사명(四明)

바닷가에서 그대를 맞아 빈관을 열고 海畔迎君賓館開
우리들 이곳에서 녹명[10]을 노래하네 吾曹此唱鹿鳴來
지금 구주에 들어와 천하를 논하니[11] 九州今入談天辨
대국에서 응당 훌륭한 재사[12] 추천하였네 大國應推謀野才
햇살 비친 자라 몸[13]은 섬으로 떠 있고 映日鰲身浮島嶼
무지개 같은 신기는 누대를 뿜어냈네 如虹蜃氣吐樓臺
동방엔 진작부터 규성이 빛났으니 東方已耀文圭色
그 향기 월나라 사신의 매화[14]에 그치지 않으리 不啻流芳越使梅

익주의 분야(分野)로 향하였기 때문에 천문(天文)을 보고 안다." 하였다.

10 녹명(鹿鳴) : 『시경(詩經)』「소아(小雅)」의 편명. 신하나 빈객(賓客)에게 접대할 때 부르는 노래.

11 지금 구주에 들어와 천하를 논하니[九州今入談天辨] : 전국시대에 제(齊)나라 추연(鄒衍)이 우주와 천체에 관해 논변하며, 중국은 천하를 91개로 나누었을 때 단지 그 한 부분만을 차지하는 것이라고 했는데, 중국을 적현신주(赤縣神州)라고 하고 중국 이외에도 적현신주와 같은 것이 9개나 된다고 하였다. 『사기(史記)』「맹자순경열전(孟子荀卿列傳)」. 여기서 구주는 일본을 말한다.

12 훌륭한 재사[謀野才] : 모야는 훌륭한 계책을 말한다.

13 자라몸[鰲身] : 전설에서, 바다 속에서 삼신산(三神山)을 머리로 이고 있다는 여섯 마리 자라를 말한다. 육오(六鼇).

14 월나라 사신의 매화 향기[越使梅] : 월(越)나라 사신 제발(諸發)이 매화 한 가지를 가지

조선 서기 용연 성공에게 드리다
奉贈朝鮮書記龍淵成公几下

사명(四明)

가을바람에 명을 받아 하늘 끝으로 향했으니	秋風啣命向天涯
장건의 팔월 뗏목[15]과 같다 하리	可擬張騫八月槎
바다에 떠 몇 리인가 오직 해를 향하다가	浮海幾程唯指日
영주에 올라[16] 이곳에서 즐겨 놀을 먹었으리[17]	登瀛此處好餐霞
청컨대 천 아름이나 되는 약목[18]을 보신다면	請看若木千圍樹
부용꽃 한 떨기를 드릴 만하리	堪贈芙蓉一朶花
듣자니 기자 나라에 문물이 성하다니	聞說箕邦文物盛
영사[19]를 얻은 분은 어느 집안이신가?	靈蛇握得在誰家

고 가서 양왕(梁王)에게 증정하자, 양왕의 신하인 한자(韓子)가 열국(列國)의 임금에게 일지매를 주는 법이 어디 있느냐면서 제발과 토론을 벌이다가 낭패를 당한 일이 있다. 『설원(說苑)』「봉사(奉使)」.

15 장건의 팔월 뗏목[張騫八月槎] : 사신의 임무를 띠고 항해한다는 말. 진(晉)나라 장화(張華)의 『박물지(博物志)』에는 "천하(天河)와 바다가 서로 통하는 곳이 있어 해마다 8월이면 그곳으로 뗏목이 왕래하는데, 어떤 이가 그 배를 타고 가 견우와 직녀를 만났다."는 내용이 있다. 또 『형초세시기(荊楚歲時記)』에는 견우직녀를 만난 이가 바로 장건(張騫)이라고 하였다.

16 영주에 오르다[登瀛洲] : 선비가 영예를 얻은 것을 신선이 산다는 전설상의 산인 영주에 오르는 것에 비유한 말. 당 태종(唐太宗)이 태자로 있을 때 방현령(房玄齡)과 두여회(杜如晦) 등 18인을 학사(學士)로 삼아 정사를 자문하자, 사람들이 그들을 부러워하여 '영주에 올랐다'고 말했다 한다. 『신당서(新唐書)』「저량열전(褚亮列傳)」

17 놀을 먹다[餐霞] : 신선이 되는 수양법의 하나.

18 약목(若木) : 고대 신화 속의 나무 이름. 대황(大荒) 가운데 있는 형석산(衡石山), 구음산(九陰山), 형야지산(泂野之山) 꼭대기에 자라는 나무인데, 나무는 붉고 잎은 푸르고 꽃은 붉다고 한다. 일설에는 곧 부상(扶桑)이라 한다.

19 영사(靈蛇) : 좀체 얻기 어려운 뛰어난 문장. 『회남자(淮南子)』「남명훈(覽冥訓)」에 "수후(隋侯)가 창자 끊긴 큰 뱀을 보고 약을 발라 치료해 주었더니, 뒷날 이 뱀이 강 속에

조선 서기 현천 원공에게 드리다
奉贈朝鮮書記玄川元公几下

사명(四明)

멀리 부상 해 뜨는 동쪽 향해	遙指扶桑日出東
신선 뗏목 아득히 허공을 탔네	仙槎縹緲去乘空
곤륜산 길 거슬러 오르니 황하가 먼데	崑崙路遡黃河遠
발해(渤澥)[20]에서 유련[21]하여 적안(赤岸)[22]에 통하네	渤澥流連赤岸通
이 바로 천 리 밖에 드날린 명성인데	好是擅名千里外
어찌 한 당에서 만나리라[23] 기대했을까	何期交臂一堂中
연릉공자[24] 이제 수빙을 하니	延陵公子今修聘
해외에서 그대 대국의 풍모 논할 줄을 알겠네	海表知君論大風

서 큰 구슬을 물고 나와서 은혜를 갚았다."고 한 데서 유래한다. 성대중의 집안이 대대로 통신사행에서 문장을 맡은 일을 칭송한 것이다. 성대중의 종조부인 성몽량(成夢良)은 1719년 기해사행(己亥使行) 때 서기였으며, 성몽량의 백부인 성완(成琬)은 1682년 임술사행(壬戌使行) 때의 제술관이었다.

20 발해(渤澥) : 발해(渤海).

21 유련(流連) : 배를 띄워 놓고 한없이 즐김.

22 적안(赤岸) : 전설상의 지명. 당나라 화가 왕재(王宰)가 그린 곤륜방호도(崑崙方壺圖)를 보고 해학적으로 지은 두보(杜甫)의 〈희제왕재화산수도가(戲題王宰畫山水圖歌)〉에 "파릉의 동정호와 일본의 동해, 그리고 은하수와 통하는 적안의 물까지.[巴陵洞庭日本東赤岸水與銀河通]"라고 하였다.

23 만나다[交臂] : 팔과 팔이 서로 닿는다는 뜻으로 서로 만남 또는 마음을 알아주는 벗을 가리킨다.

24 연릉공자(延陵公子) : 춘추시대 오(吳)나라 왕 수몽(壽夢)의 넷째 아들인 계찰(季札). 연릉은 봉호(封號). 연릉계자(延陵季子)라고도 한다. 그가 현명하므로 임금으로 세우려 하였으나 적자(適子) 제번(諸樊) 이 왕위를 이어야 한다고 사양하여 절개를 지켰다. 노(魯)나라에 사신으로 갔을 때 음악을 듣고는 치란(治亂)과 흥망(興亡)을 알았다고 한다.

급히 사명에게 화운하다
走和四明

남옥(南玉)

고륜의 신마[25] 참으로 아득하니	尻輪神馬信悠悠
고국 떠난 하늘 끝에 배를 매지 않네	去國天涯不繫舟
달 돋으니 구름과 연기 온통 드넓은데	月出雲煙渾澹蕩
밀물 드니 다락집은 반쯤 잠겨 떠 있네	潮來樓閣半沈浮
시인의 별호는 감호객[26]과 같은데	詞人道號監湖客
먼 나그네 향수는 촉주로 드네	遠客鄉愁入蜀州
듣자니, 사신 맞이가 대를 이어 두텁다니[27]	聞說迎槎敦世好
가집(家集)[28]을 사양 말고 투합하기 허락하시오	莫辭家集許相投

25 고륜신마(尻輪神馬) : 조물주의 조화로 만든 거마(車馬). 마음이 하고자 하는 바에 따라 자유롭게 노니는 것을 뜻한다. 『장자(莊子)』「대종사(大宗師)」에, 자여(子輿)가 병이 들어 자사(子祀)가 문병을 가서 묻기를 "자네는 그 병을 미워하는가?" 하니, 자여가 대답하기를 "아닐세. 내가 어찌 미워하겠는가. 병이 점점 더 심해져서 나의 왼팔이 닭 모양으로 변화하면 나는 밤에 때를 알리라고 요구할 것이요…… 나의 엉덩이가 수레바퀴로 변화하면 정신을 말[馬]로 삼아 그대로 타고 다닐 것이니, 어찌 멍에를 맬 필요가 있겠는가. [浸假而化予之尻以爲輪, 以神爲馬, 予因以乘之, 豈更駕哉.]" 한 데서 유래한다.

26 감호객(監湖客) : 당(唐)나라 때 시인 하지장(賀知章). 감호란 경호(鏡湖)를 말한다. 비서감(祕書監)으로 있던 하지장이 고향인 회계산 경호의 도사(道士)로 나가게 해 줄 것을 청하자, 현종(玄宗)이 경호(鏡湖)의 섬계(剡溪) 한 구비를 하지장에게 하사했기 때문에 경호를 하감호(賀監湖) 혹은 감호(鑑湖)로 부른다. 하지장의 고향 산 이름이 사명(四明)이며, 하지장 스스로 사명광객(四明狂客)이라 하였는데, 정잠의 별호가 하지장과 같으므로, 조선 문사들의 아래 시들에서 자주 그를 하지장에 비유하였다.

27 사신 맞이가 대를 이어 두텁다[迎槎敦世好] : 정잠의 부친인 정상난대(井上蘭臺 : 1705–1761)의 무진년 사행을 접대하여 필담창수하였음을 말한 것이다.

28 가집(家集) : 집안의 저작물. 정상난대의 필담창수집을 말한다. 아래 필담에서 남옥이 정잠에게 부친의 필담창수집을 보여 달라고 요청한 내용이 나타난다.

사명산인의 운에 차운하다

次四明山人見贈韻

퇴석(退石)

밤에 촛불 켜고 시 잔치 여니	卜夜詩筵秉燭開
천태산[29] 사객이 빛 이끌어 오네	天台詞客挈明來
무진년 갑신년[30] 사절에는 빈객 맞는 직책이요	辰申槎節迎賓職
부자(父子)[31]의 문장은 민첩한 재주[32]일세	喬梓文章倚馬才
해 돋자 비로소 영오도[33]를 보겠는데	出日初看靈鰲島
구름 돌아가니 홀로 영가대[34]로 전송하네	歸雲獨送永嘉臺
이별 후 그대 내 생각 나거들랑	須君別後如相憶
창 앞 매화 한 가지 꺾어다 보내구려	折寄窓前一朶梅

29 천태산(天台山) : 여기서는 사명(四明)이 사는 곳의 이름을 말한다.

30 무진년과 갑신년[辰申] : 1748년의 무진사행과 지금의 사행 곧 1763년의 계미사행(이 수창이 이루어지는 시기에는 해가 바뀌어 1764년 갑신년이 되었음.)

31 교재(喬梓) : 아버지와 아들. 교목(喬木)은 우뚝하게 서 있으므로 아비의 도에, 재목(梓木)은 엎드려 있으므로 아들의 도에 비유한 것이다.

32 의마재(倚馬才) : 의마고재(倚馬高才). 짧은 시간에 시문을 짓는 재주가 민첩함. 진(晉)나라 환온(桓溫)이 북정(北征)할 때 원호(袁虎)가 말 앞에 기대서서 즉시 일곱 장에 걸친 장문(長文)을 지었는데 모두 명문이었다는 데서 나온 말이다.

33 영오도(靈鰲島) : 영오(靈鼇). 봉래산(蓬萊山)을 등에 지고 있다는 전설 속의 큰 자라. 일본을 뜻한다.

34 영가대(永嘉臺) : 부산 해변에 있는 대. 통신사행의 배가 출항하던 곳이다.

사명산인에게 화답하다

和四明山人

용연(龍淵)

춘풍 불 때 노와 삿대로 남쪽 물가에서 괴롭더니	春風舟楫楚南涯
물가의 매화 향기 옛 뗏목에 진동하네	水國梅香動古槎
시 짓는 객은 새로이 우저(牛渚)의 달을 보는데	詞客新看牛渚月
신선은 적성의 놀[35]에서 나오도다	仙郞來自赤城霞
새로운 자리에 빼어난 지초가 고운 모습 드러내니	新筵芝秀生眉穎
밤 깊도록 화전지에 안화[36]가 맺히네	永夜雲箋纈眼花
강주에 문학이 성함을 일찍이 알았더니	早識岡州文學盛
명성이 일찍부터 하감(賀監)[37] 집안에 속하네	名聲先屬賀監家

사명산인에게 화운하다

和四明山人

현천(玄川)

하감의 호수가 석목 동쪽[38]에 펼쳐져	賀監湖開析木東
사명의 산 빛에 조각구름이 쓸쓸하네	四明山色片雲空

35 적성하(赤城霞) : 절강(浙江) 천태현(天台縣)에 있는 산 이름. 흙 색깔이 놀[霞]과 같이 붉어서 이와 같이 이름하였다. 또는 도가에서 말하는 신선이 산다는 산으로, 땅은 붉은색이고 형태는 구름과 놀이 일어 성첩(城堞)과 같다고 한다. 흔히 아름다운 경치를 말한다.

36 안화(眼花) : 눈앞에 불똥 같은 것이 어른어른 보이는 증상.

37 하감(賀監) : 당(唐)나라 때 시인 하지장(賀知章). 위의 주 참조.

38 석목동(析木東) : 석목의 동쪽이라는 뜻으로 일본을 가리킨다. 석목은 기(箕)·두(斗) 두 별 사이의 별자리인데, 정동쪽 인방(寅方)에 해당하며, 지역으로는 요동 지방 또는 우리나라를 지칭한다.

천 년에도 절로 세상 함께하는 사람 있으니 千年自有人幷世
만 리라고 어찌 도(道)가 통하기 어렵겠나 萬里何難道與通
등불 아래 이미 맑은 글귀 마주하니 已對淸詞華燭下
다시금 채미(彩眉) 중에 비범한 기운을 보네 更看奇氣彩眉中
마음 비우고 함께 이국의 모임 기뻐하노라니 虛襟共喜殊方會
밝은 달빛도 나직이 음악의 풍류에 드리우네 素月低垂絲竹風

전운을 써서 추월 남공의 화답시에 감사하다

用前韻奉謝秋月南公見和

사명(四明)

사신 깃발 펄럭이는 아득한 물가 文旆飄飄積水悠
현주[39]에 사신 배 잠시 멈추었네 玄洲暫駐使臣舟
천지의 풍경은 신선 세계[40]에 드넓고 乾坤色在壺中闊
일월 빛은 바다 밑으로부터 떠오르네 日月光從海底浮
남용(南容)[41]처럼 노(魯)나라를 이름나게 하지는 못했으나

39 현주(玄洲) : 도교에서 일컫는 큰 바다의 신선이 사는 경치 좋은 십주(十洲)의 하나. 또는 깊은 물가 언덕.

40 신선세계[壺中] : 선경(仙境) 또는 승경(勝景). 후한(後漢) 때 비장방(費長房)이 저잣거리에서 약을 파는 호공(壺公)을 따라 호리병 속으로 들어가서 선경의 즐거움을 한껏 누렸다는 전설에서 비롯된 것이다. 《神仙傳 壺公》 다른 사람들은 모두 호공을 평범한 사람으로 알고 있었는데, 비장방은 호공이 호리병 속으로 들어가는 것을 보고 비범한 인물인 줄 알고 정성껏 그를 모신 결과, 하루는 호공이 그를 데리고 호리병 속으로 들어갔는데, 그 속은 완전히 별천지로 해와 달이 있고 선궁(仙宮)이 있었다 한다. 『신선전(神仙傳)』「호공(壺公)」.

41 남용(南容) : 공자의 제자로 노나라 사람. 『시경(詩經)』「대아(大雅)」〈백규(白圭)〉 시(詩) "흰 옥돌 속에 있는 오점(汚點)은 그래도 깎아서 없앨 수 있지만, 말을 한 번 잘못해

	莫是南容名魯國
추연(鄒衍)이 신주(神州) 변론[42]할 응당 아시리	應知鄒衍辨神州
두 나라 산하 떨어졌다 말하지 마오	休言兩地河山隔
조감(晁監)[43]을 통해 목리[44]를 던지도다	木李堪緣晁監投

시에서 조감(晁監)이라 한 것은 대마도 조기실(晁記室)을 비유한 것이다.

전운을 써서 퇴석 김공의 화답시에 감사하다
用前韻奉謝退石金公見和

사명(四明)

천 돛이 향하는 곳에 바다 구름 열리니	千帆向處海雲開
끝없는 긴 물길에 노 저어 오셨네	不盡長流鼓棹來
수레 비출 구슬은 위나라의 큰 보배[45]지만	照乘珠稱魏大寶

서 생긴 오점은 어떻게 해 볼 수가 없다.[白圭之玷 尙可磨也 斯言之玷 不可爲也]"를 하루에 세 차례씩 반복하며 말을 근신하였는데, 공자가 훌륭하게 여겨 자신의 조카딸로 처를 삼게 했다. 『논어(論語)』「선진(先進)」.

42 추연이 신주를 변론[鄒衍辨神州] : 추연(鄒衍)은 전국(戰國) 제(齊)나라 사람. 그는 천하를 91개로 나누었을 때 중국은 단지 그 한 부분만을 차지하는 것이라고 여겼다. 또한 중국을 적현신주(赤縣神州)라고 하였으며 중국 이외에도 적현신주와 같은 것이 9개나 된다고 하였다. 『사기(史記)』「맹자순경열전(孟子荀卿列傳)」.

43 조감(晁監) : 당(唐)나라 현종(玄宗) 때 비서감(祕書監)을 지낸 일본인. 조경(晁卿) 또는 조형(朝衡)으로도 부른다. 여기서는 대마도 기실(記室) 조난엄(晁蘭崦)을 비유한 것이다.

44 목리(木李) : 목리는 목리(木梨)라고도 하며 모과를 말하는데, 자신의 시문(詩文)을 낮추어 표현한 것이다. 『시경(詩經)』 위풍(衛風) 목과편(木瓜篇)에 "나에게 모과를 던져주기에 아름다운 옥으로 보답한다.[投我以木瓜, 報之以瓊琚]"고 한 데서 유래한다.

45 수레 비출 구슬은 위나라의 큰 보배[照乘珠稱魏大寶] : 전국시대 제(齊)나라 위왕(威王) 24년에 위(魏)나라 혜왕(惠王)과 교외에서 회합하였는데, 혜왕이 위왕에게 보배를 가지고 있느냐고 묻자, 위왕이 없다고 답하였다. 그러자 혜왕은 "과인의 나라는 작은데도

형초를 깔고 앉은[46] 사람은 초나라에 인재 많음을 감탄하네 班荊人嘆楚多才
북 휘둘러 밤새도록 문단에서 즐기고 揮毫終夜耽詞苑
쪽지 보내 이후에도 취대에서 모시리라[47] 授簡他年侍吹臺
고향 서신 이르렀나 묻고 싶은데 欲問故鄉書至否
봄소식은 응당 고개 남쪽 매화에 있으리 報春應有嶺南梅

오히려 지름이 1촌이나 되는 구슬이 있어서 수레를 앞뒤로 12승(乘)을 비추는 것이 10개나 됩니다. 그런데 어찌하여 만승(萬乘)의 나라에서 보배가 없단 말입니까?" 하니, 위왕은, "과인이 보배로 여기는 것은 왕이 보배로 여기는 것과는 다릅니다. 나에게 단자(檀子)란 신하가 있는데, 그로 하여금 남쪽 성을 지키게 하면 초인(楚人)들이 감히 동쪽을 침입하지 못하고 사상(泗上)의 12제후가 모두 와서 조회합니다. 그리고 나에게 분자(盼子)란 신하가 있는데, 그로 하여금 고당(高唐)을 지키게 하면 조인(趙人)들이 감히 동쪽으로 하수에 와서 고기잡이를 하지 못합니다. 이들을 가지고 천리 멀리 비추니 어찌 12승만을 비출 뿐이겠습니까." 하니, 혜왕이 부끄러워하면서 불쾌한 기색으로 떠나갔다. 『사기(史記)』「전경중완세가(田敬仲完世家)」.

46 반형(班荊) : 벗들끼리 반가이 만나서 얘기를 나눔. 춘추 시대 초(楚)나라의 오거(伍擧)와 성자(聲子)와 세교(世交)를 맺고 있었는데, 우연히 정(鄭)나라 교외에서 만나 형초(荊草)를 자리에 깔고 앉아서[班荊] 옛날이야기를 주고받았다는 데서 유래한다.

47 쪽지 보내~취대에서 모시리라[授簡他年侍吹臺] : 쪽지를 보낸다는 것은 시를 지어달라고 청하거나 서로 시를 주고받는다는 말이다. 남조(南朝) 송(宋) 사혜련(謝惠連)의 〈설부(雪賦)〉에 따르면, 서한(西漢)의 양효왕(梁孝王) 유무(劉武)가 양원(梁園)이란 호사스런 자신의 원림(園林)에서 세모(歲暮)에 사마상여(司馬相如), 매승(枚乘), 추양(鄒陽) 등과 함께 주연(酒筵)을 베풀고 놀다가 눈이 오자 흥에 겨워 먼저 시를 짓고는 간찰(簡札)을 주면서 사마상여에게 시를 짓게 하였다는 고사가 있다. 취대(吹臺)는 양효왕이 노닐던 대로, 지금의 하남(河南) 개봉시(開封市) 동남쪽 우왕대공원(禹王台公園) 안에 있다. 춘추시대 사광(師曠)이 악기를 연주하던 대라고 전해지며, 양효왕이 증축하여 명대(明台)라고 이름 하였다. 『문선(文選)』 권7 「설부(雪賦)」.

전운을 써서 용연 성공의 화답시에 감사하다
用前韻奉謝龍淵成公見和

사명(四明)

석목의 나룻가[48] 적수[49]의 물가	析木津邊赤水涯
어찌 알았으리 이곳에서 뗏목[50]을 볼 줄을	寧知此處見浮槎
강을 읊은 글귀는 비단 같이 맑고	賦江文藻淸如練
자리 비춘 의관은 놀과 같이 당당하네	照席衣冠軒似霞
꿈은 새벽에 빈관의 달을 감돌고	夢繞五更賓館月
마음은 천 리 고향의 꽃밭에 날도다	心飛千里故園花
타향에서 더구나 매화까지 피었으니	他鄕況是梅開日
경치 앞의 나그네가 어찌 집 생각 않으랴	何客臨風不憶家

전운을 써서 현천 원공의 화답시에 감사하다
用前韻奉謝玄川元公見和

사명(四明)

산하 60주[51] 바다 동쪽에	山河六十海天東

48 석목진변(析木津邊) : 석목의 나룻가. 여기서는 일본을 가리킨다. 석목(析木)은 본래 기(箕)·두(斗) 두 별 사이의 별자리. 정동쪽 인방(寅方)에 해당하며, 지역으로는 요동 지방 또는 우리나라를 지칭하는 말로 흔히 쓰인다.

49 적수(赤水) : 고대 신화 전설 중의 물 이름. 『장자(莊子)』「천지(天地)」에, 황제(黃帝)가 적수의 북쪽에서 놀다가 곤륜산 언덕에 올라 남쪽의 바라보고 돌아오다가 그 현주(玄珠)를 잃어버렸는데, 아무도 찾지 못하고 무심(無心)을 뜻하는 상망(象罔)이 찾아냈다고 하였다.

50 부사(浮槎) : 뗏목이라는 뜻으로 사신이 탄 배 또는 사신 행차를 말함.

51 산하육십(山河六十) : 일본 전체를 산하 66주라 하는데, 여기서 대략을 말해 60주라 한 것이다.

서쪽 손님[52] 깃발 푸른 하늘 가렸네 西客旌旗蔽碧空
연로의 연파가 천 리에 장하고 沿路烟波千里壯
맹약 닦는 예물이 백 년에 통하였네 修盟玉帛百年通
문장의 빛은 외모[53]에 드러나고 文章色著芝眉外
사관[54]의 재주는 약상자[55] 안에 있네 佐使才存藥籠中
계수나무 삿대 목란 노로 고국 떠나올 때 桂櫂蘭橈辭國日
시원하게 대왕풍[56] 불어 보내 주었으리 颯然吹送大王風

제6구는 대종(大宗)[57]이 원담(元澹)을 칭송한 전고이며, 윗구의 지미(芝眉)도 모두

52 서객(西客) : 서쪽 손님이라는 뜻으로, 조선 사신을 말한다. '西客'에 '一作下峽'이라 협주(夾註)하였음.

53 지미(芝眉) : 상대방의 얼굴을 높여 이르는 말. 당(唐)나라 때 방관(房琯)이 원덕수(元德秀)를 볼 때마다 감탄하며 이르기를, "저 자지(紫芝)의 모습을 대하면 사람으로 하여금 명리(名利)의 마음을 싹 가시게 한다.[見紫芝眉宇, 使人名利之心都盡]"고 한 데서 유래한다. 자지(紫芝)는 원덕수의 자(字)이다. 『당서(唐書)』「원덕수전(元德秀傳)」. 시를 받는 원중거와 같은 성이므로 이와 같이 말하였음이 아래에 밝혀진다.

54 좌사(佐使) : 좌사(佐史). 사관(史官).

55 약롱(藥籠) : 당(唐)나라 때 원담(元澹)이 적인걸(狄仁傑)에게 "신하가 임금을 섬기는 것을 비유하자면 부유한 집안의 살림살이와 똑같습니다. 좋은 반찬으로 입맛을 돋우어야 하고, 좋은 약으로 질병을 예방해야 합니다. 문하(門下)에도 입맛을 돋우어드릴 자가 많은 줄 아오나, 저도 한 약품이 될 수 있을 것입니다." 하니 인걸이 웃으면서, "그대가 바로 나의 '약상자 안의 물건[藥籠中物]'이군. 하루도 없어서는 안 되겠다."고 한 데서 유래한다. 『당서(唐書)』「열전(列傳)」 125「유학하(儒學下)」.

56 대왕풍(大王風) : 초(楚) 나라 송옥(宋玉)이 지은 <풍부(風賦)>에 바람을 대왕풍과 서인풍(庶人風)으로 나누어 호화로운 왕이 사는 곳에 부는 바람은 웅풍(雄風)이요, 곤궁한 백성들의 집에 부는 바람은 자풍(雌風)이라 하여 풍자하였다. 초(楚)나라 양왕(襄王)이 난대궁(蘭臺宮)에서 노닐다 갑자기 바람이 불어오자 옷깃을 열어젖히면서 "쾌재라, 이 바람이여. 과인이 서민들과 공유하는 것이로다." 하니, 송옥(宋玉)이 곁에서 응대하기를, "이는 오직 대왕의 바람일 뿐입니다. 서민들이 어찌 공유할 수 있겠습니까." 하였던 데서 유래한다. 『문선(文選) 권13「송옥풍부(宋玉風賦)」.

57 대종(大宗) : 약롱(藥籠)이란 적인걸(狄仁傑)이 원담(元澹)을 칭송하여 말한 것이다.

귀성(貴姓)의 전고와 관계되는 것이니, 궁벽한 전고라 여기지 말기를 바랍니다.

사명에게 첩운하다

疊次四明

추월(秋月)

만 리 창주[58]에 나의 갈 길 먼데	萬里滄洲我道悠
동해를 술잔으로 보고 지푸라기를 배로 여기네	盃看溟渤芥爲舟
부상이라 해와 달이 모두 급하고	桑鄉日月全相促
수국이라 천지가 반쯤 떠 있네	水國乾坤半是浮
천태산[59] 신선이 유완[60]의 골짜기로 왔고	台嶽仙來劉阮洞
고양[61]의 별들이 영주와 남주[62]에 모였네	高陽星聚穎南州

적인걸은 측천무후(則天武后) 때 재상이 되어 직간을 하여 정치를 안정시켰는데, 그의 사후 예종(睿宗) 때에 양국공(梁國公)에 봉해졌다. 『우저창화집(牛渚唱和集)』에는 대종(大宗)이 양공(梁公)으로 수정되어 있다. 양공이란 양국공을 줄여 말한 것이다.

58 창주(滄洲) : 물빛이 푸른 물가 또는 섬. 은자(隱者)가 사는 곳 또는 은거(隱居)를 뜻하기도 한다. 여기서는 일본을 가리킨다.

59 태악(台嶽) : 천태산(天台山). 절강성(浙江省) 천태현(天台縣) 북쪽에 있다.

60 유완(劉阮) : 후한(後漢) 명제(明帝) 영평(永平) 때의 유신(劉晨)과 완조(阮肇). 이 둘이 약초를 캐러 천태산(天台山)으로 들어갔다가 길을 잃고 헤매다 두 여인을 만나 부부의 연을 맺고 살다 반년이 지난 후 세상에 나와 보니 아는 사람들은 모두 죽어 아무도 없고 이미 7대(代)가 지났음을 알게 되었는데, 다시 여인들이 있는 곳으로 돌아가려고 했으나 다시는 돌아갈 길을 찾지 못했다고 한다. 『태평광기(太平廣記)』「신선전(神仙傳)」.

61 고양(高陽) : 재주가 뛰어난 사람이 모여 사는 마을. 후한(後漢) 때 순숙(荀淑)이 살던 마을 이름. 순숙의 아들 여덟 명이 모두 재주가 뛰어났으므로, 상고(上古) 시대 제왕인 고양씨(高陽氏) 전욱(顓頊)에게 재주가 뛰어난 아들 여덟 명이 있었던 것에 비겨서 그 마을의 이름이 원래 서호(西豪)였던 것을 고양리(高陽里)로 바꾸어 불렀다.

62 영주와 남주[穎南州] : 중국의 지명. 여기서는 일본, 특히 우창을 비유한 것.

시를 주고받으며 정에 간격 없으니　詩來詩去情無隔
밤에 명주를 던지는 것[63]과는 견주지 마오　莫比明珠夜暗投

사명(四明)이 스스로 천태(天台)에서 산다고 하였기 때문에 경련(頸聯)에서 이와 같이 표현하였다.

사명산인의 시에 첩운하다
疊四明山人見贈韻

퇴석(退石)

부상 만 리에 여섯 돛이 펼쳐지니　扶桑萬里六帆開
부사산 산색이 눈 가득 들어오네　富士山光滿眼來
비후주(備後州) 동쪽에 장관이 많고　備後州東多壯觀
금릉(金陵) 갯가밖에 기재(奇才)도 많네　金陵浦外足奇才
바람 치는 물결은 서불(徐市)[64]의 사당에 아득하고　風濤渺渺徐王廟
서리 비친 달은 야마대[65]에 머나머네　霜月迢迢野馬臺
고개를 돌려보나 계림은 어디인가　回首鷄林何處是

63 명주야암투(明珠夜暗投) : 명주암투(明珠暗投). 재능을 알아주기는커녕 오히려 질시와 비난을 받는 것. 밤에 길 가는 행인의 앞에다 명월주(明月珠)나 야광주(夜光珠)를 몰래 던져 주면 모두 칼에 손을 대면서 좌우를 두리번거릴 것이라고 한 데서 유래한다. 『사기(史記)』「추양전(鄒陽傳)」.

64 서왕(徐王) : 진시황(秦始皇) 때의 방사(方士) 서복(徐福). 진시황이 서복에게 동남동녀(童男童女) 수천 명을 배에 싣고 바다로 가서 삼신산(三神山)의 불사약(不死藥)을 캐오게 하였는데, 서복이 일본에 도착하여 그곳에 살면서 돌아오지 않아 일본의 시조가 되었다고 한다. 일본의 화가산현(和歌山縣)에 서복의 무덤이라는 것이 있고, 그의 사당이라는 것도 있다. 서불(徐市)이라고도 한다.

65 야마대(野馬臺) : 야마대(耶馬臺), 일본을 뜻하는 야다모[太和]의 음역(音譯). 야마추(邪馬推)로도 적는다.

고국 소식을 겨울 매화에게 묻노라　故園消息問寒梅

사명에게 다시 화답하다
重和四明

용연(龍淵)

진인(眞人) 찾는 배 한 척 나룻가에 아득한데　尋眞一轍渺津涯
해국의 봄기운이 달빛 받은 뗏목에 가득하네　海國春光滿月槎
스스로 흰 새와 맹세[66]할 만한 한가함이니　自是閑情盟白鳥
푸른 놀을 떨치는 비범한 기상을 또한 보겠네　尙看奇氣振靑霞
하늘 끝에서 의기투합하여 연잎 옷을 나란히 하고　天涯道契聯荷製
빈관 안에서 필담하느라 촛불 심지 돋우네　館裏毫談剪燭花
생각건대 그대의 은거는 유완(劉阮)과 비슷하리니　想得幽居劉阮近
천태산 아래가 바로 그대 집이리　天台山下是君家

사명에게 거듭 화운하다
重和四明

현천(玄川)

천태산(天台山)이 사방으로 마주한 초 땅 구름 동쪽에
天台四對楚雲東
남명(南溟)으로 흘러드니 자라 모습[67] 쓸쓸하네　流入南溟鼇影空

66 맹백조(盟白鳥) : 흰 갈매기와 벗이 되겠다고 맹세한다는 뜻으로 자연에 은거하겠다는 다짐을 말함.

드디어 인재로 하여금 뛰어난 재능 내게 하니	遂使人才英秀出
다시금 문장 기운 통함을 보겠네	更看詞藻氣機通
금릉(金陵)[68]에는 용과 봉이 뛰놀고	龍翔鳳舞金陵上
웅이(熊耳)[69]에는 물 맑고 산 빛 밝으니	水潔山明熊耳中
의로운 샘물 아니면 마시지를 않으니	非是義泉人不食
다만 숨은 덕의 가풍 있기 때문이라네	直緣潛德有家風

조선 제술관 추월 남공, 서기 용연 성공, 현천 원공, 퇴석 김공께 드리는 일백운 배율

奉贈朝鮮製述官秋月南公 書記龍淵成公 玄川元公 退石金公 列位几下 排律一百韻

동한(東韓)의 건국이 요순(堯舜) 시절에 비롯되어 오늘에 이르기까지 수천 년이 흘렀으나, 풍속과 제도가 예전에 비해 줄어들지 않았습니다. 성인이 다시 나시더라도 그것을 바꿀 필요가 없으니, 아름답다고 이르지 않을 수 있겠습니까? 지금 두 나라가 친교를 맺어, 저 같은 소인이 오히려 이러한 성사(盛事)에 참예하게 되었습니다. 돌이켜보면, 풍왕(豊王)[70]이 포악하게 하였으나 우리 신조(神祖)[71]께서 화목하게 하

67 오영(鼇影) : 전설에서, 바다 속에서 삼신산(三神山)을 머리로 이고 있다는 여섯 마리 자라를 말한다. 육오(六鼇).

68 금릉(金陵) : 비전주(備前州)의 명산. 필담 부분에 비전주의 명산으로 웅이산(熊耳山)과 상산(常山)과 금릉을 언급한다.

69 웅이산(熊耳山) : 비전주(備前州)에 있는 명산.

70 풍왕(豊王) : 도요토미 히데요시[豐臣秀吉]. 풍신수길. 임진왜란을 일으킨 일본의 무장.

여[72] 구맹(舊盟)이 식지 않았으니, 사이가 벌어진 뒤에 다시 합하게 된 것이 아니겠습니까? 제가 이미 그것을 장대하게 여겼으나, 말로 드러내지 않는다면 누가 그것을 알겠습니까? 그러므로 그 시말(始末)을 간략히 적어 여러분께 바칩니다. 처음 말머리를 동쪽으로 향하셨다는 말을 듣고는 글을 짓기에 바빴으나, 저 잠(潛)이 노둔하니, 세상이 또한 이 글에서 취할 것이 없습니다. 혹 잠깐 훑어보실 때에 버선을 사이에 둔 것[73] 같이 미치지 못한 바가 있을 것입니다. 그러나 저의 재질이 이미 이뿐이니, 너그럽게 이해해주시기를 바랍니다.

사명(四明)

신인(神人)이 초매(草昧)[74]를 연 이후	神人開草昧
누대로 몇 년이나 흘렀는가	奕葉幾春秋
여러 길은 중심으로 통하였고	諸道通中土
왕족(王族)[75]은 연원(淵源)에 의거했네	維城據上游
동명성왕(東明聖王)께서 후손을 번창시켰고	東明昌裔胄

71 아신조(我神祖) : 도요토미 히데요시 이후 일본의 통치자가 된 도쿠가와 이에야스[德川家康]를 가리킨 것으로 보인다. 도쿠가와 막부가 들어서면서 조선과의 외교가 회복되었다.

72 이 부분이 『우저창화집』에는 '앞서 풍왕이 사납게 하고 뒤에 신조가 잘 하니[顧豊王前暴之, 神祖後善之]'로 되어 있다.

73 격말(隔韤) : 버선을 사이에 둔다는 뜻으로, 가려운 곳을 직접 긁지 못해 시원하지 못하듯이 표현이 곡진하지 못함을 말하는 듯.

74 초매(草昧) : 천지가 처음 열릴 때의 혼돈한 상태.

75 왕족[維城] : 왕자 또는 왕족. 『시경(詩經)』「대아(大雅)」〈판(板)〉에 '종자유성(宗子維城)'이라고 한 데서 유래한다.

기자(箕子) 성인께서 교화를 두셨네	箕聖有風流
범이 걸터앉은 듯 산세 뛰어나고	虎踞山形峻
양의 창자인 듯 지세도 그윽한데	羊腸地勢幽
황금의 알로 길조(吉兆)를 내리고	降祥金鷇卵
보배로운 구슬 석류로 길조에 부합하였네	應瑞寶珠榴
도적을 토벌하니 요괴로운 기운 흩어지고	討賊妖氛散
병기를 씻으니 궂은비 걷혔는데	洗兵陰雨收
임금이 몸소 농사지으니 밭도랑 넉넉하고	籍田餘畎澮
씨를 뿌리니 보리밭이 드넓도다	播種遍來牟
새의 발자취[76]은 옛 전적(典籍)을 간직했고	鳥跡藏墳典
거북 등 무늬[77]는 법을 기록했네	龜文記範疇
물길을 내 압록강을 소통하고	河渠疏鴨綠
가뭄 들면 용추(龍湫)에서 기도했지	旱魃禱龍湫
백성들은 채색 비단을 광주리[78]에 담아 바치고	贄奉玄黃篚
임금은 큰 구슬 작은 구슬[79]을 신표로 나눠주었지	符分大小球

76 새의 발자취[鳥跡] : 조적문(鳥跡文). 조전(鳥篆). 전서체(篆書體) 고문자. 전서체가 새 발자취와 비슷하다고 해서 이렇게 부르기도 한다.

77 거북 등 무늬[龜文] : 고문자(古文字)를 이르는 말.

78 현황비(玄黃篚) : 여기서 현황은 채색 비단을 말한다. 채색 비단을 광주리에 담는다는 것은 바치기 위해서이다. "그 사녀들이 검은 비단과 누런 비단을 광주리에 담아 우리 주왕의 덕을 밝힌 것은 하늘의 아름다움이 진동하기 때문이니, 그리하여 우리 큰 읍인 주나라에 스스로 와서 복종한 것이다.[惟其士女, 篚厥玄黃, 昭我周王, 天休震動, 用附我大邑周.]" 『서경(書經)』「주서(周書)」〈무성(武成)〉.

79 대소구(大小球) : 천자가 내리는 작은 구슬과 큰 구슬. 『시경(詩經)』「상송(商頌)」〈장발편(長發篇)〉에, "작은 구슬 큰 구슬을 받아서 제후 나라의 깃발이 되니, 하늘의 아름다움을 받으셨도다.[受小球大球, 爲下國綴旒, 何天之休]"라고 하였다. 천자에게 두 가지 옥을 받아서 제후(諸侯)의 표장(表章)이 된다는 뜻이다.

전라도에선 귤과 유자를 싸고	全羅包橘柚
함경도에선 금과 은을 바치는데	咸鏡貢銀鏐
바람은 금화모[80]를 꺾어놓고	風折金花帽
달빛은 담비 가죽을 헤치네	月披貂豽裘
성균관에는 반수가 돌아 흐르고	成均回泮水
봉선대(封禪臺)[81]에는 원구(圓丘)[82]를 쌓았네	封禪築圓丘
빼어난 풀들 세 봉우리에서 솟아나고	葱秀三峰出
인삼은 다섯 잎으로 피어나네	人蔘五葉抽
영토는 마한(馬韓)과 변한(弁韓)을 아울렀고	封疆幷馬弁
사직(社稷)은 은나라 주나라에서 비롯되었네	社稷自殷周
현송(絃誦)[83]하기를 때로 익히되	絃誦存時習
병거(兵車)는 대수(大蒐)[84]를 하지 않네	戎軒不大蒐
팔조목을 선현(先賢)이 베풀었고	八條先哲設
칠덕[85]으로 먼 데 사람 위로하며	七德遠人柔

80 풍절금화모(風折金花帽) : 절풍립(折風笠)의 금화모(金華帽). 고구려 때 쓰던 갓의 일종. 『통고(通考)』에, "고구려 사람은 절풍립(折風笠)을 쓰는데, 만듦새가 고깔과 같다." 하였으며, 이백(李白)의 악부(樂府) 〈고려사(高麗詞)〉에, "금화로 된 절풍모로다[金花折風帽]"라고 하였다. 금화란 모자챙의 네 잎사귀를 이름이고, 절풍(折風)이란 것은 찬바람을 막는다는 이름이다.

81 봉선대(封禪臺) : 하늘과 땅에 지내는 제사 지내기 위해 세운 대. 태산의 정상에 단(壇)을 쌓아서 하늘의 공덕에 보답하는 제사를 지내는 것을 봉(封)이라 하고, 태산 아래 양보산(梁父山) 정상에 땅을 평평하게 닦아서 땅의 공덕에 보답하는 제사를 지내는 것을 선(禪)이라 한다.

82 원구(圓丘) : 하늘에 제사 지내는 둥근 모양의 높은 단.

83 현송(絃誦) : 가르침을 받아 배우고 익힘. 예전에 시를 가르칠 때에 음악 반주에 맞춰 노래하는 것을 현가(絃歌), 음악 없이 읽는 것을 송(誦)이라 한 데서 유래한다.

84 대수(大蒐) : 천자나 제후가 5년에 한 번 하는 군대 검열.

경계 끝으로 요동 변방을 이웃하고	末界鄰遼塞
동쪽 끝으로 바다 모퉁이에 이르렀네	東邊至海陬
일찍이 들으니 현도군[86]에	曾聞玄菟郡
별도로 책구루[87]를 두었다지	別置幘溝婁
음식과 재물은 지금 다르지만	食貨當今異
의복은 옛날과 같도다	裳衣與古侔
예의 있는 태도는 공수(拱手)를 따랐고	禮容隨拱手
풍속은 맨머리를 고쳤네	風俗改魁頭
세금을 적게 거둬 백성 재산 불려주고	稅薄民財阜
흉년에는 창고 곡식 나눠주네	年凶廩粟賙
조정엔 수극(垂棘)[88]의 옥이 벌여 있고	列庭垂棘璧
창고엔 굴노(屈盧)[89]의 창이 들어 있네	納庫屈盧矛
원왕(猿王)[90]의 포악함을 어찌 말하리	豈謂猿王暴
오로지 이씨[91]의 수심이 되었네	專爲李氏愁
이국에서 더위와 추위를 겪으며	殊方寒暑露
외진 곳에서 해 넘겨 머물렀지	絶域歲淹留
아비와 아들이 항복하는 졸개가 되었고	父子成降卒

85 칠덕(七德) : 문치의 일곱 가지 덕 또는 무치의 일곱 가지 덕을 말하는데, 여기서는 후자를 뜻한다. 금포(禁暴)·즙병(戢兵)·보대(保大)·정공(定功)·안민(安民)·화중(和衆)·풍재(豐財)를 이른다.

86 현도군(玄菟郡) : 전한(前漢)의 무제(武帝)가 세운 한사군(漢四郡) 가운데 하나.

87 책구루(幘溝婁) : 고구려 때 현도군(玄兎郡)에 설치한 성. 지금의 함경북도에 있다.

88 수극(垂棘) : 춘추시대 진(晉)나라의 지명. 이곳에서 아름다운 옥이 생산되었다.

89 굴려(屈盧) : 고대에 활과 창을 잘 만드는 것으로 이름났던 사람.

90 원왕(猿王) : 풍신수길(豐臣秀吉) 곧, 도요토미 히데요시를 말함.

91 이씨(李氏) : 이씨조선(李氏朝鮮)이라는 뜻으로 조선을 말함.

공후(公侯)는 좋은 짝을 잃었네	公侯失好仇
창과 방패는 새로이 마을을 허물고	干戈新墮黨
결박은 다시 깊은 원수 되었네	係累更深讎
젊은이 늙은이 모두 흩어졌고	老少俱離散
수레와 보병이 서로 밟았다네	車徒互轔蹂
연기와 안개 속에 급한 격문 전하였고	烟波傳羽檄
험한 곳에 다리 놓고 수레 달렸네	險隘駕梁輈
장정들은 피로하게 분주하였고	丁壯疲奔走
지어미는 길게 한숨 쉬었네	室家長歎啾
재앙으로 바퀴자국의 고기[92] 같이 되었고	餘殃魚若轍
폭정으로 그물에 걸린 꿩 같아졌네	横政雉罹罦
북쪽으로 피난 갈 때 임금 비석 무너졌고[93]	北踰移君祏
서쪽으로 정벌할 때 나의 가래 이지러졌네[94]	西征缺我銶
한 사내[95]가 상제(上帝)의 노하심을 만나니	獨夫逢帝怒
만백성이 하늘의 복을 회복하게 되었네	萬姓復天休
임금이 있어 삼척검을 잡으시니	有主提三尺
어느 백성이 한 줌 흙이라도 훔쳐내겠나[96]	何民盜一抔

92 바퀴자국의 고기[魚若轍] : 수레바퀴 자국에 괸 물에 있는 물고기. 매우 위급한 처지를 이르는 말. 학철부어(涸轍鮒魚).

93 임금의 비석 무너졌고[移君祏] : 임진왜란 때 왜적들이 성종(成宗)의 선릉(宣陵)과 중종(中宗)의 정릉(靖陵)을 훼손한 일을 말한다.

94 나의 가래 이지러졌네[缺我銶] : 『시경(詩經)』「빈풍(豳風)」〈파부(破斧)〉에서, “이미 나의 도끼가 부서지고 또 가래마저 이지러졌네[旣破我斧 又缺我銶]”라고 하였다.

95 한 사내[獨夫] : 포악한 정치를 하여 국민에게 외면을 당한 군주를 이르는 말. 여기서는 풍신수길을 가리킨다.

96 임금이 있어~훔쳐내리오[有主提三尺, 何民盜一抔] : 삼척검을 잡았다는 것은 한고조

태평시절에 그 방책을 펼치니	太平敷爾策
원로들은 그 계책이 장하도다	元老壯其猷
이문(移文)으로 지방을 다스리고	下邑移書治
중원에서 계책을 빌리도다[97]	中原借箸籌
옛 언덕엔 탱자나무 가래나무[98] 없어졌고	古丘空枳棘
남겨진 음향은 공후로 전해지네	遺響託箜篌
진나라 이전의 폐단을 업애려 하였으나	欲救先秦弊
그로부터 여러 이론[99] 분분하였네	從他衆楚咻
이웃과 친함은 나라의 보배요	善隣邦國寶
도읍 정함은 자손 위한 모책(謀策)이네	定鼎子孫謀
종묘에선 포로를 보았고	宗廟觀俘馘
흙더미[100]에선 해골을 거두었네	武軍收髑髏
충성스런 어진이가 어찌 욕을 받겠나	忠良寧戮辱
재앙은 바로 치유되었네	喪亂正夷瘳

유방이 혼란한 세상을 평정한 것을 말한다. 한줌 흙은 무덤의 흙을 말한다.

97 차저주(借箸籌) : 젓가락을 빌려 계책을 세움. 한(漢)나라 장량(張良)이 유방(劉邦)에게, "앞에 있는 젓가락을 잠깐 빌려서 대왕을 위해 계책을 설명드리겠다.[臣請借前箸爲大王籌之]"고 한 데서 유래한다. 『한서(漢書)』「장량전(張良傳)」.

98 지극(枳棘) : 탱자나무와 가래나무 또는 멧대추나무를 말하는데, 가시가 많은 쓸모없는 나무를 뜻한다.

99 이론[楚咻] : 거센 이론(異論) 또는 처한 환경이 좋지 않아 일을 도모하여도 이루지 못함을 이르는 말. 『맹자』「등문공하(滕文公下)」에 "한 제(齊)나라 사람이 어떤 사람에게 제나라 말을 가르칠 때, 많은 초(楚)나라 사람이 떠들어 대면 매일 매를 때리면서 제나라 말을 습득하게 하더라도 될 수 없을 것이다.[一齊人傳之 衆楚人咻之 雖日撻而求其齊也不可得矣]"라고 한 데서 유래한다.

100 흙더미[武軍] : 전쟁에서 이긴 쪽에서 전공(戰功)을 자랑하기 위해 적의 시체를 모으고 흙을 덮어 높이 쌓아올린 흙더미.

궤장(几杖)으로 선비를 우대하고	几杖優縫掖
어여(魚輿)[101]로 무장(武將)[102]을 우대하였네	魚輿重蒯緱
병선(兵船)으로 외적을 몰아내고	艨艟驅外寇
도끼로 뭇 도적을 쫓아냈네	鈇鉞逐群偸
해대[103]는 산동의 전망이요	海岱山東望
효산[104]은 천하의 요새이네	崤函天下喉
농사 많으니 일천 짝[105]이 밭을 갈고	農多千耦耜
말들 풍족하니 여섯 마구간[106]에서 기르도다	馬簇六閑騶
가혹한 법 다 물리치고	苛法皆攘斥
결국 옛 제도 따랐네	舊章終率由
상서가 오는 가죽신 소리[107]에	尙書鳴革履
태자는 국토의 온전함[108]을 알았네	太子識金甌
엄뢰[109]에서 낚시하며 지내고	嚴瀨絲綸下

101 어여(魚輿) : 수레의 일종인 듯하다. 예전에 귀인이 타는 수레로 어거(魚車)와 어헌(魚軒)이 있었는데, 물고기 가죽으로 장식한 것이다.

102 무장[蒯緱] : 손잡이를 노끈으로 감은 칼. 여기서는 무장을 뜻하는 것으로 보인다.

103 해대(海岱) : 중국 산동성(山東省)의 발해(渤海)부터 태산(泰山)에 이르는 지역.

104 효함(崤函) : 효산(崤山)과 함곡관(函谷關). 중국 하남(河南)의 요해지.

105 일천 짝[千耦] : 매우 많은 인원을 말한다. 『시경(詩經)』 〈재삼(載芟)〉에, 일천 짝이 김을 매니 논밭에도 다니고 두둑에도 다니도다[千耦其耘 徂隰徂畛]라고 하였다.

106 여섯 마구간[六閑] : 한(閑)은 마구간. 『주례(周禮)』에, 천자는 12한에 6종의 말을 두고, 방국(邦國)은 6한에 4종의 말을 둔다 하였다.

107 상서가 오는 가죽신 소리[尙書鳴革履] : 혁리는 가죽신. 『한서(漢書)』 「정숭전(鄭崇傳)」에 "매번 가죽신 끄는 소리를 듣고는 임금이 웃으며 말하기를, '나는 정상서의 신소리를 알겠다.'[每見曳革履, 上笑曰 : '我識鄭尙書履聲.']고 하였다"는 말이 있다.

108 국토의 온전함[金甌] : 금으로 만든 사발이라는 뜻으로, 흠이 없고 견고한 국토를 말한다.

부암[110]에서 그 모습 찾아 등용하였네	傅巖容貌求
구덩이를 메우고 수자리 부역을 쉬며	塡潢休役戍
칼을 버리고 호미와 괭이를 사네	棄劍買鉏耰
밭고랑에 돌아와 편안히 쉬며	隴畝歸安堵
높은 곳에서도 수확 많기를 축원하네[111]	甌窶祝滿篝
조정 신하 모두 백발이요	朝臣皆皓髮
나인으로는 미인을 멀리하네	宮妾遠明眸
대궐엔 봉황 한 쌍 드리웠고	帝闕垂雙鳳
조정 관원들 다섯 비둘기[112]를 본떴네	王官象五鳩
야외무대엔 새들이 희고 깨끗하며[113]	露臺禽鶴鶴
궁궐 동산엔 사슴이 평화로이 우네[114]	靈囿鹿呦呦

109 엄뢰(嚴瀨) : 후한(後漢)의 엄광(嚴光)이 은거하여 낚시하던 곳. 엄광은 광무제(光武帝)가 등극하기 전 동문수학했는데, 광무제가 즉위한 후 간의대부(諫議大夫)를 제수하였으나 응하지 않고 부춘산(富春山)에서 밭 갈기와 낚시로 소일하며 여생을 마쳤다. 『후한서(後漢書)』「고사전(高士傳)」.

110 부암(傅巖) : 은(殷)나라 고종(高宗)의 어진 재상 부열(傅說)이 숨어 살던 곳. 부열이 이곳에 은거하며 담 쌓는 일을 하고 있었는데, 고종의 꿈에 그 형상이 나타나 발탁되었다. 『서경(書經)』「열명(說命)」.

111 높은 곳에서도 수확 많기를 축원하네[甌窶祝滿篝] : 풍작을 기원한다는 말이다. 『사기(史記)』「골계열전(滑稽列傳)」에, "고지대 밭의 수확도 그릇에 가득, 저지대 밭의 수확도 수레에 가득, 오곡이 모두 잘 여물어서, 집 안에 가득 차게 해 주시기를.[甌窶滿篝 汙邪滿車 五穀蕃熟 穰穰滿家]"이라는 말이 나온다.

112 다섯 비둘기[五鳩] : 치민(治民)을 담당하던 다섯 부서를 이르는 말. 구(鳩)란 취(聚)이므로 이와 같이 이름 붙인 것이다.

113 희고 깨끗하다[鶴鶴] : 『시경(詩經)』「대아(大雅)」〈영대(靈臺)〉에, "왕께서 영유에 계시니, 암사슴이 엎드렸도다. 암사슴은 살이 통통 쪘고, 백조는 깨끗하도다.[王在靈囿 麀鹿攸伏 麀鹿濯濯 白鳥鶴鶴]" 라고 하였다.

114 평화로이 울다[呦呦] : 『시경(詩經)』「소아(小雅)」〈녹명(鹿鳴)〉에 "평화로이 우는 저 사슴이여, 들 마름을 먹는도다[呦呦鹿鳴 食野之苹]."라고 하였고, 그 서에 "임금이

수양버들은 치도[115]에 이어졌고	垂柳連馳道
푸른 홰나무는 어구[116]를 덮어주네	靑槐蔽御溝
강도(江都)[117]에 새 군주 서니	江都新主立
조선 사신이 옛 맹약을 닦네	韓使舊盟修
깃발들이 바로 신의를 전하나니	旄節正傳信
음률이 어찌 나쁜 것을 흉내 내겠나[118]	歌鐘豈效尤
수레를 세우고 타고(鼉鼓)[119]를 연주하며	縣軒鼉鼓奏
고기를 썰어 담고[120] 각궁(鼉鼓)[121]으로 잔 돌리네	折俎角弓酬
맑은 술을 귀한 옥그릇에 담고	淸酌珪璋瓚
황류(黃流)[122]와 거창(秬鬯)[123]도 술통에 담네	黃流秬鬯卣

여러 신하와 좋은 손님을 대접하는 시다." 하였는데, 주연을 베풀어 빈객을 향응함을 말한다.

115 치도(馳道) : 임금의 행차가 다니도록 닦아놓은 길.

116 어구(御溝) : 대궐(大闕)로부터 흘러나오는 개천.

117 강도(江都) : 에도[江戶]. 일본에 새 정권인 에도정부가 들어섰음을 뜻한다.

118 효우(效尤) : 남의 좋지 않은 일을 흉내 냄.

119 타고(鼉鼓) : 악어가죽으로 만든 북.

120 고기를 썰어 담고[折俎] : 고대에 제사하고 연회할 때 희생으로 쓴 고기의 각 부위를 분해하여 그릇에 담아 올린다는 뜻으로, 국가의 대전(大典)에 참여함 또는 연회를 뜻한다.

121 각궁(角弓) : 각궁(角弓)은 『시경(詩經)』「소아(小雅)」의 편명으로 원래는 주(周)나라 유왕(幽王)이 친족(親族)을 멀리하고 소인들을 가까이 하므로, 친족들이 임금을 원망하여 부른 노래인데, 그 내용에 형제는 서로 사이좋게 지내야 한다는 구절이 있기 때문에 우정을 강조하는 뜻으로 쓰이기도 한다. 진(晉)나라 한기(韓起)가 노(魯)나라에 가 연회자리에서 '각궁'을 노래했는데, 이는 두 나라가 형제처럼 우의를 다지자는 뜻이었다.

122 황류(黃流) : 제주(祭酒)의 일종. 강신할 때 땅에 붓는 술로 검정 기장으로 빚고 울금초(鬱金草)로 색깔을 낸다.

123 거창(秬鬯) : 제주(祭酒)의 일종. 검은 기장에 울금과 향초를 버무려서 빚은 술로, 고대에 제사 지낼 적에 강신(降神)을 하거나 공이 있는 제후에게 술을 하사할 때 쓴다.

개구리밥과 흰 쑥[124]을 귀한 손님께 대접하고	蘋蘩享貴客
보잘것없는 풀[125]을 명마(名馬)[126]에게 먹이네	苜蓿秣花虯
소아(小雅)로 아름다운 음악을 연주하고	小雅歌嘉樂
황화(皇華)[127]로 사신 직책[128]을 제수하네	皇華拜咨諏
빙문(聘問) 위해 멀리서 예물을 갖춰오고	聘儀遙執幣
빈사례(賓射禮)에 무거운 화살이 마련되었네	賓射好鈞鍭
사신의 수레가 저자를 지나고	過市星軺蓋
면류관 쓴 관리가 섬돌 아래 추창(趨蹌)하네	趨階爵冕旒
무신(武臣)들은 준의관[129]을 썼고	武夫冠鵔鸃
선두의 기마(騎馬)에는 비휴[130]를 실었도다	導騎載貔貅
곤륜산(崑崙山)[131]까지 다 온 듯하니	似極昆侖所

124 개구리밥과 흰 쑥[蘋蘩] : 변변치 못한 제수(祭需)를 말한다. 『시경(詩經)』「소남(召南)」〈채빈(采蘋)〉에, "개구리밥을 뜯으러 남쪽 시냇가로 가세. 마름을 뜯으러 저 길가 도랑으로 가세.[于以采蘋 南澗之濱 于以采藻 于彼行潦]" 하였다.

125 보잘것없는 풀[苜蓿] : 목숙은 나물 이름.

126 명마[花虯] : 구화규(九花虯). 명마의 하나. 이마의 높이가 9촌(寸)이며, 깃털이 기린과 같으며 갈기가 규룡(虯龍)과 같고, 몸에 구화(九花) 무늬가 있어 구화규(九花虯)라고 부른다.

127 황화(皇華) : 『시경(詩經)』의 「소아(小雅)」의 한 편 〈황황자화(皇皇者華)〉를 말한다. 사신 보내는 일을 노래하였다. 사신을 뜻하기도 한다.

128 자추(咨諏) : 두루 묻고 의논해야 하는 사신의 일을 말한다. 사신을 전송하는 노래인 『시경(詩經)』〈황황자화(皇皇者華)〉에 "달리고 또 달리며 두루 묻고 의논하네.[載馳載驅 周爰咨諏]"라고 하였다.

129 준의관(鵔鸃冠) : 관의 일종.

130 비휴(貔貅) : 맹수(猛獸)의 이름으로 용맹한 군대를 비유한 말이다.

131 곤륜(崑崙) : 곤륜산(崑崙山). 중국의 서쪽 신강성(新疆省) 서장(西藏)에 있는 산. 한사(漢使)가 서역의 우전국(于寘國)에서 하원(河源)을 찾아내었는데, 그 산 이름을 곤륜(崑崙)이라고 하였다는 기사가 《사기(史記)》 대원열전(大宛列傳)에 나온다. 곤륜산(昆侖山)이라고도 한다.

그야말로 박망후(博望侯)[132]일세 還當博望侯
순식간에 솥의 고기를 삶아 咄嗟烹鼎肉
잘라서 소반에 담아 올리도다 宰割進盤羞
부상(扶桑)의 나무에 닻줄을 매시고 繫纜扶桑樹
고향의 푸른 누대 꿈꾸시겠네 夢鄉環翠樓
죽간에는 옛 전서 남아 있고 竹書遺古篆
장기 둘 때 바둑판을 쓴다오[133] 棊子用紋楸
신선의 학 아직 보지 못했으나 未見仙翁鶴
노자(老子)의 소[134] 먼저 맞았도다 先迎柱史牛
나라 안엔 한(漢)나라 제도가 많고 國中多漢制
변방엔 제(齊)나라 노래를 짓네 海表屬齊謳
물이 많은 삼천리요 積水三千里
관문 첩첩한 육십 주라네 重關六十州
교외 마을까지 개 짖는 소리 들리고 郊村狗吠達
시골 마을에 사람들 많이 산다네 陌落人居稠
부사산 봉우리에서 눈을 읊고 咏雪芙蓉嶽
두약[135] 핀 물가에서 꽃을 찾네 尋芳杜若洲

132 박망후(博望侯) : 한(漢)나라 무제(武帝)때 서역 대월지국(大月氏國)과 동맹을 촉진할 목적으로 사신으로 떠나 서역(西域)을 두루 돌아다니며 동서(東西) 교역의 길을 연 장건(張騫). 박망후는 그의 봉호(封號).

133 장기 둘 때 바둑판을 쓰다[棊子用紋楸]: 일본의 장기판은 바둑판 모양이다.

134 노자의 소[柱史牛] : 주사(柱史)는 주하사(柱下史)라는 벼슬 이름의 약칭. 노자는 주나라의 역사를 편찬하던 관원이었다. 노자가 청우(青牛)를 타고 함곡관(函谷關)을 지나 파촉(巴蜀)에 가서 단약을 구웠다 한다.

135 두약(杜若) : 향초(香草) 이름. 『초사(楚辭)』「구가상군(九歌湘君)」에, "방주에서 두약을 뜯는도다.[採芳洲兮杜若]" 하였다. 두약주란 두약이 자라는 물가라는 뜻으로, 일본

화초들엔 봉미초(鳳尾草)[136] 뒤섞였고	卉花交鳳尾
수놓은 비단은 어유금(魚油錦)[137]처럼 찬란하네	錦繡爛魚油
적안(赤岸)[138]에서 기이한 형상 찾으며	赤岸探奇狀
방호(方壺)[139]에서 빼어난 유람에 드네	方壺入勝遊
시황(始皇)은 약초 캐기 생각하고[140]	始皇思采藥
중니(仲尼)는 뗏목 타기 생각했지[141]	仲尼憶乘桴
큰 바다에서 황고(黃鵠)[142]를 타고	溟渤淩黃鵠
험한 산에서 자류마[143]를 채찍질하였으리	巉巖策紫騮

을 가리킨다.

136 봉미초[鳳尾] : 봉미초(鳳尾草). 뿌리와 줄기가 짧고 잎이 떨기로 나는, 봉의 꼬리와 비슷한 다년생 식물.

137 어유금[魚油] : 어유금(魚油錦). 요유릉(龍油綾)과 함께 무늬가 기이하며 물에 넣어도 젖지 않으므로 이러한 이름으로 불렸다고 한다. 당(唐)나라 소악(蘇鶚)의 『두양잡편(杜陽雜編)』.

138 적안(赤岸) : 당(唐)나라 화가 왕재(王宰)가 그린 〈곤륜방호도(崑崙方壺圖)〉를 보고 해학적으로 지은 두보(杜甫)의 시 〈희제왕재화산수도가(戲題王宰畫山水圖歌)〉에 "파릉의 동정호와 일본의 동해, 그리고 은하수와 통하는 적안의 물까지.[巴陵洞庭日本東 赤岸水與銀河通]"라는 말이 나온다. 『두소릉시지비(杜少陵詩集)』 9권. 적안(赤岸)은 전설 속의 지명.

139 방호(方壺) : 방장산(方丈山). 고대 전설상의 바다에 있다는, 신선들이 사는 산. 모양이 술병 같다고 한다.

140 시황은 약초 캐기 생각하고[始皇思采藥] : 진시황 때 제(齊)나라 사람 서복(徐福)이, 바다 가운데 삼신산(三神山) 불사약(不死藥)이 있으니, 동남동녀를 데리고 가서 구해 오겠다고 하자, 진시황이 그의 말을 듣고 수천 명의 동남동녀(童男童女)를 데리고 가서 불사약을 구해 오게 하였다." 하였다. 『사기(史記)』 「진시황본기(秦始皇本紀)」.

141 중니는 뗏목 타기 생각했지[仲尼憶乘桴] : 공자가 천하에 도가 행해지지 않음을 탄식하며 뗏목을 타고 바다에 떠다니겠다고 하였다. 『논어(論語)』 「공야장(公冶長)」.

142 누런 고니[黃鵠] : 한 번에 천 리를 난다고 하는, 신선이 타고 다닌다는 황색의 고니.

143 자류마[紫騮] : 준마의 하나.

영광스럽게 목란주(木蘭舟)[144]에 노를 젓고 木蘭榮擁楫
기쁘게도 청한주(青翰舟)[145]에 함께 탔는데 青翰喜同舟
굳센 쇠뇌로는 작은 짐승 잡기 부끄럽고 勁弩羞微獸
성대한 관은 목욕시킨 원숭이에게 씌우기 부끄럽네[146] 峩冠愧沐猴
해와 달을 품은 듯이 환하고 朗如懷日月
향초와 악초[147]처럼 아득히 차이나네 邈似隔薰蕕
마음의 사귐은 금란지교(金蘭之交)처럼 굳으나 心醉蘭金切
면교(面交)함은 부평초 같이 덧없네 面交萍水浮
뛰어난 재주로 연석(燕石)[148]을 상대해주시니 材齊襲燕石
서툰 기예로나마 오구[149]를 시험하네 技拙試吳鉤
취미에는 호(胡) 월(越)의 구분[150] 없고 臭味無胡越
가업을 계승함에는 추로(魯鄒)[151]를 우러르네[152] 箕裘仰魯鄒

144 목란주[木蘭] : 아름다운 나무배. 춘추전국 시대 오나라 왕 합려(闔閭)가 심양강(潯陽江)에 있는 목란주(木蘭洲)에 목란수(木蘭樹)를 많이 심었다고 한다. 궁전을 짓기 위해 심은 것인데 노반(魯班·魯般)이 목란으로 배를 만들어 그 이후 시인들이 배를 아름다운 배를 목란주라고 일컫는다.

145 청한주[青翰] : 새의 모습을 새기고 청색으로 칠한 배.

146 목욕한 원숭이[沐猴] : 변변치 못한 사람이라는 뜻. 『사기(史記)』「항우본기(項羽本記)」에, 사람들이 말하기를, "초나라 사람은 목욕시킨 원숭이에게 갓을 씌운 것이라 하더니, 과연 그렇구나."[人言 楚人沐猴而冠耳 果然]라고 했다고 한다. 아관(峩冠)은 높은 관, 곧 성대한 차림.

147 향초와 악초[薰蕕] : 훈은 향기로운 풀, 유는 구린내 나는 풀.

148 연석(燕石) : 연산(燕山)에서 나는 돌. 옥(玉)과 비슷하지만 옥이 아닌 돌.

149 오구(吳鉤) : 끝이 활처럼 굽은 날카로운 칼. 춘추시대 오(吳)나라 사람이 잘 만들었기 때문에 이렇게 부른다.

150 호(胡) 월(越)의 구분 : 북쪽의 호(胡)나라와 남쪽의 월(越)나라라는 뜻으로, 서로 멀리 떨어져 있거나 소원(疎遠)함을 비유하여 이르는 말.

151 추로[魯鄒] : 추로(鄒魯). 공자가 태어난 노(魯)나라와 맹자가 태어난 추(鄒)나라를

무엇으로 낭간(琅玕)[153]에 보답할까	琅玕何以報
승복(僧服)으로 이에 모두 예를 갖추네[154]	毳褐此俱摳
악포(鰐浦)[155]도 아득하여 멀고머니	鰐浦茫逾遠
계림(鷄林)까지는 더더욱 멀리라	鷄林阻且脩
진흙과 먼지는 비록 형세 달라도	泥塵雖異勢
아교와 옻[156]처럼 잠깐사이 의기투합했네	膠漆暫相投
붓 당겨 서로 마음을 통하고	援筆通肝膽
당(堂)에 올라 모시고 수창(酬唱)을 하네	上堂陪唱酬
글귀를 엮어 우스꽝스러운 말 함부로 바치나니	屬辭供戲謾
직무를 받드는 일 광대와 비슷하네	奉職比俳優
하찮은 사람이라 일어냄[157]을 감당해야 하나	瓦礫任沙汰
귀하신 분이라 예 갖추기[158]에 적당하네	簪纓近希耩

함께 이르는 말.

152 가업을 이음[箕裘] : 선대(先代)의 훌륭한 가업(家業)을 계승함. 『예기(禮記)』「학기(學記)」에, "훌륭한 대장장이의 아들은 반드시 갖옷 만드는 것을 배우고, 훌륭한 활 만드는 사람의 아들은 반드시 키 만드는 것을 배운다.[良冶之子 必學爲裘 良弓之子 必學爲箕]" 고 한 데서 유래한다.

153 낭간(琅玕) : 옥(玉)과 비슷한 아름다운 돌을 말하는데, 훌륭한 문사(文詞)나 또는 간언(諫言)을 비유한다. 한유(韓愈)의 〈착착(齪齪)〉에, "구름을 헤치고 천문(天門)에 호소하여, 뱃속을 열어서 낭간을 바치련다.[排雲叫閶闔 披腹呈琅玕]" 한 데서 유래한다.

154 예를 갖추다[摳] : 구의(摳衣). 옷자락을 걷어 올림. 어른 앞에서 몸가짐을 공손히 하는 태도로서 제자가 스승에게 나아갈 때 많이 쓴다. 『예기(禮記)』「곡례(曲禮)」에 "옷자락을 추어올리고 구석을 향해 종종걸음으로 가서 앉고, 반드시 응대를 삼가서 해야 한다.[摳衣趨隅 必愼唯諾]"고 한 데서 유래한다.

155 악포(鰐浦) : 일본 대마도의 포구.

156 교칠(膠漆) : 아교와 옻. 굳게 결합한 사물 또는 정의가 깊음의 비유.

157 일어냄[沙汰] : 도태(淘汰). 물에 넣고 일어서 좋은 것만 골라내고 불필요한 것을 가려서 버림.

당시의 명성으로도 낚시[159]에 만족하시는데	時名甘釣磶
나는 일 만들어 글 짓는 죄수 되었네	生事坐書囚
팔을 잡아 종멸(鬷蔑)[160]을 가까이해주시니	把臂親鬷蔑
말을 하지 않아도 저부(褚裒)[161]임을 알겠네	不言知褚裒
끊임없는 글에선 재기 넘침을 보겠고	詞源看勃窣
심오한 이치에선 깊은 생각을 보겠네	理窟覺冥搜
고상한 국량을 짐작할 수 있으니	雅量能斟酌
그 많은 재주에 누가 짝하리오	多才孰匹儔
백 편 시는 이백(李白) 두보(杜甫)를 능가하고	百篇欺李杜
여덟 말 재주[162]는 조식(曹植)·유정(劉楨)[163]을 본받았네	八斗擬曹劉

158 예 갖추기[絺講] : 권구(絺講). (예의를 갖추기에 앞서) 옷소매를 걷어매는 일.

159 조갈(釣磶) : 물 가운데에 있어 낚싯대를 드리우기에 알맞은 바위라는 뜻으로 낚시를 말함.

160 종멸(鬷蔑) : 정(鄭)나라 대부(大夫). 외모가 추하였다. 진(晋)나라 대부(大夫) 숙향(叔向)이 정(鄭)나라에 갔을 때 종멸은 숙향을 만나보기 위해 심부름꾼을 따라 들어가 당(堂) 아래에 서 있었다가 한 마디 훌륭한 말을 하자, 숙향이 그 말을 듣고는 당 아래로 내려가서 그의 손을 잡고 자리로 올라가 서로 친밀하게 얘기를 나누었다.『좌전(左傳)』「소공(昭公) 28년」.

161 저부(褚裒) : 진(晉)나라 때 명신(名臣). 자(字)는 계야(季野). 젊어서 입으로는 선악을 말하지 않으면서 마음속으로는 정확하게 포폄(褒貶)을 가하였다. 환이(桓彝)가 그를 보고 평하여, "계야(季野)는 입으로는 말하지 않으나, 가죽 속에 양추(陽秋)가 있다.[口不言是非, 皮裡自有春秋].]" 하였다. 춘추(春秋)에서 봄은 양(陽)으로 포상(褒賞)에 해당하고 가을은 음(陰)으로 폄벌(貶罰)에 해당한다. 이로써 저부는 피리양추(皮裏陽秋)라는 평을 얻었다.『진서(晉書) 93권「저부전(褚裒傳)」.

162 여덟 말 재주[八斗] : 팔두지재(八斗之才). 매우 탁월한 재능. 남조(南朝) 때 송(宋)나라 사영운(謝靈運)이 "천하의 재주는 모두 한 섬인데 조자건(曹子建)이 혼자서 여덟 말을 가지고 내가 한 말을 가지고 천하 모든 사람들이 나머지 한 말을 나누어 가졌다."고 한 말에서 유래한다. 조자건은 조조(曹操)의 아들 식(植).

163 조류(曹劉) : 삼국시대(三國時代) 위(魏)나라 명문장가 조식(曹植)과 유정(劉楨).

그대에 대한 비평[164]은 겉만 본 것이 아니니	月旦非皮相
문장에서 문채가 드러나네	文章著外彪
감동을 주는 데는 구운 고기뿐인데	感恩唯炙肉
덕을 잃는 것은 또한 마른 음식[165] 때문이기에	愆德亦乾餱
역로(歷路)의 손님맞이[166] 힘써 하였고	廚傳嚴郊勞
시편으로 나그네 수심을 위로하였지	詩篇慰旅愁
갈림길에서 유독 슬프더니	臨岐偏慘澹
작별하려니 더욱 주저 되누나	分袂益夷猶
붙잡으려도 이미 배 떠나니	維縶旣飛鷁
뒤따르고 싶으나 갈매기만 그리워할 뿐인데	追隨徒慕鷗
벗 그리는 시구를 지어도	縱裁懷友句
어떻게 편지를 전할까	方奈致書郵
하늘 땅 사이에서 이별하자니	生別乾坤隔
하릴없이 멀리 시름겹게 바라볼 뿐	無爲悵望悠

164 비평[月旦] : 초하루에 하는 인물평. 후한(後漢) 때 여남인(汝南人) 허소(許劭)가 그의 종형 허정(許靖)과 함께 명성이 높았는데, 향당(鄕黨)의 인물들을 비평하기 좋아하여 매월 초하룻날이면 함께 모여 인물들의 품제(品題)를 바꾸어 발표한 데서 유래한다. 여남고회(汝南高會), 여남월단(汝南月旦).

165 덕을 잃는 것은 또한 마른 음식[愆德亦乾餱] : 『시경(詩經)』「소아(小雅)」〈벌목(伐木)〉에, "백성들이 덕을 잃는 것은, 마른 밥 때문에 허물이 생기는 것이다[民之失德 乾餱以愆]." 하였다.

166 주전(廚傳) : 여행자에게 숙식과 거마의 편의를 제공하던 곳.

필어(筆語)

남추월(南秋月): "무진년 사행 때 이 주에서 수창집을 간행한 것이 있습니까? 여러 문학(文學)을 통해 그것을 얻어 보았으면 좋겠습니다."

잠(潛): "무진사행 때의 수창집은 이미 간행되었습니다만 이곳과 국도(國都)와의 거리가 40여 리가 되는지라, 제 아비의 창화집이라면 제 짐에 있는 것을 드릴 수 있으나, 그 나머지 것은 속히 갖출 수가 없습니다. 기다려 주신다면 앞으로 장정을 갖추어 대판이나 동도로 전해드리겠습니다.

추월(秋月): 우선 선공(先公)의 창화집을 보면 좋겠고, 나머지는 나중에 대판에서 뒤 미쳐 볼 수 있게 해주시면 매우 다행스럽겠습니다.

잠(潛): "그러겠습니다. 저의 숙소가 이곳에서 3 리나 떨어져 있으니, 선친의 사록(槎錄)은 내일 포(浦)·조(朝) 두 기실(記室)[167]을 통해 올리겠습니다.[168]"

추월(秋月): "비전주(備前州)의 명산대천에 볼 만한 것이 많습니까? 관아가 있는 곳의 이름은 무엇입니까? 이곳과는 얼마나 떨어져 있습니까? 사방 몇 리나 됩니까? 문학을 하는 선비는 많습니까? 일일이 자세히 듣고 싶습니다."

잠(潛): "저희 읍의 산으로는 웅이(熊耳)·상산(常山)·금릉(金陵) 등이 있고, 내로는 욱하(旭河)·길수(吉水) 등이 있고, 아도(兒島)·건도

167 포조이기실(浦朝二記室) : 대마도에서 파견한 서기 두 명.

168 여기서는 다음날 전하겠다고 했으나, 필담이 진행되는 중 가복으로 하여금 가져오게 하여 사본을 남옥에게 보여준다.

(乾島)·현주(玄洲) 등 여러 섬이 속해 있습니다. 그 외의 자잘한 것은 이루 다 말할 수 없습니다. 도성의 지명은 강산(岡山)이며 이곳과의 거리는 40 리가 넘습니다. 서방에 있는 곳으로서, 도읍의 사방이 90 리입니다. 문학하는 선비는 국학(國學)에 있는 사람들인데, 그 맡은 직임은 우선 거론하지 않겠습니다. 제 아비와 같은 연배로는 자(字)가 지상(之祥)인 탕원정(湯元禎)과 자가 기지(器之)인 석유성(石維成)이 있는데, 자못 명사(名士)입니다. 지상이 제게 보낸 시가 있는데, 다행히 지금 가지고 있으니, 감히 한 번 보아 주시기를 바랍니다."

추월(秋月)이 서로 전하여 읊은 뒤에, "탕공(湯公)의 시가 매우 좋습니다. 이러한 사람이 어째서 이 자리에 오지 않았습니까? 한탄스럽습니다."

잠(潛): "지상(之祥)은 공무로 매우 바빠, 날마다 별을 이고 나갔다가 별을 이고 돌아옵니다. 마침 저술이 있는데, 공무를 보는 여가의 여흥일 뿐입니다. 또한 지금 저희 군주의 명으로 이곳에 온 사람들은 국학(國學)에 문학(文學)으로 있는 선비들일 뿐입니다. 그 나머지는 올 수가 없습니다."

추월(秋月): 오사카[大坂]와 에도[江戶] 사이에 문장을 하는 선비가 몇이나 있습니까? 원컨대 그 이름을 듣고자 합니다.

잠(潛): 대판은 제가 잘 알지 못하는 곳이니, 말씀 드리지 못하겠습니다. 제가 들은 바로는, 헤이안[平安][169]에는 강백구(岡白駒)·무흠요(武欽繇)·개환(芥煥)·청현(淸絢)의 무리가 있고, 도쿄[東都]에는

169 헤이안[平安] : 교토[京都].

강효선(岡孝先)·송유시(松維時)·여승유(餘承裕)·우혜(宇惠)·복원웅(服元雄)·정효덕(井孝德)의 무리가 있다고 합니다. 그밖에는 저는 모르겠습니다.

추월(秋月)이 김퇴석에게 전하여 함께 그것을 읊었다.

퇴석(退石)이 잠(潛)으로 하여금 지목하게 하고 그 성명을 적었다.

성용연(成龍淵)이 곁에서 그 성명을 보고 말하였다. "개환청현(芥煥淸絢)은 파마주(播摩州)[170]의 청현(淸絢)입니까?"

잠(潛): "그렇습니다." 지금 살피건대, 성용연은 개환과 청순을 한 사람의 성명으로 여긴 듯하다. 그렇지 않으면 개환에 이어서 말하지는 않았을 것이다.

용연(龍淵): "『선린풍아(善鄰風雅)』[171]는 일찍이 그 서문을 보았습니다."

또 말하였다. "대판성에 있는 호가 독소암(獨嘯庵)인 영부봉(永富鳳)[172]이라는 사람을 그대는 아시는지요?"

잠(潛): "뜻밖에도 청현(淸絢)의 이름이 멀리 대국에까지 알려졌군요. 그대의 말씀으로 인하여 그 사람이 귀히 여길 만한 사람임을 더욱 알겠습니다. 영부봉(永富鳳)이란 사람은 저는 모르겠습니다."

김퇴석(金退石): "축전주(筑前州)의 구정순(龜井淳)[173]을 아시는지요?"

---

170 파마(播摩) : 파마(播摩)·미작(美作)·비전(備前)·비중(備中)·비후(備後)·안예(安藝)·주방(周防)·장문(長門) 산양도(山陽道) 8주.

171 원중거(元重擧)의 『승사록(乘槎錄)』에 따르면, 이 책은 1748년 무진사행 때의 사람들과 호를 취암(翠庵)이라고 하는 정승(酊僧)이 서로 화창한 것 두 권 가운데 한 권이 떨어진 것과 장문주(長門州)에서 기록한 세 권을 합하여 네 책으로 만든 것이다. 구정로(龜井魯)가 이것을 조선 문사들에게 보여준 일이 있다. (12월 20일)

172 영부봉(永富鳳): 호(號)는 독소암(獨嘯庵). 구정로(龜井魯)의 스승. 남도에서 교유한 구정로가 영부봉을 문사들에게 칭찬하였다.

잠(潛): "그 사람도 모릅니다. 같은 동방 사람으로서 멀리 따른다고 하지 못하겠군요. 서쪽 나라 사람이 그 이름을 전하시니, 기이하군요."

퇴석(退石): "구정순은 재주가 뛰어난 선비입니다. 그대는 그와 사귀는 것이 좋겠습니다."

잠(潛): "삼가 가르침을 따르겠습니다. 축전주(筑前州)가 비록 작은 읍이지만 생구(甥舅)의 나라이니, 각각 번국(藩國)의 신하입니다. 지경 밖의 사람과 사귀는 데에는 어려움이 있을까 염려되니, 한스럽습니다."

퇴석(退石): "저는 그대와는 다른 나라 사람인데도 서로 사귐을 맺었습니다. 축주는 한 나라 안의 땅이니 사로 사귀는 데에 무슨 해로움이 있겠습니까?"

잠(潛): "여러분들은 사신의 임무를 띠고 동쪽으로 만 리 길을 오셨습니다. 저희들이 번(藩)의 명으로 이곳에서 여러분을 영접하게 되었으니, 하늘이 저에게 좋은 기회를 주신 것입니다. 비록 한 나라 안이라고 하더라도 공무(公務)가 아니면 지경(地境)을 벗어나지 않습니다. 나라에는 각기 법률에 있으니 어쩌겠습니까?"

용연(龍淵): "구정재도(龜井道哉)[174] 절세(絶世)의 기재(奇才)입니다. 제가 그와 십여 일을 함께 주선하였는데 오랠수록 잊을 수 없습니

173 구정순(龜井淳) : 구정로(龜井魯). 이 책 3권에서는 구정로를 계속 구정순으로 적었다. 정잠은 이 책을 편찬할 때 그를 제대로 알지 못했던 것을 알 수 있다. (이 책에서 구정로는 3권에만 나타난다.) 정잠이 자신의 시문만으로 편찬한 『우저창화집』에는 구정도재(龜井道哉)로 기록되었다.

174 구정도재(龜井道哉) : 구정로(龜井魯). 도재는 자(字).

다. 지금 그대를 보니, 시문(詩文)과 풍아(風雅)가 참으로 원빈(元賓)[175]과 같습니다. 앞으로 좋은 시절에 우열을 가릴 적에 그대가 아니면 누구와 함께하겠습니까? 다른 지방이라 사귀기 어렵다 하더라도 앞으로 반드시 만날 날이 있을 것이니, 그때 내 말이 거짓이 아님을 알 수 있을 것입니다."

잠(潛): "두 분의 말씀을 들어보니, 구정도재는 우수하고 문(文)이 있는 사람이군요. 비록 다른 지방이라 사귈 수 없다 하더라도, 편지를 통하여 사귐을 맺도록 하겠습니다. 다만 제가 그에게 비길 수 없는 사람일까 걱정됩니다. 부끄럽고 부끄럽습니다."

이때에 용연(龍淵)이 소장하고 있던 구정생(龜井生)의 시를 전대에서 꺼내 잠(潛)에게 보여주었다. 잠(潛)이 한 번 읽기를 마쳤다.

잠(潛)이 탄복하며 칭찬하는 표정을 지었다. 용연이 빙그레 웃고는 그 원고를 집어넣었다.

용연(龍淵): "전에 들으니, 도포(韜浦)와 우시마도[牛窓]는 일본 제일의 명승지라고 하던데, 이제 와서 보니 과연 그렇습니다. 필시 강산의 빼어남이 모여 뛰어난 인재를 내었을 것입니다. 잠깐 당신을 뵈오니, 과연 제 생각이 딱 들어맞았음을 참으로 알겠습니다."

잠(潛): 경치가 뛰어난 것은 혹 그러함이 있겠지만, 저의 재주 없음

175 원빈(元賓) : 당나라 때의 문장가 이관(李觀). 원빈은 자. 문장을 지을 때 전인(前人)을 답습하지 않아 당시에 한유(韓愈)와 서로 우열을 다툰다는 명성이 있었는데, 29세에 요절하자 한유가 그의 묘명(墓銘)을 지었다.

으로써 이와 같은 과찬을 받으니, 부끄러워 낯이 붉어짐이 더욱 심합니다.

잠(潛)이 일백운(一百韻)의 배율(排律)을 추월에게 드렸다.

추월(秋月)이 한 번 보기를 마친 뒤에, "백운(百韻)은 순식간에 화답할 수 있는 것이 아니니, 배에서 화답하여 보내겠습니다. 기다려주십시오.

잠(潛): "이 자리가 바쁘니[176] 반드시 화답시를 청하는 것이 아닙니다. 필담하시는 여가에 잠깐 보아주시기를 청합니다."

추월(秋月): "그대는 나이가 젊고 재주가 번득이니, 앞으로 일본 땅에서 빛을 떨칠 수 있을 것입니다. 모름지기 날마다 경전(經典)과 친하여, 더욱 원대하기에 힘쓰십시오."

잠(潛)이 접부채 두 자루를 꺼내어 청하기를, "부채에다 글씨 써주시기를 부탁드립니다." 하니, 추월(秋月)이 아래의 시 두 편을 적어 주었다.

176 앙장(鞅掌) : 직무에 분주함. 일이 바빠 의용(儀容)을 가다듬을 겨를이 없음. 『시경(詩經)』「소아(小雅)」〈북산(北山)〉에 "혹은 외쳐 부르는 소리를 모르고 사는데, 혹은 처참하게 수고를 하며, 혹은 집에서 편히 누웠다 일어났다 하는데, 혹은 왕사에 바빠서 의용도 못 갖추도다.[或不知叫號 或慘慘劬勞 或棲遲偃仰 或王事鞅掌]"라고 한 데서 유래한다.

제석에 적간관에서 당시에 차운하다
赤間關除夕次唐人韻

오백 명 일행이 서로 대하며 五百人相對
등불 앞에서 해 감을 안타까워하네 燈前共惜年
내일 아침이면 책력도 없으리나 明朝無曆日
고국은 강의 배에 있으리 故國在江船
한매(寒梅) 떫으니 아우가 생각나고 念弟寒梅澀
파란 귤 둥그니 어버이 그립네 思親綠橘圓
굳이 세월에 놀랄 것 없으리니 未須驚歲月
돌아가는 배에서 봄을 기뻐하리 歸櫂喜春天

대마도 서산사에서 밤에 왕건의 시에 차운하다
對馬州西山寺夜次王建韻

부상의 태양 희미하게 떠오르니 扶桑紅日上曨曨
종려나무엔 이슬이 마르고 대숲 길엔 바람 부는데 椶露初晞竹逕風
북쪽에서 온 객 갑자기 천 리의 청력을 얻었나 北客頓醒千里耳
월(越) 땅 닭과 개 울음소리 진(秦)[177] 땅인 듯 들리네
越中鷄犬似秦中

177 진(秦) : 여기서 진은 조선을 말함. 일본을 월(越)로 비유하여, 동남쪽인 일본에 와서 닭과 개의 소리를 들으며 고국에서의 소리와 같다고 느낀다는 말.

잠(潛)이 감사하며, "글을 써주신 것은 연성(連城)의 가치[178]보다 더하니, 어찌 감사한 마음을 다할 수 있겠습니까?

전백고(田伯高)[179]가 물러나고자 아뢰었다.

추월(秋月)이 만류하며, "촛불을 잡고 노는 것은 옛 사람이 즐긴 바입니다. 저희들은 지치거나 피로하지 않습니다. 여러분과 이별하면 아득해져서, 사람으로 하여금 즐거워도 즐겁지 않고, 이보다 더 큰 슬픔이 없는 심회를 일게 할 것입니다."

잠(潛): "거듭 가르침을 받고 힘들여 짓느라 빠르게 답하지 못하였으니 용서해주시기 바랍니다. 지나친 칭찬을 받으니, 제가 감당할 수 있는 바가 아니었습니다. 또한 공께서는 산 넘고 물 건너심을 수고로이 여기지 않으시고, 과분한 뜻으로 머물러 연성(連城)의 후의를 보여주시는군요. 일산을 기울여 잠깐 만났으나 오래 전부터 알아온 듯합니다. '원대한 뜻에 더욱 힘쓰라'는 것과 같은 말씀은 감히 가르침을 받들지 않겠습니까?"

추월(秋月): "바쁜 가운데 종이가 어지럽게 쌓여 있어서 자세히 살피지 못하였습니다. 여러분 각각의 운에 모두 빠짐없이 화운해 드렸는지요? 일일이 대조하십시오."

178 연성(連城) : 화주십오성(和珠十五城). 성(城) 15개의 값어치가 있는 보옥과도 같은 시문. 조(趙)나라에서 화씨벽(和氏璧)을 얻었다는 것을 알고 진(秦)에서 그 보옥을 자기의 15성과 바꾸기를 청하였다. 인상여(藺相如)가 옥을 가지고 갔는데 진나라에서 15성을 줄 생각이 없으므로 인상여가 도로 옥을 가지고 돌아왔다.

179 전백고(田伯高) : 화전소(和田邵). 백고는 자(字).

잠(潛): "모두 화답시를 받았습니다."

퇴석(退石)이 잠(潛)의 배율을 다 읊은 뒤에, "백운의 율을 보니, 기재(奇才)로다, 기재로다! 매우 축하하고 축하합니다."

잠(潛): "과분한 칭찬을 받으니, 재주 없는 몸으로 어찌 감당하겠습니까?"

잠(潛): "제가 상판사(上判事) 오공(吳公)·이공(李公), 양의(良醫) 이공(李公), 의원(醫員) 남공(南公)·성공(成公), 사자관(寫字官) 홍공(洪公)·이공(李公), 화원(畵員) 김공(金公)께 드릴 저의 천한 시가 있습니다. 어찌 조(朝)·포(浦) 두 기실이 둘 다 없는지요? 번거롭게도 선생님께 전해주시기를 청합니다."

용연(龍淵): "감히 분부를 따르지 않겠습니까?"

잠(潛)이 여러 작품을 용연의 앞에서 적었다. 용연이 시자(侍子)에게 명하여 그것을 전하게 했다.

잠(潛): "길에서 듣건대, 동지(同知) 현공(玄公)께서는 재준(才俊)한 선비이시며, 또 우리나라의 국풍(國風)을 잘하신다고 하던데 참으로 그러한지요?"

용연(龍淵): "현공이란 누구를 말씀하시는지요?"

잠(潛): "상상관(上上官) 중직대부(中直大夫) 현공[180]을 말한 것입니다."

용연(龍淵): "길이 같지 않으면 함께 의논할 수 없다[181]고 하는데, 현공의 기예를 저를 알지 못하지만 그의 풍류는 평소 우리나라에서

180 상상관중직대부현공(上上官中直大夫玄公) : 당상역관(堂上驛官) 현태익(玄泰翼).

181 도부동불상위모(道不同不相爲謀) : 『논어(論語)』「위령공(衛靈公)」에 나오는 공자의 말씀.

도 일컬어짐이 있습니다."

퇴석(退石): "존대인(尊大人)은 여전히 강녕하신지요?"

잠(潛): "선친께서는 삼년 전에 돌아가셨습니다. 물어주심을 받으니, 저도 모르는 사이에 슬픔이 북받칩니다."

추월(秋月)이 잠(潛)과 승자업(勝子業)[182]에게, "100운(韻)과 72운에 대한 화답시는 한가한 때에 지어야겠습니다. 다만 길가의 산천 풍경이 사람의 마음과 눈을 빼앗으며, 또 도처에 수응(酬應)의 일이 있으니, 귀한 작품을 저버리게 될까 걱정이니, 어쩝니까?"

잠(潛): "여러분의 사신 업무가 아직 끝나지 않았으니, 너무 심려하지 마십시오."

잠(潛): "아까 말씀하신 제 선친의 사록(槎錄)은, 가복(家僕)이 제 숙소에서 가지고 왔으니 원고를 올리겠습니다. 이것은 선인의 손때가 묻은 책이니, 한 번 훑어보시고 조(朝)·포(浦) 두 기실(記室)에게 맡기셔서 제가 돌려받게 되기를 엎드려 바랍니다."

추월(秋月): "감사하게도 선친의 원고를 보여주시니, 여러 벗이 한자리에서 두루 살펴보고 귀로에 돌려드리겠습니다. 간행본을 만약 노중에 뒤따라 볼 수 있다면, 그 편에 이 책을 돌려보낼 수 있겠습니다."

잠(潛): "삼가 명을 따르겠습니다."

다음날 추월(秋月)이 떠날 때에 등자업(滕子業)에게 부탁하여 사록을

182 승자업(勝子業) : 근등독(近藤篤). 성(姓)은 근등(近藤)이고, 이름은 독(篤), 자업은 자.

돌려보냈다. 또 편지에 말하기를, "선인의 원고를 오래 머물러 둘 수 없으니, 다 보지는 못했으나 이에 급히 돌려드립니다."라고 하였다.[183]

잠(潛): "삼사신과 동지(同知) 현공(玄公)께 올리고자 하는 저의 비루한 시편이 있어, 번거롭게도 선생께 부탁드리고자 합니다."

추월(秋月): "세 분 사신께 화답시를 구하는 것이 무진년 사행 때의 전례가 있는지요? 만약 없다면 올리기 어렵습니다. 현동지(玄同知)는 수역관(首譯官)입니다. 대마도 역관을 통해 전할 일이지, 제가 대신 맡을 일이 아닐 듯합니다."

잠(潛): "예전에 장문현(長門縣)의 효유(孝孺)가 삼사신께 시를 올린 일이 있다고 들은 일이 있습니다. 저희 읍에서는 다른 예는 없습니다. 또 현공께 올리는 저의 비루한 시는 대마도의 두 기실이 없기 때문에 선생님을 번거롭게 하는 것입니다."

추월(秋月): "이정암(以酊庵)의 승이 사신께 시를 올린 사례가 있습니다만, 공무를 마치지 못해 시를 읊을 여가가 없어 아직 화답시는 없습니다. 주신 시편에 대한 화답은 필시 얻기 어려울 것이니 이것이 감히 받을 수 없는 이유입니다. 현동지(玄同知) 등에게 드리는 시는 전해드리겠습니다. 그러나 밤이 이미 깊었고 내일 출발할 것 같으면 화답시를 구할 수 없을 것입니다."

잠(潛): "여러분께 올린 저의 비루한 시가 어찌 감히 화답시를 청하는 것이겠습니까? 선생께서 잠시 휴식을 하시는 데 도움이 되면

183 이 부분은 1월 14일의 일이다. 1월 13일 밤에 이루어진 필담의 중간에 다음날의 일을 기록한 것이다.

다행이겠습니다. 세 분 사신께서 공무의 여가에 혹 시를 내려주신다면, 선생님께서 동도(東都)에 이르시는 때에 정효덕(井孝德) 자장(子章)[184]의 처소로 보내주십시오. 자장은 저의 친구입니다. 이 사람은 반드시 객관으로 찾아가서 여러분과 모임을 가질 것입니다. 그가 화답시를 지으면 또한 육개(陸凱)가 범엽(范曄)에게 보낸 역사(驛使)의 인편이 있을 것입니다."[185]

추월(秋月)이 잠(潛)이 부탁한 시를 훑어보고, "삼 사신께 올리는 시편에 모두 '봉증(奉贈)'이라고 제목을 삼았는데, '증(贈)'이란 평교(平交)에서 상용하는 글자이니, 대부(大夫)에게 사용할 수 없는 글자입니다. 고쳐주시기 바랍니다."라고 하였다.

잠(潛): "선생의 명이시니, 감히 고쳐 올리지 않겠습니까? 먼저 잘 소개해주시기를 지극히 바랍니다."

추월(秋月): "그러지요." 또 말하였다. "올 때에 혹 다시 만날 수 있을까요?"

잠(潛): "사신의 행차가 돌아가시는 길에 닻을 머무실 터이니, 다시 만날 수 있습니다. 저희들은 다시 뵙기를 바라며 기다리겠습니다."

---

184 정효덕(井孝德) 자장(子章) : 위에서 잠(潛)은 헤이안[平安]에 있다는 문사(文士)로 정효덕(井孝德)을 언급했다. 이름은 효덕이고, 자는 자장이다.

185 육개(陸凱)가 범엽(范曄)에게 보낸 역사(驛使)의 인편[范陸驛使之便] : 소식을 전할 인편이라는 뜻. 남조(南朝) 송(宋)의 육개(陸凱)가 범엽(范曄)과 매우 친하였는데, 강남에 있을 때 장안(長安)에 있는 범엽에게 매화 한 가지를 부치면서 함께 보낸 시에, "매화를 꺾다 역사(驛使)를 만났기에 농두(隴頭)에 사는 그대에게 부치오. 강남에는 아무 것도 없어 애오라지 한 가지 봄을 보낸다오.[折梅逢驛使 寄與隴頭人 江南無所有 聊贈一枝春]"라고 한 데서 유래한다. 『태평어람(太平御覽)』 970권 「형주기(荊州記)」. 역사란 급한 연락을 취하기 위해 역마(驛馬)로 보내는 심부름꾼을 말한다.

각각 서서 두 번 읍하고 헤어졌다.

중간에 팔괘관(八卦冠)을 쓰고, 푸른 난삼(襴衫)을 입은 객이 들어왔다.

잠(潛)이 묻기를, "공께서 양의(良醫) 이공(李公)이십니까?"

객(客): "아닙니다."

잠(潛): "감히 당신의 성(姓)과 자(字)와 호(號)를 어쭙니다."

객(客): "한가하고 느긋한 객이니, 어찌 통성명을 하겠습니까?"

잠(潛): "진실로 귀하의 성과 자를 여쭙겠습니다."

객(客): "성이 조(趙)입니다."

잠(潛): "자와 호는 어떻게 되시는지요?"

객(客): "희화(希華)입니다."

다 쓴 뒤에 붓을 던지고 곧바로 나갔다. 다시 물을 수 없었다.

통신정사 조공[186]께 바치다

敬上通信正使趙公臺下

사명(四明)

정사(正使)께서 장대한 천 기(騎)를 거느리고	使君千騎壯
기와 부절로 동쪽을 향하니	旌節指東方
땅은 깊은 바다로 막혀 멀고	地隔重溟遠
하늘은 큰 바다로 이어져 길도다	天連大壑長

186 통신정사조공(通信正使 趙公) : 정사 조엄(趙曮).

행로에서 세월을 지나는 동안	旅途經歲月
절역에 바람서리 어지러웠네	絶域昌風霜
공벽(拱璧)[187]은 연성(連城)의 값어치요	拱璧連城價
명주(明珠)는 조승주(照乘珠)의 빛[188]이라네	明珠照乘光
혁혁한 명성이라 식객들 넉넉하고	雄名殷食客
뛰어난 계책이라 진실로 제후로 봉할 만한데	方略固封疆
문왕(文王章)에는 절하지 않다가	不拜文王什
도리어 사모장(四牡章)에 기뻐하네[189]	還喜四牡章
제관(祭官)은 제사를 바치고	宰天供俎豆
나루 관리는 배와 다리를 살폈으리	津吏謹舟梁
부질없이 잠영[190]의 귀함을 한하나니	空恨簪纓貴
문필 마당에서 모시기가 어렵도다	難陪翰墨場

187 공벽(拱璧) : 두 손으로 마주 쥘 만큼 큰 구슬. 대벽(大璧). 받은 선물에 감사하는 표현. 『좌전(左傳)』 「양공(襄公) 28년」에 '나에게 공벽을 주었다.[與我其拱璧]'고 한 데서 유래한다.

188 수레 여럿 비출 빛[照乘光] : 구슬의 광채가 멀리 비쳐 수레 여러 채의 앞을 볼 수 있다는 말이다. 『사기(史記)』 「전경중완세가(田敬仲完世家)」에, "위왕(魏王)이 제왕(齊王)과 들에서 만나 사양하면서 말하기를, 과인의 나라는 소국이지만, 그래도 열두 채의 수레 앞뒤를 비치는 경촌(經寸)의 구슬이 열 개 있다." 하였다.

189 문왕장~기뻐하네[不拜文王什~還喜四牡章] : 노(魯)나라 대부 숙손표(叔孫豹)가 진(晉)나라를 사신 갔을 때 〈사하(肆夏)〉의 삼곡(三曲)이 연주될 때에 배례(拜禮)하지 않고, 〈문왕(文王)〉장이 연주될 때도 배례하지 않다가 〈녹명(鹿鳴)〉 이하 세 편이 연주되니 배례를 하였다. 그 이유를 물으니, "〈사하〉 삼곡은 천자가 제후의 우두머리를 대접할 때 쓰는 것이고, 〈문왕〉은 두 임금이 만났을 때 쓰는 것이므로 감히 들을 수 없었으나, 〈녹명〉은 임금께서 저희 임금을 기쁘게 해주는 것이므로 배례하였으며, 〈사모(四牡)〉는 임금께서 사신인 저를 위로하는 것이니 거듭 배례한 것입니다."라고 대답하였다. 『춘추좌씨전(春秋左氏傳)』 「양공(襄公) 4년」.

190 잠영(簪纓) : 갓에 꽂는 비녀와 갓끈이라는 뜻으로, 고관대작(高官大爵)을 말한다.

임금의 입이던 자여(子餘)[191]와 같고	子餘君齒舌
나라의 현량이던 조맹(趙孟)[192]과 같네	趙孟國賢良
어찌 백뢰(百牢)[193]의 음식을 바랄까	豈望百牢膳
이 삼헌(三獻)[194]의 잔도 사양했으니	先辭三獻觴
앞길에는 부노(負弩)[195]가 분주하고	前途紛負弩
구경꾼들 담장처럼 빽빽한데	觀者鬱如牆
며칠이면 우호선린을 온전히 하고	幾日全鄰好
고향으로 돌아가실까	歸來向故鄉

통신부사 이공[196]께 바치다

敬上通信副使李公臺下

사명(四明)

귀한 걸음[197]으로 김해(金海)를 떠나	珠履辭金海

191 자여(子餘) : 춘추시대 진(晉)나라 정치가 조최(趙衰). 자여는 자(字). 문공(文公)을 도와 패업(霸業)을 이루었다. 문공이 업(鄴)을 칠 때 조최의 말을 들어서 싸움에 이기자 조최에게 상을 주려고 하였으나 조최는, "이는 말(末)에게 상을 주는 것입니다. 그 말을 한 사람은 따로 있으니, 그 본(本)에게 상을 주소서. 신(臣)은 그 말을 극호(郤虎)에게 들었습니다." 하였다.

192 조맹(趙孟) : 춘추시대 진(晉)나라에서 대대로 높은 벼슬을 한 인물.

193 백뢰(百牢) : 희생으로 쓰는 온갖 가축.

194 삼헌(三獻) : 제사를 지낼 적에 술잔을 세 번 올리는 예를 행하는 것으로, 성대한 의식을 말한다.

195 부노(負弩) : 활과 화살을 짊어지고 앞장서서 길을 인도한다는 뜻으로, 고대에 귀빈을 영접하는 일을 말한다.

196 통신부사이공(通信副使 李公) : 부사 이인배(李仁培).

197 구슬 신[珠履] : 화려한 장식을 한 신 또는 지모(智謀)가 있는 빈객(賓客)을 말한다.

사신 수레로 한성(漢城)을 출발하실 때	星軺出漢城
구름 같은 기마대(騎馬隊) 따르고	如雲軍騎從
달빛 받아 큰 돛배 경쾌했으리	帶月大帆輕
꼬불꼬불 험한 길로 수레 나아와	進駕羊腸險
밝은 눈알로 배를 비추었네	照舟魚眼精
한림(翰林)에선 일찍이 봉황에 비유되었고	翰林曾比鳳
신선 길에선 고래타기[198]에 좋았지	仙路好乘鯨
고귀함은 왕족에 걸맞고	貴介稱王族
재덕(才德)은 상경의 지위인데	才賢位上卿
봉래(蓬萊)와 영주(瀛洲)에 직접 이르셨으니	蓬瀛窮足跡
일본 땅에 문명(文名)을 빛내시리	日域耀文名
누대에 걸친 가문 명성 아름답고	累世家聲美
당대에 가문의 지위 맑기도 하네	一時門地淸
공융(孔融)이 명함을 통한[199] 뜻이요	孔融通刺志
순상(荀爽)이 수레를 몬[200] 마음이라네	荀爽御車情

198 승경(乘鯨) : 고래를 탄다는 뜻에서 신선이 된다는 말. 달을 잡으려다가 채석강에 빠진 이백이 고래 등에 올라타 하늘에 올랐다는 전설에서 유래한다.

199 공융이 명함을 통한(孔融通刺) : 공융은 후한(後漢) 때 명신. 10세에 아버지를 따라 서울에 가서 당시 고사(高士)로 이름난 하남 윤(河南尹) 이응(李膺)을 찾아가서 자신을 통가(通家: 선조 때부터 친하게 지내던 사이)의 자제라고 소개하였다. 그러자 이응이 "그대의 조부가 나와 친구의 정이 있는가?" 하고 물으니, 공융은 "그렇습니다. 우리 선조 공자는 당신의 선조 이노군(李老君 노자(老子))과 덕도 같고 의(義)도 비슷하여 서로 사우(師友)가 되었으니, 누대 통가입니다." 하여 좌중을 감탄시켰다. 『후한서(後漢書)』 70권 「공융전(孔融傳)」.

200 순상이 수레를 몬(荀爽御車) : 순상은 후한(後漢)때 문인. 당대에 이응(李膺)이 천하의 모범으로 이름이 높아 선비들이 그에게 접대를 받으면 "용문에 올랐다[登龍門]."고 말했는데, 순상이 그를 위해 수레를 몰고는 집에 돌아와서 "오늘 내가 비로소 이 선생님

바다 밖에서 직접 뵙고 싶었더니 海外思容接
이제 하늘 끝에서 이에 송영하게 되었네 天涯此送迎
목란(木蘭) 상앗대 아래 물결 순하고 順流蘭槳下
비단 가죽옷 광채가 길에 가득하네 滿道錦裘明
두 나라의 예로써 사귀는 모임[201]이요 兩國衣裳會
천년 이어질 대려(帶礪)[202]의 맹세이니 千秋帶礪盟
그대가 귀한 글을 아끼지 않으신다면 瓊瑤君不惜
간직하여 영원히 보배로 삼으리 藏去永爲榮

통신종사 김공[203]께 바치다

敬上通信從事金公臺下

사명(四明)

대부께서 나라의 신의 통하기 위해 大夫通國信
멀리 산 넘고 물 건너셨지 跋涉邈山川
가을날[204] 수레를 출발하여 發軔三秋日

의 수레를 몰 수 있었다.[今日乃得御李君矣]"라고 자랑스러워했다. 『후한서(後漢書)』 67권 「당고열전(黨錮列傳)」.

201 예로써 사귀는 모임[衣裳] : 의상지회(衣裳之會). 나라와 나라 사이에 예로써 사귀는 모임.

202 대려(帶礪) : 황하(黃河)가 띠와 같이 가늘어지고 태산(泰山)이 숫돌처럼 작아진다는 뜻으로 나라가 영원히 평안하고 후예가 이어질 것임을 맹세하는 말이다. 『사기(史記)』 〈고조공신후자연표(高祖功臣侯者年表)〉에 "하수가 옷의 띠처럼 가늘어지고 태산이 숫돌처럼 작아질 때까지 나라가 길이 안녕할 것이고 후손에게까지 미치게 하겠다.[使黃河如帶, 泰山若厲. 國以永寧, 爰及苗裔]"고 한 데서 유래한다.

203 통신종사김공(通信從事 金公) : 종사관 김상익(金相翊).

204 삼추일(三秋日) : 사행이 1764년 8월에 한양을 출발하였음을 말한다. 음력 7-9월은

만 리 하늘에 노를 멈추었지	停橈萬里天
풍이(憑夷)[205]는 음악을 연주하고	馮夷鳴鼓吹
해약(海若)[206]은 다락배를 보호하였지	海若護樓船
북극엔 청운(靑雲)이 가깝고	北極靑雲近
동관엔 자기(紫氣)[207] 걸렸네	東關紫氣懸
귀감이 될 모습이 일본 땅에 임하니	羽儀臨日域
행하시는 기색이 별을 따라 움직였네	行色動星躔
지극히 험한 곳을 자리 넘듯 쉽게 와	絶險如過席
낯선 땅에서도 오히려 어깨를 나란히 하였네	殊方尙比肩
천 개의 돛 멀리 아득하고	千帆遙縹緲
네 필의 수말[208]은 나란히 달리도다	四牡並聯翩
상망(象罔)이 구슬을 찾던 곳[209]이요	罔象探珠處
신인(神人)이 바위를 채찍질[210]하던 때로다	神人鞭石年

가을에 해당한다.

205 풍이(憑夷) : 전설상의 물의 신. 굴원(屈原)의 〈원유부(遠遊賦)〉에 "상령으로 하여금 비파를 타게 함이여, 해약으로 하여금 풍이를 춤추게 하도다.[使湘靈鼓瑟兮 令海若舞馮夷]" 하였다. 상령은 상수(湘水)의 신이고, 해약은 바다의 신.

206 해약(海若) : 북해(北海)의 신. 또는 바다의 신.

207 자기(紫氣) : 함곡관(函谷關)의 관령(關令) 윤희(尹喜)가 자기(紫氣)가 동쪽에서 서쪽으로 옮겨 오는 것을 보고 성인이 오실 것이라고 기대하였는데, 과연 노자(老子)가 청우(靑牛)를 타고 와 윤희에게 『노자(老子)』 3천자를 전했다고 한다.

208 사모(四牡) : 네 필의 수말이라는 뜻으로, 『시경(詩經)』 「소아(小雅)」의 편명이기도 하다.

209 상망이 이 구슬을 찾던 곳[罔象探珠處] : 황제(黃帝)가 적수(赤水) 북쪽에서 노닐다가 돌아오는 길에 현주(玄珠)를 잃어버렸는데, 아무도 찾지 못하는 중에 상망(象罔)만이 찾아냈다는 이야기가 『장자(莊子)』 「천지(天地)」 편에 있다.

210 신인편석(神人鞭石) : 진시황(秦始皇)이 돌다리를 놓아 바다를 건너가서 해가 뜨는 곳을 살펴보려 하였는데, 신인(神人)이 시황을 도와 바위를 몰아 바다로 내려가게 하였다

거오[211]가 채익선 뱃머리를 따르고	巨鰲隨鷁首
약수[212]가 뗏목 옆을 스치네	弱水拂槎邊
다만 보배로운 시 주시기를 바라며	徒望琅玕贈
화려한 연회[213]에서 공손히 모시네	寧陪玳瑁筵
매화로 취미를 논하고	梅花論臭味
박 잎[214]으로 시문을 청하네	瓠葉託詩篇
금주령[215]이라 오히려 잔치를 사양하니	大禁猶辭宴
촉(蜀)나라 임금[216]의 어짊을 이로 인해 보겠네	因看蜀主賢

고 한다. 이때 바위가 더디면 신인이 바위에 채찍질을 하여 재촉하였다고 한다. 『예문유취(藝文類聚)』 79권 「삼제약기(三齊略記)」.

211 거오(巨鼇) : 육오(六鼇). 바다 위의 삼신산(三神山)을 등에 지고 있다는 전설상의 큰 자라. 전설에 따르면 발해(渤海)의 동쪽에 큰 바다가 있으며 이 가운데 대여(岱輿)·원교(員嶠)·방호(方壺)·영주(瀛洲)·봉래(蓬萊)의 다섯 선산(仙山)이 있는데, 여섯 마리의 자라가 산을 떠받치고 있어 바다 위에 떠 있다 한다.

212 약수(弱水) : 전설상의 물의 이름. 삼신산의 하나인 봉래산(蓬萊山)과의 거리가 3만 리나 되며, 길이가 3,000리인데 부력이 매우 약하여 기러기의 털도 가라앉는다고 한다. 건널 수 없는 강을 비유한다.

213 대모연(玳瑁筵) : 호화롭고 진귀한 잔치 자리.

214 박 잎[瓠葉] : 보잘것없는 소박한 안주. 『시경(詩經)』 「소아(小雅)」 〈호엽(瓠葉)〉에 "너풀너풀한 박 잎을 따다 삶아 요리하리라! 군자가 술자리를 마련하니 술 권하며 박 잎을 맛보리라! [幡幡瓠葉 采之亨之 君子有酒 酌言嘗之]"라 하였다.

215 금주령[大禁] : 국가에서 중대하게 금하는 것을 말하는데, 여기서는 영조(英祖)가 내린 금주령을 뜻한다.

216 촉나라 임금[蜀主] : 촉한(蜀漢)의 유비(劉備). 유비가 금주령을 내린 일이 있다.

조선 동지 현공[217]에게 드리다

奉贈朝鮮同知玄公几下

사명(四明)

하늘 덮은 깃발과 수레 바다를 건너니	蔽空旌蓋渡滄瀛
끝없는 파도 몇 리나 되나	無限波濤知幾程
하늘을 도는 석목[218]이 북극에서 멀어지는데	析木天廻遙北極
해 저무는 부상에서 동정부[219]를 읊도다	扶桑歲晩賦東征
탈영[220]한 재주는 3천 식객 중 빼어나며	脫囊才擢三千客
완벽의 명성은 15개 성[221]에 으뜸이리	完璧名專十五城
훌륭한 인재들 구름같이 조승[222]을 따랐으니	珠履如雲從趙勝

217 동지현공(同知 玄公) : 당상역관(堂上驛官) 현태익(玄泰翼).

218 석목(析木) : 기(箕)·두(斗) 두 별 사이의 별자리. 동쪽 인방(寅方)에 해당하며, 지역으로는 요동 지방 또는 우리나라를 지칭한다.

219 동정(東征) : 동정부(東征賦). 후한(後漢) 반소(班昭)가 여행 체험을 바탕으로 지은 〈동정부(東征賦)〉가 유명하다.

220 탈낭(脫囊) : 탈영(脫穎). 송곳이 주머니 밖으로 벗어난다는 뜻으로, 사람의 재능이 죄다 드러남의 비유하는 말. 전국시대(戰國時代) 조(趙)나라 평원군(平原君)의 3천 식객(食客)중 한 사람인 모수(毛遂)가 스스로 천거한 일에서 유래한다. 『사기(史記)』 76권 「평원군열전(平原君列傳)」.

221 완벽인상여(完璧藺相如) : 전국시대에 조(趙)나라의 인상여(藺相如)가 화씨벽(和氏璧)을 온전히 돌려온 일. 진(秦)나라 소왕(昭王)이 15개의 성(城)으로 화씨벽(和氏璧)과 바꾸자고 하였을 때, 인상여가 그 구슬을 갖고 사신(使臣)으로 진 나라에 갔는데, 진 소왕이 성은 주지 않고 구슬만 차지하려 하자 구슬에 흠이 있다고 하며 돌려받은 뒤, "대왕(大王)께서 15개의 성으로 이 구슬과 바꿀 뜻이 없으니 신은 이 구슬을 다시 가지고 가겠습니다. 만일 협박할 경우에는 저의 머리와 이 구슬을 한꺼번에 저 기둥에 부딪혀서 부숴버리겠습니다."라고 하여 마침내 그 구슬을 완전하게 조 나라로 도로 가지고 온 데서 유래한다. 『사기(史記)』 「염파인상여전(廉頗藺相如傳)」

222 조승(趙勝) : 전국시대(戰國時代) 조(趙)나라 무영왕(武靈王)의 아들이자 혜문왕(惠文王)의 동생. 봉호는 평원군(平原君). 여러 공자 가운데 가장 어질었으며, 천하의 인재를 받아들여 식객(食客)이 항상 수천 명에 이르렀다.

유독 모선생[223]만 있을 줄 어찌 알리오	何知獨有毛先生

이상 네 수는 화답시가 이르지 않았다.

조선 한학 상판사 장허 오공[224]께 드리다
奉贈朝鮮漢學上判事長滸吳公几下

사명(四明)

밤기운 찬 우저(牛渚)에 큰 돛이 달렸으니	夜寒牛渚大帆懸
말하기를 삼한나라 사신의 배라 하네	云是三韓使者船
상객의 의관은 옥 신발을 울리고	上客衣冠鳴玉舃
진인(眞人)의 용모는 구슬 자리에 비치네	眞人容貌照瓊筵
계찰[225]이 풍속 살피러 온 날 만난 것 기쁘니	欣逢季札觀風日
오강[226]이 달에 든 해가 언제인가 묻고 싶네	欲問吳剛入月年
바다 위 봉영[227]에서 이제 방편 얻었으리니	海上蓬瀛今得便

223 모선생(毛先生) : 모수(毛遂). 평원군(平原君)의 식객. 진(秦)나라가 조나라를 공격하자 평원군은 초나라에 구원군을 청하러 가려고 인원을 선발하려 하였는데 모수가 자청하였다. 평원군은, “뛰어난 인물은 자루 속의 송곳 같아 끝이 밖으로 나오기 마련인데 그대는 내 문하에 있은 지 3년에 당신의 이름은 들어보지 못했소.”라고 하자, 모수는 이제 주머니 속에 들어가고자 한다고 대답하고 선발되었다. 결국 모수의 능력으로 초나라와 동맹을 맺었으며, 이후 평원군은 그를 높이 대우하였다. 『사기(史記)』 76권 「평원군열전(平原君列傳)」.

224 한학상판사장호오공(漢學上判事 長滸 吳公) : 상통사(上通事) 오대령(吳大齡).

225 계찰(季札) : 춘추시대의 오(吳)나라 임금의 동생. 여러 나라에 사신으로 가서 명성을 떨쳤으며, 일찍이 노(魯)에 가서 주(周)의 악(樂)을 보고는 여러 나라의 치란성쇠에 관해 알았다고 한다.

226 오강(吳剛) : 한(漢)나라 때 서하(西河) 사람. 일찍이 신선술을 배우다가 죄를 지어 달 속으로 귀양 가 계수나무를 베고 있다는 전설이 내려온다. 『유양잡조(酉陽雜俎)』 「천지(天咫)」.

신선되어 오르려고 계수나무 붙잡지 마오 休攀桂樹去登仙

조선 압물상판사 담환 이공[228]에게 드리다
奉贈朝鮮押物上判事曇寰李公几下

사명(四明)

약관의 그대 장하게도 직분이 웅장하니 弱冠多君職事雄
당대의 기동(奇童) 이공(李公)임을 알겠네 可知當日李奇童
구름 능가하는 부[229]로 천추의 기운을 멋대로 하고 凌雲賦擅千秋氣
물결 가르는 사람이 만 리의 바람을 타고 왔네 破波人乘萬里風
기북 땅에 준마가 다 사라진[230] 게 아니겠나 莫是驊騮空冀北
이제 영묘한 인재들이 산동(山東)에서 울리네 方今英妙動山東
눈부시게 아름다운 오악의 놀빛이 懸憐五嶽煙霞色

227 봉영(蓬瀛) : 봉래(蓬萊)와 영주(瀛洲)의 병칭으로, 방장(方丈)과 함께 바다 가운데 있다고 전하는 삼신산(三神山)을 가리킨다.

228 담환이공(曇寰李公) : 한학(漢學) 압물통사(押物通事) 이언진(李彦瑱).

229 능운부(凌雲賦) : 한(漢)나라 사마상여(司馬相如)의 〈대인부(大人賦)〉를 말한다. 무제(武帝)가 이 작품에 대해 "기분이 들떠 마치 신선이 되어 구름을 타고 올라가서 천지 사이에 노니는 것 같다."고 칭찬했기 때문에 이렇게도 부른다. 『사기(史記)』「사마상여열전(司馬相如列傳)」.

230 기북 땅에 준마가 다 사라지다[驊騮空冀北] : 화류는 준마(駿馬)의 한 종류. 기북은 기주(冀州)의 북쪽으로 양마(良馬)의 산지로 유명한 곳. 한유(韓愈)의 〈송온조처사서(送溫造處士序)〉에, "말의 상을 잘 보는 백락이 말의 고장인 기북 지방을 한번 거쳐 지나자, 말 떼가 마침내 텅 비게 되었다고 한다. 기북 지방은 천하에 말이 가장 많은 곳인데, 백락이 아무리 말을 잘 알아본다 하더라도 어떻게 그 말 떼를 텅 비게 할 수 있겠는가. 그것을 해석하는 자가 말하기를 '내가 이른바 텅 비었다는 것은 말이 없다는 것이 아니라, 좋은 말이 없다는 것이다. ……' 하였다.[伯樂一過冀北之野 而馬群遂空 夫冀北 馬多於天下 伯樂雖善知馬 安能空其群邪 解之者曰 吾所謂空 非無馬也 無良馬也 ……]"고 하였다.

청련거사[231] 글씨 속에 모였구나　　鍾在青蓮落筆中

조선 양의 모암 이공[232]에게 드리다

奉贈朝鮮良醫慕庵李公几下

사명(四明)

봄바람 부는 길 위 낡은 비단 주머니[233]에　　路上春風古錦囊
간직한 시 원고 몇 편이나 되나　　藏來詩草幾篇章
명주(明珠)는 누가 허리에 찬 패옥을 푼 것인가　　明珠誰解腰間佩
대약(大藥)[234]은 주후방[235]을 먼저 전한 것이네　　大藥先傳肘後方
여섯 익새[236]가 되어 따르니 진(秦)[237]의 도사요　　六鷁泛舟秦道士
쌍 오리가 신발로 떨어지니[238] 한(漢)의 신선이라　　雙鳧落潟漢仙郎

---

231 청련(青蓮) : 당(唐)나라 때 시인 이백(李白). 별호가 청련거사(青蓮居士)이다.

232 모암이공(慕庵 李公) : 양의(良醫) 이좌국(李佐國).

233 금낭(錦囊) : 시를 적어 넣는 비단 주머니. 당(唐)나라 때 시인 이하(李賀)가 외출할 때 종에게 비단 주머니를 가지고 따라다니게 하면서 시를 지으면 그 속에 넣었던 고사에서 유래한다.

234 대약(大藥) : 도가(道家)에서 말하는 장생불사의 약. 선단(仙丹), 금단(金丹).

235 주후방(肘後方) : 진(晉)나라의 갈홍(葛洪)이 지은 의서(醫書) 『주후비급방(肘後備急方)』. 간편하게 가지고 다니는 의서 또는 휴대용 비상 구급약을 뜻한다.

236 익(鷁) : 물새의 일종. 풍파를 잘 견디므로 순항을 기원하기 위해 뱃머리에 이 새의 모양을 그려 넣었다.

237 진(秦) : 중국을 뜻하는 말이나, 여기서는 조선을 뜻한다.

238 쌍부낙석(雙鳧落潟) : 두 마리 오리가 신이 되어 떨어짐. 후한(後漢) 현종(顯宗) 때 섭현(葉縣) 수령이던 왕교(王喬)가 매달 삭망(朔望)에 섭현에서 조정(朝廷)으로 갔다. 그가 타고 온 수레를 보지 못한 현종이 이상하게 여겨서 사람을 시켜 지켜보게 하였더니, 그가 올 때면 한 쌍의 물오리[雙鳧]가 동남쪽에서 날아오므로 그물을 쳐서 잡게 하였는데 그것은 물오리가 아니고 신발이었다는 데서 유래한다. 『후한서(後漢書)』「왕교전(王喬

다시금 듣건대 그대 망우물[239]을 꺼린다니　　更聞君忌忘憂物
요지의 구온[240] 술을 권하기 어렵도다　　難勸瑤池九醞觴

조선 의원 남단애[241]·성상암[242] 이공에게 드리다
奉贈朝鮮醫員南丹崖·成尙菴二公几下

사명(四明)

약 캐러 동쪽으로 유람하여 방호[243]에 이르니　　東遊采藥至方壺
응당 선가의 구절포[244]를 물었으리　　應問仙家九節蒲
홀연 은하를 범하여[245] 채색 돌[246] 만나고　　忽犯銀河逢彩石

傳)」. 석(潟)은 신.

239 망우물(忘憂物) : 근심을 잊게 하는 물건이란 뜻으로, 술을 말한다.

240 구온(九醞) : 한(漢)나라 때 빚은 좋은 술. 종묘에 쓰는 술로서 아홉 번을 거듭 담근다.

241 남단애(南丹崖) : 의원 남두민(南斗旻).

242 성상암(成尙菴) : 의원 성호(成灝).

243 방호(方壺) : 방장산(方丈山). 봉래산(蓬萊)·영주산(瀛洲山)과 함께 전설적인 삼신산(三神山)의 하나. 일본을 뜻한다.

244 구절포(九節蒲) : 약초의 이름. 창포의 일종으로 마디가 촘촘하여 1촌(寸)에 아홉 마디 이상이므로 이렇게 이름 붙었다.

245 범은하(犯銀河) : 서역(西域)에 사신 갔던 장건(張騫)이 뗏목을 타고 하늘로 올라가 견우와 직녀를 만나고 왔다는 전설이 있다. 『박물지(博物志)』

246 채석(彩石) : 채색 돌. 여기서는 베틀을 괴는 돌[支機石]을 뜻하는 듯. 한(漢)나라 무제(武帝)때 장건(張騫)이 서역(西域)에 나갔던 길에 뗏목을 타고 황하(黃河)의 근원을 한없이 거슬러 올라가다가 한 곳에 이르렀는데, 여인은 방 안에서 베를 짜고 남자는 소를 끌고 은하(銀河)의 물을 먹이고 있었다. 장건이 그들에게 "여기가 어디인가?"라고 묻자, 그 여인이 지기석 하나를 장건에게 주면서 말하기를 "성도(成都)의 엄군평(嚴君平)에게 가서 물어보라."고 하였다. 그가 돌아와서 엄군평을 찾아가 지기석을 보이자 엄군평은 "이것은 직녀(織女)의 지기석이다. 전에 객성(客星)이 견우성(牽牛星)·직녀성(織女星)을 범한 일이 있는데, 지금 헤아려보니 그때가 바로 이 사람이 은하에 당도한 때였도다."

끝내 적수[247]를 지나 현주[248]를 찾으리 終經赤水探玄珠
하늘 끝에 승경지 얼마나 되는지 알겠으며 天涯勝地知多少
바다 위엔 신선 산 있는지 없는지 분별하리 海上神山辨有無
모두 회남왕[249]의 기이한 술사들이니 共是淮南奇術士
풍류가 팔공도[250]와 같음을 알겠네 風流識得八公徒

조선 화원 서암 김공[251]에게 드리다
奉贈朝鮮畫員西巖金公几下

사명(四明)

화사(畫史)의 풍류로 오각건[252] 쓰고 畫史風流烏角巾
용안[253]의 노련한 솜씨 사람을 놀래주네 龍眼老手動驚人

라고 말했다고 한다.

247 적수(赤水) : 신화·전설상의 물 이름. 황제(黃帝)가 이 북쪽에서 노닐다가 돌아오는 길에 이곳에서 현주(玄珠)를 잃어버렸다고 한다.

248 현주(玄珠) : 검은 빛의 구슬 또는 도가(道家)나 불가(佛家)에서 말하는 도(道)나 진리의 요체.

249 회남(淮南) : 회남왕(淮南王). 한(漢)나라 고조(高祖)의 여섯 째 아들 유장(劉長)과 그의 아들 유안(劉安)을 가리키기도 하는데, 여기서는 『회남자(淮南子)』를 쓴 유안(劉安)을 가리킨다.

250 팔공도(八公徒) : 팔공(八公). 회남왕(淮南王)의 유안(劉安)의 여덟 명의 문객(門客). 좌오(左吳)·이상(李尙)·소비(蘇非)·전유(田由)·모피(毛被)·뇌피(雷被)·진창(晉昌)·오피(伍被) 등 8명. 회남왕이 유술(儒術)과 방기(方技)를 좋아하여 천하의 뛰어난 선비들을 초대하자, 그의 덕을 사모한 여덟 사람이 찾아와 각기 재주를 다하여 글을 저술하였다.

251 서암김공(西巖 金公) : 화원 김유성(金有聲).

252 오각건(烏角巾) : 예전에 은사들이 쓰던, 칡으로 만든 검은 두건.

253 용안(龍眼) : 화룡점정(畵龍點睛)을 말함. 중국의 유명한 화가 장승요(張僧繇)가 용을 그린 후 눈동자를 그려 넣지 않고서, 눈동자를 그려 넣으면 용이 날아갈 것이라고 하였다.

지척이 천리[254]라고 모두들 칭찬하니 爭稱咫尺如千里
그림으로 시 열 구절 이루는 게 어찌 이상하리오 何怪丹青成十句
비단을 삼킨 듯한 먼 바다는 꿈속인가 의심되고 呑練淼茫疑人夢
옷을 풀고 편한 자리에 앉으니 진면목 보기 좋네 解衣盤礴好看眞
나를 위해 능히 창주[255]의 풍광을 그려주시면 爲吾能掃滄洲色
불후의 명작을 초라한 내 집[256]에 간직하리 藏作茅茨不朽珍
이상 여섯 수는 성용연을 통해 보냈다.[257]

방존자에게 드리다

奉贈芳尊者

사명(四明)

수레 하나로 천리 길 동경을 향하여 一乘千里向東京
사신 행차 안내하며 재촉하네 相引應催使者行
바라보니 연꽃잎은 눈 날리듯 잠깐인데 菡萏望來飄雪瞥
향기로운 전단[258]은 바람 맞아 맑도다 旃檀香處逆風淸

사람들이 믿지 않고 눈동자를 그리기를 청하였는데, 눈동자를 그려 넣자 용이 벽을 뚫고 하늘로 날아올랐다고 한다.

254 지척여천리(咫尺如千里) : 지척천리(咫尺千里), 지척만리(咫尺萬里). 좁은 화폭에 심원한 경물이나 뜻을 표현함을 비유한 말.

255 창주(滄洲) : 물빛이 푸른 물가 또는 섬. 은자(隱者)가 사는 곳 또는 은거(隱居)를 뜻하기도 한다. 여기서는 일본을 가리킨다.

256 모자(茅茨) : 띠로 지붕을 이은 초라한 집. 자신의 집을 뜻함.

257 이상 6수라 하였지만, 실상 5수이다. 위에 기록된 필담 69~70쪽을 보면, 정잠은 上判事吳李二公·良醫李公·醫員南成二公·寫字官洪李二公·畫員金公에게 보내는 시를 성대중에게 부탁하였고, 성대중은 승낙하였다. 이 가운데 사자관 두 명에게 보내는 시는 아래에 따로 기록되었다.

하늘 가득 가사 빛깔 마음껏 떨치고　彌天堪擅袈裟色
큰 바다에 석장 소리 멀리 날리도다　大海遙飛錫杖聲
오늘 남북의 학문[259] 논하기 좋으니　今日好論南北學
지공[260] 같은 품평이 사람을 놀라게 하겠네　支公品藻使人驚

마주부 조기실에게 드리다

贈馬州府朝記室

사명(四明)

말 다섯 쏜살같이 도성을 출발할 때　嘶風五馬發都城
서기는 훨훨 먼 길을 모셨도다　書記翩翩從遠征
여정 중에 이제 동도주[261]라 칭하니　行李今稱東道主
병거(兵車)에서는 북문의 무기를 풀어놓은 지 오래이네　戎車久解北門兵

---

258 전단(旃檀) : 향나무 이름. 또는 뛰어난 재덕이나 훌륭한 시문을 비유하는 말.

259 남북학(南北學) : 중국 남북조(南北朝) 시대의 학파인 남학과 북학. 남조(南朝)의 남학은 문학·예술을 중시했으며, 북조(北朝)의 북학은 경학(經學)을 중시하여 각각 특색 있는 학풍을 이루었다.

260 지공(支公) : 진(晉)나라의 고승(高僧) 지둔(支遁). 자는 도림(道林), 지형산(支硎山)에 은둔하여 수도하였는데, 당대 뛰어난 문인인 사안(謝安), 왕희지(王羲之) 등과 가까이 지냈다. 애제(哀帝)의 명으로 궁궐에 와 설법하였으며, 그 명성이 당대를 풍미하였다.

261 동도주(東道主) : 동쪽으로 진출할 때 길을 안내하고 보살피는 사람을 말한다. 춘추시대에 진(晉)나라와 진(秦)나라가 정(鄭)나라를 포위했을 때, 정나라 신하 촉지무(燭之武)가 진목공(秦穆公)을 만나, "만약 정나라를 그대로 놔두어, 진(秦)나라가 동방으로 진출할 적에 길 안내 역할을 맡게 하시고, 사신들이 왕래할 적에 부족한 물자를 공급하게 하신다면, 임금에게도 손해될 것이 없을 것입니다.[若舍鄭以爲東道主 行李之往來 供其乏困 君亦無所害]"라고 설득하여 포위를 풀게 한 데서 유래한다. 『춘추좌씨전(春秋左氏傳)』 「희공(僖公) 30年」.

만 리 길 조회 오니 변방에 먼지 없고	朝宗萬里邊塵靜
천 개 돛단배 호송하니 바다 빛이 맑도다	護送千帆海色清
때마침 연인(涓人)[262] 만났으나 낮은 재주 부끄러워	時遇涓人羞下乘
백락[263]을 인연하여 한 번 길게 울어보네	堪緣伯樂一長鳴

마주부 포기실에게 드리다
贈馬州府浦記室

사명(四明)

한왕(韓王)이 옥백으로 내빙하는 처음에	韓王玉帛聘來初
손님 인도하여 동쪽으로 조회하는 태수의 수레	引客朝東太守車
기실(記室)은 주나라 때 상서[264]를 아울러 맡고	記室倂司周象胥
번신은 한나라 홍려시[265]를 겸하여 맡았네	藩臣兼領漢鴻臚

262 연인(涓人) : 천리마를 구하기 위해 죽은 천리마의 뼈를 산 사람. 전국시대 연(燕)나라 소왕(昭王)이 곽외(郭隗)에게 인재를 추천하게 하자, 곽외가 "옛날 어느 임금이 연인(涓人)에게 천금을 주어 천리마를 구해 오게 하였는데, 말이 이미 죽고 없으므로 500금을 주고 말의 뼈를 사서 돌아오니 그 임금이 크게 노하였습니다. 그러자 연인은, '죽은 말도 사 왔는데, 하물며 산 말임에랴? 천리마는 곧 나타날 것입니다.' 하였는데, 1년이 되지 않아 천리마가 세 마리나 왔다고 합니다. 지금 반드시 인재를 오게 하려면 저부터 등용하십시오. 그러면 저보다 어진 사람이 오지 않겠습니까?" 했다. 이에 소왕이 황금대(黃金臺)를 세우고 곽외를 스승으로 섬기니 천하의 인재들이 다투어 연나라로 모여들었다. 『전국책(戰國策)』 「연책(燕策)」.

263 백락(伯樂) : 춘추시대 때의 준마를 잘 감별한 사람. 전국시대 종횡가(縱橫家)인 소대(蘇代)가 순우곤(淳于髡)에게 "준마를 팔기 위해서 사흘 동안이나 시장에 내 놓았지만 아무도 거들떠보지 않다가, 백락이 한 번 돌아보자 하루아침에 그 말의 값이 10배나 뛰어 올랐다."라고 말한 내용이 『전국책(戰國策)』 「연책(燕策)」에 나온다. 한유의 「잡설(雜說)」에 "세상에 백락이 있은 뒤에야 천리마가 있게 된다.[世有伯樂 然後有千里馬]"라고 하였다.

264 상서(象胥) : 역관. 또는 고대에 사방에서 온 사신을 접대하는 관원.

눈서리로 날씨 추운 삼동을 지나	天寒霜雪三冬後
산과 강 만여 리 머나먼 길에	路邈江山萬里餘
듣건대 북방 사람 글 솜씨 풍부하다니	聞說北人文藻富
그대 통해 주옥같은 시문을 얻고 싶구려	緣君願欲得瓊琚

조선 사자관 홍정재[266]·이매와[267] 이공에게 드리다
奉贈朝鮮寫字官洪正齋·李梅窩二公几下

사명(四明)

두 분의 아름다운 명성 사방에 울리더니	二妙聲名動四方
글씨를 쓰니 오늘 광채가 나네	臨池今日有輝光
천 글자 시축 펼치니 구름과 이내가 일고	千文展軸雲煙起
오색 붓 휘두르니 용과 봉 나네	五色揮毫龍鳳翔
논정하매 위삭[268]을 구분할 필요 없고	論定不須分衛索
서법 갖추매 하필 종왕[269]을 배우리오	法存何必學鍾王
원컨대 황정경을 거위 여러 마리와 바꾸어[270]	黃庭願換群鵝去

265 홍려(鴻臚) : 홍려시(鴻臚寺). 빈객의 접대나 조회(朝會)와 제사 등을 행할 때 예법을 관장하는 관아.

266 홍정재(洪正齋) : 사자관(寫字官) 홍성원(洪聖源).

267 이매와(李梅窩) : 사자관 이언우(李彦佑).

268 위삭(衛索) : 진(晉)나라 때 서예가 위관(衛瓘)과 삭정(索靖).

269 종왕(鍾王) : 삼국시대 위(魏)나라 서예가 종요(鍾繇)와 진(晉)나라 서예가 왕희지(王羲之).

270 환군아(換群鵝) : 명필 왕희지(王羲之)가 회계내사(會稽內史)로 부임했을 때에 산음(山陰)의 한 도사가 그의 글씨를 흠모하여 많은 예물을 보내『도덕경(道德經)』을 써 줄 것을 부탁했으나 거절하였는데, 그 뒤에 왕희지가 흰 거위를 좋아한다는 사실을 알고서

정령으로 하여금 길이 초당을 비추게 하리　長使精靈照草堂

부록(附錄)

사명 정공의 운에 화답하다
奉和四明井公韻

장허(長許)[271]

삼주[272]의 해와 달이 맑은 물에 걸렸는데　三洲日月鏡中懸
근원 찾는 박망후[273]가 배를 한 번 매었네　博望窮源一繫船
내달리는 구름과 노을이 붓걸이에서 피어오르고　雲走霞飛蒸筆架
금옥(金玉) 소리 시 잔치에서 일어나네　金聲玉響起詩筵
고래 같은 파도 아득한데 먼 길을 왔고　鯨波漠漠來多路
나랏일 끝이 없어 해를 넘겨 이동했네　王事悠悠動踰年
난초와 혜초 같은 자질 직접 대하지 못했으나[274]　蕙質蘭姿雖未接

거위를 보내자 이번에는 거절하지 않고 즉석에서 『도덕경』을 써 주었다. 『진서(晉書)』「왕희지열전(王羲之列傳)」. 여기서 「황정경」이라 한 것은 이백(李白)이 하지장(賀知章)을 송별한 시에 "산음 도사와 서로 만난다면, 응당 황정경 써 주고 거위와 바꾸리.[山陰道士相見 應寫黃庭換白鵝]"라고 한 데서 유래한다.

271 장허(長許) : 상통사(上通事) 오대령(吳大齡).

272 삼주(三洲) : 전설상의 삼신산(三神山). 봉래(蓬萊)·방장(方丈)·영주(瀛洲).

273 박망(博望) : 한(漢)나라 무제(武帝) 때의 문신 장건(張騫). 박망후(博望侯)는 그의 봉호(封號). 서방 대월지국(大月氏國)과 동맹을 촉진할 목적으로 사신으로 떠나 서역(西域)을 두루 돌아다니며 인도 통로를 개척하고, 서역 정보를 가져와 동서의 교통과 문화 교류의 길을 열었다. 또한 사신 길에 사신 길에 떼를 타고 은하수(銀河水)까지 이르렀다가 되돌아왔다는 고사가 있다.

274 오대령은 정잠과 대면하지 못하고 시만 전해 받고 화답시를 보낸 것이다.

시축에 든 주옥같은 시가 신선과 방불하네 瓊琚入軸等爲仙

비전 문학 정공에게 답하다

敬答備前文學井公

담환(曇寰)[275]

사명광객인 하계진[276]이요 四明狂客賀季眞
사명산인인 사무진[277]이라 四明山人謝茂秦
천지가 인재를 낼 때 멀고 가까움 없이 하니 天地生才無遠邇
지금 사람이 어찌 그리 옛사람과 닮았는가 今人何似古之人

사명 정공에게 화답하다

奉和四明井公几下

단애(丹崖)[278] · 상암(尙菴)[279]

노공의 지팡이[280] 비공의 항아리[281] 같은 盧公一杖費公壺

---

275 담환(曇寰) : 한학(漢學) 압물통사(押物通事) 이언진(李彦瑱)

276 사명광객하계진(四明狂客 賀季眞): 하계진(賀季眞) : 당(唐)나라 시인 하지장(賀知章), 사명광객은 호, 계진은 자. 성격이 활달하고 문장에 능했으며 현종(玄宗) 때 예부시랑(禮部侍郞)을 지냈으나, 만년에는 벼슬을 버리고 고향에 돌아가 도사(道士)가 되었다. 천자의 명으로 경호(鏡湖)의 섬계(剡溪) 한 굽이를 하사받기도 하였다.

277 사명산인사무진(四明山人 謝茂秦) : 명(明)나라 시인 사진(謝榛). 사명산인은 호, 무진은 자. 시가(詩歌)에 능했으며 당대의 명문장가 이반룡(李攀龍)·왕세정(王世貞)과 연시(燕市)에 시사(詩社)를 결성하여 명성을 떨쳤다.

278 단애(丹崖): 의원 남두민(南斗旻).

279 상암(尙菴): 의원 성호(成灝).

지혜로운 선비의 기이한 재주로 물가에 바쁘네	慧士奇才劇董蒲
고야[282]의 피부는 응당 눈과 같으며	姑射肌膚應似雪
교인[283]의 눈물은 온통 진주를 이루네	鮫人涕淚盡成珠
구름 속엔 선각이 얼마나 많이 있으리며	幾多仙閣雲間在
바다 밖 어느 곳에 영산이 없겠는가	何處靈山海外無
약주머니와 단경[284]은 모두 말기(末技)인데	藥裹丹經渾末技
그대 때문에 채진[285]하는 무리라 오해 받겠네	爲君錯認采眞徒

280 노공일장(盧公一杖) : 노공은 노이구(盧二舅). 중국의 일서(逸書)에, 노생과 이생의 이야기[盧李二生]가 전한다. 노생과 이생이 함께 신선이 되는 법을 공부하였는데 이생이 포기하고 떠났다. 나중에 이생이 관가의 돈을 빚지고 떠돌다 노생을 만나 노생의 집으로 가보니 신선의 거처와 같았다. 헤어질 때 노생이 이생에게 지팡이를 하나 주며 페르시아 상점[波斯店]에 팔라고 하였다. 이생은 노생의 지팡이를 판 돈으로 관가의 빚을 갚고 자유롭게 되었다. 또한 이생이 나중에 결혼을 하고 보니, 노생의 집에서 만났던 여인이었다고 한다.

281 비공호(費公壺) : 비공(費公)의 항아리. 비공은 후한(後漢) 때의 도인(道人) 비장방(費長房). 비장방이 시장에서 만난 호공(壺公)은 지붕에 항아리를 달아 놓고 해가 지면 그 속으로 들어가는데, 따라 들어가 보니 그곳은 별천지였다. 그는 지팡이를 하나 얻어 가지고 돌아왔는데, 이 지팡이를 짚으면 가고자 하는 곳에 저절로 갈 수 있었으나, 나중에 이 지팡이는 용이 되어서 가 버렸다고 한다.『후한서(後漢書)』「비장방전(費長房傳)」.

282 고야(姑射) : 막고야(藐姑射) 산에 사는 신선.『장자(莊子)』「소요유(逍遙遊)」에 "막고야의 산에 선녀가 있는데 피부가 하얗고 윤택하여 옥설(玉雪)과 같다." 하였다.

283 교인(鮫人) : 남해(南海) 물속에 산다는 전설 속의 인어. 교인이 물가의 인가(人家)에 머물며 날마다 지성으로 비단을 짜다가, 떠날 때에는 눈물방울을 짜내어 진주 구슬로 변하게 한 뒤, 소반에 가득 담아서 주인에게 이별 선물로 주었다고 한다.

284 단경(丹經) : 신선이 되는 방법을 적은 책.

285 채진(采眞) : 진리를 캔다는 뜻으로, 도를 구함을 말함. 또는 천성에 따라 자연스럽게 사는 것.『장자(莊子)』「천운(天運)」.

비전주 문학 정공의 시에 화답하다

敬酥備前國文學井公詩

정정재(正正齋)[286] · 매와(梅窩)[287]

하늘이 영재를 바다 한편에 모으시니 天鍾英才海一方
문장의 별과 달 찬란한 빛 드리우네 文章星月爛垂光
세간의 명마들 마침내 굴복할 테니 世間名驥終須伏
구름 밖으로 신룡은 날아오르려 하네 雲外神龍會欲翔
부 짓는 재주 능히 이륙[288]을 기울게 하고 作賦才能傾二陸
글 짓는 명성 가히 삼왕[289]을 쓰러뜨릴 만하네 摛詞名可厠三王
천한 재주로 몇 자 적지만 동조[290]라 아껴주시니 薄蹄數字憐同調
못날 솜씨[291]로 금당을 더럽혀도 괜찮겠지요 不害鴉塗疥錦堂

비전 국학 문학 정공의 시에 화답하다

敬和備前國文學井公詩

서암(西巖)[292]

자라 섬 봉우리[293] 푸르름 의관에 가득한데 鼇岑滴翠滿衣巾

286 정정재(正正齋) : 사자관(寫字官) 홍성원(洪聖源).
287 매와(梅窩) : 사자관 이언우(李彦佑).
288 이륙(二陸) : 진(晉)나라 때 육기(陸機) · 육운(陸雲) 형제. 모두 시문이 뛰어나 이륙(二陸)이라 칭하였다.
289 삼왕(三王) : 당(唐)나라 때 왕씨 성의 뛰어난 문인 세 명. 왕순(王珣) · 왕여(王璵) · 왕진(王瑨) 또는 왕발(王勃) · 왕서(王緒) · 왕중서(王仲舒)를 들기도 한다.
290 동조(同調) : 취향이나 취미가 서로 같다는 뜻으로, 같은 글자 곧, 한자로 시를 지음을 가리킨다.
291 못난 솜씨[鴉塗] : 도아(塗鴉). 그림이나 글씨가 어설프고 치졸함. 자작에 대한 겸사.
292 서암(西巖) : 화원 김유성(金有聲).

돌아보니 봄 풍경이 모두 마음에 드네 轉眼春光總可人
이별 후 집 편지는 여러 겁 지난 듯한데 別後家書如度劫
앓느라 시 빚은 벌써 열흘이나 지났네 病來詩債輒經旬
조용히 살펴보니 세상 모두 환영(幻影) 같은데 靜觀天地皆疑幻
마음대로 그린 그림이 어찌 핍진할까 隨意丹青豈逼眞
얼마나 다행인가 속세 밖에 신교(神交)가 있어 何幸神交塵外在
시 한편이 능히 야광주(夜光珠)에 해당하네 一篇堪敵夜光珍

이달 19일 마주(馬州)의 조기실(朝記室)이 무로쯔[室津]에서 보낸 편지가 우저(牛渚)에 이르러, 위의 화답시 5편을 보았다. 잠(潛)이 다시 화답한 시와 편지를 21일에 낭화(浪華)[294]로 보냈다. 의원과 사자관의 화답시는 둘이서 한 편을 지었으니, 비루한 풍조가 그러한가? 고금에 이러한 예는 들어보지 못했으니, 배를 잡고 웃을 일이다.[295]

293 오잠(鼇岑) : 오산(鼇山) 또는 오배산(鼇背山)의 봉우리. 오산 또는 오배산은 발해의 동쪽에 있다고 하는 산. 산이 있어 물결을 따라 오락가락하므로 상제(上帝)는 서극(西極)으로 흘러갈까 두려워하여 거오(巨鼇) 열다섯 마리로 하여금 머리를 쳐들고 등에 이게 하였다고 한다. 『열자(列子)』「탕문(湯問)」. 흔히 일본을 가리킨다.

294 낭화(浪華) : 대판 오사카의 옛 이름.

295 의원인 남두민(南斗旻)과 성호(成灝) 그리고 사자관(寫字官)인 홍성원(洪聖源)과 이언우(李彦佑)는 둘이서 한 편을 화답하였다. 그러나 이러한 정잠의 비판은 부적절하다. 그가 이들에게 시를 줄 때 두 명에게 한 편을 주었기 때문이다.

전운에 첩운하여 장허 오공의 화운시에 감사하다
疊前韻奉謝長滸吳公見和

사명(四明)

대희성[296] 위에 달이 높이 걸렸으리니	大姬城上月高懸
생각건대 밝은 달빛 객선을 비추리라	想望淸輝照客船
편미[297]를 겨루었다면 마땅히 물러났겠지만	鞭弭若逢應退舍
시연(詩筵)에서 시 짓지 못함이 매우 애석하네	詩篇偏惜未當筵
한밤중 옛 역에서 누(樓)에 오르는 곳이요	三更古驛登樓處
만 리 먼 길에서 부절(符節)을 받드는 때로다	萬里長途奉節年
사모와 비단 가죽옷을 모두 우러르자니	紗帽錦裘皆仰見
현주[298]에서 참 신선 만난 듯하네	玄洲疑遇眞神仙

전운에 첩운하여 담환 이공의 화답시에 감사하다
疊前韻奉謝曇寰李公几下

사명(四明)

규장[299]의 사행 가장 웅장하다 이를 만하니	圭璋奉使最稱雄
퉁소와 북으로 오백여 선동 따르네	簫鼓相隨五百童

296 대희성(大姬城) : 히메지성(姬路城). 히메지성은 무로쯔[室津]에 있다.

297 편미(鞭弭) : 말채찍과 꾸미지 아니한 활. 또는 군대에서 생활함. 여기서는 시 잔치에서 직접 시로 겨룸을 뜻하는 듯.

298 현주(玄洲) : 도교에서 일컫는 큰 바다의 신선이 사는 경치 좋은 십주(十洲)의 하나. 또는 깊은 물가 언덕. 위에 소개된 필담에서 정잠은 남옥에게 비전주에 속한 섬 이름을 소개한 일이 있는데, 여기에 현주도 있다.

299 규장(珪璋) : 옥으로 만든 귀중한 예물.

관월사[300] 뱃전에서 승경을 찾으며　貫月槎頭探勝狀
구름 벗어난 돛 그림자 장풍을 빌리리　凌雲帆影借長風
맑은 말씀은 응당 에도[301]에 이름날 테고　淸言應是名江左
웅장한 말솜씨는 지금 해동에 휘날리네　雄辨方今擅海東
듣건대 그대 술 싫어한다니 안 좋게 여겨지는데　白眼聞君能惡酒
어떤 마음으로 팔선[302]에 들기를 싫어하는 건지　何心厭入八仙中

전운에 첩운하여 모암 이공[303]의 화답시에 감사하다
疊前韻奉謝慕菴李公見和

사명(四明)

재사의 명성 비단 주머니에 가득한데　才子聲名溢縹囊
문득 붓 휘둘러 칠양[304] 같은 문장 지어 갚아주네　揮毫忽報七襄章
남들은 손님에게 선골(仙骨) 있다 칭하는데　人稱異客存仙骨

300 관월사(貫月槎) : 관월사(貫月査) 또는 괘성사(挂星査), 괘성사(卦星槎). 요(堯)임금 때 서해(西海)에 광휘(光輝)를 발하는 큰 뗏목 하나가 떠서, 언뜻 커졌다 작아졌다 하는 그 광휘가 마치 성월(星月)이 들어갔다 나왔다 하는 것 같았는데, 이 뗏목은 항상 사해(四海)를 떠돌아서 12년 만에 천체(天體)를 일주하곤 했다. 『습유기(拾遺記)』「당요(唐堯)」.

301 강좌(江左) : 에도[江戶]를 지칭하는 말.

302 팔선(八仙) : 여덟 명의 신선이라는 뜻으로, 여기서는 당(唐)나라 시인 두보(杜甫)가 〈음중팔선가(飮中八仙歌)〉에서 말한 여덟 명의 주선(酒仙)을 말한다. 하지장(賀知章), 왕진(王璡), 이적지(李適之), 최종지(崔宗之), 소진(蘇晉), 이백(李白), 장욱(張旭), 초수(焦遂).

303 모암이공(慕菴 李公) : 양의(良醫) 이좌국(李佐國).

304 칠양(七襄) : 정교하게 아름다운 비단. 직녀가 하루 낮 동안에 일곱 번 베틀을 옮겨서 베를 짠다고 한다. 『시경(詩經)』「소아(小雅)」〈대동(大東)〉에, "삼각으로 있는 저 직녀성은 종일토록 일곱 번 자리 바꾸네.[跂彼織女 終日七襄]" 하였다.

나는 동의(東醫)에게 비법[305] 많다고 믿노라 吾信東醫多禁方
함곡관에서 수레 맞이한 윤희[306]가 있었으니 別有迎車關令尹
신을 거꾸로 신은 채옹[307]이 어찌 없을까 寧無倒屣蔡中郎
곤륜산 모습의 근원을 찾아가보면 應看源上崑崙色
민산의 넘치는 한 물 잔[308]과 같지 않음을 보게 되리라 不似岷山一濫觴

전운을 써서 남단애[309]·성상암[310] 이공의 화운시에 감사하다
用前韻奉謝南丹崖成尚菴二公見和

사명(四明)

듣건대 선옹이 저자에서 호공[311] 만났다니 見說仙翁市上壺

305 금방(禁方) : 비전(秘傳)의 약방문(藥方文).

306 함곡관(函谷關)의 관령(關令) 윤희(尹喜)가 자기(紫氣)가 동쪽에서 서쪽으로 옮겨 오는 것을 보고 성인이 오실 것이라고 기대하였는데, 과연 노자(老子)가 청우(靑牛)를 타고 와 윤희에게 『노자(老子)』 3천자를 전했다고 한다.

307 도사채중랑(倒屣蔡中郎) : 신을 거꾸로 신은 채옹. 도사(倒屣)는 신을 거꾸로 신는다는 뜻으로, 손님을 매우 반갑게 맞이한다는 말이다. 후한(後漢) 말에 청년 왕찬(王粲)이 장안(長安)에 와서 채옹(蔡邕)을 방문하자, 채옹이 신발을 거꾸로 신고 문으로 나아가 맞이해 들어왔는데, 왕찬의 나이가 어린 데다 용모도 단소(短小)하였으므로, 거기에 모인 빈객들이 모두 놀랐다. 채중랑(蔡中郎)은 채옹을 말한다. 『삼국지(三國志)』「위지(魏志)」〈왕찬전(王粲傳)〉.

308 민산일람상(岷山一濫觴) : 민산의 넘치는 한 잔이라는 뜻으로, 처음 시작은 매우 약하다는 말. 『가어(家語)』「삼서(三恕)」에, "무릇 강이 민산(岷山) 에서 처음 나올 적에는 그 근원은 조그마한 술잔을 넘칠 만큼이다.[江始出於岷山 其源可以濫觴]"라고 하였다.

309 남단애(南丹崖) : 의원 남두민(南斗旻).

310 성상암(成尚菴) : 의원 성호(成灝).

311 후한(後漢) 때의 도인(道人) 비장방(費長房)이 시장에 갔다가 호공(壺公)을 만났는데

그를 따라가 창포[312] 먹는 법 배우려 하네	相隨欲學服菖蒲
반악과 하후담[313]의 용모 연벽[314]임을 알겠는데	岳湛容貌知連璧
원과 중[315]의 풍류는 구슬 하나일 뿐 아니네	元仲風流非一珠
양곡[316]의 하늘은 아득하여 분별하기 어려운데	暘谷天難分縹緲
영주[317]의 길은 흡사 허무의 세계로 드는 듯하네	瀛洲路似入虛無
세상 밖에 표표한 여러 신선들	飄飄世外群仙子
능히 낭간[318]으로 화답하여 우리 무리를 사랑하네	能報琅玕憐我徒

그는 지붕에 항아리를 달아 놓고 해가 지면 그 속으로 들어가는데, 따라 들어가 보니 그곳은 별천지였다. 그는 지팡이를 하나 얻어 가지고 돌아왔는데, 이 지팡이를 짚으면 가고자 하는 곳에 저절로 갈 수 있었으나, 나중에 이 지팡이는 용이 되어서 가 버렸다고 한다. 『후한서(後漢書)』「비장방전(費長房傳)」.

312 창포(菖蒲) : 돌 위의 창포는 약효가 매우 좋아 오래 먹으면 신선이 된다고 한다.

313 악담(岳湛) : 진(晉)의 반악(潘岳)과 하후담(夏侯湛)을 아울러 일컫는 말.

314 연벽(連璧) : 두 구슬이 이어졌다는 뜻으로, 둘이 똑같이 아름답다는 표현이다. 『진서(晉書)』「하후담전(夏侯湛傳)」에, "담(湛)은 풍채가 아름다우며 반악(潘岳)과 더불어 사이가 좋아서 나가면 수레를 함께 타고, 앉으면 자리를 같이하니 서울 사람들이 연벽(聯璧)이라 칭하였다." 하였다.

315 원중(元仲) : 미상.

316 양곡(暘谷) : 동방의 해 뜨는 곳. 『서경(書經)』「요전(堯典)」에 나오는, 전설 속의 해 뜨는 곳.

317 영주(瀛洲) : 영주산(瀛洲山). 삼신산(三神山)의 하나. 여기서는 일본을 가리킨다.

318 낭간(琅玕) : 옥의 일종. 훌륭한 문학 작품 또는 좋은 간언(諫言)을 비유한다. 한유(韓愈)의 시 〈착착(齪齪)〉에, "구름을 헤치고 천문에 호소하여, 뱃속을 열어서 낭간을 바치련다.[排雲叫閶闔 披腹呈琅玕]" 한 데서 유래한다.

전운을 써 홍정재[319]·이매와[320] 두 분의 화운시에 감사하다
用前韻奉謝洪正齋李梅窩二公見和

사명(四明)

가인들이 주신 글이 사방에서 이르니	佳人贈至自四方
손에 쥔 두 구슬 모두 야광주(夜光珠)[321]라네	握裏雙珠並夜光
낙락한 붉은 놀은 자리를 떨고 일어나고	落落赤霞拂席起
편편히 나는 새는 빈 하늘에 높이 나네	翩翩飛鳥冲天翔
명성이 모두 삼사[322]에 걸맞고	聲名共是稱三謝
초서와 예서[323] 모두 소왕[324]에 핍진함을 알겠네	草隷同知逼小王
종유하는 빼어난 선비 많다고 말들 하던데	傳道從遊多秀士
그대의 당 위에 오를[325] 이 누가 가장 적당할까	誰人最得上君堂

319 홍정재(洪正齋) : 사자관(寫字官) 홍성원(洪聖源).

320 이매와(李梅窩) : 사자관 이언우(李彦佑).

321 야광(夜光) : 야광주(夜光珠). 여기서는 남의 시문을 높여 이른 말.

322 삼사(三謝) : 사(謝)씨 세 사람이라는 뜻으로, 남조(南朝) 때 송(宋)나라의 시인 사영운(謝靈運)·사혜련(謝惠連)·사조(謝朓)를 일컫기도 하는데, 여기서는 진(晉)나라 때 명필 삼형제인 사상(謝尙)·사혁(謝奕)·사안(謝安)을 일컫는다.

323 초예(草隷) : 초서(草書)와 예서(隷書).

324 소왕(小王) : 진(晉)나라의 서예가 왕헌지(王獻之)를 일컫는 말.

325 우저창화집에는 윗구의 종유(從遊)가 문장(門牆)으로 되어 있어 호응이 잘 맞는다.

서암 김공[326]의 화답시에 첩운하다
敬疊前韻謝西巖金公見和

사명(四明)

서암 신선의 절풍건[327]	西巖仙子折風巾
한 조각 옥을 던져주시니 절로 사람을 비추네	片玉投來坐映人
현해탄 바람 몰아 만 리를 다하였고	玄海御風窮萬里
남관[328]의 눈에 막혀 한 달이나 되었네	藍關阻雪浹三旬
붓끝을 휘두르니 새 빛이 생겨나고	毫端揮灑新生色
진세(塵世) 밖에 노니니 절로 채진[329]이 되네	象外浮遊自采眞
오늘 무대를 독점하는 이 오도자이니	今日擅場吳道子
가릉의 분본[330]은 누구의 보배가 되겠나	嘉陵粉本作誰珍

326 서암김공(西巖 金公) : 화원 김유성(金有聲).

327 절풍건(折風巾) : 고구려(高句麗) 때 쓰던 관모(冠帽)의 하나. 건의 양옆이나 앞쪽에 새의 깃털이나 새 꼬리 둘을 꽂았으며, 벼슬 품계(品階)에 따라 여러 가지 빛깔이 있다. 절풍(折風)이란 것은 찬바람을 막는다는 이름이다.

328 남관(藍關) : 아이노시마[藍島]. 풍랑 때문에 이곳에서 한 달을 지체하였다.

329 채진(采眞) : 진실을 캔다는 뜻으로, 천성을 따르고 자연에 방임하여 거짓이 없는 경지를 말한다. 『장자(莊子)』「천운(天運)」에, "소요(逍遙)의 뜰에서 노닐고 구간(苟簡)의 밭에서 먹고살며 부대(不貸)의 구역에서 머무나니, 소요면 무위(無爲)요 구간이면 이양(易養)이요 부대면 무출(無出)이라, 이를 일러 옛사람들이 채진지유(采眞之遊)라 하였다. [以遊逍遙之虛, 食於苟簡之田, 立於不貸之圃. 逍遙, 無爲也, 苟簡, 易養也, 不貸, 無出也. 古者謂是采眞之遊.]" 하였다.

330 오도자~가릉의 그림[吳道子~嘉陵粉本] : 당(唐)나라 때 화가 오도현(吳道玄)으로, 도자는 자(字)이다. 가릉은 중국 사천(泗川) 지방의 강 이름이다. 당(唐) 현종(玄宗)이 오도자에게 가릉에 가서 산수를 그리도록 하였는데, 오도자가 돌아와, "신에게는 분본(粉本)이 없으니, 마음에 다 적었습니다.[臣無粉本, 幷記在心]"라고 하였다는 고사가 있다. 분본은 그림 또는 밑그림을 말한다.

서독(書牘)

남시온에게
與南時韞

사명(四明)

지난번에 저희 군주의 명으로 우저(牛渚)[331]에서 사신들을 영접하여 멀리서 온 서쪽 땅의 사람들[332]과 만나 깊은 사귐[333]을 할 수 있었습니다. 잠깐 만났으나[334] 친구와 같아, 하룻밤의 즐거움이 천년을 다하였습니다. 어찌 평원군(平原君)의 열흘 간 잔치하고 즐김[335]일 뿐이겠습니까? 저의 부족한 재주로 두세 사람의 뒤를 따라 여러분을 만났으니, 자리에서 물러나온 뒤에 여러분께 바치고 화답한 시를 돌이켜보니, 저도 모르는 사이에 땀이 흘러 옷을 적시게 됩니다. 그런데도 선생님께서는 저를 부족하다고 여기지 않으시고, 과분하게 정을 주시고 훌륭한 글을 내려주시기를 전부터 아는 사이처럼 대해주셨습니다. 이러한 즐거움은 만일 여러 순일(旬日) 머물며 선생님의 행장(行裝)[336]을 모

331 우저(牛渚) : 우시마도[牛窓]를 말함.

332 적의서토지인(逖矣西土之人) : 『서경(書經)』「목서(牧誓)」의 "멀리서도 왔도다, 서쪽 땅의 사람들이여.[逖矣! 西土之人]"라는 구절에서 유래한다.

333 교비(交臂) : 팔과 팔이 서로 닿는다는 뜻으로 서로 만남 또는 마음을 알아주는 벗을 가리킨다.

334 경개(傾蓋) : 수레를 멈추고 일산을 기울인다는 뜻으로, 길에서 잠깐 만남을 말한다.

335 평원십일지음(平原十日之飮) : 전국시대 진(秦)나라 소왕(昭王)이 조(趙)나라의 평원군(平原君)에게 열흘 동안 함께 술을 마셔 보자[寡人願與君爲十日之飮]고 청한 고사가 있다. 『사기(史記)』「범수채택열전(范雎蔡澤列傳)」.

336 장구(杖屨) : 지팡이와 짚신이라는 뜻으로, 나들이 채비 또는 어른에 대한 경칭을 말한다.

실 기회가 있었더라도 흡족하지 않았을 터인데, 하물며 다음날 이미 출선(出船)하시어 바닷길이 아득하니, 저로 하여금 종일토록 두려워하게 할 뿐이겠습니까? 제가 전에 사신의 행렬이 동쪽으로 행하심을 듣고는 기대하며 기다리면서 여러분을 통하여 여쭤보고 싶은 것이 몇 가지 있었으나, 모임 자리가 총망하여 이미 헛되이 되었으니, 유감스러움을 어찌 다할 수 있겠습니까? 전에 올린 제 선친의 사록(槎錄)은 오래 머물러 두기 어려웠는데 다 보지도 못하시고 빨리 급히 돌려주셔서 근등자업(近滕子業)[337]을 통해 삼가 돌려받았습니다.

말씀하신 무진년 창수집은 경황이 없어 베껴 적지 못하였습니다. 다른 사람에게 옮겨 적도록 하여 올리겠습니다. 세 분 사신께 바치는 비루한 시 세 편은 고쳐서 올리겠습니다. 못난 말이 오히려 백락(伯樂)[338]으로 인하여 값이 올랐다고 하니, 선생님께서 그럴 뜻이 있으신지요? 세 분 사신께서 사신의 공무를 수행하시는 여가에 다행히 화답시를 내려주신다면, 사신 행차가 동도에 이르는 날에 그것을 정효덕(井孝德) 자장(子章)[339]에게 명하시기를 바랍니다. 그가 반드시 붓과 벼루를 가지고 빈관에 이르러 여러분과 회합하기를 엎드려 바랍니다. 또한 제 집이 에도[340]에 있는데, 자장이 거처하는 곳과 가까워 저의

337 근등독(近藤篤).

338 백락(伯樂) : 춘추시대 진목공(秦穆公) 때 준마를 잘 감별하기로 유명했던 손양(孫陽)의 별명. 준마를 팔기 위해 사흘간 시장에 내놓았지만 아무도 거들떠보지 않았는데, 백락이 한 번 돌아보자 하루아침에 그 말의 값이 열 배나 뛰어올랐다고 한다.

339 정효덕(井孝德) 자장(子章) : 이름은 효덕이고, 자장은 자. 위에서 잠(潛)은 헤이안[平安]에 있다는 문사(文士)로 정효덕(井孝德)을 언급했으며, 이후에 그가 자신의 친구라고 했다.

340 동무(東武) : 당시의 에도[江戶]. 지금의 도쿄.

노모가 늘 자장의 곡진한 소식을 기다린 뒤에야 안정을 취하곤 합니다. 제가 앞서 선생님을 모시고 지은 글을 자장에게 보내주시면 노모의 기쁨은 저를 직접 보는 것과 같을 것입니다. 만 리의 사람이 저의 고향에 이르되 저는 돌아가지 못합니다. 아아! 벼슬살이를 그만둘 수 없음이여! 선생께서는 불쌍히 여겨주시겠지요.

듣건대, 파도가 불편하여 배가 금화탄(金華灘)에서 지체해야 한다니, 모르겠습니다만 언제나 행차가 오사카에 이를지요? 선생님께서 아무 탈 없이 계신지요? 일행 분들도 편안하신지요? 대판은 큰 도회지로서, 사방의 선비가 모여드는 곳입니다. 수창이 더욱 성할 것이니, 뜻에 딱 부합하는 이가 어찌 한둘이겠습니까? 원컨대 선생님의 풍감(風鑑)[341]을 듣고자 합니다. 화전지 예닐곱 장을 바쳐 선생님과 김공 원공 두 분의 글을 얻고자 합니다. 장차 그것을 걸어놓고 명작으로 빛내게 하신다면 비록 직접 뵐 수 없더라도 직접 옥모(玉貌)를 뵙는 것과 같을 것입니다. 선생님과 두 분께서 한 번 써 주시기를 아끼지 않으신다면, 억만금[342]을 얻는 것과 같은 영광일 것입니다. 인장을 갖추어 고아한 의취를 빛내주시기를 바랍니다. 간략히 편지로 적느라 마음을 다 적지 못합니다. 훗날 도쿄로 다시 답장을 드리겠습니다. 두세 동료도 저로 하여금 선생님께 마음을 전해달라고 합니다. 억지로 음식을 잘 드시고[343] 자애하시기 바랍니다. 예를 다 갖추지 못합니다.

341 풍감(風鑑) : 사람의 용모(容貌)와 풍채(風采)로써, 그 사람의 성질(性質)을 감정(鑑定)하는 일.

342 백붕(百朋) : 매우 많은 화폐.

343 강식(强食) : 몸을 조리하기 위하여 억지로 음식을 먹음.

홍경로[344]·이공필[345]에게
與洪景魯李公弼

사명(四明)

빈관에서 사신의 행차를 맞이하여 남(南)·김(金)·성(成)·원(元) 여러 분과 주선함[346]이 그리도 탁월하였는데 어째서 오셔서 동석하지 않으셨는지요? 지금까지도 매우 유감스럽습니다. 비루한 저의 시를 용연(龍淵) 성공(成公) 편에 올렸는데, 뜻하지 않게 경요(瓊瑤)[347]로 보답해 주심을 받고서 가슴에 품고서 뛸 듯이 기뻤습니다. 제 집안에 두 개의 절세(絶世)의 보배가 되게 하셨으니, 얼마나 영광스러운지요? 다만 두 선랑(仙郎)께서 구슬 한 개를 어둠 속에 던지셨으니[348], 모르겠습니다만 야광주(夜光珠)가 어찌 스스로 손바닥 위에서 빛을 발하겠습니까? 이쪽으로 저쪽으로 우러르고 바라보되 판단하지 못하겠습니다. 엎드려 죄스럽기만 합니다. 지난번에 한 자리에서 한 번 형주(荊州)를 알게 되었는데[349], 내려주신 휘호를 받았을 뿐이지 직접 뵙지는 못했습니

344 홍경로(洪景魯) : 사자관 홍성원(洪聖源).

345 이공필(李公弼) : 사자관 이언우(李彦佑).

346 주선(周旋) : 여기서는 필담하고 창화한 것을 말함.

347 경요(瓊瑤) : 아름다운 시문을 비유한 말.

348 암투일주(暗投一珠) : 명주암투(明珠暗投). 재능을 알아주기는커녕 오히려 질시와 비난을 받는 것. 밤에 길 가는 행인의 앞에다 명월주(明月珠)나 야광주(夜光珠)를 몰래 던져 주면 모두 칼에 손을 대면서 좌우를 두리번거릴 것이라고 한 데서 유래한다.

349 식형(識荊) : 한형주(韓荊州)를 안다는 뜻으로 훌륭한 사람을 만나보게 된 것이 영광스럽다는 말. 이백(李白)의 「여한형주서(與韓荊州書)」에 나오는 "이 세상에 태어나서 만호후에 봉해지기보다는 그저 한형주를 한번 알기만을 바랄 뿐이다.[生不用封萬戶侯, 但願一識韓荊州]"라는 말에서 유래한다. 형주(荊州)는 당(唐) 나라 때 형주의 자사(刺史)였던 한조종(韓朝宗)을 말한다.

다. 봄바람에 발선(發船)하시니, 저는 슬프고 실망스러웠습니다. 이에 종이 몇 장을 올려 묵묘(墨妙)[350]를 청합니다. 천녀각(天女閣) 사당(祠堂)이 저희 읍 도성의 동쪽 50 리에 있습니다. 산세가 가파르고 천 길 폭포가 있는데 일찍이 편액이 없었으며 아직도 없습니다. 산 이름은 대폭(大瀑)인데, 폭포 때문에 얻은 이름입니다. 산인(山人) 아무개가 이곳에 사는데 전에 제게 말하기를, 이 산의 특이함을 좋아한다고 하면서 편액이 없으면 그만이거니와 편액을 단다면 뛰어난 분의 글씨를 얻고 싶다고 하면서 제게 두 분의 글씨를 청하도록 하였습니다. 바라건대, 한 번 붓을 휘두르시는 수고를 아끼지 않으신다면 그의 기쁨이 새로 여의주를 얻은 것과 같을 것입니다. 이것으로써 후세에 과시하여 산세·폭포와 더불어 웅장함을 다투게 될 것입니다. 다른 것은 성공을 통해 들으십시오. 저의 비루한 시 한 수를 내려주신 시에 화답으로 올립니다. 역리(驛吏)가 아침에 일찍 출발한다고 힐난하므로 말씀을 자세히 적을 수 없으니, 살펴주시기 바랍니다. 다 적지 못합니다.

김중옥[351]에게
與金仲玉

사명(四明)

불행히도 경개(傾蓋)[352]하지 못하였으니, 하늘이 어쩌면 이리 무정하

350 묵묘(墨妙) : 정묘한 문장. 또는 그러한 서법이나 회화.

351 김중옥(金仲玉) : 화원 김유성(金有聲).

352 경개(傾蓋) : 수레를 멈추고 일산을 기울인다는 뜻으로, 길에서 잠깐 만남을 말한다. 여기서는 다만 만나봄을 뜻함.

신지요? 조(朝) 기실(記室)[353]의 편지를 받아 개봉하여 읽어보니, 여러분의 경화(瓊華)[354]가 빛을 발하고 있었습니다. 뜻하지 않게 목리(木李)[355]의 미천함으로 이러한 보답을 받게 되었습니다. 돌아보건대 멀리 떨어져 남과 북으로 갈려 있는 이국이니, 제가 육핵(六翮)[356]하지 않는다면 그 승경에 닿을 수 없을 것이어서 평생 동안 길이 한스러울 것입니다. 그러나 한 번 붓을 휘둘러 지척[357]에 산수의 아름다움을 집약하여 그려주신다면 사람으로 하여금 누워서 유람[358]하게 할 것이니, 꿈인 듯 균천의 음악[359]을 듣는 것이 공께서 한 번 붓을 휘두르시는 은혜입니다. 공께서는 해주실 뜻이 있으신지요? 삼가 종이 몇 장을 올려 주옥같은 그림을 그려주시기를 청합니다. 공께서 거절하지 않으신다면 저의 정신이 장차 장백산(長白山)에 노닐 수 있을 것입니다. 어여삐 여기시어 너그

353 조(朝) 기실(記室) : 대마도의 두 기실 중 한 명.

354 경화(瓊華) : 아름다운 시문을 비유하여 이르는 말.

355 목리(木李) : 자신의 시문(詩文)을 낮추어 표현한 말.

356 육핵(六翮) : 튼튼한 날개를 뜻하는 말. 공중에 높이 나는 새는 여섯 개의 강한 깃털을 지니고 있다 한다.

357 지척(咫尺) : 여기서는 작은 화폭이라는 뜻으로 쓰였음. 위의 지척여천리(咫尺如千里) 참조.

358 와이유(臥以遊) : 누워서 유람하다. 명승지에 직접 가지 않고도 그림이나 문학 작품을 감상함으로써 명승 감상을 대신함을 뜻함.

359 균천(鈞天) : 천상(天上)의 상제(上帝)가 있는 곳인데, 춘추 때에 진 목공(秦穆公)이 꿈에 가서 놀았다 한다. 균천은 균천광악(鈞天廣樂)의 준말로 천상의 음악을 말한다. 조간자(趙簡子)가 병이 들어 5일 간 인사불성이었는데, 의식이 돌아오자 "내가 상제가 계신 곳에 가서 매우 즐거웠고, 백신(百神)과 균천에서 노니는데 삼대의 음악과 달라 광악(廣樂)의 구주(九奏)와 만무(萬舞) 소리가 마음을 감동시켰다." 하였다. 《史記 卷43 趙世家》 궁중 음악을 말한다. 춘추 시대 진(晉)나라 조간자(趙簡子)가 꿈에 천제(天帝)의 거처에서 노닐면서 균천광악(鈞天廣樂)을 들었다는 기록이 있다. 《史記 卷43 趙世家》

럽게 이해해주시기 바랍니다. 다른 것은 성공께서 곁가지를 쳐내어[360] 주시기를 기다리겠습니다. 거듭 화운하는 저의 비루한 시를 웃음거리로 삼으시도록 올리니, 한 번 보시고 던져버리십시오. 봄추위가 매우 차니, 두루 자중하시기 바랍니다. 차례를 갖추지 않습니다.

성사집에게
與成士執

사명(四明)

한 번 이별한 뒤에 몹시 서운합니다. 새로 알게 된 즐거움과 이별한 슬픔이 엇갈려 지극하다 하더니, 이는 공과 저를 두고 이른 말이로군요! 지난번에 제가 두세 사람의 뒤를 좇아 객관(客館)에서 직접 대면하여 작별하지 못하고서 동료 선비들에게 뜻을 전하였기에[361], 근심스러움을 금할 수 없었습니다. 제가 비록 먼 땅에서 태어나 만 리 먼 곳에서 살고 있으나 그 취미야 어찌 월(越)나라 사람이 진(秦)나라 사람에게 아무 관심 없이 지내는 것[362]과 같겠습니까? 이는 며칠 동안 기분이 좋지 않음이 됨을 알 수 있습니다.

들으니, 사신의 행차가 무로쯔[室津]에서 지체하였다가 19일에 출발

360 원문은 전발(剪祓)이나, 전발(剪柭)로 보아, 이와 같이 풀이함.

361 정잠은 14일 아침에는 조선의 문사들을 만나지 않았다. 근등독과 구산덕기 2명만 사행의 객관을 찾아 작별하였다.

362 진월인지상간비척(秦越人之相看肥瘠) : 월(越)나라 사람이 진(秦)나라 사람의 비척(肥瘠)을 보는 것과 같다. 진나라는 중국의 서북쪽에 있고 월나라는 동남쪽에 있어서 서로 멀리 떨어져 관계가 소원한 것처럼 관심 없이 냉담하게 대하는 것을 말한다.

하였다고 하니, 무정하도다, 석우풍(石尤風)[363]이여! 우리를 위하지 않고 다른 사람을 위하였군요. 생각건대 나니와[浪華][364]에 도착하기만 하면 사행의 문사들을 만나기를 바라는 사방의 선비들이 객관에 찾아와서 붓과 벼루가 뒤섞여 창화(唱和)가 더욱 성대할 터이니, 공께서 재주를 사랑하시는 구정씨(龜井氏)라고 하는 사람의 기이함을 돌아보건대, 저를 과히 칭찬하신 것과는 걸맞지 않으니, 그와 더불어 우열을 다툴 수 있겠습니까? 앞으로 선생님의 말씀을 저버리게 된다면 백년 후에 어찌 지하에서라도 선생님의 얼굴을 뵐 수 있겠습니까?

저는 사귐이 넓지 않습니다. 나니와나 헤이안[平安]에는 아는 사람이 없습니다. 전에 말씀드린 강무(岡武) 등 두세 사람은 다 잠깐의 만남도 이루지 못한 사람들입니다. 여러분이 동도(東都)[365]에 들어가시면 정효덕(井孝德) 자장(子章)[366]·등세균(藤世鈞) 수중(守中)[367]·목정관(木貞貫) 군서(君恕)[368]가 곁에서 모실 것입니다. 자장 같은 이는 제가 칭하는 바 큰아이[大兒者]로서, 경전을 섭렵하였고 문장이 한유(韓愈)와 유종원(柳

363 석우풍(石尤風) : 역풍(逆風)을 말한다. 예전에 석씨(石氏)의 딸이 우랑(尤郎)에게 시집가 정의가 매우 좋았는데 남편이 장사하러 먼 길을 떠나려 하자 만류하였는데 남편이 듣지 않고 떠나 영영 돌아오지 못하고 그녀는 병이 나서 죽게 되었다. 그녀는 죽을 무렵에, "내 능히 만류하지 못해 이 지경 된 게 한이니, 이제 장사하러 원행하는 이 있으면, 내 마땅히 큰바람을 일으켜서 천하의 부인들을 위해 저지하리라." 고 했다. 이 후로 장사치들은 배를 띄울 적에 역풍을 만나면 '석우풍'이라 하고 가지 않았다 한다. 『강호기문(江湖紀聞)』.

364 나니와[浪華] : 오사카의 옛 이름.

365 동도(東都) : 에도[江戶]. 지금의 도쿄.

366 정효덕자장(井孝德 子章) : 삽정평(澀井平). 자장은 자(字). 효덕은 호

367 등세균수중(藤世鈞 守中) : 후등세구(後藤世句). 수중은 자(字). 호는 지산(芝山).

368 목정관군서(木貞貫 君恕) : 목촌정관(木村貞貫). 통신사행의 기록에는 목정관(木貞貫)으로 언급됨. 군서는 자. 호는 봉래(蓬萊).

宗元)에 호응합니다. 공과 더불어 사귄 뒤에 저의 말이 거짓이 아님을 징험할 것입니다. 또 처사(處士)로 지내는 정순경(井純卿)이라는 이가 있는데 제 친구입니다. 학식이 넓고 문장을 잘합니다. 그러나 그 위인이 뇌락(磊落)하여 곤궁하게 살고 있습니다. 동도(東都)는 조관(朝官)의 박사(博士)나 태학(太學)의 서생이 아니면 빈관에 들어가 여러분을 접대할 수 없습니다. 순경(純卿)이 여러분을 뵐 수 없을까봐 걱정이 됩니다. 저는 그것이 한스럽습니다. 또 제 옛 친구 섭현지(葉玄之) 자현(子玄)은 자못 시를 잘하는데 비록 태학의 서생은 아니지만 자현(子玄)의 제자 중에 마주부(馬州府)[369] 대부(大夫)의 돌아봄을 얻은 자가 있으니, 이 사람이 혹 여러분이 한가히 계실 때에 찾아가 알현할지도 모르겠습니다. 만일 이 사람이 혹 여러분을 직접 뵙는다면 저의 질병 없는 형상을 여러분이 직접 보신 대로 전해주시기를 간절히 부탁드립니다.

지난번에 번거롭게 올린 시 몇 편[370]은 덕분에 여러 분께 전할 수 있었습니다. 보내주신 모암(慕庵) 이공의 화답시는 삼가 잘 받았으며[371] 그 외에 오(吳)·이(李) 두 판사(判事)[372]와 남(南)·성(成)·홍(洪)·이(李)[373]

---

369 마주부(馬州府) : 대마도(對馬島).

370 성대중을 통해서, 정사, 부사, 종사관과 수역관을 비롯하여 오대령(吳大齡), 이언진(李彦瑱), 이좌국(李佐國), 남두민(南斗旻)·성호(成灝), 홍성원(洪聖源)·이언우(李彦佑), 김유성(金有聲)에게 보내는 시 10편을 보낸 일을 말한다.

371 모암이공(慕庵 李公) : 양의(良醫) 이좌국(李佐國)이다. 그런데 이좌국이 정잠에게 보냈다는 화답시는 보이지 않는다. 실수로 누락된 것으로 보인다. 정잠이 이좌국의 화답시를 받고 다시 화답한 시는 실려 있다. 이 책에 누락된 이좌국의 화답시는『우저창화집』에는 제대로 수록되어 있다.

372 오·이이판사(吳·李二判事) : 상통사(上通事) 오대령(吳大齡)과 한학(漢學) 압물통사(押物通事) 이언진(李彦瑱).

373 남·성·홍·이(南·成·洪·李) : 의원 남두민(南斗旻)과 성호(成灝), 사자관(寫字官)

등 여러분의 화답시와 어제 대마도 조기실(晁記室)을 통해 보내신 답장도 잘 받았습니다. 홍(洪)·이(李) 두 분과 김공(金公)[374]께 시에서 탁의(託意)하여 청한 것은 저를 위하여 그 주옥(珠玉)을 휘둘러 주신다면 역리에게 부쳐 종이 몇 장을 보내겠습니다. 비록 분주하시더라도[375] 또한 저를 위하여 재촉함을 보이신다면 매우 고맙겠습니다.

지난번에는 어수선하여 공이 써주시는 글씨를 얻지 못하였습니다. 공의 자유자재한 필적[376]을 저의 누추한 집에 영원히 걸어놓을 수 있기를 바랍니다. 공께서 어찌 제게 욕심을 부린다고 하시겠습니까? 농(隴) 땅을 얻고서 다시 촉(蜀) 땅을 바라는 것이니[377], 얻는 것은 같으나 땅은 다름이니, 공께서는 용서하시기 바랍니다. 공과 홍·이·김공께서 주신 것은 인장(印章)과 고색(古色)이 아울러 빛을 발하게 하신다면 내려주신 것이 크다 하겠습니다.

원공(元公)[378]의 시 가운데 고칠 것을 포자목(浦子木)[379]에게 명하여

홍성원(洪聖源)과 이언우(李彦佑).

374 홍·이이공여김공(洪·李二公與金公): 사자관 홍성원(洪聖源)과 이언우(李彦佑) 그리고 화원 김유성(金有聲).

375 앙장(鞅掌) : 직무에 분주함. 일이 바빠 의용(儀容)을 가다듬을 겨를이 없음. 『시경(詩經)』「소아(小雅)」〈북산(北山)〉에 "혹은 외쳐 부르는 소리를 모르고 사는데, 혹은 처참하게 수고를 하며, 혹은 집에서 편히 누웠다 일어났다 하는데, 혹은 왕사에 바빠서 의용도 못 갖추도다.[或不知叫號, 或慘慘劬勞, 或棲遲偃仰, 或王事鞅掌.]"라고 한 데서 유래한다.

376 낙지운연(落紙雲烟): 낙지는 글씨 또는 글씨를 쓰는 일. 운연은 서화(書畫)의 운필(運筆)이 자유자재함을 비유한 말.

377 이득롱이우망촉(已得隴而又望蜀) : 만족할 줄 모름을 비유한 말. 광무제(光武帝)가 잠팽(岑彭)에게, "서성(西城)이 항복하거든 곧 군대를 거느리고 촉로(蜀虜)를 치라. 사람은 진정 만족을 모르는 것이구나. 농(隴)을 평정하니 다시 촉(蜀)을 바라게 되는구나."라고 한 데서 유래한다. 『후한서(後漢書)』「잠팽전(岑彭傳)」.

보내주시니, 장자(長者)의 후의가 어쩌면 한결같이 이와 같이 지극한지요?[380] 그분의 원시(原詩)는 또한 자목(子木)을 통하여 받들어 올렸습니다.

역리(驛吏)가 날이 밝으면 출발한다고 하기에 여러분께 각각 글을 올리지 못합니다. 공을 통하여 저의 마음을 전하고자 합니다. 바라건대 돌아가시는 길에 이곳에 배를 대신다면 팔을 잡아 친하게 이야기하며[381] 또한 하루 저녁을 천년의 즐거움으로 삼을 것이니, 고개를 들고 그 때를 기다리겠습니다. 봄추위의 행로에 또한 자중하시기를 바랍니다. 다 갖추지 못합니다.

정사명·근등서애에게 보내는 글
與井四明·近藤西厓書

추월(秋月)·용연(龍淵)·현천(玄川)·퇴석(退石)

'우연한 만남이 곧 이별 자리'라는 구절[382]은 노두(老杜)[383]가 오늘을

378 원공(元公) : 원중거(元重擧).

379 포자목(浦子木) : 시포직춘(市浦直春). 자목(子木)은 자. 1권 편찬자.

380 원중거가 1월 13일에 창수한 자신의 시 가운데 고칠 것이 있다면서 1월 14일 아침에 고쳐 주며 원시를 돌려달라고 한 일을 말한다.

381 피비(把臂) : 팔을 잡는다는 뜻으로 친밀하게 지냄 또는 친하게 이야기를 나눔을 뜻하는 말.

382 홀만상봉시별연(忽漫相逢是別筵) : 우연한 만남이 곧 이별 자리라네. 두보(杜甫)의 〈송로육시어입조(送路六侍御入朝)〉에, "훗날 다시 어느 곳에서 만나게 될지 알까나 우연한 만남이 곧 이별 자리인 것을[更爲後會知何地, 忽漫相逢是別筵]."라고 한 구절을 인용한 것이다.

383 노두(老杜) : 당(唐)나라 시인 두보(杜甫)를 가리키는 말.

위하여 먼저 지어 읊은 시구(詩句)입니다. 여러분께서도 이와 같이 슬픈 심정일 것입니다. 요즘 봄 날씨가 음산하니 여러분의 건강을 잘 보중하십시오. 양쪽에서 노를 젓는 배 안에서 깊이 추구하여 깨달아 보니, 쌓인 뜻의 풍부함과 글귀의 아름다움은 이전 사행(使行)에서는 얻지 못하였던 것입니다. 이제 두 분에게서 얻을 수 있었으니, 귀국의 문헌이 날로 흥성함을 헤아릴 수 있습니다. 감탄스러움을 어찌 이길 수 있겠습니까? 본래 서애(西厓)[384]께서 평점을 청한 것은 저희들의 비루한 화답시를 올림으로써 이미 뜻을 다 밝히고자 생각하였습니다. 문득 한 마디의 평어(評語)는 췌언을 필요로 하지 않을 것입니다.

졸작은 바쁜 중에 짬을 내어 화답한 것이므로 뜻을 다하지 못하였습니다. 여러분의 한 번 웃음거리로 삼을 뿐이니 매우 부끄럽습니다. 화전일강(和田一江)[385]이 청한 중자매(中子梅)[386]의 인보(印譜)에 붙일 서문도 보냅니다. 중자매 인보의 서문이 다행히 곧 전해진다면 그에게 부탁한 것을 잊지 말라는 뜻을 말해주시기를 매우 바랍니다.

조강(朝岡)[387]을 통하여 이 편지를 부치려 하는데, 즉시 받아보실 수 있을지 모르겠습니다. 저희들은 이곳에서 또한 바람 때문에 묶여 있으니 근심으로 미칠 듯합니다. 바라보매 멀지는 않으나 만나 뵐 길이

384 서애(西厓) : 근등독(近藤篤), 서애는 호. 4권 편찬자.

385 화전일강(和田一江) : 화전소(和田卲), 일강(一江)은 호.

386 중자매(中子梅) : 2권에서 화전소가 자신의 친구 중자매(일명 중촌파릉(中村巴陵))이 전각(篆刻)과 인장(印章)을 좋아하여 인보(印譜)를 만들었다면서 서문을 부탁했고, 남옥·성대중·김인겸이 모두 그에게 자신의 자호등을 새겨달라고 부탁해달라고 청하였다.

387 조강(朝岡) : 대마도의 기실(記室) 중 한 명. 위에서 조기실(晁記室) 또는 조기실(朝記室)로 언급되었다. 晁는 朝의 고자(古字).

없으니 더욱 원망스럽습니다. 돌아오는 길에 다시 만나 악수하게 되기를 바랍니다. 이만 줄이고 다 갖추지 못합니다.[388]

사명산인의 백운시에 화답하다

酬四明山人一百韻

추월(秋月)

동쪽 한 지역을 열어 維東開一域
나라를 다스린 아득한 세월 爲國邈千秋
나누인 경계에는 헌사(軒姒)[389]의 자취 남았는데 分界遺軒姒
채집된 시에는 자하(子夏)와 자유(子游) 빠져 있네 陳詩漏夏游
석목의 나루[390]에 동쪽 들판 고운데 析津麗左野
못에는 여러 물줄기 돌아 모였네 歸澤匯羣流
여씨(呂氏)를 피하여[391] 오히려 저자에 전하고 避呂猶傳市
희씨(姬氏)를 당했는데[392] 참으로 그윽한 곳에 있네 當姬實在幽
직방씨[393]는 금매(僸佅)[394]를 기록하고 職方書僸佅

388 이 책에는 이 편지를 쓴 날짜가 밝혀져 있지 않다. 그러나 『우저창화집』에는 말미에 '正月十七'이라는 기록이 있어, 무로쯔[室津]에 있을 때 쓴 편지임을 알 수 있다.

389 헌사(軒姒) : 헌원씨(軒轅氏)와 하우씨(夏禹氏)

390 석진(析津) : 석목(析木)의 나루라는 뜻으로 일본을 가리킨다. 석목은 원래 기(箕)·두(斗) 두 별 사이의 별자리인데, 정동쪽 인방(寅方)에 해당하며, 지역으로는 요동 지방 또는 우리나라를 가리키는 말이다.

391 여씨를 피하다[避呂] : 진시황을 피해 떠나온 서불(徐市) 일행이 일본의 시조가 되었다는 전설을 말한다. 진시황이 여불위(呂不韋)의 아들이라는 속설이 있다.

392 희씨를 당하다[當姬] : 주(周)나라 시대를 맞다. 주나라 왕실의 성은 희이다.

393 직방(職方) : 직방씨(職方氏). 지도와 공물(貢物)을 관장하는 관리.

왕회(王會)[395]에서는 거북과 유자를 바치네	王會貢龜榴
천지를 수용함에 외방이 없으나	天地容無外
황왕은 드넓어도 다 거둘 수 없었네	皇王浩不收
신령에게 잘 보이고자 일길(日吉)[396]을 으뜸 삼고	媚神宗日吉
부처에게 잘 보이고자 석가모니를 섬기네	佞佛祖尼牟
잘 닦아놓은 길 비단결[397] 같고	繡錯和摩道
밭두둑은 기름지고 넉넉하네	膏饒畽畠疇
부사산 웅야산[398] 우뚝하여 진산을 이루고	富熊崇作鎭
비파호 낭화강[399] 깊어 못을 이루었네	琶浪湛成湫
배들이 중국 복건(福建)[400]에 통하니	舟檝通閩建
진귀한 보물이 고구(股球)에 모이네	珍瑰集股球
땅을 뚫으면 모두 쇠와 구리이니	有穿皆礦錫
패물을 차지 않는 이 없네	無佩不鏘鏐
물에 익숙하니 잠자리배[401] 나는 듯하고	習水飛蜻船
추위에 능하니 담비 가죽 필요없네	能寒舍貉裘
신선의 음식이 수액에 흐르고	仙粻流髓液

394 금매(僸佅) : 중국에서 북방이나 동북방 소수민족의 음악을 지칭하던 말. 고대에 동이(東夷)의 음악을 매(佅)라 하고, 북이(北夷)의 음악을 금(僸)이라 한 데서 유래한다.

395 왕회(王會) : 천자에게 조공(朝貢)하기 위하여 제후나 번국(藩國)들이 모이는 모임.

396 일길(日吉) : 일길신(日吉神). 일길신도(日吉神道)는 일본 중세에 신도와 불교의 습합에서 성립한 불교적 신도의 일종이다.

397 수착(繡錯) : 색실로 알록달록하게 짠 자수(刺繡) 또는 뒤섞인 여러 빛깔.

398 부웅(富熊) : 후지산[富士山]과 쿠마노산[熊野山].

399 파랑(琶浪) : 비파호(琵琶湖)와 낭화강(浪華江).

400 민건(閩建) : 복건(福建). 중국(中國) 남동 대만(臺灣) 해협(海峽)에 면한 곳.

401 잠자리배[蜻船] : 작은 배.

책 상자가 언덕에 감춰져 있네	書笈秘墳丘
간무[桓武]천황[402]은 신령스런 혈통 새롭게 하고	桓武靈源濬
사다즈미[貞純]친왕(親王)[403] 보배로운 근간 세웠네	貞純寶幹抽
옥새와 검[404]은 본래 아래로 향하는데	璽刀元降向
관복(官服)[405]은 혹 주나라를 피하였네[406]	端委或逃周
도산(塗山)[407]의 상서로움을 모으기도 전에	未輯塗山瑞
어찌 낙수(洛水)가의 사냥을 따랐으리	寧從洛涘蒐
우리와는 신의와 화목이 두터우니	暨吾惇信睦
오직 덕으로 부드럽게 하고자 힘썼네	惟德懋能柔
전벌이 삼한시대에 있었으나	戰伐三韓世
생황이 두 나라 모퉁이에서 울리네	笙簧兩境陬
남쪽이 평화로워 계찰(季札)[408]같은 사신 보내오고	南平來季札

402 환무(桓武) : 간무[桓武]. 일본 천황의 이름. 재위 기간 781–806년. 당시까지 계속 천황을 배출한 덴무[天武]천황계가 아닌 덴지[天智]천황계이다. 7대 74년 간 수도였던 헤이조쿄[平城京]를 폐하고 나가오카[長岡]에 새 도시를 만들어 수도를 옮겼으며 10년 후 다시 헤이안쿄[平安京]로 천도하였다.

403 정순(貞純) : 사다즈미[貞純]. 일본 사다즈미[貞純]친왕(親王 : 873?–916)을 말하는 듯.

404 새도(璽刀) : 새검(璽劍). 옥새와 칼이라는 뜻으로, 제왕이나 황제의 자리를 비유적으로 이르는 말.

405 단위(端委) : 단위복(端委服). 주(周)나라 때 관리의 예복(禮服). 관리를 뜻하기도 한다.

406 주나라를 피하다[逃周] : 주(周)나라 태왕(太王)의 맏아들 태백(泰伯)과 둘째인 중옹(仲雍)이 형만(荊蠻) 곧 오(吳)로 피신한 일을 가리킨다. 이들은 태왕이 막내인 계력(季歷)을 세워 그의 아들 창(昌) 곧, 문왕(文王)에게 왕위를 전하려고 하므로 주나라를 떠났는데, 혹설에는 중옹이 일본의 시조가 되었다고 한다.

407 도산(塗山) : 지명 또는 나라 이름. 중국 하(夏)나라의 우(禹)임금이 이곳에서 아내를 얻었으며, 또 이곳에서 제후들을 모았다.

408 계찰(季札) : 춘추시대 오(吳)나라 왕 수몽(壽夢)의 넷째 아들. 봉호(封號)가 연릉(延

서쪽에서는 부루(扶婁)[409] 같은 사신 보냈지	西賚送扶婁
말 무덤[410]에서 예전 원정을 뉘우치고	馬塚懲前遠
맹약하는 제단에서 옛 우의 강론하네	牛壇講舊侔
사신 행차 물머리까지 다하여	星行窮水首
오나라 끝에서 풍속을 채집하네	風俗採吳頭
한나라 시장에선 봄이면 예물을 운반하고	漢市春輸幣
진나라 배는 해마다 구휼미를 띄워 보내네	秦舟歲汎賙
백 년 동안 예물을 기뻐하니	百年懽玉帛
만백성이 무기를 내려놓았네	萬姓息戈矛
수적(秀賊)[411]이 하늘을 참칭하여 어지럽히니	秀賊稱天亂
맑은 조정에선 주군을 참혹히 여겨 근심하였네	淸朝慘主憂
돼지와 뱀[412] 배를 타고 넘어와 꿈틀거리니	豕蛇浮越蠢
숫양과 기러기[413]는 억류된 소무(蘇武)를 보도다	羝鴈見蘇留

陵)이어서 연릉공자(延陵公子) 또는 연릉계자(延陵季子)라고도 한다. 여러 곳으로 사신을 갔다.

409 부루(扶婁) : 단군의 태자. 단군 127년, 곧 하우씨(夏禹氏) 18년에 도산(塗山)에서 제후(諸侯)를 회합시킬 때 단군이 부루를 보내 조회하도록 하였다고 한다.

410 마총(馬塚) : 일본의 연대기(年代記)를 보면, '신라 유리왕(儒理王) 8년, 곧 왜황(倭皇) 응신(應神) 22년에 신라 군대가 일본에 쳐들어간 일이 있는데, 그때 일본 사람들이 화의를 청하여 군대를 풀고 백마를 잡아 맹약한 후 그 말을 묻은 무덤이 적간관(赤間關) 동쪽에 있다고 한다. 그곳의 이름이 백마총(白馬塚)이다.

411 수적(秀賊) : 도요토미 히데요시[豐臣秀吉]. 풍신수길. 임진왜란을 일으킨 일본의 무장.

412 시사(豕蛇) : 탐욕을 부리며 난폭하게 덤벼드는 큰 돼지와 큰 뱀. 봉시장사(封豕長蛇), 봉희수사(封豨脩蛇). 임진왜란 때의 왜적(倭賊)을 가리키는 말.

413 숫양과 기러기[羝鴈] : 한(漢)나라 때에 소무(蘇武)가 흉노(匈奴)에게 사신으로 갔다가 억류되어 북해(北海)에서 숫양을 기르며 항복하지 않고 있다가 기러기 발에 써 보낸 편지가 한나라 상림원(上林園)에 도착하여 결국 19년 만에 돌아오게 되었다. 『한서(漢

왕망과 동탁[414]이 먼저 중원을 찬탈하자	莽卓先中簒
민(閩)과 구(甌)는 마침내 외적이 되었네	閩甌遂外仇
어찌 다만 제후국의 수치로	豈惟宗國恥
감히 대국의 원수가 되리	敢與大邦讎
세 도읍[415]에 봉화 타오르더니	烽火三都燬
팔도의 백성들 유린당하였네	青衣八域蹂
기자의 봉지(封地)[416]에 쥐구멍이 얽혔고	箕封縈鼠穴
의주(義州) 변경까지 어가(御駕)가 머물렀네	灣塞狩龍輈
상처에서 흐르는 피 천지간에 넘치고	瘡血乾坤沸
울음소리는 비오는 밤에 떠들썩하네	啼聲雨夜啾
사나운 고래[417] 더러운 냄새 마구 풍기니	鯨鯢橫臭穢
연약한 꿩과 토끼는 그물에 걸려 고통받네	雉兎困罝罦
팔 년 동안 수확을 못하니	八稔停畬穫
삼면의 변경에선 도끼와 끌이 쉬었도다	三邊老斧鉥
북녘엔 여전히 전장의 구름 먼지 넘쳐나고	煙塵猶北漲
서녘엔 아직도 수자리 쉬지 못하였네	征戍未西休
뼈가 가루 되도록 막기를 생각하고	防骨摧思粉
해골 잔[418]에 술 마시려 하네	支頭飮欲抔

書)』「소무전(蘇武傳)」.

414 왕망과 동탁[莽卓] : 전한(前漢)의 왕망(王莽)과 후한의 동탁(董卓). 왕망은 왕실이 쇠약한 틈을 타서 제위를 찬탈하고, 동탁은 왕을 폐하였다.

415 삼도(三都) : 한양(漢陽), 평양(平壤), 개성(開城).

416 기자의 봉지[箕封] : 주(周)나라 무왕(武王)이 기자(箕子)를 조선에 봉했다는 데에서, 평양 또는 우리나라를 가리킨다.

417 사나운 고래[鯨鯢] : 고래의 수컷과 암컷을 가리키는 말로, 소국(小國)을 병탄(幷呑)하려는 흉악무도한 자를 뜻한다.

아름다운[419] 천자(天子)의 성스러움이며	皇皇天子聖
강직한 서경(書經)의 계책이로다	侃侃尙書猷
사신이 진나라 조정에서 통곡하였고[420]	使者秦庭哭
장군이 송나라 쌀을 헤아렸다네	將軍宋米籌
수레 탄 아이는 단사호장(簞食壺漿)을 가져오고	車髫挈壺簏
밭두둑의 아낙은 음악[421]으로 맞이하네	畦女迓鈿篌
가장 좋은 계책은 먼저 치는 것인데	上策謀先伐
중산랑(中山狼)[422]이 시끄럽게 비방하였네	中山謗漫咻
총병[423]은 오래 전에 세운 계책을 풍부하고	總兵饒宿略
경리[424]는 신령스런 계책을 펼쳤네	經理啓神謀
행주산성[425]에는 피가 내를 이루고	杏疊川成血

418 해골 잔[支頭] : 서역(西域) 흉노(匈奴)의 임금 묵특(冒頓)이 월지국(月支國)을 격파하여 월지왕을 죽이고 그 두개골을 술그릇으로 만들어 술을 마셨다는 고사가 있다.

419 황황(皇皇) : 아름다운 모양. 천자와 제후왕의 훌륭한 용모를 나타냄.

420 진나라 조정에서 통곡하다[秦庭哭] : 춘추시대 오(吳)나라가 초(楚)나라를 침략하였을 때 신포서(申包胥)는 진(秦)나라에 가서 군사를 요청하였는데, 진나라 왕이 들어 주지 않자 음식도 먹지 않고 밤낮으로 7일 동안 밤낮으로 통곡하자, 진왕이 감격하여 초나라를 구제해 주었다.

421 음악[鈿篌] : 상감(象嵌)한 공후. 화려하게 꾸민 악기.

422 중산(中山) : 중산랑(中山狼). 산 속에 사는 이리. 제 목숨을 구해 준 사람을 잡아먹으려고 한 데서, 배은망덕한 사람을 비유하여 이르는 말.

423 총병(總兵) : 총병은 무관 벼슬의 하나로, 임진왜란 때 원군으로 온 명나라 장수 이여송(李如松)을 말한다.

424 경리(經理) : 여기 무관 벼슬의 하나로, 임진왜란 때 원군으로 온 명나라 장수 양호(楊鎬)를 말한다.

425 행첩(杏疊) : 행주산성(幸州山城). 임진왜란 때 삼대 대첩의 하나인 행주대첩(幸州大捷)을 가리킨다. 행주산성은 행주치마에서 유래한 지명이므로 행(幸)을 행(杏)으로 쓴 것이 오류는 아니다.

한산도 앞바다[426]에는 해골이 언덕을 이루었네	閑濠岸拄髏
지휘하는 깃발이 갑자기 달라지고	旌麾俄忽變
고질병이 삽시에 나았네	痼瘵霎還瘳
충무공은 거북선 만들었고	忠武龜爲艦
망우당[427] 사슴가죽으로 칼 끈을 만들었네	忘憂鹿作緱
전법[428]은 하백(河伯)도 두려워하고	龍韜河伯讋
붉은 갑옷은 물의 신도 탐내네	猩甲水靈偸
진주[429]에서 비로소 적의 간담 서늘케 하고	晋捷纔寒膽
사야가[430]가 몰살하여 다시 요새를 막았네	沙鏖復搤喉
단청으로 궁궐을 새롭게 했고	丹青新獸闥
해와 달은 어가를 타고 돌아왔네	日月返鸞騶
황제의 위엄 빌려 재조[431] 되었고	再造皇威籍
성스런 계책에 따라 중흥하였네	重恢聖算由
백구편[432]은 완만한 곡조가 맑고	奔駒淸緩節

426 한호(閑濠) : 한산도(閑山島) 앞바다. 임진왜란 때 삼대 대첩의 하나인 한산도대첩(閑山島大捷)을 가리킨다.

427 망우당[忘憂] : 망우당(忘憂堂) 곽재우(郭再祐). 임진왜란 때 의령(宜寧)에서 의병을 일으켜 큰 공을 세웠고, 정유재란 때 다시 의병장으로 출전하였다.

428 용도(龍韜) : 태공망(太公望)의 병법 『육도(六韜)』 가운데 하나로, 병법이나 전략(戰略)을 뜻한다.

429 진주[晋捷] : 진주대첩(晉州大捷). 한산대첩·행주대첩과 더불어 임진왜란 때의 삼대 대첩의 하나.

430 사야가[沙] : 사야가(沙也可) 곧 김충선(金忠善)을 말하는 듯. 임진왜란 때에 가토 기요마사[加藤淸正]의 선봉장으로 왔다가 귀화하여 큰 공을 세웠다.

431 재조(再造) : 거의 죽어가는 생명을 다시 살림. 다시 창건함. 임진왜란 때 명나라에게 원병을 보내주어 나라를 유지하게 한 일을 가리킴.

432 백구편[奔駒] : 『시경(詩經)』 「소아(小雅)」의 〈백구(白駒)〉를 뜻한다. 어진 손님을

기기[433]는 온전한 사발을 올리네	攲器奠完甌
지친 백성의 눈물로 호소함을 들어주고	詔泣疲甿聽
과부들이 구하는 것을 은혜롭게 면제해주네	恩除寡婦求
뽕나무와 삼밭에 비와 이슬 알맞고	桑麻歸雨露
가시덤불을 쟁기로 경작하네	榛棘化犂耰
묵은 쌀이 천 상자나 쌓이고	紅腐千箱積
붉은 해가 일만 집을 비추네	朱陽萬室籌
나라 위해 죽은 이 백골도 영광이요	國殤榮白骨
남은 충신을 반갑게 맞이하네	遺老拭青眸
당나라는 오랑캐에게 치욕을 갚았고[434]	唐耻酬胡羯
제나라는 상구씨의 강토를 회복하였네[435]	齊疆復爽鳩
어룡은 물결 속에 편안하고	魚龍波安帖
새와 사슴은 들에서 우네	鳥鹿野嚶呦
임금이 욕을 보았으니 원수를 잊을 수 없고[436]	主辱非忘越

떠나지 말도록 만류하면서 길이 잊지 말자는 내용으로 되어 있다.

433 기기(攲器) : 기울어져 엎어지기 쉽게 생긴 물그릇. 물이 적으면 기울어지고, 가득 차면 엎어지며, 알맞게 담으면 똑바로 서므로, 임금이 옆에 두고 경계로 삼았다.

434 당나라는 오랑캐에게 치욕을 갚았고[唐耻酬胡羯] : 명(明)이 원병을 보내어 임진왜란을 승리로 이끈 것을 말한다. 일본인에게 주는 시에서 일본을 오랑캐라 칭한 것은, 임진왜란을 일으킨 임진왜란을 일으킨 도요토미 히데요시[豊臣秀吉]를 도쿠가와 이에야스[德川家康]와는 분리하여 인식하기 때문이다. 도쿠가와 막부가 들어서면서 조선과의 외교가 회복되었다.

435 제나라는 상구씨의 강토를 회복하였네[齊疆復爽鳩] : 상구씨(爽鳩氏)는 제(齊)나라 지역을 맨 처음 통치했다는 전설상의 인물로, 처음 터를 잡고 살았던 사람을 가리킨다. 조선이 강토를 회복한 것을 말한다.

436 원수를 잊을 수 없고[非忘越] : 망월이란 원수 갚기를 잊는다는 뜻. 중국 춘추 시대 오(吳)나라 왕 부차(夫差)가 자신의 아버지를 죽이고 나라를 정벌한 월(越)나라에 원한을 잊지 않으려 한 데서 유래한다.

좋은 계책은 영토를 나누는 것[437]과는 다르네	時謨異割溝
교룡을 섬멸함은 하늘이 재앙 내림이요	蛟殲天禍悔
날짐승들 몰살함은 성인의 법 닦아짐이네	禽獮聖文修
못된 것을 베어내어 옛 나라가 아니니[438]	芟醜邦非舊
나는 원망 않고 거칠고 더러운 것을 포용하리라	包荒我不尤
먼저 쇄환[439] 위해 사신 보냈고	刷還初結靷
이어 답서 보내 보답하였네	回答繼稱酬
작은 허물[440]은 옥에 티처럼 덜어버리고	小過捐瑕垢
성신(誠信)[441]이 질장구에 넘치네	中孚溢缶卣
인삼과 표범 가죽이 이어지고	蔘椏承死豹
말갈기 휘날리며 준마 달리네	鬃鬣軼飛虯
맹자(孟子)의 교린(交隣)하는 도리요	鄒聖交鄰道
선왕(宣王)[442]의 사신 보내는 계책이네	宣王遣使諏

437 영토를 나누는 것[割溝] : 명(明)나라 원정군과 일본군이 우리나라 영토를 나눌 것을 의논한 일을 말한다. 할구는 초한(楚漢) 시절에 유방(劉邦)과 항우(項羽)가 홍구(鴻溝)를 기준으로 하여 서쪽은 한(漢), 동쪽은 초(楚)로 영토를 나누기로 약정한 데서 유래한 말이다.

438 못된 것을 베어내어 옛 나라가 아니니[芟醜邦非舊] : 임진왜란을 일으킨 도요토미 히데요시[豊臣秀吉]가 죽고, 도쿠가와이에야스[德川家康]가 들어선 것을 말한다.

439 쇄환(刷還) : 임진왜란 때 끌려간 포로를 쇄환한다는 의미로, 임진왜란 직후인 1607년과 1617년에는 통신사의 명칭이 회답겸쇄환사(回答兼刷還使)였다.

440 소과(小過) : 주역(周易)의 괘명(卦名). 적은 양, 작은 허물을 뜻한다.

441 중부(中孚) : 주역(周易)의 괘명(卦名). 성신(誠信)을 뜻한다.

442 선왕(宣王) : 주(周)나라 임금. 여왕(厲王)의 태자로, 여왕 이후 문왕과 무왕의 유법(遺法)을 본받아 주나라를 다시 일으켰다. 『시경(詩經)』 「소아(小雅)」 〈유월(六月)〉에는 흉노족(匈奴族)이 호경(鎬京)을 침범하자, 장군 윤길보(尹吉甫)를 보내, 쫓아내게 한 내용을 읊은 내용이 있다.

문(文)으로는 글 잘 쓰는 사람 뽑았고	詞林掄綵筆
무(武)로는 활 잘 쏘는 이 가렸네	韎跗簡金鏃
범 깃발은 석 대 수레에 앞장섰고	虎節先三軾
용 깃발은 칠류를 늘어뜨렸네	龍章散七旒
의관은 마땅히 봉황을 보겠고	冠裳宜覩鳳
군사들은 비휴(貔貅)처럼 웃는구나	徒旅笑如貅
윤길보(尹吉甫)[443]는 능히 모범이 되었고	吉甫能爲憲
반초(班超)[444]는 제후 되길 원치 않았네	班超不願侯
충언이라 띠에 써서[445] 공경하였고	忠言書帶敬
결백한 지조라 전대의 금[446]을 부끄러워했네	清操橐金羞
채색 배에 국서(國書)[447]를 받들고서	畫舸陪天札
창주(滄洲)[448]에서 백옥루(白玉樓)[449]를 꿈꾸며	滄洲夢玉樓
춥고 더움에 부모님 모실 것을 생각하고	寒溫思扇被

443 윤길보(尹吉甫) : 주(周)나라 선왕(宣王) 때의 중신(重臣). 문무 양쪽 다 능력이 있었다. 흉노족을 정벌하는 큰 공을 세웠으며, 시에도 뛰어나서 선왕을 찬미하는 노래를 지었는데, 그 노래가 『시경(詩經)』「소아(小雅)」〈유월(六月)〉에 있다.

444 반초(班超) : 후한(後漢) 때의 사람으로, 반고(班固)의 동생. 흉노(匈奴)를 비롯하여 서역(西域)의 여러 나라를 정복하였다.

445 띠에 쓰다[書帶] : 공자가 언충신(言忠信) 행독경(行篤敬)을 말씀하자, 자장(子張)이 이 말씀을 띠에 적었다. 『논어』「위령공(衛靈公)」.

446 전대의 금[橐金] : 한(漢)나라 고조(高祖) 때 육가(陸賈)가 남월(南越)에 사신으로 갔다가 돌아올 때 남월왕 위타(尉他)가 그의 행장에 천금의 황금을 싸 주어, 돌아와 호화롭게 지냈다.

447 천찰(天札) : 조서(詔書). 여기서는 국서(國書)를 말함.

448 창주(滄洲) : 물빛이 푸른 물가 또는 섬. 은자(隱者)가 사는 곳 또는 은거(隱居)를 뜻하기도 한다. 여기서는 일본을 가리킨다.

449 옥루(玉樓) : 백옥루(白玉樓). 옥황상제(玉皇上帝)의 궁전.

서리와 이슬에 선조의 묘소를 생각했네	霜露感松楸
큰 기운은 신기루를 뛰어넘고	灝氣凌馮蜃
먼 유람은 두우성을 침범하네	玄遊犯斗牛
춘추에는 월(越) 땅[450] 역사도 기록했고	春秋成越紀
사부에는 형(荊) 땅[451] 노래도 섞였도다	詞賦雜荊謳
나루에 비 내리는 충신의 땅[452]이요	津雨忠臣地
창밖에 매화 핀[453] 옛 관소(館所) 마을이네	窓梅古館州
적간관(赤間關)의 놀 온통 붉고	赤城霞蓋紫
우창(牛窓)의 달빛 환하기도 하네	牛渚月華稠
나랏일이라 세 바다를 가볍게 여기니	王事輕三渤
신선 사는 곳이라 십주[454]에 가깝도다	仙居近十洲
먼 산엔 저녁놀 짙고	遠山濃晩染
봄 물결 새로 불어 넘실거리네	春浪漲新油
홀연 천태의 객[455]을 만나	忽遻天台客

450 월(越) : 춘추시대의 나라 이름. 지금의 절강성(浙江省)에 있었다. 여기서는 일본을 가리킨다.

451 형(荊) : 월(越)나라의 옆에 있던 지명.

452 충신의 땅[忠臣地] : 패가대(覇家臺), 곧 하까다[博多]를 말하는 듯. 신라(新羅)의 충신 박제상(朴堤上)이 절사(節死)한 곳으로서, 정몽주(鄭夢周)가 사신으로 가 이곳을 들렀다.

453 창밖에 매화 핀[窓梅] : 정몽주가 일본에 사신으로 가 지은 시에, "매화 핀 창 밖에 봄빛이 이르고 목판으로 덮은 지붕에 빗소리가 많다.[梅窓春色早 板屋雨聲多]"는 구절이 있다.

454 십주(十洲) : 도교에서 말하는 신선이 산다는 열 곳의 명승지. 선경(仙境)을 일컫는다.

455 천태객(天台客) : 사명(四明) 곧, 정잠(井潛)을 가리킨다. 정잠이 자신이 오랫동안 살아온 곳이 천태산(天台山)이라고 하였다. 천태산은 중국의 산 이름으로 신선이 산다는 곳이다. 손작(孫綽)의 〈유천태산부(遊天台山賦)〉 등의 시문이 있다.

신선 마을 유람[456]을 했네	仍成阮洞遊
정신은 자석과 겨자처럼 서로 끌리고[457]	神精針引芥
의기는 북과 북채처럼 응하네	聲氣鼓應桴
언덕에서 우는 학은 우뚝 서 있고	表立鳴皐鶴
땅덩이 박찬[458] 준마는 외로이 내달리네	孤驤歷塊騮
오얏 동산에선 봄날 촛불을 잡고 놀았고[459]	李園春秉燭
섬계(剡溪)에선 밤에 배를 대었지[460]	剡浦夜維舟
기품은 오동에 깃든 고니[461]처럼 빼어나고	標格梧停鵠

456 신선 마을 유람[阮洞遊] : 신선이 되어 노님을 말한다. 후한(後漢) 명제(明帝) 영평(永平) 연간에 유신(劉晨)과 완조(阮肇)가 약을 캐러 천태산(天台山)으로 들어갔다가 길을 잃고 헤매다 두 여인을 만났다. 그 집에 들어가 하룻밤 유숙한 다음 부부의 연을 맺고 살게 되었다. 반년이 지난 후 세상에 나와 보니 아는 사람들은 모두 죽어 아무도 없고 이미 7대(代)가 지났음을 알게 되었다. 다시 여인들이 있는 곳으로 돌아가려고 했으나 다시는 돌아갈 길을 찾지 못했다고 한다. 『태평광기(太平廣記)』「신선전(神仙傳)」.

457 자석과 겨자처럼 서로 끌리고[針引芥] : 자석이 철침(鐵針)을 잘 끌어당기고, 호박(琥珀)이 개자(芥子)를 잘 습득(拾得)한다는 데서 온 말로, 사람의 성정이 서로 잘 투합함을 비유한 말. 침개상투(針芥相投).

458 땅덩이 박찬[歷塊] : 마치 흙덩어리를 뛰어넘듯 순식간에 먼 길을 치달린다는 뜻으로, 힘차게 빨리 달리는 모습.

459 오얏 동산에서 봄날 촛불을 잡고 놀다[李園春秉燭] : 이백(李白)의 〈춘야연도리원서(春夜宴桃李園序)〉에 그려진 놀이를 말한다. 여기서는 도리원(桃李園)을 이원((李園)으로 표현하였다. 낮이 짧으므로 촛불을 켜고 밤까지 논다는 것이다.

460 섬계에서 밤에 배를 대다[剡浦夜維舟] : 진(晉)나라 왕휘지(王徽之)가 폭설이 내린 밤에 갑자기 섬계(剡溪)에 있는 친구 대규(戴逵)가 생각이 나서 밤새 배를 저어 그 집을 찾아갔던 고사를 말한다. 왕휘지는 대규의 문 앞까지 당도하였다가 그냥 되돌아와 버렸는데, 누가 그 까닭을 묻자 "흥이 나서 찾아 갔다가 흥이 다하여 돌아왔으니 그만이다. 어찌 꼭 만나보아야 하는가." 대답하였다. 『세설신어(世說新語)』「임탄(任誕)」. 여기서는 섬계(剡溪)를 섬포(剡浦)로 바꾸어 우저와 가깝게 표현한 것이다.

461 오동에 깃든 고니[梧停鵠] : 오동에 고니가 깃든다는 뜻으로 뛰어난 외모를 말한다. 난곡정치(鸞鵠停峙)와도 통한다.

능력은 가시에 원숭이 새길[462] 만큼 정교하네 才思棘刻猴
좋은 금은 자갈보다 뛰어나고 良金超滓礫
향초는 악초보다 빼어나네 崇蕙秀蕭蕕
붓끝에는 진실한 정이 맺혀 있고 筆舌眞情契
지미에는 은은한 기쁨이 떠 있네 芝眉暗喜浮
웅장한 시편은 기(夔)[463]가 백운을 이은 듯하고 雄詩夔百繼
심오한 글자는 좌구명(左丘明) 뜻을 찾는[464]듯하네 奧字左三鉤
지금은 초나라 출신[465] 진량(陳良)과 진상(陳相)[466]이지만 楚産今良相
나중엔 양원(梁苑)의 추양(鄒陽)과 사마상여(司馬相如)[467]리라 梁遊后馬鄒
이마가 맑으니 나는 갓을 씌워주고 싶은데[468] 顚淸吾欲冠

---

462 가시에 원숭이 새기다[棘刻猴] : 가시나무로 원숭이 형상을 새긴다는 뜻으로, 여기서는 매우 정교하고 공교함을 뜻함.

463 기(夔) : 순(舜)임금 때의 악관(樂官).

464 뜻을 찾는[三鉤] : 세 번이나 뜻을 궁구하다. 구(鉤)에는 갈고리라는 뜻 외에 '찾다, 탐색하다, 의사를 타진하다'라는 뜻도 있다. '구장극구(鉤章棘句)'라는 숙어는 글을 짓는 어려움을 이르는 말이기도 하다.

465 초나라 출신[楚産] : 중국 남방 출신인 진량(陳良)이 유학의 도를 배워 북방 출신의 학자보다 나았다는 데서 온 말. 맹자(孟子)는, "진량은 초(楚)나라 출신으로, 주공(周公)과 공자(孔子)의 도를 좋아하여 북으로 중국에 와서 배웠는데, 북방의 학자들이 누구도 그보다 나은 사람이 없었으니, 그는 이른바 호걸의 선비였다.[陳良楚産也, 悅周公仲尼之道, 北學於中國. 北方之學者, 未能或之先也, 彼所謂豪傑之士也.]"라고 한 데서 유래한다. 『맹자(孟子)』「등문공상(滕文公上)」.

466 진량과 진상[良相] : 진량(陳良)과 그의 제자 진상(陳相).

467 양원의 추양과 사마상여[梁遊馬鄒] : 뛰어난 문사를 말함. 양원은 한(漢)의 양효왕(梁孝王)이 만든 동산으로, 이곳에 사마상여(司馬相如)·추양(鄒陽)·매승(枚乘) 등을 초대하여 즐기던 곳.

468 이마가… 싶은데[顚淸吾欲冠] : 승려를 환속시켜 유자(儒者)로 만들고 싶다고 한 말을 가리킨다. 한유(韓愈)가 승려를 전송한 시 〈송영사(送靈師)〉에 "지금 그대를 우리의 도로

어째서 그대는 짧은 옷자락을 걷어 올리나[469]	衣短子何摳
귤나무[470]는 황제의 나무[471]에 마땅하나	橘服宜皇樹
골구씨[472]가 좋은 중매쟁이[473]를 잃었네	鶻媒失蹇脩
영서(靈犀)[474]처럼 마음을 토하여	靈心犀各吐
기이한 뜻의 주옥같은 글을 던져주네	奇意璧相投
유수곡(流水曲)[475] 능히 감상할 수 있더라도	流水雖能賞

끌어들여, 삭발한 머리에 선비의 관을 씌워주고 싶구려.[方將斂之道 且欲冠其顚]"라는 말이 나온다.

469 옷자락을 걷어 올리다[摳] : 구의(摳衣). 옷자락을 추어올림. 어른 앞에서 몸가짐을 공손히 하는 태도를 말한다. 『예기(禮記)』「곡례(曲禮)」에 "옷자락을 추어올리고 구석을 향해 종종걸음으로 가서 앉고, 반드시 응대를 삼가서 해야 한다.[摳衣趨隅, 必愼唯諾]"고 한 데서 유래한다.

470 귤복(橘服) : 귤나무를 뜻한다. 굴원(屈原)의 「구장(九章)」〈귤송(橘頌)〉에, "후황이 아름다운 귤나무를 이 땅에 맞게 하심이여, 명을 받아 옮겨가지 않고 남국에 태어났도다.[后皇嘉樹, 橘徠服兮! 受命不遷, 生南國兮!]"라고 한 데서 온 말이다. 후황은 후토(后土)와 황천(皇天)의 준말로 천지를 뜻한다.

471 황수(皇樹) : 귤나무. 굴원(屈原)의 「구장(九章)」〈귤송(橘頌)〉에서 유래한다.

472 골구씨(鶻鳩氏) : 고대 관직의 이름. 오구(五鳩)의 하나로 농사에 관한 일을 맡았다. 골구는 새 이름으로 봄에 왔다가 겨울에 가므로 이렇게 이름 붙이 것이다.

473 건수(蹇脩) : 전설상의 복희씨(伏羲氏)의 신하인 현자(賢者). 그가 중매를 잘하였다는 데서 중매쟁이를 뜻한다.

474 영심서(靈心犀) : 영서(靈犀). 영서는 영검이 있는 무소뿔이라는 뜻으로, 두 사람의 마음이 서로 통하는 것을 비유한다. 특히 무소의 뿔 가운데 백색의 무늬가 양쪽 끝으로 통해 있는 것은 그 감응이 아주 빠르다고 한다. 이상은(李商隱)의 〈무제(無題)〉에, "몸에는 쌍으로 나는 채봉의 두 날개가 없고, 마음에는 서로 통하는 한 가닥 영서가 있네.[身無彩鳳雙飛翼 心有靈犀一點通]" 하였다.

475 유수곡(流水曲) : 춘추시대 명연주자 백아(伯牙)가 타고 그의 벗 종자기(鍾子期)가 들었다는 거문고 곡조. 고산유수곡(高山流水曲) 또는 아양곡(峨洋曲)이라고도 한다. 백아가 거문고를 잘 탔는데 종자기는 이것을 잘 알아들었다. 그리하여 백아가 마음속에 '높은 산[高山]'을 두고 거문고를 타면 종자기는 이를 알아듣고 "아, 훌륭하다. 험준하기가 태산과 같다.[善哉 峨峨兮若泰山]" 하였으며, 백아가 마음속에 '흐르는 물[流水]'을 두고

양춘곡(陽春曲)[476]에 화답하기 쉽지 않네	陽春未易訓
그대 풍도(風度) 협소하지 않으니	不爲風所局
마침내 배움이 넉넉함[477]을 알겠네	終覺學而優
밤 조개 비로소 입을 벌리고	夜蚌初開穀
가을 매 바람처럼 토시[478]에 내리네	秋鷹颯下韝
가련하지만 옥은 돌을 갈라야 하고	玉憐須璞剖
애석하지만 앵무새는 군색하게 조롱에 갇혀야 하네	鸚惜窘籠囚
아름다운 선비[479]들로 채우려 한다면	使寘思皇盛
뉘라서 다투어 고개 들어 모이겠는가	誰爭擧首裒
유능한 마부는 기북(冀北)[480]으로 가 살피고	御良之冀顧
솜씨 좋은 장인은 숲에 들어가 찾네	匠石入林搜
오회(吳會)[481]에서 났음을 장차 자랑하게 되리니	吳會將誇產

거문고를 타면 종자기는 이를 알아듣고 "아, 훌륭하다. 광대히 흐름이 강하와 같다.[善哉洋洋兮若江河]" 하였다. 『열자(列子)』「탕문(湯問)」.

476 양춘곡(陽春曲) : 전국시대 초(楚)나라의 고상한 가곡 이름으로, 백설곡(白雪曲)과 함께 화답키 어려운 노래로 꼽히는데 이를 제대로 창화(唱和)하는 이가 수십 인에 불과하였다고 한다.

477 학이우(學而優) : 학문이 넉넉해져서 벼슬길에 오르는 것을 말한다. 『논어(論語)』「자장(子張)」에, "학문을 하고서 여유가 있으면 벼슬을 한다.[學而優則仕]"고 한 데에서 유래한다.

478 구(韝) : 토시. 사냥꾼들이 매를 팔에 앉혀 가지고 다니기 위하여 팔뚝에 끼는 물건.

479 아름다운 선비[思皇] : 여기서 사황은 아름답고 훌륭한 선비를 말함. 『시경(詩經)』「대아(大雅)」〈문왕지십(文王之什)〉에 "아름다운 다사(多士)가 왕국에 나도다.[思皇多士 生此王國]"라고 하였다.

480 기(冀) : 기북(冀北). 기주(冀州)의 북쪽으로, 명마(名馬)의 산지. 이곳에서 나는 말을 기마(冀馬)라고 한다.

481 오회(吳會) : 중국 오군(吳郡)과 회계군(會稽郡)을 아울러 이르는 말. 강동(江東) 지방을 말한다. 진(晉)나라 장한(張翰)이 낙양(洛陽)에서 제왕(齊王)의 사마(司馬)로 있던

강동(江東)[482] 땅엔 그대와 견줄 이 드물리	江東儘寡儔
신령한 사귐은 서문표(西門豹)와 오기(吳起)[483] 같으며	神交齊豹起
기이한 만남은 원(袁)과 유(劉)[484]와 꼭같네	奇覯逼袁劉
시문으로 주옥같은 글귀 남기고	咳唾留璀璨
모습은 호랑이를 연상케 하네	姿毛想炳彪
이별할 땐 부지런히 호저(縞紵)[485]를 주고받았고	別時勤縞紵
이르는 곳마다 음식 대접 풍족하였네	逢處飫饛餱
안개 낀 달빛에 사흘 밤 떨어져 있으니[486]	煙月三宵隔
강산은 백리의 수심(愁心)이라네	江山百里愁
구름 같은 파도는 다시 아득한데	雲濤還渺渺
종려나무 닻줄 풀기 오히려 주저 되네	棕纜尙猶猶
산성주(山城州)의 역에 아직 가지 못하고	未遞山城驛
여전히 실진(室津)의 갈매기만 따르네	猶隨室浦鷗
위수 가의 봄날 나무[487] 그리워하니	相思春樹渭

중에 가을바람이 일어나는 것을 보고 고향 강동의 순챗국과 농어회가 그리워 벼슬을 그만 두고 고향으로 돌아갔다.

482 강동(江東) : 일본을 말함.

483 서문표와 오기[豹起] : 전국시대 위(魏)나라의 서문표(西門豹)와 오기(吳起). 서문표는 정치가이고, 오기는 뛰어난 병법가이자 장수로 모두 서하수(西河守)가 되어 치수(治水)를 잘하였다.

484 원(袁)과 유(劉) : 미상.

485 호저(縞紵) : 호저(縞苧). 생사(生絲)로 만든 띠와 모시옷이라는 뜻으로, 우정이 매우 깊음을 비유한 말. 오(吳)나라의 계찰(季札)과 정(鄭)나라의 자산(子産)이 흰 비단 띠와 모시옷을 주고받은 고사에서 유래한다.

486 삼소격(三宵隔) : 남옥의 『일관기(日觀記)』 1월 15일자에 따르면, 1월 15일 밤에 이 시를 짓기 시작하여 다음날 새벽에 완성하였다고 하였다. 13일 밤에 창수하였으니, 그날까지 쳐서 사흘 밤이 된다.

역참의 물시계는 더디기만 하구나 遲報水籤郵
가랑비에 꽃잎 젖는 저녁인데 細雨濃花夕
다시 만날 날 어기지 않으리 重迎未謬悠

사명산인의 백운시에 화답하다
和四明山人一百韻

용연(龍淵)

봉래산[488]은 서불(徐市)의 길이요 蓬壺徐市路
은하수는 박망후(博望侯)[489]의 시절인데 河漢博望秋
해와 달은 잠깐 사이에 떴다 지고 日月歸芒忽
끝없는 물결은 흐름 대로 흘러가네 溟波信泝游
북쪽 하늘 구름 속에 붕새는 멀리 날고 北雲鵬翼逈
남쪽의 새는 빛을 발하는데 南極鳥輝流
겨울 끝이 아득히 말라 가는데 漠漠窮陰涸
쌓인 기운 어둑히 그윽하구나 冥冥積氣幽

487 위수 가의 봄날 나무[春樹渭] : 벗을 그리워하는 마음을 뜻한다. 두보(杜甫)가 〈춘일억이백(春日憶李白)〉에서, "위수 북쪽엔 봄날의 나무, 강 동쪽엔 저문 날 구름.[渭北春天樹, 江東日暮雲]"이라 하였다.

488 봉호(蓬壺) : 봉래산(蓬萊山). 고대 전설상의 바다에 있다는, 신선들이 사는 산. 모양이 술병 같다고 하는데, 방장산(方丈山)은 방호(方壺), 영주산(瀛洲山)은 영호(瀛壺)라고 한다.

489 박망(博望) : 한(漢)나라 무제(武帝) 때의 문신 장건(張騫). 봉호(封號)는 박망후(博望侯). 서방 대월지국(大月氏國)과 동맹을 촉진할 목적으로 사신으로 떠나 서역(西域)을 두루 돌아다니며 인도 통로를 개척하고, 서역 정보를 가져와 동서의 교통과 문화 교류의 길을 열었다. 또한 사신 길에 사신 길에 떼를 타고 은하수(銀河水)까지 이르렀다가 되돌아왔다는 고사가 있다.

추위에 핀 꽃은 금석(錦石)[490]보다 귀한데	寒花過錦石
기이한 과실 보고 안류(安榴)[491]인가 묻노라	奇果問安榴
비취빛 깃털 보배로우나 어디에 쓸 것이며	翠羽珍何用
밝은 구슬 찬란하나 다 거둘 수 없네	明珠爛不收
항아(姮娥)는 줄[絃] 고르다가 기러기발 던져두고	娥緪抛栗粒
풍이(馮夷)[492]는 북 치다가 잠모를 버려둔다	馮擊捨岑牟
자라[493]가 솟아오름은 하늘을 지탱함이요	鼇出應撑極
거북이 솟아오르니 구주(九疇)[494]를 바친 것 같네	龜騰似獻疇
신령한 바람 불어 넓은 천지 가르는데	神飆分曠莫
물가 땅이라 낮고 축축함이 한스럽도다	水府恨卑湫
허공의 음악[495]은 거문고 소리와 조화롭고	虛樂諧琴軫
신령한 화음은 패옥 구슬에 울리네	靈和韻珮球
물결 헤치는 종각(宗慤)[496]을 오랫동안 품었는데	長懷破浪慤

490 금석(錦石) : 아름다운 꽃무늬가 있는 돌, 또는 아름다운 돌.

491 안류(安榴) : 석류(石榴). 한(漢) 나라 때 장건(張騫)이 일찍이 서역(西域)에 사신으로 갔다가 안석국(安石國)에서 석류 종자를 얻어가지고 돌아왔다는 데서 유래하여 석류를 안석류(安石榴)라고 한다.

492 풍이(馮夷) : 물의 신. 《초사(楚辭)》〈원유(遠遊)〉에 "상령으로 하여금 비파를 타게 함이여, 해약으로 하여금 풍이를 춤추게 하도다.[使湘靈鼓瑟兮 令海若舞馮夷]" 하였다.

493 오(鼇): 육오(六鼇). 바다 위의 삼신산(三神山)을 등에 지고 있다는 전설상의 큰 자라. 전설에 따르면 발해(渤海)의 동쪽에 큰 바다가 있으며 이 가운데 대여(岱輿)·원교(員嶠)·방호(方壺)·영주(瀛洲)·봉래(蓬萊)의 다섯 선산(仙山)이 있는데, 여섯 마리의 자라가 산을 떠받치고 있어 바다 위에 떠 있다 한다.

494 구주(九疇) : 하(夏)나라 우(禹)임금이 낙수(洛水)에서 얻은 낙서(洛書)를 기초로 하여 만든 아홉 개의 원칙. 신령스런 거북이 등에 지고 나온 무늬를 바탕으로 한 것이다.

495 허공의 음악[虛樂] : 『장자(莊子)』「제물론(齊物論)」에 "아름다운 음악은 빈 곳에서 나오고 김이 솟아 버섯이 생기네[樂出虛 蒸生菌]"이라는 구절이 있다.

496 파랑각(破浪慤) : 풍랑을 헤치는 종각(宗慤)이라는 뜻으로, 장쾌한 뜻을 품고 먼 길을

조수를 쏜 전류(錢鏐)[497]를 부질없이 묻노라 虛問射潮鏐
서리는 종군(終軍)의 비단[498]에 내리고 霜落終軍帛
날씨는 계자(季子)의 가죽옷[499]에 춥구나 天寒季子裘
겨울인데도 따뜻한 곳을 이미 지나 已通冬暖域
곧이어 밤에도 환한 마을에 가까웠네 仍近夜明丘
맑은 밤이슬[500]을 입을 벌려 마시고 沆瀣垂頤吸

띠나는 기개를 말한다. 종각은 송(宋)나라 때 사람으로 그의 숙부 병(炳)은 뜻이 고상하여 벼슬하지 않았는데, 종각이 어릴 때 숙부가 그의 뜻을 물으니 "원컨대 긴 바람을 타고 만 리의 풍랑을 헤치고 싶습니다.[願乘長風 破萬里浪]"라고 대답했다.

497 사조류(射潮鏐) : 화살로 조수(潮水)를 쏜 전류(錢鏐)라는 뜻으로, 후량(後梁) 때에 항주(杭州)에 해마다 조수가 밀려들므로 무숙왕(武肅王) 전류(錢鏐)가 궁노(弓弩)를 설치하였다가 조수가 밀려들 적에 쏘니, 조수가 물러가 육지가 되었다고 한다. 이때 조수가 통하는 강어귀에 바다를 막는 못[捍海塘]을 쌓아 호수를 만든 것을 전당(錢塘), 전호(錢湖) 또는 서호(西湖)라고 부른다. 중국 절강성(浙江省) 항주(杭州)에 있는데, 뒤에 송나라 소식(蘇軾)이 이 호수의 둑을 수축하여 관개 사업을 한 적이 있다. 『고금사문유취(古今事文類聚)』「전왕사조(錢王射潮)」.

498 종군백(終軍帛) : 종군(終軍)의 비단. 여기서 비단이란 관(關)을 통과할 때 부신(符信)으로 사용하는 명주 조각을 말한다. 종군은 한(漢)나라 무제(武帝) 때 사람으로, 18세 때 박사제자(博士弟子)가 되었고, 20여 세에는 간대부(諫大夫)가 되었다. 그가 미천했을 때 도보로 관문을 지나는데 관리가 그에게 부신인 명주 조각을 주었다. 종군이 무엇이냐고 묻자 관리는 통부(通符)로 되돌려 받기 위해서라고 하였다. 이에 종군이 "대장부가 서쪽으로 나가 노닐거든 끝내 통부를 되돌려 주고 돌아오지 않을 것이다.[大丈夫西遊, 終不復傳還]"라고 하고는, 그 명주 조각을 버리고 떠났다. 그 후 마침내 높은 관리가 되어 군국(郡國)을 순행하기 위해 부절(符節)을 갖고 다시 동쪽으로 관문을 나가려 하자, 관리가 종군을 알아보고 말하기를 "이 사자가 바로 전에 부신을 버린 사람이다.[此使者乃前棄繻生也]"라고 했다. 『한서(漢書)』 64권.

499 계자구(季子裘) : 전국시대 유세가 소진(蘇秦)의 가죽옷. 계자는 소진의 자(字). 소진이 일찍이 연횡설(連橫說)을 가지고 진 혜왕(秦惠王)을 설득하였으나, 쓰이지 못하고 그가 집에서 가지고 나온 검은 담비가죽 옷이 다 해지고 황금 백 근이 다 떨어져서, 크게 곤경을 당했던 데서 유래한다. 『전국책(戰國策)』「진책(秦策)」.

500 항해(沆瀣) : 밤에 맺힌 맑은 이슬. 신선이 그것을 마시고 산다고 한다. 『초사(楚辭)』〈원유(遠遊)〉에, "육기를 먹고 항해를 마심이여, 정양으로 양치질하고 아침놀을 머금는

예쁜 꽃을 손 가는 대로 따네	英華信手抽
무소(武韶)[501]는 원래 노(魯)나라에 있던 것이요	武韶元在魯
관면(冠冕)[502]은 일찍이 주(周)나라를 따랐네	冠冕早從周
뒤따르는 수레[503]는 보배 되기 어려우나	後乘難爲寶
앞에 나는 새[504]는 잡아들이지 않는다네	前禽不入蒐
자리에 앉은 귀인들 입은 옷이 가볍고	席珍輕被服
광주리 속 과실들 단단하고 부드러워 조화롭네	筐實節剛柔
문필로 장구한 계책을 세우고	翰墨紆長策
병법을 먼 모퉁이에서 떨치네	韜鈐振遠陬
장대한 유람은 두보(杜甫)를 넘어서고	壯遊踰杜甫
밝게 살핌에 이루(離婁)[505]를 생각하네	明察想離婁
배움은 모름지기 지금 써야겠으니	學力須今用
행장을 누구와 함께 꾸릴까	行裝與孰侔
참군은 바람에 모자가 떨어졌는데[506]	參軍風落帽

다.[湌六氣而飮沆瀣兮 漱正陽而含朝霞]"고 하였다.

501 무소(武韶) : 소무(韶武). 소악(韶樂)과 무악(武樂)이라는 뜻으로, 고아(高雅)한 고악(古樂)을 칭하는 말.

502 관면(冠冕) : 고대의 제왕, 관원의 쓰개. 벼슬아치의 복장.

503 뒤따르는 수레[後乘] : 후승은 뒤에 가는 수레로, 깃발을 앞세워 무인이 앞에 가면 그 뒤에 수레를 탄 문인이 가는 것이다. 뒤따르는 수레가 보배가 되기 어렵다는 것은 문인보다 무인을 숭상하는 일본의 풍속을 말하는 것이다.

504 전금(前禽) : 사면 중 앞쪽의 새. 고대 제왕의 새 사냥에서 전면을 제외한 삼면으로 몰아 전면의 새는 도망갈 수 있게 하였다. 『주역(周易)』「비괘(比卦)」〈구오(九五)〉에 "왕이 사냥을 할 때 세 면만 에워싸고 앞면의 짐승은 놓치는 것이다.[王用三驅失前禽]"라고 하였다. 차마 혹독하게 하지 못하는 어진 마음을 뜻한다.

505 이루(離婁) : 황제(黃帝) 때의 사람으로 눈이 매우 밝았다. 1백보 밖에 있는 가는 털도 분간했다고 한다.

서기는 머리에 흰 눈이 가득하네	記堂雪盈頭
한나라의 격문은 파촉(巴蜀)의 유시(諭示)[507]가 아니요	漢檄非巴諭
황하에 띄운 배가 어찌 진(晉)의 규휼미이겠나	河舟豈晋賙
파도가 오색 붓을 실어왔건만	波瀾輸彩筆
안개와 이슬이 술 달린 창을 머물게 하네	霧露滯英矛
이웃 간 우호를 영원히 맺었으니	永結隣邦好
어찌 부속국의 근심이 되리오	寧爲屬國憂
정공(鄭公)[508]은 일찍이 신의로 이르렀고	鄭公曾信格
신상(申相)[509] 다시 이름을 남겼도다	申相復名留
예로부터 생황으로 약속하고	從古笙簧約
지금까지 옥백으로 보답하네	于今玉帛仇
다만 흉한 도적 하나[510] 때문에	徒緣一兇虜
중간에 만년의 원한을 맺으니	中結萬年讎
표범과 호랑이가 갑자기 씹어 삼키고	豺虎遽呑噬
용과 뱀이 멋대로 짓밟았네	龍蛇恣踐蹂
남도의 배엔 요사스런 기운이 어리고	妖氛南島帆
북관의 수레엔 칼날이 미쳐 날뛰었다	狂鍔北關輈

506 참군풍락모(參軍風落帽) : 진(晉)나라 때 문장가 맹가(孟嘉)가 환온(桓溫)의 참군(參軍)으로 있었는데, 중구일에 환온이 용산(龍山)에 잔치를 열어 막료들이 즐겁게 노닐 때 맹가의 모자가 바람에 날아갔는데 알아차리지 못하므로, 환온이 손성(孫盛)을 시켜 조소하는 글을 짓게 하였는데, 맹가가 즉석에서 명문을 지어 대답하자 주위에서 모두 탄복하였다.

507 파유(巴諭) : 당(唐) 현종(玄宗)이 안사(安史)의 난 때 파촉(巴蜀)에 유시한 조서.

508 정공(鄭公) : 정몽주(鄭夢周).

509 신상(申相) : 신숙주(申叔舟).

510 일흉로(一兇虜) : 도요토미 히데요시[豐臣秀吉]를 가리킴.

영남의 길은 전란의 티끌로 어두워졌고	嶺路兵塵暗
호남의 성은 귀신 울음으로 시끄러웠지	湖城鬼哭啾
하늘이 재앙을 거두니	天心旋悔禍
백성은 그물에 걸린 신세를 면하게 되었네	民物免嬰罦
거위와 학을 이은 듯 진을 치고	陣勢聯鵝鶴
도끼와 끌을 흔들며 군가를 불렀네	鐃歌振斧鉥
범과 같은 군사는 제왕의 사랑을 받았고	虎師承聖眷
개미떼 같은 지원군은 황제의 덕을 입었네	蟻援荷皇休
회계산(會稽山)[511]에서 칼 울릴 것을 생각하였듯이	稽岫思鳴劒
의주(義州)[512]에서는 임금 모시고 배혈(杯血)[513]을 마셨네	龍城侍飮抔
군왕은 땔나무와 쓸개[514]의 한을 품었고	君王薪膽恨
장수는 악비와 한세충[515]의 꾀를 지녔도다	將士岳韓猷
행주산성에선 존엄한 공적을 드날리고	涬堞揚威伐
한산도에선 장대한 계책을 떨쳤도다	閑山振壯籌
바람은 소리내어 이무기와 악어를 몰아내고	風聲驅蜃鰐
달은 온화하게 생황과 공후를 연주하네	月凱奏笙篌
오나라 군문에 돼지들 모여 먹더니[516]	豕戢吳門食

---

511 계수(稽岫) : 회계산(會稽山). 춘추시대에 월(越)나라 왕 구천(句踐)이 오(吳)나라에게 패하여 항복한 곳. 이후 국력을 길러 마침내 오나라를 멸하고 원수를 갚았다.

512 용성(龍城) : 용만(龍灣) 곧, 의주(義州). 임진왜란 때 선조가 이곳으로 몽진하였었다.

513 부(抔) : 배혈(杯血) 곧, 맹세를 뜻하는 것으로 보임.

514 신담(薪膽) : 와신상담(臥薪嘗膽).

515 악한(岳韓) : 악비(岳飛)와 한세충(韓世忠). 남송(南宋) 때의 명장.

516 오나라 군문에 돼지들 모여 먹더니[豕戢吳門食] : 돼지란 탐욕스런 악인을 뜻하는 봉시(封豕長蛇)를 뜻한다. 《춘추좌씨전》 정공(定公) 4년 조의 "오나라는 봉시장사라서 끊임없이 상국을 침범하고 있다.[吳爲封豕長蛇 以荐食上國]"라는 데서 유래한다.

초나라 군막에 까마귀만 시끄럽네[517]	烏喧楚幕咻
신령이 서애(西厓) 옹에게 계책을 보내주고	神輸厓老策
하늘이 율곡(栗谷) 옹의 계획을 썼네	天用栗翁謀
거북선 가상하게 선두를 꺾었고	龜艦嘉摧首
웅천 진영[518]에선 끝내 해골을 보았네	熊營決觀髏
사직의 영령들과 뭇 신령이 보호하사	社靈羣帝護
나라의 병이 팔년 만에 치유되었네	邦病八年瘳
날카로운 비수로 촉 땅 교룡을 섬멸하니	利匕蛟殲蜀
신선이 학을 타고 구땅에서 돌아갔네[519]	眞仙鶴返緱
날카로운 병기도 끝내 스스로 잘라냈으니	佳兵終自剪
흉한 병권을 어찌 길게 훔칠 수 있을까	凶柄詎長偸
대판(大坂) 언덕에서 헛되이 해자를 팠지만	坂塢虛營窟
강호(江戶)에선 이미 길목을 막았다네	江關已搤喉
필부는 화려한 창을 들었고	匹夫挑畫戟
원수는 나는 준마를 정비하였네	元帥整飛騮
차가운 달빛은 세 겹 달무리지고	苦月三重暈
누런 구름은 백 갈래 길에서 일어나네	黃雲百道由
이름난 성은 평지가 되고	名城夷下陸

517 초나라 군막에 까마귀만 시끄럽네[烏喧楚幕咻] : 초나라 군대 막사에 사람이 없어 까마귀가 날아든다는 말로, 적군이 도망을 가 버려 텅 비어 있음을 가리킨다. 《春秋左氏傳 莊公28年》.

518 웅영(熊營) : 웅천(熊川)의 군영. 이순신장군은 1593년(선조 26) 부산과 웅천에 있던 일본군을 격파함으로써 남해안 일대의 일본 수군을 완전히 일소하였다.

519 신선이 학을 타고 구땅에서 돌아갔네[眞仙鶴返緱書經] : 주(周)나라 영왕(靈王)의 태자 진(晉)이 구산에서 백학(白鶴)을 타고 신선이 되어 하늘로 올라갔다는 고사가 있다. 《列仙傳》.

웅장한 폭으로 동쪽 언덕을 개척했네	雄幅拓東甌
옛 유물은 본래 고치지 않는 것이요	舊物元非改
새로운 공훈은 진실로 스스로 구하나니	新功信自求
살주[520]에서는 검과 창을 넣어두고	薩州藏劒槊
마도[521]에서는 밭 갈기를 즐기네	馬島樂耕耰
악어와 자라가 바야흐로 안정되고	鼉鼈方安它
옷에는 비로소 솜을 두고 훈롱(薰籠)을 쓰네	衣裳始褚篝
재앙의 씨앗을 모두 제거하고서	盡除羣孼種
비로소 이승의 눈동자를 돌려놓았네	初轉異僧眸
물소가 어찌 범을 이길 수 있을까	水兕那纆虎
봄 매가 모두 비둘기가 되듯 하였네[522]	春鷹總化鳩
사신을 구하니 부절(符節)이 성대하고	使求龍節賁
손님을 접대하니 녹명장(鹿鳴章)[523]이 울리네	賓待鹿鳴呦
악기걸이는 슬프게도 구렁으로 옮겨갔고	筍虡哀移壑
노인과 아이 서글프게 도랑에 굴렀었지	旄倪恫納溝
어느덧 새로운 우호 이어져	於焉新好續
이에 옛 수교가 닦아졌네	是以舊交修
사신들 모두 가려 뽑힌 사람들이고	節价皆膺簡

520 살주(薩州) : 사쓰마.

521 마도(馬島) : 대마도(對馬島) 곧, 쓰시마.

522 봄 매가 모두 비둘기로 되다[春鷹總化鳩] : 좋은 쪽으로 변하여 인(仁)으로 간 것을 말한다. 『예기(禮記)』「월령(月令)」에 2월에 '매가 바로 비둘기가 되었다.[鷹則爲鳩]'고 하였다. 변하여 불인(不仁)으로 갈 경우에는 비둘기가 매가 되었다[鳩爲鷹]고 말한다.

523 녹명유(鹿鳴呦) : 『시경(詩經)』「소아(小雅)」〈녹명(鹿鳴)〉에 "평화로이 우는 저 사슴이여, 들 마름을 먹는도다[呦呦鹿鳴 食野之苹]."라고 하였고, 그 서에 "임금이 여러 신하와 좋은 손님을 대접하는 시다." 하였는데, 주연을 베풀어 빈객을 향응함을 말한다.

수행원들 다 빼어난 이 뽑았네	賓徒盡拔尤
황금을 던져[524] 돌아가는 전대가 깨끗한데	投金歸橐潔
아름다운 시문으로 빈연에서 수답하네	鳴玉儐筵酬
일찍부터 가마를 돌렸던 그 절에	佛寺曾回駕
예전처럼 신선 꽃은 술통에 떠 있는데	仙花舊泛卣
아리따운 의상에는 봉황 수가 찬란하고	黻裳紛繡鳳
빛나는 글씨에는 규룡이 용틀임하네	華墨爛騰虬
아득하도다 뭇 용들의 거동이여	邈矣羣龍擧
그립도다 사모(四牡)[525]의 꾀함이여	懷哉四牡諏
인삼같이 좋은 폐백으로 우의 맺으니	蔘椏交好幣
도성 밖에 남은 화살이 없어졌네	郊境斷遺鍭
아름다운 둑[526]에는 붉은 털을 매달고	畵纛縣朱毳
아기(牙旗)에는 고운 술을 걸었네	牙旗掛彩旒
군관[527]들은 푸른 할새[528]처럼 모여 있고	韎韋叢翠鶡
마부들 날랜 비휴[529]처럼 벌여섰도다	驂御列飛貅
글을 지으니 평범함이 부끄러운데	摛藻慙凡跡

524 황금을 던져[投金] : 인조(仁祖) 14년(1636)에 통신부사(通信副使) 김세렴(金世濂)이 그들이 주는 황금을 물에 던져 버린 일을 말한다.

525 사모(四牡) : 네 필의 수말이라는 뜻으로 『시경(詩經)』「소아(小雅)」의 편명. 사신의 수고를 위로하는 내용이다.

526 둑[纛] : 큰 기의 한 가지. 쇠꼬리 또는 꿩의 꽁지로 장식한다.

527 군관[韎韋] : 붉은색의 부드러운 가죽 또는 그러한 가죽으로 만든 군복. 무관을 뜻하기로 한다.

528 할새[鶡] : 꿩과 비슷하게 생겼으나 그보다 큰 새로, 성질이 사나워 싸우기 시작하면 죽을 때까지 물러서지 않는다고 한다.

529 휴(貅) : 전설에 나오는 맹수의 이름으로, 용맹한 전사를 비유한다.

비녀를 기울여 임금께 하직했네	攲簪問上侯
저 높은 하늘로 시야를 넓힐 뿐	雲霄聊放眼
주옥같은 시문에 어찌 부끄러워할까	珠玉豈包羞
봄 경치는 촘촘한 집들로 흘러들고	淑景流鱗屋
맑게 갠 빛은 다락배에 가득하네	晴光滿柁樓
둔한 발굽으로 준마를 따르자니	駑蹄從駼騆
성근 가죽나무로서 좋은 재목 사이에 있네	疏櫟間梧楸
물고기와 새가 이미 친숙하게 느껴지니	已覺親魚鳥
머나먼 땅[530]임을 어찌 논하겠나	寧論風馬牛
채빈시[531]는 남쪽나라[532] 노래요	水蘋荊國唱
산목가[533]는 악군을 그리워한 노래로다	山木鄂君謳
비단 닻줄을 우저에 머무니	綵纜停牛渚
화려한 잔치가 비전주에서 열렸네	華筵敞備州
의관이 매화 아래 깨끗한데	衣巾梅下淨

530 머나먼 땅[風馬牛] : 멀리 떨어져 있음을 비유한 말. 『춘추좌씨전(春秋左氏傳)』「희공(僖公)」 4년 조에 "군주께서는 북해에 처하시고 과인은 남해에 처해 있으니, 이것이 마치 바람난 마소들이 암수가 서로 찾아도 만날 수 없는 것과 같습니다.[君處北海, 寡人處南海, 唯是風馬牛不相及也.]"라고 한 데서 유래한다.

531 채빈시[水蘋] : 빈은 수초(水草)의 일종으로, 『시경(詩經)』「소남(召南)」〈채빈(采蘋)〉에 "이에 빈을 남쪽 시냇가에서 캐도다.[于以采蘋 南澗之濱]"라고 하였다. 주(周)나라 때 남국(南國)이 문왕(文王)의 교화를 입어 대부(大夫)의 아내들이 수초를 캐어다가 제사 받들 줄을 알게 된 것을 아름답게 여겨 노래한 것이다.

532 형국(荊國) : 흔히 초(楚)나라를 말하는데, 여기서는 일본을 가리킨다.

533 산목가[山木] : 춘추시대 초왕(楚王)의 아우인 악군자석(鄂君子皙)이 미남이었는데 월(越)나라 여인이 그를 사모하여 노를 저으며, "산에는 나무가 있고 나무엔 가지가 있네, 나는 그대를 좋아하건만 그대는 알지 못하네[山有木兮木有枝 心說君兮君不知]"라고 노래하였다.

문사들 촛불 앞에 빽빽하다	文學燭前稠
어렴풋이 구리 탑이 보이고	縹緲銅神塔
아득히 보이는 옥녀주로다	蒼茫玉女洲
맑은 향기가 진홍색 귤나무에 흐르고	馨香流絳橘
노래와 연주가 청유막[534]에 퍼지네	歌瑟散青油
삼경 되도록 담화가 끝나지 않았는데	未了三更話
장차 만리 길 떠나야 하네	相將萬里遊
잠시 만류하여 마주하려 하지만	暫教留對榻
어찌 함께 배 타고 갈 수 있을까	安得與同桴
서각[535]으로 어찌 불을 붙이겠는가	犀角那須燭
고륜[536]은 유마(騮馬)를 기다리지 않는다네	尻輪不待騮
구름은 부사산 발치에 흐릿하고	雲迷富士屐
봄은 나니와[537]의 배에 가득하도다	春滿浪華舟

534 청유막[青油] : 장수의 장막에 청유라는 기름을 발랐던 데서, 장수의 막부(幕府)를 뜻한다.

535 서각(犀角) : 무소뿔. 약재로 쓰거나 술잔 등으로 만든다. 여기서 등불로 삼는다는 것은 온교(溫嶠)의 고사를 인용한 것이다. (晉)나라 온교(溫嶠)가 우저라는 연못에 이르러 깊이를 헤아릴 수 없어 서각(犀角)에 불을 붙여 그 물 속을 비춰 보았다 한다. 『진서(晉書)』「온교전(溫嶠傳)」.

536 고륜(尻輪) : 고륜신마(尻輪神馬). 조물주의 조화로 만든 거마(車馬). 마음이 하고자 하는 바에 따라 자유롭게 노니는 것을 뜻한다. 『장자(莊子)』「대종사(大宗師)」에, 자여(子輿)가 병이 들어 자사(子祀)가 문병을 가서 묻기를 "자네는 그 병을 미워하는가?" 하니, 자여가 대답하기를 "아닐세. 내가 어찌 미워하겠는가. 병이 점점 더 심해져서 나의 왼팔이 닭 모양으로 변화하면 나는 밤에 때를 알리라고 요구할 것이요…… 나의 엉덩이가 수레바퀴로 변화하면 정신을 말[馬]로 삼아 그대로 타고 다닐 것이니, 어찌 멍에를 맬 필요가 있겠는가.[浸假而化予之尻以爲輪, 以神爲馬, 予因以乘之, 豈更駕哉.]" 한 데서 유래한다.

537 낭화(浪華) : 나니와. 지금의 오사카.

부질없이 마변의[538]처럼 쫓겨 살면서	謾逐磨邊蟻
도리어 집안에 갇힌 원숭이 가련타 했네	還憐屋內猴
대나무의 맑음은 돌을 의지해야 하고	竹淸須倚石
난초의 깨끗함으로는 나쁜 풀과 함께하려 하지 않네	蘭潔莫同蕕
떠도는 꽃은 늘 부질없이 출렁이고	浪蘂常虛漾
날리는 쑥은 절로 멀리 떠다니네	風蓬自遠浮
도심은 스스로 조심하는 데로 귀결하고	道心歸自守
영기는 현묘한 곳으로 드네	靈氣入玄鉤
사랑스런 시부는 형남[539]의 송옥(宋玉)[540]이요	賦愛荊南宋
기이한 담론은 직하[541]의 추연(鄒衍)[542]이네	談奇稷下鄒
연 잎 옷은 오로지 스스로 좋아서인데	荷裳聊自好
칡베 옷은 누구를 위해 추어올리나	卉服爲誰摳
경호(鏡湖) 물은 연꽃 물결에 드넓은데	鏡水蓮波闊
천태산 봉우리는 돌길에 길게 뻗었네	台峰石路脩
목탁과 방울은 참으로 기다림이 있으며	鐸鈴眞有待

538 마변의(磨邊蟻) : 연자방아 가의 개미라는 뜻으로, 모든 중생이 운명에 따르게 됨을 비유하는 말. 연자방아 위에 개미가 있을 때 연자방아가 왼쪽으로 돌고 개미가 오른쪽으로 가면, 방아는 빠르고 개미는 느리므로 개미는 연자방아를 따라 왼쪽으로 돌게 된다. 의선마(蟻旋磨). 『진서(晉書)』「천문지(天文志)」.

539 형남(荊南) : 형주의 남쪽이라는 뜻으로 남쪽, 곧 초사(楚辭)가 이루어진 지역을 가리킴.

540 송옥(宋玉) : 중국 전국시대 말기 초나라의 시인으로 초사의 작가. 부(賦)에 능하여, 굴원(屈原)과 함께 굴송(屈宋)이라 병칭된다.

541 직하(稷下) : 중국 전국시대(戰國時代) 제(齊)나라의 도시 이름. 제선왕(齊宣王)이 학자를 우대하자 당대의 학자들이 모두 모여들어 성황을 이루었다.

542 추(鄒) : 추연(鄒衍). 중국 전국시대의 사상가. 추연(騶衍)이라고도 한다. 맹자보다 약간 늦게 등장하여 음양오행설을 제창하였다.

침과 개[543]는 문득 서로 따른다네	針芥却相投
옥 같은 모습 가까이하여 교분을 나누고	玉貌隣分契
귀한 시문에 특별히 화답하였는데	瑤華別入訓
고결한 시문에 감탄은 하면서도	縱嗟文雅潔
띠와 옷[544]에 넉넉히 보내기는 어려웠네	難遣帶裳優
안개에 숨은 듯 그 빛이 사랑스러운데	霧隱應憐采
구름 위 나는 듯 팔에 내려오지 않네	雲飛不下韝
골짜기의 꾀꼬리는 더디게 울고	谷鶯遲百囀
조롱 속의 학은 외롭게 갇힘을 한스러워하네	籠鶴恨孤囚
떠나고 남으니 만남과 헤어짐이 슬프지만	去住悲離合
영휴의 이치라 참으로 덜어내고 보태네	盈虧信益裒
강과 바다를 보니 흥이 나	湖山携逸興
암혈을 끝까지 찾네[545]	巖穴接窮搜
계수나무는 오래되어 은사를 부를 만한데	桂老容招隱
기러기는 멀리 날아 서로 짝을 부르네	鴻冥待喚儔
문장으로 맺은 인연 손작(孫綽)과 사안(謝安)[546]이요	文緣孫又謝

543 침개(針芥) : 침개상투(針芥相投). 자석이 철침(鐵針)을 잘 끌어당기고, 호박(琥珀)이 개자(芥子)를 잘 습득(拾得)한다는 데서 온 말로, 사람의 성정이 서로 잘 투합함을 비유한 말.

544 띠와 옷[帶裳] : 생사(生絲)로 만든 띠와 모시옷이라는 뜻의 호저(縞紵)를 뜻함. 우정이 깊음을 비유하며, 오(吳)나라의 계찰(季札)과 정(鄭)나라의 자산(子産)이 흰 비단 띠와 모시옷을 주고받은 고사에서 유래한다.

545 암혈을 끝까지 찾네[巖穴接窮搜] : 사마천(司馬遷)이 천하를 유람하고자 하여 남으로 강회(江淮)·회계(會稽)·우혈(禹穴)·구의(九疑)·원상(沅湘) 등지를 찾은 일을 말한다.

546 손작과 사안[孫又謝] : 손작(孫綽)과 사안(謝安). 진(晉)나라 때 문장가. 이들이 왕희지(王羲之)과 회계(會稽) 산음(山陰)의 난정(蘭亭)에 모여 불제(祓除)하며 주연을 즐기고 시를 지은 일이 〈난정기(蘭亭記)〉에 전한다.

신선 마을 주인은 완적(阮籍)과 유령(劉伶)[547]이네	洞主阮兼劉
농산을 떠난 가련한 앵무새	隴外憐鸚鵡
호계삼소(虎溪三笑)[548]를 꿈꾸네	溪邊夢虎彪
시주머니를 폐백으로 드리고	錦囊提作贄
선과(仙果)를 찧어 식량으로 삼는다네	瓊實擣爲餱
온 천지 물에 갈대 밭 먼데	一水蒹葭逈
겹 관문에 수죽이 근심스럽네	重關水竹愁
문채의 뛰어남은 그대와 같을 이 없고	詞華無爾竝
그것을 소중히 여길 이 나 같을 이 없으리	珍愛莫吾猶
물가 마을에 나무들 쓸쓸하고	澤國蒼涼樹
모래섬에 갈매기들 사라졌네	汀洲滅沒鷗
정을 나누어 호저(縞紵)[549]를 드리고자 하건만	交情懷贈縞
시축을 전할 인편이 막혔네	詩軸阻傳郵
알겠도다 이전 기약 있어서	儘知前期在
이별의 한 이토록 유유함을	其如別恨悠

547 완유(阮劉) : 완적(阮籍)과 유령(劉伶). 둘 다 진(晉)나라 때 죽림칠현(竹林七賢)의 한 사람.

548 호계삼소(虎溪三笑) : 의기투합하는 벗들과 모임을 갖는 것을 말한다. 진(晉)나라 때 고승 혜원법사(慧遠法師)가 손님이 전송할 때 호계(虎溪)를 건너지 않을 것을 맹세하였는데, 도잠(陶潛), 육수정(陸修靜)을 전송할 때, 자기도 모르는 사이에 호계를 건너가 범 우는 소리를 듣고서야 비로소 정신을 차리고 세 사람이 서로 크게 웃었다는 데서 유래한다.

549 호저(縞紵) : 생사(生絲)로 만든 띠와 모시옷이라는 뜻으로, 우정이 깊음을 비유한 말. 오(吳)나라의 계찰(季札)과 정(鄭)나라의 자산(子産)이 흰 비단 띠와 모시옷을 주고받은 고사에서 유래한다.

정사명의 일백운에 화답하다
和井四明一百韻律

현천(玄川)

창망히 바다에 이르러	蒼茫臨積水
아득히 천추를 묻노라	緬邈問千秋
삼계(三界)에 드넓은 기운 엉겨있고	灝氣凝三界
구유(九游)[550]에 맑은 빛 떠있도다	澄光泛九游
땅에는 오악사독(五嶽四瀆)[551] 펼쳐졌고	地平歸嶽瀆
하늘밖엔 항성 행성 빽빽하도다	天外鬱停流
주조[552]는 휘황하게 남쪽에서 날아오르고	朱鳥煌南翥
촉룡[553]은 나직하게 북쪽에 숨었네	燭龍低北幽
빛나는 아침 해가 붉은 마노(瑪瑙)가 솟으니	暾暉升赤瑪
드넓은 바다에 붉은 석류 가득하네	殷海漲紅榴
깨끗한 맑은 물 다함이 없는데	純浸瀏無極
떠도는 물거품 드넓어 거둘 수 없네	漚漂漭不收
된서리에도 파란 귤 촉촉하고	玄霜滋綠橘

550 구유(九游) : 구류(九旒). 별이름. 이 별을 보고 천자의 군대의 진퇴를 명령하였다.

551 오악사독[嶽瀆] : 오악(五嶽)과 사독(四瀆). 오악은 태산(泰山)·화산(華山)·형산(衡山)·항산(恒山)·숭산(嵩山)이고, 사독은 양자강(揚子江)·황하(黃河)·회수(淮水)·제수(濟水)를 말한다.

552 주조(朱鳥) : 이십팔수(二十八宿) 가운데 남방에 해당하는 별. 정(井)·괴(鬼)·유(柳)·성(星)·장(張)·익(翼)·진(軫)의 총칭.

553 촉룡(燭龍) : 태양 또는 고대 신화 상의 신. 눈을 크게 떠 천하를 비출 수 있다고 한다. 『산해경(山海經)』에는, 서북해 밖 적수(赤水)의 북쪽 장미산(章尾山)에 신이 있는데, 사람의 얼굴에 뱀의 몸을 하였고 붉은 빛인데 그가 눈을 감으면 어둡고 눈을 뜨면 밝아진다고 하였다.

섣달에도 파란 보리 자라네	臘月擢靑牟
밭두둑은 기자(箕子) 법도 따랐으나	畛劃膺箕度
지역은 우(禹)임금의 경계 밖이네	區分外禹疇
잠긴 용의 집처럼 고요하고	冲融潛蜃宅
대붕의 못처럼 푸르다네	紺碧大鵬湫
하늘의 조화로 신이한 옥새 열려	天造開神璽
신령한 부명으로 큰 옥이 완연하다	靈符宛大球
서쪽의 석가를 제석으로 추존하고	西迦尊帝釋
남월의 전류[554]를 옹립하였네	南越擁錢鏐
해는 검은 신을 비추고	日向敷玄履
놀 표지는 푸른 갖옷에 빛나도다	霞標曜綠裘
물고기들 큰 못에 가득하고	鱗潛涵大澤
동식물들은 숭산(崇山) 언덕에 모이누나	動植萃崇丘
농작물들 빼곡히 모이고	係土林林聚
구름 같은 자손들 빼어나게 뛰어나네	仍雲秀秀抽
물결 사이에 해와 달이 열렸으니	波間開日月
은나라 주나라는 바다 밖에 있다네	瀛外渺殷周
병장기를 모르나니	不識兵兼革
사냥을 어찌 알리	那知狩與蒐
이곳은 동방(東方)[555]에 매였으니	玆維麗震木
곤괘(坤卦) 유순한 성질 타고 났네	所稟總坤柔

554 전류(錢鏐) : 오대(五代) 때 오월(吳越)을 개국한 시조. 이 후손이 일본으로 왔다고 한다.

555 진목(震木) : 진과 목은 다 동쪽을 뜻함.

해가 양곡에서 나오고	羲馭寅暘谷
섭제성(攝提星)[556]으로 정월을 삼았도다	攝提貞孟陬
원씨 평씨 모두 화정[557]이고	源平皆火正
등씨 귤씨 모두 주루[558]라네	藤橘類邾婁
습속을 따르니 다스림이 이루어지고	因俗治能制
풍속을 숭상하니 공이 뛰어나네	尙風功不侔
균전은 천 가구가 한 톤[559]씩이요	均田千戶畽
감독관은 백관이 우두머리라네	董職百官頭
진실로 어질게 위무할 수 있다면	苟可仁而撫
모두 다 은혜롭게 진휼할 수 있으리	咸能惠以賙
산하가 소금 땅에 의지했으니	山河依斥鹵
배들이 병기를 대신했도다	舟楫代戈矛
하늘에 넘치는 세찬 기운 있었으나	縱有滔天烈
끝내 야만스런 짓[560] 할 근심은 없었네	終無負海憂
명아주 마을은 어느 곳인가	萊州何處是
쑥 울타리는 지금까지 남아있네[561]	蒿壁至今留
동방의 땅에 악을 퍼뜨려	播惡東方土

556 섭제성[攝提] : 섭제(攝提). 별 이름. 인(寅)에 해당함. 인월(寅月)을 정월로 삼았음을 뜻한다.

557 화정(火正) : 화류(火劉). 황실을 뜻한다.

558 주루(邾婁) : 제후국(諸侯國)을 뜻한다.

559 톤(畽) : 일본의 토지 제도의 단위. 30보(步)를 1묘(畝)라 하고 10묘를 1톤이라 한다.

560 야만스런 짓[負海] : 야만의 땅. 여기서는 의역하였다.

561 명아주 마을 쑥 울타리 : 봉래(蓬萊)를 풀어 쓴 것이다. 일본을 신선이 사는 곳이라는 의미로 봉래섬이라고도 하였다.

상국의 원수가 될 마음을 먹었네	生心上國仇
나나니벌이 명령(螟蛉)을 옮겨다[562]	蜾蠃移別種
비호하여 깊은 원수로 키워냈네[563]	卵翼醞深讎
높고 낮은 것이 홀연 뒤바뀌어	高下忽顚倒
천함과 귀함이 멋대로 짓밟혔네	卑尊恣蹈蹂
북조[564]에게서 일만 창을 거둬들였고	北條收萬戟
서해는 천 대의 수레로 뒤덮였네[565]	西海蔽千輈
강개한 나는 다만 눈물을 삼키고	慷慨吾惟咽
원통한 귀신은 아직도 흐느끼네	哀寃鬼尙啾
어지신 하늘이 재앙을 즐기지 않아	仁天非樂禍
요괴로운 기운이 절로 자라났네	妖氣自張孚
팔도에 주나라 의관이 있었는데	八域周冠冕
칠년 동안 한나라에 전쟁이 벌어졌네	七年漢戚鉥
황황히 대제에게 상의하니	煌煌咨大帝
혁혁히 밝은 아름다움을 떨치어	赫赫震明休
범상[566]은 북을 쳐 구원병 보내주고	范相行援鼓

562 나나니벌이 명령을 옮겨[蜾蠃移別種] : 과라(蜾蠃)는 나나니벌, 명령(螟蛉)은 애벌레의 일종. 옛사람들은 과라(蜾蠃), 즉 나나니벌이 명령, 즉 뽕나무 벌레를 데려다가 자기의 양자로 삼아 길러서 과라로 만든다고 믿었다.

563 비호하여 깊은 원수로 키워냈네[卵翼醞深讎] : 풍신수길(豊臣秀吉; 도요토미 히데요시)이 직전신장(織田信長; 오다 노부나가)의 비호 아래 세력을 키운 일을 말한다.

564 부조(北條) : 호조. 일본의 성씨. 가마쿠라막부[鎌倉幕府]를 창설한 원씨(源氏)의 외척으로, 한때 가마쿠라막부의 실권을 가진 가문이었다.

565 서해는 천 대의 수레로 뒤덮였네[西海蔽千輈] : 1586년 풍신수길이 쿠슈지역을 점령한 일을 말한다. 서해(西海)는 지금의 쿠슈[九州] 지역.

566 범상(范相) : 춘추시대(春秋時代) 월(越)나라 재상 범려(范蠡). 월왕(越王) 구천(句踐)을 섬겨 오나라를 멸하였다.

장공[567]은 이릉(二陵) 훼손한 일[568] 따졌네 張公議盜抔
빼어난 동무(東武)[569]의 제후가 挺然東武辟
환문(桓文)[570]의 계책에 힘쓰겠다 하여 曰篤桓文猷
진나라 관문의 화살을 바람처럼 막아내고 風掣秦關矢
한나라 군막의 계획을 번개같이 하였네 雷奔漢幕籌
공우(共尤)[571]는 악한 기운 거둬들이고 共尤收蠕蝀
정위(鄭衛)는 공후를 찾았네[572] 鄭衛索箜篌
다음 시대에서 좋은 계책을 수집하니 蘖業收長策
사나운 기운은 온갖 소란스러움을 그쳤네 狂氛息衆咻
귀신의 계책도 쓸 것이니 蓋由因鬼議
어찌 일 맡은 사람만이 도모하겠나 奚但職人謀
만 리 밖에서 질긴 무소 가죽을 뚫어 萬里穿犀革

567 장공(張公) : 한(漢)나라 문제(文帝) 때의 정위(廷尉) 장석지(張釋之). 임금의 수레를 놀라게 하거나 전왕의 사당에서 도둑질한 자에게 정해진 법으로만 처벌하여 문제가 노하자, "가령 어리석은 백성이 장릉(長陵 : 한 태조의 능)의 한줌 흙을 훔쳤다면 이것도 중벌에 처해야 하겠습니까[假令愚民取長陵一抔土, 陛下何以加其法乎]?"라고 하였다. 『사기(史記)』「장석지·풍당전(張釋之馮唐列傳)」.

568 이릉 훼손[盜抔] : 임진왜란 때에 왜군이 성종(成宗)의 능인 선릉(宣陵)과 중종(中宗)의 능인 정릉(靖陵)을 훼손한 일을 말한다.

569 동무(東武) : 에도[江戶]를 말함.

570 환문(桓文) : 춘추시대 오패(五霸) 가운데 대표적인 제(齊)나라 환공(桓公)과 진(晉)나라 문공(文公)을 아울러 이르는 말.

571 공우(共尤) : 공공(共工)과 치우(蚩尤). 치우는 중국 황제(黃帝)때의 제후로 병란을 좋아하다 황제에게 멸하였다. 공공은 요순(堯舜) 때의 악인으로 순임금에게 유배를 당하였다.

572 정위는 공후를 찾았네[鄭衛索箜篌] : 정(鄭)·위(衛)는 춘추시대 나라 이름인데, 이 두 나라의 음악은 음란하여 망국의 음악을 상징한다. 공후는 악기의 일종인데, 『증악부잡록(增樂府雜錄)』에 따르면, 공후의 연원은 정(鄭)·위(衛)라 한다.

지금 백골이 될 것을 막았네	防今皓髑髏
다친 사람도 모두 의지할 데가 있고	瘡殘咸有賴
아픈 사람도 다 나을 듯하네	疢疾若斯療
북해에선 예물을 교환하고	北海交筐幣
남방에선 병기가 헐값이네	南方賤劘鍭
무기의 서운함을 날로 푸니	戈鋋日釋憾
와신상담은 내가 취할 바 아니네	薪膽我非偸
앞서의 합종설을 다시 두려워한다면	復恐初從說
어찌 다시 목청을 돋우랴	那能更轉喉
백여 년 간 사행을 통하여	百年通信使
오늘 다시 수레를 행하니	今日又行騶
끊임없이 시간이 흐르는 동안	落落光陰改
계속해서 도로에 이어졌도다	迢迢道路由
남거가 월과 교지[573]를 다니고	南車衝越趾
사마가 민과 구[574]를 방문하였네	司馬問閩甌
땅이 끊어진 곳에서 흐르는 구름을 전송하고	地斷流雲送
하늘 끝자락에서 뜨는 해를 구하네	天羸出日求
찬 서리 내릴 때 배를 따르며	嚴霜隨浪舶
10월에 농사짓는 모습 보노라	十月見田穫
근심은 풍경소리에 깊어지고	愁壓金鈴鐸
밤은 촛불 앞에 길어지네	更長木燭篝

573 월과 교지[越趾] : 중국의 남쪽에 있던 나라를 일컬음.

574 민구(閩甌) : 민은 지금의 복건성(福建省) 일대, 구는 지금의 절강성(浙江省) 일대. 즉 중국의 남부 지방을 가리킨다.

안개 빛은 물 밖으로 떠 있고	烟光浮出水
나무 색은 눈앞에 황홀하네	樹色忽盈眸
귤나무 유자나무 보며 영취산인가 하고	橘柚迷靈鷲
뽕나무와 삼 보며 상구씨[575]를 생각하네	桑麻憶爽鳩
대에 머문 난새[576] 같은 인재들 많고	人多鸞竹跱
마름 먹으며 한가로운 사슴[577] 같은 선비 있도다	士有鹿苹呦
산들은 진나라 변새와 통할 듯하고	山似疎秦塞
호수는 변하(汴河)[578]를 뚫은 듯하네	湖疑鑿汴溝
가지런하도다 난초 찬 모습[579] 깨끗한데	脩然蘭佩潔
거듭 문서를 짓는도다	申以簡書修
이로써 두려움 없기를 보존하리니	將此存無懼

575 상구씨[爽鳩] : 상구씨(爽鳩氏). 제(齊)나라 지역을 맨 처음 통치했다는 전설상의 인물로, 처음 터를 잡고 살았던 사람을 가리킨다. 춘추시대 제(齊)나라 경공(景公)이 술을 마시며 "옛날부터 죽는 일이 없었다면 그 즐거움이 어떠할까."라고 하자, 안자(晏子)가 "옛날 상구씨가 이곳에 터를 잡고 살았는데, 만약 죽는 일이 없었다면 지금까지도 이곳의 즐거움은 상구씨가 독차지하고 있었을 것이다."라고 대답했던 고사가 전한다. 『좌전(左傳)』「소공(昭公) 20년」.

576 대에 머문 난새[鸞竹跱] : 뛰어난 인재를 비유하는 표현. 한유(韓愈)의 〈전중소감마군묘명(殿中少監馬君墓銘)〉에서, "물러나 소부를 뵈니, 푸른 대나무와 푸른 오동나무에 난새와 고니가 우뚝 선 듯하였으니, 능히 그 가업을 지킬 수 있는 분이었다.[退見少傅 翠竹碧梧 鸞鵠停峙 能守其業者也]"라고 하였다.

577 마름 먹으며 한가로운 사슴[鹿苹呦] : 훌륭한 신하 또는 사신을 비유한 표현. 『시경(詩經)』「소아(小雅)」〈녹명(鹿鳴)〉에 "평화로이 우는 저 사슴이여, 들 마름을 먹는도다[呦呦鹿鳴 食野之苹]."라고 하였다. 〈녹명〉은 임금이 여러 신하와 좋은 손님을 대접하는 노래이다.

578 변하[汴溝] : 변하(汴河). 수양제(隋煬帝) 때 만든 운하.

579 난초를 찬 모습[蘭佩] : 굴원(屈原)의 〈이소(離騷)〉에 "강리와 벽지를 몸에 걸쳐 입고, 가을 난초를 꿰어서 허리에 찬다.[扈江離與辟芷兮 紉秋蘭以爲佩]"라고 한 데서 유래한다.

거의 뉘우칠 일이 적으리다	庶幾能寡尤
외로운 배를 안개 낀 곳에 대고	孤舟煙處泊
아름다운 손과 밤 깊도록 수응하였네	嘉客夜深酬
문장은 귀한 패옥같이 빛나고	詞藻煌瓊珮
풍류는 옥 술통에 비추었네	風流映玉卣
스스로 능히 한나라 채옹[580]을 스승 삼고	自能師漢蔡
또한 주나라 유규[581]을 본뜨고자 하네	且欲倣周虯
연릉의 기쁨[582]을 충분히 익혔으며	翕繹延陵喜
태사의 포부[583]에 노닐었도다	翶翔太史諏
편나무 녹나무는 주춧돌 위에 세우기 마땅하고	楩楠宜遇石
대와 깃털은 화살촉과 겸할 수 있네	竹羽可兼鍭
하나라 왕업[584]은 낙서(洛書)[585]를 징험하고	夏鼎徵圖物
은나라의 법도는 철류[586]를 바탕 삼네	殷常紀綴旒

580 한나라 채옹[漢蔡] : 후한(後漢)의 문인(文人) 채옹(蔡邕)을 말하는 것으로 보인다.

581 주나라 유규[周虯] : 주서(周書)를 지은 유규(柳虯)를 말하는 것으로 보인다.

582 연릉의 기쁨[延陵喜] : 연릉은 춘추시대 오(吳)나라의 계찰(季札). 연릉은 봉호(封號). 노(魯)나라에 사신으로 갔을 때 음악을 듣고는 치란(治亂)과 흥망(興亡)을 알았다고 한다.

583 태사의 포부[太史諏] : 태사는 사마천(司馬遷). 젊은 시절에 남으로 강회(江淮) 지방을 두루 답사하고, 북으로 문수(汶水)·사수(泗水)를 건너 제(齊)·노(魯) 지방을 지나 양(梁)·초(楚) 지방을 유람하여 원대한 기상을 키워 후에 『사기(史記)』를 쓸 수 있었다.

584 하나라 왕업[夏鼎] : 우정(禹鼎). 하(夏)나라 우(禹)임금이 구주(九州)의 쇠를 모아 만든 솥. 국가 또는 왕업(王業)을 뜻한다.

585 낙서[圖物] : 하도낙서(河圖洛書)를 뜻하는 것으로 보인다. 흔히 도(圖)는 하도를, 서(書)는 낙서를 뜻하지만, 하정(夏鼎)과의 관련으로 보아 이렇게 본다.

586 철류(綴旒) : 깃대의 술. 임금의 표장 또는 임금을 상징한다. 『시경(詩經)』「상송(商頌)」〈장발(長發)〉에, "소구·대구를 받아서 하국의 철류가 된다.[受小球大球, 爲下國綴旒]"고 하였다.

이때에 말을 기르지 않는다면　此時無牧馬
앞으로 누가 날랜 병사를 몰텐가　異日孰驅貅
채익선이 병예[587]를 지휘하고　彩鷁麾屛翳
아로새긴 용이 수후를 옹위하네　雕龍擁水侯
삼나무 상 위에는 진기한 그릇들 즐비하고　杉床羅怪玩
대바구니에는 진수성찬 뒤섞였네　筠籠雜珍羞
그대와 함께 구름 의자를 펼쳐　共子開雲榻
물가 누대에 기대어 서로 보았지　相看倚渚樓
명월주는 수레 앞에서 빛나고　明珠輝乘軾
좋은 옥돌은 바둑판 위에 따뜻했네[588]　良玉煖枰楸
초나라 풍속은 여전히 귀신을 섬기고　楚俗猶崇鬼
제나라 사람은 아직도 칼을 차고 있구나[589]　齊人尙帶牛
문장으로 바다 나라를 열고　文章開海國
음률로 강의 노래를 일으키네　鍾律起江謳
향교가 삼도에 이어지니　鄕塾連三島
시서가 팔주에 펼쳐지네　詩書啓八州
솔바람이 찬 그림자와 어우러져　風松寒影合
서리 속 국화 저물녘 향기가 진하다　霜菊晩香稠

587 병예(屛翳) : 전설상의 신의 이름. 바람의 신 또는 구름의 신, 비의 신, 천둥의 신이라고도 한다.

588 좋은 옥돌은 바둑판 위에 따뜻했네[良玉煖枰楸] : 냉난옥(冷暖玉)이라는 옥은 바둑돌로 쓰이는데 여름에는 차갑고 겨울에는 따뜻하다고 한다.

589 대우(帶牛) : 농사를 짓지 않고 칼을 차는 것을 뜻함. 한(漢)나라 선제(宣帝) 때 발해지방에 흉년이 들어 많은 백성들이 칼을 들고 도둑질을 하였는데, 이곳 태수로 부임한 공수(龔遂)가, "너희들은 왜 소와 송아지를 허리에 차고 다니느냐[帶牛佩犢]?"고 하고, 칼을 팔아 소와 송아지를 사서 농사를 짓게 했다. 『한서(漢書)』 89권.

하룻밤 잔 우저를 그리워하며	一宿懷牛渚
사흘을 갈대 모래톱에서 자네	三朝宿鷺洲
저문 구름은 휘장처럼 붉고	暮雲紅似帳
봄물은 기름처럼 푸르도다	春水碧如油
하염없이 먼 길 떠나며	苒苒窮長路
아득히 파도에 유랑을 하네	悠悠寄浪遊
생각하니 지초(芝草)로서 발탁이 되어	睠言芝擢桂
대들보로서 추켜세워졌네	矯似楝驤桴
붉은 비단에 무늬 새긴 범과 같은 글솜씨요	紫繡摛文虎
붉은 놀에 그림자 밟는 화류마(驊騮馬) 같네	朱霞蹈影騮
종횡으로 달리다 계관[590]에 임하여	縱橫臨桂館
정신없이 목란주(木蘭舟)를 풀었네	錯莫解蘭舟
홀로 선 나무에서 둥지 속 학을 그리워하고	獨樹懷巢鶴
차가운 종소리에 매달린 원숭이를 생각하네	寒鐘憶掛猴
깃드시기에는 탱자나무 가래나무[591]인 것이 안타깝고	寄栖憐枳棘
함께하기에는 난초와 유초[592]일까 두렵구나	同器畏蘭蕕
이 세상 참으로 허깨비이니	斯世眞成幻
평생이 모두 덧없도다	平生混是浮
금은 쇠와 섞이게 않게 해야 하니	不敎金雜鐵
어찌 옥으로 갈고리를 만들겠나	寧使玉爲鉤

590 계관(桂館) : 한(漢)나라 때 무제(武帝)가 신을 맞이하기 위해 장안(長安)에 지었던 관. 사신이 묵었던 숙소를 아름답게 표현한 것임.

591 지극(枳棘) : 탱자나무와 가래나무 또는 멧대추나무. 가시가 많은 쓸모없는 나무를 뜻한다.

592 난유(蘭蕕) : 난은 향기 좋은 풀이고 유는 악취 나는 풀.

중화로 변하면 진량(陳良)[593]도 오랑캐가 아니니	變夏陳非狄
사람으로 인하여 맹자(孟子)는 추(鄒) 땅에서 드러났네	因人孟顯鄒
성현이 온화하게 여기 계신 것 같아	聖賢誾若在
자유(子游)와 자하(子夏)[594]처럼 공손히 옷을 추어올리네	游夏儼如摳
마음을 집중하기는 홀을 지닌 듯하고	致志存方木
마음을 침잠하기는 속수할 때와 같네	潛心等束脩
편안한 집에 들었음을 또한 알겠으니	且知安宅入
다른 길로 빠질까 참으로 두렵네	正怕別蹊投
학교에서는 모름지기 공손하고 도타워서	黨序須恭篤
친척과 손님들이 번갈아 헌수를 하겠지요	親賓迭獻詶
말은 부끄럽게도 앵무새 소리를 내고	語言羞作鵡
관대는 부끄럽게도 광대처럼 보이네	冠帶媿成優
토끼처럼 속세의 그물을 벗어나야 하건만	兎脫超塵網
원숭이처럼 길들여져 채색 깍지에 고삐 매였네	猿馴紲畫韝
뜻은 고니처럼 원대하지만	志惟黃鵠遠
몸은 백한처럼 조롱에 갇혔네	身入白鷴囚
비록 고명한 스승의 깨우침은 적지만	縱乏明師牖
도리어 성인 가르침은 모을 수 있네	還能聖訓裒
여러 성과 바꿀 만한 화씨벽[595] 보았고	連城和寶見

593 진량(陳良) : 맹자(孟子)가 이르기를, "진량은 초(楚)나라 출신으로, 주공과 중니의 도를 좋아하여 북으로 중국에 와서 배웠는데, 북방의 학자들이 누구도 그보다 나은 사람이 없었으니, 그는 이른바 호걸의 선비였다.[陳良, 楚產也, 悅周公仲尼之道, 北學於中國, 北方之學者, 未能或之先也, 彼所謂豪傑之士也.]"고 하였다. 『맹자(孟子)』「등문공상(滕文公上)」.

594 자유와 자하[游夏] : 공문십철(孔門十哲) 가운데 문학으로 뛰어난 인물.

베어 쓸 만한 초나라 재목 찾았네	度木楚材搜
다행히 강남으로 사신 일 따라와	幸逐江南役
그리하여 영수(潁水) 가의 벗과 사귀었네	因交潁上儔
남쪽의 번에는 목생 백생[596] 돌아왔고	荊藩歸穆白
흑관[597]에는 진림 유정[598] 모여있네	黑館聚陳劉
학문은 재주가 넓기를 바라고	學欲才能博
문장은 질박하고도 아름답기를 추구했네	文求質與彪
적 땅 사람 바구니엔 물이 저장되어 있음을 알겠는데	狄籠知貯水
한나라 사람의 전대에 양식이 들어있음이 부끄럽도다	韓橐媿乘餱
험한 호수 관문을 이미 건너고	已度湖關險
멀리 근심스런 물가 역으로 달려가는데	遙馳水驛愁
정중하게도 장편을 남겨주시니	長篇留鄭重
외로운 배안에서 저물도록 주저되네	孤颿晩夷猶
금릉의 나무들 눈앞에 역력한데	歷歷金陵樹
적수성의 갈매기는 하늘에 가득하네	盈盈赤穗鷗
앓고 난 뒤라 붓을 거두고	病餘收筆硯

595 여러 성과 바꿀 만한 화씨벽[連城和寶] : 15개 성의 값어치가 있는 보옥. 진(秦)나라에서 조(趙)나라의 화씨벽(和氏璧)을 15성(城)과 바꾸기를 청하여, 인상여(藺相如)가 옥을 가지고 갔다. 그러나 진나라에서 15성을 줄 생각이 없으므로 인상여가 도로 옥을 가지고 돌아왔다. 『사기(史記)』「염파인상여전(廉頗藺相如傳)」.

596 목생 백생[穆白] : 전한의 유생(儒生)들임. 한고조(漢高祖)의 동생인 초원왕교(楚元王交)가 책을 좋아하여 젊을 때에 목생·신공·백생과 함께 부구백(浮丘伯)에게 시를 배웠고 나중에 초빙하여 예우하였다.

597 흑관(黑館) : 미상. 정잠의 『우저창화집』에는 思館으로 되어 있음.

598 진림 유정[陳劉] : 진림(陳琳)과 유정(劉楨). 후한(後漢) 말엽 문장이 뛰어났던 건안칠자(建安七子)에 속하는 두 사람.

물결 밖에 편지를 부치려는데	波外寄籤郵
강가 버들에 돌아올 기약 있으니	江柳歸期在
어찌 길 멀다고 한탄하리오	寧嗟道里悠

사명산인의 백운에 차운하다
次四明山人百韻

퇴석(退石)

흉악한 풍신수길 중하를 어지럽히려	秀凶曾猾夏
멧돼지처럼 8년 동안 덤벼들었네	豕突八年秋
총검이 동래 포구 어지럽혀	銃劍迷萊浦
바닷길에 사신 행차 끊어졌네	旗旌絶海游
세 도읍까지 도둑떼 모여들고	三京妖祲合
팔도강산에 핏물이 흘렀도다	八域血川流
그 죄 천고에 흘러넘치니	厥罪滔千古
저승에서도 죽일 것을 의논했네	陰誅議九幽
천자의 군대가 압록강에 이르고	天兵臨鴨水
의병들 석류알[599]처럼 모여들었네	義旅集安榴
한산섬에서 천 척 배를 무찌르고	閒島千艘覆
한 번 북 올려 평양성 되찾았네	箕城一鼓收
도읍에선 전쟁 티끌 사라지고	烟塵消鞏洛

599 석류알[安榴] : 석류(石榴)는 한(漢) 나라 때 장건(張騫)이 일찍이 서역(西域)에 사신으로 갔다가 안석국(安石國)에서 석류 종자를 얻어가지고 돌아왔다는 데서 유래하여 안석류(安石榴)라고 한다. 『우저창화집』에는 沙榴로 되어 있다.

지방에선 누에치기 시작하였지	湖嶺始蠶牟
국경은 천리를 되찾고	疆域恢千里
영토는 구주를 회복하였네	郊原復九疇
토끼는 새로 판 굴로 도망가고	兎亡新窟穴
용은 옛 연못으로 돌아왔네	龍返舊淵湫
대궐에 가시 울타리 제거되니	鳳闕開荊棘
운문[600]에는 옥구슬 소리 조화롭네	雲門和玉球
궁궐에서 와신상담(臥薪嘗膽) 다짐하고	宮中懸越膽
북쪽으로 형 땅의 순금 바치네	天北貢荊鏐
덕이 있어 기산(岐山)의 봉황 깃털[601]처럼 빛나고	德賁岐鳳羽
검소하여 진나라 치두구(雉頭裘)를 태웠네[602]	儉焚晋雉裘
따뜻한 바람이 흑수를 잔잔하게 하고	和風恬黑水
빛나는 햇살이 청구를 따뜻하게 하네	赫日煗青丘
헌원씨(軒轅氏) 들판처럼 상서로운 기린 나타나고	軒野祥麟至
요임금 섬돌 같이 상서로운 명협(蓂莢)[603]이 돋네	堯階瑞莢抽
한나라 위의를 다시 보게 되고	威儀重覩漢
주나라 사직을 중흥하게 되었네	社稷再興周

600 운문(雲門) : 주(周)나라 무악(舞樂)의 하나. 여기서는 악장(樂章)을 뜻함.

601 기산(岐山)의 봉황 깃털[岐鳳羽] : 봉황은 상서로운 새로서, 주(周)나라가 성덕(盛德)이 있을 때 기산(岐山) 아래에 날아와 울었다고 한다.

602 진치구(晋雉裘) : 진나라의 치구. 치구는 치두구(雉頭裘)로서, 꿩 머리 깃털로 만든 가죽옷인데, 진나라 무제(武帝)가 기이한 꾸밈이라고 여겨 법으로 금하고 태우도록 하였다. 『진서(晉書)』「무제기(武帝紀)」.

603 서협(瑞莢) : 명협(蓂莢). 요 임금 때 조정 뜰에 났다는 상서로운 풀. 초하룻날부터 매일 한 잎씩 나서 자라다가 보름이 지나면 한 잎씩 지기 시작하여 그믐이 되면 말라 버리는데, 이것을 보고 달력을 만들었다 한다.

영토 확장은 진나라의 탐욕함과 다르고	闢土殊秦黷
군사 훈련은 정나라의 사냥과 다르네	閱兵異鄭蒐
무공으로 싸워 이기고	武功昇戰伐
문덕으로 회유하였네	文德克懷柔
상제가 순수(鶉首)를 준 취기에서 깨어나[604]	上帝醒鶉醉
원왕[605]이 바다 모퉁이에서 떨쳐 일어났네	源王奮海陬
하늘을 받들어 못된 종족을 벌주고	奉天誅狗羯
땅을 개척하여 동방(東方)[606]을 안정시켰네	拓地按箕婁
당 태종(太宗)의 법으로 설욕하고	雪耻唐宗法
한 고조(高祖)의 계책으로 흉한 도적 무찔렀네	殲凶漢帝侔
신령스런 위엄으로 동방을 맑게 하고	神威淸震極
한 손으로 오랑캐별 쓸어버렸네	隻手掃旄頭
남쪽의 이웃나라와 굳게 화친 맺고	隣國南金媾
굶는 백성들을 크게 구휼하였네	飢民巨粟賙
공훈에 보답하여 봉토를 나누어주고	酬勳裂茅土
교화 베풀어 칼과 창을 쉬게 하였네	敷敎偃戈矛
신령의 분노가 조금 풀리고	少洩神人憤
병난의 근심이 상쾌히 빨리 풀렸네	快紓陸炭憂
풀뿌리가 편안히 다시 뻗어나고	草根寧更蔓

604 옥황상제가 순수(鶉首)에 취했다가 깨니[上帝醒鶉醉] : 진나라의 쇠망을 뜻하는 것으로 보인다. 순(鶉)은 별자리 이름인 순수(鶉首)를 뜻하는데 이는 진나라에 해당한다. 장형(張衡)의 서경부(西京賦)에, 옥황상제가 취중에 진나라의 도읍을 함곡관에 세우게 했다는 말이 있다.

605 원왕(源王) : 도쿠가와이에야스[德川家康]를 말한다.

606 기루(箕婁) : 각 각 별이름으로 모두 동쪽을 뜻한다.

사나운 종자 영원히 머물지 못하도다	梟種永無留
비주(肥州)와 축주(筑州) 여전히 원망 남아있지만	肥筑今猶怨
일본과 조선이 어찌 옛날에 원수였겠나	和韓昔豈仇
공(公)[607] 덕분에 삼국이 편안하니	賴公三國妥
우리에게 철천지원수를 갚아주었네	報我一天讎
남과 북에 상처는 다 나았고	南北蘇瘡病
곡식은 유린을 면하였는데	稼禾免踐蹂
서쪽 이웃과 맹약을 거듭하여	西隣重歃血
동쪽으로 뱃길 이어졌네	東道接行輈
일본과 조선[608]이 평화를 축하하니	蜻鰈賀寧謐
죽은 혼령[609]도 소리 내어 위로하네	蟲沙慰啷啾
섬과 산이 호구 장부에 편입되고	島峒歸版籍
물과 뭍에서 주살을 거두었네	水陸撤矰罦
공씨[610]는 금빛 귤을 싸고	恭氏包金橘
중산씨[611]는 보배 구슬을 바치네	中山賫寶球
천왕이 면류관 곤룡포 내려주니	天王頒冕服
부상 지역에 길조가 이르렀네	桑域致祥休
죄가 삼목[612]을 채우는 데 마땅하니	罪合加三木

607 공(公) : 도쿠가와 이에야스[德川家康]를 가리킨다.

608 청접(蜻鰈) : 청정주(蜻蜓州) 또는 청주(蜻州)는 일본의 다른 이름, 접역(鰈域)은 우리나라의 다른 이름이다.

609 충사(蟲沙) : 전장에서 죽은 병사 또는 전란에서 죽은 사람을 비유하는 말.

610 공씨(恭氏) : 남쪽 지방의 성씨로 추정됨. 원문은 恭民이나 『우저창화집』에는 이와 같이 되어 있음.

611 중산씨[中山] : 유구국(琉球國) 왕의 성씨.

요행히 면한들 어찌 한 줌 흙이라도 보존하겠나[613]	吉何保一抔
백 년 동안 빙문을 정성스럽게 했고	百年虔聘禮
일곱 대 동안 임금의 계책 잘 펼쳐져	七葉煥皇猷
성주는 곤룡포를 드리우고	聖主垂龍袞
현신은 훌륭한 계책 펼치네	賢臣運幄籌
어진 풍속은 순임금의 간우(干羽)[614]로 드러나고	仁風宣舜羽
속된 음악은 한나라의 공후로 막아지네	淫樂屛劉篌
조정에는 군신의 반남이 있고	朝有風雲會
마을에는 이졸의 소란함이 없네	郡無吏卒咻
조목조목 법을 엄히 세우고	科條嚴立法
문치로써 가르침을 잘 전하네	修偃善貽謀
지극한 덕 짐승에까지 미치고	至德覃禽獸
깊은 은혜 해골에까지 이르네	深恩及髑髏
조정에는 인재가 많고	巖廊多俊乂
거리에는 악인이 사라졌네	闠市息奸偸
예악이 나라에 두루 퍼지고	禮樂將彌宇
요새를 모두 다 방비하네	城隍盡扼喉
소금과 구리가 여섯 창고에 가득하고	鹽銅充六府
고운 비단 천 마리 말에 실려 찬란하네	雲錦爛千騶
기년(紀年)을 바꿈은 새 임금 섰기 때문이고	改紀新君立

612 삼목(三木) : 죄인에게 목과 손과 발에 씌우는 형구(刑具).

613 요행히~[吉何保一抔] : 풍신수길(豊臣秀吉)의 죄를 뜻하는 것으로 보임.

614 순임금의 간우[舜羽] : 간우는 방패와 새 깃이라는 말로, 『서경(書經)』「대우모(大禹謨)」에 "순 임금이 문덕을 크게 펴면서, 방패와 새 깃을 들고 두 섬돌 사이에서 춤을 추니, 70일 만에 유묘족이 귀순하였다.[帝乃誕敷文德 舞干羽于兩階 七旬有苗格]"고 하였다.

맹약을 닦을 때는 전례를 따른다네	修盟舊例由
인삼과 비단으로 북쪽에서 전대를 꾸리고	蔘繒裝北槖
깃발 세워 연주하며 동쪽으로 내려오네	幢節下東甌
전대할 세 사신 가려 뽑고	專對三臣選
글 맡을 네 선비 구하였네	文辭四士求
글 솜씨를 빛내 장막에서 글 지으려	剡書催幕檄
늘그막에 농사 짓던 곰방메를 던졌네	垂老擲田耰
채익선(彩鷁船)은 돛으로 날개를 삼고	彩鷁帆爲翼
비단 등불은 대나무로 배롱을 만들었네	紗燈竹作篝
수평선 멀리 길은 아득한데	水天迷去路
차가운 눈보라에 눈이 시리네	風雪撲寒眸
큰 기 달고 상어와 악어의 바다를 지나고	大纛凌鮫鱷
배는 매와 비둘기보다 빠르네	飛槎迅鶻鳩
물속의 기[615]처럼 한 발로 달리고	水夔趨躄躄
들판의 사슴처럼 평화롭게 달리도다[616]	苹鹿走呦呦
석목[617]이 이 냉이만큼 작고	析木微如薺
겹겹의 바다가 도랑만큼 작네	重瀛小似溝
완우[618]처럼 글 짓는 일 맡았으나	掌書同阮瑀

615 기(夔) : 전설 속의 동물 이름. 『산해경(山海經)』에, 몸은 소와 같은데 뿔이 없고 푸른 빛이며 발이 하나인데 물속을 드나들면 풍우가 일어나고 그 빛은 해와 달과 같으며 그 소리는 우레와 같다고 하였다.

616 들판의 사슴처럼 평화롭게 달리다[苹鹿走呦呦] : 『시경(詩經)』「소아(小雅)」〈녹명(鹿鳴)〉의 "평화로이 우는 저 사슴이여, 들 마름을 먹는도다[呦呦鹿鳴 食野之苹]."를 변형하였다.

617 석목(析木) : 기성(箕星)과 두성(斗星) 사이의 별자리. 동쪽 인방(寅方)에 해당하는데 여기서는 일본을 뜻한다.

황견(黃絹)[619]의 풀이에선 양수에게 부끄럽네	解絹愧楊脩
악어 자라 곁에서 병들어 누웠는데	病枕隣鼉鼈
사나운 바람은 석우풍[620] 멋대로네	狂飆任石尤
십여 년 만에 사신이 이르니	十年使方至
구작의 예[621]로 수응하네	九酌禮相酬
진기한 과일은 대광주리에 가득하고	異果盈筠篚
향기로운 차는 옥주전자에 그득하네	香茶滿玉卣
금으로 장식하여 채색 배를 묶었고	粧金維綵艦
달빛을 끌어다가 푸른 규룡 묶었네	絡月繫青虯
사람을 만나 풍속을 묻고	謠俗逢人問
국경에 들어 제도를 묻네	憲章入境諏
학을 새긴 관복에는 패옥 울리고	鶴衣鳴玉佩
물고기 모양 부절 주머니엔 금 화살 꽂혔네	魚帒揷金鏃
신선 곡조는 용이 부는 피리요	仙曲龍吹笛
아름다운 수레는 봉이 토한 장식이네	芝輦鳳吐旒
막료들은 물처럼 맑고	幕僚淸似水
격군들은 비휴(貔貅)처럼 굳세네	格卒健如貅
앞서서 길 쓸기는 종산 수령이 하고	導駕鍾山守

618 완우(阮瑀) : 삼국시대 위(魏)나라의 건안칠자(建安七子) 가운데 한 사람. 조조(曹操)의 서기로서 솜씨가 뛰어났다.

619 해견(解絹) : 양수(楊脩)가 조조(曹操)를 따라 가다가 조아비문(曹娥碑文)의 뒤에 적힌 "황견유부외손제구(黃絹幼婦, 外孫韲臼)"라는 구절을 읽고서, 조조보다 먼저 그 뜻이 '절묘호사(絶妙好辭)'임을 알았다. 『세설신어(世說新語)』.

620 석우(石尤) : 석우풍(石尤風). 거세게 부는 역풍(逆風).

621 구작(九酌) : 구작구미(九酌九味). 주연(酒宴)에서 행하는 의식의 하나. 아홉 번 술을 부어 아홉 번 마시는 것.

음식 마련은 비국 번주가 하네 傳廚備國侯
붉은 융단은 판옥선을 둘렀고 猩氈圍板檻
칠기(漆器)들엔 진수성찬 담았네 髹盒列瓊羞
묻노니 어느 곳에 사시는데 問爾居何地
이 누에서 손님을 기다리나 迎賓待此樓
붓을 휘둘러 성벽과 성루 열고 墨兵開壁壘
찬 달은 오동나무 가래나무 위로 솟네 霜月上梧楸
부친을 이어 지금 잠필[622]이 되어 있고 承父今簪筆
문장을 주관하매 일찍이 우이(牛耳)를 잡았네[623] 主文早執牛
고산곡(高山曲)[624]은 종자기(鍾子期)의 연주요 高山鍾子曲
백설가(白雪歌)[625]는 영(郢) 땅 사람 노래라 白雪郢人謳
봉래산 서쪽 나그네가 마음을 쏟아내어 膽瀉萊西客
바다 밖 마을에서 이름 날리게 되었네 名揚海外州
길 떠난 고생을 까맣게 잊었으며 頓忘行役苦
나그네 깊은 수심도 완전히 사라졌네 翻失客懷稠

622 잠필(簪筆) : 관원이 관(冠)이나 홀(笏)에 붓을 꽂아서 글을 쓸 준비를 한다는 뜻으로, 근신(近臣)또는 관리를 말한다.

623 우이를 잡다[執牛] : 동맹(同盟)의 주도권을 잡음을 일컫는다. 춘추전국 시대에 제후들이 맹약을 맺을 때, 맹주(盟主)가 소의 귀를 쥐고 베어 그 피를 마시고 서약한 데서 유래한다.

624 고산곡[高山] : 고산유수곡(高山流水曲) 또는 아양곡(峨洋曲). 춘추시대 백아(伯牙)가 타고 그의 벗 종자기(鍾子期)가 들었다는 곡을 가리킨다. 백아가 고산(高山)에 뜻을 두고 금(琴)을 타면 종자기가 "높고 높기가 마치 태산과 같도다.[峨峨兮若泰山]" 하였고, 또 유수(流水)에 뜻을 두면 "넓고 넓기가 마치 강하와 같도다.[洋洋兮若江河]" 하였다는 고사에서 유래한다.

625 백설가[白雪] : 초(楚)나라의 수도인 영(郢)에서 부르던 곡으로, 내용이 매우 고상하여 화답하는 이가 매우 적었다고 한다.

꽃과 새는 삼신산(三神山)[626]에 가득하고	花鳥籠三島
바람과 안개는 십주[627]를 에워쌌네	風烟攬十洲
그대는 홍안에 검은 머리 드리웠는데	紅顔垂綠髮
나는 흰머리로 청유[628]에 들었네	皓首入青油
사해동포(四海同胞)의 의리를 아신다면	倘識同胞義
이국 땅 유람 신세 어여삐 여겨주리	應憐異域遊
일찍이 부친의 가르침 받아 봉황을 노래하고	鯉庭曾詠鳳
문자의 북 앞에서 홀로 북채 쥐었네	文鼓獨持桴
우임금 조정에서 구정(九鼎)[629]을 들어올리고	禹廟扛周鼎
서울 길에서 해류마(海騮馬)처럼 달리리라	天衢騁海騮
서치(徐穉)와 진번(陳蕃)[630]은 기꺼이 의자를 함께 했고	徐陳欣共榻
이응(李膺)과 곽태(郭泰)[631]는 한 배에 타고자 했네	李郭欲同舟

626 삼신산[三島] : 전설상 바다 가운데 있다고 하는 봉래(蓬萊)·영주(瀛洲)·방장(方丈)의 세 섬. 여기서는 일본을 가리킨다.

627 십주(十洲) : 도교에서 말하는 신선이 산다는 열 곳의 명승지. 선경(仙境)을 일컫는다.

628 청유(青油) : 청유막(青油幕)의 준말로, 장수의 막부(幕府)를 말한다. 서기로 사행에 참여했음을 말한다.

629 주정(周鼎) : 구정(九鼎). 하(夏)나라 우(禹)임금이 주조한 솥으로서 하(夏)·은(殷)·주(周) 삼대에 걸쳐 전하여 국가의 권위를 상징하는 보배로 여겼다. 또 매우 무거운 것을 상징하기도 한다.

630 서진(徐陳) : 서치(徐穉)와 진번(陳蕃). 동한(東漢) 때 예장(豫章) 태수 진번은 다른 빈객들은 일절 접대하지 않다가, 오직 서치가 오면 매달아 놓았던 의자를 내려놓고 접대하고는 서치가 떠난 뒤에는 도로 매달아 놓았다고 한다. 『후한서(後漢書)』「서치열전(徐穉列傳)」.

631 이곽(李郭) : 후한(後漢) 때 명사(名士) 이응(李膺)과 곽태(郭泰). 둘이 낙양(洛陽)에서 친하게 지내다가, 곽태가 고향으로 돌아가기 위해 하수(河水)를 건널 적에 전송하는 이가 많았으나 곽태는 오직 이응하고만 한 배를 타고 건넜다. 『후한서(後漢書)』「곽태전(郭泰傳)」.

큰 꿈은 괴안몽(槐安夢)[632]을 깨우치고 大夢醒槐議
뛰어난 솜씨는 가시나무 원숭이[633]를 비웃네 巧才笑棘猴
제비와 기러기[634]처럼 엇갈린 신세 슬퍼하니 且相悲燕雁
난초와 유초[635]를 견준들 무엇하겠나 遮莫比蘭蕕
해와 달[636]은 돛 앞에서 빠르게 지나는데 烏兎帆前疾
부평초 줄기는 물 위에 떠 있네 梗萍水上浮
이별 정자에 부는 바람은 잎을 날리고 離亭風散葉
여관에 뜬 달은 갈고리 같네 旅館月如鉤
옥 같은 모습에 노나라 잊을 수 없고 玉貌難忘魯
하늘같은 말씀에 지금도 추 땅을 생각하네 天談尙憶鄒
솜씨는 영인(郢人)의 도끼[637]를 쓸 만하고 才宜郢斤運
옷자락은 성인의 문하에서 걷고자[638] 하네 衣欲聖門摳

632 괴의(槐議) : 괴안몽(槐安夢) 또는 남가일몽(南柯一夢)을 말한다.

633 가시나무 원숭이[棘猴] : 부질없이 노고하거나 거짓된 짓을 하는 것을 비유한다. 전국시대에 송(宋)나라 사람이 많은 봉록(俸祿)을 취하기 위하여 연왕(燕王)에게 가시 끝에다 원숭이를 조각하겠다고 청했으나, 연왕이 거짓임을 깨닫고 그를 죽였다는 고사에서 유래한다.

634 제비와 기러기[燕雁] : 제비와 기러기는 가고 오는 시기가 다르므로, 서로 만날 수 없음을 비유한 말이다.

635 난초와 유초[蘭蕕] : 난은 향기 좋은 풀이고 유는 악취 나는 풀.

636 해와 달[烏兎] : 해에 있다는 삼족오(三足烏)와 달에 있다는 옥토끼를 아울러 이르는 말.

637 영인의 도끼[郢斤運] : 뛰어난 재능을 비유한 말. 옛날 초(楚)나라 도읍 영(郢)의 어떤 사람이 코끝에다 마치 파리 날개만한 백토[堊土]를 함부로 발라놓고는 석공(石工)으로 하여금 그 백토(白土)를 깎아내게 하자, 그 석공은 바람소리가 나게 재빨리 자귀를 휘둘러[運斤成風] 백토를 깎아냈는데 이때 백토만 깨끗이 다 깎이고 코는 아무렇지도 않았다고 한다. 『장자(莊子)』「서무귀(徐無鬼)」.

638 옷자락을 걷다[摳] : 구의(摳衣). 어른 앞에서 몸가짐을 공손히 하는 태도로서 제자가

우창의 봄 나무는 멀리 있는데	春樹牛窓遠
학도[639]의 서리 맞은 갈대는 기네	霜蒹鶴島脩
사흘 밤을 시름으로 잠 못 이루나니	三宵愁不寐
백리 떨어졌어도 뜻이 서로 통하네	百里意相投
아름다운 모임은 인연 있어서이니	佳會前期在
거친 글귀로 묵은 빚 갚네	荒詞宿債酬
삼성(參星)과 상성(商星)[640]의 떨어져 있음을 슬퍼하며	參商悲落落
솔과 국화의 여유로움을 부러워하네	松菊羨優優
외로운 배로 대규(戴逵)를 찾으려는데[641]	孤棹將尋戴
힘찬 매가 어찌 깍지에 묶일손가	豪鷹奈縶韝
그리움에 마음은 취한 것만 같고	懷人心似醉
누워 앓느라 머리는 지끈지끈 하네	臥病首如囚
갈수록 고향은 멀어져만 가고	去去鄉山遠
가도 가도 언덕과 습지[642]는 많기만 하네	行行原隰裒

스승에게 나아갈 때 많이 쓰는 말. 『예기(禮記)』 「곡례(曲禮)」에 "옷자락을 추어올리고 구석을 향해 종종걸음으로 가서 앉고, 반드시 응대를 삼가서 해야 한다.[摳衣趨隅 必愼唯諾]"고 한 데서 유래한다.

639 학도(鶴島) : 오까야마[岡山]에 속한 섬.

640 삼상(參商) : 삼성(參星)은 동쪽 하늘에 있고 상성(商星)은 서쪽 하늘에 있어서, 서로 만날 수가 없음을 이르는 말.

641 벗 대규를 찾다[尋戴] : 진(晉)나라 왕휘지(王徽之)가 눈이 많이 내리던 밤에 갑자기 친구 대규(戴逵)가 만나고 싶어 밤새 노를 저어 섬계(剡溪)까지 찾아갔다가 대규의 집 문 앞까지 이르러서는 흥(興)이 다했다 하여 그의 집에는 들어가지 않고 그대로 되돌아왔다. 『세설신어(世說新語)』.

642 언덕과 습지[原隰] : 높고도 평탄한 곳과 낮고 습한 곳. 또한 사신 임무를 수행하는 어려움을 말한다. 『시경(詩經)』 「소아(小雅)」 〈황황자화(皇皇者華)〉에 "찬란하게 핀 꽃들, 저 언덕과 습지에 있도다. 무리지어 질주하는 사신들 일행이여, 해내지 못할까 걱정이 태산 같네.[皇皇者華 于彼原隰 駪駪征夫 每懷靡乃]"라고 한 데서 유래한다.

왕정은 본래 한계가 있으나	王程元有限
신선의 거처는 다 찾을 수 없네	仙窟未窮搜
중요한 세 관문 두루 다 보았으나	周覽三關際
그대들 다섯과 짝할 이 없었다네	曾無五子儔
이름을 나란히 하니 오늘의 이백(李白)·두보(杜甫)요	齊名今李杜
어깨를 나란히 하니 옛날의 응탕(應瑒)·유정(劉楨)[643]이네	並駕古應劉
업하[644]에선 범 같은 조비(曹丕)가 났고	鄴下生曹虎
글 속에는 표범 같은 두보(杜甫) 있도다	文中有杜彪
시 모임 펼친 일을 어찌 잊겠는가	豈忘開翰墨
떡과 음식 권하던 일 매우 감사하네	多感勸餻餱
찬 달 아래 꿈길은 아득하고	寒月迢迢夢
외로이 등불 켜고 말똥말똥 근심이라	孤燈耿耿愁
구름을 바라보며 부질없이 슬퍼하다가	瞻雲空悵惘
고개 돌려 오래도록 주저하도다	回首久夷猶
뒷날의 기약을 황견[645]에게 남겨두고	後約留黃犬
돌아갈 여정을 백구에게 묻네	歸程問白鷗
매화가 피었으나 편지 전할 심부름꾼 없어[646]	梅開無驛使

643 응탕과 유정[應劉] : 응탕(應瑒)과 유정(劉楨). 삼국시대 위(魏)나라의 뛰어난 문사들로 건안칠자(建安七子)에 들었다.

644 업하(鄴下) : 삼국시대 위(魏)나라 도읍. 이곳에서 조조(曹操)·조비(曹丕) 부자를 비롯하여 당대의 뛰어난 문인들인 건안칠자(建安七子)가 활동하였다.

645 황견(黃犬) : 소식을 전하는 우체부. 진(晉)나라 육기(陸機)에게 귀가 누런 개[黃耳犬]가 있었는데, 육기를 위하여 먼 곳까지 소식을 전하였다고 한다. 『술이기(述異記)』.

646 매화가~[梅開無驛使] : 상대방을 그리워하지만 소식을 전할 방법 없다는 말이다. 남조(南朝) 송(宋)의 육개(陸凱)가 강남에 있을 때 교분이 두터웠던 범엽(范曄)에게 매화 한 가지를 부치면서, "매화를 꺾다 역사를 만났기에, 농두 사는 그대에게 부치오. 강남에는

시가 이루어졌으나 전할 방법 막혔네	詩就阻星郵
천태의 객[647]에게 말을 부치노니	寄語天台客
그윽한 약속을 어기지 마시길.	幽期莫謬悠

아무 것도 없어, 애오라지 한 가지 봄을 보낸다오[折梅逢驛使 寄與隴頭人 江南無所有 聊贈一枝春]."라는 시를 함께 부친 데서 유래한다.

647 천태의 객[天台客] : 이 시를 받을 정잠(井潛)을 가리킨다. 정잠은 자신이 오랫동안 살아온 고향이 동천태산(東天台山) 아래라고 하였다.

槎客萍水集 卷之三

井潛 仲龍甫撰

寶曆甲申春, 朝鮮王使其三大夫來聘, 同知判事・學士・書記・醫員・書畵員從焉. 路經備前, 藩使卿大夫郊勞, 有司饋芻米餼牽, 共幄幕焚燎, 且饗之於牛渚矣. 預命文學之士, 接於其學士・書記之徒也. 僕承乏而與督學浦直春 及文學田邵・滕篤・山德基, 會彼製述官南玉・正使書記成大中・副使書記元重擧・從事書記金仁謙於賓館, 而唱酬筆語, 實正月乙丑也. 夜達四更而罷. 製述官小童裵漢星, 書記奴子安興福, 並陪筆硏. 其唱酬筆語記左.

《奉贈朝鮮製述官秋月 南公几下》 四明

大瀛海外路悠悠, 吹送春風彩鷁舟. 鼓吹聲兼錦浪起, 旌旗色共靑雲浮. 俱言一氣懸函谷, 先卜雙星向益州. 南國明珠光照席, 齎來千里爲誰投.

《奉贈朝鮮書記退石 金公几下》 四明

海畔迎君賓館開, 吾曹此唱鹿鳴來. 九州今入談天辨, 大國應推謀野才. 映日鰲身浮島嶼, 如虹蜃氣吐樓臺. 東方已耀文圭色, 不啻流芳越使梅.

《奉贈朝鮮書記龍淵 成公几下》 四明

秋風啣命向天涯，可擬張騫八月槎．浮海幾程唯指日，登瀛此處好餐霞．請看若木千圍樹，堪贈芙蓉一朶花．聞說箕邦文物盛，靈蛇握得在誰家．

《奉贈朝鮮書記玄川 元公几下》 四明

遙指扶桑日出東，仙槎縹緲去乘空．崑崙路遡黃河遠，渤澥流連赤岸通．好是擅名千里外，何期交臂一堂中．延陵公子今修聘，海表知君論大風．

《走和四明》 南玉

尻輪神馬信悠悠，去國天涯不繫舟．月出雲煙渾澹蕩，潮來樓閣半沈浮．詞人道號監湖客，遠客鄉愁入蜀州．聞說迎槎敦世好，莫辭家集許相投．

《次四明山人見贈韻》 退石

卜夜詩筵秉燭開，天台詞客挈明來．辰申槎節迎賓職，喬梓文章倚馬才．出日初看靈鰲島，歸雲獨送永嘉臺．須君別後如相憶，折寄窓前一朶梅．

《和四明山人》 龍淵

春風舟楫楚南涯，水國梅香動古槎．詞客新看牛渚月，仙郎來自赤城霞．新筵芝秀生眉穎，永夜雲箋纈眼花．早識岡州文學盛，名聲先屬賀監家．

《和四明山人》 玄川

賀監湖開析木東, 四明山色片雲空. 千年自有人幷世, 萬里何難道與通. 已對淸詞華燭下, 更看奇氣彩眉中. 虛襟共喜殊方會, 素月低垂絲竹風.

《用前韻奉謝秋月 南公見和》 四明

文旆飄飄積水悠, 玄洲暫駐使臣舟. 乾坤色在壺中闊, 日月光從海底浮. 莫是南容名魯國, 應知鄒衍辨神州. 休言兩地河山隔, 木李堪緣晁監投. 詩中晁監比馬州晁記室用前韻奉謝退石 金公見和

四明

千帆向處海雲開, 不盡長流鼓棹來. 照乘珠稱魏大寶, 班荊人嘆楚多才. 揮毫終夜耽詞苑, 授簡他年侍吹臺. 欲問故鄕書至否, 報春應有嶺南梅.

《用前韻奉謝龍淵 成公見和》 四明

析木津邊赤水涯, 寧知此處見浮槎. 賦江文藻淸如練, 照席衣冠軒似霞. 夢繞五更賓館月, 心飛千里故園花. 他鄕況是梅開日, 何客臨風不憶家.

《用前韻奉謝玄川 元公見和》 四明

山河六十海天東, 西客一作下峽旌旗蔽碧空. 沿路烟波千里壯, 修盟玉帛百年通. 文章色著芝眉外, 佐使才存藥籠中. 桂櫂蘭橈辭國日, 颯然吹送大王風. 第六句, 大宗賞元澹之語典, 上芝眉皆係貴姓之典故, 幸勿爲僻事焉.

《疊次四明》 秋月

萬里滄洲我道悠，盃看溟渤芥爲舟．桑鄕日月全相促，水國乾坤半是浮．台嶽仙來劉·阮洞，高陽星聚穎·南州．詩來詩去情無隔，莫比明珠夜暗投．四明自言居天台，故頸聯云．

《疊四明山人見贈韻》 退石

扶桑萬里六帆開，富士山光滿眼來．備後州東多壯觀，金陵浦外足奇才．風濤渺渺徐王廟，霜月迢迢野馬臺．回首鷄林何處是，故園消息問寒梅．

《重和四明》 龍淵

尋眞一轍渺津涯，海國春光滿月槎．自是閑情盟白鳥，尙看奇氣振靑霞．天涯道契聯荷製，館裏毫談剪燭花．想得幽居劉阮近，天台山下是君家．

《重和四明》 玄川

天台四對楚雲東，流入南溟鰲影空．遂使人才英秀出，更看詞藻氣機通．龍翔鳳舞金陵上，水潔山明熊耳中．非是義泉人不食，直緣潛德有家風．

《奉贈朝鮮製述官秋月 南公·書記龍淵 成公·玄川 元公·退石 金公列位几下排律一百韻》

東韓之建國，昉于唐虞之際，而數千年于今矣，風俗輿服，不減於古也．聖人復出，不必易之者，可不謂美焉乎哉？今二國合好，吾儕小人，尙預其盛事也．顧豊王暴之，我神祖穆之，舊盟弗以寒焉，離而后合者非

耶? 小人已壯之而不著之言, 乃其孰知之? 故略賦其始末, 以奉贈於諸公列位云. 初聞馬首已東矣, 而忙乎裁之, 不侫潛罷駑也, 玄黃之且無可取焉. 或歷電矚, 有不及如隔韈者耳. 然材質已止於是矣, 冀賜憐恕.

四明

神人開草昧, 奕葉幾春秋. 諸道通中土, 維城據上渤. 東明昌裔胄, 箕聖有風流. 虎踞山形峻 羊腸地勢幽. 降祥金殼卵, 應瑞寶珠榴. 討賊妖氛

散, 洗兵陰雨收. 籍田餘畎澮, 播種遍來牟. 鳥跡藏墳典, 龜文記範疇. 河渠疏鴨綠, 旱魃禱龍湫. 贄奉玄黃篚, 符分大小球. 全羅包橘柚, 咸鏡貢銀鏐. 風折金花帽, 月披貂㺠裘. 成均回泮水, 封禪築圜丘. 葱秀三峰出, 人蔓五葉抽. 封疆并馬·弁, 社稷自殷·周. 絃誦存時習, 戎軒不大蒐. 八條先哲設, 七德遠人柔. 末界鄰遼塞, 東邊至海陬. 曾聞玄菟郡, 別置幘溝婁. 食貨當今異, 裳衣與古侔. 禮容隨拱手, 風俗改魁頭. 稅薄民財阜, 年凶廩粟賙. 列庭垂棘璧, 納庫屈盧矛. 豈謂猿王暴, 專爲李氏愁. 殊方寒曝露, 絶域歲淹留. 父子成降卒, 公侯失好仇. 干戈新墮黨, 係累更深讎. 老少俱離散, 車徒互轥轢. 烟波傳羽檄, 險隘駕梁輈. 丁壯疲奔走, 室家長歎啾. 餘殃魚若鰌, 橫政雉罹罦. 北蹤移君祏, 西征缺我銶. 獨夫逢帝怒, 萬姓復天休. 有主提三尺, 何民盜一抔. 太平敷爾策, 元老壯其猷. 下邑移書治, 中原借箸籌. 古丘空枳棘, 遺響託箜篌. 欲救先秦弊, 從他衆楚咻. 善鄰邦國寶, 定鼎子孫謀. 宗廟觀俘馘, 武軍收髑髏. 忠良寧戮辱, 喪亂正夷瘳. 几杖優縫掖, 魚輿重蒯緱. 艨艟驅外寇, 鈇鉞逐群偸. 海岱·山東望, 崤·函天下喉. 農多千耦耟, 馬簇六閑騶. 苛法皆攘斥, 舊章終率由. 尙書鳴革履, 太子識金甌.

嚴瀨絲綸下，傳巖容貌求．塡潢休役戍[648]，棄劍買鉏耰．隴畝歸安堵，甌窶祝滿篝．朝臣皆皓髮，宮妾遠明眸．帝闕垂雙鳳，王官象五鳩．露臺禽鶴鶴，靈囿鹿呦呦．垂柳連馳道，青槐蔽御溝．江都新主立[649]，韓使舊盟修．旄節正傳信，歌鐘豈效尤．縣軒鼉鼓奏，折俎角弓酬．淸酌珪璋瓚，黃流秬鬯卣．蘋蘩享貴客，苜蓿秣花虯．小雅歌嘉樂，皇華拜咨諏．聘儀遙執幣，賓射好鈞鍭．過市星軺蓋，趨階爵冕旒．武夫冠鵕鸃，導騎載貔貅．似極昆侖所，還當博望侯．咄嗟烹鼎肉，宰割進盤羞．繫纜扶桑樹，夢鄕環翠樓．竹書遺古篆，棊子用紋楸．未見仙翁鶴，先迎杜史牛．國中多漢制，海表屬齊謳．積水三千里，重關六十州．郊村狗吠達，陌落人居稠．咏雪芙蓉嶽，尋芳杜若洲．卉花交鳳尾，錦繡爛魚油．赤岸探奇狀，方壺入勝遊．始皇思采藥，仲尼憶乘桴．溟渤淩黃鵠，巉巖策紫騮．木蘭榮擁楫，青翰喜同舟．勁弩羞微獸，峩冠愧沐猴．朗如懷日月，邈似隔薰蕕．心醉蘭金切，面交萍水浮．材齊襲燕石，技拙試吳鉤．臭味無胡·越，箕裘仰魯·鄒．琅玕何以報，毳褐此俱摳．鰐浦茫逾遠，鷄林阻且脩．泥塵雖異勢，膠漆暫相投．援筆通肝膽，上堂陪唱酬．屬辭供戲謔，奉職比俳優．瓦礫任沙汰，簪纓近希覯．時名甘釣碣，生事坐書囚．把臂親巖蔑，不言知褚裒．詞源看勃窣，理窟覺冥搜．雅量能斟酌，多才孰匹儔．百篇欺李·杜，八斗擬曹·劉．月旦非皮相，文章著外彪．感恩唯炙肉，愆德亦乾餱．廚傳嚴郊勞，詩篇慰旅愁．臨岐偏慘澹，分袂益夷猶．維縶旣飛鷁，追隨徒慕鷗．縱裁懷友句，方奈致書郵．生別乾坤隔，無爲悵望悠．

---

648 원문에는 '潢'자가 없어 한 자 모자라는데, 『우저창화집』 상 16쪽에 의거하여 이와 같이 교감함.

649 '新主立'이 『우저창화집』에는 '新曆改'로 되어 있음.

《筆語》

南秋月曰: "戊辰槎行時, 此州有酬唱集刊行者否? 願從諸文學得見之."

潛曰: "戊辰槎行之唱酬集, 旣已行焉, 而此距國都四十餘里, 雖如不肖之先人唱和集, 則齎在槖中, 其他不可速具焉. 冀見待他日, 具裝而傳於大坂或東都而致耳."

秋月曰: "願先見先公唱和集, 如蒙追示於大坂 則何幸何幸."

潛曰: "諾. 旅舍亦距此三里. 先父槎錄, 當明日, 緣浦·朝二記室, 而奉之."

秋月曰: "備前名山大川多可觀否? 府治地名爲何? 距此何? 方幾里? 亦多文學之士否? 願一一詳聞."

潛曰: "敝邑山則有熊耳·常山·金陵等, 川則有旭河·吉水等, 兒島·乾島·玄洲等之諸島屬焉. 其他小者, 不可勝言也. 都城名岡山, 距此四十里强, 在西方, 國方九十里. 文學之士, 其在國學者, 已任其職也, 姑舍而勿論而已. 不佞之父執, 有湯元禎字之祥, 石維成字器之者, 頗名士也. 之祥送不佞之詩, 幸携在此, 敢備高覽."

秋月相傳誦之曰: "湯公詩儘好, 如此人何不來其此席? 可恨."

潛曰: "之祥以劇職, 日戴星而出戴星而入. 偶有著述, 亦官暇之餘興耳. 且今以寡君之命來此者, 則國學中文學之士而已. 其他則 不得來也"

秋月曰: "大坂·江戶之間, 有文章之士幾人否? 願聞其姓名."

潛曰: "大坂則不佞之所不執之地, 姑舍之. 如以所聞, 平安則有岡白駒·武欽繇·芥煥·淸絢之徒, 東都則有岡孝先·松維時·餘承裕·宇惠·服元雄·井孝德之徒, 其他則僕亦未知之."

秋月傳金退石, 共誦之. 退石使潛目指, 而自句其姓名.

成龍淵傍見其姓名曰: "芥煥淸絢是播摩 淸絢耶?"

潛曰 "然." 今按似成以芥煥·淸絢, 爲一人之姓名也. 不然則其連稱

芥煥者, 殆無謂焉.

龍淵曰 "善鄰風雅, 曾見其序文矣."

又曰 "大坂城有永富鳳號獨嘯庵者, 君知之否?"

濳曰 "不計淸絇之姓名, 遠聞於大國也. 因公之言, 而益知其人可貴也. 永富鳳者, 不佞未知其人矣."

金退石曰 "筑前 龜井淳者, 君知之耶?"

濳曰: "亦未知其人矣. 不謂同是東方之人, 而從逖矣西土之人, 承其姓名, 奇哉!"

退石曰: "龜井淳才俊之士也. 君宜與之交."

濳曰: "敬承教. 雖筑前則敝邑, 甥舅之國也, 而各一藩國之臣, 境外之交, 恐難遂也. 可恨."

退石曰: "僕與君以異國之人. 猶相結交. 筑州同是一寰之內. 則相交何害之有?"

濳曰: "諸公從旌節, 而萬里東矣. 僕輩亦以藩命, 迎接於此矣, 大塊借我以良會也. 雖一寰宇

之內乎, 奈非公事, 則不出境者. 國各有律, 何?

龍淵曰: "龜井道哉, 絶世奇才也. 僕得與之周旋十數日, 久益不能忘. 今看足下, 藻思風雅, 眞似元賓者矣. 他日長慶爭衡, 非足下而誰與? 雖云境外難通, 必有相見之日, 可識吾言不誣矣."

濳曰: "以二公之言, 龜井道哉秀而文者也. 雖境外不可交也, 猶可通書而定交耳. 但恐不佞非其比也. 愧愧."

龍淵時出橐中所藏龜井生之詩以示濳. 濳一誦畢. 濳爲嘆賞之容. 龍淵莞爾, 收其稿矣.

龍淵曰: "韜浦·牛窓, 舊聞其爲日東第一名勝, 今來見之, 果然矣. 江山之秀, 必鐘出材俊, 暫挹眉宇, 果符鄙意甚盛"

灊曰: "地之勝或有然也, 以僕之不才, 蒙此過譽, 愧赧益甚."

灊以排律一百韻, 呈秋月之前.

秋月一看畢曰: 百韻非咄嗟間所和, 當於舟和送, 姑俟之.

灊曰: "一席鞅掌, 不必要高和. 筆語之閑, 請賜電覽."

秋月曰: "君年富才翩, 他日可以震耀日域, 須日親經籍, 益懋遠大."

灊出摺扇二柄, 請曰: "扇面乞揮灑." 秋月則書左二詩.

《赤間關除夕次唐人韻》

五百人相對 燈前其惜年 明朝無曆日 故國在江船 念弟寒梅澀 思親綠橘圓 未須驚歲月 歸櫂喜春天

《對馬州 西山寺夜次王建韻》

扶桑紅日上曨曨 樓露初晞竹逕風 北客頓醒千里耳 越中鷄犬似秦中

灊則謝曰: "揮毫之賜, 不啻連城, 感謝何罄?"

田伯高告欲辭去, 秋月留曰: "秉燭夜遊, 古人所樂, 僕輩不疲不勞. 諸賢一別渺然, 令人有樂莫樂 悲莫悲之懷."

灊曰: "重疊領教以苦吟, 故不能速答, 幸恕. 辱蒙過譽, 非僕之所勝. 且公不勞乎跋涉, 過意見留連厚哉! 傾蓋如故也. 如益懋遠大, 敢不承教耶?"

秋月曰: "倥傯中, 亂紙相堆, 未能詳察, 各位瓊韻, 並無漏畢和否? 一一照視."

灊曰: "盡領高和."

退石誦灊排律畢曰: "見百韻律, 奇才奇才! 多賀多賀"

灊曰: "多蒙過賞. 不才何敢當之?"

灊曰: "僕有贈上判事吳·李二公, 良醫李公, 醫員南·成二公 寫字官

洪·李二公, 畵員金公之鄙作. 何朝·浦二記室偶不在? 請煩先生."

龍淵曰: "敢不惟命?"

潛以諸作, 陳龍淵之前, 龍淵命侍者傳之.

潛曰: "聞之道路, 同知玄公才俊之人, 且善我國風之什, 信否?"

龍淵曰: "玄公指誰?"

潛曰: "上上官中直大夫玄公."

龍淵曰: "道不同, 不相爲謀, 玄公之藝, 僕所不知而其風流, 素有稱於弊邦者也."

退石曰: "尊大人尙康寧否?"

潛曰: "先父以三年前已易簀. 蒙尊問, 不覺嗚咽."

秋月謂潛與勝子業曰: "百韻與七十二韻, 欲和則惟當於閑暇時爲之. 但沿路山川風物, 奪人心目, 又到處有酬應, 恐孤華什, 奈何?"

潛曰: "諸公使事未竣, 勿必勞高念."

潛曰: "向者所命之先人槎錄, 家僕自旅舍携來, 則藁本奉之, 此先人手澤之書, 一歷電覽, 乃託朝·浦二記室而見還, 伏祈."

秋月曰: "先藁荷示, 當遍示同坐諸朋, 歸途奉完, 刊本若追示於路中, 則其便可還此卷."

潛曰: "敬承命."

明日, 秋月臨發, 託滕子業, 而還槎錄. 且簡曰, "先稿難於久留, 雖未及畢覽, 徑此奉完."

潛曰: "僕有欲奉三大使及同知玄公之鄙什, 冀煩先生.

秋月曰: "三大人前, 以詩求和, 未知有戊辰例否?

若無例, 則難於奉獻, 玄同知是首譯官, 因馬州舌人傳之, 恐宜非僕

所可替當."

潛曰: "嘗聞昔年, 有長門縣 孝孺, 獻詩於三大使之事矣. 弊邑則無其例也. 且贈玄公之鄙什, 以馬州二記室不在, 故煩先生耳."

秋月曰: "以酊菴僧例, 有使相前呈詩, 而以王事未竣, 不暇閒吟, 姑未有和章, 盛什必難獲和, 所以不敢受. 玄同知許所贈篇, 當致之, 而夜已闌, 明若解纜, 則亦不可索和矣."

潛曰: "所奉諸公之鄙什, 豈敢要和? 先生推轂納汗則多幸. 三相公使事之閑, 或有賜, 則先生至東都之日, 致之於井孝德子章許. 子章僕之舊也. 此人必來賓館, 而會於諸公也. 若彼和章, 亦有范·陸驛使之便耳.

秋月歷覽潛所託之詩曰: "三使相前詩什, 皆以奉贈爲題, 贈是平交相用之字, 不可用於大夫. 請改之."

潛曰: "先生之命也, 敢不改書而奉之? 極希先容."

秋月曰: "諾"

又曰: "來時, 或可更逢否?"

潛曰: "文旆歸途, 繫纜庶乎, 可再會也. 僕輩企望而俟." 各立再揖而別. 中八卦冠青襴衫客入來.

潛問曰: "公非良醫李公耶?"

其客曰: "非"

潛又曰: "敢問貴姓字及號."

其客曰: "閑漫之客, 何必通名姓?"

潛曰: "固請問貴姓字."

其客曰: "趙"

潛曰: "貴字及號爲何?"

其客曰: "希華"

書畢, 擲筆直去, 不得有問焉.

《敬上通信正使趙公臺下》 四明

使君千騎壯, 旌節指東方. 地隔重溟遠, 天連大壑長. 旅途經歲月, 絶域冒風霜. 拱璧連城價, 明珠照乘光. 雄名殷食客, 方畧固封疆. 不拜文王什, 還喜四牡章. 宰天供俎豆, 津吏謹舟梁. 空恨簪纓貴, 難陪翰墨場. 子餘君齒舌, 趙孟國賢良. 豈望百牢膳, 先辭三獻觴. 前途紛負弩, 觀者鬱如牆. 幾日全鄰好, 歸來向故鄉.

《敬上通信副使李公臺下》 四明

珠履辭金海, 星軺出漢城. 如雲軍騎從, 帶月大帆輕. 進駕羊腸險, 照舟魚眼精. 翰林曾比鳳, 仙路好乘鯨. 貴介稱王族, 才賢位上卿. 蓬·瀛窮足跡, 日域耀文名. 累世家聲美, 一時門地淸. 孔融通刺志, 荀爽御車情. 海外思容接, 天涯此送迎. 順流蘭槳下, 滿道錦裘明. 兩國衣裳會, 千秋帶礪盟. 瓊瑤君不惜, 藏去永爲榮.

《敬上通信從事金公臺下》 四明

大夫通國信, 跋涉邈山川. 發軔三秋日, 停橈萬里天. 馮夷鳴鼓吹, 海若護樓船. 北極靑雲近, 東關紫氣懸. 羽儀臨日域, 行色動星躔. 絶險如過席, 殊方尙比肩. 千帆遙縹緲, 四牡並聯翩. 罔象探珠處, 神人鞭石年. 巨鰲隨鷁首, 弱木拂槎邊. 徒望琅玕贈, 寧陪玳瑁筵. 梅花論臭味, 瓠葉託詩篇. 大禁猶辭宴, 因看蜀主賢.

《奉贈朝鮮同知玄公几下》 四明

蔽空旌蓋渡滄瀛, 無限波濤知幾程. 析木天廻遙北極, 扶桑歲晩賦東

征. 脫囊才擢三千客, 完璧名專十五城. 珠履如雲從趙勝, 何知獨有毛先生. 以上四首和未至

《奉贈朝鮮漢學上判事長詡 吳公几下》 四明

夜寒牛渚大帆懸, 云是三韓使者船. 上客衣冠鳴玉潟, 眞人客貌照瓊筵. 欣逢季札觀風日, 欲問吳剛入月年. 海上蓬·瀛今得便, 休攀桂樹去登仙.

《奉贈朝鮮押物上判事曇寶 李公几下》 四明

弱冠多君職事雄, 可知當日李奇童. 凌雲賦擅千秋氣, 破波人乘萬里風. 莫是驊騮空冀北, 方今英妙動山東. 懸憐五嶽煙霞色, 鐘在靑蓮落筆中.

《奉贈朝鮮良醫慕庵 李公几下》 四明

路上春風古錦囊, 藏來詩草幾篇章. 明珠誰解腰間佩, 大藥先傳肘後方. 六鷁泛舟秦道士, 雙鳧落潟漢仙郎. 更聞君忌忘憂物, 難勸瑤池九醞觴.

《奉贈朝鮮醫員南丹崖·成尙菴二公几下》 四明

東遊采藥至方壺, 應問仙家九節蒲. 忽犯銀河逢彩石, 終經赤水探玄珠. 天涯勝地知多少, 海上神山辨有無. 共是淮南奇術士, 風流識得八公徒.

《奉贈朝鮮畫員西巖 金公几下》 四明

畫史風流烏角巾, 龍眼老手動驚人. 爭稱咫尺如千里, 何怪丹靑成十

句. 呑練淼茫疑人夢, 解衣盤礴好看眞. 爲吾能掃滄洲色, 藏作茅茨不朽珍. 以上六首, 緣成龍淵而致

《奉贈芳尊者》 四明

一乘千里向東京, 相引應催使者行. 菡萏望來飄雪瞽, 旃檀香處逆風淸. 彌[650]天堪擅袈裟色, 大海遙飛錫杖聲. 今日好論南北學, 支公品藻使人驚

《贈馬州府朝記室》 四明

嘶風五馬發都城, 書記翩翩從遠征. 行李今稱東道主, 戎車久解北門兵. 朝宗萬里邊塵靜, 護送千帆海色淸. 時遇涓人羞下乘, 堪緣伯樂一長鳴.

《贈馬州府浦記室》 四明

韓王玉帛聘來初, 引客朝東太守車. 記室倂司周象胥, 藩臣兼領漢鴻臚. 天寒霜雪三冬後, 路邈江山萬里餘. 聞說北人文藻富, 緣君願欲得瓊琚.

《奉贈朝鮮寫字官洪正齋·李梅窩二公几下》 四明

二妙聲名動四方, 臨池今日有輝光. 千文展軸雲煙起, 五色揮毫龍鳳翔. 論定不須分衛·索, 法存何必學鍾·王. 黃庭願換群鵝去, 長使精靈照草堂.

650 원문은 '爾'이나, 『우저창화집』에 의거하여 수정함.

附錄

《奉和四明 井公韻》 長澔

三洲日月鏡中懸, 博望窮源一繫船. 雲走霞飛蒸筆架, 金聲玉響起詩筵. 鯨波漠漠來多路, 王事悠悠動踰年. 蕙質蘭姿雖未接, 瓊琚入軸等爲仙.

《敬答備前文學井公》 曇寰

四明狂客賀季眞, 四明山人 謝茂秦. 天地生才無遠邇, 今人何似古之人.

《奉和四明 井公几下》 丹崖·尙菴

盧公一杖費公壺, 慧士奇才劇董蒲. 姑射肌膚應似雪, 鮫人涕淚盡成珠. 幾多仙閣雲間在, 何處靈山海外無. 藥裹丹經渾末技, 爲君錯認采眞徒.

《敬酬備前國文學井公詩》 正正齋·梅窩

天鐘英才海一方, 文章星月爛垂光. 世間名驥終須伏, 雲外神龍會欲翔. 作賦才能傾二陸, 摛詞名可厠三王. 薄蹄數字憐同調, 不害鴉塗疥錦堂.

《敬和備前國文學井公詩》 西巖

鼇岑滴翠滿衣巾, 轉眼春光總可人. 別後家書如度劫, 病來詩債輒經旬. 靜觀天地皆疑幻, 隨意丹靑豈逼眞. 何幸神交塵外在, 一篇堪敵夜光珍.

本月十有九日, 馬州 朝記室, 室津之書, 至牛渚, 而見致右和章五篇.

潛之再和及書, 以廿一日送致之於浪華. 其如醫員寫字官和章, 二人而報一詩, 傖父之風然耶? 古今未聞有此例也. 殆可捧腹也.

《疊前韻奉謝長詒 吳公見和》 四明

大姬城上月高懸, 想望淸輝照客船. 鞭弭若逢應退舍, 詩篇偏惜未當筵. 三更古驛登樓處, 萬里長送奉節年. 紗帽錦袠皆仰見, 玄洲疑遇眞神仙.

《疊前韻奉謝曇寰 李公几下》 四明

圭璋奉使最稱雄, 簫鼓相隨五百童. 貫月槎頭探勝狀, 凌雲帆影借長風. 淸言應是名江左, 雄辨方今擅海東. 白眼聞君能惡酒, 何心厭入八仙中.

《疊前韻奉謝慕菴 李公見和》 四明

才子聲名溢縹囊, 揮毫忽報七襄章. 人稱異客存仙骨, 吾信東醫多禁方. 別有迎車關令尹, 寧無倒屣蔡中郎. 應看源上崑崙色, 不似岷山一濫觴.

《用前韻奉謝南丹崖·成尙菴二公見和》 四明

見說仙翁市上壺, 相隨欲學服菖蒲. 岳·湛容貌知連璧, 元·仲風流非一珠. 暘谷天難分縹緲, 瀛洲路似入虛無, 飄飄世外群仙子, 能報琅玕憐我徒.

《用前韻奉謝洪正齋·李梅窩二公見和》 四明

佳人贈至自四方, 握裏雙珠並夜光. 落落赤霞拂席起, 翩翩飛鳥冲天

翔. 聲名共是稱三謝, 草隷同知逼小王. 傳道從遊多秀士, 誰人最得上君堂.

《敬疊前韻謝西巖 金公見和》 四明

西巖仙子折風巾, 片玉投來坐映人. 玄海御風窮萬里, 藍關阻雪浹三旬. 毫端揮灑新生色, 象外浮遊自采眞. 今日擅場吳道子, 嘉陵粉本作誰珍.

書牘

《與南時韞》 四明

向者以寡君之命, 迎接大使於牛渚, 得交臂於遯矣西土之人, 而傾蓋如故, 一宵之歡, 窮千歲矣. 奚翅平原十日之飮? 以不佞之薄劣, 從二三之後, 而邂逅於諸公. 退顧所獻酬, 不覺汗發徹衣, 而先生不以僕之不肖, 過意見眷顧, 瓊瑤之賜, 如舊相識也. 此歡也, 叚令得數旬之淹焉, 而陪接於杖屨, 尙且不慊焉, 況明已解纜, 海路蒼茫, 使人有終日之惡者乎? 僕前聞文旆之東矣也, 企望以俟之. 欲緣諸公, 而有問之數條, 一席之忽忙, 旣已空之, 遺憾何竭? 前所奉先父槎錄, 稱難久留, 未終電覽, 而徑見投還. 敬自近滕子業領之.

所命戊辰唱酬集, 以鞅掌不能自寫也. 使他人謄之以奉之左右, 所獻三太使之鄙什三章, 改書以上焉. 罷駑尙且將緣伯樂, 而增其價也, 先生其有意耶? 三相公使事之閑, 幸而有賜, 則文旆至東都之日, 命之於井孝德. 伏祈子章, 必當以筆硏, 會諸公於賓館矣. 且僕之家在東武, 與子章居止相鄰, 不肖有老母, 常待子章之丁寧而后安焉. 以不肖前陪翰墨於函丈之狀, 見致之於子章, 則老母之喜, 猶親見兒也. 萬里之人至我鄕, 而不肖未能歸焉, 嗟呼! 仕之不可以已也! 先生其恤焉. 聞以風濤

不便, 宜舟滯于金華灘也. 未知大旆, 以何日至大坂也. 先生寢食無恙否? 行人安穩否? 大阪是大都會之地. 四方之士輻湊矣. 酬應當益殷耳. 有一二符至意者耶? 願聞先生之風鑒也. 華牋六七紙奉以乞先生及金·元二公之書. 將揭之以照不朽, 雖奉違之邈焉, 猶親望玉貌也. 先生及二公不吝一擲, 則爲榮如得百朋矣. 具印章以照古色維新, 書辭草草, 未盡所懷也. 后日將復致書於東都, 而有請焉. 二三僚友, 亦使不佞致意於先生. 希强食自愛, 不備.

《與洪景魯·李公弼》 四明

當迎大旆於賓館, 與南·金·成·元諸公周旋也, 如彼卓爾, 何不來而同席乎? 遺憾至今爲甚矣. 鄙什前緣龍淵 成公而奉之. 不謂忽得瓊瑤之報也. 懷而踊躍, 使爲不佞之家二絶珍者, 何其榮也? 但怪二仙郎而見暗投一珠, 不知夜光自何掌上而發也. 左仰右望, 而未決矣. 伏乞罪耳. 向者以爲識荊於一堂, 得其揮灑之賜也已而. 未取謁也, 春風解纜, 使人惆悵失望矣. 則奉數紙以乞墨妙, 如天女閣, 則祠在敝邑國城東五十里, 山亦峥嶸, 而瀑布千仞, 嘗闕扁額尙矣. 山名大瀑, 因瀑布而得名也. 山人某居于此焉, 嘗謂我愛此山之異也. 使無扁額則已, 或使有扁額, 則願得異人之書也, 則使僕乞二公之墨妙. 冀勿吝一揮毫之勞, 則山人之喜, 如新得驪珠矣. 將籍以誇後世, 使與山勢瀑布爭雄也. 他緣成公以聞, 鄙什一章, 奉和以謝賜, 以驛使詰朝發, 而不能詳書辭焉, 憐察. 不盡.

《與金仲玉》 四明

不幸未傾蓋矣, 何天公之不情也已, 而得晃記室之書, 坼封而讀之, 則諸公之瓊華, 光輝相映, 不計木李之微焉, 得此報也. 顧逖矣, 其土南

北殊方, 非生六翮, 則不能窮其勝也. 百年長以爲恨矣, 而一揮筆, 而鐘山水之美於咫尺. 使人臥以遊焉, 如夢聞鈞天者, 公一拂之惠也. 公其無意耶? 謹奉數牋, 以索灑珠玉矣. 公無吝於此, 則僕之神, 將遊於長白山矣. 冀憐而諒焉. 他俟成公之剪袚耳. 鄙什重和以奉笑, 而擲之可也. 春寒特冱, 萬惟自重. 不次.

《與成士執》　四明

一別悵然, 使新知與生別, 哀樂交至者, 公與不佞之謂哉! 向者以不佞後於二三子, 而不得面別於館中也. 猶致意於同僚之士, 而不已使人悒悒然. 雖不佞生越在乎萬里, 而其臭味[651]也, 豈見之如秦·越人之相看肥瘠然乎哉? 此其爲數日之惡, 可知也. 聞文旆滯于室津, 以十九日發, 無情哉石尤風! 不爲某等而爲他人也. 想當至浪華耳. 四方之士, 企望者入館來, 而筆硏相錯, 唱酬益殷, 顧公之愛才稱龜井氏之子之奇, 而不置過賞不佞, 而使與之爭衡也? 他日使長者之言背焉, 則百年之後, 何顏見公於地下乎? 不佞交不泛焉. 浪華·平安則無相識者矣. 前所云云之岡武二三子, 皆未傾蓋之人也. 諸公至東都, 井孝德子章·藤世鈞守中·木貞貫君恕者, 來接於杖屨也. 子章則不佞之所稱大兒者, 博涉經典, 文章壎箎於韓·柳矣. 公與之交而后, 徵不佞之言不欺焉. 又有處士井純卿者亦不佞之友也, 博雅而善文章. 然其人以磊落居窮阨矣. 東都自非朝官博士與大學書生, 則不許來館中而接於諸公也, 恐純卿之不得謁於諸公也. 不佞以爲恨焉. 又不佞之舊, 有葉玄之字玄[652]者頗善詩, 雖亦非

651 也猶致意於同僚之士而라고 쓴 것을 지우고 옆에 生越在乎萬里而其臭味라고 고쳐 썼다.

652 원문은 '字玄'이나 '子玄'으로 수정하였다. 아래에 '자현의 제자'라는 부분에서는 '子

大學書生, 而子玄之弟子, 有得顧於馬州府大夫者, 此或來於諸公之燕居, 而取謁耳. 如斯人或來椄芝眉, 則致不佞無疾病之狀, 公所親見者極懇. 向者所煩之鄙什數章, 以庇得致之於諸公也. 見致慕菴 李公之酬章, 敬領焉. 其他如吳·李二判事, 南·成·洪·李諸公之和章, 亦以昨日見致, 自馬州 晁記室復, 亦敬領焉. 如洪·李二公與金公, 託意於詩中而索, 爲某揮其珠玉也, 則附驛使, 而致數牋. 雖則鞅掌, 亦爲不佞見促之, 萬幸. 往昔紛擾, 未獲公揮灑之賜. 冀落紙雲烟, 將揭不朽於茅茨矣. 公豈謂爲饕乎? 已得隴而又望蜀, 所得者同, 而地之異也. 公其恕焉. 公及洪·李·金公之賜, 使印章古色並飛動, 則其爲賚也大矣. 元公之華什, 稱有可改者, 命浦子木見致之, 長者之厚焉一何至此也? 彼公之原什, 亦緣子木而奉完, 以驛使明發, 不能各位奉書, 緣公以致意, 冀一聲歸途或繫纜, 則把臂, 且爲一夕千秋之歡, 擧首而待其時, 惟春寒行, 且自重. 不備.

《與井四明·近藤西厓書》 秋月·龍淵·玄川·退石

忽漫相逢是別筵, 老杜爲今日先發, 諸賢當亦其此悁悁. 日來春陰, 僉況珍毖. 兩桃舟中, 溫繹儘覺, 其蓄積之富, 藻思之麗, 從古槎行之所未得者, 今得之於兩賢, 貴邦文獻之日興, 從可揣矣, 曷勝歎咨? 本擬如西厓誠評點, 以上鄙輩和章, 旣皆致意. 便[653]一評語, 并不用贅陳, 拙作撥忙屬和, 都不盡意, 只以博諸賢一粲, 多愧. 和田一江所索中子梅印譜

玄'으로 적혔다. 『우저창화집』에는 두 부분이 모두 '子玄'이라고 되어 있다.

653 원문은 使이나 便으로 교감하였다. 이 편지는 조선의 4문사가 정잠과 근등독에게 보내는 것이어서, 이 책의 4권에도 실려 있는데, 4권에는 便으로 되었으며 우저창화집에도 便으로 되어 있기 때문이다.

序, 亦送付. 幸卽傳及, 亦告以無忘相托之意, 甚仰. 爲此憑朝岡遞傳, 未知其卽明照也? 僕輩又此滯風, 愁悶如狂, 相望未遠, 奉際無緣, 益增惘怏. 唯以歸時, 更握爲期. 姑不宣.

《酬四明山人一百韻》 秋月

維東開一域, 爲國邈千秋. 分界遺軒·姒, 陳詩漏夏·游. 析津麗左野, 歸澤匯羣流. 避呂猶傳市, 當姬實在幽. 職方書僸佅, 王會貢龜榴. 天地容無外, 皇王浩不收. 媚神宗日吉, 佞佛祖尼牟. 繡錯和摩道, 膏饒[654]畽畠疇. 富·熊崇作鎭, 琶·浪湛成湫. 舟檝通閩建, 珍瑰集股球. 有穿皆礦錫, 無佩不鏘鏐. 習水飛蜻舶, 能寒舍貉裘. 仙粻流髓液, 書笈秘墳丘. 桓武靈源濬, 貞純寶幹抽. 璽刀元降向, 端委或逖周. 未輯塗山瑞, 寧從洛涘蒐. 暨吾惇信睦, 惟德懋能柔. 戰伐三韓世, 笙簧兩境陬. 南平來季札, 西賮送扶婁. 馬塚懲前遠, 牛壇講舊侔. 星行窮水首, 風俗採吳頭. 漢市春輸幣, 秦舟歲汎賙. 百年懽玉帛, 萬姓息戈矛. 秀賊稱天亂, 淸朝慘主憂. 豕蛇浮越螽, 羝鴈見蘇留. 莽卓先中篡, 閩甌遂外仇. 豈惟宗國恥, 敢與大邦讎. 烽火三都燬, 靑衣八域蹂. 箕封縈鼠穴, 瀞塞狩龍輈. 瘡血乾坤沸, 啼聲雨夜啾. 鯨鯢橫臭穢, 雉兎困罝罦. 八稔停畲穫, 三邊老斧銶. 煙塵猶北漲, 征戍未西休. 防骨摧思粉, 支頭飮欲抔. 皇皇天子聖, 侃侃尙書猷. 使者秦庭哭, 將軍宋米籌. 車轝挈壺筐, 畦女迓鈿篌. 上策謀先伐, 中山謗漫咻. 總兵饒宿略, 經理啓神謀. 杏疊川成血, 閑濠岸拄髏. 旌麾俄忽變, 痼瘵霎還瘳. 忠武龜爲艦, 忘憂鹿作緱. 龍韜河伯讐, 狸甲水靈偸. 晋捷纔寒膽, 沙鏖復搤喉. 丹

654 원문은 '鐃'이나, 문맥에 따라 이와 같이 교감함. 『우저창화집』에는 '饒'로 되어 있음.

靑新猷闡, 日月返鑾騶. 再造皇威籍, 重恢聖算由. 奔駒淸綏節, 敧器奠完甌, 詔泣疲甿聽, 恩除寡婦求. 桑麻歸雨露, 榛棘化犁耰. 紅腐千箱積, 朱陽萬室篝. 國殤榮白骨, 遺老拭靑眸. 唐耻酬胡羯, 齊疆復爽鳩. 魚龍波安帖, 鳥鹿野嚶呦. 主辱非忘越, 時謨異割溝. 蛟孅天禍悔, 禽獮聖文修. 芟醜邦非舊, 包荒我不尤. 刷還初結靷, 回答繼稱酬. 小過捐瑕垢, 中孚溢缶卣. 蓼椏承虎[655]豹, 鬃鬣軼飛虯. 鄒聖交鄰道, 宣王遣使諏. 詞林掄綵筆, 韎跗簡金鍭. 虎節先三軾, 龍章散七旒. 冠裳宜覩鳳, 徒旅笑如貅. 吉甫能爲憲, 班超不願候. 忠言書帶敬, 淸操橐金羞. 畵舸陪天札, 滄洲夢玉樓. 寒溫思扇被, 霜露感松楸. 灝氣凌馮蜃, 玄遊犯斗牛. 春秋成越紀, 詞賦雜荊謳. 津雨忠臣地, 窓梅古館州. 赤城霞蓋紫, 牛渚月華稠. 王事輕三渤, 仙居近十洲. 遠山濃晩染, 春浪漲新油. 忽遌天台客, 仍成阮洞遊. 神精針引芥, 聲氣鼓應桴. 表立鳴皐鶴, 孤驤歷塊騮. 李園春秉燭, 剡浦夜維舟. 標格梧停鵠, 才思棘刻猴. 良金超滓礫, 崇蕙秀蕭蕕[656]. 筆舌眞情契, 芝眉暗喜浮. 雄詩夔百繼, 奧字左三鉤. 楚産今良相, 梁遊后馬·鄒. 願淸吾欲冠, 衣短子何搵. 橘服宜皇樹, 鳩媒失蹇脩. 靈心犀各吐, 奇意璧相投. 流水雖能賞, 陽春未易詶. 不爲風所局, 終覺學而優. 夜蚪初開殼, 秋鷹颯下韝. 玉憐須璞剖, 鸚惜窘籠囚. 使賓思皇盛, 誰爭擧首裒. 御良之冀顧, 匠石入林搜. 吳會將誇産, 江東儘寡儔. 神交齊豹·起, 奇覯逼袁·劉. 咳唾留璀璨, 姿毛想炳彪. 別時勤縞紵, 逢處飫饛餱. 煙月三宵隔, 江山百里愁. 雲濤還渺渺, 椶纜尙猶猶.[657] 未遞山城驛, 猶隨室浦鷗. 相思春樹渭, 遲報

655 원문은 '處'이나, 문맥에 따라 이와 같이 고침.

656 원문은 '猶'이나, 문맥에 따라 이와 같이 교감함. 『우저창화집』에는 '蕕'로 되어 있음.

657 원문에는 猶로 되어 있어 한 자가 모자란다. 우저창화집에 의거하여 猶猶로 교감하

水籤鄭. 細雨濃花夕, 重迎末謬悠.

《和四明山人一百韻》 龍淵

蓬壺 徐市路, 河漢博望秋. 日月歸芒忽, 溟波信泝游. 北雲鵬翼逈, 南極鳥輝流. 漠漠窮陰涸, 冥冥積氣幽. 寒花過錦石, 奇果問安榴. 翠羽珍何用, 明珠爛不收. 娥緪抛粟粒[658], 馮擊捨[659]岑牟. 鰲出應撑極, 龜騰似獻疇. 神飆分曠莫, 水府恨卑湫. 虛樂諧琴軫, 靈和韻琊球. 長懷破浪慤, 虛問射潮鏐. 霜落終軍帛, 天寒季子裘. 已通冬暖域, 仍近夜明丘. 沆瀣垂頤吸, 英華信手抽. 武韶元在魯, 冠冕早從周. 後乘難爲寶, 前禽[660]不入蒐. 席珍輕被服, 筐實節剛柔. 翰墨紆長策, 韜鈐振遠陬. 壯遊踰杜甫, 明察想離婁. 學力須今用, 行裝與孰侔. 參軍風落帽, 記堂雪盈頭. 漢檄非巴諭, 河舟豈晋賙. 波瀾輸彩筆, 霧露滯英矛. 永結隣邦好, 寧爲[661]屬國憂. 鄭公曾信格, 申相復名留. 從古笙簧約, 干今玉帛仇. 徒緣一兇虜, 中結萬年讎. 豺虎遽吞噬, 龍蛇恣踐蹂. 妖氛南島帆, 狂鍔北關輈. 嶺路兵塵暗, 湖城鬼哭啾. 天心旋悔禍, 民物免罿罦. 陣勢聯鵝鶴, 鐃[662]歌振斧鉥. 虎師承聖眷, 蟻援荷皇休. 稽岫思鳴劒, 龍城侍飮抔. 君王薪膽恨, 將士岳·韓猷. 滓堞揚威伐, 閑山振壯籌. 風聲驅蜃鰐, 月凱奏笙篌. 豕戢吳門食, 鳥喧楚幕咻. 神輸厓老策, 天用栗翁謀. 龜艦嘉摧首, 熊營決

였다.

658 粒 : 『우저창화집』에는 柱로 되어 있다.

659 捨 : 『우저창화집』에는 拾으로 되어 있다.

660 禽 : 원문은 '命'이나, 『우저창화집』에 의거하여 이와 같이 교감함.

661 爲 : 원문에는 '爲'가 없어 한 글자가 부족한데 『우저창화집』에 의거하여 이와 같이 교감함.

662 鐃 : 원문은 饒이나, 『우저창화집』에 의거하여 이와 같이 교감함.

觀髏. 社靈羣帝護, 邦病八年瘳. 利匕蛟殲蜀, 眞仙鶴返緱. 佳兵終自剪, 凶柄詎長偸. 坂塢虛營窟, 江關已搤喉. 匹夫挑畵戟, 元帥整飛騊. 苦月三重暈, 黃雲百道由. 名城夷下陸, 雄幅拓東甌. 舊物元非改, 新功信自求. 薩州藏劒槊, 馬島樂耕耰. 鼉鼈方安它,[663] 衣裳始袺篝. 盡除羣孼種, 初轉異僧眸. 水兕那纏虎, 春鷹總化鳩. 使求龍節賁, 賓待鹿鳴呦. 筍虡哀移壂, 旄倪恫納溝. 於焉新好續, 是以舊交修. 節价皆膺簡, 賓徒盡拔尤. 投金歸橐潔, 鳴玉儐筵酬. 佛寺曾回駕, 仙花舊泛卣. 黻裳紛繡鳳, 華墨爛騰虯. 邈矣羣龍擧, 懷哉四牡諏. 蔘椏交好幣, 郊境斷遺鍭. 畵纛縣朱毳, 牙旗掛彩旒. 韎韋叢翠鶡, 驂御列飛貅. 摛藻慙凡跡, 欹[664]簪問上候. 雲霄聊放眼, 珠玉豈包羞. 淑景流鱗屋, 晴光滿柁樓. 駑蹄從騄駬, 疏櫟閒梧楸. 已覺親魚鳥, 寧論風馬牛. 水蘋荊國唱, 山木鄂君謳. 綵纜停牛渚, 華筵敞備州. 衣巾梅下淨, 文學燭前稠. 縹緲銅神塔, 蒼茫玉女洲. 馨香流絳橘, 歌瑟散青油. 未了三更話, 相將萬里遊. 暫敎留對榻, 安得與同桴. 犀角那須燭, 尻輪不待騮. 雲迷富士屐, 春滿浪華舟. 謾逐磨邊蟻, 還憐屋內猴. 竹淸須倚石, 蘭潔莫同蕕. 浪蘂常虛漾, 風蓬自遠浮. 道心歸自守, 靈氣入玄鉤. 賦愛荊南宋, 談奇稷下鄒. 荷裳聊自好, 卉服爲誰摳. 鏡水蓮波闊, 台峰石路脩. 鐸鈴眞有待, 針芥却相投. 玉貌隣分契, 瑤華別入訓. 縱嗟文雅潔, 難遣帶裳優. 霧隱應憐豕, 雲飛不下鞲. 谷鶯遲百囀, 籠鶴恨孤囚. 去住悲離合, 盈虧信益裒. 湖山携逸興, 巖穴接窮搜. 桂老容招隱, 鴻冥待喚儔. 文緣孫又謝, 洞主阮兼劉. 隴外憐鸚鵡, 溪邊夢虎彪. 錦囊提作贄, 瓊實擣爲餱. 一水蒹葭迥, 重關水竹

663 它 : 『우저창화집』에는 宅으로 되어 있다.

664 欹 : 원문에서 먼저 欹라고 쓴 것을 歌라고 수정되어 있으나, 『우저창화집』에 의거하여 이와 같이 교감함.

愁. 詞華無爾竝, 珍愛莫吾猶. 澤國蒼涼樹, 汀洲滅沒鷗. 交情懷贈縞, 詩軸阻傳郵. 儘知前期在, 其如別恨悠.

《和井四明一百韻律》 玄川

蒼茫臨積水, 緬邈問千秋. 灝氣凝三界, 澄光泛九游. 地平歸嶽瀆, 天外鬱停流. 朱鳥煌南翥, 燭龍低北幽. 暾暉升赤瑪, 殷海漲紅榴. 純浸瀏無極, 漚漂漭不收. 玄霜滋綠橘, 臘[665]月擢青牟. 畛劃賡箕度, 區分外禹疇. 冲融潛蜃宅[666], 紺碧大鵬湫. 天造開神璽, 靈符宛大球. 西迦尊帝釋, 南越擁錢鏐. 日向敷玄履, 霞標曜綠[667]裘. 鱗潛涵大澤, 動植萃崇丘. 係土林林聚, 仍雲秀秀抽. 波間開日月, 瀛外渺殷周. 不識兵兼革, 那知狩與蒐. 玆維麗震木, 所稟總坤柔. 羲馭寅暘谷, 攝提貞孟陬. 源平皆火正, 藤橘類邾婁. 因俗治能制, 尙風功不侔. 均田千戶畽, 董職百官頭. 苟可仁而撫, 咸能惠以賙. 山河依斥鹵, 舟楫代戈矛. 縱有滔天烈, 終無負海憂. 萊州何處是, 蒿壁至今留. 播惡東方土, 生心上國仇. 蜾蠃移別種, 卵翼醞深讎. 高下忽顚倒, 卑[668]尊恣蹈蹂. 北條收萬戟, 西海蔽千輈. 慷慨吾惟咽, 哀寃鬼尙啾. 仁天非樂禍, 妖氣自張孚[669]. 八域周冠冕, 七年漢戚鈇. 煌煌咨大帝, 赫赫震明休. 范相行援鼓, 張公議盜抔. 挺然東武辟, 曰篤桓文猷. 風掣秦關矢, 雷奔漢幕籌. 共・尤收蠕蝀, 鄭・衛索筌篌. 孼蘖[670]收長策, 狂氛息衆咻. 蓋由因鬼議, 奚但職人謀. 萬里[671]穿犀

---

665 臘 : 원문은 胲이나, 『우저창화집』에 의거하여 이와 같이 교감함.

666 宅 : 원문은 它(『우저창화집』에도 它)이나, 문맥에 따라 이와 같이 교감함.

667 綠 : 원문은 絲이나, 『우저창화집』에 의거하여 이와 같이 교감함.

668 卑 : 원문은 旱이나, 『우저창화집』에 의거하여 이와 같이 교감함.

669 孚 : 이 부분의 운자는 罘인데, 원중거의 시에서만 이와 같이 달라졌다.

670 孼蘖 : 원문은 薛業이나, 『우저창화집』에 의거하여 이와 같이 교감함.

革, 防今皓髑髏. 瘡殘咸有賴, 疢疾若斯瘳. 北海交筐幣, 南方賤蒯緱. 戈鋋日釋憾, 薪膽我非偸. 復恐[672]初從說, 那能更轉喉. 百年通信使, 今日又行騶. 落落光陰改, 迢迢道路由. 南車衝越·趾, 司馬問閩·甌. 地斷流雲送, 天羸出日求. 嚴霜隨浪船, 十月見田穫. 愁壓金鈴鐸, 更長木燭篝. 烟光浮出水, 樹色忽盈眸. 橘柚迷靈鷲, 桑麻憶爽鳩. 人多鸞竹跱, 士有鹿苹呦. 山似踈秦塞, 湖疑鑿汴溝. 脩然蘭佩潔, 申以簡書修. 將此存無懼, 庶幾能寡尤. 孤舟煙處泊, 嘉客夜深酬. 詞藻煌瓊珮, 風流映玉卣. 自能師漢 蔡, 且欲倣周 虯. 象譯延陵喜, 翺翔太史諏. 梗楠宜遇石, 竹羽可兼鍭. 夏鼎徵圖物, 殷常紀綴旒. 此時無牧馬, 異日孰驅貅. 彩鷁麾屏翳, 雕龍擁水侯. 杉床羅怪玩, 筠籠雜珍羞. 共子開雲榻, 相看倚渚樓. 明珠輝乘軾, 良玉熳枰楸. 楚俗猶崇鬼, 齊人尙帶牛. 文章開海國, 鍾律起江謳. 鄕塾連三島, 詩書啓八州. 風松寒影合, 霜菊晩香稠. 一宿懷牛渚, 三朝宿鷺洲. 暮雲紅似帳, 春水碧如油. 苒苒窮長路, 悠悠寄浪遊. 睠言芝擢桂, 矯似楝驤桴. 紫繡擒文虎, 朱霞蹈影騮. 縱橫臨桂館, 錯莫解蘭舟. 獨樹懷巢鶴, 寒鍾憶掛猴. 寄栖憐枳棘, 同器畏蘭蕕. 斯世眞成幻, 平生混是浮. 不敎金雜鐵, 寧使玉爲鉤. 變夏陳非狄, 因人孟顯鄒. 聖賢誾若在, 游·夏儼如摳. 致志存方木, 潛心等束脩. 且知安宅入, 正怕別蹊投. 黨序須恭篤, 親賓迭獻詶. 語言羞作鴂, 冠帶媿成優. 兎脫超塵網, 猿馴紲畵韝. 志惟黃鵠遠, 身入白鷴囚. 縱乏明師牖, 還能聖訓裒. 連城和寶見, 度木楚材搜. 幸逐江南役, 因交潁上儔. 荊藩歸穆·白, 黑館聚陳·劉. 學欲才能博, 文求質與彪. 狄籠知貯水, 韓橐媿乘餱. 已度湖關險, 遙馳水驛愁. 長篇留鄭重, 孤颿晩夷猶. 歷歷金陵樹, 盈盈赤

671 里 : 원문은 豈이나, 『우저창화집』에 의거하여 이와 같이 교감함.

672 恐 : 『우저창화집』에는 怒로 되어 있음.

穗鷗. 病餘收筆硯, 波外寄籤郵. 江柳歸期在, 寧嗟道里悠.

《次四明山人百韻》 退石

秀凶曾猾夏, 豕突八年秋. 銃劒迷萊浦, 旗旌絶海游. 三京妖祲合, 八域血川流. 厥罪滔千古, 陰誅議九幽. 天兵臨鴨水, 義旅集安榴. 閒島千艘覆, 箕城一鼓收. 烟塵消鞏洛, 湖嶺始蠶牟. 疆域恢千里, 郊原復九疇. 兎亡新窟穴, 龍返舊淵湫. 鳳闕開荊棘, 雲門和玉球. 宮中懸越膽, 天北貢荊鏐. 德賁岐鳳羽, 儉焚晋雉裘. 和風恬黑水, 赫日熯青丘. 軒野祥麟至, 堯階瑞莢抽. 威儀重覩漢, 社稷再興周. 闢土殊秦黷, 閱兵異鄭蒐. 武功昇戰伐, 文德克懷柔. 上帝醒鶉醉, 源王奮海陬. 奉天誅狗猲, 拓地按箕婁. 雪耻唐宗法, 殲凶漢帝侔. 神威淸震極, 隻手掃旄頭. 隣國南金媾, 飢民巨粟賙. 酬勳裂茅土, 敷敎偃戈矛. 少洩神人憤, 快紓[673]陸炭憂. 草根寧更蔓, 梟種永無留. 肥·筑今猶怨, 和·韓昔豈仇. 賴公三國妥, 報我一天讎. 南北蘇瘡病, 稼禾免踐蹂. 西隣重歃血, 東道接行輈. 蜻鰈賀寧謐, 蟲[674]沙慰喞啾. 島峒歸版籍, 水陸撤矰罦. 恭氏[675]包金橘, 中山賷[676]寶球. 天王頒冕服, 桑域致祥休. 罪合加三木, 吉何保一抔. 百年虔聘禮, 七葉熯皇猷. 聖主垂龍袞, 賢臣運幄籌. 仁風宣舜羽, 淫樂屛劉篌. 朝有風雲會, 郡無吏卒咻. 科條嚴立法, 修偃善貽謀. 至德覃禽獸, 深恩及髑髏. 巖廊多俊乂, 闤市息奸偸. 禮樂將彌宇, 城隍盡扼喉. 鹽銅充六府, 雲錦爛千騶. 改紀新君立, 修盟舊例由. 蔘繒裝北槖, 幢節下東甌.

673 紓 : 『우저창화집』에는 紆로 되어 있음.

674 蟲 : 원문은 魚이나, 『우저창화집』에 의거하여 이와 같이 교감함.

675 氏 : 원문은 民이나, 『우저창화집』에 의거하여 이와 같이 교감함.

676 賷 : 『우저창화집』에는 盡으로 되어 있음.

專對三臣選, 文辭四士求. 刻書催幕檄, 垂老擲田耰. 彩鷁帆爲翼, 紗燈竹作篝. 水天迷去路, 風雪撲寒眸. 大纛凌鮫鱷, 飛槎迅鶻鳩. 水夔趨䗶䗶, 芊鹿走呦呦. 析木微如薺, 重瀛小似溝. 掌書同阮瑀, 解絹愧楊脩. 病枕隣鼉鼊, 狂飆任[677]石尤. 十年使方至, 九酌禮相酬. 異果盈筠篚, 香茶滿玉卣. 粧金維綵艦, 絡月繫青虯. 謠俗逢人問, 憲章入境諏. 鶴衣鳴玉佩, 魚佾挿金鍭. 仙曲龍吹笛, 芝轝鳳吐旒. 幕僚淸似水, 格卒健如猴. 導駕鍾山守, 傳廚備國侯. 猩氈圍板檻, 黍盒列瓊羞. 問爾居何地, 迎賓待此樓. 墨兵開壁壘, 霜月上梧楸. 承父今簪筆, 主文早執牛. 高山鍾子曲, 白雪郢人謳. 膽瀉萊西客, 名揚海外州. 頓忘行役苦, 翻失客懷稠. 花鳥籠三島, 風烟攬十洲. 紅顔垂綠髮, 皓首入青油. 倘識同胞義, 應憐異域遊. 鯉庭曾詠鳳, 文鼓獨持桴. 禹廟扛周鼎, 天衢騁海騮. 徐·陳欣共榻, 李·郭欲同舟. 大夢醒槐議, 巧才笑棘猴. 且相悲燕雁, 遮莫比蘭蕕. 烏兎帆前疾, 梗萍水上浮. 離亭風散葉, 旅館月如鉤. 玉貌難忘魯, 天談尙憶鄒. 才宜郢斤運, 衣欲聖門摳. 春樹牛窓遠, 霜蒹鶴島脩. 三宵愁不寐, 百里意相投. 佳會前期在, 荒詞宿債酬. 參商悲落落, 松菊羨優優. 孤棹將尋戴, 豪鷹奈縶韝. 懷人心似醉, 臥病首如囚. 去去鄉山遠, 行行原隰裒. 王程元有限, 仙窟未窮搜. 周覽三關際, 曾無五子儔. 齊名今李·杜, 並駕古應·劉. 鄴下生曹虎, 文中有杜彪. 豈忘開翰墨, 多感勸饈餱. 寒月迢迢夢, 孤燈耿耿愁. 瞻雲空悵惘, 回首久夷猶. 後約留黃犬, 歸程問白鷗. 梅開無驛使, 詩就阻星郵. 寄語天台客, 幽期莫謬悠.

677 任 : 원문은 住이나, 『우저창화집』에 의거하여 이와 같이 교감함.

사객평수집 권4

槎客萍水集 卷之四

사객평수집 권4

근등독 자업보(近藤篤 子業甫) 찬(撰)

조선 제술관 추월 남공에게 드리다
奉呈朝鮮製述官秋月南公

서애(西厓)

사신[1] 태운 뗏목이 바다가 향하니	星使浮槎指海涯
문신(文臣)들 붓을 싣고 먼 길 따랐네	詞臣載筆遠追隨
맑은 조정 문헌에선 은(殷)나라 예법 알겠고	清朝文獻徵殷禮
큰 나라의 의관에선 한(漢)나라 위의 보겠네	大國衣冠見漢儀
명성은 여주(驪珠)[2]보다 나아 평판이 드높고	名勝驪珠聲價貴
재주는 봉황을 능가하여 양쪽 깃털 기이하네	才欺靈鳳兩毛奇
이 행차에 도덕경이 이루어지려는가	此行道德經成否
함곡관 관령 윤희(尹喜)[3]처럼 알아볼 이 있으리	應有關門令尹知

1 성사(星使) : 사신(使臣)을 말함.

2 여주(驪珠) : 여룡(驪龍)의 턱 밑에 있다는 보주(寶珠)를 이르는데, 구하기 매우 어려운 것이므로 뛰어난 시문(詩文)을 비유하는 말로 쓰인다.

3 함곡관(函谷關)의 관령(關令) 윤희(尹喜)가 자기(紫氣)가 동쪽에서 서쪽으로 옮겨 오는 것을 보고 성인이 오실 것이라고 기대하였는데, 과연 노자(老子)가 청우(青牛)를 타고 와 윤희에게 『노자(老子)』 3천자를 전했다고 한다.

등불을 마주하고 서애의 운에 대충 화답하다
對燈潦草和西厓韻

추월(秋月)

뱃길은 아득하여 끝이 없는데	颿路蒼茫未有涯
석목(析木) 나루[4]엔 외로운 숙소 잇따라 있네	析津孤宿鎭相隨
남쪽 선비 본래 유학(儒學)[5]을 좋아하고	南儒自悅周尼學
동쪽 노인 다투어 관리(官吏)의 기품 구경하네	東老爭觀袞繡儀
십칠 년 사이[6]에 다시 멀리 빙문하니	十七年來重聘遠
삼천 리 밖에 한바탕 즐거움 기이하네	三千里外一歡奇
두 이씨 늙은이[7]는 지금 무사하니[8]	雪翁二李今□恙
돌아가면 같이 앉아 아는 사람을 이야기 하리	歸日幷筵說與知

서애(西厓)는 일찍이 이곳에서 무진사행(戊辰使行)을 영접하였다. 일이 매우 귀하므로 언급하였다.

4 석진(析津) : 석목진(析木津). 석목(析木)은 본래 기(箕)·두(斗) 두 별 사이의 별자리를 가리키는 말로, 지역으로는 요동 지방 또는 우리나라를 지칭하는 말로 흔히 쓰이지만, 여기서는 일본을 가리킨다.

5 주니학(周尼學) : 주공(周公)과 공자(孔子)의 학문이라는 뜻으로 유학(儒學)을 가리킨다.

6 십칠년(十七年) : 1748년의 사행 이후 1764년까지 17년을 말한다.

7 설옹이이(雪翁二李): 설옹은 머리가 센 늙은이를 말하고, 두 이씨란 1748년 사행의 세 서기 중 이봉환(李鳳煥)과 이명계(李命啓)를 말한다. 근등독은 1748년 사행 때에도 수창했기 때문에 함께 이들을 안다고 한 것이다.

8 원문에는 한 자가 부족한데, 문맥상 이 부분에 '無'가 빠졌을 것으로 보고 번역하였다.

전운에 첩운하여 추월 남공의 화답시에 감사하다
疊前韻奉謝秋月南公之見酬

서애(西厓)

대국의 사신 행차 하늘 끝을 찾아오니	大邦星節問天涯
만 리의 장쾌한 유람 사객(詞客)이 따르네	萬里壯遊詞客隨
빙문(聘問)의 관원(官員) 행렬 멀리에서 위로하니	聘禮遠勞鵷鷺列
아침 해는 높이 솟아 봉황 위의 우러르네	朝陽高仰鳳凰儀
은혜 받아 몇 번이나 임금 위해 글 지었나[9]	承恩幾授梁園簡
술 싣고 가 양자(揚子)[10]에게 기이한 글자 배웠네	載酒爭傳揚子奇
틀린 음률 돌아보는 주랑(周郎)[11]이 아니라면	不是周郎能顧誤
우리들의 천한 음률 누가 다시 알아줄까	吾曹下調復誰知

9 임금 위해 글을 짓다[授梁園簡] : 왕명(王命)으로 시를 짓는 것을 말한다. 한(漢)나라 때 양효왕(梁孝王)이 사마상여(司馬相如)에게 서간을 보내[授簡] 자신을 위해서 눈에 대한 시를 짓도록 부탁한 고사가 남조(南朝) 송(宋) 사혜련(謝惠連)의 '설부(雪賦)'에 소개되어 있다. 양원(梁園)은 한(漢)나라 양효왕(梁孝王)이 만든 정원. 이곳에 사마상여(司馬相如)·매승(枚乘) 등을 초대하여 즐겼다.

10 양자(揚子) : 한(漢)나라 성제(成帝) 때의 학자 양웅(揚雄). 자(字)는 자운(子雲). 『태현경(太玄經)』을 지었다. 유분(劉棻)이 양웅에게 기자(奇字)를 배운 일이 있으며, 양웅은 본디 가난한 데다 술을 좋아하였으므로 가끔 호사자(好事者)들이 술과 안주를 가지고 양웅을 찾아가서 수업을 했던 데서 온 말이다. 『한서(漢書)』「양웅전(揚雄傳)」.

11 주랑(周郎) : 삼국시대(三國時代) 오(吳)나라 주유(周瑜). 그는 음률을 잘 알아서 길을 가다가도 음률이 그릇된 것이 있으면 반드시 한번 돌아보았으므로, 미인들이 그가 돌아보기를 원하여 일부러 곡조를 그릇 탔다고 한다.

서애에게 다시 화답하다
重酬西厓

추월(秋月)

봄바람에 바다 동쪽에 돛을 내리고	春風帆落海東涯
붓 시렁과 차 화로로 객을 따르네	筆架茶爐與客隨
사귄 정은 이제 거리를 잊었는데	交誼祗今忘遠近
빙문의 자리는 예전부터 위의가 소중하네	聘筵從古重威儀
매화꽃 머리에 지니 매우 느껍고	梅侵髩髮偏多感
누대 위로 달 떠오니 더욱 기이하네	月上樓臺更一奇
내일 아침 뱃길[12] 재촉할 일 아쉽기만 하니	只惜明朝催鷁路
새로 사귀자 이별함[13]을 어찌 견딜까	可堪生別屬新知

조선 서기 용연 성공에게 드리다
奉呈朝鮮書記龍淵成公

서애(西厓)

왕명 받들고 멀리 한양 도성 떠나와	遠游銜命出韓都
뗏목[14] 타고 은하수 건너 하늘 끝에 이르렀네	銀漢浮槎天一隅
하늘끝 신기루는 비와 눈에 희미하고	空際蜃樓迷雨雪

12 익로(鷁路) : 익(鷁)은 물새의 일종인데, 이 새가 풍파를 잘 견디므로 뱃머리에 이 새의 모양을 그려 넣었던 데서 배를 가리킨다.

13 생별촉신지(生別屬新知) : 굴원(屈原)의 〈소사명(少司命)〉에서, "살아서 이별하는 것보다 더 큰 슬픔은 없고, 새로 사람을 알아서 사귀는 것보다 더 큰 즐거움은 없다.[悲莫悲兮生別離, 樂莫樂兮新相知]"라고 하였다. 『문선(文選)』「구가이수(九歌二首)」.

14 부사(浮槎) : 뗏목이라는 뜻으로 사신이 탄 배 또는 사신 행차를 말함.

물결 속의 물고기 눈은 허공을 반사하네	波間魚眼射虛無
풍부한 재주라 지기석(支機石)[15]을 알아보리니	多才自辨支機石
대국의 그대 바로 조승주(照乘珠)[16]로다	大國君當照乘珠
이번 행차 좋은 경치 그대 뜻에 맞으리니	此去名山堪適意
바람 분다고 꼭 순채국 농어회[17] 그립진 않겠지	臨風不必憶蓴鱸

근등서애에게 대충 답하다

草酬近藤西厓

용연(龍淵)

장풍에 돛배 한 척 도도(桃都)[18]에 가까우니	長風一帆近桃都
소중화(小中華) 의관으로 해 모퉁이로 찾아왔네	小華衣冠出日隅

15 지기석(支機石) : 베틀을 괴는 돌. 한(漢)나라 무제(武帝)때 장건(張騫)이 서역(西域)에 나갔던 길에 뗏목을 타고 황하(黃河)의 근원을 한없이 거슬러 올라가다가 한 곳에 이르렀는데, 여인은 방 안에서 베를 짜고 남자는 소를 끌고 은하(銀河)의 물을 먹이고 있었다. 장건이 그들에게 "여기가 어디인가?"라고 묻자, 그 여인이 지기석 하나를 장건에게 주면서 말하기를 "성도(成都)의 엄군평(嚴君平)에게 가서 물어보라."고 하였다. 그가 돌아와서 엄군평을 찾아가 지기석을 보이자 엄군평은 "이것은 직녀(織女)의 지기석이다. 전에 객성(客星)이 견우성(牽牛星)·직녀성(織女星)(牽牛)을 범한 일이 있는데, 지금 헤아려보니 그때가 바로 이 사람이 은하에 당도한 때였도다."라고 말했다고 한다.

16 조승주(照乘珠) : 광채가 멀리 비쳐 수레 여러 채의 앞을 볼 수 있는 구슬을 말한다. 『사기(史記)』「전경중완세가(田敬仲完世家)」.

17 순채국 농어회[蓴鱸] : 진(晉)나라 장한(張翰)이 낙양(洛陽)에서 벼슬살이를 하다가 가을바람이 불자, 순채국과 농어회 맛이 생각나 벼슬을 그만두고 고향으로 내려간 고사가 있다. 『진서(晉書)』「문원전(文苑傳)」〈장한(張翰)〉.

18 도도(桃都) : 전설에 나오는 산 이름 또는 나무 이름. 『현중기(玄中記)』에 의하면 동남쪽에 도도산(桃都山)이 있고, 그 위에 큰 나무가 있어 도도라 한다고 하였다. 여기서는 일본을 뜻한다.

하늘 트인 보배로운 봉우리엔 신선 기운 빛나고	天曠瑤岑仙氣迥
달 밝은 은빛 바다엔 속기(俗氣)라곤 없도다	月明銀海俗緣無
맑은 자태는 정녕 남전(藍田)[19]의 옥 대하기 좋고	淸姿好對藍田玉
고운 글귀는 다투어 적수(赤水)[20]의 구슬을 찾네	雅句爭探赤水珠
산수(山水)가 적벽(赤壁)[21]과 같아 더욱 기뻐하는데	更喜湖山同赤壁
잔고기 새로운 맛이 송강(松江)의 노어(鱸魚)[22] 같네	細鱗新味似松鱸

용연 성공의 화답시에 첩운하여 감사하다

疊前韻奉謝龍淵成公之見酬

서애(西厓)

생각건대 사신(詞臣)들 한양 도성 떠나올 때	懸想詞臣辭漢都
음악과 술 속 하사하여 성 모퉁이에서 전송했겠지	琴樽寵送餞城隅
사신 위로하는 황화시(皇華詩)[23]엔 정이 어찌 다할 것이며	

19 남전(藍田) : 중국 섬서성(陝西省)의 현(縣)으로, 미옥(美玉)의 생산지로 유명한 곳. 전하여 명망 있는 가문에 훌륭한 자제(子弟)를 뜻하기도 한다. 삼국(三國)시대 오(吳)의 손권(孫權)이 제갈각(諸葛恪)의 뛰어난 재주를 기특하게 여겨 그의 아버지인 제갈근(諸葛瑾)에게 말하기를, "남전이 옥을 낳는다더니, 참으로 빈말이 아니로다.[藍田生玉 眞不虛也]"라고 했다 한다.

20 적수(赤水) : 황제(黃帝)가 적수(赤水) 북쪽에서 노닐다가 돌아오는 길에 현주(玄珠)를 잃어버렸는데, 아무도 찾지 못하는 중에 상망(象罔)만이 찾아냈다는 이야기가 『장자(莊子)』「천지(天地)」편에 있다.

21 적벽(赤壁) : 적벽산(赤壁山). 중국 호북성(湖北省)에 있는 산. 소동파(蘇東坡)가 그 아래에 있는 강에서 뱃놀이를 하고 적벽부(赤壁賦)를 지었다.

22 송로(松鱸) : 송강노어(松江鱸魚). 오(吳)나라 송강에서 난 노어(鱸魚). 이 농어회가 맛이 좋기로 유명했다.

23 황화(皇華) : 사신을 칭송한 시. 『시경(詩經)』「소아(小雅)」 황황자화(皇皇者華)에서 유래한다.

皇華勞使情何極

임금 은혜로 긴 칼 받으니[24] 수레인들 없었겠나 長鋏承恩車豈無

파인(巴人)[25]의 재주로 영곡(郢曲)[26]에 화답하려 하나 徒使巴人當郢曲

어찌 연석(燕石)[27]으로 수주(隨珠)[28]에 보답할 수 있을까

那能燕石報隨珠

시가 이루어져도 애끊는 마음 위로하기 어려운데 詩成難慰銷魂恨

고향으로 고개 돌려 한 번 농어[29]를 생각하시리 回首鄉園一憶鱸

24 임금 은혜~ : 전국시대 제(齊)나라 풍환(馮驩)이 맹상군(孟嘗君)의 식객(食客)으로 있으면서, 칼자루를 두드리며 "긴 칼자루여, 돌아가자꾸나. 밥상에 고기가 없구나."하자 고기 대접을 해 주었고, 그후 "긴 칼자루여, 돌아가자꾸나. 출입에 수레가 없구나." 하자 수레를 내려주었다는 고사가 있다.

25 파인(巴人) : 수준이 낮은 시. 송옥(宋玉)의 대초왕문(對楚王問)이란 글에 고사가 보이는데, 어떤 사람이 초(楚)나라 도읍 영중(郢中)에서 처음에 하리파인(下里巴人)이란 노래를 부르자 그 소리를 알아듣고 화답하는 사람이 수천 명이었는데, 양아해로(陽阿薤露)를 부르자 화답하는 사람이 수백 명으로 줄었으며, 양춘백설가(陽春百雪歌)를 부르자 화답하는 사람이 수십 명으로 줄었다. 이와 같이 곡조가 높을수록 그에 화답하는 사람이 더욱 적었다고 한다.

26 영곡(郢曲) : 초(楚)나라 영중(郢中)의 노래. 곧 백설가(白雪歌) 등 고상한 노래를 뜻한다. 영중 또는 영(郢)은 초(楚)나라의 도읍을 말한다.

27 연석(燕石) : 연산(燕山)에서 나는 돌. 옥(玉)과 비슷하지만 옥이 아닌 돌이다. 평범하고 재주 없음을 비유하는 겸칭. 자신의 시를 뜻한다.

28 수주(隋珠) : 옛날 수후(隋侯)가 얻었다는 보배로운 구슬. 수후가 배가 갈라진 큰 뱀을 보고 약을 발라 치료해 주었는데, 훗날 그 뱀이 강 속에서 큰 구슬을 물고 나와 보답하였다. 상대방의 시를 높여 이른 말.

29 농어[鱸] : 진(晉)나라 장한(張翰)이 가을바람이 불어오는 것을 보고는 고향인 오(吳)땅의 순챗국[蓴羹]과 농어회[鱸膾]가 생각나서 벼슬을 그만두고 바로 돌아갔다는 고사가 있다.

서애에게 거듭 화답하다
重和西厓

용연(龍淵)

물길이 멀리멀리 바닷가 마을로 이어지니　水路迢迢入海都
봄날 사신 행차 동쪽 모퉁이에 이르렀네　皇華春色是東隅
정공(鄭公)[30]의 사신 길 참으로 아득했고　鄭公奉使全冥漠
서자(徐子)[31]의 불사약 찾는 길 전혀 없었네　徐子尋眞定有無
두우성 사이 기이한 광채는 바로 보검이고[32]　斗上奇文惟寶劒
남쪽 일본 진귀한 보화는 바로 명주(明珠)로다　日南珍貨是明珠
화려한 잔치 술잔에는 풍미가 넉넉하고　華筵酬酢饒風味
귤나무 맑은 향기 농어 굽는 냄새보다 좋구나　橙橘香淸勝煮鱸

조선 서기 현천 원공에게 드리다
奉呈朝鮮書記玄川元公

서애(西厓)

신선 사신 가볍게 봉영(蓬瀛)[33]을 찾아　飄然仙使問蓬瀛

---

30 정공(鄭公) : 포은(圃隱) 정몽주(鄭夢周). 고려 우왕(禑王) 3년 (1377년) 9월에 일본에 사신으로 갔다가 다음해 7월에 돌아온 일이 있다.

31 서자(徐子) : 서불(徐市). 중국(中國) 진(秦)나라 시황(始皇) 때의 방사(方士). 진시황의 명을 받아 불로장생하는 약을 구하기 위해 동남동녀(童男童女) 3천명을 데리고 삼신산(三神山)으로 가게 하였는데, 그가 일본에 정착하였다는 전설이 있다.

32 두우성~[斗上奇文惟寶劒] : 삼국(三國) 시대 오(吳) 나라가 멸망하기 전에 두성(斗星)과 우성(牛星)의 사이에 항상 자기(紫氣)가 있었는데 오 나라가 평정되자 그 자기가 더욱 밝아졌다. 천문(天文)에 통달한 뇌환(雷煥)이 보검(寶劍)의 기운이 그 지역을 파 보검인 용천검(龍泉劍)과 태아검(太阿劍)을 얻었다. 상대방 근등독의 능력이 뛰어남을 표현한 것이다. 『진서(晉書)』「장화전(張華傳)」.

채익선(彩鷁船)[34]에 바람 타고 만 리 길 왔네　彩鷁乘風萬里程
밤새도록 베갯머리에 파도소리 소란터니　五夜灘聲喧枕席
삼신산(三神山)[35] 흰 눈빛이 잠영(簪纓)[36]에 비치네　三山雪色映簪纓
사나운 파도에도 꺾이지 않는 현호(懸弧)[37]의 의지건만　驚濤不屈懸弧志
한 조각 달빛에는 대궐 그리는 정 매우 깊으리　片月偏懷戀闕情
군막 안의 귀한 참모 능력 매우 뛰어나니　入幕嘉賓多俊秀
훌륭한 서기(書記)는 명성이 으뜸이네　翩翩書記擅才名

서애에게 화답하다
和西厓

현천(玄川)

푸른 산 빛이 영주(瀛洲)[38]에 가까워졌나 했는데　謂是青岑已近瀛

---

33 봉영(蓬瀛) : 봉래(蓬萊)와 영주(瀛洲)의 병칭으로, 방장(方丈)과 함께 바다 가운데 있다고 전하는 삼신산(三神山)을 가리킨다.

34 채익(彩鷁) : 화려하게 꾸민 배. 익(鷁)은 물새의 일종인데, 이 새가 풍파를 잘 견디므로 뱃머리에 이 새의 모양을 그려 넣었던 데서 유래한다.

35 삼산(三山) : 봉래(蓬萊)·방장(方丈)·영주(瀛洲)의 삼신산(三神山). 일본을 가리키기도 한다.

36 잠영(簪纓) : 관리가 쓰는 관의 장식.

37 현호(懸弧) : 뽕나무 활을 걸다. 호(弧)는 뽕나무 활. 옛날에 아들을 낳으면 뽕나무 활을 문의 왼쪽에 걸어서 활을 잘 쏘게 되기를 빌었다. 상호봉시(桑弧蓬矢). 옛날에 사내아이가 태어나면 뽕나무로 활을 만들고 봉초(蓬草)로 화살을 만들어 천지 사방에 대고 쏘면서, 큰 뜻을 품고 웅비(雄飛)하라고 기원했던 데에서 나온 말이다. 『예기(禮記)』「내칙(內則)」.

38 영(瀛): 영주(瀛洲). 영주산(瀛洲山). 봉래(蓬萊)·방장(方丈)과 함께 삼신산(三神山)의 하나.

붉은 해 보니 아직도 일정 남았구나	尙看紅日有餘程
산하(山河)는 서왕(徐王)[39]의 항해를 생각게 하고	山河世憶徐王飄
연월(烟月)은 노중련(魯仲連)의 갓끈[40]을 생각게 하네	烟月人懷魯仲纓
글속에 호수와 바다의 기운 있음이 사랑스럽고	詞藻相憐湖海氣
풍류로는 함께 물과 구름의 정을 맺누나	風流共結水雲情
펄럭이는 남방의 빼어난 능력을 알겠으니	翩翩認得南方秀
앞날에 이름 떨치기를 하늘 밖에서 기대하리	天外留期異日名

전운에 첩운하여 현천 원공의 화답시에 감사하다
疊前韻奉謝玄川元公之見酬

서애(西厓)

붕새 나는 먼 하늘 밖 배 띄워 영주(瀛洲) 바다 건너니	鵬際浮舟過海瀛
어느 날에나 먼 유람 끝내고 돌아갈 길 물을까	遠游何日問歸程
달 밝은 우저(牛渚)[41]에서 피리 불기 재촉하고	月明牛渚催吹笛
굽어드는 창랑(滄浪)에서 탁영가(濯纓歌)[42]를 부르리	曲入滄浪歌濯纓

39 서왕(徐王) : 서불(徐市).

40 노중영(魯仲纓) : 노중련(魯仲連)의 갓끈. 전국시대 제(齊)나라의 고사(高士)인 노중련은 제후(諸侯)들이 진(秦)을 황제의 나라로 만들려는 의도를 강경히 반대하여 차라리 동해에 빠져 죽을지언정 결코 그런 일을 할 수 없다고 했으며, 조(趙) 나라 평원군(平原君)이 천금을 주어도 받지 않았고 벼슬을 내리려 하자 바닷가로 달아나 은거(隱居)하여 일생을 마쳤다. 『사기(史記)』「노중련전(魯仲連傳)」.

41 우저(牛渚) : 우시마도[牛窓]를 뜻하기도 하며 중국 지명을 뜻하기도 한다. 우저의 풍월(風月)이 매우 아름다웠다고 한다.

42 창랑(滄浪)에서~ : 창랑은 물 이름. 전국시대 때 초(楚)나라 굴원(屈原)이 쫓겨나 강담

경거(瓊琚)[43]에 목리(木李)[44]로 보답하니 매우 부끄러운데 深愧瓊琚酬木李
호저(縞紵)[45]로 정의(情誼) 맺음을 겸하여 보네 兼看縞紵結交情
둔한 말[46]이라 준마(駿馬)[47]의 여정 따르지 못하는데 駑駘不若眞龍程
그대 유독 대완국(大宛國) 천리마[48]의 이름을 얻었네 獨得大宛千里名

다시 서애에게 화답하다
重和西厓

현천(玄川)

조각배로 반년만에[49] 봉영(蓬瀛)에 이르러 扁舟半載泛蓬瀛

(江潭)에 노닐 적에, 한 어부가 굴원이 세상을 불평하는 말을 듣고 빙그레 웃고 뱃전을 두드리며 떠나가면서 "창랑(滄浪)의 물이 맑거든 내 갓끈을 씻을 것이고, 창랑의 물이 흐리거든 내 발을 씻으리라[滄浪之淸兮, 可以濯我纓. 滄浪之濁兮, 可以濯我足]."라고 하는 창랑가를 노래하였다.

43 경거(瓊琚) : 보배로운 구슬이라는 뜻으로 상대방의 훌륭한 시문을 높여 말한다. 『시경(詩經)』 위풍(衛風) 목과편(木瓜篇)에 "나에게 모과를 던져주기에 아름다운 옥으로 보답한다.[投我以木瓜 報之以瓊琚]"고 한 데서 유래한다.

44 목리(木李) : 목리는 목리(木梨)라고도 하며 모과를 말하는데, 자신의 시문(詩文)을 낮추어 표현한 것이다.

45 호저(縞紵) : 생사(生絲)로 만든 띠와 모시옷이라는 뜻으로, 우정이 매우 깊음을 비유한 말. 오(吳)나라의 계찰(季札)과 정(鄭)나라의 자산(子產)이 흰 비단 띠와 모시옷을 주고받은 고사에서 유래한다.

46 노태(駑駘) : 둔한 말. 또는 평범하거나 낮은 재주를 비유하는 표현.

47 진룡(眞龍) : 용 또는 준마.

48 대완천리(大宛千里) : 대완국(大宛國)의 천리마. 대완은 한(漢)나라 때 서역(西域)의 나라 이름으로, 이곳에서 좋은 말이 많이 생산되었다.

49 반년만에[半載] : 1763년 8월 3일에 조정에 사은하고 사행길에 오른 뒤 현재인 1월 13일 밤에 이르기까지 반년이 흘렀음을 말한다.

만 리 길 힘들여 풍찬노숙 하노라니	露宿風餐强萬程
물에 뜬 달 어여뻐라 소매로 흘러들고	水月正憐流入袖
하늘 높이 부는 바람 갓끈을 날리는데	天風已許吹飄纓
하염없이 마주 앉아 시편을 이루자니	依依對坐篇成軸
연이어 말없으나 붓은 족히 정이 있어	脈脈無言筆足情
그대와 함께 기꺼이 긴 밤 이야기 이루니	共子欣成長夜話
돌아가는 행장에는 다시 두남(斗南)의 명성[50] 지니리	歸裝更帶斗南名

조선 서기 퇴석 김공에게 드리다
奉呈朝鮮書記退石金公

서애(西厓)

한림원(翰林院)의 고운 붓 여러 현인에게 비치어	詞曹綵筆映羣賢
세상 덮을 명성이 문단(文壇)에 전하였네	蓋世聲名藝苑傳
관직은 청주종사(青州從事)[51]의 직책에 속하고	官屬青州從事職
나이는 강현로(絳縣老)[52]의 나이와 같으니	齡同絳縣老人年

50 두남명(斗南名) : 두남은 북두성(北斗星) 남쪽이란 뜻이니, 두남의 명성이란 곧 천하제일인(天下第一人)임을 말한다.

51 청주종사(青州從事) : 청주 지방의 종사라는 뜻으로 좋은 술을 가리킨다. 진(晉)나라 환온(桓溫)의 주부(主簿) 가운데 술맛을 잘 품평하는 사람이 있었는데, 술을 맛보고서 좋은 술일 경우에는 '청주종사'라고 칭하고, 나쁜 술일 경우에는 '평원의 독우 벼슬[平原督郵]'라고 칭하였다. 좋은 술은 배꼽 아래[臍下]에까지 이르고 나쁜 술은 그저 격막(膈膜) 근처까지만 가는데, 청주(青州)에는 제군(齊郡)이 있고 평원(平原)에는 격현(隔縣)이 있기 때문에 이와 같이 말한 것이다. 『세설신어(世說新語)』「술해(術解)」.

52 강현로(絳縣老) : 나이가 많은 노인. 진(晋)나라 때 도부인(悼夫人)에게 초대되어 회식(會食)한 강현(絳縣)의 노인. 그의 나이가 날짜수로 4백45갑자(甲子)라 한 데서 유래한다. 『춘추좌씨전(春秋左氏傳)』「양공(襄公)」 30년.

장쾌한 유람은 가을 물빛을 노래할 만하고 　壯游裁賦秋濤色
높은 흥취는 봄날 달빛 아래 하늘고래를 탈[53] 만하니 　高興騎鯨春月天
그대 객지에서 기러기 소리 들으면 　客裏知君聞過雁
고향생각을 주현(朱絃)[54]에 쏟아낼 줄 알겠네 　漫將鄕思寫朱絃

서애 사백이 보내준 시에 차운하다
次西厓詞伯見寄贈

퇴석(退石)

남쪽에 와 처음 그대 다섯 현인 만났는데 　南來初得五君賢
완성된 시편을 기쁘게 전해주네 　已成詩篇喜其傳
만 리 사행길에 이제 이곳 이르니 　萬里槎行仍此地
두 나라 글 모임 올해 또 이루어지네 　兩邦文會又今年
깊은 이치는 끊임없이 봄철에 이어지는데 　玄機袞袞青陽節
고향 나라는 아득히 북쪽 하늘 끝에 있네 　故國迢迢北極天
해외에서 늘그막에 지음(知音)을 만났으니 　海外知音垂老遇
아양곡(峨洋曲)[55] 한 곡조를 줄에 맞춰 노래하리 　峨洋一曲和瑤絃

---

53 기경(騎鯨) : 고래를 타다, 큰 물고기를 타다. 은둔 또는 신선이 됨을 비유하는 말.
54 주현(朱絃) : 붉은 빛깔의 현. 삶아서 물에 담가 부드럽게 한 붉은 빛의 실로 만든 현악기.
55 아양곡(峨洋曲) : 춘추시대 명연주자 백아(伯牙)가 타고 그의 벗 종자기(鍾子期)가 들었다는 거문고 곡조. 고산유수곡(高山流水曲) 또는 유수곡(流水曲)이라고도 한다. 백아가 거문고를 잘 탔는데 종자기는 이것을 잘 알아들었다. 그리하여 백아가 마음속에 '높은 산[高山]'을 두고 거문고를 타면 종자기는 이를 알아듣고 "아, 훌륭하다. 험준하기가 태산과 같다.[善哉 峨峨兮若泰山]" 하였으며, 백아가 마음속에 '흐르는 물[流水]'을 두고 거문고를 타면 종자기는 이를 알아듣고 "아, 훌륭하다. 광대히 흐름이 강하와 같다.[善哉 洋洋兮若江河]" 하였다. 『열자(列子)』「탕문(湯問)」.

전운에 첩운하여 퇴석 김공의 화답시에 감사하다
疊前韻奉謝退石金公之見酬

서애(西厓)

듣건데 삼한(三韓)에는 준걸 현인 많다더니	聞說三韓富俊賢
사원(詞苑)에서 시 이루어 큰 이름을 전하네	詩成詞苑大名傳
오나라 계찰(季札)[56]이 시 논하던 날을 다시 만나니	復逢吳札論詩日
진시황 불사약 구하던 때를 웃을 만하네	堪笑秦皇求藥年
사람은 달 뜬 밤에 봉소(鳳簫)[57]를 연주하는데	人弄鳳簫春月夜
바람은 눈꽃 하늘 아래 학창의(鶴氅衣)를 휘날리네	風飄鶴氅雪花天
그대 맞아 요금(瑤琴)의 음향 잇고자 하나	迎君欲嗣瑤琴響
낮은 솜씨라 유수곡(流水曲)[58]에 어울리기 어렵네	下調難當流水絃

서애에게 거듭 화답하다
重和西厓

퇴석(退石)

적간관(赤間關) 북쪽으론 재현(才賢)이 풍부한데	赤關以北足才賢
솜씨 없는 시 해외에 전하려니 이름이 부끄럽네	詩拙名慚海外傳

56 오찰(吳札) : 춘추시대 오(吳)나라 왕 수몽(壽夢)의 넷째 아들인 계찰(季札). 연릉은 봉호(封號). 연릉공자(延陵公子) 또는 연릉계자(延陵季子)라고도 한다. 그가 현명하므로 임금으로 세우려 하였으나 적자(適子) 제번(諸樊) 이 왕위를 이어야 한다고 사양하여 절개를 지켰다. 노(魯)나라에 사신으로 갔을 때 음악을 듣고는 치란(治亂)과 흥망(興亡)을 알았다고 한다.

57 봉소(鳳簫) : 대나무로 만든 관악기. 봉의 날개처럼 들쭉날쭉한 모양이다. 배소(排簫)라고도 한다.

58 유수곡(流水曲) : 위의 아양곡(峨洋曲) 참조.

조로(晁老)[59]가 당(唐)에 벼슬한 게 몇 해인지 알겠고 晁老朝唐知幾世
환황(桓皇)[60]은 나라 연 지 천 년이 지났도다 桓皇開國隔千年
외로이 등불을 밝힌 밤에 우연히 만났는데 萍逢會合孤燈夜
문물은 소중화(小中華)로부터 전해졌다네 文物來從小華天
나그네 객지 회포 심란한 건 묻지도 마오 莫問行人羈抱亂
밝은 달 슬픈 곡조에 가득하여 견디기 어려우니 不堪明月滿哀絃

조선 제술관 추월 남공, 서기 용연 성공·현천 원공·퇴석 김공에게 드리다

奉呈朝鮮製述官秋月南公 書記龍淵成公 玄川元公 退石金公

서애(西厓)

단군왕검이 강토를 열어 檀君啓土疆
다스리기 시작한 건 도당(陶唐)[61] 때라네[62] 垂統自陶唐
어지러움 다스려 왕씨 왕조 멸하고 撥亂王家滅

---

59 조로(晁老) : 조경(晁卿). 당(唐)나라 현종(玄宗) 때 비서감(祕書監)을 지낸 일본인. 조감(晁監) 조형(朝衡)으로도 불리었다.

60 환무(桓武) : 간무[桓武]천황. 재위 기간 781-806년. 당시까지 계속 천황을 배출한 덴무[天武]천황계가 아닌 덴지[天智]천황계이다. 7대 74년 간 수도였던 헤이조쿄[平城京]를 폐하고 나가오카[長岡]에 새 도시를 만들어 수도를 옮겼으며 10년 후 다시 헤이안쿄[平安京]로 천도하였다.

61 도당(陶唐) : 요(堯)임금. 처음에 도(陶) 땅에 봉해졌다가 나중에 당(唐) 지방을 다스렸기 때문에 도당이라고도 하며, 제요도당(帝堯陶唐)으로도 부른다. 당요(唐堯)라고도 한다.

62 삼국유사에 따르면, 단군왕검이 요임금 즉위 50년 후에 평양에 도읍하여 나라를 세웠다고 하였다.

어짊을 베풀어 이조 시대를 빛냈네	施仁李葉光
정치는 구범(九範)[63]을 따랐고	政治循九範
법률은 삼장(三章)으로 줄였다네[64]	法簡約三章
백성은 윤리를 숭상하고	民物崇倫理
조정에선 예법을 엄히 하였네	朝廷嚴禮防
교화(敎化)가 펼쳐지니 완전히 달라졌고	化敷皆豹變
현인(賢人)이 등용되니 위엄이 떨쳐졌네	賢擧盡鷹揚
마을마다 시서(詩書) 익히고	閭肄詩書業
집집마다 시회(詩會)[65] 열리네	戶開翰墨場
창고에는 재물 넉넉하고	積倉饒食貨
이랑마다 농상(農桑)을 권하네	畎畝勸農桑
층층 누각엔 상서로운 구름 드리웠고	層閣祥雲下
높은 언덕에 서기 어린 봉황 날도다	高岡瑞鳳翔
산하(山河)는 백이(百二)[66]에 걸맞고	關河稱百二
도성(都城) 금탕(金湯)[67]보다 낫도다	城府勝金湯
압록강(鴨綠江)은 바닥을 모르게 깊고	鴨綠深無底

63 구범(九範) : 홍범구주(洪範九疇). 정치 도덕의 큰 원칙 9가지. 『서경(書經)』의 「홍범(洪範)」에 기록되어 있는, 우(禹)가 정한 정치 도덕의 아홉 원칙으로, 오행, 오사, 팔정(八政), 오기, 황극, 삼덕, 계의, 서징(庶徵) 및 오복과 육극이다.

64 약삼장(約三章) : 약법삼장(約法三章). 한(漢)나라 고조가 진(秦)나라의 가혹하고 번다한 법을 폐지하고 세 조목으로 줄인 것을 말한다. 곧 사람을 살해한 자는 사형에 처하고, 사람을 상해하거나 남의 물건을 훔친 자는 처벌한다는 것이다.

65 한묵장(翰墨場) : 글과 먹을 가지고 노는 자리라는 뜻으로, 여러 사람이 모여 시문(詩文)을 짓는 곳을 이르는 말.

66 백이(百二) : 방어가 튼튼하여 적의 백배나 된다는 뜻으로, 험고(險固)한 지형을 말한다.

67 금탕(金湯) : 금성탕지(金城湯池). 쇠로 만든 성과, 그 둘레에 파 놓은 뜨거운 물로 가득 찬 못이라는 뜻으로, 방어 시설이 잘되어 있는 성을 이르는 말.

웅산(熊山)[68] 헤아리기 어렵게 험하네	熊山峻叵量
남강(南江)엔 물결 일렁이고	南江波漾漾
북악(北岳)엔 나무 푸르네	北岳樹蒼蒼
뜰[69]에는 학과 참새 깃들고	庭院巢鶴雀
울타리엔 좋은 재목[70]이 곧게 자라네	藩籬挺橡樟
효험 있는 신령한 약초 갈무리하고	藥藏神草驗
노란 꽃 가득한 자리를 짜네	席織滿花黃
과일 나무 아래로 망아지[71]는 키 작고	果下駒身短
횃대 끝 닭은 꼬리가 기네	塒頭鷄尾長
선린(善隣) 위해 국보(國寶) 마련하고	善隣修國寶
사행 갈 어진 인재 뽑았네	奉役選才良
사신의 일을 묘당(廟堂)에서 의논하여	使事謀廊廟
술잔 들어 화당(畵堂)에서 전별하였지	罍樽餞畵堂
경계의 말과 함께 절월(節鉞)[72]을 내어주고	戒官供節鉞
전대 가득 마른 곡식 싸주었네	盛橐裹餱糧
토시[73]에 얹은 송골매[74]는 증정할 선물이요	贈物韝鷹隼

68 웅산(熊山) : 단군신화에서, 환인(桓因)의 아들 환웅(桓雄)이 인간세상을 다스리기 위하여 내려온 곳인 삼위태백(三危太伯), 곧 태백산(太白山)을 말하는 것으로 보이는데 이때의 태백산은 지금의 태백산이 아니라, 백두산 또는 그보다 북쪽이었을 것으로 추정된다. 웅녀(熊女)와의 연관으로 이름 붙인 것으로 보인다.

69 정원(庭院) : 정원(庭園).

70 여장(橡樟) : 아름답고 훌륭한 재목.

71 과하구(果下駒) : 과일나무 밑으로 타고 지나갈 수 있는 작은 망아지.

72 절월(節鉞) : 지방(地方)으로 부임하는 관리에게 임금이 내어 주던 절(節)과 부월(斧鉞). 절은 수기(手旗)와 같고, 부월(斧鉞)은 도끼 같이 만든 것으로 군사를 동원할 수 있으며, 군령(軍令)을 어긴 자에 대한 생살권을 상징한다.

굴레 채운 준마(駿馬)[75]는 사신의 위의로다	騁儀羇驌驦
아름다운 연주는 난초 전각에 울리고	瑤琴蘭殿響
맛 좋은 술은 비단 자리에 향기롭네	美酒綺筵香
성대한 음악으로 황자(皇者)[76]를 노래하고	盛樂歌皇者
많은 돈으로는 여장(旅裝)을 마련했네	多錢辨客裝
수레를 몰아 고국을 하직하고	馳車辭故國
전교를 받들고 타국으로 향하였네	擁傳向殊方
먼지 날리며 기마(騎馬) 달리고	羣騎飛塵走
새벽을 기다려 쌍 돛 펼쳤네	雙帆候曉張
바람 타고 용궁 건너고	乘風凌貝闕
노를 저어 창랑(滄浪)을 건넜도다	鼓枻度滄浪
해를 향하니 붕정만리(鵬程萬里) 멀고	指日鵬程遠
안개와 헤치니 바다 길 드넓도다	衝烟湖路洋
적수(赤水)[77]에 이르러 구슬을 찾고	探珠窮赤水
은하수에 나아가 돌을 가져 왔네[78]	取石出銀潢

73 구(韝) : 토시. 사냥꾼들이 매를 팔에 앉혀 가지고 다니기 위하여 팔뚝에 끼는 물건.

74 응준(鷹隼) : 매. 막부의 장군에게 선물하기 위해 가져가는 매를 말한다.

75 숙상(驌驦) : 좋은 말의 이름. 숙상(驌騻).

76 황자(皇者) : 황황자화(皇皇者華). 『시경(詩經)』「소아(小雅)」의 편명. 사신을 보낼 때 불러 주던 노래.

77 적수(赤水) : 고대 신화 전설 중의 물 이름. 『장자(莊子)』「천지(天地)」에, 황제(黃帝)가 적수의 북쪽에서 놀다가 곤륜산 언덕에 올라 남쪽의 바라보고 돌아오다가 그 현주(玄珠)를 잃어버렸는데, 아무도 찾지 못하고 무심(無心)을 뜻하는 상망(象罔)이 찾아냈다고 하였다.

78 취석(取石): 한(漢)나라 무제(武帝)때 장건(張騫)이 베틀을 괴는 돌[支機石]을 가져온 일. 장건이 서역(西域)에 나갔던 길에 뗏목을 타고 황하(黃河)의 근원을 한없이 거슬러 올라가다가 한 곳에 이르렀는데, 여인은 방 안에서 베를 짜고 남자는 소를 끌고 은하(銀河)

고래 파도라 안개비는 어둡고	霧雨鯨波暗
신기루 기운이라 누대는 흐릿하네	樓臺蜃氣颺
험한 길이라 혼이 놀라기 쉽고	畏途魂易駭
객지라 마음 공연히 슬프구나	客地意徒傷
바다를 가로지르는 것은 충신의 신의요	橫海忠臣信
파도를 깨치는 것은 남자의 마음이라	破波男子腸
염소 가죽[79]처럼 공경히 물러나와 밥 먹으며	羔羊恭退食
해오라기[80]처럼 점잖게 행렬 이루었네	鵷鷺儼成行
길을 달리니 수레 방울이 응하며	道路車鑾應
추창(趨蹌)[81]하니 패옥이 쟁그랑거리네	趨蹌佩玉鏘
둥당둥당 고각(鼓角)을 울리고	鏜鏜鳴鼓角
필릴리리 생황(笙簧)을 불도다	振振奏笙簧
여러분 모두 일세(一世)에 뛰어나	各位皆命世
출중한 인재 능히 아름다운 명성을 빛내네	大材能吐芳
상수(湘水)를 항해하니 사마천(司馬遷)[82]을 생각하고	浮湘思馬史

의 물을 먹이고 있었다. 장건이 그들에게 "여기가 어디인가?"라고 묻자, 그 여인이 지기석 하나를 장건에게 주면서 말하기를 "성도(成都)의 엄군평(嚴君平)에게 가서 물어보라."고 하였다. 그가 돌아와서 엄군평을 찾아가 지기석을 보이자 엄군평은 "이것은 직녀(織女)의 지기석이다. 전에 객성(客星)이 견우성(牽牛星)·직녀성(織女星)을 범한 일이 있는데, 지금 헤아려보니 그때가 바로 이 사람이 은하에 당도한 때였도다."라고 말했다고 한다.

79 염소 가죽[羔羊] : 『시경(詩經)』「소남(召南)」의 편명. "염소 가죽이여, 흰 실로 다섯 군데를 꿰맸도다. 조정에서 물러나와 밥 먹으니, 의젓하고 의젓하도다.[羔羊之皮, 素絲五紽. 退食自公, 委蛇委蛇.]"라고 한 데서 유래하여, 사대부의 고결한 태도와 물러나와 식사할 때에도 절도가 있는 모습을 비유한다.

80 해오라기[鵷鷺] : 조정 백관(百官)의 행렬. 원반(鵷班), 원행(鵷行).

81 추창(趨蹌) : 공손한 태도를 갖추기 위해 허리를 굽히고 빨리 걸어가는 것.

82 사마천[馬史] : 『사기(史記)』를 쓴 사마천(司馬遷)의 가리키는 말. 사마천은 10여 세에

기둥에 글을 쓰니 전랑(田郎)[83]과 비슷하네	題柱擬田郎
의로운 용기는 쇠보다 굳고	義勇堅於鐵
정성스런 마음은 서리처럼 세차니	誠心烈似霜
뜻은 어찌 부귀를 탐할 것인가	志寧淫富貴
덕은 고량진미(膏粱珍味) 원치 않네	德匪願膏粱
역사책에 공적이 기록되고	竹帛施勳績
옥 홀에 아름다운 명망을 온전히 하리	圭璋全令望
정문보(鄭文寶)[84]를 본받아 부들에 글 적고	編蒲效文寶
손강(孫康)[85]을 따라 눈 빛에 글 읽었네	積雪學孫康
전적(典籍)을 살펴 구색(丘索)[86]을 다하였고	考籍窮丘索
책을 펼쳐 표상(縹緗)[87]을 섭렵했네	繙書涉縹緗

고문을 다 통하고, 20여 세에는 천하를 유람하고자 하여 남으로 강회(江淮)·회계(會稽)·우혈(禹穴)·구의(九疑)·원상(沅湘) 등지를 유람하고, 북으로 문수(汶水)·사수(泗水)를 건너 제(齊)와 노(魯) 지방을 거쳐 양(梁)·초(楚) 지방까지 두루 유람하였다. 송(宋)나라 소철(蘇轍)은 사마천이 천하를 유람한 결과 위대한 문장을 성취할 수 있었다고 평하였다.

83 전랑(田郎) : 후한(後漢) 영제(靈帝) 때 상서랑(尙書郎)을 지낸 전봉(田鳳). 자(字)는 계종(季宗). 용모와 태도가 단정하였다. 궁궐에서 퇴궐할 때 영제가 그를 눈으로 전송하고 궁전 기둥에, "당당히 펼쳤도다 경조의 전랑이여[堂堂乎張, 京兆田郎.]"라고 적었다. 이후 전랑은 아름다운 전랑 또는 시종신(侍從臣)을 칭한다.

84 정문보(鄭文寶) : 중국 남당(南唐) 때의 학자, 정치인. 전서(篆書)에 능하였고 시로써 이름이 높았다. 형편이 어려워 부들 잎을 엮어서 글을 적었다는 고사가 있다.

85 손강(孫康) : 진(晉)나라 때 사람. 어렸을 때 집이 가난하여 등불을 켤 기름을 살 수가 없어, 겨울에 쌓인 눈에 반사되는 달빛을 의지하여 책을 읽어 어사대부(御史大夫)가 되었다. 같은 시대 반딧불을 이용하여 책을 읽은 차윤(車胤)과 함께 형설지공(螢雪之功)의 주인공이 되었다.

86 구색(丘索) : 고대의 전적 『팔색(八索)』과 『구구(九丘)』의 병칭으로, 고적(古籍)의 범칭.

87 표상(縹緗) : 책. 표(縹)는 담청색, 상(緗)은 담황색인데, 예전에 담청색과 담황색 비단으로 책표지를 만들었기 때문에 책을 가리키는 말로 쓰인다.

조(趙)나라 명월주(明月珠)[88]처럼 광채 정밀하고	彩精趙明月
오(吳)나라 간장검(干將劍)[89]처럼 기상 늠름하네	氣凜吳干將
신선의 거동처럼 가볍고	翩似神仙去
녹이(騄駬)[90]의 내달림처럼 날래네	駿如騄駬驤
유림(儒林)이 영수(領袖)로 추대하니	儒林推領袖
아름다운 풍채가 옥 구슬보다 낫도다	丰采勝琳琅
보는 것이 바르니 청의(淸儀)가 엄숙하고	瞻正淸儀肅
말씀이 안정되니 전대(專對)[91]가 자세하다	辭安專對詳
사람을 대하는 용모가 순박하고	接人容質慤
널리 대중을 사랑하는 말씀이 자애롭네	愛衆語慈祥
외모는 안인(安仁)[92]의 아름다움을 압도하고	貌壓安仁美
도량은 숙도(叔度)[93]의 드넓음을 뛰어넘도다	胸欺叔度汪

88 조명월(趙明月) : 명월은 명월주(明月珠). 조나라의 명월이란 조(趙)나라가 진(秦)나라로부터 지킨 화씨벽(和氏璧)을 말한다.

89 오간장(吳干將) : 간장(干將)은 옛 명검의 이름. 춘추시대 오나라에 간장과 막야(莫邪) 부부가 칼을 잘 만들었는데, 합려(闔閭)를 위하여 음양검(陰陽劍)을 만들어, 양의 검을 '간장', 음의 검을 '막야'라 하였다고 한다.

90 녹이(騄駬) : 녹이상제(騄耳霜蹄). 명마의 이름. 주(周)나라 목왕(穆王)의 애마.

91 전대(專對) : 외국에 사신으로 나가서 물음을 혼자 받아 독자적으로 응대하여 처리하는 일. 『논어(論語)』「자로(子路)」에, "시 삼백 편을 외우면서도 정치를 맡겼을 때에 제대로 해내지 못하고, 사방(四方)에 사신으로 나가 혼자서 처결하지[專對] 못한다면, 비록 많이 외운다 한들 어디에 쓰겠는가[誦詩三百, 授之以政, 不達, 使於四方, 不能專對, 雖多, 亦奚以爲?]"라고 한 데서 유래한다.

92 안인(安仁) : 진(晉)나라 시인 반악(潘岳). 안인은 자(字). 인물과 풍채가 매우 아름다웠다.

93 숙도(叔度) : 후한(後漢) 때 사람 황헌(黃憲). 숙도는 자(字). 인품이 청수(淸秀)하고 총명하여 당시 사람들로부터 안자(顔子)에 비유되기까지 했다. 『후한서(後漢書)』「황헌전(憲列傳)」.

광주리에 예물 받들어 가져오고　承筐齎玉帛
삽혈(歃血)[94]로 의상(衣裳)[95]을 하네　歃血會衣裳
총애를 받으니 구렁에 노니는 물고기[96]요　檀寵魚縱壑
회맹(會盟)에 임하니 주머니 속 송곳[97]이네　涖盟錐脫囊
진(秦)나라 동자[98]의 일을 웃을 만하고　秦童事可笑
오(吳)나라 계찰(季札)[99]의 능력을 감당할 만하네　吳札賢堪當

94 삽혈(歃血) : 삽혈동맹(歃血同盟). 맹세할 때에 희생(犧牲)을 잡아 서로 그 피를 들이마시거나 입술에 발라, 서약(誓約)을 꼭 지킨다는 맹세를 하는 일.

95 의상(衣裳) : 의상지회(衣裳之會) : 국가 간 예로써 사귀는 모임을 뜻한다.

96 구렁에 노니는 물고기[魚縱壑] : 순조롭게 마음먹은 대로 되어 심신이 자득(自得)한 상황을 비유하는 말. 한(漢)나라 왕포(王褒)의 〈성주득현신송(聖主得賢臣頌)〉에 "군신간에 천재일우의 기회를 만나서 논설함에 의기가 투합하면 마치 가벼운 기러기 털이 순풍을 만나 하늘을 나는 듯하고 거대한 고기가 넓은 바다에서 성대히 노는 듯하리니, 뜻을 얻음이 이와 같으면 무슨 일을 금한들 금지되지 않겠으며, 무슨 일을 명한들 행해지지 않겠습니까.[千載一會, 論說無疑, 翼乎如鴻毛遇順風, 沛乎若巨魚縱大壑, 其得意如此, 則胡禁不止, 曷令不行]"라고 한 데서 유래한다.

97 주머니 속 송곳[錐脫囊] : 주머니 속 송곳이 주머니 밖으로 벗어난다는 뜻으로, 사람의 재능이 죄다 드러남의 비유하는 말. 전국시대(戰國時代) 조(趙)나라가 진(秦)나라의 공격을 받게 되자 평원군(平原君)은 초나라에 구원군을 청하러 가려고 인원을 선발하려 하였는데 식객 모수(毛遂)가 자청하였다. 평원군은, "뛰어난 인물은 자루 속의 송곳 같아 끝이 밖으로 나오기 마련인데 그대는 내 문하에 있은 지 3년에 당신의 이름은 들어보지 못했소."라고 하자, 모수는 이제 주머니 속에 들어가고자 한다고 대답하고 선발되어 초(楚)나라로 갔다. 평원군과 초나라 왕의 회담이 결판이 나지 않자 모수가 칼을 잡고 당에 올라 세 나라의 이해관계를 따져 가며 설명하여 맹약이 성사되었다. 이때 모수는 닭과 개와 말의 피를 가져오게 하여 그것을 구리 쟁반에 받쳐 들고 왕에게 올렸다. 『사기(史記)』 76권 「평원군우경열전(平原君虞卿列傳)」.

98 진나라 동자[秦童] : 진시황(秦始皇)이 불사약을 찾으라고 동방으로 보낸 동남(童男)을 말하는 듯.

99 오나라 계찰[吳札] : 춘추시대 오(吳)나라 왕 수몽(壽夢)의 넷째 아들인 계찰(季札). 일찍이 사신으로 상국(上國)을 두루 유람하면서 당세의 어진 사대부들과 사귀었고, 특히 노(魯)나라에 사신으로 가서는 옛 주(周)나라의 음악을 차례로 관찰하고 돌아왔다. 연릉

선비로다 어찌 왕명(王命)을 욕되게 하리오[100]	士矣命何辱
훌륭한 사신(使臣)이로다[101] 일찍이 이름을 드러냈네	使乎名早彰
난새 가마 따라 행렬이 춤을 추니	行隨鸞駕舞
해옹(海翁)과 함께 기심(機心)[102]을 잊었네	機與海翁忘
술통에 준순주(逡巡酒)[103] 가득하고	樽貯逡巡酒
승로반(承露盤)[104] 맑은 이슬 잔에 따르네	盤斟沆瀣漿
겨울 동안 바닷길을 지나	玄冬經海驛

공자(延陵公子) 또는 연릉계자(延陵季子)라고도 한다.

100 선비로다~[士矣命何辱] : 『논어(論語)』「자로(子路)」에서, 자공(子貢)이 공자에게 어떠해야 선비라고 말할 수 있느냐고 물었을 때, 공자는 "염치를 알고 자기 몸가짐을 단속하고, 사방에 사신으로 나가서 왕명을 욕되게 하지 않으면 선비라고 이를 만하다.[行己有恥, 使於四方, 不辱君命, 可謂士矣.]"라고 대답하였다.

101 훌륭한 사신이로다[使乎] : 사신을 칭찬한 말. 춘추시대 위(衛) 영공(靈公)의 현대부(賢大夫) 거백옥(蘧伯玉)이 공자에게 사자(使者)를 보내왔는데 공자가 그와 더불어 앉아서 묻기를 "부자(夫子)가 요즘은 무엇을 하시는가?" 하자, 대답하기를 "부자는 허물을 적게 하려고 노력하여도 잘 안 된다고 합니다."라고 했다. 그 사자가 나간 뒤에 공자가 그를 칭찬하여 이르기를 "사자여, 사자여.[使乎使乎]"라고 한 데서 유래한다. 『논어(論語)』「헌문(憲問)」.

102 기심(機心) : 『열자(列子)』「황제(黃帝)」에, 바닷가에 갈매기를 좋아하는 사람이 있었는데 매일 아침에 바닷가에서 갈매기를 따라 노닐 때 모여드는 갈매기가 백 마리에 이르렀다. 그 아비가 이르기를, "갈매기가 너를 따라 노닌다고 하니, 네가 그것을 잡아주면 내가 가지고 놀겠다."라고 하였는데 다음날 바닷가에 나가 보니, 갈매기들이 춤추기만 하고 내려와 앉지 않았다. 당(唐)나라 이상은(李商隱)의 〈大倉箴〉에, "해옹이 기심(機心)이 없을 때엔 갈매기가 날아가지 않았으나, 해옹이 마음을 바꾸자 갈매기가 이에 날아갔네[海翁無機, 鷗故不飛; 海翁易慮, 鷗乃飛去.]"라고 했다.

103 준순주(逡巡酒): 신선이 빚은 술. 짧은 시간에 빚어진다고 하여 경각주(頃刻酒)로도 부른다.

104 승로반[盤] : 한(漢)나라 무제(武帝)가 신선이 되고자 하여 건장궁(建章宮)에 동(銅)으로 선인장(仙人掌: 신선의 손바닥)을 만들어 세워서 승로반을 받쳐 들고 맑은 이슬을 받게 하여 그 이슬에 옥가루를 타서 마셨다. 『한서(漢書)』「효무제기(孝武帝紀)」.

봄 되어 산양도(山陽道)[105]에 이르렀네	靑歲到山陽
목을 빼고서 사신 깃발 그리워하며	引領思文旆
바람 맞으며 채색 배 기다렸는데	臨風待綵航
넓은 바다 한 굽이에 뗏목 멈추고	停槎蛟窟曲
우진(牛津)[106] 곁에서 닻줄 푸셨네	解纜牛津旁
깊은 대숲에 봄새 우는데	春鳥鳴幽竹
푸른 버들 숲에 저녁 안개 환하네	暮霞明翠楊
물 줄어 시내엔 마름이 떠있고	水消浮澗藻
샘물 따뜻하니 다리를 거두네	泉煖徹輿梁
맑은 이슬은 어촌 집에 깨끗하고	湛露鮮漁戶
가벼운 안개는 물가 집을 둘러쌌네	輕烟籠水房
솔바람 한가하게 소리 끊어지고	松濤閑絶響
송라 줄기 빽빽이 담장을 에워싸네	蘿網密纏墻
꿩은 들판에서 날면서 울고	雉鳴飛坰野
기러기 아득히 멀리로 돌아가네	鴻歸指渺茫
봄이라 읊조리기 마땅하고	韶華宜嘯詠
저물녘이라 거닐기 좋네	遲景耐徜徉
안석(安席)을 마련하여 맑은 풍모 맞이하고	執几迎淸範
자리를 깔고[107] 옥(玉) 상으로 모시네	班荊侍玉牀

105 산양도(山陽道) : 일본 본주(本州) 서부의 뇌호내해(瀨戶內海, 세토나이카이)가 있는 지역을 가리키는 행정구분 또는 오기칠도의 산양도를 통과하는 간선도로를 의미한다.

106 우진(牛津) : 우시마도[牛窓].

107 자리를 깔고[班荊] : 벗들끼리 반가이 만나서 얘기를 나눔. 춘추 시대 초(楚)나라의 오거(伍擧)와 성자(聲子)와 세교(世交)를 맺고 있었는데, 우연히 정(鄭)나라 교외에서 만나 형초(荊草)를 자리에 깔고 앉아서[班荊] 옛날이야기를 주고받았다는 데서 유래한다.

한형주(韓荊州)를 알게 됨[108]이 진실로 감격스러우니	識韓眞感佩
이응(李膺)의 수레를 몬 것[109] 어찌 보통 일이겠나	御李豈尋常
쓸쓸한 문을 한 번 두드려	一叩玄關寂
다행히 반가운 눈 드리워주시네	幸垂青眼狂
은혜 깊어 내게까지 미침[110]이 기쁘고	恩深欣錫類
덕이 커 나를 포용하심[111]이 기쁘네	德泰喜包荒
다만 시간이 지나는 것이 두려우니	但恐漏將盡
밤이 끊나지 않기를 간절히 바라네	偏希夜未央
그대 시편엔 화답이 적을[112] 줄을 알겠으니	詞篇知寡和
주옥같은 시편에 보답하기 매우 어렵네	瓊玖苦難償

108 한형주(韓荊州)를 안다[識荊] : 훌륭한 사람을 만나보게 된 것이 영광스럽다는 말. 이백(李白)의 「여한형주서(與韓荊州書)」에 나오는 "이 세상에 태어나서 만호후에 봉해지기보다는 그저 한형주를 한번 알기만을 바랄 뿐이다.[生不用封萬戶侯, 但願一識韓荊州]"라는 말에서 유래한다. 형주(荊州)는 당(唐) 나라 때 형주의 자사(刺史)였던 한조종(韓朝宗)을 말한다.

109 이응(李膺)의 수레를 몰다[御李] : 훌륭한 사람의 수레를 몬 것이 자랑스럽다는 말. 후한(後漢)때 학자 이응(李膺)은 성품이 고상하고 태도가 준수하여 천하의 모범으로 이름이 높아서, 당대의 선비들이 그에게 접대를 받으면 "용문에 올랐다[登龍門]."고 말했는데, 순상(荀爽)이 그를 위해 수레를 몰고는 집에 돌아와서 "오늘 내가 비로소 이 선생님의 수레를 몰 수 있었다.[今日乃得御李君矣]"고 자랑스러워했다. 『후한서(後漢書)』 67권 「당고열전(黨錮列傳)」.

110 내게까지 미침[錫類] : 훌륭한 덕행이 널리 퍼져 사람들에게 미침을 말한다. 『시경(詩經)』 「대아(大雅)」 〈기취(旣醉)〉에 "효자가 효도를 그치지 아니하니, 길이 너에게 좋음을 주리로다.[孝子不匱 永錫爾類]"라고 하였다.

111 포용하심[包荒] : 거칠고 더러운 것을 싼다는 뜻으로, 사람을 포용하는 도량을 말한다.

112 화답이 적다[寡和] : 초나라 때 대중적 노래인 '하리(下里)'와 '파인(巴人)'은 수천 명이 따라 부르더니, 고상한 '백설(白雪)'과 '양춘(陽春)'의 노래는 너무 어려워서 겨우 수십 명밖에 따라 부르지 못하더라는 이야기가 송옥(宋玉)의 〈대초왕문(對楚王問)〉에 나온다.

경개(傾蓋)의 사귐[113]이 친밀하니	傾蓋交親密
현호(懸弧)의 마음[114]이 격앙되도다	懸弧心激昂
모시옷은 귀한 바[115]을 드린 것이니	苧衺貽所貴
정성껏 미나리를 바친들 어떠하리	芹菜獻何妨
임금에게 보답하려 몸은 비록 왔지만	報主身雖致
집 생각 하느라 마음은 쉬 슬퍼지리	懷家意易愴
정신은 암담함을 위로하시겠지만	夢魂勞黯澹
객지 형편 처랑하여 슬프시리라	旅況慘悲凉
산 넘고 물 건너기 꺼리지 않고	跋涉艱非憚
나그네길 어려움도 두루 겪었네	羈離險備嘗
천 리 밖까지 오시느라	爲窮千里外
한갓되이 일 년 남짓 시간 지났네	徒度一年强
다만 원하기는 일을 마치고	但願竣行役
비단옷 입고 고향 돌아가기뿐	錦衣歸舊鄉

113 경개교(傾蓋交) : 경개(傾蓋)의 사귐. 경개는 수레를 멈추고 일산을 기울인다는 뜻으로, 길에서 잠깐 만남을 말한다.

114 현호심(懸弧心) : 현호(懸弧)의 마음 곧, 뽕나무 활을 거는 마음. 호(弧)는 뽕나무 활. 아들을 낳으면 뽕나무 활을 문의 왼쪽에 걸어서 활을 잘 쏘게 되기를 비는 것을 현호(懸弧) 또는 상호봉시(桑弧蓬矢)라 한다. 옛날에 사내아이가 태어나면 뽕나무로 활을 만들고 봉초(蓬草)로 화살을 만들어 천지 사방에 대고 쏘면서, 큰 뜻을 품고 웅비(雄飛)하라고 기원했던 데에서 나온 말이다. 『예기(禮記)』「내칙(內則)」.

115 귀한 바[所貴] : 춘추시대에 오(吳)나라의 계찰(季札)과 정(鄭)나라의 자산(子産)이 만났을 때, 계찰은 자산에게 생사(生絲)로 만든 띠[縞帶]를 주고, 자산은 모시옷[苧衺]을 주었는데, 그것은 오나라에서는 생사를 귀하게 여기고 정나라에서는 모시를 중하게 여겼기 때문이다.

필어(筆語)

아룀[稟]

서애(西厓)

무진년(戊辰年)[116]에 사신 일행이 내빙(來聘)하여 사신 배가 이곳에 정박했을 때, 저는 저희 군주의 명을 받들어 한두 문학(文學)과 함께 영접하여 박학사(朴學士)[117]와 이봉환(李鳳煥)·이명계(李命啓)·류후(柳逅) 세 분 서기(書記)의 은혜로이 돌보아 가르쳐주심을 깊이 입었습니다. 저는 그 교훈을 지금까지 정성껏 가슴에 품고 있습니다. 손꼽아 보니 지금으로부터 17년 전 일입니다만 지금껏 가슴에 되풀이하여 잊은 적이 없습니다. 네 분께서는 지금 잘 지내시는지요? 연세도 많고 덕도 크고 작위도 높아 삼달존(三達尊)[118]을 갖추었을 것이라고 생각됩니다. 네 분께서는 지금 어떤 관직을 맡고 계신지요? 적어 보여주시기를 엎드려 청합니다.

당시에 저와 함께 왔던 문학 중 한 명은 관직을 옮겨 지금은 동도(東都)의 관저에 있으며 다른 두 명은 이미 수문랑(修文郎)[119]이 되어 저

116 무진세(戊辰歲) : 1748년.

117 박학사(朴學士) : 제술관(製述官) 박경행(朴敬行).

118 달존삼비(達尊三備) : 삼달존(三達尊). 세 가지 존귀함을 갖춤. 조정(朝廷)에서는 작위(爵位)가 높고, 마을에서는 나이가 많고, 세상에 처하여 덕이 높은 사람을 말한다. 달존(達尊)은 세상사람 모두가 존경할 만한 사람을 이르는 말.

119 수문랑(修文郎) : 사후세계에서 글을 짓는 관원이라는 뜻으로, 죽었음을 이르는 말. 진(晉)나라의 소소(蘇韶)가 죽은 뒤에 다시 나타나 형제들에게 말하기를 "현재 공자(孔子)의 제자인 안연(顔淵)과 복상(卜商)이 수문랑으로 있다."고 말했다 한다. 두보(杜甫)의 〈곡이상시역(哭李常侍嶧)〉에 "일대의 풍류가 다하였으니, 깊은 지하에서 수문랑이 되었으리. 이 사람을 다시 볼 수 없으니, 늙어 가는 때에 지음의 벗을 잃었도다.[一代風流

승에 있는데, 저만 문학으로서 다시 와 빛나는 의범(儀範)을 만나 뵙고 가르침을 받을 수 있으니 얼마나 다행스러운지요? 다만 부끄러운 것은 나이가 세월과 함께 슬퍼지고 뜻이 세월과 함께 쇠하여 갔으나 학문이 진보되지 못하여 우둔함이 예전과 같다는 것입니다.

답(答)

추월(秋月)

우리나라 사람을 두 번 접하셨다니 매우 희귀한 일이라 할 만합니다. 그때의 창수집(唱酬集)이 있으면 보여주시기 바랍니다. 박군(朴君)은 지금 결성(潔城)[120] 태수(太守)로 있으며, 제암(濟菴)[121]은 그 후 양지(陽智)[122] 태수로 있다가 제가 도성을 떠난 뒤 남궁(南宮)[123]의 회시(會試)[124]에서 장원을 하였는데 관직을 얻었는지에 관해서는 아직 듣지 못했습니다. 취설(醉雪)[125]은 일찍이 안기(安奇) 찰방(察訪)을 지냈고 지금은 75세가 되었는지라 두문불출하고 정양(靜養)을 하고 있습니다. 해고(海皐)[126]는 그 후 과거에 급제하여 지금은 보령(保寧) 태수로 있습

盡, 修文地下深, 斯人不重見, 將老失知音.]" 하였다.

120 결성(潔城) : 지금의 충청남도 홍성(洪城).

121 제암(濟菴) : 서기(書記) 이봉환(李鳳煥)의 호.

122 양지(陽智) : 지금의 경기도 용인(龍仁).

123 남궁(南宮) : 궁궐 또는 상서성(尙書省)의 별칭.

124 회위(會圍) : 회시(會試). 과거(科擧)에서 초시(初試)에 합격한 사람이 이차(二次)로 보는 시험.

125 취설(醉雪) : 서기(書記) 류후(柳逅)의 호.

126 해고(海皐) : 서기(書記) 이명계(李命啓)의 호.

니다. 제가 올 때 이 네 분께서 모두 그때 자리에서 마주했던 분들께 뜻을 전해달라고 하셨습니다. 지금 왕림하여 주시는 은혜를 입었으니, 돌아가 일일이 전해드리면 마땅히 슬퍼하실 것입니다.

아룀[稟]

서애(西厓)

영인(郢人) 코끝의 백토(白土)[127]는 석공(石工)의 솜씨를 기다린 뒤에 제거하게 되는 법입니다. 제게 근래에 지은 시 몇 편이 있는데, 다시 단련을 하고 원고를 거듭 살펴보았는데도 여전히 제대로 완성되지도 못하였습니다. 제가 교유하는 벗들 중에는 저보다 시를 잘하는 장인(匠人)이 없으니 코끝의 백토를 어찌 제거할 수 있겠습니까? 약간 수를 기록하여 감히 여러분께 올리니 잠깐 보아주시고 운근성풍(運斤成風)[128]하여 주시기를 엎드려 바랍니다. 여행길이 바쁘시니 다음에 평(評)을 주시기를 기다리겠습니다.

---

127 영인비단지악(郢人鼻端之堊) : 뛰어난 재능과 기교를 비유한 말. 옛날 초(楚)나라 도읍 영(郢)의 어떤 사람이 코끝에다 마치 파리 날개만한 백토[堊土]를 함부로 발라놓고는 석공(石工)으로 하여금 그 백토(白土)를 깎아내게 하자, 그 석공은 바람소리가 나게 재빨리 자귀를 휘둘러[運斤成風] 백토를 깎아냈는데 이때 백토만 깨끗이 다 깎이고 코는 아무렇지도 않았다는 이야기가『장자(莊子)』「서무귀(徐無鬼)」에 전한다. 악토는 빛깔이 희고 부드러우며 고운 흙. 백악(白堊) 또는 백토(白土)라고도 한다.

128 운근성풍(運斤成風) : 자귀 끝을 춤추듯이 휘둘러 코끝의 백토를 제거한다는 뜻으로 착오를 지적하여 바로잡음을 비유한 말. 위의 주 참조.

답(答)

추월(秋月)

귀한 원고를 저같이 부족한 사람에게 물어주시니 지극한 뜻을 우러를 만합니다. 조용한 때에 품평할 터이니 돌아오는 때를 기다려주십시오.

근작시를 기록하여 추월에게 보인 것이 아래와 같다.

교토를 바라보며
京都望京

범이 웅크리고 용이 서린 듯의 형승(形勝)도 풍부한데 虎踞龍蟠形勝多
의구(依舊)한 구중궁궐에 채색구름 지나도다 九重依舊綵雲過
육오(六鼇)[129]의 신선 섬에 가기(佳氣)가 통하고 六鼇仙島通佳氣
오봉(五鳳)[130]의 궁문은 은하수에 접한 듯 五鳳宮門黨絳河
재주 졸하여 평자(平子)처럼 부(賦)[131] 짓기 어렵지만 才拙難裁平子賦
시대가 맑으니 백란(伯鸞)처럼 노래[132]할 필요 없네 時淸不用伯鸞歌

129 육오(六鼇) : 바다 위의 삼신산(三神山)을 등에 지고 있다는 전설상의 큰 자라. 전설에 따르면 발해(渤海)의 동쪽에 큰 바다가 있으며 이 가운데 대여(岱輿)·원교(員嶠)·방호(方壺)·영주(瀛洲)·봉래(蓬萊)의 다섯 선산(仙山)이 있는데, 여섯 마리의 자라가 산을 떠받치고 있어 바다 위에 떠 있다 한다.

130 오봉(五鳳) : 오봉성(五鳳城). 오성(五城). 궁궐의 미칭.

131 평자부(平子賦) : 평자는 후한(後漢) 때의 문장가 장형(張衡)의 자(字). 그때 천하가 태평하여 사치를 힘쓰므로 그가 낙양(洛陽)에 대한 〈동경부(東京賦)〉와 장안(長安)에 대한 〈서경부(西京賦)〉를 지어 온갖 풍물의 아름다움과 산천의 내력을 서술하였다. 『후한서(後漢書)』「장형열전(張衡列傳)」.

장려(壯麗)한 관광처(觀光處)를 멀리 바라보니　遙窺壯麗觀光處
지는 해 아득하니 어찌할 줄 모르겠네　落日蒼茫奈夕何

비파호 조망
琵琶湖眺望

비파호(琵琶湖) 바라보며 흥이 넘치는데　琶湖眺望興縱橫
곳곳의 명산(名山)이 거울 속에 밝구나　處處名山鏡裏明
맑은 바람 섬에 부니 반죽(斑竹)[133] 빛 선명하고　島嶼淸風斑竹色
한가한 달빛 안개 낀 물에 비치니 밤에 줄 타는 소리 들려오네　烟波閒月夜絃聲
큰 호수 삼킨 물에는 음기(陰氣)가 피어오르고[134]　水呑雲夢蒸陰氣
채색 무지개 토해낸 하늘에는 저물녘 맑은 기운이 걸렸네　天吐彩虹懸晩晴

132 백란가(伯鸞歌) : 백란은 후한(後漢)의 은사(隱士) 양홍(梁鴻)의 자(字). 일찍이 낙양(洛陽)을 지나가다가 제왕의 사치와 백성의 고달픔을 탄식하면서 '아[噫]'라는 감탄사를 다섯 번 넣은 〈오희가(五噫歌)〉를 지어 불렀는데, 숙종(肅宗)이 이를 듣고 노하여 잡아들이도록 명하자, 처자를 데리고 오(吳)땅으로 도망가 성명을 바꾸고 숨어 살았다. 『후한서(後漢書)』「일민열전(逸民列傳)」〈양홍(梁鴻)〉.

133 반죽(斑竹) : 소상반죽(瀟湘斑竹). 중국 소상강(瀟湘江) 일대에서 자라는 자줏빛 반점이 있는 대나무. 요(堯)임금의 딸로 순(舜)임금에게 시집가 비(妃)가 된 아황(娥皇)과 여영(女英) 자매가, 순임금이 남쪽 지방을 순행하다가 창오(蒼梧)의 들에서 승하하자, 순 임금을 그리워하여 통곡하면서 흘린 눈물이 대나무에 떨어졌는데, 대나무에 반점이 생겼다고 한다.

134 큰 호수~[雲夢蒸陰氣] : 운몽택(雲夢澤)에서 음기가 피어오르다. 맹호연의 시에 "수증기가 운몽택에서 피어오르고, 물결은 악양성을 흔드네[氣蒸雲夢澤 波撼岳陽城]"라는 구절이 있다. 운몽택(雲夢澤)은 큰 호수를 뜻한다.

이곳은 종래 팔영시(八詠詩)[135]가 전하니 此地從來傳八詠
돌아가는 배와 날아와 앉은 기러기[136]는 객의 마음이네 歸帆落鴈客中情

호수는 근강주(近江州)[137]에 있다. 호수에 섬이 있는데 섬의 이름은 죽생(竹生)이며, 이곳에 묘음궁(妙音宮)이 있다. 이곳 사람들이 말하기를, 맑은 밤이면 때때로 현을 타는 소리가 들린다고 한다. 호수에는 팔경(八景)이 있으며, 시가 있어 인구(人口)에 회자(膾炙)된다.

속진 회고
粟津懷古

벌판에서 편미(鞭弭)[138]로 천 년을 지나도록 中原鞭弭過千秋
수풀 가득 들리느니 작은 새들 수심이라 滿樹唯聞鳥雀愁

135 팔영시(八詠詩) : 비파호(琵琶湖) 팔경시(八景詩)를 말한다.

136 돌아오는 배~[歸帆落鴈] : 비파호(琵琶湖) 8경 중의 두 가지. 세다(勢多)의 석양, 석산(石山)의 가을 달, 시교(矢橋)의 돌아오는 돛배, 견전(堅田)의 내려앉는 기러기, 비량(比良)의 저녁 눈, 당기(唐崎)의 밤비, 삼정(三井)의 저녁 종[粟津淸嵐, 勢多夕照, 石山秋月, 矢橋歸帆, 堅田落鴈, 比良暮雪, 唐崎夜雨, 三井晚鐘.]

137 강주(江州) : 근강주(近江州).

138 편미(鞭弭) : 말채찍과 꾸미지 않은 활이라는 뜻으로, 왕의 행차 때 쓰던 도구들인데, 전하여 임금의 곁에서 모시는 것을 말한다. 춘추시대 진(晉)나라 공자(公子) 중이(重耳)가 곤란한 처지에 빠져 초(楚)나라로 가게 되었을 때 초나라 임금에게 도와 달라고 요청하며, "제가 만일 당신의 은혜로 진나라로 되돌아가게 된다면, 나중에 진나라와 초나라가 싸울 적에 저는 당신을 피하여 90리를 물러가겠습니다. 그래도 당신 싸움을 그만두지 않고자 한다면, 그때에는 왼편에는 채찍과 활[鞭弭]을 들고, 오른편에는 화살집과 칼집[櫜鞬]을 차고서 겨루어 보겠습니다." 하였다. 『춘추좌씨전(春秋左氏傳)』「희공(僖公) 23년」.

달빛에 일렁이는 파도는 군사 조련인가 의심되고	月映飜波疑組練
산에 오는 급한 빗소리를 비휴(貔貅)[139]로 잘못 아네	山來急雨誤貔貅
찬바람은 소나무 삼나무 숲에 급한 비 내리고	寒風颯雨松杉色
이슬은 갈대와 억새밭을 처량하게 만드는데	白露凄其蘆荻洲
나그네 옛 언덕을 바라보아 무엇하리	行客休凭古丘望
온갖 물상 대단히 고향 근심 어지럽힐 것을	偏教物象亂鄕憂

진(津)은 강주(江州)에 있다. 수영(壽永)[140] 시절 조월장군(朝月將軍) 기소 요시나가[木曾義仲]가 교토[京都]에 있을 때에 정위(廷尉)인 미나모토 요시츠네[源義經]가 조명(詔命)을 받들어 그를 토벌할 때에 요시나가[木曾義仲]가 이곳에서 항거하다가 패하여 죽었다.

마침령 망호당에서 눈 온 뒤 조망하다
磨針嶺望湖堂雪後眺望

높은 당에서 거울같은 호수 마주하여	高堂臨鏡裏
한눈에 바라보며 누운 채 유람하니	一望臥爲遊
양쪽 언덕은 흐렸다가 맑아지고	兩岸陰晴變
뭇 봉우리는 밤낮으로 떠 있도다	羣峰日夜浮
푸른 봉우리는 흰 눈에 잠겨있고	青螺沈白雪
밝은 달은 창주(滄洲)[141]에 지는데	明月落滄洲

139 비휴(貔貅) : 범과 곰을 닮은 맹수의 이름으로, 용맹한 군대를 비유하는 말.
140 수영(壽永) : 1182-1185. 안토쿠[安德]천황(天皇) 5년부터 쓴 연호.

먼 포구로 돛단배 돌아가니 遠浦歸帆去
쓸쓸히 나그네 수심 생겨나네 凄然發旋愁

흑혈교 회고
黑血橋懷古

흑혈교 아래 천고 세월 흐르는데 黑血橋下亇古流
행인은 일찍이 파도의 근심에 괴로웠네 行人曾苦白波憂
승냥이 눈과 이리 소리로 살생을 차마 즐겨 豺目狼聲忍嗜殺
대낮에 큰길에서 살인을 한다네 白日殺人通衢頭
네거리 소나무는 천 자 높이인데 衢頭松樹千尺高
틈을 타 언월도(偃月刀)[142]를 휘두르네 窺人手揮偃月刀
언월도 긴 칼은 천 근 무게이니 偃月長刀千斤重
그 칼에 당하면 도깨비라도 참으로 피하기 어려운데 當之魑魅信難逃
정위(廷尉)의 검술 귀신같이 묘하여 廷尉劍術妙入神
거약곡용(距躍曲踊)[143]하여 민첩하기가 짝이 없네 距躍曲踊捷無倫

141 창주(滄洲) : 물빛이 푸른 물가 또는 섬. 은자(隱者)가 사는 곳 또는 은거(隱居)를 뜻하기도 한다.

142 언월도(偃月刀) : 초승달 모양으로 생긴 큰 칼.

143 거약곡용(踞躍曲踊) : 거약삼박(距躍三百) 곡용삼박(曲踊三百)의 준말로서, 거약삼박은 곧장 앞으로 뛰쳐나가며 3번 손으로 치는 것이고, 곡용삼박은 뒤로 몸을 돌려 솟구치면서 3번 손으로 치는 것이다. 춘추 시대 진 문공(晉文公)의 신하 위주(魏犨)가 가슴에 부상을 당한 상태에서, 앞으로 뛰며 손뼉을 세 번 치고[距躍三百] 위로 뛰며 손뼉을 세 번 쳐서[曲踊三百], 그의 몸이 무사하다는 것을 과시하였다. 『춘추좌전(春秋左傳)』「희공(僖公) 28년」

바라보니 앞에 있다 홀연 뒤에 있으니	瞻之在前忽焉後
석 자 오구(吳鉤)[144]로 황건적(黃巾賊)을 베었네	三尺吳鉤誅黃巾
대흉(大兇)이 형벌 받아 죽으니 그 피가 종횡하여	大兇伏誅血縱橫
큰 강물에 흩뿌리니 오래도록 맑지 않네	濺入長流久不清
흑혈교(黑血橋) 아래 물을 살펴보소	請看黑血橋下水
지금껏 유유히 더러운 이름 흐른다네	至今悠悠流惡名

다리는 농주(濃州)[145]에 있다. 그 지방 사람이 전하는 말은 다음과 같다. 예전에 쿠마사카 초한[態坂長範]이라는 교활하고 용맹한 자가 있었는데, 대낮에 사람을 죽여 재물을 빼앗았다. 정위(廷尉) 미나모토 요시츠네[源義經]의 어머니는 상반(常盤)인데, 초한[長範]이 길에서 상반을 죽였다. 미나모토 요시츠네가 아직 어렸으나 검술을 연습하여 초한을 죽여 원수를 갚았다. 초한이 죽으니, 그 피가 물에 들어가 7일 동안 검게 흘렀다. 그 물 위에 다리를 세웠다.

지리부역

池鯉鮒驛

서쪽으로 고국을 떠난 뒤 편지 오기 바라나	西辭故國望雙魚
이번 거행은 산양도(山陽道)[146] 천여 리니	此去山陽千里餘

144 오구(吳鉤) : 병기(兵器)의 일종. 갈고리 모양으로 휘어진 칼로, 춘추 시대 오(吳)나라 사람이 이를 잘 만들었기 때문에 오구라고 일컫는데, 후에는 예리한 검을 뜻하는 말로 쓰인다.

145 농주(濃州) : 미농주(美濃州).

말 몰아 헛되이 지리역(池鯉驛)을 지나며	驅馬空過池鯉驛
고향에다 편지 한 줄도 못 부쳤네	鄕關未寄一行書

조판을 바라보며
望潮板

아득히 먼 바다에서 큰 물결 다가오니	悠悠遠海大潮來
만 리에 날리는 파도 언덕에 부딪쳐 꺾이네	萬里飛濤衝岸摧
멀리 바라보니 천지는 발해(渤澥)[147]에 다하였는데	目盡乾坤窮渤澥
달 맑으니 안개는 봉래(蓬萊)[148]에서 솟아나네	月晴烟霧出蓬萊
채찍질 하지 않아도 구름 속에는 뭇 말들 뒤달리며	不鞭雲際飜羣馬
비 내리지 않아도 돌부리에는 온갖 우레 경쟁하네	無雨磯根鬪萬雷
근심스런 나그네 놀란 마음 애간장을 끊듯하니	愁客驚心腸欲斷
고향 어느 곳에서 석양을 재촉하나	鄕關何處夕陽催

살수령
薩陲嶺

거오산(巨鼇山)[149] 꼭대기 울창하게 높고 높아	巨鼇山上鬱岧嶢

146 산양도(山陽道) : 일본 본주(本州) 서부의 뇌호내해(瀨戶內海, 세토나이카이)가 있는 지역을 가리키는 행정구분 또는 오기칠도의 산양도를 통과하는 간선도로를 의미한다.

147 발해(渤澥) : 발해(渤海). 큰 바다.

148 봉래(蓬萊) : 봉래산(蓬萊山). 방장(方丈)·영주(瀛洲)와 함께 삼신산(三神山)의 하나.

빈숲 둘러 험한 길 멀기도 한데 路繞空林鳥道遙
빽빽한 숲엔 찬 기운 돌고 일 천 봉우리엔 눈 쌓였는데 密樹寒生千嶂雪
부상(扶桑)의 달은 한밤중에 조수(潮水)에 목욕하네 扶桑月浴五更潮
붉은 사다리[150]는 반쯤만 교인(鮫人)[151]의 굴에 가로놓였는데 丹梯半枕鮫人窟
높고 큰 돌은 모두 진 황제의 다리[152]로 몰았도다 危石全驅秦帝橋
꼴 베는 오솔길엔 지나는 이 드문데 行客稀過樵徑裏
나그네 생활 처량함은 견딜 수 없이 많네 凄其旅況不勝饒

149 거오(巨鼇) : 육오(六鼇). 바다 위의 삼신산(三神山)을 등에 지고 있다는 전설상의 큰 자라. 전설에 따르면 발해(渤海)의 동쪽에 큰 바다가 있으며 이 가운데 대여(岱輿)·원교(員嶠)·방호(方壺)·영주(瀛洲)·봉래(蓬萊)의 다섯 선산(仙山)이 있는데, 여섯 마리의 자라가 산을 떠받치고 있어 바다 위에 떠 있다 한다.

150 붉은 사다리 : 신선세계를 찾아가는 산길. 또는 벼슬에 오르는 길 또는 구름 낀 높은 산봉우리로 올라가는 길.

151 교인(鮫人) : 남해(南海) 물속에 산다는 전설 속의 인어. 교인이 물가의 인가(人家)에 머물며 날마다 지성으로 비단을 짜다가, 떠날 때 눈물방울을 짜내어 진주 구슬로 변하게 한 뒤, 소반에 가득 담아서 주인에게 이별 선물로 주었다고 한다.

152 진 황제의 다리 : 진시황(秦始皇)이 해 뜨는 곳을 보기 위해 바다에 세운 돌다리. 이때 해신(海神)이 기둥을 세워주었으므로, 진시황이 그를 고맙게 여겨 해신을 만나보려고 하자, 해신이 말하기를 "내 형상이 추하니 내 형상을 그리지 않기로 약속만 한다면 만나드리겠소." 하므로, 진시황이 돌다리를 건너 30리를 들어가 해신과 만났는데, 진시황의 좌우에서 몰래 해신의 다리를 그렸다. 그러자 해신이 크게 성내어 "황제가 나와의 약속을 저버렸으니 빨리 가시오." 하므로, 시황이 곧장 말을 타고 나오는데, 말 뒷다리가 돌다리에서 미처 떨어지기도 전에 돌다리가 무너졌다고 한다. 『예문유취(藝文類聚)』 79권.

함관
函關

반석(盤石) 같은 산하에 상서로운 기운 흐르고	磐石山河佳氣流
백이(百二)[153]의 관문 빽빽이 서로 이었으니	關門百二鬱相州
관문을 두드려[154] 맑은 정치에 귀순(歸順)하고	四夷款塞歸淸政
뭇 나그네 닭을 살펴 새벽 시각 기다리네	羣客窺鷄待曉籌
천조교(千鳥橋) 가엔 찬 물 내려오고	千鳥橋邊寒水下
낙원암(落猿巖) 옆엔 흰 구름이 깊은데	落猿巖畔白雲幽
나무 사이 외갈래 길로 수레 매달고[155] 가노라니	樹間一路懸車去
숲과 샘도 나그네 수심 위로해주지 않네	無復林泉慰旅愁

천조교(千鳥橋)과 낙원암(落猿巖)은 다 산속에 있다.

위 9수는 내가 전에 도쿄[東都]로 가는 도중에 지은 것인데, 그 지역은 모두 공무로 마땅히 거치게 될 곳이다. 각지의 형승(形勝)이 혹은 아득하여 무심(無心)하게 하고, 혹은 쓸쓸하여 사람을 슬프게 하니, 나그네 길에 마주치게 되면 마음에 감개(感慨)를 이길 수 없을 것이다. 공이 이곳들을 지나게 되어 상념이 졸작(拙作)에 미치게 되면 내 시가 허상(虛想)이 아님을 알게 될 것이다.

---

153 백이(百二) : 방어가 튼튼하여 적의 백배나 된다는 뜻으로, 험고(險固)한 지형을 말한다.
154 관문을 두드리다 : 관문에 와서 복종함을 뜻한다.
155 수레를 매달다 : 여기서는 현거속마(懸車束馬)의 준말. 길이 매우 험함을 뜻함.

산사의 가을 흥취

山寺秋興

절에서 높이 가을을 바라보니 佛土高秋望
숲 언덕에 흥이 아름답네 林丘興可憐
대숲 가엔 꽃이 길 따라 피어 있고 竹邊花帶路
솔숲 가엔 달이 안개를 품었도다 松際月含烟
지는 잎 보며 세상사를 살필 만하고 落葉堪觀世
한가로운 샘은 참선 익히기 마땅하니 閒泉宜習禪
비록 가부좌한 객 아니더라도 雖非趺坐客
게(偈)를 가지고 모든 인연 비울 만하네 持偈空諸緣

도의곡

擣衣曲

오동 잎잎마다 서리 기운 냉랭한데 梧桐葉葉冷飛霜
다듬이질 끝내고 찬 옷으로 홀로 긴 밤 보내다가 擣罷寒衣獨夜長
문득 변방 하늘 쳐다보니 밝은 달 지고 忽見胡天明月落
날 밝아오자 다듬이 그치고 요양(遼陽)[156]을 생각하네 曉來停杵憶遼陽

156 요양(遼陽) : 여기서는 변방 지역을 뜻한다.

기러기 소리 듣고 돌아가기를 생각하다 한 자를 얻고
聞雁思歸得寒字

만 리 변방 산에 남은 눈 차가운데　萬里關山餘雪寒
변새 기러기 떼를 지어 구름 끝을 향하네　邊鴻結陣指雲端
봄이 오면 고향 향해 꽃과 버들 생각날 테니　春來向國思花柳
돌아가기는 무심히 편지에 붙여 보겠네　歸去無心借羽翰

협객행에서 향 자를 얻고
俠客行得香字

석 자 성문(星文)[157] 보검(寶劍)의 빛을　三尺星文寶劍光
만 리에 가지고 와 모래밭에서 싸우니　携來萬里戰沙場
살아 봉후(封侯)를 취해감이 어찌 어려우랴　何難生取封侯去
협객은 사후의 기림 받음을 기꺼이 여기리　俠骨安甘死後香

서애(西厓) : "인삼 중 좋은 것이 귀국의 것에 미치지 못한다는 사실을 모든 사람이 다 아는 바입니다. 잘 모르겠으나 채취하여 쓰는 것이

157 성문(星文) : 여기서는 칼을 가리킨다. 당(唐)나라 유장천(劉長川)의 〈보검편(寶劍篇)〉에서, "갑 속의 칼 움직거리니 고리 주변에 달빛이 사그라드네[裏星文動, 環邊月影殘]."라고 하였고, 왕유(王維)의 〈노장행(老將行)〉에 "애오라지 보검을 가지고 성문을 움직이고, 원컨대 연궁을 얻어 천장을 쏘고저.[聊持寶劍星文動 願得燕弓射天將]"하였다.

모두 산속에서 캐는 것입니까? 아니면 채소의 씨를 뿌리는 것처럼 씨를 뿌려서 키우는 것입니까? 제가 『목초강목(木草綱目)』에 실린 여러 설을 보니, 상당(上黨)[158]으로 상품(上品)으로 삼는 경우가 많더군요. 그러나 우리 일본에서 이른바 화삼(華蔘)이라는 것은 몸통이 튼실하지 못하고 효과도 조선 삼에는 크게 미치지 못합니다. 알지 못하겠습니다만 우리 일본에서 화삼(華蔘)이라고 이르는 것은 다른 곳에서 생산된 것인지요? 상등(上黨)은 배에 실려 오지 않나요? 『본초강목』에 이르기를, 뿌리의 맛이 달다고 하였습니다. 그러나 조선의 삼 가운데 좋은 것과 광동(廣東)의 삼은 지금 그 맛을 보면, 쓴데 조금 단 맛이 있습니다. 어떤 사람은 그 단 맛이 감초를 즙에 담가 만든 것이라고 하였는데, 『본초강목』에 쓰인 것과 지금 맛보는 것이 어째서 다를까요? 이것이 제가 의심을 품어온 것이기에 감히 여러분께 여쭙습니다. 가르침을 주시기 바랍니다."

아래는 만남의 자리에서 바삐 필어한 것이므로 아룀[稟]이라고 표제를 적지 않았다.

추월(秋月): 인삼에 관한 질문에 대해 자세히 답변하고 싶지 않은 것은 아닙니다. 그러나 양의(良醫)가 따로 있으니 제가 답변하는 것은 도마를 뛰어넘는 것[159]을 면치 못할 것임은 말할 필요도 없을 것입니다. 치속도위(治粟都尉)에게 물으시기 바랍니다.

158 상당(上黨) : 상당삼(上黨參). 중국 산서성(山西省) 노안부(潞安府) 태항산(太行山)에서 나는 인삼. 노안이 이전에 상당(上黨) 지역이었기 때문에 붙은 이름.

159 월조(越俎) : 자기 소관이 아닌 남의 일을 가로맡음을 말한다. 『장자(莊子)』「소요유(逍遙遊)」에 "요리사[庖人]가 주방 일을 잘 처리하지 않더라도 시동(尸童)이나 축관(祝官)이 도마를 넘어가서 그 일을 대신하지 않는다." 하였다.

추월(秋月): 전에 들으니, 사행(使行)의 배가 이르면 여러 주(州)의 문학이 이전 사행 때에 수창한 책을 가지고 와서 사행이 돌아갈 때에 증정하여 전에 이르렀던 사람에게 보여준다고 합니다. 여러분께서 무진사행 때의 기록을 찾아주셔서 저로 하여금 돌아가 제암공(濟菴公)[160] 등 여러분에게 자랑할 수 있도록 하시는 것이 어떻겠습니까?

서애(西厓): 말씀대로 무진사행 때의 창수집을 바치고자 합니다. 그러나 지금 가지고 오지 않았으니 매우 유감스럽습니다. 정잠(井潛)도 이러한 명을 받았으니 잠(潛)이 마땅히 바칠 것입니다. 기다려주시기 바랍니다.

일강(一江)이 학사에게 화답시에 인장을 찍어달라고 청하였다. 학사는 '우리나라 종이는 인장을 찍기에 적당하지 않다'고 대답하였다.

내가 곁에 있다가 붓을 들어 추월에게 적어 말하며: 화답시를 내려주실 것 같으면 화지(華紙)에 적어서 인장을 찍어주시기를 감히 청합니다.

추월(秋月): 당전(唐牋)을 마침 배에 두고서 갖고 내리지 않았습니다. 얇은 종이에 인장을 찍어야하는데, 조선종이 얇은 것을 구오면 인장을 찍겠습니다.

서애(西厓)가 배율(排律)을 학사와 삼 서기에게 드리며: 이 배율은 공부하여 지은 것인데, 여러분께 올리니 여러분께서 품평해주시기 바랍니다. 앙장(鞅掌)[161] 중이니 화답해주실 필요는 없습니다.

---

160 제암(濟菴) 이공(李公) : 1748년 서기(書記) 이봉환(李鳳煥).

161 앙장(鞅掌) : 직무에 분주함. 일이 바빠 의용(儀容)을 가다듬을 겨를이 없음. 『시경(詩

추월(秋月): 배율이 몇 운입니까? 즉시 화답을 못하더라도 천천히 화답시를 쓰도록 하겠습니다. 단지 품평만을 원하신다면 또한 그렇게 하겠으니, 자세히 알려주시기 바랍니다.

서애(西厓): 72운입니다.

추월(秋月): 100운과 72운이니 화답하고자 하면 마땅히 한가한 틈을 타서 써야할 것입니다. 다만 연로의 산천과 풍물이 사람의 마음과 눈을 빼앗고 또 이르는 곳마다 수응(酬應)할 일이 있어 화답시를 못 쓸지도 모르겠으니 어찌합니까?

사명(四明)은 일백운 배율을 증정하였다. 이 필어는 사명과 내게 보여주었다.

추월이 이미 나의 근작 졸고를 다 읽었다.

내가 이에 말하기를: 졸고를 이미 다 보아주셨으면 한두 마디 평어(評語)를 청합니다.

추월(秋月): 보여주신 배율 말씀입니까? 마땅히 세 벗과 함께 충분히 본 뒤에 평하겠습니다. 틈이 나면 또한 화답시도 올리겠으니 우선 기다려주시기 바랍니다.

서애(西厓): 배율이 아니라 근작 졸고를 말씀한 것입니다.

추월(秋月): 밤이 이미 깊었습니다. 마땅히 천천히 여러 벗과 함께 평하겠습니다. 내일 배가 떠나니, 인편이 있는 대로 부치겠습니다. 인편이 없으면 돌아오는 배를 기다려 주십시오.

經)』「소아(小雅)」〈북산(北山)〉에 "혹은 외쳐 부르는 소리를 모르고 사는데, 혹은 처참하게 수고를 하며, 혹은 집에서 편히 누웠다 일어났다 하는데, 혹은 왕사에 바빠서 의용도 못 갖추도다.[或不知叫號, 或慘慘劬勞, 或棲遲偃仰, 或王事鞅掌.]"라고 한 데서 유래한다.

창화가 끝났을 때 추월과 삼 서기가 평점을 가하여 돌려주었다.

서애(西厓): 한 해가 지나도록 여행을 하시느라 피로가 어떠하십니까? 밤이 이미 삼경을 넘겼으니 여러분께서는 잠자리에 드시기 바랍니다. 저희들은 자리에서 물러나고자 합니다.

추월(秋月): 촛불을 잡고 밤에 노는 것[162]은 옛사람이 즐긴 바입니다. 저희들은 피로하지 않습니다. 여러분과 한 번 이별하면 다시 만날 일이 막연하니 사람으로 하여금 새로 사람을 알아서 사귀는 것보다 더 큰 즐거움이 없으며, 살아서 이별하는 것보다 더 큰 슬픔이 없다는[163] 감회를 느끼게 합니다.

용연(龍淵): 이 좋은 모임에 조금만 더 앉아 있기를 청합니다.

퇴석(退石): 오늘 밤의 시회(詩會)는 뜬세상의 훌륭한 일이라 할 만합니다만 내일 한 번 이별한 뒤에는 다시 모이기 어려울 터이니 참으로 매우 슬픕니다.

용연(龍淵)이 화답한 시에 실수가 있어 나에게, "화답시를 잠시 돌려주십시오. 제가 갖고 가서 고친 뒤에 돌려드리겠습니다."라고 하였다.

현천(玄川): 일찍이 귀방(貴邦) 사람들은 맑은 기운이 매우 많아 질박(質朴)하고 성신(誠信)한 기풍이 부족하다고 들었습니다만, 지금

162 촛불을 들고 밤에 논다[秉燭夜遊] : 이백(李白)의 〈춘야연도리원서(春夜宴從弟桃花園序)〉에, "옛 사람이 촛불을 들고 밤에 논 것은 참으로 이 때문이다[古人秉燭夜遊, 良有以也]."라는 구절이 있다.

163 새로 사람을~더 큰 슬픔이 없다[樂莫樂悲莫悲] : 굴원(屈原)의 〈소사명(少司命)〉에서, "살아서 이별하는 것보다 더 큰 슬픔은 없고, 새로 사람을 알아서 사귀는 것보다 더 큰 즐거움은 없다.[悲莫悲兮生別離, 樂莫樂兮新相知]"라고 하였다. 『문선(文選)』「구가이수(九歌二首)」.

축전주(築前州)로부터 이곳에 이르기까지 많은 선비들을 접하여 보니, 중후(重厚)하고 충신(忠信)하여 전에 들은 바와는 크게 다릅니다. 어찌 시대가 옮겨져 바뀜이 있고 세상이 변하여 소통된 것이 아니겠습니까? 매우 축하드립니다. 다만 대략 기풍(氣風)을 보니, 정주(程朱)[164]를 알지 못하고 명(明)나라의 유학(儒學)[165]을 칭송하여 양명학(陽明學)[166]을 위주로 하는군요. 선생은 어떤 이론을 위주로 하십니까?

서애(西厓): 공께서 일찍이 저희 나라[敝邦] 사람이 지극히 질박(質朴)하고 성신(誠信)한 기풍이 부족하다고 들으셨다는 말씀을 들으니, 백 년 전에는 센고쿠[戰國]시대[167]와의 거리가 멀지 않아 공께서 들으신 바와 같았으리라 생각됩니다. 다른 읍(邑)은 제가 자세히 모르겠으나 저희 읍은 정주학(程朱學)을 위주로 하니, 참으로 우리 이전 임금이신 열공(烈公)의 은택입니다. 학문의 도리는 다른 것이 없습니다. 거경궁리(居敬窮理)하여 성인에 이르기를 구할 뿐입니다.

현천(玄川): 매우 감격스럽습니다. 저는 진실로 이미 그것을 의아스러웠습니다. 대개 정주학은 하늘의 해와 같아 정주를 으뜸으로 삼지 않으면 모두 이단입니다. 제현(諸賢)께서는 더욱 스스로 힘쓰셔서 이설(異說)에 빠져들지 않도록 하시는 것이 좋겠습니다.

164 정주(程朱) : 정주학(程朱學) 곧, 성리학(性理學)을 말한다.

165 명유(明儒) : 명(明)나라 왕양명(王陽明)과 그의 학파를 가리킨다.

166 육지설(陸之說) : 송(宋)나라 육구연(陸九淵 : 호 상산(象山))의 학설. 동시대의 주자(朱子)와 다른 이론을 세워 뒷날 육왕학(陸王學 : 양명학)의 원조가 된다.

167 센고쿠[戰國] : 센고쿠[戰國]시대. 무로마치[室町]시대 말기 15세기 후반부터 16세기 후반까지의 시기.

한 사람이라도 그것을 세상에 강(講)하면 크게 이로울 것입니다.

현천(玄川): 소라이[徂徠][168]와 독소암(獨嘯菴)[169]을 여러분께서는 알고 계시는지요? 이들은 학문에 충실한 선비들이지만 그 학설은 애석하게도 순일(純一)하지 못하다고 생각합니다.

서애(西厓): 그렇습니다.

현천(玄川): 장문주(長門州)의 농학대(瀧鶴臺)[170]와는 교분(交分)이 있으신지요? 그 사람됨이 매우 충후(忠厚)하고 학문 역시 박아(博雅)합니다.

서애(西厓): 장문주와 이곳은 거리가 매우 멀어 학대(鶴臺)와는 교분이 없어 그 사람됨을 자세히 알지 못합니다.

현천(玄川): 그 이름은 장개(長愷)입니다.

퇴석이 나[171]를 남죽(南竹)[172]으로 잘못 알았고 나를 향해 말하기를: 근등서애(近藤西厓)[173]가 저와 나이가 같다고 하니, 귀하고 귀하군요.

또 말하기를: 서애(西厓)는 저와 나이가 같은데도 소화(韶華)[174]가 여전

168 소라이[徂徠] : 오규우 소라이[荻生徂來]. 일본 에도 시대 중기의 유학자·사상가·문헌학자. 성(姓)은 적생(荻生), 이름은 쌍송(雙松) 자(字)는 무경(茂卿). 소라이[徂徠]는 호이다. 본성(本姓)은 모노베[物部]이다. 흔히 오규우 소라이[荻生徂來]로 알려져 있으며, 모노베 나베마쓰[物部雙柏]로도 부른다. 우리나라 문헌에서는 무경(茂卿), 물쌍(物雙), 쌍백(雙柏)으로도 기록하였다.

169 독소(獨嘯) : 구부봉(求富鳳). 대판의 학자. 호는 독소암(獨嘯菴).

170 농학대(瀧鶴臺) : 성은 농(瀧), 학대(鶴臺)는 호. 이름은 장개(長愷), 자는 미팔(彌八). 장문주(長門州) 시독(侍讀).

171 여기서 '나'란, 권4를 편찬한 근등독(近藤篤)이다. 자는 자업(子業), 호는 서애(西厓).

172 남죽(南竹) : 1권 편찬자인 시포직춘(市浦直春), 남죽은 호.

173 근등서애(近藤西厓) : 성(姓)인 근등(近藤)에 호(號)인 서애(西厓)를 붙인 것.

174 소화(韶華) : 여기서는 노인의 얼굴에 젊은이처럼 윤기 나는 것을 말함.

하니, 저와 같이 늙어 추한 사람은 부끄럽고 한탄스러울 뿐입니다.

남죽이 퇴석과 동갑인데, 나로 잘못 알았기 때문에 말한 것이다. 그러나 나는 그 잘못 알았음을 알고서 웃기만 하고 대답하지 않았다.

창화가 끝났을 때 한 군관이 이르렀는데, 퇴석이 그를 가리켜 말하기를: 여기에 오신 중화(中和) 선생[175]의 글씨는 나라에 이름이 났으니, 그대는 모름지기 간절히 구해야 할 것입니다. 우리도 힘써 권할 것입니다.

또 말하기를: 중화선생의 글씨는 우리나라 제일이니 그대는 마땅히 구하시오.

또 말하기를: 먹을 많이 갈고 큰 붓을 가지고 오시오.

서애(西厓): "중화라고 하는 분의 성명은 어떻게 되시는지요?"

퇴석이 그를 곁에서 따르며 대신 말하기를: 성은 서(徐)요, 이름은 유대(有大)로, 전임(前任) 중화(中和) 태수(太守)입니다.

서애(西厓): "귀방(貴邦) 문아(文雅)의 흥성함은 비록 중국이라도 족히 두려워할 만하지 못함이 있으니, 문사(文辭)는 물론이고 서화(書畫) 같은 것에 이르기까지 잘하는 이가 배출되었습니다. 제가 여러분의 글씨를 보니 필력(筆力)이 힘차고 굳셉니다. 매우 공경하고 탄복합니다. 화원(畫員)도 지금 통신사를 따라 오신 분이니, 생각건대 나라를 통틀어 잘하는 분일 것입니다. 제가 화원과 한 번 만남이 있고 자못 서화

175 서유대(徐有大) : 본관 달성. 자 자겸(子謙). 군관으로 사행에 참여하였으며, 큰 글씨를 잘 썼다.

(書畵)를 좋아하는 벽(癖)이 있으니, 진실로 그의 그림을 얻을 수만 있다면 마땅히 한 자[尺]나 되는 길이의 보배에 해당할 것입니다. 글씨는 다행히 여러분이 이 자리에 계시니, 글씨 몇 장을 써 주시기를 청합니다. 귀로에 주시고자 하신다면, 나라에서 금하여 사사롭게 손님들을 만나 뵐 수 없으니 부득이하여 감히 여러분을 번거롭게 하는 것입니다. 저는 미생고(微生高)[176]처럼 되지는 않으려 하니, 헤아려주시기를 바랍니다."

중화(中和)가 이에 고개를 끄덕였다.

서애(西厓): "갑자기 먹물을 구하기 어려우니, 이 벼루에 남은 먹물로 소해(小楷)[177] 수십 자만 써주시기를 부탁합니다."

그리고서 작은 벼루의 먹물을 내놓고 당전지(唐牋紙)를 중화에게 주었다. 중화가 기꺼워하지 않는 표정이었는데, 이것은 한인(韓人)이 당전지에 글씨 쓰기를 좋아하지 않기 때문이라고 생각하여 우리나라 종이를 주며, "이 종이에 써주실 수 있을지요?"라고 물었다. 이에 (중화가) 종이 서너 장에 글씨를 써서 주었다.

14일 아침에 배가 출발하려는 때에 내가 학사(學士)들의 여관에 이르렀다. 퇴석(退石)이 나를 보고 매우 기뻐하며, "서애(西厓)! 서애!"라

176 미생고(尾生高) : 춘추 시대 노(魯) 나라 사람. 어떤 여자와 다리 밑에서 만나기로 약속을 했는데, 시간이 지나도 그 여자는 오지 않고 마침 물이 닥쳐왔으나 이를 피하지 않고서 다리의 기둥을 안고 죽었다. 여기서는 고지식하게 규칙을 지키는 사람을 뜻하는 듯.

177 소해(小楷) : 작은 해서체(楷書體) 글씨.

고 불렀다. 추월과 용연과 현천이 이르렀다. 내가 벼루를 구하여, "어제 저녁 회합의 즐거움이 다함이 없습니다. 다만 돌아가시는 길에 이곳에 들르실 때를 기다릴 뿐입니다."라고 적었다.

퇴석(退石): "그리움으로 인한 슬픔은 피차일반입니다. 저희들의 어제의 시축(詩軸) 중에 실수한 것이 석 장 있습니다. 고쳐 적어 올리니 원본은 돌려주시기 바랍니다."

하고는 봉서(封書) 하나를 내놓았고, 따로 남죽(南竹)에게 보내는 짧은 편지가 있었는데, '어제의 시축 가운데 실수한 것이 석 장 있습니다. 고쳐서 올리니 새로 이 종이를 남겨두시고 원본은 돌려주시면 매우 고맙겠습니다.'라고 적혀 있었다. 이 편지를 남죽에게 전해달라고 나에게 부탁한 것이다. 남죽이 개봉하여 보니, 고친 시가 있었는데, 남죽과 사명(四明)과 나에게 보내는 시 세 수가 있었다.

서애(西厓): "귀하의 원고가 지금 없으니, 옥고(玉稿)를 마땅히 다음에 돌려드리겠습니다."

퇴석(退石): "추후에 돌려받겠습니다."

부록(附錄)

김사안에게 드리는 글
贈金士安書

서애(西厓)

세월이 점점[178] 흘러 우저(牛渚)에서의 회합이 이미 열흘이 지났습니

다. 여정을 따져보니, 사행은 이미 오사카[大坂]에 이르렀을 것입니다. 초봄이라 거센 바닷바람이 사납게 일어나 봄추위를 더하여 살갗에 스밀 터인데, 건강은 어떠신지요? 우저의 회합은 한 번 만남이 전부터 서로 알던 사이 같았으며, 공과 남(南)·성(成)·원(元) 삼공께서 저를 버려두지 않으시고 깨우쳐주시기를 게을리 하지 않으셔서 자애로운 은혜를 두텁게 입었습니다. 이 때문에 이별한 뒤에 매우 그리워하여 백구(白駒)의 그리움[179]이 있게 하였습니다. 한 번 이별한 뒤에 하루도 동쪽을 바라보며[180] 슬퍼하지 않은 적이 없습니다. 흰머리가 되어도 새로우며 한 번 수레를 멈추고 일산을 기울여도 옛 친구와 같다는 말[181]이 어찌 헛말이겠습니까?

그러나 조선은 우리에게 땅으로 따지면 제도와 문물[182]이 같지 않고, 언어는 역관을 기다려야만 뜻이 통하는 사이인데, 어떻게 저로 하

178 임염(任染) : 여기서는 임염(荏苒)의 뜻으로 쓰였다. 시간의 흐름을 뜻한다.

179 백구지사(白駒之思) : 손님이 떠나는 것을 섭섭해하는 마음. 『시경(詩經)』「소아(小雅)」'백구장(白駒章)'에, "하얀 망아지가 나의 마당에 콩잎을 먹는다 하여 얽어매고 얽어매어, 오늘 밤을 길게 하리라.[皎皎白駒, 食我場藿, 縶之維之, 以永今夕.]"라고 하였는데, 그 서에, 어진 이가 떠나는 것을 섭섭히 여겨 지은 시라고 하였다.

180 동망(東望) : 사행이 국서 전달을 위해 에도[江戶: 지금의 도쿄]를 향하기 때문에 동쪽을 바라본 것이다.

181 백두여신경개여고(白頭如新傾蓋如故) : 흰머리가 되도록 오래 사귀었는데도 서로 깊이 알지 못하여 처음 만난 사람처럼 서먹하며, 수레를 서로 멈추고 처음 대했는데도 오래 사귄 사람과 같다는 것을 말한다. 한(漢)나라 추양(鄒陽)의 〈옥중상서자명(獄中上書自明)〉에서 "속담에, 흰머리 되도록 사귀었는데도 처음 만난 사람과 같은가 하면, 수레를 서로 멈추고 일산을 기울여 처음 대했는데도 오래 사귄 사람과 같다고 하였는데, 이는 제대로 알아주었느냐 그렇지 않느냐의 차이 때문이다.[諺曰, 白頭如新, 傾蓋如故, 何則, 知與不知也.]"라고 하였다. 『사기(史記)』「추양열전(鄒陽列傳)」.

182 거서(車書) : 국가의 문물과 제도.

여금 이와 같이 존경하고 흠모하게 한단 말입니까? 공 등은 범애(汎愛)의 덕으로써 천하를 일가(一家)로 보시고, 물아(物我)의 사사로움을 보이지 않으시니 저로 하여금 이와 같이 존경하고 흠모하게 하는 것이 마땅합니다. 이에 한 번 수레를 멈추고 일산을 기울여도 옛 친구와 같다는 말이 헛된 말이 아님을 더욱 믿게 됩니다. 또 경요(瓊瑤)에 목리(木李)로 보답[183]하는 시축(詩軸)이 더미를 이루고 많은 질문을 하여 몽매함을 일깨우고 어리석음을 깨우쳤으니, 제가 함부로 굴었던 잘못은 이루 헤아릴 수 없을 정도이며 갚을 길이 없습니다. 공 등의 바다와 같이 넓으신 아량으로 가슴에 불쾌감[184] 두지 않으셨을 것이니, 어찌 이와 같은 용광(龍光)[185]을 얻을 수 있겠습니까?

제가 남(南)·성(成)·원(元) 삼공께 안부를 여쭙고 은혜에 감사하는 편지를 각각 써 올리고자 하였으나, 우편(郵便)의 출발이 급하여 붓을 잡을 경황이 없으니 공께서 이러한 뜻을 전해주시기를 감히 부탁드립니다. 출발하시던 날 아침에 화답시 가운데 실수한 것을 고쳐서 남죽과 사명과 저에게 주시고 또 그 원본을 돌려달라고 하셨었는데, 배가 출발한 뒤에 곧 남죽과 사명에게 전달하여 지금 귀한 시의 원본 석 장을 이 인편에 같이 부칩니다. 남죽과 사명이 이러한 내용과 감사의 뜻을 전해줄 것을 제게 부탁하였습니다.

---

183 경요보목리(瓊瑤報木李) : 경요(瓊瑤)는 상대의 시문을 높여 이르는 말이고, 목리(木李)는 자신의 시문을 낮추 이르는 말이다. 『시경(詩經)』 위풍(衛風) 목과편(木瓜篇)에 "나에게 모과를 던져주기에 아름다운 옥으로 보답한다.[投我以木瓜 報之以瓊琚]"고 한 데서 유래한다.

184 개체(芥蔕) : 마음에 남은 불쾌감. 소식(蘇軾)의 시에, "온통 가슴속의 불쾌를 씻어 버린다[洗芥蔕胸]." 하였음.

185 용광(龍光) : 군자(君子)의 덕. 상대의 덕을 높여 이른 말.

제가 공 등께 올린 배율에서 반딧불[螢]의 고사를 손강(孫康)의 일로 잘못 사용하였으니, 실수가 심합니다. 이 때문에 고치고자 하니, '형화(螢火)' 두 글자를 '적설(積雪)'로, 그 짝이 되는 구절의 '택(澤)'을 '편(編)'으로 고쳐주십시오.[186] 또한 공께서 다른 분께도 이러한 뜻을 전해주셔서 저의 못난 원고 중에 '택'과 '형화' 세 글자를 칠해버리고 '편'과 '적설'로 고쳐주시기를 부탁드립니다.

남공께서 사명과 제게 무진년의 창화집을 구해달라고 명하셨습니다. 이세 서와 사명이 그것을 베껴 적어 남공께 드리니, 이것을 남공께 전달되도록 해주시기를 부탁드립니다. 창화하던 때에 한 두 동료가 공 등의 글을 보고서 매우 기뻐하여 공 등의 글을 얻기를 간절히 바랐으나, 공 등께서 여행길에 피로하셔서 속히 취침하셔야 할 것으로 여겨 감히 청하지 못했었습니다. 공께서 오사카[大坂]나 도읍[京師]에 계실 때 시간이 있으시면 두세 장 글씨를 써주시면 고맙겠습니다. 또한 번거로우시겠으나 저를 위해 이러한 뜻을 남·성·원 삼공께 전해주시면 감사하겠습니다. 각각 두세 장 글을 써 대마도 기실 난엄(蘭崦) 등에게 부쳐 주신다면 이보다 더 다행일 수 없겠습니다.

그 글은 귀국의 종이나 왜지(倭紙) 한 장에 각각 오율(五律)이나 칠률(七律) 한 수씩을 써주시기를 바라니, 부디 허락해주시기를 바랍니다. 생각건대, 공 등이 사명(使命)을 마치고 서쪽으로 돌아가실 때는 초여름이 될 것이니, 그때 우저에 배를 대실 때에 만나뵙기를 청하니, 다시 고결한 풍모를 뵈옵고 직접 이별하는[187] 것이 저의 소원입니다.

186 조선의 문사들에게 편지로 요청한 이와 같은 내용은 앞에 수록한 시에 반영되어, '編蒲效文寶, 積雪學孫康'로 수정되어 있음.

잘 모르겠으나 그럴 수 있을지요? 만 리길을 거쳐 지나시고 앞길도 머니 더욱 식사를 잘하시고 자애를 으뜸으로 삼으십시오.

위 글은 이달 23일 우편으로 대판으로 부쳤다.

정사명·근등서애에게 드리는 글

贈井四明近藤西厓書[188]

추월(秋月)·용연(龍淵)·현천(玄川)·퇴석(退石)

'우연한 만남이 곧 이별 자리'라는 구절은 노두(老杜)가 오늘을 위하여 먼저 지어 읊은 시구(詩句)입니다. 여러분도 마땅히 이와 같이 슬픈 심정이실 것입니다. 요즘 봄 날씨가 음산하니 여러분의 건강을 잘 보중하십시오. 양쪽에서 노를 젓는 배 안에서 깊이 추구하여 깨달아 보니, 쌓인 뜻의 풍부함과 글귀의 아름다움은 이전 사행(使行)에서는 얻지 못하였던 것입니다. 이제 두 분에게서 얻을 수 있었으니, 귀국의 문헌이 날로 흥성함을 헤아릴 수 있습니다. 감탄스러움을 어찌 이길 수 있겠습니까? 본래 서애(西厓)께서 평점을 청한 것은 저희들의 비루한 화답시를 올림으로써 이미 뜻을 다 밝히고자 생각하였습니다. 문득 한 마디의 평어(評語)는 췌언을 필요로 하지 않을 것입니다. 졸작은 바쁜 중에 짬을 내어 화답한 것이므로 뜻을 다하지 못하였습니다. 여러분의 한 번 웃음거리로 삼을 뿐이니 매우 부끄럽습니다.

187 1월 14일 아침에 근등독은 조선사행과 직접 만나 이별하지 못했기에 하는 말이다.

188 이 글은 3권(104쪽)에, 제목의 한 자만 다르게 '與井四明·近藤西厓書'라는 제목으로 실려 있다. 조선의 4문사가 정잠과 근등독에게 보내는 것이어서, 정잠이 편찬한 3권에도 실려 있는 것이다. 이하 주석은 3권의 주 참조.

화전일강(和田一江)이 청한 중자매(中子梅)의 인보(印譜)에 붙일 서문도 보냅니다. 중자매 인보의 서문이 다행히 곧 전해진다면 그에게 부탁한 것을 잊지 말라는 뜻을 말해주시기를 매우 바랍니다. 조강(朝岡)을 통하여 이 편지를 부치려 하니, 즉시 받아보실 수 있을지 모르겠습니다. 저희들은 이곳에서 또한 바람 때문에 묶여 있으니 근심으로 미칠 듯합니다. 바라보매 멀지는 않으나 만나 뵐 길이 없으니 더욱 원망스럽습니다. 돌아오는 길에 다시 만나 악수하게 되기를 바랍니다. 이만 줄이고 다 갖추지 못합니다.

서애의 72운에 화답하다
和西厓七十二韻

추월(秋月)

맑은 가을에 시 읊으며 국경을 벗어나니	淸秋賦出彊
조정의 부름 받아 팽택(彭澤)[189]은 어그러졌네	廷辟謬彭唐
채색 옷[190] 입고 혼정신성하기는 틀려졌으나	綵服違晨省
국서(國書)[191]로 임금 뜻 받들리라	芝函捧日光
상수(湘水)를 살펴보며[192] 세상 밖 유람[193]을 생각하나	窺湘思汗漫

189 팽택(彭澤) : 팽택현령(彭澤縣令)을 지낸 도연명(陶淵明)의 은거를 말함. 팽택 현령이 되었다가 석 달 만에 벼슬을 버리고 돌아오면서 〈귀거래사(歸去來辭)〉를 읊었다.

190 채복(綵服) : 색동옷이라는 말로, 효자가 어버이를 기쁘게 해 드린다는 뜻이다. 춘추시대 초(楚)나라 사람 노래자(老萊子)가 효성으로 어버이를 섬겨 일흔 살이 되어서도 색동옷을 입고 어린아이처럼 하며 어버이를 기쁘게 하였다는 데서 유래한다.

191 지함(芝函) : 국서(國書)를 담은 상자.

192 규상(窺湘) : 상수를 엿본다는 뜻으로, 사마천(司馬遷)의 유람을 가리킴. 사마천이

촉(蜀) 타이를 격문 지으려니[194] 문장이 부끄럽네	諭蜀愧文章
예의와 의리로 긴 노를 잡고서	禮義操長櫓
충성과 청렴으로 원칙을 엄히 하네	忠廉峻大防
헌허(玄虛)[195]처럼 큰 붓 적시고	玄虛椽筆濕
강락(康樂)[196]처럼 돛대 드날리리	康樂葉颿揚
근심스런 빗소리는 매화 핀 객관에 울리는데	慱雨鳴梅館
용무늬 구름[197]은 전장에 흩어지네	龍雲散戰場
별빛은 석목(析木)[198]을 어루만지는데	星芒捫析木
햇발은 부상(扶桑)[199]에 끼었네	日脚夾搏桑

10여 세에 고문을 다 통한 뒤에 20여 세에는 남으로 강회(江淮)·회계(會稽)·우혈(禹穴)·구의(九疑)·원상(沅湘) 등지를 유람하고, 북으로 문수(汶水)·사수(泗水)를 건너 제(齊)와 노(魯) 지방을 거쳐 양(梁)·초(楚) 지방까지 두루 유람하였다. 소철(蘇轍)은 사마천이 천하를 유람한 결과 위대한 문장을 성취할 수 있었다고 평하였다.

193 한만(汗漫) : 한만유(汗漫遊). 세상 밖의 유람. 원대한 유람.

194 유촉(諭蜀) : 한 무제(漢武帝) 때의 문장가 사마상여(司馬相如)의 행적을 말한다. 당시 당몽(唐蒙)이 야랑(夜郎)의 사신으로 임명되어 파촉(巴蜀)의 백성들을 동원하여 일을 시키면서 전시(戰時)의 군흥법(軍興法)을 적용하자 파촉 전역이 공포에 떨며 동요하였다. 이에 무제가 파촉 출신인 사마상여를 보내 당몽을 꾸짖고 민심을 안정시키도록 하니, 사마상여가 효유(曉諭)하는 격문을 지어 사태를 진정시키고 향리에 돌아갔다.『사기(史記)』「사마상여열전(司馬相如列傳)」.

195 헌허(玄虛) : 서진(西晉) 시대의 시인 목화(木華). 현허는 자(字). 자세한 행적은 알려져 있지 않으나『문선(文選)』에 그의 〈해부(海賦)〉가 전한다.

196 강락(康樂) : 남조(南朝) 송(宋)의 시인 사영운(謝靈運). 강락은 그의 세습 봉호(封號). 산수를 좋아하여 언제나 나막신을 신고 산에 오르곤 하였다.

197 당(唐)나라 낙빈왕(駱賓王)의 〈영설(詠雪)〉에, "龍雲玉葉上, 鶴雪瑞花新"라는 구절이 있다.

198 석목(析木) : 기(箕)·두(斗) 두 별 사이의 별자리. 동쪽 인방(寅方)에 해당하며, 지역으로는 흔히 요동 지방 또는 우리나라를 지칭하는데, 여기서는 일본을 뜻한다.

199 박상(搏桑) : 부상(扶桑). 박(搏)은 부(扶)와 통한다.

자라는 산을 이고[200] 밤에 손뼉 치기[201]를 멈추는데	鼇戴宵停抃
붕새[202]는 요동치며 저녁에 날개를 떨치도다	鵬搖夕振翮
바람은 순하여 고요한데[203]	天風承翼翼
바닷길은 거만하게 드넓도다[204]	溟路傲湯湯
눈이 크기는 도리어 배도(盃渡)[205]의 시야와 같건만	眼大還盃視
가슴이 넓기는 누가 범려(范蠡)[206]의 국량과 같으랴	胸恢孰蠡量
신의와 곧음은 곧바로 흰 물빛이 되고	信貞旋水白
평탄과 험함은 푸른 하늘에 맡기리	夷險任穹蒼
회수(淮水)[207]의 물산(物産)으론 천 그루 귤나무를 기록하고	淮産書千橘
형산(衡山)[208]의 재목으로는 큰 녹나무를 캐네	衡材採巨樟

200 오대(鼇戴) : 전설에서, 발해(渤海) 동쪽의 큰 바다에 있는 대여(岱輿)·원교(員嶠)·방호(方壺)·영주(瀛洲)·봉래(蓬萊)의 다섯 선산(仙山)을 여섯 마리의 자라가 등에 지고 있다고 한다.

201 변(抃) : 헤엄쳐 움직이다. 손뼉 치며 춤추다. 춤을 추다. 『초사(楚辭)』「천문(天問)」에서 "큰 자라가 산을 짊어지고 헤엄쳐 움직이니 어떻게 선산(仙山)이 안정되겠는가?[鼇戴山抃, 何以安之]"라고 하였다.

202 붕(鵬) : 전설상의 가장 큰 새로, 남해(南海)로 옮겨 갈 때 큰 회오리바람을 만나 구만 리를 날아오른 뒤에 여섯 달을 날아간다고 한다. 『장자(莊子)』「소요유(逍遙遊)」.

203 익익(翼翼) : 공경하여 근신하는 모양 또는 정제된 모습.

204 탕탕(湯湯) : 물의 흐름이 성대한 모습. 드넓은 모습.

205 배(盃) : 배도화상(盃渡和尙). 또는 배도화상(杯渡和尙). 진(晉)나라와 송(宋)나라 사이의 명승. 기주(冀州) 사람이며, 성명은 미상이다. 항상 나무로 만든 잔[盃]을 타고 물을 건넜으므로 사람들이 배도화상(盃渡和尙)이라고 불렀다.

206 범려(范蠡) : 춘추시대(春秋時代) 월(越)나라 사람. 월왕(越王) 구천(句踐)을 섬겨 오나라를 멸한 공으로 정승이 되었으나 벼슬을 버리고 미인 서시(西施)를 데리고 오호(五湖)를 유람하면서 성명을 고치고 세상 영화를 멀리하였다. 『사기(史記)』「화식전(貨殖傳)」.

207 회수(淮水) : 강 이름. 중국에서 셋째로 큰 강. 여기서는 일본의 강하를 지칭하는 듯.

이무기 교만해도 결국 안정되고	蜃驕歸妥帖
악어가 성을 내도 험한 파도[209] 물러나네	鼉怒屛蒼黃
복비(宓妃)[210]의 생황 연주 아름답고	宓女調笙善
천오(天吳)[211]의 장구 소리도 유장하도다	天吳脩鼓長
180승이 도력 있으니 용이 독이 없으며	道僧龍不毒
깊이 재를 지내주니 악어가 오히려 어질도다[212]	沈賽鰐猶良
벌여 선 고을에서 종려나무 닻줄로 맞이하고	列郡迎棕纜
물길 따라 나루에는 화려한 당이 시원하네	沿津敞綺堂
금 닭[213]이 충분하니 반찬을 만들고	金鷄充作膳
아름다운 풀을 꺾어 양식을 삼네	琪草折爲糧
즐거운 잔치에 재사(才士)[214]가 많고	娛讌多鸚鵡
말 탄 무리 모두 준마(駿馬)[215]를 탔네	騎徒盡驌驦
보배는 파시(波市)[216]의 풍부함을 자랑하고	珍夸波市富

208 형산(衡山) : 산 이름. 오악(五嶽)의 하나로, 회계산(會稽山)의 다른 이름. 여기서는 일본의 산을 지칭하는 듯.

209 창황(蒼黃) : 여기서는 사물의 변화무쌍한 모습을 말함.

210 복비(宓妃) : 전설상의 낙수(洛水)의 여신. 본래 복희씨(伏羲氏)의 딸인데 낙수(洛水)에 익사하여 수신(水神)이 되었다 한다.

211 천오(天吳) : 수신(水神)의 하나. 조양(朝陽) 골짜기에 있는데 머리가 여덟이며 사람의 얼굴을 하였고 호랑이의 몸에 꼬리가 열이라고 한다. 『산해경(山海經)』.

212 침새악유량(沈賽鰐猶良) : 한유(韓愈)가 조주(潮州)의 태수로 있을 때 백성들이 악어 때문에 고통을 겪었는데, 한유가 양과 돼지를 악어에게 던져주고 〈악어문(鰐魚文)〉을 지었더니, 악어들이 떠난 일이 있다.

213 금계(金鷄) : 전설상의 황금 닭으로, 이 닭이 부상(扶桑)의 산 위에서 한 번 울면 천하의 닭이 모두 따라 울면서 새벽이 밝아 온다고 한다. 여기서는 일본의 닭을 아름답게 표현한 것.

214 앵무(鸚鵡) : 여기서는 재주 있는 선비를 뜻한다.

215 숙상(驌驦) : 숙상(驌騻). 준마의 이름.

꽃은 유원(庾園)[217]의 향기처럼 흔하네	花賤庾園香
참석하는 자리마다 잔치 많아 바쁘니	儐席煩多享
나그네 길에 손수 의복을 빠네	征軺自洗裝
시(詩)를 읊음은 전대(專對)하는 처지요	誦葩專對地
황벽나무를 지탱함[218]은 몸단속하는 방책이라	持蘗檢身方
전대를 실으니 일찍이 육가(陸賈)[219]에게 부끄러우나	載橐曾羞陸
뗏목을 띄우고서 장건(張騫)[220]을 헤아리지 않네	浮槎不數張
향주머니를 푸른 지초로 매달아 차고	珮馨紉碧芷
갓끈의 때를 맑은 물에 씻네	纓垢濯清浪
고운 빛을 따니[221] 여룡이 놀라 잠에서 깨고[222]	擷彩驪驚睡
허공을 건너니 하백이 바다를 보고 탄식하네[223]	盤空伯望洋

216 파시(波市) : 저자처럼 사람이 많이 모이는 물가의 장소를 말한다.

217 유원(庾園) : 북주(北周)의 문인 유신(庾信)의 정원을 말한다.

218 지벽(持蘗) : 황벽나무를 지닌다는 뜻으로, 청백하게 절조를 지킴을 비유하는 말인 듯. 빙벽(冰檗) 또는 빙얼(冰蘖)은 춥고 괴로운 가운데에서도 굳게 절조를 지키며 청백하게 사는 것을 비유하는 말이며, 함빙여벽(含冰茹蘗) 또는 음빙식벽(飮冰食蘗)이란 고결(孤潔)하고 청고(淸苦)한 생활을 비유하는 말이다.

219 육가(陸賈) : 한(漢)나라 고조(高祖) 때의 사신. 한고조를 도와 나라를 건국하였으며, 두 번이나 남월(南越)에 사신으로 가 남월왕(南越王)을 달래어 복종시켰다. 월왕 위타(尉他)는 그가 돌아올 때 그의 행장에 천금의 황금을 싸 주었다. 육가의 행장을 육탁(陸橐) 또는 월탁(越橐)이라고도 한다.

220 장건(張騫) : 한(漢)나라 무제(武帝)때의 사신. 서역 대월지국(大月氏國)과 동맹을 촉진할 목적으로 서역(西域)을 두루 돌아다니며 동서(東西) 교역의 길을 열었다. 봉호(封號)는 박망후(博望侯).

221 힐채(擷彩) : 아름다운 글귀를 얻음을 말함.

222 여경수(驪驚睡) : 여(驪)는 여룡(驪龍). 흑룡(黑龍)으로 깊은 연못에 있는데, 그 턱밑에는 여의주(如意珠)라는 영묘한 구슬이 있다고 한다. 여룡이 잠들어 있을 때에 턱 아래에 있는 구슬을 훔쳐 온 사람의 이야기가 『장자(莊子)』「열어구(列御寇)」에 실려 있는데, 그 구슬은 주로 훌륭한 시문을 뜻한다.

개미 언덕이 해의 산[日嶽][224]을 두드리고 垤丘搥日嶽
발굽의 물방울이 은하수[225]에 매달렸네 蹄滴倒天潢
헛되이 먹물 놀이에 힘쓰지 말리니 墨戲休虛騖
꽃다운 연주를 멀리 드날려야 한다네 芳徽要遠颺
용과 뱀[226]이 지난 일에 놀랐으니 龍蛇驚往事
원숭이와 학[227]은 남은 상처가 있네 猨鶴有餘傷
신령한 귀신은 혼백이 다 없어졌으나 靈鬼雖殲魄
충신은 창자를 짓밟히지 않는다네 忠臣未履腸
제나라에서는 9대 전의 원수를 갚았는데[228] 齊家讎九世
한(漢)나라 늙은이[229]는 천 줄기 눈물을 흘리네 漢老淚千行
순화(鶉火)[230]의 궤도는 혜성을 바라보는데 鶉火躔看孛

223 망양(望洋) : 망양지탄(望洋之歎). 바다를 보고 탄식한다는 말로, 도저히 넘볼 수 없는 위대한 경지를 접하고서 자신의 역량이 부족한 것을 한탄함을 이른다. 황하 귀신인 하백(河伯)이 끝이 보이지 않는 북해(北海)에 처음 이르러서 자신의 좁은 소견을 탄식하는 이야기가 『장자(莊子)』「추수(秋水)」에 실려 있다.

224 일악(日嶽) : 일광산(日光山)을 가리키는 듯.

225 천황(天潢) : 별 이름 또는 은하수.

226 용사(龍蛇) : 용은 진(辰), 사는 사(巳)로서, 임진년과 계사년의 왜란(倭亂)을 뜻한다.

227 원학(猨鶴) : 은일처사를 비유하는 말.

228 제가수구세(齊家讎九世) : 제(齊)나라에서는 구세(九世)된 원수를 갚았다. 춘추시대 제나라 양공(襄公)이 기후(紀侯)를 멸망시켰는데, 이는 구세 전의 원수를 갚은 것이었다는 고사에서 유래한다. 『춘추(春秋)』「공양전(公羊傳)」「장공(莊公)」 4년.

229 한로(漢老) : 자신을 가리킨 말.

230 순화(鶉火) : 12성수(星宿)의 하나. 『석문(釋文)』에 "해와 달이 모인다는 것은 해와 달이 번갈아 가면서 12차(次)에 모이는 것을 말한다. 인월(寅月)에는 석목(析木), 묘월(卯月)에는 대화(大火), 진월(辰月)에는 수성(壽星), 사월(巳月)에는 순미(鶉尾), 오월(午月)에는 순화, 미월(未月)에는 순수(鶉首), 신월(申月)에는 실침(實沈), 유월(酉月)에는 대량(大梁), 술월(戌月)에는 강루(降婁), 해월(亥月)에는 추자(娵訾), 자월(子月)에는 현효(玄枵), 축월(丑月)에는 성기(星紀)에 각각 모인다." 하였다.

용천검(龍泉劍)은 금옥(金玉)소리를 내네	龍泉劍擊鏘
영웅이 판을 쓸어 뒤집으니	英雄翻掃局
성세에 생황을 불게 되었네	聖世許吹簧
무기의 구리로 된 요기(妖氣)가 녹으니	兵氣銷銅祲
광주리에 향기로운 유자를 채워 담네	筐包實柚芳
맹약으로는 위자(魏子)[231]를 따르고자 하고	牲盟從魏子
숫양 젖[232]의 소무(蘇武)[233]를 돌아가게 하려네	羝乳返蘇郎
바다 빛이 장마 비를 걷어내니	海色褰淫雨
하늘의 뜻이 찬 서리를 거두도다	天心斂肅霜
북쪽 관에는 보배로운 약이 흔하고	北關輕寶藥
남쪽 산에는 아로새긴 들보[234]가 의젓하네	南嶠委雕梁
특별히 배들을 자주 보내며	特送舟航數
사신 행차 이어짐[235]을 거듭 기뻐하네	申歡冠蓋望
조정의 삼책(三策)[236]이 좋으니	朝廷三策善

231 위자(魏子) : 전국시대 제(齊)나라 맹상군(孟嘗君)의 식객. 봉읍에서 거둔 곡식을 어려운 처지에 있던 어진 사람에게 모두 주고 맹상군에게 바치지 않아 쫓겨났다. 몇 년 뒤 맹상군이 반란을 일으키려 한다는 모함을 받았을 때, 위자가 곡식을 주었던 그 사람이 자신이 목숨을 바쳐 맹상군의 결백을 맹세하겠다면서 자결하였다.

232 저유(羝乳) : 숫양의 젖. 한(漢)나라 때에 소무(蘇武)가 흉노(匈奴)에게 사신으로 갔다가 북해(北海)의 사람이 살지 않는 곳에서 숫양을 기르며 억류되었다가 기러기 발에 편지를 매어 보내 19년 만에 귀환하였다. 흉노가 소무를 억류하면서 숫양이 젖을 내면 돌려보내겠다고 하였다는 데서 저유는 불가능한 일을 뜻한다. 『한서(漢書)』「소무전(蘇武傳)」.

233 소랑(蘇郎) : 소무(蘇武).

234 조량(雕梁) : 호화로운 건축물을 비유하는 말.

235 관개망(冠蓋望) : 관개상망(冠蓋相望). 서로 바라볼 수 있는 가까운 거리를 두고 잇달아 벼슬아치의 수레가 간다는 뜻으로, 여기서는 사신의 왕래가 끊이지 아니함을 가리킨다. 관개는 관원의 관복과 수레를 말한다.

봉화(烽火)가 양쪽 변경에 편안하네	烟火兩邊康
주조한 인장의 황금빛 찬란하고	鑄印黃金大
붉은 인주(印朱)[237] 찍은 보자기 누르스름하네	緘泥赭帕細
사천 리 여정을 어찌 꺼릴 건가	四千程敢憚
오백의 노가 서로 힘쓴다네	五百櫂相將
새의 부리[238]는 삼광(三光)을 받아 찬란하고	鳥噣三光爛
용의 비늘은 만 섬의 물결에서 뛰어오르네	龍鱗萬斛驤
푸른 연기 피어오르니 비로소 이삭을 줍는데	藍煙初拾穗
적수[239]에서 다시 구슬을 찾네	赤水更探琅
인물을 자세히 수집하고	人物蒐羅細
풍요를 자세히 찾아보네	風謠採訪詳
이름난 고을은 원래 말이 나는 기북(冀北)[240]이니	名州元馬冀
그대는 곧 상서로운 기린이라	之子是麟祥
연사(蓮寺)[241]의 봄이 깊지 않은데	蓮寺春浮淺

236 삼책(三策) : 경세(經世)의 긴요한 정책을 비유하는 말. 한(漢)나라 무제(武帝) 때 유학자 동중서(董仲舒)가 현량대책(賢良對策)에서 천인감응(天人感應)의 설을 요지로 올린 〈천인삼책(天人三策)〉에서 유래한다.

237 니(泥) : 인니(印泥). 인주(印朱). 고대에는 진흙으로 서신을 봉하고 인장을 찍었는데 특히 황제의 조칙은 자주색 진흙[紫泥]을 썼다.

238 조주(鳥噣) : 배를 가리킴. 물새의 일종인 익(鷁)이 풍파를 잘 견디므로 뱃머리에 익새 모양을 그려 넣는다.

239 적수(赤水) : 고대 신화 전설 중의 물 이름. 『장자(莊子)』「천지(天地)」에, 황제(黃帝)가 적수의 북쪽에서 놀다가 곤륜산 언덕에 올라 남쪽의 바라보고 돌아오다가 그 현주(玄珠)를 잃어버렸는데, 아무도 찾지 못하고 무심(無心)을 뜻하는 상망(象罔)이 찾아냈다고 하였다.

240 기(冀) : 기북(冀北). 기주(冀州)의 북쪽. 좋은 말이 나기로 유명한 곳이다.

241 연사(蓮寺) : 본련사(本蓮寺). 사행이 우시마도[牛窓]에서 머문 관사.

우호(牛湖)[242]의 달빛은 깊게 일렁이네	牛湖月湧汪
아름다운 연주는 계찰(季札)[243]을 참고한 음악이요	瑶絃參札樂
고운 꽃 만들기는 주(周)나라를 가까이한 의상이네	卉製襯周裳
생각을 이끌어 내 고운 붓을 배치하여	導意擒花筆
화답시를 비단 주머니[244]에 꽂네	酬詩襭錦囊
용모가 매우 정답고 친절하며	眉眸饒款曲
사소한 일[245]도 어긋남이 없도다	履屐不郎當
적토마 맞이함이 더욱 익숙하니	赤兎迎曾慣
청운에 의지하여 더욱 빛나리[246]	青雲附益彰
오직 아름다운 보배[247]를 드리고 싶으니	瓊華聊欲贈
아름다운 나무[248]는 끝내 잊지 못하리	嘉樹竟難忘
자리 가까이엔 등불 기둥을 나누어 세우고	近榻分櫨炬
잔을 들어 단 물[249]을 마시네	揮樽用蔗漿

242 우호(牛湖) : 우시마도[牛窓].

243 계찰(季札) : 춘추시대의 오(吳)나라 임금의 동생. 여러 나라에 사신으로 가서 명성을 떨쳤으며, 일찍이 노(魯)나라에 사신으로 갔을 때 음악을 듣고는 치란(治亂)과 흥망(興亡)을 알았다고 한다.

244 금낭(錦囊) : 비단 주머니라는 뜻으로, 시고(詩稿)를 넣는 주머니를 말한다.

245 이극(履屐) : 이극간(履屐間). 사소함을 비유하는 말.

246 청운부익창(青雲附益彰) : 사마천(司馬遷)이 『사기(史記)』「백이열전(伯夷列傳)」에서 "백이 숙제가 어질었어도 공자의 말씀을 통해 이름이 더욱 드러났고, 안연의 학문이 독실했어도 천리마의 꼬리에 붙여서 그 행실이 더욱 드러나게 되었으니 …… 청운지사의 힘을 빌리지 않으면 어떻게 후세에 전해질 수가 있겠는가.[伯夷叔齊雖賢 得夫子而名益彰 顔淵雖篤學 附驥尾而行益顯 …… 非附青雲之士 惡能施于後世哉]"라고 하였다.

247 경화(瓊華) : 보옥(寶玉)이라는 뜻으로, 아름다운 시문을 비유한다.

248 가수(嘉樹) : 귤나무를 말하는 듯. 굴원(屈原)의 〈귤송(橘頌)〉에 "후황의 가수인 귤나무가 남쪽의 이 땅을 사모해 찾아왔네.[后皇嘉樹橘徠服兮]"라는 구절이 있다.

249 자장(蔗漿) : 단 술, 단 물, 사탕수수 즙.

아름다운 벗들은 하감(賀監)[250]을 연이었으니	佳朋聯賀監
고운 이름들은 동양(東陽)[251]을 뒤따르리	美號後東陽
말이 짧으니 시간 알림[252]이 싫고	語短嫌傳漏
즐거움이 깊으니 배를 풂[253]이 애석하네	歡深惜解航
봄 물가에서 전송할 때에[254]	送臨春水沚
새벽에 누대 옆에 우두커니 서 있었으리	凝竚曉樓旁
사귐이 오래지 않으나 새로 굴원을 알겠고	交淺新知屈
문장이 기이하니 익숙하기가 양웅(揚雄)과 같네	文奇舊似楊
나무는 이별의 정 머금고 있는데	離情含在樹
안색을 보니 하량(河梁)[255]인 듯하네	顏色見疑梁
그리워하며 물가에 오르고	耿耿登蘋渚
근심하며 대나무 방에 누웠으리	愔愔臥竹房
멈춘 구름은 낮게 물을 떨치고	停雲低拂水
빗긴 비는 촘촘하게 담장을 침노하네	斜雨密侵牆
이미 만나보았으니 얼마나 기쁜가마는	旣見何其悅

250 하감(賀監) : 당(唐)나라 시인 하지장(賀知章)을 가리키는 말. 하지장이 비서감(秘書監)을 지냈기 때문에 붙은 이름.

251 동양(東陽) : 옛 지명. 한(漢)나라 때 동양후(東陽侯)를 지낸 장상여(張相如)를 말하는 듯. 장상여는 한(漢)나라 고조(高祖)와 문제(文帝) 때의 중신으로 흉노를 쳐서 큰 공을 세웠다.

252 전루(傳漏) : 시간을 알림.

253 해항(解航) : 배를 묶은 줄을 푼다는 뜻으로, 출발을 가리킴.

254 1월 14일의 우시마도에서 출발할 때에, 사행을 떠나보낸 근등독의 상황을 말한 것이다.

255 량(梁) : 하량(河梁). 하수(河水)를 건너지른 다리인데, 이별하는 장소를 뜻한다. 한(漢)나라 때 이능(李陵)이 소무(蘇武)에게 준 송별시에, "손을 잡고 하량에 올라간다[攜手上河梁]."고 한 데서 유래한다. 『한서(漢書)』「이릉전(李廣傳)」.

돌이켜 생각하니 마침내 다시 아득하네	回思遂復茫
물길 여정은 여전히 아득한데	波程猶淼漠
물가 객관에서 오래도록 방황하네	津館久徊徉
대보름 저녁[256]에 대궐을 바라보니	元夕瞻辰闕
가벼운 추위가 객의 침상에 다가오네	輕寒逼客牀
습비[257] 근심은 빌미가 있으나	濕痺愁有祟
맑고 흐린[258] 괴로움은 무상하네	舒慘苦無常
남쪽의 형승에 다 이르니 멀지 않은데	南紀窮非遠
동쪽 태풍 불어와 사납게 일어나네	東飆煽作狂
장기(瘴氣)[259] 낀 이내는 흐릿하게 어두운데	瘴烟昏淰淰
대숲의 해는 쓸쓸히 차갑도다	竹日冷荒荒
183나라를 떠나올 때 하늘 끝을 생각했는데	去國懷天末
사람을 따라 물 가운데 있도다	從人在水央
서불(徐市)의 종적을 미처 밟지 못했는데	徐君蹤未躡
기로(夔老)[260]의 한을 어찌 갚을까	夔老恨何償
바람이 거슬러 부니 닭은 문에 멈추었고	風逆門鷄滯
하늘이 머니 학은 들에 높이 나네	天長野鶴昻

256 원석(元夕) : 음력 1월 15일 저녁을 이르는 말.

257 습비(濕痺) : 습기 때문에 관절이 저리고 아픈 병.

258 서참(舒慘) : 고락(苦樂)·청음(淸陰)·풍흉(豊凶) 등 대립되는 개념을 일컫는 말. 한(漢)나라 장형(張衡)의 〈서경부(西京賦)〉에 "사람이 봄과 여름철에는 마음이 즐겁고 가을과 겨울에는 근심이 쌓이는데, 이는 계절의 변화와 밀접한 관계가 있는 것이다.[夫人在陽時則舒, 在陰時則慘, 此牽乎天者也.]" 라고 한 데서 유래한다.

259 장기(瘴氣) : 축축하고 더운 땅에서 생기는 독한 기운.

260 기로(夔老) : 임금의 제술관인 자신을 지칭하는 말로 보인다. 기(夔)는 순(舜)임금 때의 악관(樂官).

비파호에 배 기다린 지 오랜데	琵湖須艇久
부용 골짜기에 지팡이 흩어 짚기 어렵도다	蓉岫散笻妨
뽕나무 아래서 묵어도[261] 부질없이 그리운데	桑宿空嫪戀
쑥대밭에서 떠도니 족히 슬프도다	蓬漂足悢愴
정신은 몽환의 동산에서 노니는데	神遊園夢幻
나그네 생활에는 젖은 구름이 서늘하네	旅食瀼雲凉
때 묻은 버선을 어찌 벗을 터인가	垢韈那當解
향기로운 귤을 아직 족히 맛보지 못했는데	香橙未足嘗
늙기 쉬우니 약을 감춤[262]을 미워하나	易衰憎藥秘
병이 많으니 몸의 강함을 잃었도다	多病失身强
호탕한 건 돛 앞의 새인데	浩蕩帆前鳥
연파는 곳곳마다 고향이로다	煙波處處鄕

서애사백의 72운에 화답하다
詶西厓詞伯七十二韻

용연(龍淵)

유관을 쓰고 처음 국경을 벗어날 때	儒冠初出疆
감히 당시(唐詩)의 솜씨를 바랐지	詩律敢希唐

261 상숙(桑宿) : 여기서 상(桑)은 일본을 뜻하기도 하며, 글자 그대로 뽕나무를 뜻할 수도 있다. 불승은 은애(恩愛)의 정이 생길까 두려워하여 뽕나무 아래에서 쉬되 한 나무 아래에서는 사흘 밤을 계속 자지 않는다는 고사가 있다. 『후한서(後漢書)』「양해전(襄楷傳)」.

262 약비(藥秘) : 항아(姮娥)가 서왕모(西王母)의 불사약을 훔쳐 먹은 일을 말하는 듯. 후예(后羿)가 서왕모에게 불사약을 구해 얻었는데, 그가 미처 복용하기도 전에 후예의 처인 항아가 몰래 훔쳐 먹고는 달로 도망쳐서 달의 신선이 되었다고 한다.

대륙은 엄한 서리의 계절인데 大陸嚴霜節
함지에서 목욕한 해[263]가 빛나네 咸池浴日光
피리와 생황은 땅의 소리[264]를 거두었고 竽笙收地籟
은하수는 하늘의 문장을 긁어냈도다[265] 雲漢抉天章
깃발들이 땅의 국경을 넘고 旄纛踰關塞
누선들이 바다 국경을 건넜네 樓船跨海防
월주(粵洲)[266]에 붉은 깃발이 멀고 粵洲朱旆遠
전포(滇浦)[267]에 비단 돛 드날리네 滇浦錦帆揚
포은(圃隱)[268]이 뗏목을 댔던 곳이며 圃老停槎地
신라 때 결맹(結盟)[269]했던 곳이라네 新羅刑馬場
*학을 무릅썼으니 어찌 티끌에 막혀 있겠나 蒙鶴寧滯芥
자취를 끊었다가 비로소 부상에 이르렀네 杜跡始窮桑

263 함지(咸池) : 동방에 있다는 큰 못. 『회남자(淮南子)』 「천문훈(天文訓)」에, "해가 양곡에서 나와 함지에서 목욕한다[日出於暘谷, 浴於咸池]고 하였다.

264 지뢰(地籟) : 대지에 구멍에 바람이 불어서 나는 온갖 소리. 바람소리나 새소리, 물소리와 같은 자연계의 소리를 말하는 천뢰(天籟)와 사람이 악기를 불어서 나는 소리인 인뢰(人籟)와 상대되는 개념으로 『장자(莊子)』 「제물론(齊物論)」에서 유래한다.

265 운한결천장(雲漢抉天章) : 운한은 은하수. 천장은 천문(天文) 또는 제왕의 시문. 소식(蘇軾)의 〈조주한문공묘비(潮州韓文公廟碑)〉에서, "공은 옛날에 용을 타고 백운향에 노닐면서, 손으로 은하수를 긁어 하늘의 문장을 나누어 가졌네.[公昔騎龍白雲鄕 手抉雲漢分天章]"라고 하여 한유(韓愈)의 문체를 찬양하였다.

266 월주(粵洲) : 월(粵)은 월(越)과 통함. 여기서는 일본을 지칭하는 말로 쓰임.

267 전포(滇浦) : 전(滇)은 지금의 운남성(雲南省)에 있던 나라. 여기서는 일본을 지칭하는 말로 쓰임.

268 포로(圃老) : 포은(圃隱) 정몽주(鄭夢周). 고려 우왕(禑王) 3년 (1377년) 9월에 일본에 사신으로 갔다가 다음해 7월에 돌아온 일이 있다.

269 형마(刑馬) : 고대에 맹세를 할 때 말을 죽여 그 피를 마셔 맹세하였기 때문에 서약하여 신의를 삼는 것을 형마라 하였다.

고래와 이무기가 어지러이 깊이 숨고	鯨蜃紛深伏
난새와 붕새가 다투어 멀리 나는데	鸞鵬競遠翔
축축한 음기는 먹물 뿌린 것 같고	瘴陰疑潑墨
뜨거운 물은 끓는 물에 손 넣은 것 같네	炎水似探湯
험하고 어려움을 어찌 말할 필요 있을까	艱險那須說
여정을 헤아릴 수 없으니	行程未可量
북쪽을 의지하니 별빛이 밝은데	北依星宿耿
남쪽으로 향하니 물 위의 구름 희미하네	南泝水雲蒼
보배로운 광채가 온갖 보석들에 늘어섰고	寶氣排珠貝
기이한 재목들이 비파나무 녹나무에 벌여 있네	奇材列杷樟
온산에 종려나무 철나무 푸른데	滿山棕鐵綠
갯가를 둘러 감과 귤이 누렇네	匝浦橘柑黃
오백 명이 함께 배 타는 고충을 겪어	五百同舟苦
삼천 리 긴 바닷길을 건너는데	三千駕海長
멀리 노니는 것은 굴원(屈原)[270]의 포부이니	遠遊懷屈子
출신지의 위대함은 진량(陳良)[271]을 묻노라	偉産問陳良
호숫가 절에 흰 책 상자 있더니	白笈湖邊寺
비오는 당에는 화전지가 있도다	華箋雨裏堂
난초 향기는 묶어 찰 만하고	蘭薰要結珮

270 굴자(屈子) : 전국시대의 굴원(屈原)이 나라에 용납되지 아니하므로 신선과 함께 멀리 돌아다니겠다는 내용으로 원유(遠遊)라는 부(賦)를 지었다.

271 진량(陳良) : 맹자(孟子)가 이르기를, "진량은 초(楚)나라 출신으로, 주공과 중니의 도를 좋아하여 북으로 중국에 와서 배웠는데, 북방의 학자들이 누구도 그보다 나은 사람이 없었으니, 그는 이른바 호걸의 선비였다.[陳良, 楚産也, 悅周公仲尼之道, 北學於中國, 北方之學者, 未能或之先也, 彼所謂豪傑之士也.]"라고 한 데서 온 말이다. 『맹자(孟子)』「등문공상(滕文公上)」.

아름다운 미숫가루는 양식으로 넉넉하네	瑤糗剩齎糧
강과 바다에 어룡(魚龍)이 뛰어오르고	積水騰龍鯉
긴 여정에 준마(駿馬)가 익숙하네	長途老驌驦
면과 인삼을 멀리까지 예물로 통하니	綿蔘通遠贄
관과 면류관이 기이한 향기를 발산하네	冠冕散奇香
아득히 장건(張騫)[272]의 일을 생각하니	緬想張騫役
도리어 육가(陸賈)의 행장[273]에 부끄럽네	還羞陸賈裝
높은 돛대는 오히려 물가에 내렸는데	危檣猶下渚
두우성을 돌아 다시 동방이네	旋斗又東方
서화는 품평하기에 넉넉하고	書畫饒評品
활집은 늦추어 당기기에 충분하네	櫜鞬足弛張
적막한 속에서 봄잠이 단데	春眠甘寂寞
푸른 물결에 가을 구레나룻이 느껍도다	秋鬢感蒼浪
서불(徐市)의 사당은 삼도(三島)[274]에 남았는데	徐廟留三島
천하의 이내[275]는 바다 가운데 아득하다	齊煙渺半洋
신선 세계가 끝없이 펼쳐지더니	玄眞開汗漫

272 장건(張騫): 한(漢)나라 무제(武帝) 때의 문신. 서역(西域)에 사신으로 가 인도 통로를 개척하고, 동서의 교통과 문화 교류의 길을 열었다.

273 육가장(陸賈裝): 위의 육가(陸賈) 주 참조.

274 삼도(三島): 전설상 바다 가운데 있다고 하는 봉래(蓬萊)·영주(瀛洲)·방장(方丈)삼신산(三神山). 여기서는 일본을 가리킨다.

275 제연(齊煙) : 제연구점(齊煙九點). 제주구점연(齊州九點煙). 높은 하늘 위에서 내려다보면 중국 전체가 작은 이내 덩어리로 보인다는 말. 제주(齊州)는 중국. 당(唐)나라 이하(李賀)의 〈몽천(夢天)〉에, "삼산 아래가 상전도 되고 창해도 되었는데, 다시 달리는 말처럼 천 년을 변했어라. 멀리 제주를 바라보니 아홉 점의 연기인 듯, 큰 바다가 한 잔 물을 쏟아 놓은 것처럼 작게 보이네.[黃塵淸水三山下 更變千年如走馬 遙望齊州九點煙 一泓海水杯中瀉]"라고 하였다.

나루에 머무니 연못이 구분되네	津次辨池潰
진세(塵世)의 밖에서 흉금이 탁 트이고	事外胸襟豁
허공에서 도량(度量)이 드넓어지네	空邊氣宇颺
사모하는 정신은 몽롱하게 소리를 듣는데	愛神聞恍惚
강둑의 넋은 충분히 슬프도다	堤魄足悲傷
다만 방향 잃은 흐린 눈을 탓하노라니	秖歎迷方眼
열사의 마음이 꺾이는 듯하네	猶摧烈士腸
고향 생각으로 밤의 꿈이 수고로운데	思鄕勞夜夢
우러르니 조정의 행사가 지극히 엄숙하네	瞻極肅朝行
물결 속에는 고기와 기러기가 끊어졌는데	波裏魚鴻斷
구름 끝에는 패검(佩劍)이 쟁그랑 소리 나네	雲端劍玦鏘
객창에 피리 소리 시름겹게 들리더니	客窓愁聽笛
빈석에 생황 소리 즐겁게 들리네	賓席好聞簧
이 밤 등불 화로 고요한데	此夜燈爐靜
누가 마름을 아름답게 꾸미는가	何人藻飾芳
등나무 그늘에 바다 손님을 초대하니	藤陰來海客
태령에서 신선을 만났도다	台嶺遇仙郎
눈 쌓인 잣나무는 아침 안개 머금었는데	雪栢朝含霧
바람 맞은 갈대는 밤에 서리를 띠었구나	風蒹夜帶霜
높이 옮겨가 깃들 나무 가리기[276]를 생각하고	喬遷惟擇木
아득히 움직여 기꺼이 동량을 따르네	冥擧肯隨梁
그리운[277] 그대의 의용(儀容)을 떠올리면서	芝宇依依覿

276 택목(擇木) : 새가 나무를 가려서 깃들인다는 뜻으로, 주로 주인을 가려 섬김을 비유하는 말. 또는 관직을 가림.

우뚝한[278] 놀 표지[279]를 바라보네	霞標落落望
호수와 산은 하로(賀老)[280]와 이웃했으니	湖山隣賀老
납과 수은[281]으로 한강(韓康)[282]을 유세하리	鉛汞說韓康
골짜기가 트이니 복숭아밭[283]이 신비로운데	洞闢花源秘
주렴이 열리니 대나무 정원이 누렇네	簾開竹院緗
고개 위 구름은 참으로 절로 기뻐하는데	嶺雲眞自悅
바다 학은 멀리까지 서로 나아가네	海鶴遠相將
늙은 조개[284]는 문장이 난숙하고	老蚌文章爛
이름난 망아지[285]는 빠르게 달리도다	名駒步驟驤
자줏빛 능소화 향기 짙은데	紫苕馨郁郁

277 의의(依依) : 사모하여 생각하는 마음을 형용하는 말.

278 낙락(落落) : 드문 모습 또는 고초(高超)·탁월(卓越)한 모습. 많은 것이 끊이지 않고 연속한 모습.

279 하표(霞標) : 놀의 표지 또는 붉은 색으로 우뚝하게 선 물건을 말한다. 진(晉)나라 손작(孫綽)의 〈유천태산부(遊天台山賦)〉에 "적성산에 놀이 일어나 표지를 세웠다.[赤城霞起以建標]"고 한 데서 유래한다.

280 하로(賀老) : 당(唐)나라 시인 하지장(賀知章)을 말하는 듯. 중년에 벼슬길에 올라 태자빈객(太子賓客)·비서감(祕書監) 등을 제수 받았으나 늘그막에 그를 다 버리고 도사(道士)가 되기를 청하자, 현종(玄宗)이 조서를 내려 그에게 회계(會稽)의 경호(鏡湖)와 섬천(剡川) 한 굽이를 하사하여 그곳에서 여생을 보내도록 하였다.

281 연홍(鉛汞) : 도교의 연단(煉丹) 재료 또는 연단을 말함.

282 한강(韓康) : 후한(後漢) 때의 은사(隱士).

283 화원(花源) : 도화원(桃花源).

284 노방(老蚌) : 훌륭한 아들을 둔 사람을 비유하여 이르는 말. 후한(後漢) 때 공융(孔融)이 위단(韋端)의 두 아들인 강(康)과 탄(誕)의 재능을 기특하게 여겨, 그의 아버지인 위단에게 보낸 글에 "뜻밖에 근래에 두 진주가 늙은 조개에서 나왔구려.[不意雙珠 近出老蚌]"라고 한 데서 유래한다.

285 명구(名駒) : 재능이 뛰어난 젊은이를 비유하여 이르는 말.

차가운 옥 소리 낭낭하도다	寒玉響琅琅
뜻이 서로 맞으니 정신의 요추가 높고	意愜神關聳
마음 한가로우니 보는 것이 상세하다	心閑視瞻詳
형 땅 사람[286]이 노리개를 어찌 보배로 여길 것인가	荊人珩豈寶
오나라 객은 봉을 상서롭게 여기네	吳客鳳爲祥
북과 나팔이 시단(詩壇)에 장하게 울려 퍼지니	鼓角騷壇壯
크고 작은 물결이 학해(學海)에 왕성하네	波瀾學海汪
산호를 깨끗이 씻어 밥을 짓고	珊瑚精作飯
연잎과 혜초를 모아 치마를 만드네	荷蕙集成裳
물소리는 고운 기러기발[287]에 맑게 울리는데	水韻淸瑤軫
꽃향기는 비단주머니[288]에 쌓이누나	花香貯錦囊
동종(銅鐘) 소리에 모름지기 감응할 것이니	銅鐘須感應
풍월을 그 누가 금하리오	風月孰禁當
적수[289]에는 정화(精華)가 빛나고	赤水精華烱

286 형인(荊人) : 변화(卞和)는 주대(周代) 초(楚)나라의 변화(卞和)는 형산(荊山)에서 옥이 박힌 돌을 얻어 초나라 여왕(厲王)에게 바쳤다. 여왕이 옥인(玉人)에게 감정하게 하였더니, 옥인은 돌이라고 판정하였다. 여왕은 변화가 속였다 하여 왼쪽 발을 베었다. 변화는 무왕(武王)에게 이 박옥을 바치니, 역시 옥이 아닌 돌로 감정되어 오른쪽 발이 잘렸다. 문왕(文王)이 즉위하자, 변화는 그 박옥을 안고 형산 아래에서 밤낮 3일을 울어대니, 눈물이 다 나오자 피가 나왔다. 문왕이 듣고 옥인을 시켜 다시 쪼개어보게 하여 보옥을 얻었다 한다. 『한비자(韓非子)』「화씨(和氏)」.

287 진(軫): 기러기발. 거문고·가야금·아쟁 따위의 줄을 고르는 기구.

288 금낭(錦囊) : 시를 적어 넣는 비단 주머니. 당(唐)나라 때 시인 이하(李賀)가 외출할 때 종에게 비단 주머니를 가지고 따라다니게 하면서 시를 지으면 그 속에 넣었던 고사에서 유래한다.

289 적수(赤水) : 고대 신화 전설 중의 물 이름. 『장자(莊子)』「천지(天地)」에, 황제(黃帝)가 적수의 북쪽에서 놀다가 곤륜산 언덕에 올라 남쪽의 바라보고 돌아오다가 그 현주(玄珠)를 잃어버렸는데, 아무도 찾지 못하고 무심(無心)을 뜻하는 상망(象罔)이 찾아냈

남쪽 별자리[290]에는 이름자가 빛나도다	朱躔姓字彰
금란 같은 굳은 우정을 변치 않기 기약하고	金蘭期不替
호저[291]같이 깊은 사귐 잊지 않기 원하는데	紵縞願無忘
짧은 만남 자리에는 귤나무 두공이 이었었고	少座聯櫨橘
사귐의 즐거움을 계수나무 상앗대가 도왔었지	交歡侑桂槳
옷과 신이 연사(蓮寺)[292]의 곁에 머물었는데	衣鞋蓮寺側
누관은 복주(福洲) 북쪽에 있도다	樓館福洲陽
감포(鑑浦)에서 참된 노를 찾는데	鑑浦尋眞楫
우호(牛湖)에는 보배로운 배를 실었도다	牛湖載寶航
아롱진 붓이 대숲 속에 긴데	斑毫脩竹裏
맑은 티끌은 매화나무 옆에 지누나	淸塵落梅旁
연단(煉丹)의 약속을 비로소 위(魏)에게 묻더니	丹契初詢魏
현경[293]을 늦게야 양웅(漢揚)에게 배우도다	玄經晚學楊
땅의 관문에는 끝내 표지가 있는데	地關終有表
하늘 길에 어찌 다리가 없으리	天路詎無梁
향기로운 물가에 의지하여 나물을 캐니	拾采依蓀渚
약방(藥房)에 이르러 빛이 퍼지네	摛華到葯房
완적(阮籍)과 혜강(嵇康)[294]은 원래 모임을 함께 했고	阮嵆元竝社

다고 하였다.

290 주전(朱躔) : 남쪽 별자리를 뜻하는 듯. 붉은 빛은 남방(南方)을 가리킨다. 여기서는 일본을 뜻하는 것으로 보인다.

291 호저(縞紵) : 생사(生絲)로 만든 띠와 모시옷이라는 뜻으로, 우정이 깊음을 비유한 말. 오(吳)나라의 계찰(季札)과 정(鄭)나라의 자산(子産)이 흰 비단 띠와 모시옷을 주고 받은 고사에서 유래한다.

292 연사(蓮寺) : 본련사(本蓮寺). 사행이 우시마도[牛窓]에서 머문 관사.

293 현경(玄經) : 한(漢)나라 양웅(漢揚)의 『태현경(太玄經)』. 『현경(玄經)』이라고도 한다.

유정(劉楨)과 조식(曹植)[295]은 절로 이웃했다네	楨植自連墻
도인(道人)의 모습이 담박함을 간직했으니	道貌存枯淡
오묘한 이치가 혼돈 상태를 열어주네	玄機闢混茫
그러므로 응당 모였다가 흩어짐을 슬퍼하며	故應悲聚散
애오라지 스스로 배회함을 기뻐할 뿐이지	聊自喜彷徉
매단 돛을 풀어 출발하며	一解懸風纜
그 밤의 즐거움[296]을 멀리서 회상하였네	遙懷卜夜牀
새로 아는 것보다 더 좋은 것은 참으로 없으리니	新知誠莫樂
잠시의 이별이 갑자기 무상하도다	少別遽無常
시 벗 드문 줄을 이미 알았으니	已識詩朋罕
흥에 취해 미혹함을 뉘라서 어여삐 여기리	誰憐醉興狂
이슬비 내리는 숲에서 홀로 시 읊으며	獨吟林雨細
흐린 구름 드리운 바다에서 높이 휘파람 부네	高嘯海雲荒
이별하는 포구에 하늘은 끝이 없고	別浦天無際
대보름 밤 달은 아직 다하지 않았네	元宵月未央

294 완혜(阮嵇) : 완적(阮籍)과 혜강(嵇康). 둘 다 진(晉)나라 때 죽림칠현(竹林七賢)의 한 사람. 완적은 본디 휘파람을 잘 불어서 그 소리가 거문고 소리와 서로 조화를 이루었다. 혜강은 본디 거문고를 잘 탔으며, 일찍이 금부(琴賦)를 짓기도 했다.

295 정식(楨植) : 유정(劉楨)과 조식(曹植). 둘 다 삼국(三國)시대 위(魏)나라 사람으로 문재(文才)가 뛰어났다. 유정은 왕찬(王粲)·공융(孔融) 등과 함께 건안칠자(建安七子)로 꼽혔는데, 조조(曹操)에게서 벼슬하다가 불경죄(不敬罪)로 처형당하였다. 조식은 조조(曹操)의 아들로서 자는 자건(子健). 형인 조비(曹丕)가 문제(文帝)가 된 뒤 살해할 마음으로 칠보시(七步詩)를 짓게 하자, 일곱 걸음 만에 시를 지어 위기를 모면했다. 문제 즉위 후 진왕(陳王)에 봉해졌으나 , 조비(曹丕)와 조예(曹叡) 부자가 지난날의 혐원(嫌怨)으로 인하여 몹시 박대하자, 결국 병이 나서 죽고 말았다.

296 복야(卜夜) : 복주복야(卜晝卜夜). 정을 다하여 환락하기를 밤낮으로 그치지 않음. 『좌전(左傳)』「장공(莊公) 22년」.

좋은 만남이었던 전날 밤은 짧았으나 佳期前夜短
남은 빚은 그 어느 때에나 갚으리오 餘債幾時償
진홍빛 마노(瑪瑙)의 광채 찬란히 빛나는데 絳瑪光璀璨
청평(青萍)[297]의 광채를 굽어보며 우러러 보네 青萍氣俯昂
참다운 의취[298] 멀리 있음을 헛되이 탄식하나 空嗟眞契逈
속세의 인연이 장애가 됨이 도리어 부끄럽네 還怕俗緣妨
갈 길에 폭풍소리 급한데 去路飆聲急
물 도는 모래섬에 이슬 빛이 차갑네 廻汀露色愴
객관의 이내는 담박하게 엉기고 館烟凝澹泊
돛의 아침 해는 서늘하게 돋아오네 帆旭出蒼凉
힐(肸)[299]의 연회는 초거(椒擧)[300]와는 다르나 肸讌違椒擧
풍환(馮驩)의 노래[301]는 맹상군을 뒤따랐지 馮歌逐孟嘗
이불같이 펼쳐진 산과 바다 드넓으니 衾裯山海曠
형체와 그림자 천억이 넘도다 形影億千强
이 길은 항상 있을 듯하니 此道如長在
창주(滄洲)[302]가 어찌 타향이리오 滄洲豈異鄕

297 청평(青萍) : 전국시대 월(越)나라 구천(句踐)의 보검(寶劍).

298 진계(眞契) : 지기(知己), 의기투합 또는 묘취(妙趣), 진의(眞意).

299 힐(肸) : 춘추시대 진(晉)나라 대부(大夫) 양설힐(羊舌肸). 자(字)는 숙향(叔向). 외국(外國)에 사신으로 가거나, 외국의 빈객을 접대할 때에 응대(應對)를 잘하기로 명성이 높았다.

300 초거(椒擧) : 초(楚)나라 사람으로 오자서(伍子胥)의 조부. 오거(伍擧)라고도 부른다. 채(蔡)나라 사람 성자(聲子)와 깊은 우정을 맺었다.

301 풍환(馮驩) : 전국시대 제(齊)나라 맹상군(孟嘗君)의 식객(食客). 처음 맹상군의 대우가 나쁜 데에 불만을 품고 장협(長鋏 장검)에 기탁하여 노래를 부르니 맹상군이 고기 대접을 해 주었다.

근등서애에게 화답하다
和近藤西厓

현천(玄川)

하늘이 영토를 두었으니	維天有宇疆
갑자기 말하기 황당한 듯하지마는	驟說似荒唐
연하의 기운이 융합하여 맺히고	融結烟霞氣
교룡과 이무기의 빛이 떠서 흔들려	漂搖蛟蜃光
구역은 삼계(三界)의 그림자로 구분되고	區分三界影
문채는 칠양(七襄)[303]의 무늬에 닿았다네	文接七襄章
냇물과 들판을 둘러 에워싼 지세요	包絡川原勢
뭍과 바다를 빙 둘러싼 요새로다	逶迤陸海防
신선이 화락하기를 기약하여	神人期翕習
풍속이 맑게 드날리네	風氣澹悠揚
드디어 어룡의 굴을 열어젖히고	遂闢魚龍窟
옥새와 보검의 터전을 개척하는 데 성공하여	開成璽劒場
소라와 굴을 옮겨 곡식을 심고	螺蠔移粒食
염전을 개척하여 뽕밭을 일구었네	鹵斥化田桑
신선 계통 좇았기에 두루 밝으며	仙系從周炳
가풍을 함께 하였여 화락하게 드날리네	家風與凱翔
밥 짓는 연기가 낮게 빽빽하니	人烟低漠漠

302 창주(滄洲) : 물빛이 푸른 물가 또는 섬. 은자(隱者)가 사는 곳 또는 은거(隱居)를 뜻하기도 한다. 여기서는 일본을 가리킨다.

303 칠양(七襄) : 정교하게 아름다운 비단. 직녀가 하루 낮 동안에 일곱 번 베틀을 옮겨서 베를 짠다고 한다. 『시경(詩經)』「소아(小雅)」〈대동(大東)〉에, "발돋움하는 저 직녀성은 종일토록 일곱 번 자리 바꾸네.[跂彼織女, 終日七襄]" 하였다.

국운(國運)이 매우 광대하도다	國步倚湯湯
깊고 넓은 경지를 비평하기 절러 어려우니	自阻評瀛界
뉘라서 그 깊이를 헤아릴 수 있으랴	孰能深淺量
푸른 연기는 북극성에서 멀고	烟青中極遠
붉은 놀은 새벽빛에 아득한데	霞赤曙暉蒼
아름다운 물빛이 보석처럼 엉겼고	媚水凝珠貝
장다리들이 대나무 녹나무 사이에 쇠었도다	蓊林老竹樟
문명은 후예를 맞아 돌아오고	文明歸裔徼
풍채는 옛사람의 황발(黃髮)[304]을 분발시키네	風彩起陳黃
서적이 소주(蘇州)와 절강(浙江)과 통하고	載籍通蘇浙
학교가 축주(筑州)와 장주(長州)에 인접했네	鄉庠接筑長
일본의 명아주는 초나라 보배[305]로 오르고	和藜騰楚寶
얇은 철갑을 입힌 네 필 말[306]로 진나라 어진 이를 읊었도다	俴駟詠秦良
매승(枚乘)[307]은 분발하여 양원(梁苑)의 잔치에 오르고	枚發登梁宴
풍환(馮驩)[308]은 노래하여 설(薛) 땅 마을 지켰네	馮歌擁薛堂

304 황발(黃髮) : 노인의 누렇게 센 머리털.

305 초보(楚寶) : 『대학(大學)』에, "초(楚)나라는 보배로 삼을 것이 없고, 오직 선을 보배로 삼는다[楚國無以爲寶, 惟善以爲寶]"라고 하였다.

306 천사(俴駟) : 『시경(詩經)』「진풍(秦風)」〈소융(小戎)〉 3장에 "얇은 철갑을 입힌 사마(駟馬)가 매우 화하다[俴駟孔群]"… 편안하고 편안한 양인이여 덕음이 질서정연하도다[厭厭良人 秩秩德音]라고 하였다.

307 매(枚) : 서한(西漢)의 문장가 매승(枚乘). 양효왕(梁孝王)이 양원(梁苑)이란 호사스런 원림(園林)에서 당대의 문사들을 모아 놓고 주연(酒筵)을 베풀고 술에 취해 춤추고 즐기며 사부(辭賦)에 능한 사람을 좋아했는데, 매승(枚乘)과 추양(鄒陽) 사마상여(司馬相如) 등이 뛰어났다.

308 풍환(馮驩) : 전국시대 제(齊)나라 맹상군(孟嘗君)의 식객(食客). 처음 맹상군의 대우

연잎으로 만든 옷은 어지러워 나물 같은데	荷衣紛若采
균계(菌桂)[309]는 뒤섞여 양식이 되네	菌桂雜爲糧
누런 가시나무에는 난새와 봉새가 깃들지 않으나	黃棘無鸞鳳
큰 가래나무 아래에는 숙상(驌驦)[310]이 달리도다	長楸走驌驦
어진 이웃나라가 예물을 교환하니	仁隣交聘幣
맹약의 불길에는 남은 향기 있도다	盟火有餘香
서쪽으로 나간 것은 반초(班超)[311]의 뜻이요	西出班生志
남쪽으로 꾸린 것은 육가(陸賈)의 행장[312]인데	南修陸賈裝
가을바람 불 때 고국을 떠나와	秋風辭故國
10월에 남쪽 땅에 들어왔네	十月入炎方
궁궐에서 황제의 조령[313]을 받들고서	紫闕銜綸綍
막부(幕府)[314]에서 궐장[315]들과 짝하였네	青油侶蹶張

가 나쁜 데에 불만을 품고 장검에 기탁하여 노래를 불렀더니 맹상군이 고기 대접을 해 주었다. 맹상군이 그에 설(薛)에 가서 빌려 준 돈을 거두어들이게 하였는데, 갚을 능력이 없는 자의 증서를 불태워버렸는데, 맹상군이 책망하자, 쓸모없는 채권을 없애 백성으로 하여금 은덕에 감복하게 한 것이라고 대답하였다. 그 뒤에 맹상군이 설 땅에 가 백성들의 환영을 받고서 풍환에게, "선생이 나를 위해 의리를 샀다는 것을 이제야 보겠습니다."고 하였다.

309 균계(菌桂) : 향목(香木)의 하나.

310 숙상(驌驦) : 명마(名馬)의 하나.

311 반생(班生) : 후한(後漢)의 명장(名將) 반초(班超). 젊어서 집이 가난하여 관청의 고용인이 되어 서사(書寫) 품을 팔아 부모를 봉양하고 살다가 하루는 붓을 던지고 탄식하여, "대장부라면 장건(張騫)처럼 이역(異域)에서 공을 세워 제후(諸侯)가 되어야지 어찌 긴 세월을 글씨나 쓰고 있으리오." 하고는 마침내 서역으로 사신 가서 50여 개국이 한(漢)나라에 조공하도록 하고 정원후(定遠侯)에 봉해졌다. 『후한서(後漢書)』「반초열전(班超列傳)」.

312 육가장(陸賈裝) : 위의 육가(陸賈) 주 참조.

313 윤발(綸綍) : 제왕의 조령(詔令).

주미(麈尾)[316]를 휘두르며 때로 주역(周易)을 강론하고	麈揮時講易
갓끈을 빨며 때로 창랑가(滄浪歌)[317]를 노래하네	纓濯或歌浪
홀연히 은하수 끝까지 이르고	倏爾窮河漢
차갑게 멀리멀리 말을 모네	冷然馭涬洋
화려하게 수놓은 보불 패옥에 필적하며	參衡華黻珮
미더움을 밝혀 깊은 저수지 물을 헤아리네	昭信酌洿潢
퉁소소리는 상서로움을 감동시켜 울리고	簫感禎融咽
깃발은 햇빛 받은 상서로운 구름에 잇따라 드날리네	旗連景靄颺
노를 멈추고서 비 때문에 정체됨을 걱정하다가	停橈憂雨滯
귤을 싸면서 백성들 고충을 염려하네	包橘念民傷
구름까지 솟은 키 큰 나무는 천 겹의 비단 같은데	雲樹千重繡
산천은 구절양장(九折羊腸) 같네	山河九折腸
나는 오리가 대열을 이룸을 안쓰러워하다가	飛鳧憐遂隊
길 떠난 기러기가 줄을 이룸을 기뻐하네	羈鴈喜成行
비쭉배쭉 구름을 능가하는 시편이요	錯落凌雲什
봉황과 짝하는 높고 낮은 음악이라네	高低和鳳鏘
동정호 저물녘에 피리 소리 나부끼니	洞庭飄暮笛

314 청유(靑油) : 청유막(靑油幕)의 준말로, 장수의 막부(幕府)를 말한다. 장수의 장막에 청유라는 기름을 발랐던 데서 유래한다.

315 궐장(蹶張) : 쇠뇌를 발로 밟아 벌어지게 한다는 뜻으로, 용맹스럽고 힘이 있음을 비유하는 말. 궐장(蹷張).

316 주미(麈尾) : 사슴의 꼬리털로 만든 끈. 위진(魏晉) 시대에 사람들이 항상 손에 쥐고서 청담(淸談)을 논하였으며, 나중에는 불교의 승려들도 설법할 때에 많이 애용하였다.

317 랑(浪) : 창랑가(滄浪歌). 탁영가(濯纓歌). 중국의 옛 노래 이름. "창랑의 물이 맑으면 내 갓끈을 씻을 것이며, 창랑의 물이 흐리면 내 발을 씻을 것이다.[滄浪之淸兮, 可以濯我纓. 滄浪之濁兮, 可以濯我足.]"라고 하였다.

해곡[318]의 가을 생황(笙簧)이 운치 있도다	嶰谷韻秋簧
배 위에서 한 해를 보내니	舟楫云經歲
매화와 원추리가 향기를 발하려 하는데	梅萱欲吐芳
높은 누대에서 은하수 궁궐을 바라보며	危樓瞻漢闕
외로운 노를 보고 진랑(秦郎)[319]을 생각하네	孤棹憶秦郎
이기주(伊紀州)에는 헛되이 달이 지는데	伊紀虛殘月
웅산(熊山)은 몇 년을 지냈는가	熊山閱幾霜
신선 고장에서 푸른 귤을 간직하고	仙鄉藏綠橘
인간 세상에서 황량몽(黃粱夢)에 들도다	人世入黃粱
돌아가 은거할[320] 계획을 생각하였는데	緬想懷孤往
말 달려 유람할[321] 일을 깊이 생각하네	沉吟起騁望
풍속을 살피니 사마천(司馬遷)[322]과 같고	觀風同太史
물을 좋아하니 고개지(顧愷之)[323]의 무리로다	樂水屬長康
경치가 좋아 눈길 주기에 마침맞으니	景物方紓矚

318 해곡(嶰谷) : 곤륜산(崑崙山) 북쪽에 있는 골짜기. 황제(黃帝) 때에 신하 영륜(伶倫)이 해곡(嶰谷)의 대를 베어 열 두 개의 대통을 만들어 십이율(十二律)을 정하였는데, 양관(陽管)을 여섯, 음관(陰管)을 여섯으로 하여 열두 달을 안배하였다.

319 진랑(秦郎) : 서불(徐市)의 자손. 서불이 일본에 정착한 뒤 그 자손이 진씨(秦氏)가 되었다고 한다.

320 고왕(孤往) : 돌아가 은거함. 도연명(陶淵明)의 〈귀거래사(歸去來辭)〉에, "懷良辰以孤往, 或植杖而耘耔." 라고 하였다.

321 빙망(騁望) : 멀리 바라봄. 말을 타고 유람함.

322 태사(太史) : 한무제(漢武帝) 때의 사관(史官) 사마천(司馬遷). 태사령(太史令)·중서령(中書令)을 지냈고, 『사기(史記)』 130권을 지었음. 유람을 좋아하여, 젊은 시절에 남으로 강회(江淮) 지방을 두루 답사하고, 북으로 문수(汶水)·사수(泗水)를 건너 제(齊)·노(魯) 지방을 지나 양(梁)·초(楚) 지방을 유람하였다.

323 장강(長康) : 진(晉)나라 때의 화가 고개지(顧愷之). 장강은 자(字)

시편은 시 상자 열기에 게을러지네 詩篇懶啓緗
금릉 이름과 마침 비슷한데 金陵名偶似
주륙은 또 서로 맞네 周陸又相將
촛불 아래서 특출한 재주를 살피노라니 燭下看標拔
그대의 눈썹 끝에서 채색 놀이 휘날렸지 眉端霞彩驤
옆에 낀 시 상자에서 장편을 꺼내 주었으니 長篇携出篋
새로운 시어를 보배로이 드리고자 했지만 新語欲呈琅
어루만지느라 분방함이 없고 按抑無奔放
퇴고하느라 상세한 지경에 드네 敲推入細詳
옹용한 태도로 예법을 펼치고 雍容申法禮
충담한 태도로 화목함을 실천하였네 冲淡履和祥
필체는 삼왕[324]의 바름을 사모하였으며 筆慕三王正
문장은 팔두(八斗)[325]의 왕성함을 엿보았네 文窺八斗汪
학문은 능히 정주학(程朱學)[326]을 존숭하며 學能尊洛建
마음 또한 문명(文明)[327]을 애모하도다 心亦愛冠裳
흰 달이 밝은 놀에 드리웠는데 素月明霞綬
붉은 구름이 수놓은 관복에 비치네 彤雲映繡裳

324 삼왕(三王) : 삼대(三代)의 성왕(聖王)이란 뜻으로, 하(夏)나라 우왕(禹王), 은(殷)나라 탕왕(湯王), 주(周)나라의 문왕(文王)과 무왕(武王)을 아울러 이르는 말.

325 팔두(八斗) : 팔두지재(八斗之才). 매우 탁월한 재능. 남조(南朝) 때 송(宋)나라 사영운(謝靈運)이 "천하의 재주는 모두 한 섬인데 조자건(曹子建)이 혼자서 여덟 말을 가지고 내가 한 말을 가지고 천하 모든 사람들이 나머지 한 말을 나누어 가졌다."고 한 말에서 유래한다. 조자건은 조조(曹操)의 아들 식(植).

326 낙건(洛建) : 정자(程子)와 주자(朱子)의 학문이라는 뜻으로 정주학(程朱學)을 말한다. 정자는 낙양(洛陽)에서 살았고 주자는 복건(福建)에서 살며 강학한 데서 유래한다.

327 관상(冠裳): 관리의 예복 또는 관직. 또는 문명이나 예의 제도.

풍류는 원래 스스로 넉넉하더니	風流元自富
문장 또한 그에 상당하도다	詞藻又相當
동남(東南)[328]의 아름다운 자질에 기뻐하며	材喜東南美
양초(梁楚)[329]의 드러난 명성에 놀라도다	名驚梁楚彰
은근하던 그날 시 창화(唱和) 때의	慇懃文墨會
상쾌한 언어는 잊었으나	灑落語言忘
금과 같은 책은 묘하기가 관건 같았고	金筴妙關鍵
옥 호리병의 물은 차갑기가 이슬 같았네	玉壺寒露漿
새벽에 우저(牛渚)에서 서로 이별하여	相分牛渚曉
고개를 파마주(播磨州) 산 남쪽으로 돌렸지	回首播山陽
대나무는 아득히 구름 뚫고 자랐는데	渺渺穿雲竹
하염없이 바다에 떠 항해하도다	依依浮海航
세 밤을 병으로 신음한 뒤에	三宵吟病後
시 한 축이 내 곁에 있네	一軸在吾傍
지는 달은 나무에 낮게 가로놓였는데	落月低横樹
긴 연기는 버들에 잠겨 저물었도다	長烟晩鎖楊
홀로 선 소나무는 마땅히 눈이 충분하고	孤松須飽雪
큰 나무는 대들보를 지탱함을 보네	大木視支梁
노나무 촛불 아래 흩어진 책을 보는데	散帙宜櫨燭

328 동남(東南): 상대의 출중함을 칭송하는 말. 삼국시대 위(魏)나라 공융(孔融)이 우번(虞翻)의 『주역(周易)』 주해서(注解書)를 보고 칭찬하면서 우번의 고향을 빗대어 "동남 지방 보배가 회계산의 대나무만은 아니라는 것을 이제야 알겠네[乃知東南之美者, 非徒會稽之竹箭也]"라고 한 데서 유래한다. 『오지(吳志)』「우번전(虞翻傳)」.

329 양초(梁楚) : 중국 남방 양자강 하류 좌우 일대의 범칭. 양은 지금의 하남성(河南省) 임여현(臨汝縣) 동쪽 지역, 초는 지금의 호남성(湖南省)·호북성(湖北省) 지역. 일본의 위치를 가리킨다.

약방(藥房)에는 고운 먼지 깨끗하네	纖塵淨葯房
안연(顔淵)은 일찍이 우러러 보니 앞에 있다가 뒤에 있었으며[330]	顔曾瞻後先
요(舜)임금은 순(舜)임금의 국과 담[331]에 보였네	堯舜見羹墻
생기 있고 활발하여 원대함을 알겠으니	活潑知源大
차츰 스며들어 망망한 바다로 흘러들리라	浸淫放海茫
연주와 노래는 시 읊기로 귀착되어	絃歌歸諷詠
세월로써 서로 노니네	歲月以相徉
마침 구름이 골짜기로 돌아감을 알겠고	會識雲歸壑
또 달이 잠자리에 듦을 보겠네	且看月入床
도(道)는 원래 정해진 체(體)가 없으며	道元無定體
덕(德) 또한 일정하기 어려우니	德亦若難常
물자(勿字)[332]로 언어와 행동을 알 것이니	勿字知言動
몇 번이나 성인과 광인을 분간할까	幾頭判聖狂
바로 부지런히 나아갈 따름이니	正須勤以進

330 첨후선(瞻後先) : 바라보니 앞에 있다가 홀연 뒤에 있다. 안연(顔淵)이 일찍이 공자의 도가 한없이 깊고 큼을 감탄하여, "우러러볼수록 높기만 하고, 뚫을수록 견고하기만 하며, 쳐다보매 앞에 있더니, 갑자기 뒤에 있기도 하도다. 부자께서 순순히 사람을 잘 가르쳐 인도하사, 문으로써 나를 넓혀 주시고, 예로써 나를 요약해 주셨다.[仰之彌高 鑽之彌堅 瞻之在前 忽然在後 夫子循循然善誘人 博我以文 約我以禮]"고 하였다. 『논어(論語)』「자한(子罕)」.

331 갱장(羹墻) : 선인(先人)을 추모함. 요(堯)임금이 죽은 뒤에 순(舜)임금이 지극히 사모하여, 자리에 앉으면 담에 그 모습이 보이고 밥을 먹으면 국그릇에 그 모습이 보였다[坐則見堯於墻, 食則覩堯於羹]는 데서 유래한다. 『후한서(後漢書)』「이고열전(李固列傳)」.

332 물자(勿字) : "예가 아니면 보지 말고, 예가 아니면 듣지 말고, 예가 아니면 말하지 말고, 예가 아니면 행동하지 말라.[非禮勿視 非禮勿聽 非禮勿言 非禮勿動]"라는 공자의 말씀. 『논어(論語)』「안연(顔淵)」.

어찌 게으르고 방탕하길 취하겠나	寧取怠而荒
푸른 산 저물녘에 슬픔이 이는데	怊悵蒼山暮
파란 물 가운데 모습이 희미네	依稀綠水央
좋은 때에 갈 수 없으니	良辰不可往
남은 빚은 언제나 갚을까	餘債曷云償
그대를 생각하니 난새가 머뭇거리는 듯하고	念爾鸞如跱
그대를 그리워하니 학이 날아오르는 듯하여	思君鶴似昴
노생의 마음이 매번 괴로우니	老生心每苦
길게 말을 하여도 무방하리라	長託說無妨
뜻에는 한계가 없으나	意內無畦畛
말하려니 마음만 슬프도다	言前懷惻愴
상봉하면 의취(意趣)가 미더우리니	相逢孚氣味
염량을 탓할 필요 없으리	不必詭炎涼
회합하여 금란(金蘭)의 모임[333]을 알았으니	會合知蘭合
무리로 나뉘면[334] 풀을 맛보는 것과 비슷하리	羣分類草嘗
나는 지금 성글고 게을러 활기가 없으나	踈慵今濩落
그대는 정히 굳건하고 평안하소서	夫子正康强
우주는 텅 빈 안택이려니	宇宙虛安宅
민(閩)의 물가[335]가 곧 고향이라네	河閩是故鄕

333 난합(蘭合) : 금란지교(金蘭之交)로 맺은 화합

334 군분(羣分) : 무리로 나누어지다. 『주역(周易)』「계사전상(繫辭傳上)」에, 일은 종류끼리 모이고 만물은 무리로 나눠진다[方以類聚 物以羣分]."고 하였다.

335 하민(河閩) : 복건성(福建省) 일대의 하천. 민(閩)은 복건성을 가리킨다. 중국(中國) 남동쪽 대만해협(臺灣海峽)에 면한 곳.

근등서애의 72운에 차운하다

次近藤西厓七十二韻

퇴석(退石)

신선이 동방의 강역에 어림(御臨)하니	眞人御震疆
빛나는 업적이 헌당(軒唐)[336]을 뛰어넘네	赫業邁軒唐
팔역(八域)의 산하가 장하니	八域山河壯
삼한(三韓)의 해와 달이 빛나도다	三韓日月光
남풍가를 연주하며[337] 곤룡포와 면류관을 드리우니	薰琴垂袞冕
조정에는 예복과 예관[338]이 엄숙하도다	丹陛儼端章
하늘에는 성운(星雲)의 경사가 있고	天有星雲慶
사람들은 예의로써 방비함을 알도다	人知禮義防
성교(聲敎)와 문명(文明)이 삼대(三代)를 이었으니	聲明三代繼
어진 덕이 사방에 드날리도다	仁德四隣揚
밝고 밝아 무회씨(無懷氏)[339] 때 세상이요	皥皥無懷世
빛나고 빛나니 극락의 터전이네	熙熙極樂場
맹약을 닦아 절해(絶海)와 통하여	修盟通絶海

336 헌당(軒唐) : 전설상의 고대 제왕인 헌원씨(軒轅氏)와 요(堯)임금을 아울러 이르는 말.

337 훈금(薰琴) : 순(舜)임금이 오현금(五絃琴)을 타면서 〈남풍가(南風歌)〉를 부른 것을 말한다. 〈남풍시(南風詩)〉, 〈남훈(南薰)〉, 〈남훈(南熏)〉이라고도 한다. “남풍의 훈훈함이여, 우리 백성의 노염을 풀 만하도다. 남풍이 제때에 불어옴이여, 우리 백성의 재물이 풍부하리로다.[南風之薰兮, 可以解吾民之慍兮, 南風之時兮, 可以阜吾民之財兮.]”라고 하였다.

338 단장(端章) : 예복(禮服)과 예관(禮冠). 단은 현단복(玄端服)이니 주대(周代)에 조회할 때 입던 흑색의 예복이요, 장보는 은대(殷代)의 예관(禮冠)이다.

339 무회(無懷) : 무회씨(無懷氏). 고대 전설상의 제왕(帝王)으로, 아주 이상적인 정치를 행하여 태평성대를 이루었다고 한다.

사신을 보내 부상을 방문하려고	遣使問扶桑
홍문관에서 삼사신을 가려	玉署三臣選
가을바람에 여섯 익새[340]가 날았도다	金風六鷁翔
푸른 산들은 꿈인 듯 혼미하고	碧山迷似夢
자줏빛 바다는 국인 듯 끓어오르며	紫海沸如湯
교룡의 굴은 깊어 헤아리기 어렵고	蛟窟深難測
붕새의 여정 아득히 멀어 헤아릴 수 없는데	鵬程渺莫量
있는 누대는 아득한 신기루요	有樓渾蜃氣
끝이 없는 건 푸른 하늘이라네	無地但穹蒼
기이한 과일로는 감귤을 일컫고	異果稱柑橘
신기한 재목으로 가래나무 녹나무가 산출되네	奇材產梓樟
매화는 봄에 앞서 벌써 희었는데	先春梅已白
국화는 눈을 겪고도 여전히 노랗구나	經雪菊猶黃
요해처를 제어함은 삼관(三關)의 험함 때문이요	控隘三關險
봉해진 강토는 일자(一字)로 길다네	封疆一字長
나라의 풍속은 제도를 이어받았고	國風禪制度
관리는 한나라의 어진 관원이로다	官吏漢循良
돌을 쌓아 궁궐의 섬돌[341]을 쌓았고	帖石成文陛
삼나무를 쪼개어 채색 집 지붕 덮었네	劈杉覆畵堂
섬 주민은 기꺼이 사절(使節)을 맞이하고	島民歡迓節
번(藩) 정부는 다투어 양식을 제공하네	藩國競供粮

340 익(鷁) : 물새의 일종. 풍파를 잘 견디므로 순항을 기원하기 위해 뱃머리에 이 새의 모양을 그려 넣었다.

341 문폐(文陛) : 무늬가 화려한 돌로 쌓은 어전(御殿)의 섬돌.

채색 배에는 용과 봉으로 장식하고	彩艦粧龍鳳
숙상(驌驦)에 화려한 안장을 갖추었네	華鞍鞴驌驦
집집마다 종려나무 철나무 푸르고	家家棕鐵綠
언덕마다 풀과 꽃이 향기롭네	岸岸草花香
어느 때에나 임금 명령 전할 것인가	何日能傳命
해가 지나도록 여전히 행장을 정리하고 있네	經年尙俶裝
별이 떠 북극을 바라보니	星辰瞻北極
고국은 서쪽으로 떨어져 있네	鄕國隔西方
비단 돛배를 천 명 장부가 끄는데	錦帆千夫曳
황금 병풍은 여섯 겹으로 펼쳐졌네	金屛六疊張
나그네 시름으로 서글프긴 하지만	覊愁雖錯莫
장관(壯觀)이 자못 대단하도다	壯觀頗聊浪
외로운 섬에서 장기(瘴氣)낀 안개[342]가 수심스러운데	煙瘴愁孤島
바다 한 가운데서 예복 갖춘 관원이 막혀 있도다	衣冠滯半洋
기름 바른 장막[343]이 땅의 축에 이르러	油幢窮地軸
사신 길이 하늘 웅덩이에 접하니	槎路接天潢
성난 악어가 뱃전에 뛰놀고	怒鰐帆前躍
웅크린 말이 베개 아래서 일어나듯 하지만	踆馬枕下颺
오직 왕사가 중대함을 알겠으니	唯知王事重
감히 나그네 상심함을 말하겠는가	敢道客心傷
임금 사모하는 마음에 자주 눈물을 흩뿌리고	戀主頻揮涕
집 생각하는 마음에 간장이 끊어지려하네	思家欲斷腸

342 장연(瘴烟) : 축축하고 더운 땅에서 생기는 독한 기운이 낀 안개·이내.

343 유당(油幢) : 흔히 군영(軍營)의 장막을 말하는데, 여기서는 사행(使行)을 말한다.

깃발들은 좌우에 벌여 있고	旌旄羅左右
문관 무관은 반항(班行) 따라 늘어섰도다	文武列班行
관복은 위대하고 정돈되었으며	官服偉而整
옥홀(玉笏)과 패옥(佩玉)은 쟁강쟁강 울린다	琮璜鏗且鏘
신선의 유람이 발해(渤海)에 통하니	仙遊通渤澥
저와 생황으로 고아한 음악을 연주하네	雅樂奏笙簧
황금 대궐이 구름 속에 솟았는데	金闕雲中出
보배로운 꽃은 눈 속에 향기롭네	瑤花雪裏芳
두포(豆浦)에 잠시 배를 매니	維舟小豆浦
뉘 집 사람과 명함을 통했는가	投刺誰家郎
직임은 운대(芸臺)[344]의 문필을 맡았으며	職掌芸臺筆
재능은 무고(武庫)[345]의 고결함을 겸하였네	才兼武庫霜
문장은 쇄학[346]을 기약하고	文章期碎鶴
공훈을 덧없는 것[347]으로 여기네	勳業視炊粱
나의 천한 자질은 담쟁이 풀 같아 부끄러운데	累質絲蘿愧

344 운대(芸臺) : 도서(圖書)를 관장하는 기관. 비서성(祕書省).

345 무고(武庫) : 학식이 깊고 넓으며 다재다능함을 칭송하는 말. 『진서(晉書)』「두예전(杜預傳)」에 "두예가 조정에 있던 7년 동안 임금의 정사에 도움이 된 것이 이루 헤아릴 수 없었다. 조야에서 칭송하면서 '두무고(杜武庫)'라고 불렀는데, 지모가 더없이 많았다.[預在內七年, 損益萬機, 不可勝數, 朝野稱美, 號曰'杜武庫', 言其無所不有也.]"고 하였다.

346 쇄학(碎鶴) : 쇄황학(碎黃鶴). 일권쇄황학(一拳碎黃鶴). 중요한 부분은 단번에 침을 비유하는 말.

347 취량(炊粱) : 황량몽(黃粱夢). 황량일취몽(黃粱一炊夢). 한단몽(邯鄲夢). 당(唐)나라 때 노생(盧生)이 도사(道士) 여옹(呂翁)이 준 베개를 베고 부귀공명을 누리는 꿈을 꾼 뒤 깨어보니, 꿈을 꾸기 전 주막에서 짓던 기장밥이 익을 동안이었다는 이야기가 『침중기(枕中記)』에 있다.

뛰어난 그대는 옥수(玉樹)로 기대되도다	淸標玉樹望
풍류에 뛰어나니 오늘의 두목(杜牧)[348]이요	風流今杜牧
신묘함을 깨달으니 예전의 혜강(嵇康)[349]이로다	神解古嵇康
문을 대하니 오(吳)의 강이 드넓고	門對吳江闊
주렴을 여니 초(楚)의 대가 담황색이네	簾開楚竹緗
명성이 높아 석목(析木)[350]에 현격하고	名高懸析木
문장이 굳세어 범장편(凡將篇)[351]을 읊도다	詞健賦凡將
형산의 박옥 기이하니 진귀함이 간직되었고	荊璞奇珍蘊
하늘 길[352] 방일(放逸)하니 천리마가 내달리도다	天衢逸驥驤
구름과 놀은 찬란하게 빛나고	雲霞光爛爗
패옥 소리는 찰랑대는도다	瓊珮響倉琅
시율로 마음 전함이 원대하고	詩律傳心遠
구분(丘墳)에 착안함[353]이 상세하네	丘墳着眼詳
문단의 깃발과 북[354]이 장하니	文壇旗鼓壯
화국의 봉 같고 기린 같은 인재가 상서롭도다	和國鳳麟祥

348 두목(杜牧) : 당(唐)나라 때의 시인. 자는 목지(牧之)

349 혜강(嵇康) : 진(晉)나라 때 죽림칠현(竹林七賢) 중의 한 사람.

350 석목(析木) : 기(箕)·두(斗) 두 별 사이의 별자리. 동쪽 인방(寅方)에 해당하며, 지역으로는 흔히 요동 지방 또는 우리나라를 지칭하는데, 여기서는 일본을 뜻한다.

351 범장(凡將) : 범장편(凡將篇). 전한의 문인 사마상여(司馬相如)의 저술.

352 천구(天衢) : 하늘은 광활하여 임의로 통행할 수 있어서 세상의 넓은 길과 같으므로 붙은 이름.

353 구분착안(丘墳着眼) : 정잠의 원시에서 "전적(典籍)을 살펴 구색(丘索: 고대의 전적)을 다하였고 책을 펼쳐 뒤적여 온갖 서적 섭렵했네[考籍窮丘索, 繙書涉縹緗.]"라는 구절을 말하는 것으로 보인다.

354 기고(旗鼓) : 원래 전장(戰場)에서 쓰이는 것인데, 시회(詩會)도 칼과 창 대신 글로 싸우는 것이므로 글솜씨를 겨루는 것을 비유하기도 하는 말이다.

두악[355]은 풍부하게 가파른데	杜嶽富峭崪
한강[356]의 움직임은 깊고 넓네	韓江動瀇汪
북두성 남쪽[357]에서 월부(月斧)[358]를 휘두르는데	斗南揮月斧
자라 등[359]에서는 신선의 옷자락을 휘날리네	鼇背拂雲裳
월나라 옥[360]을 갈아 벼루를 만들고	越璧磨爲硯
교인(鮫人)의 비단[361]을 짜서 시 주머니를 짓네	鮫綃織作囊
글의 원천은 삼협[362]의 물을 거꾸로 쏟은 듯하고	詞源三峽倒
붓의 힘은 만 사람에 맞서네	筆力萬夫當
타국 간의 회맹을 함께 하니	異國同盟會
동방의 북쪽에 교화가 뚜렷하네	東方北敎彰
뜻이 투합하니 시가 간담을 비추고	意投詩膽照
마음이 부합하니 나그네 수심을 잊겠네	契合客愁忘

355 두악(杜嶽) : 두보(杜甫)의 산악. 근등독의 시재를 두보에 비유하여 이른 말로 보임.

356 한강(韓江) : 한유(韓愈)의 강. 근등독의 시재를 한유에 비유하여 이른 말로 보임.

357 두남(斗南) : 북두성 이남이라는 뜻으로 중국 전체 또는 온 세상을 가리킨다. 당(唐)나라 적인걸(狄仁傑)이 "북두 이남에서 오직 그 한 사람뿐이다.[北斗以南, 一人而已]"라는 평가를 받았다는 데서 유래한다.

358 월부(月斧) : 달을 다듬어 만들었다는 도끼. 문장의 솜씨를 다함을 비유하는 말.

359 오배(鼇背) : 오배산(鼇背山). 발해의 동쪽에 있다고 하는 전설상의 산. 산이 있어 물결을 따라 오락가락하므로 상제(上帝)는 서극(西極)으로 흘러갈까 두려워하여 거오(巨鼇) 열다섯 마리로 하여금 머리를 쳐들고 등에 이게 하였다고 한다. 『열자(列子)』「탕문(湯問)」. 일본을 가리킨다.

360 월벽(越璧) : 매우 좋은 구슬.

361 교초(鮫綃) : 교인(鮫人)이 짠 얇은 비단. 교인은 남해(南海) 물속에 산다는 전설 속의 인어로, 물가의 인가(人家)에 머물며 날마다 지성으로 비단을 짜다가, 떠날 때 눈물방울을 짜내어 진주 구슬로 변하게 한 뒤, 소반에 가득 담아서 주인에게 이별 선물로 주었다고 한다.

362 삼협(三峽) : 양자강(揚子江) 상류의 험난하기로 유명한 세 협곡.

송연묵(松煙墨)을 가니 부채에 시를 쓰고 題扇磨松墨
단물을 권해주니 목구멍이 부드럽네 沃喉勸蔗漿
갯가에서 빛나는 보배를 구하니 奎華求浦畔

구자(求字)는 우자(牛字)로 의심된다. 구와 우가 음이 비슷하기 때문에 잘못 쓴 것일 터이다.

객관은 무로쯔[室津] 남쪽이라네 賓館室津陽
머리 흰 것은 물 끝에 이른 사신이요 髮白窮河使
봄에 돌아올 것은 바다 항해하는 배로다 春回泛海航
명석 바깥에서 바람으로 근심하더니 愁風明石外
적성 근처에서 바람으로 막혀 있네 滯風赤城旁
이별한 지 이제 겨우 사흘에 分手纔三日
고개를 돌려 두 양웅[363]을 생각하네 回頭憶二楊
등불을 매달고 헛되이 꿈만 꾸는데 懸燈空有夢
바다를 바라보지만 어찌 다리가 없는가 望海奈無梁
그리워 맺힌 마음에 갈대의 이슬[364]을 노래하다 耿結歌蒹露
쓸쓸히 배 안의 방에 누웠네 蕭條臥柁房
차가운 이내는 포구 끝에 가로졌는데 寒烟橫極浦
수심 띤 해는 성근 담으로 지누나 愁日下疎墻

363 이양(二楊) : 두 명의 양웅(揚雄)이라는 뜻으로 정잠과 근등독을 가리키는 듯. 양웅은 전한(前漢) 때의 뛰어난 문인. 양웅을 양자(楊子)라고도 한다.

364 겸가(蒹葭) : 본래 물가에 있으면서 친구를 그리워한다는 뜻으로, 만나고 싶은 사람을 만나지 못하게 됨을 애석하게 여긴다는 표현이다. 『시경(詩經)』「진풍(秦風)」〈겸가(蒹葭)〉에 "긴 갈대 푸른데, 흰 이슬이 서리가 되었네. 저기 바로 저 사람이 물 저편에 있도다.[蒹葭蒼蒼, 白露爲霜. 所謂伊人, 在水一方.]"라고 하였다.

나의 객관은 슬프게 요락(寥落)한데	旅館悲寥落
그대의 집은 아득하게 멀도다	仙莊隔渺茫
나는 풍랑에 고단하지만	風濤吾困頓
그대는 솔과 국화 사이에 배회하리라	松菊爾相徉
판옥선에는 부질없이 의자가 걸려 있고[365]	板屋空懸榻
옥으로 꾸민 금은 그대로 자리에 있네	瑤琴宛在床
앞으로도 잊기는 어려울 것이요	他年難可諼
그대 같이 지극히 비상한 재주는	如子儘非常
건필은 당(唐)의 걸사(傑士)들을 따르고	健筆追唐傑
청담은 진(晋)의 광사(狂士)[366]와 같도다	淸談類晋狂
북학(北學)[367]이 막힘이 참으로 가련하며	偏憐阻北學
황량한 남방 출신임이 진실로 애석하네	眞惜産南荒
우연히 만났으나 다시 만나기 어려움이 슬프니	萍會悲難再
시 놀음의 한스러움이 다하지 않도다	詩遊恨未央
남은 인연 이을 곳이 없으니	餘緣無處續
남은 빚은 언제나 갚을까	宿債幾時償
대들보 달[368]에 오히려 놀랍고도 기쁜데	樑月猶驚喜

365 현탑(懸榻) : 자신이 좋아하는 사람을 만나지 못했다는 뜻으로 쓴 말. 동한(東漢) 때 예장(豫章)의 태수 진번(陳蕃)은 다른 빈객들은 일절 접대하지 않다가, 오직 서치(徐穉)가 오면 매달아 놓았던 의자를 내려놓고 접대하다가 서치가 떠난 뒤에는 도로 매달아 놓았다는 고사가 있다. 『후한서(後漢書)』「서치열전(徐穉列傳)」.

366 광사(狂士) : 지향이 높고 원대하며 진취에 용감한 선비.

367 북학(北學) : 중국의 학문. 성리학.

368 양월(樑月) : 친구를 생각하는 정이 간절하다는 말. 두보(杜甫)의 〈몽이백(夢李白)〉에서 "달빛이 들보에 가득 비치니, 흡사 그대 안색을 본 듯하오.[落月滿屋樑, 猶疑見顔色]"라고 한 데서 유래한다. 양월(梁月).

강가 구름[369]에 슬픔과 존경을 부치노라　江雲寄悵昻
편지 전하는 대나무 통이 끊어졌는데　竹筒郵便斷
피리소리에 병석의 회포 방해 받누나　羌笛病懷妨
어찌하여 나의 정은 끝이 없는가　奈我情無極
그대의 심정 또한 슬프리라　雖君意亦愴
겹겹의 바다는 광활함을 더하는데　重瀛添漭濶
외로운 기러기는 처량함을 돕누나　孤鴈助凄凉
앞길이 얼미 남았는지 알았다면　前路知餘幾
이번 행차를 겪지 못했으리　此行見未嘗
집 떠나 삼천리 넘게 왔고　離家千里遠
나그네 된 지 반 년이 넘었네　爲客半年强
일을 마치고 서쪽으로 돌아갈 때　竣事西歸日
다시 귀향(貴鄕)을 방문하게 되리라　更將訪貴鄕

이상의 서독(書牘) 한 편과 배율 4수는 2월 8일 대마도 기실 조난엄(晁蘭崦)을 통해서 받았다.

369 강운(江雲) : 벗을 간절히 그리워하는 마음을 비유한 말. 두보의 〈춘일억이백(春日憶李白)〉에서 "위수 북쪽엔 봄 하늘에 우뚝 선 나무, 강 동쪽엔 저문 날 구름.[渭北春天樹, 江東日暮雲]"이라 한 데서 유래한다.

근등서애에게 부치다

寄贈近藤西厓

퇴석(退石)

우창의 시회는 백 년 만의 처음이요	牛窓詩會百年初
삼일[370]의 남은 향기는 아직도 옷깃에 젖어 있네	三日餘香尙濕裾
봄 나무 저문 구름은 모두 초창한 마음인데	春樹暮雲怊悵意
동풍이 불어 친구에게 편지를 보내주리	東風吹送故人書

위의 시는 3월 25일 임좨주(林祭酒)의 문인 정효덕(井孝德)을 통해서 받았다.

370 삼일(三日) : 십삼일. 우창에서 창수가 이루어진 1월 13일을 말한다.

槎客萍水集 卷之四

近藤篤 子業甫撰

《奉呈朝鮮製述官秋月 南公》 西厓

星使浮槎指海涯, 詞臣載筆遠追隨. 淸朝文獻徵殷禮, 大國衣冠見漢儀. 名勝驪珠聲價貴, 才欺靈鳳兩毛奇. 此行道德經成否, 應有關門令尹知.

《對燈潦草和西厓韻》 秋月

颿路蒼茫未有涯, 析津孤宿鎭相隨. 南儒自悅周尼學, 東老爭觀袞繡儀. 十七年來重聘遠, 三千里外一歡奇. 雪翁二李今□[371]恙, 歸日幷筵說與知. 西厓曾迎戊辰行於此. 事甚貴及之.

《疊前韻奉謝秋月 南公之見酬》 西厓

大邦星節問天涯, 萬里壯遊詞客隨. 聘禮遠勞鵷鷺列, 朝陽高仰鳳凰儀. 承恩幾授梁園簡, 載酒爭傳揚子奇. 不是周郎能顧誤, 吾曹下調復誰知.

371 원문에는 한 자가 부족하다. 문맥상 이 부분에 '無'가 빠졌을 것으로 보인다.

《重酬西厓》 秋月

春風帆落海東涯, 筆架茶爐與客隨. 交誼祗今忘遠近, 聘筵從古重威儀. 梅侵髩髮偏多感, 月上樓臺更一奇. 只惜明朝催鷁路, 可堪生別屬新知.

《奉呈朝鮮書記龍淵 成公》 西厓

遠游銜命出韓都, 銀漢浮槎天一隅. 空際蜃樓迷雨雪, 波間魚眼射虛無. 多才自辨支機石, 大國君當照乘珠. 此去名山堪適意, 臨風不必憶蓴鱸.

《草酬近藤西厓》 龍淵

長風一帆近桃都, 小華衣冠出日隅. 天曠瑤岑仙氣逈, 月明銀海俗緣無. 淸姿好對藍田玉, 雅句爭探赤水珠. 更喜湖山同赤壁, 細鱗新味似松鱸.

《疊前韻奉謝龍淵 成公之見酬》 西厓

懸想詞臣辭漢都, 琴樽寵送錢城隅. 皇華勞使情何極, 長鋏承恩車豈無. 徒使巴人當郢曲, 那能燕石報隨珠. 詩成難慰銷魂恨, 回首鄕園一憶鱸.

《重和西厓》 龍淵

水路迢迢入海都, 皇華春色是東隅. 鄭公奉使全冥漠, 徐子尋眞定有無. 斗上奇文惟寶劍, 日南珍貨是明珠. 華筵酬酢饒風味, 橙橘香淸勝煮鱸.

《奉呈朝鮮書記玄川 元公》 西厓

飄然仙使問蓬·瀛, 彩鷁乘風萬里程. 五夜灘聲喧枕席, 三山雪色映簪纓. 驚濤不屈懸弧志, 片月偏懷戀闕情. 入幕嘉賓多俊秀, 翩翩書記擅才名.

《和西厓》 玄川

謂是靑岑已近瀛, 尙看紅日有餘程. 山河世憶徐王颿, 烟月人懷魯仲纓. 詞藻相憐湖海氣, 風流共結水雲情. 翩翩認得南方秀, 天外留期異日名.

《疊前韻奉謝玄川 元公之見酬》 西厓

鵬際浮舟過海瀛, 遠游何日問歸程. 月明牛渚催吹笛, 曲入滄浪歌濯纓. 深愧瓊琚酬木李, 兼看縞紵結交情. 駑駘不若眞龍程, 獨得大宛千里名.

《重和西厓》 玄川

扁舟半載泛蓬·瀛, 露宿風餐强萬程. 水月正憐流入袖, 天風已許吹飄纓. 依依對坐篇成軸, 脈脈無言筆足情. 共子欣成長夜話, 歸裝更帶斗南名.

《奉呈朝鮮書記退石 金公》 西厓

詞曹綵筆映羣賢, 蓋世聲名藝苑傳. 官屬靑州從事職, 齡同絳縣[372]老人年. 壯游裁賦秋濤色, 高興騎鯨春月天. 客裏知君聞過雁, 漫將鄕思

372 원문은 '懸'이나, 문맥에 따라 이와 같이 수정함.

寫朱絃.

《次西厓詞伯見寄贈》 退石

南來初得五君賢, 已戊詩篇喜其傳. 萬里槎行仍此地, 兩邦文會又今年. 玄機衮衮[373]青陽節, 故國迢迢北極天. 海外知音垂老遇, 峨洋一曲和瑤絃.

《疊前韻奉謝退石 金公之見酬》 西厓

聞說三韓富俊賢, 詩成詞苑大名傳. 復逢吳札論詩日, 堪笑秦皇求藥年. 人弄鳳簫春月夜, 風飄鶴氅雪花天. 迎君欲嗣瑤琴響, 下調難當流水絃.

《重和西厓》 退石

赤關以北足才賢, 詩拙名慚海外傳. 晁老朝唐知幾世, 桓皇開國隔千年. 萍逢會合孤燈夜, 文物來從小華天. 莫問行人羈抱亂, 不堪明月滿哀絃.

《奉呈朝鮮製述官秋月 南公·書記龍淵 成公·玄川 元公·退石 金公》 西厓

檀君啓土疆, 垂統自陶唐. 撥亂王家滅, 施仁李葉光. 政治循九範, 法簡約三章. 民物崇倫理, 朝廷嚴禮防. 化敷皆豹變, 賢擧盡鷹揚. 閭肆詩書業, 戶開翰墨場. 積倉饒食貨, 畎畝勸農桑. 層閣祥雲下, 高岡瑞鳳翔. 關河稱百二, 城府勝金湯. 鴨綠深無底, 熊山峻叵量. 南江波漾

---

373 원문은 '袞'이나, 문맥에 따라 이와 같이 수정함.

漾, 北岳樹蒼蒼. 庭院巢鶴雀, 藩籬挺橡樟. 藥藏神草驗, 席織滿花黃. 果下駒身短, 堺頭鷄尾長. 善隣修國寶, 奉役選才良. 使事謀廊廟, 罍樽餞畵堂. 戒官供節鉞, 盛橐裹餱糧. 贈物韝鷹隼, 聘儀羇驌驦. 瑤琴蘭殿響, 美酒綺筵香. 盛樂歌皇者, 多錢辨客裝. 馳車辭故國, 擁傳向殊方. 羣騎飛塵走, 雙帆候曉張. 乘風凌貝闕, 鼓枻度滄浪. 指日鵬程遠, 衝烟湖路洋. 探珠窮赤水, 取石出銀潢. 霧雨鯨波暗, 樓臺蜃氣颺. 畏途魂易駭, 客地意徒傷. 橫海忠臣信, 破波男子腸. 羔羊恭退食, 鵷鷺儼成行. 道路車鑾應, 趨蹌佩玉鏘. 鏜鏜鳴鼓角, 振振奏笙簧. 各位皆命世, 大材能吐芳. 浮湘思馬史, 題柱擬田郎. 義勇堅於鐵, 誠心烈似霜. 志寧淫富貴, 德匪願膏粱. 竹帛施勳績, 圭璋全令望. 編蒲效文寶, 積雪學孫康. 考籍窮丘索, 繙書涉縹緗. 彩精趙明月, 氣凜吳干將. 翩似神仙去, 駿如騄駬驤. 儒林推領袖, 丰采勝琳琅. 瞻正淸儀肅, 辭安專對詳. 接人容質慤, 愛衆語慈祥. 貌壓安仁美, 胸欺叔度汪. 承筐齎玉帛, 歃血會衣裳. 檀寵魚縱壑, 涖盟錐脫囊. 秦童事可笑, 吳札賢堪當. 士矣命何辱, 使乎名早彰. 行隨鸞駕舞, 機與海翁忘. 樽貯逡巡酒, 盤斟沉瀣漿. 玄冬經海驛, 靑歲到山陽. 引領思文旆, 臨風待綵航. 停槎蛟窟曲, 解纜牛津旁. 春鳥鳴幽竹, 暮霞明翠楊. 水消浮澗藻, 泉煖徹輿梁. 湛露鮮漁戶, 輕烟籠水房. 松濤閑絶響, 蘿網密纏墻. 雉嗅飛坰野, 鴻歸指渺茫. 韶華宜嘯詠, 遲景耐徜徉. 執几迎淸範, 班荊侍玉牀. 識韓眞感佩, 御李豈尋常. 一叩玄關寂, 幸垂靑眼狂. 恩深欣錫類, 德泰喜包荒. 但恐漏將盡, 偏希夜未央. 詞篇知寡和, 瓊玖苦難償. 傾盖交親密, 懸弧心激昂. 苧袭貽所貴, 芹菜獻何妨. 報主身雖致, 懷家意易愴. 夢魂勞黯澹, 旅況慘悲凉. 跋涉艱非憚, 羈離險備嘗. 爲窮千里外, 徒度一年强. 但願竣行役, 錦衣歸舊鄕.

筆語

稟 西厓

戊辰歲, 大使來聘, 彩鷁泊此, 僕承寡君之命, 與一二文學迎接, 深被朴學士, 二李·柳三書記之恩顧誨. 僕諄諄至今服膺餘敎. 屈指十有七年于此, 娓娓未嘗忘于懷. 四君今無恙? 想齒高德卲爵進, 達尊三備, 未知今四君各任何官? 伏乞見示. 當時僕所與文學, 其一遷職, 今在東都之邸, 其二已爲修文郞于地下, 唯僕猶以文學再來, 奉接光範, 得奉敎誨, 何幸加之? 但恥年與時悲, 意與歲去, 學未見進, 愚騃依舊耳.

答 秋月

再接敝邦之人, 甚可稀貴. 如有其時唱酬集, 惠覗爲望. 朴君今爲潔城大守, 濟菴其後爲陽智大守, 僕離都後, 魁南宮解會圍, 得失姑未聞. 醉雪曾爲安奇丞, 今年七十有五, 杜門養靜, 海皐其後登第, 今保寧太守. 僕來時, 此四君皆致意於其時對榻之諸公, 今承光顧, 可以歸傳一一, 當爲之悵然.

稟 西厓

郢人鼻端之堊之堊, 待匠石然後盡. 僕有近作之詩, 雖更鍛鍊信明, 餘稿猶欠妥帖. 僕交游之中, 無善詩之匠石於僕者, 鼻端之堊, 何以得盡? 錄若于首, 敢呈諸左右, 伏乞電覽, 運斤成風. 逆旅匆忙, 受賜竢他日而已.

答 秋月

華稿不恥問寡, 可仰至意. 當從容評品, 以待回帆. 錄近作之詩以示秋月如左. 望京虎踞龍蟠形勝多, 九重依舊綵雲過. 六鼇仙島通佳氣, 五鳳

宮門黨絳河. 才拙難裁平子賦, 時淸不用伯鸞歌. 遙窺壯麗觀光處, 落日蒼茫奈夕何.

《琵琶湖眺望》

琶湖眺望興縱橫, 處處名山鏡裏明. 島嶼淸風斑竹色, 烟波閒月夜絃聲. 水呑雲夢蒸陰氣, 天吐彩虹懸晩晴. 此地從來傳八詠, 歸帆落鴈客中情.

湖在江州. 湖中有嶼, 名竹生, 有妙音宮. 土人傳云, 每淸夜時時聞絃聲. 湖中有八景, 有詩膾炙人口.

《粟津懷古》

中原鞭弭過千秋, 滿樹唯聞鳥雀愁. 月映飜波疑組練, 山來急雨誤貔貅. 寒風颯雨松杉色, 白露凄其蘆荻洲. 行客休凭古丘望, 偏敎物象亂鄕憂.

津在江州. 壽永時, 朝月將軍木曾義仲在京, 放縱不度, 廷尉源義經承詔誅之義仲. 拒之戰于此, 軍敗而死.

《磨針嶺 望湖堂雪後眺望》

高堂臨鏡裏, 一望臥爲遊. 兩岸陰晴變, 羣峰日夜浮. 靑螺沈白雪, 明月落滄洲. 遠浦歸帆去, 凄然發旋愁.

《黑血橋懷古》

黑血橋下千古流, 行人曾苦白波憂. 豺目狼聲忍嗜殺, 白日殺人通衢頭. 衢頭松樹千尺高, 窺人手揮偃月刀. 偃月長刀千斤重, 當之魑魅信難逃. 廷尉劒術妙入神, 距躍曲踊捷無倫. 瞻之在前忽焉後, 三尺吳鉤

誅黃巾. 大兇伏誅血縱橫, 濺入長流久不淸. 請看黑血橋下水, 至今悠悠流惡名.

橋在濃州. 土人傳, 昔有態坂長範者, 性狡猾勇猛, 白日殺人, 剽掠財物. 源廷尉義經母曰常盤, 長範殺常盤于路. 義經猶幼, 精鍊劒術, 殺長範以報讎. 長範死, 其血入水, 其流黑七日. 橋架其水.

《池鯉鮒驛》

西辭故國望雙魚, 此去山陽千里餘. 驅馬空過池鯉驛, 鄕關未寄一行書.

《望潮板》

悠悠遠海大潮來, 萬里飛濤衝岸摧. 目盡乾坤窮渤澥, 月晴烟霧出蓬萊. 不鞭雲際飜羣馬, 無雨磯根鬪萬雷. 愁客驚心腸欲斷, 鄕關何處夕陽催.

《薩陲嶺》

巨鰲山上鬱岧嶢, 路繞空林鳥道遙. 密樹寒生千嶂雪, 扶桑月浴五更潮. 丹梯半枕鮫人窟, 危石全驅秦帝橋. 行客稀過樵徑裏, 凄其旅況不勝饒.

《函關》

磐石山河佳氣流, 關門百二鬱相州. 四夷款塞歸淸政, 羣客窺鷄待曉籌. 千鳥橋邊寒水下, 落猿巖畔白雲幽. 樹間一路懸車去, 無復林泉慰旅愁.

千鳥橋落猿巖, 皆在山中.

右九首, 僕往年之東都途中所作也. 其地皆公當將經歷. 各地之爲形勝也, 或杳渺空心, 或凄惋悲人, 客中値之, 則旅況有不勝感慨者, 公過之, 如念及拙作, 則當知其非虛想耳.

《山寺秋興》

佛土高秋望, 林丘興可憐. 竹邊花帶路, 松際月含烟. 落葉堪觀世, 聞泉宜習禪. 雖非趺坐客, 持偈空諸緣.

《擣衣曲》

梧桐葉葉冷飛霜, 擣罷寒衣獨夜長. 忽見胡天明月落, 曉來停杵憶遼陽.

《聞雁思歸得寒字》

萬里關山餘雪寒, 邊鴻結陣指雲端. 春來向國思花柳, 歸去無心借羽翰.

《俠客行得香字》

三尺星文寶劍光, 携來萬里戰沙場. 何難生取封侯去, 俠骨安甘死後香.

西厓曰: 人蔘之佳者, 莫及貴國, 人所共知. 未知其所采用, 皆自生山中者乎? 抑下種如種菜法而生者乎? 僕見木草綱目中所收諸說, 多以上黨者爲上品, 然我邦所謂華蔘者, 體不堅實, 其効不及朝鮮蔘遠. 未知我邦所謂華蔘者産于他所者, 而上黨者海舶不載來乎? 本草云根味甘, 然朝鮮蔘之佳, 及廣東蔘者, 今味之, 苦而小帶甘, 或云其甘者, 甘草汁制之也. 未知本草所說, 與今所味, 何以不同乎? 是僕所蓄疑, 敢質諸左右, 伏希見教. 以下席上匆卒筆語, 故不題以稟

秋月曰: 人蔘之問, 非不欲詳復, 而有良醫在. 僕未免越俎, 不必言, 幸問治粟都尉

秋月曰: 曾聞槎行之到, 諸州文學, 輒携前槎時酬唱卷, 以贈使之歸, 示前到之人. 幸諸公覔惠戊辰詩錄, 俾得歸誇濟菴諸人, 如何?

西厓曰: 承貢戊辰唱酬集, 然今不携來, 遺憾遺憾. 井潛亦承斯命, 潛當追而貢之, 伏乞待之.

一江乞學士以印其和章. 學士有'我邦之紙, 不宜印'之答. 余從側執筆錄示秋月曰: "如賜高和, 則錄之以華紙以印之, 敢乞."

秋月曰: "唐牋適置舟中, 未携來, 當用稍薄印上, 乃求朝鮮紙之薄者印之."

西厓以排律贈學士三書記曰: 斯排律唯學焉搆之, 以呈諸客位, 左右以乞評品, 鞅掌之中, 不必乞高和.

秋月曰: 排律幾韻? 雖未卽和答, 當徐圖. 若只求評品, 則亦當如戒, 幸詳覗之.

西厓曰: 七十二韻.

秋月曰: 百韻與七十二韻, 欲和則惟當閑暇時爲之. 但沿路山川風物, 奪人心目, 又到處有酬應, 恐孤華什, 奈何? 四明贈一百韻排律. 此筆語示四明與余.

秋月已讀余近作拙稿畢. 余乃曰: 拙稿已辱賜電覽, 伏乞一二評語.

秋月曰: 謂見示排律耶? 當與三友, 飫觀而評之. 有暇則亦當奉酬, 姑俟之.

西厓曰: 非謂排律, 謂近作拙稿.

秋月曰: 夜已闌, 當徐與諸友共評, 明日舟發, 則亦隨便付還, 無便則俟歸帆.

倡和終, 秋月與三書記, 加評點以還之.

西厓曰: 羈旅經年, 疲勞如何? 夜已過三更, 各位就寢. 僕等辭華筵.

秋月曰: 秉燭夜遊, 古人所樂. 僕輩不疲勞, 諸賢一別渺然, 令人有樂莫樂悲莫悲之懷.

龍淵曰: 請少坐了此佳會.

退石曰: 今夜詩會, 可謂浮世勝事, 而明日一別之後, 更難盍簪, 良可悵黯.

龍淵和章, 有失檢者, 向余曰: 和章暫還, 余乃出返之, 改而後還之.

玄川曰: 曾聞貴邦人, 淸氣太多, 以至質慤之風乏少云, 今自築前至此, 多接儒士, 重厚忠信, 大異前聞, 豈時有移易, 氣化流通耶? 甚賀. 第略見土風, 不識程朱, 好語明儒, 主陸之說, 未知高明見主何論?

西厓曰: 承公曾聞敝邦之人, 至質慤之風乏少云, 百年前, 距戰國不遠, 想當如公之所聞, 如他邑僕未能詳知, 至敝邑學主程朱, 實我先寡君烈公之餘澤也. 學問之道無他. 居敬窮理, 以求至聖人而已.

玄川曰: 甚感甚感. 僕固已疑之. 太抵朱子之學, 如日中天, 學不宗程朱, 皆異端, 諸賢幸益自勉, 無使他說浸淫, 一人講之於世道, 大有利益.

玄川曰: 徂徠·獨嘯, 僉尊亦知之否? 是想篤學之士, 而其說可惜不純.

西厓曰: 然.

玄川曰: 長門 瀧鶴臺彌八, 尊有雅否? 爲人甚忠厚, 學亦博雅.

西厓曰: 長門 距此遼遠, 與鶴臺無雅, 未詳其爲人.

玄川曰: 其名長愷

退石誤認余爲南竹, 向余曰: “近藤西厓, 少俺一齒, 可貴可貴.” 又曰: “西厓少俺一齒, 韶華猶存, 如僕老醜, 只自愧歎.”

南竹少退石一齒, 以其誤認余故云. 然余知其誤, 唯笑而不答.

唱和終, 一軍官至, 退石指之曰: “此來中和先生之筆, 名於國中, 君須懇求, 吾輩亦當力勸矣.” 又曰: “中和先生之筆, 我國第一, 君須求之

也.” 又曰: “多磨墨, 持大筆來.”

西厓謂: “中和曰公, 姓名爲何?”

退石從側代答曰: “姓徐, 名有大, 前任中和大守.”

西厓曰: “貴邦文雅之盛, 雖中國有所不足, 畏文辭亡論, 至如書畵, 善者輩出. 僕觀各位之書, 筆勢遒勁, 敬服敬服. 畵員亦今從信使來者, 想當通國之善者焉. 僕有一相識, 頗有書畵之癖, 若得賜, 則當抵盈尺之璧.

書則幸有各位之在, 伏乞書數箋以賜之, 欲還以贈之, 以國禁不得私執謁賓位, 不得已而敢煩左右. 僕非爲微生高于一相識也. 伏乞見計.”

中和乃頷.

西厓曰: “求墨, 忽卒之中, 不可得焉. 伏乞以斯硯中之墨, 書小楷數十字, 以賜之.”

乃以一小硯之墨出之, 而以唐牋授中和. 中和色似不肯, 想是韓人揮灑不好唐牋, 故以我邦之紙授之曰: “如斯紙則加得賜否?” 乃書三四紙以出之.

十四日朝, 舟將發, 余至學士旅館. 退石見余, 喜甚曰: “西厓 西厓”而呼. 秋月·龍淵·玄川而至. 余幷

乃求硯錄曰: “昨夕之會, 未能罄歡, 只待歸帆之期而已.”

退石曰: “悵懷一般. 僕等昨日之軸 有失檢者三張, 改書以呈, 原本投還也.” 乃出一封, 別有一小牘與南竹錄云, ‘昨日軸有失檢者三張, 改書以呈, 更留此紙, 原本還擲, 幸甚.’ 以付余致諸南竹. 南竹開封, 乃有改

書, 和南竹及四明與余詩三章.

西厓曰: "貴稿不在此, 他日當還璧."

退石曰: "追後見還"

附錄

《贈金士安書》 西厓

日居月諸, 任染代謝, 牛渚之會, 已浹旬. 計程文旆, 當已至大坂. 時屬孟春, 海颶暴起, 加之春寒, 猶薄肌膚, 尊候無恙? 牛渚之會, 一見如舊相識, 辱蒙公及南·成·元三公之不棄, 誨僕不倦, 厚荷慈愛. 是以分手戀戀, 使人有白駒之思. 一別以來, 無一日不東望而悵然, 白頭如新, 傾蓋如故, 豈虛語哉乎? 然韓之於我, 以地則車書不同, 以言則待譯而通, 何以使人欽慕如此? 公等汎愛之德, 視天下如一家, 不見有物我之私也. 宜哉! 使人欽慕如此. 於是乎益信傾蓋如故, 實非虛語矣. 且瓊瑤報木李, 卷軸爲堆, 多多質問, 擊蒙砭愚, 媟瀆之罪擢髮, 不以足償. 自公等海涵之量, 不芥蔕於胸中, 何以得承如此龍光乎? 僕欲謹修尺一奉, 南·成·元三公之各位, 以候其起居, 謝其恩惠, 郵發匆匆, 不遑操觚, 公爲致比意, 敢煩左右. 解纜朝, 改錄和章之有失檢者, 以賜南竹四明及僕, 且命還其原本, 舟發輒致諸南竹·四明, 今付便以還璧貴稿原本三章, 而南竹·四明, 使僕致意, 且以述謝. 僕奉呈公等排律, 誤以聚螢爲孫康事, 失檢亦甚, 是以追改, 螢火二字爲積雪, 對偶之澤字, 亦改爲編. 伏乞公致此意于諸公, 以塗擦拙稿中澤及螢火三字, 改爲編及積雪. 南公命四明及僕, 以徵戊辰唱和集, 今與四明謄寫之, 以贈南公, 敢乞幸致諸南公. 唱和之際, 一二僚友等, 見公等之書, 悅甚, 煩僕以乞得賜懇懇, 然僕欲公等覊旅疲勞之中, 速以就寢, 是以不敢. 公在大坂, 若京師若有餘力, 則幸揮灑二三紙, 亦爲僕致此意于南·成·元之三公以煩之, 各揮灑

二三紙, 以付對州記室蘭崦等以賜之, 何幸加之? 其書則貴邦紙, 若倭紙一張之中, 各寫五律, 若七律詩一首爲望, 伏乞見許. 公等竣使命以西歸, 想當在初夏之間, 回帆維纜牛渚, 則請執謁, 再拜淸範, 且以面別, 是僕之願也. 未知許否? 跋涉萬里, 前途猶遠, 努力加餐, 爲道自愛.

右書, 本月二十三日, 附郵便, 致諸大坂.

《贈井四明·近藤西厓書》 秋月·龍淵·玄川·退石

忽漫相逢是別筵, 老杜爲今日先發, 諸賢當亦其此悁悁. 日來春陰, 僉況珍毖. 兩桃舟中, 溫繹儘覺, 其蓄積之富, 藻思之麗, 從古槎行之所未得者, 今得之於兩賢, 貴邦文獻之日興, 從可揣矣, 曷勝歎咨? 本擬如西厓誠評點, 以上鄙輩和章, 旣皆致意. 便一評語, 并不用贅陳, 拙作撥忙屬和, 都不盡意, 只以博諸賢一粲, 多愧. 和田一江所索中子梅印譜序, 亦送付. 幸卽傳及, 亦告以無忘相托之意, 甚仰. 爲此憑朝岡遞傳, 未知其卽明照否也? 僕輩又此滯風, 愁悶[374]如狂, 相望未遠, 奉際無緣, 益增悵快. 唯以歸時, 更握爲期. 姑不宣.

《和西厓七十二韻》 秋月

淸秋賦出疆, 廷辟謬彭唐. 綵服違晨省, 芝函捧日光. 窺湘思汗漫, 諭蜀愧文章. 禮義操長櫓, 忠廉峻大防. 玄虛椽筆涇, 康樂葉飄揚. 慱雨鳴梅館, 龍雲散戰場. 星芒捫析木, 日脚夾搏桑. 鼇戴宵停抃, 鵬搖夕振翔. 天風承翼翼, 溟路傲湯湯. 眼大還盃視, 胸恢孰蠡量. 信貞旋水白, 夷險任穹蒼. 淮產書千橘, 衡材採巨樟. 蜃驕歸安帖, 鼉怒屛蒼黃. 宓女

374 悶 : 원문은 悶이나, 悶으로 교감하였다. 이 시는 정잠과 근등독 2인에게 함께 보낸 시이기에 3권에도 실려 있는데, 3권에는 悶으로 되어 있다. 문맥에도 悶이 적당하다.

調笙善, 天吳[375]侑鼓長. 道僧龍不毒, 沈賽鰐猶良. 列郡迎棕纜, 沿津敞綺堂. 金鷄充作膳, 琪草折爲糧. 娛讌多鸚鵡, 騎從盡驌驦. 珍夸波市富, 花賤庾園香. 儐席煩多享, 征軺自洗裝. 誦葩專對地, 持蘗檢身方. 載槖曾羞陸, 浮槎不數張. 珮馨紉碧芷, 纓垢濯淸浪. 擷彩驪驚睡, 盤空伯望洋. 垤丘搥日嶽, 蹄涔倒天潢. 墨戲休虛鶩, 芳徽要遠颺. 龍蛇驚往事, 猨鶴有餘傷. 靈鬼雖殲魄, 忠臣未履腸. 齊家讎九世, 漢老淚千行. 鶉火躔看孛, 龍泉劒擊鏘. 英雄翻掃局, 聖世許吹簧. 兵氣銷銅祲, 筐包實柚芳. 牲盟從魏子, 羝乳返蘇郎. 海色褰淫雨, 天心斂肅霜. 北闕輕寶藥, 南嶠委雕梁. 特送舟航數, 申歡冠蓋望. 朝廷三策善, 烟火兩邊康. 鑄印黃金大, 緘泥赭帕緗. 四千程敢憚, 五百櫂相將. 鳥噣三光爛, 龍鱗萬斛驤. 藍煙初拾穗, 赤水更探琅. 人物蒐羅細, 風謠採訪詳. 名州元馬冀, 之子是麟祥. 蓮寺春浮淺, 牛湖月湧汪. 瑤絃參札樂, 卉製襯周裳. 導意摛花筆, 酬詩襭錦囊. 睂眸饒款曲, 履屐不郎當. 赤兎迎曾慣, 靑雲附益彰. 瓊華聊欲贈, 嘉樹竟難忘. 近榻分櫨炬, 揮樽用蔗漿. 佳朋聯賀監, 美號後東陽. 語短嫌傳漏, 歡深惜解航. 送臨春水沚, 凝竚曉樓旁. 交淺新知屈, 文奇舊似楊. 離情含在樹, 顔色見疑梁. 耿耿登蘋渚, 愔愔臥竹房. 停雲低拂水, 斜雨密侵牆. 旣見何其悅, 回思[376]遂復茫. 波程猶淼漠, 津館久徊徉. 元夕瞻辰闕, 輕寒逼客牀. 濕痺愁有祟, 舒慘苦無常. 南紀窮非遠, 東飆煽作狂. 瘴[377]烟昏淰淰, 竹日冷荒荒. 去國懷天末, 從人在水央. 徐君蹤未躡, 夔老恨何償. 風逆門鷄滯, 天長野鶴昂.

375 吳 : 원문은 矣이나, 국립중앙도서관에 소장된 남옥의 『日觀唱酬』에 의거하여 교감하였다.

376 원문에는 '思'자가 없으나, 남옥의 『日觀唱酬』에 의거하여 교감하였다.

377 원문은 瘅이나, 남옥의 『日觀唱酬』에 의거하여 교감하였다.

琵湖須艇久，蓉岫散笻妨．桑宿空嫪戀，蓬漂足悢愴[378]．神遊園夢幻，旅食[379]瀼雲凉．垢韈那當解，香橙未足嘗．易衰憎藥秘，多病失身强．浩蕩帆前鳥，煙波處處鄕．

《訓西厓詞伯七十二韻》 龍淵

儒冠初出疆，詩律敢希唐．大陸嚴霜節，咸池浴日光．竿笙收地籟，雲漢抉天章．旄纛踰關塞，樓船跨海防．粤洲朱旆遠，濵浦錦帆揚．圖老停槎地，新羅刑馬場．蒙鶴寧滯芥，杜跡始窮桑．鯨蜃紛深伏，鸞鵬競遠翔．瘴陰疑潑墨，炎水似探湯．艱險那須說，行程未可量．北依星宿耿，南泝水雲蒼．寶氣排珠貝，奇材列杷樟．滿山棕鐵綠，匝浦橘柑黃．五百同舟若，三千駕海長．遠遊懷屈子，偉産問陳良．白笈湖邊寺，華箋雨裏堂．蘭薰要結珮，瑤糗剩齎糧．積水騰龍鯉，長途老驌驦．綿蔘通遠贄，冠冕散奇香．緬想張騫役，還羞陸賈裝．危檣猶下渚，旋斗又東方．書畵饒評品，槖韔足弛張．春眠甘寂寞，秋鬢感蒼浪．徐廟留三島，齊煙渺半洋．玄眞開汗漫，津次辨池潢．事外胸襟豁，空邊氣宇颺．愛神聞怳惚，堤魄足悲傷．秖歎迷方眼，猶摧烈士腸．思鄕勞夜夢，瞻極肅朝行．波裏魚鴻斷，雲端劍玦鏘．客窓愁聽笛，賓席好聞簧．此夜燈爐靜，何人藻餙芳．藤陰來海客，台嶺遇仙郎．雪栢朝含霧，風蒹夜帶霜．喬遷惟擇木，冥擧肯隨梁．芝宇依依覯，霞標落落望．湖山隣賀老，鉛汞說韓康．洞闢花源秘，簾開竹院緗．嶺雲眞自悅，海鶴遠相將．老蚌文章爛，名駒步騄驤．紫茗馨郁郁，寒玉響琅琅．意愜神關聳，心閑視瞻

378 원문은 愴悢이나, 남옥의 『日觀唱酬』에 의거하여 교감하였다. 근등독의 원시의 운자도 愴이다.

379 원문에는 '食'자가 없으나, 남옥의 『日觀唱酬』에 의거하여 교감하였다.

詳. 荊人珩豈寶, 吳客鳳爲祥. 鼓角騷壇壯, 波瀾學海汪. 珊瑚精作飯, 荷蕙[380]集成裳. 水韻淸瑤軫, 花香貯錦囊. 銅鐘須感應, 風月孰禁當. 赤水精華烱, 朱躔姓字彰. 金蘭期不替, 紵縞願無忘. 少座聯櫨橘, 交歡侑桂槳. 衣鞋蓮寺側, 樓館福洲陽. 鑑浦尋眞楫, 牛湖載寶航. 斑毫脩竹裏, 淸麈落梅旁. 丹契初詢魏, 玄經晩學楊. 地關終有表, 天路詎無梁. 拾采依蓀渚, 摛華到葯房. 阮·嵇元竝社, 楨·植自連墻. 道貌存枯淡, 玄機闢混茫. 故應悲聚散, 聊自喜彷徉. 一解懸風纜, 遙懷卜夜牀. 新知誠莫樂, 少別遽無常. 已識詩朋罕, 誰憐醉興狂. 獨吟林雨細, 高嘯海雲荒. 別浦天無際, 元宵月未央. 佳期前夜短, 餘債幾時償. 絳瑪光璀瑹, 青萍氣俯昻. 空嗟眞契逈, 還怕俗緣妨. 去路飆聲急, 廻汀露色愴. 館烟凝澹泊, 帆旭出蒼凉. 盻謙違椒舉, 馮歌逐孟嘗. 衾裯山海曠, 形影億千强. 此道如長在, 滄洲豈異鄕.

《和近藤西厓》 玄川

維天有宇疆, 騶說似荒唐. 融結烟霞氣, 漂搖蛟蜃光. 區分三界影, 文接七襄章. 包絡川原勢, 逶迤陸海防. 神人期翕習, 風氣澹悠揚. 遂闢魚龍窟, 開成壐劒場. 螺蠔移粒食, 鹵斥化田桑. 仙系從周炳, 家風與凱翔. 人烟低漠漠, 國步倚湯湯. 自阻評鬳界, 孰能深淺量. 烟青中極遠, 霞赤曙暉蒼. 媚水凝珠貝, 蓊林老竹樟. 文明歸裔徼, 風彩起陳黃. 載籍通蘇·浙, 鄕庠接筑·長. 和蔡騰楚寶, 伐駟詠秦良. 枚發登梁宴, 馮歌擁薛堂. 荷衣紛若采, 菌桂雜爲糧ㅈ. 黃棘無鸞鳳, 長楸走驌驦. 仁隣交聘幣, 盟火有餘香. 西出班生志, 南修陸賈裝. 秋風辭故國, 十月入炎方. 紫闕銜綸綍, 青油侶蹶張. 麈揮時講易, 纓濯或歌浪. 焂爾窮河

380 蕙 : 원문은 '惠'이나, 문맥상 교감함.

漢, 冷然馭涬洋. 參衡華瞰珮, 昭信酌洿潢. 簫感禎融咽, 旗連景靄颺. 停橈憂雨滯, 包橘念民傷. 雲樹千重繡, 山河九折腸. 飛鳧憐遂隊, 覊鴈喜成行. 錯落凌雲什, 高低和鳳鏘. 洞庭飄暮笛, 嶰谷韻秋簧. 舟楫云經歲, 梅萱欲吐芳. 危樓瞻漢闕, 孤棹憶秦郎. 伊紀虛殘月, 熊山閱幾霜. 仙鄉藏綠橘, 人世入黃粱. 緬想懷孤往, 沉吟起騁望. 觀風同太史, 樂水屬長康. 景物方紆矚, 詩篇懶啓緗. 金陵名偶似, 周陸又相將. 燭下看標拔, 眉端霞彩驤. 長篇携出篋, 新語欲呈琅. 按抑無奔放, 敲推入細詳. 雍容申法禮, 冲淡履和祥. 筆慕三王正, 文窺八斗汪. 學能尊洛建, 心亦愛冠裳. 素月明霞綬, 彤雲映繡裳. 風流元自富, 詞藻又相當. 材喜東南美, 名驚梁楚彰. 慇懃文墨會, 灑落語言忘. 金筴妙關鍵, 玉壺寒露漿. 相分牛渚曉, 回首播山陽. 渺渺穿雲竹, 依依浮海航. 三宵吟病後, 一軸在吾傍. 落月低橫樹, 長烟晚鎖楊. 孤松須飽雪, 大木視支梁. 散帙宜爐燭, 纖塵淨葯房. 顔曾瞻後先, 堯舜見羹墻. 活潑知源大, 浸淫放海茫. 絃歌歸諷詠, 歲月以相徉. 會識雲歸壑, 且看月入床. 道元無定體, 德亦若難常. 勿字知言動. 幾頭判聖狂. 正須勤以進, 寧取怠而荒. 怊悵蒼山暮, 依稀綠水央. 良辰不可往, 餘債曷云償. 念爾鸞如跱, 思君鶴似昂. 老生心每苦, 長託說無妨. 意內無畦畛, 言前懷惻愴. 相逢孚氣味, 不必詭炎涼. 會合知蘭合, 羣分類草嘗. 踈慵今濩落, 夫子正康强. 宇宙虛安宅, 河閩是故鄉.

《次近藤西厓七十二韻》 退石

眞人御震疆, 赫業邁軒唐. 八域山河壯, 三韓日月光. 薰琴垂袞冕, 丹陛儼端章. 天有星雲慶, 人知禮義防. 聲明三代繼, 仁德四隣揚. 皥皥無懷世, 熙熙極樂場. 修盟通絶海, 遣使問扶桑. 玉署三臣選, 金風六鷁翔. 碧山迷似夢, 紫海沸如湯. 蛟窟深難測, 鵬程渺莫量. 有樓渾蜃

氣, 無地但穹蒼. 異果稱柑橘, 奇材産梓樟. 先春梅已白, 經雪菊猶黃. 控隘三關險, 封疆一字長. 國風禪制度, 官吏漢循良. 帖石成文陛, 劈杉覆畵堂. 島民歡迓節, 藩國競供粮. 彩艦粧龍鳳, 華鞍轎驌驦. 家家棕鐵綠, 岸岸草花香. 何日能傳命, 經年尙俶裝. 星辰瞻北極, 鄕國隔西方. 錦帆千夫曳, 金屛六疊張. 覊愁雖錯莫, 壯觀頗聊浪. 煙瘴[381]愁孤島, 衣冠滯半洋. 油幢窮地軸, 槎路接天潢. 怒鰐帆前躍, 踆馬枕下颺. 唯知王事重, 敢道客心傷. 戀主頻揮涕, 思家欲斷腸. 旌旄羅左右, 文武列班行. 官服偉而整, 琮璜鏗且鏘. 仙遊通渤澥, 雅樂奏笆簧. 金闕雲中出, 瑤花雪裏芳. 維舟小豆浦, 投刺誰家郎. 職掌芸臺筆, 才兼武庫霜. 文章期碎鶴, 勳業視炊粱. 累質絲蘿愧, 淸標玉樹望. 風流今杜牧, 神解古嵇康. 門對吳江闊, 簾開楚竹緗. 名高懸析木, 詞健賦凡將. 荊璞奇珍蘊, 天衢逸驥驤. 雲霞光爛燁, 瓊珮響倉琅. 詩律傳心遠, 丘墳着眼詳. 文壇旗鼓壯, 和國鳳麟祥. 杜嶽富崤崒, 韓江動瀛汪. 斗南揮月斧, 鼇背拂雲裳. 越壁磨爲硯, 鮫綃織作囊. 詞源三峽倒, 筆力萬夫當. 異國同盟會, 東方北敎彰. 意投詩瞻照, 契合客愁忘. 題扇磨松墨, 沃喉勸蔗漿. 奎華求浦畔 求字疑牛字. 求牛音似近, 因誤乎. 賓館室津陽. 髮白窮河使, 春回泛海航. 愁風明石外, 滯風赤城旁. 分手纔三日, 回頭憶二楊. 懸燈空有夢, 望海奈無梁. 耿結歌蒹露, 蕭條臥柁房. 寒烟橫極浦, 愁日下踈墻. 旅館悲寥落, 仙莊隔渺茫. 風濤吾困頓, 松菊爾相徉. 板屋空懸榻, 瑤琴宛在床. 他年難可諼, 如子儘非常. 健筆追唐傑, 淸談類晋狂. 偏憐阻北學, 眞惜産南荒. 萍會悲難再, 詩遊恨未央. 餘緣無處續, 宿債幾時償. 樑月猶驚喜, 江雲寄悵昻. 竹筒郵便斷, 羌笛病懷妨.

---

381 원문은 '瘴'이나, 문맥상 이와 같이 교감함.

奈我情無極, 雖君意亦愴. 重瀛添漭闊, 孤鴈助凄凉. 前路知餘幾, 此行見未嘗. 離家千里遠, 爲客半年强. 竣事西歸日, 更將訪貴鄉.

右書牘一首, 排律四首, 二月八日, 致自對州記室晁蘭崦.

《寄贈近藤西厓》 退石

牛窓詩會百年初, 三日餘香尙濕裾. 春樹暮雲怊悵意, 東風吹送故人書.

右, 三月二十五日, 致自林祭酒門人井孝德.

사객평수집 권5

槎客萍水集 卷之五

사객평수집 권5

구산덕기 자양보(龜山德基 子讓甫) 찬(撰)

보력(寶曆) 갑신년 정월 13일 조선 사신의 배가 우저(牛渚)에 정박하였다. 이날 밤 시포직춘(市浦直春)·화전소(和田卲)·정잠(井潛)·근등독(近藤篤) 등 여러 공과 함께 그 학사와 서기를 빈관에서 영접하였다. 창수함이 메아리 같고 응대함이 물 흐르는 것 같아, 서로 국가의 영광을 빛내니 그 시와 필어가 거권(巨卷)을 이루었다. 내가 또한 승핍(承乏)[1]으로서 두세 군자를 따라 그 성대한 일을 보게 되니 얼마나 다행스러운가?

아! 나와 같이 재주 없는 사람은 재주와 식견이 좁고 열등하여 시 짓는 일이 더디고 솜씨도 졸렬하여 오직 뒤에서 눈만 크게 뜨고 있었으며 한두 번 창수한 것도 진실로 볼만한 것이 없다. 비록 그러하나 또한 인간 세상의 기이한 만남이 아니겠는가? 그리하여 모아 엮어 계륵(鷄肋)의 뜻을 드러내고자 할 뿐이다.

1 승핍(承乏) : 세상에 인재가 없어 재능이 없는데도 벼슬함.

조선국 제술과 추월 남공에게 드리다
奉贈朝鮮國製述官秋月南公

남창(南窓)

바다 기운 창망한 우저(牛渚)의 모퉁이에	海氣蒼茫牛渚隈
장풍이 불어오니 비단 돛이 펼쳐지네	長風吹送錦帆開
현주(玄珠)를 찾으러 깊은 못으로 간 줄 알았더니	九淵知拾玄珠去
어째서 신선초(神仙草) 구하러 삼도(三島)에 왔나	三島豈求神草來
파도를 헤쳐 먼저 종각[2]의 뜻을 실현하더니	破浪先酬宗慤志
상수에 배를 띄워 다시 사마천의 재주를 보이네	浮湘更見馬遷才
돌이켜 대궐을 그리워하는 정이 자주 간절할 텐데	還思魏闕情頻切
객중의 하늘 끝에도 봄이 다시 왔네	客裏天涯春復回

조선국 서기 용연 성공, 현천 원공, 퇴석 김공에게 드리다
奉贈朝鮮國書記 龍淵成公·玄川元公·退石金公

남창(南窓)

사신 배 어째서 한양 가를 떠나왔나	星槎何發漢陽邊
객중에 이역 하늘에서 봄을 맞았네	客裏迎春異域天
모인 물이 하늘에 닿아 창해가 드넓은데	積水連空蒼海闊
부상의 떠오르는 해에 채색 구름 걸렸도다	扶桑升日彩雲懸
장건(張騫)의 사행은 천년에 다시 장하며	千秋更壯張騫使

2 종각(宗慤) : 종각은 송(宋)나라 때 사람으로 그의 숙부 병(炳)은 뜻이 고상하여 벼슬하지 않았는데, 종각이 어릴 때 숙부가 그의 뜻을 물으니 "원컨대 긴 바람을 타고 만 리의 풍랑을 헤치고 싶습니다.[願乘長風 破萬里浪]"라고 대답했다.

계찰(季札)의 어짊은 열국이 모두 칭송하네　列國俱稱季札賢
역로의 경치는 두루 보기에 걸맞았을 테니　歷路風光應見遍
시 주머니엔 원유편(遠游篇)[3]이 몇 편이나 들었을까 錦囊幾有遠游篇

남창의 운에 즉석에서 화답하다

卽席和南窓韻

추월(秋月)

저문 날 안개 낀 물가 모퉁이에 돛을 내리니　斜日停驅煙水隈
본련사(本蓮寺) 동쪽 물가에 성대한 잔치가 열렸네　本蓮東畔綺筵開
사람이 접역(鰈域)[4]에서부터 푸르고 아득한 곳에 이르니
人從鰈域蒼茫到
달은 오잠(鼇岑)[5]에서 넘실넘실 떠오누나　月自鼇岑蕩漾來
문자가 같으니[6] 이국의 사귐에도 도가 있으나　書軌異方交有道
문장은 늘그막이라 재주 없음이 부끄럽네　文章垂老愧非才
강산(崗山)[7] 지역 일대에 유림이 성하니　崗山一境儒林盛

3 원유편(遠游篇) : 원유는 원래 『초사(楚辭)』의 편명으로, 굴원(屈原)이 세상에 용납되지 못함을 한탄하여, 신선과 짝해서 사방에 노니는 내용인데, 여기서는 곧 멀리 유람한 내용을 쓴 글이라는 뜻으로 쓰였다.

4 접역(鰈域) : 우리나라의 다른 이름. 우리나라 동해에서 가자미가 많은 나는 데서 붙은 이름.

5 오잠(鼇岑) : 오배산(鼇背山) 봉우리. 오배산은 발해의 동쪽에 있다고 하는 산으로 일본을 가리킨다.

6 서궤(書軌) : 서동문거동궤(書同文車同軌). 글은 문자를 같이 하고 수레는 궤를 같이한다. 문자와 제도가 같음을 말함.

7 강산(崗山) : 우시마도[牛窓]가 속한 번(藩).

귀한 시구 잔뜩 얻어 전대에 넣어 돌아가리 贏得明珠載橐回

본련(本蓮) 두 글자가 초서여서 읽기 어려워 글자를 가리켜 물었더니 해서(楷書)로 본련 두자를 써 주고서 웃으며 '본련사(本蓮寺)는 만리타향의 사람도 알고 있는데 이 주의 사람이 모른단 말입니까?'라고 썼다. 나도 '공의 사물에 해박함은 모름지기 일본의 지리지(地理志)를 쓰실 만합니다.'라고 적었다. 추월이 그것을 보고 서로 크게 웃었다.

구산 남창에게 화답하다
和龜山南窓

용연(龍淵)

긴 호수 안개 낀 물가 아득한 가장자리에 長湖烟水杳茫邊
남북의 문인들 한 하늘 아래 모였는데 南北人文會一天
그림 배 올 때에 조각구름 일렁이더니 畵楫來時雲片漾
채색 붓 펼쳐진 곳에 둥근 달이 걸렸네 彩毫開處月輪懸
생황 연주 오래 이어지니 이웃나라의 우호요 笙簧久續隣邦好
귀한 시문을 새로 만나니 섬마을의 현인인데 珠玉新逢海島賢
귤과 유자 맑은 향기는 자애(自愛)하라 하는데 橘柚淸香要自愛
그대에게 각궁편(角弓篇)[8]으로 시를 증정하노라 贈君唯以角弓篇

8 각궁편(角弓篇) : 각궁(角弓)은 『시경(詩經)』「소아(小雅)」의 편명. 원래는 주(周)나라 유왕(幽王)이 자기의 친족은 가까이 않고 아첨하는 사람을 좋아하여 종족으로 하여금 서로 원망하게 하는 것을 풍자한 시인데, 그 내용에 형제가 서로 사이좋게 지내야 한다는 구절이 있기 때문에 우정을 강조하는 뜻으로 쓰이기도 한다. 춘추시대 진(晉)나라 한기(韓起)가 노(魯)나라에 사신으로 갔을 때, 소공(昭公)이 한기에게 향연을 베풀어 주자 한기가 양국이 형제처럼 우의를 다지자는 뜻으로 이 시를 노래하였다. 『춘추좌씨전(春秋

남창이 보인 운에 차운하다
次南窓見惠韻

퇴석(退石)

옥절이 멀리 석목(析木)[9] 가에 이르니 玉節遙臨析木邊
길은 아득히 쓸쓸한 하늘로 접어드네 迢迢路入泬漻天
바람과 안개는 그림같이 산하에 펼쳐지는데 風煙似畵山河闢
귤과 유자는 추위를 무릅쓰고 해와 달 아래 걸려 있네 橘柚凌寒日月懸
가죽나무 재목[10]이 이제 이미 늙었음이 스스로 부끄러운데 自愧樗材今已老
왜국에 본래 현인이 많음을 비로소 알겠네 始知倭國本多賢
그대의 붓 아래를 보니 용사(龍蛇)가 달리는데 看君筆下龍蛇走
나의 재주 졸렬하여 백설편[11]으로 화답하기 어렵도다 才拙難酬白雪篇

남창에게 화답하다
和南窓

현천(玄川)

막막히 긴 안개 낀 귤나무 유자나무 가장자리 漠漠長烟橘柚邊

左氏傳)』「소공(昭公)」2년.

9 석목(析木) : 기(箕)·두(斗) 두 별 사이의 별자리를 가리키는 말로, 요동 또는 우리나라를 지칭하는 말로 흔히 쓰이지만, 여기서는 일본을 가리킨다.

10 저재(樗材) : 쓸모없는 목재. 자신에 대한 겸칭.

11 백설편(白雪篇) : 노래 이름. 양춘곡(陽春曲)과 함께 꼽히는 초(楚) 나라의 2대 명곡으로 내용이 매우 고상하여, 화답하는 이가 매우 적었다고 한다. 백설가(白雪歌).

석양의 하늘에 홀연 누대가 솟았는데 樓臺忽出夕陽天
경쾌하게[12] 달을 따라 남기성(南箕星)이 돌고 輕盈月逐南箕轉
이어지는 파도 위로 북두성이 걸렸네 點綴波搖北斗懸
구슬조개 번성한 진주는 창해의 보배요 珠貝珍繁滄海寶
편나무 녹나무 풍부한 재목은 초 땅의 현인인데 楩楠材富楚邦賢
풍파 이는 절역에 사마상여(司馬相如)의 솜씨이니 風波絶域相如□
매승(枚乘)의 칠발편(七發篇)[13]을 감탄하며 기뻐하네 差喜枚生七發篇

다시 전운을 써 추월 남공의 화답시에 감사하다
再用前韻奉謝秋月南公見酬

남창(南窓)

먼 데서 온 손님이 물 모퉁이서 나루를 묻고 遠客問津江海隈
한밤에 배를 대고 글 동산을 펼치네 停槎一夜翰園開
노래 주변에는 절로 양춘가[14]의 울림 있는데 歌邊自有陽春動
어두움 속에 누가 보배를 던져 주나 暗裏誰投明月來
칼집에서 우는 보검은 날카로움을 감추었는데 鳴匣寶刀藏利器
구름을 넘는 기이한 기운은 뛰어난 재주를 드러내네 凌雲奇氣見雄才
세상에서 인정받기 참으로 어렵다고는 말하지 마오 休言人世眞難遇

12 경영(輕盈) : 여성의 자태가 부드럽고 행동이 경쾌함을 형용하는 말.

13 칠발편(七發篇) : 중국 전한(前漢) 때 매승(枚乘)이 지은 사부(辭賦)의 명편인 〈칠발(七發)〉. 이 중 제5발에 "팔월 보름날 여러 공후 및 먼 지역에서 사귄 형제들과 함께 광릉의 곡강으로 물결치는 것을 구경하러 갔다.[將以八月之望 與諸侯遠方交遊兄弟 並往觀濤于廣陵之曲江]"이라 한 데서 물결을 본다는 것을 뜻한다. 『文選』 권34.

14 양춘(陽春) : 양춘곡(陽春曲). 백설가와 함께 초(楚) 나라의 2대 명곡.

홀연 이응의 수레를 몰아[15] 용문에 오를 테니	忽得龍門御李回

남창에게 다시 화답하다
疊酬南窓

추월(秋月)

물가 대숲 모퉁이의 별천지 누대에	別界樓臺水竹隈
파리한 매화가 맑고 쓸쓸히 창 가까이 피어 있네	瘦梅淸寂近窓開
구름 돛의 나그네가 바람 부는 대로 이르니	雲帆客子風吹到
고운 붓의 시인이 달과 함께 찾아왔네	花筆詞人月與來
월등한 명승지 웅길의 산천에서	熊吉山川凴勝地
마매(馬枚)[16]의 보좌로서 뛰어난 재주 보여주네	馬枚賓佐見瓌才
내일 한 번 가면 앞날의 기약이 멀테니	明朝一去前期遠
삼경까지 촛불을 잡고 앉아 돌아가지 마시오	秉燭三更坐莫回

웅길(熊吉)은 곧 웅산(熊山)과 길정천(吉井川)이다. 이에 앞서 나열하여 앉은 사람들이 우리 주(州)의 이름난 산천을 물었을 때 웅길 또한 그 나열한 대답 중에 있었다.

15 어이(御李) : 이응(李膺)의 수레를 몬다는 뜻으로, 현자(賢者)를 경모(敬慕)하는 일을 가리킨다. 후한(後漢)때 학자 이응(李膺)은 성품이 고상하고 태도가 준수하여 천하의 모범으로 이름이 높아서, 당대의 선비들이 그에게 접대를 받으면 "용문에 올랐다[登龍門]." 고 말했는데, 순상(荀爽)이 그의 수레를 몬 뒤에, "오늘 내가 비로소 이 선생님의 수레를 몰 수 있었다.[今日乃得御李君矣]"고 자랑스러워했다. 『후한서(後漢書)』 67권 「당고열전(黨錮列傳)」.

16 마매(馬枚) : 사마상여(司馬相如)와 매승(枚乘). 둘 다 뛰어난 문인.

다시 전운을 써 용연 성공의 화답시에 감사하다
再用前韻奉謝龍淵成公見酬

남창(南窓)

옥절이 멀리에서 동해 가에 이르니	玉節迢迢東海邊
청구(靑丘)는 이곳과는 먼 하늘을 격하였는데	靑丘此去隔長天
대영(大瀛)[17]의 조수는 허무의 끝에 접하였고	大瀛潮接虛無逈
대궐을 그리는 마음은 해와 달처럼 걸리었네	魏闕心兼日月懸
만 리에 장쾌하게 유람하며 질승시를 즐기며	萬里壯遊耽勝絶
사방에 전대(專對)[18]함을 재현이 수행하는데	四方專對屬才賢
그대를 보니 문사가 미묘하게 종횡하여	看君文思縱橫妙
붓을 들면 홀연히 비단구름 같은 글을 지어내도다	揮筆忽裁雲錦篇

남창에게 거듭 화답하다
重和南窓

용연(龍淵)

바늘과 겨자처럼 뜻이 맞는[19] 물가이니	針芥相投一水邊
산과 바다가 각자의 하늘로 갈렸다고 말하지 마오	莫言山海各分天

17 대영(大瀛) : 큰 바다.

18 전대(專對) : 물음에 대하여 서슴지 않고 즉시 대답한다는 뜻으로, 외국에 사신으로 가 전권을 행사함을 말한다. 『논어(論語)』「자로(子路)」에, "시 3백 편을 외우되 정사(政事)를 맡겨 주어도 다스리지 못하고 사방의 이웃 나라에 사신으로 가서 전대(專對)하지 못하면 비록 많이 외운들 무슨 소용이 있겠는가[誦時三百, 授之與政不達, 使於四方不能專對, 雖多亦奚以爲?]"라고 하였다.

19 침개상투(針芥相投) : 자석이 철침(鐵針)을 잘 끌어당기고, 호박(琥珀)이 개자(芥子)를 잘 습득(拾得)한다는 데서 온 말로, 사람의 성정이 서로 잘 투합함을 비유한 말.

서화(西華)[20]의 비단 돛이 바다 멀리에 이르르니 西華錦纜重溟遠
남국의 아름다운 꽃이 수많은 나무에 걸렸도다 南國瑤花數樹懸
달 밝은 밤 우저의 객을 처음 만났는데 朗月新逢牛渚客
청풍 부니 응당 국리현(菊籬賢)[21]을 생각하네 清風應想菊籬賢
자산(子産)과 숙향(叔向)[22]의 옛일을 오늘 저녁에 이루었으니 僑羊故事成今夕
이국에서 새로이 선명한 시편에 기뻐하도다 異域新歡爛爛篇

성호(盛號)는 도연명(陶淵明)의 글 중의 어휘를 사용[23]하였기 때문에 경련에서 그와 같이 표현한 것입니다.

필어(筆語)

아룀[稟]

남창(南窓)

이 행차가 참으로 장대합니다. 연로(沿路)에서 새로 지으신 시편이 여러 권에 넘칠 것임이 분명합니다. 그중 한두 편을 적어서 보여주시

20 서화(西華) : 우리나라를 말한다. 일본 문사들과의 창수에서 흔히 소중화(小中華)라는 뜻으로 소화(小華)라는 표현을 하였는데, 여기서는 일본의 서쪽임을 드러내 이렇게 표현한 것으로 보인다.

21 국리현(菊籬賢) : 도연명(陶淵明)을 가리킨다.

22 교양(僑羊) : 춘추시대 정(鄭)나라 대부(大夫) 공손교(公孫僑)와 진(晉)나라 대부 양설힐(羊舌肹). 공손교의 자는 자산(子産), 양설힐의 자는 숙향(叔向). 둘 다 외교에 능했다.

23 성호용도사중어(盛號用陶辭中語) : 구산덕기(龜山德基)의 호 남창(南窓)이 도연명(陶淵明)의 싯구 "我屋南窗下, 今生幾叢菊."에 나오는 말임을 가리킨다.

기를 바랍니다. 저의 시는 이미 받아보셨을 것입니다. 해동의 부사산, 강주, 비파호 같은 것은 실로 동방의 일대장관입니다. 공들께서는 그 일대를 지나실 것이니 그 기이함을 실컷 감상하실 것입니다. 저는 이 곳 사람인데도 아직 유람할 기회가 없었습니다. 공 등은 오천 리 밖에 사시니 바람난 말과 소라도 미치지 못할[24] 먼 거리입니다. 만물은 저마다의 운수가 있다 하나, 탄식하지 않을 수 있겠습니까?

답(答)

용연(龍淵)

우리의 이번 유람은 두보(杜甫)도 해보지 못한 것이니 기이하다고 할 만합니다. 더구나 여러분과 더불어 문필을 주선하는 인연이 있으니 더 말해 무엇 하겠습니까? 연로에 과연 약간 읊은 것이 있으나, 급히 대충 적느라 높으신 식견 앞에 보여드릴 만하지 못합니다. 부사산과 비파호의 색다른 경치에 관하여는 일찍이 들은 바가 있습니다. 그런데 족하께서는 이러한 승경에 살고 계시면서도 오히려 부러워하십니까? 참으로 집안의 닭은 천하게 여기고 들의 오리를 귀하게 여기는 것[25]이라고 말할 만합니다.

24 풍마우불상급(風馬牛不相及) : 동물의 암컷과 수컷이 암내가 나 짝을 찾아도 미치지 못할 만큼 서로 멀리 떨어져 있다는 말. 『좌전(左傳)』「희공(僖公)」 4년.

25 천가계이중야목(賤家鷄而重野鶩) : 집안에 있는 닭을 천하게 여기고 들의 오리 또는 꿩을 귀하게 여긴다는 뜻으로, 자기가 가진 귀한 것을 천하게 여기고 외부의 것을 따른다는 말이다. 진(晉)나라 때 서예가 유익(庾翼)이 왕희지와 명성을 겨루던 때에 자기의 서법을 우세하게 여겨 집닭에 비유하고, 왕희지의 서법을 경멸하여 들꿩에 비유했던 데서 유래한다. 가계야목(家雞野鶩). 가계야치(家雞野雉).

아룀[稟]

남창(南窓)

'봄옷이 처음 만들어지니 고운 햇빛그림자 더디다[春服初成麗景遲]'라는 한 구절을 적어 주시기를 원합니다.

다른 사람이 부탁한 것이다.

답(答)

현천(玄川)

저는 필법이 졸렬합니다. 또한 글씨를 쓸 여가가 없을까봐 걱정이 되니, 이해해 주시면 감사하겠습니다.

이때 모임이 끝나려 하였으므로 감히 청하지 못하였다.

아룀[稟]

남창(南窓)

밤이 이미 깊었습니다. 저희들을 이제 자리에서 물러나고자 합니다. 유감스러움을 이루 다 말할 수 없습니다.

답(答)

추월(秋月)

하루 저녁이 한 해에 해당하는 것 같습니다. 내일 만약 출발하지 않는다면 오늘 다하지 못한 즐거움을 계속하고 싶습니다.

하나. 어떤 한 군관이 수창하는 자리에 들어왔다. 내가 부채를 내어서 글씨를 청했더니 곧 '봄잠에 날 새는 줄 몰랐다[春眠不覺曉]' 한 구절을 써 주었다. 내가 글을 적어 말하였다. "부채에 적어주신 것은 공벽(拱璧)[26]을 얻은 것과 같습니다. 감히 성함을 여쭙습니다.

그 사람의 성은 서(徐)요, 이름은 유대(有大), 호는 중화(中和)로, 글씨를 잘 썼다. 그의 성명을 이미 자리의 여러 사람들에게 고하였기 때문에 답변의 글이 없었다. 눈으로만 표시하고 나갔다.

하나. 조모씨(趙某氏)가 옆에서 내 시를 읽고 있었다. 내가 글을 써서 말하기를, "공은 누구시며 관명(官名)은 어떻게 됩니까?" 하니, 그 사람이 말하기를, "지나가는 사람인데 어찌 반드시 물으시겠습니까?" 하였다. 내가 글로, "이른바 팔괘관(八卦冠)이십니까?"하니, 그 사람이 끄덕였다.

하나. 중관(中官) 한 사람이 등불 아래 있으면서 언문을 읽고 있었다. 내가 그것을 얻어서 보고는 글을 적어 말하기를, "귀국의 언문입니까?"라고 하였는데, 그 사람이 문자를 알지 못해서 쳐다보기만 하고 아무 말이 없었다. 옆에 있는 사람에게 물었더니, 그 사람이 끄덕였다. 이때에 내가 그 언문을 적은 종이를 달라고 하였더니, 그 사람이 말하기를, "좋습니까?"라고 하기에 내가 "좋습니다."라고 하였더니, 그 사람

26 공벽(拱璧) : 두 손을 마주 쥐어 잡을 만큼 큰 구슬. 『좌전(左傳)』 「양공(襄公)」 28년에 "나에게 공벽을 주었다.[與我其拱璧]"고 한 데서 유래한다.

이 그 종이를 주었다.

14일 아침에 학사 서기들을 만나려고 객관으로 가서, 서로 보고서 웃고 각자 읍(邑)을 하였다. 내가 붓을 잡고 글을 적었다.

남창(南窓)

뜻밖에 직접 뵙고 이별을 하니 서운함을 감당하지 못하겠습니다. 봄추위가 여전하니, 행로에 몸을 잘 돌보십시오.

답(答)

용연(龍淵)

슬프고 한스럽기 마찬가지입니다.

부록

조선국 양의 모암 이공에게 드리다
奉贈朝鮮國良醫慕菴李公

남창(南窓)

장부로서 호시(弧矢)[27]의 뜻을 가져	丈夫弧矢志

27 호시(弧矢) : 상호 봉시(桑弧蓬矢)의 준말로, 뽕나무로 만든 활과 쑥대로 만든 화살을 말하는데, 옛날 사내아이를 낳으면 이 활로 이 화살 여섯 개를 천지 사방(天地四方)에

바다를 건너 기개가 매우 웅장하니 橫海氣偏雄
삼신산의 길에 약을 캐고 采藥三山路
만 리의 바람에 고래를 타도다 乘鯨萬里風
청낭(靑囊)[28]에는 주후방(肘後方)[29]이 넉넉하고 靑囊餘肘後
금감(金鑑)[30]을 가슴속에 간직하였도다 金鑑在胸中
다만 상지수(上池水)[31]일 뿐만 아니니 不啻上池水
물의 원천이 다시 근원을 얻었도다 河源更得窮

빈관이 지척인데 다만 만나 뵙기만을 간절히 바라다가 외람되이 비루한 글귀를 올려 목마른 듯한 그리움을 위로할 뿐이었데, 야광주 같은 시로써 어목(魚目)[32]에 보답하여 주시니 지극히 영광스럽습니다.

위의 시는 소개할 사람이 없어서 전하지 못했다. 일단 여기에 붙여 둔다.

쏘아, 그 아이가 장래에 천지 사방에 뜻을 세우도록 축복하던 데서 온 말이다. 『예기(禮記)』「내칙(內則)」.

28 청낭(靑囊) : 의원들이 의서(醫書)를 넣고 다니는 주머니.

29 주후(肘後) : 주후방(肘後方). 진(晉)나라의 갈홍(葛洪)이 지은 의서(醫書) 『주후비급방(肘後備急方)』을 말하는데, 간편하게 가지고 다니는 의서 또는 휴대용 비상 구급약을 뜻한다.

30 금감(金鑑) : 풍유(諷諭)하는 글이나 책. 당(唐)나라 때 장구령(張九齡)이 당 현종의 생일인 천추절(千秋節)에, 거울로 삼아야 할 일 열 가지를 쓴 〈천추금감록(千秋金鑑錄)〉을 올린 데서 유래한다.

31 상지수(上池水) : 좋은 약. 땅에 떨어지지 않고 나뭇잎에 붙어 있는 이슬을 말한다. 『사기(史記)』「편작열전(扁鵲列傳)」에 "신선이 편작에게 약을 내어 주면서, 이것을 상지수에 타서 먹으라." 고 하였다.

32 어목(魚目) : 구슬과 비슷하지만 구슬이 아닌 것을 비유한 말. 자신의 시문에 대한 겸사이다.

전운에 다시 첩운하여 현천 원공의 화답시에 감사하다
再疊前韻奉謝玄川元公見酬

남창(南窓)

부상의 동쪽 십주[33]의 가장자리	扶桑東去十洲邊
깃발 유유히 펄럭이는 만 리의 하늘에	風旆悠悠萬里天
신선의 뗏목에 별이 절로 가까워	仙使浮槎星自近
신인이 편석[34]하니 길이 아직 걸렸도다	神人鞭石路猶懸
향기로운 이웃은 천년 동안 예폐(禮幣)를 닦았으니	芳隣千載修圭幣
비단 자리에 밤을 이어 준현(俊賢)들을 접하였네	綺席連宵接俊賢
백설가(白雪歌)는 원래부터 화답할 이 드물었다는데	白雪由來稀和者
그대로 인하여 비로소 영중편(郢中篇)[35]을 보겠네	因君始見郢中篇

전운에 다시 첩운하여 퇴석 김공의 화답시에 감사하다
再疊前韻奉謝退石金公見酬

남창(南窓)

다소의 다락배가 우저 가에 이르르니	多少樓船牛渚邊
연파는 아득히 먼 하늘에 닿아있네	烟波縹渺接遙天
남동 만 리이니 바람은 원래 다르나	東南萬里風元異

33 십주(十洲) : 도교에서 말하는 신선이 산다는 열 곳의 명승지. 선경(仙境)을 일컫는다.

34 신인편석(神人鞭石) : 진시황(秦始皇)이 돌다리를 놓아 바다를 건너가서 해가 뜨는 곳을 살펴보려 하였는데, 신인(神人)이 시황을 도와 바위를 몰아 바다로 내려가게 하였다고 한다. 이때 바위가 더디면 신인이 바위에 채찍질을 하여 재촉하였다고 한다. 『예문유취(藝文類聚)』 79권 「삼제약기(三齊略記)」.

35 영중편(郢中篇) : 초(楚)나라 영중(郢中)의 노래. 곧 백설가(白雪歌) 등 고상한 노래를 뜻한다.

두 나라의 취미와 정은 크게 다르지 않으리　　臭味兩邦情不懸
장막 안에서 붓을 운용하니 모두 제미(濟美)[36]이고　載筆幕中俱濟美
지경 밖에서 홀을 드니 유독 현로(賢勞)인데[37]　　執圭疆外獨勞賢
상봉한 이방객은 어려움을 어찌할까　　相逢難那殊方客
함부로 목리(木李)[38]로써 경구편(瓊玖篇)[39]에 보답하네
木李漫酬瓊玖篇

위의 두 시는 이미 완성하였으나 써서 보이기 전에 자리가 파하였으므로 일단 여기에 기록해 둔다.

36 제미(濟美) : 후계자가 전인의 업적을 계승하여 더욱 빛나게 하는 것을 뜻

37 독로현(獨勞賢) : 현로(賢勞). 나라 일을 위해 남들보다 더 특별히 애쓰면서 고생하는 것을 말한다. 『시경(詩經)』「소아(小雅)」〈북산(北山)〉에 "대부도 많은데 불공평해라, 나만 혼자 잘났다고 뛰어다니니.[大夫不均 我從事獨賢]"라는 구절이 나오는데, 『맹자(孟子)』「만장상(萬章上)」에는 이 시가 "막비왕사 아독현로(莫非王事 我獨賢勞)"로 인용되었다.

38 목리(木李) : 자신의 시문(詩文)을 낮추어 표현하는 말로, 목리(木梨)라고도 한다. 『시경(詩經)』 위풍(衛風) 목과편(木瓜篇)에 "나에게 모과를 던져주기에 아름다운 옥으로 보답한다.[投我以木瓜, 報之以瓊琚]"고 한 데서 유래한다.

39 경구편(瓊玖篇) : 상대방의 시문을 높여 이르는 말. 위의 주 참조.

槎客萍水集 卷之五

龜山德基 子讓甫撰

寶曆甲申正月十三日，韓使之船，泊于牛渚．斯夜市・田・井・藤諸公，迎接其學士書記於賓館．唱酬如響，應對如流，相與耀國華，其詩若筆語，積成巨卷．余亦承乏從二三君子，與見其盛事，何其幸哉？嗚呼！不佞如余才識陋劣，詩章遲拙，唯瞠瞠乎其後耳．一二唱酬，固無足觀者．雖然不亦人間一奇會哉？因輯錄以效 鷄肋之義云爾．

《奉贈朝鮮國製述官秋月 南公》　　南窓

海氣蒼茫牛渚限，長風吹送錦帆開．九淵知拾玄珠去，三島豈求神草來．破浪先酬宗慤志，浮湘更見馬遷才．還思魏闕情頻切，客裏天涯春復回．

《奉贈朝鮮國書記 龍淵 成公・玄川 元公・退石金公》　　南窓

星槎何發漢陽邊，客裏迎春異域天．積水連空蒼海闊，扶桑升日彩雲懸．千秋更壯張騫使，列國俱稱季札賢．歷路風光應見遍，錦囊幾有遠游篇．

《卽席和南窓韻》 秋月

斜日停驟煙水隈, 本蓮東畔綺筵開. 人從鰈域蒼茫到, 月自鼇岑蕩漾來. 書軌異方交有道, 文章垂老愧非才. 崗山一境儒林盛, 贏得明珠載橐回.

本蓮二字, 草書難讀. 指示問之, 乃楷書本蓮二字已, 而笑書曰, '本蓮寺萬里之人知之, 此州之人不知耶?' 余又書曰 '公之博物, 須撰日本地理志.' 秋月見之, 相語又大笑.

《和龜山南窓》 龍淵

長湖烟水杳茫邊, 南北人文會一天. 畵檝來時雲片漾, 彩毫開處月輪懸. 笙簧久續隣邦好, 珠玉新逢海島賢. 橘柚淸香要自愛, 贈君唯以角弓篇.

《次南窓見惠韻》 退石

玉節遙臨析木邊, 迢迢路入泬寥天. 風煙似畵山河闊, 橘柚凌寒日月懸. 自愧樗材今已老, 始知倭國本多賢. 看君筆下龍蛇走, 才拙難酬白雪篇.

《和南窓》 玄川

漠漠長烟橘柚邊, 樓臺忽出夕陽天. 輕盈月逐南箕轉, 點綴波搖北斗懸. 珠貝珍繁滄海寶, 楩楠材富楚邦賢. 風波絶域相如□[40], 差喜枚生七發篇.

40 한 자 모자람.

《再用前韻奉謝秋月 南公見酬》 南窓

遠客問津江海隈, 停槎一夜翰園開. 歌邊自有陽春動, 暗裏誰投明月來. 鳴匣寶刀藏利器, 凌雲奇氣見雄才. 休言人世眞難遇, 忽得龍門御李回.

《疊酬南窓》 秋月

別界樓臺水竹隈, 瘦梅淸寂近窓開. 雲帆客子風吹到, 花筆詞人月與來. 熊·吉山川馮勝地, 馬·枚賓佐見瓌才. 明朝一去前期遠, 秉燭三更坐莫回. 熊吉卽熊山·吉井川也. 先是問列坐之人 以本州之名山川 熊·吉亦在擧答中.

《再用前韻奉謝龍淵 成公見酬》 南窓

玉節迢迢東海邊, 靑丘此去隔長天. 大瀛潮接虛無逈, 魏闕心兼日月懸. 萬里壯遊耽勝絶, 四方專對屬才賢. 看君文思縱橫妙, 揮筆忽裁雲錦篇.

《重和南窓》 龍淵

針芥相投一水邊, 莫言山海各分天. 西華錦纜重溟遠, 南國瑤花數樹懸. 朗月新逢牛渚客, 淸風應想菊籬賢. 僑·羊故事成今夕, 異域新歡爛爛篇. 盛號用陶辭中語, 故頸聯云然.

筆語

稟 南窓

壯哉! 此行也. 定知沿途新題, 殆溢卷帙. 願以一兩首見錄示, 拙詩先已及之矣. 若夫東海富嶽·江州·琶湖, 實東方之一大奇觀也, 而公等又行將涉其境, 飽賞其奇. 僕此方之人, 至于今未嘗得遊覽之便. 公

等生乎五千里外, 風馬牛不相 及之地乃爾. 雖物自有數, 可勝嘆哉?

答 龍淵

吾輩此遊了, 杜老未了之, 倩已云奇哉, 而況得與諸君子, 周旋於翰墨之緣乎? 沿路果有若干吟咏, 而潦草未足掛高眼. 富岳·琶湖, 曾聞其異觀, 而足下居此勝地, 猶羨乎? 彼眞可謂賤家鷄而重野鶩也.

稟 南窓

願寫春服初成麗景遲一絶而賜之. 人之所托.

答 玄川

僕筆法拙劣, 且恐無暇可書, 幸恕之. 此時席將散, 故不敢請.

稟 南窓

夜已深矣, 僕等將辭貴筵, 遺憾不可言.

答 秋月

一夕可抵一年. 明日若未解纜, 願繼未了之歡.

一. 有軍官一人, 入唱酬席來. 余出扇, 乞揮洒, 卽書'春眠不覺曉'一絶與之. 余書曰: "扇頭之貺, 如獲拱璧, 敢問貴姓字." 其人姓徐, 名有大, 號中和, 善書. 姓名已告列坐之人. 故無答辭, 唯顧指而出.

一. 趙某自傍讀余詩, 余書曰: "公爲誰? 冠名云何?"

其人對曰: "過客何必問?" 余又書曰: "所謂八卦冠邪?" 其人頷之.

一. 中官一人, 在燈下見諺文, 余取見之, 乃書曰: "貴國諺文否?" 其人不解文字, 唯仰視無一語, 問之旁人, 旁人首肯. 余於是爲乞之之狀,

其人曰: "善邪?" 余曰: "善哉." 其人乃與之. 十四日朝, 遇學士書記, 出舍去, 相視而笑各相揖. 余援筆書曰 南窓不料奉面別, 不堪依依, 春寒猶在, 行矣自愛.

答 龍淵

悵恨一般.

附錄

《奉贈朝鮮國良醫慕菴李公》 南窓

丈夫弧矢志, 橫海氣偏雄. 采藥三山路, 乘鯨萬里風. 青囊餘肘後, 金鑑在胸中. 不啻上池水, 河源更得窮. 賓館咫尺, 徒切披雲, 猥奉呈俚言, 聊慰渴想, 如夜光報魚目, 何榮加旃. 右無紹介不果, 姑附于此.

《再疊前韻奉謝玄川 元公見酬》 南窓

扶桑東去十洲邊, 風旆悠悠萬里天. 仙使浮槎星自近, 神人鞭石路猶懸. 芳隣千載修圭幣, 綺席連宵接俊賢. 白雪由來稀和者, 因君始見郢中篇.

《再疊前韻奉謝退石 金公見酬》 南窓

多少樓船牛渚邊, 烟波縹渺接遙天. 東南萬里風元異, 臭味兩邦情不懸. 載筆幕中俱濟美, 執圭疆外獨勞賢. 相逢難那殊方客, 木李漫酬瓊玖篇.

右二首, 已成, 未及書示, 而席散, 故姑載于此.

【영인자료】

甲申槎客萍水集

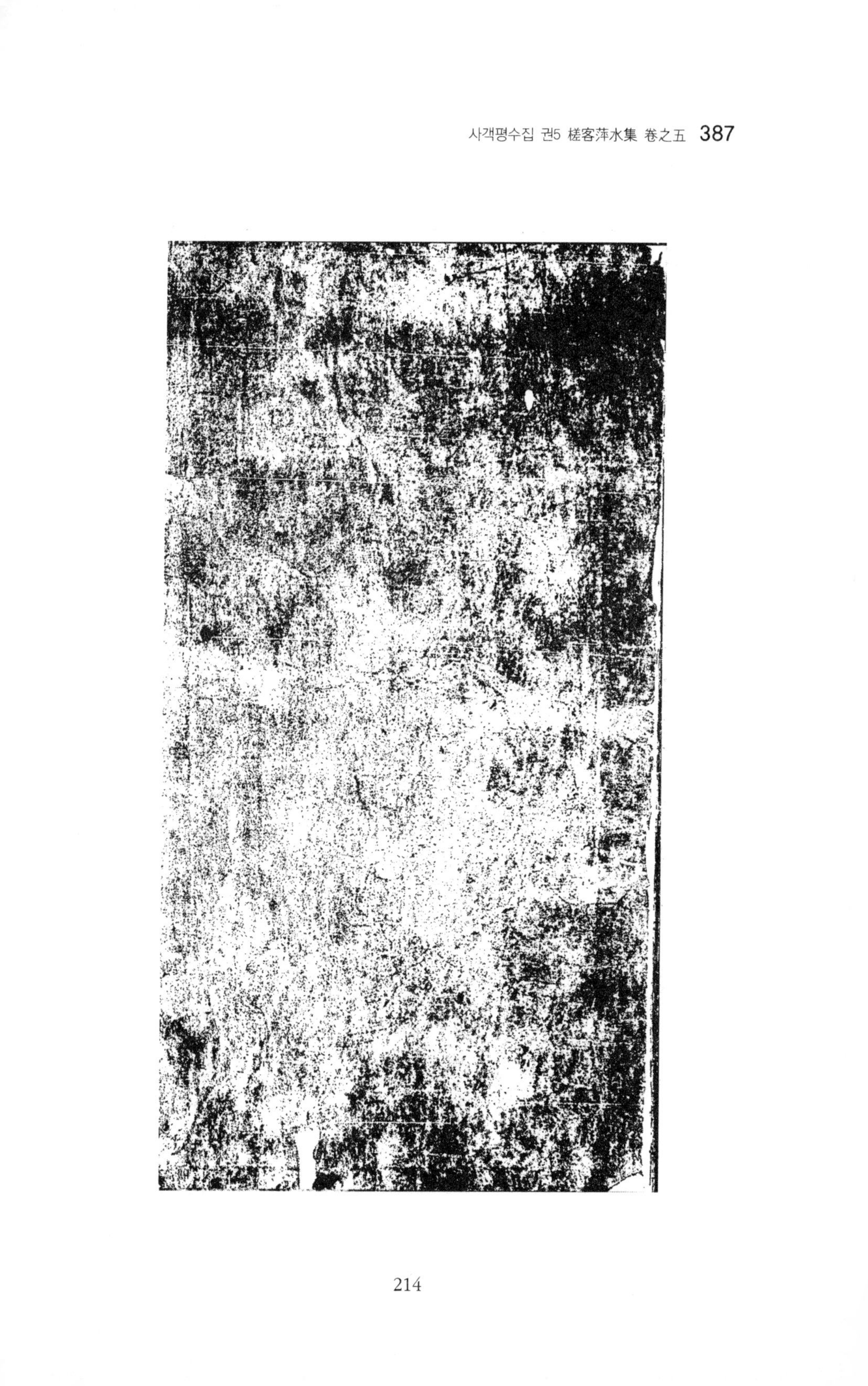

席連宵接俊賢白雪由来稀和者因君始見醻
中篇

再疊前韻奉謝退石金公見酬

南窓

多少樓船牛渚邊烟波縹渺接遥天東南萬里
風元異臭味而邦情不懸載筆幕中俱濟美執
圭疆外獨勞賢相逢難那殊方客木李漫酬瓊
玖篇

右二首已成未及書示而席散故姑載于此

丈夫弧矢志橫海氣偏雄采藥三山路乘鯨萬
里風青囊餘肘後金鑑在胸中不啻上池水河
源更得窮賣館咫尺徒切披雲猥奉呈俚言聊
慰渴想如夜光報奐目何榮加旗
右無紹介不果姑附于此
再疊前韻奉謝玄川元公見酬
南窓
扶桑東去十洲邊風旆悠悠萬里天仙使浮槎
星自近神人鞭石路猶懸芳隣千載修圭幣綺

人乃與之

十四日朝遇學士書記由舍去相視而笑

各相揖余援筆書曰　　南窓

不料奉面別不堪依依春寒猶在行矣自愛

答　　龍淵

悵恨一般

附錄

奉贈朝鮮國良醫慕菴李公

南窓

詩余書

扇頭之貺如獲拱璧敢問貴姓字其人姓徐名有大號中和善書姓名已告列坐之人故無答辭唯頷指而出

一趙某自傍讀余書曰公爲誰冠名云何其人對曰過客何必問余又書曰所謂八卦冠耶其人頷之

一中官一人在燈下見諺文余取見之乃書曰貴國諺文否其人不解文字唯仰視無一語問之旁人旁人首肯余於是爲乞之之狀其人曰善耶余曰善哉其

答　　玄川

僕筆法拙劣且恐無暇可書幸恕之此時席將散故不敢請

稟　　南窓

夜已深矣僕等將辭貴筵遺憾不可言

答　　秋月

一夕可抵一年明日若未解纜願繼未了之歡

一有軍官一人入唱酬席來余出扇乞揮洒卽書春眠不覺曉一絶與之余書曰

及之地乃爾雖物自有數可勝嘆哉

答　龍淵

吾輩此遊了杜老未了之債已云奇哉而況得與諸君子周旋於翰墨之緣乎沿路果有若于吟咏而潦草未足掛高眼冨岳琵湖曾聞其異觀而足下居此勝地猶羨乎彼眞可謂賤家鷄而重野鶩也

稟　南窓

願寫春眠初成麗景遲一絶而賜之人之所托

風應想菊籬賢僑羊故事成今夕異域新歡爛
爛篇盛號用陶辭中語故頸聯云然
筆語
稟　　　　　　　　南窓
壯哉此行也定知沿途新題殆溢卷帙顧以一
兩首見錄示拙詩先已及之矣若夫東海富嶽
江州琵琶湖實東方之一大奇觀也而公等又行
將涉其境飽賞其奇僕此方之人至于今未嘗
得遊覽之便公等生乎五千里外風馬牛不相
覽

再用前韻奉謝龍淵成公見酬

南窓

玉節迢迢東海邊青丘此去隔長天大瀛瀾接
虛無逈魏闕心兼日月懸萬里壯遊眈勝絶四
方尊對屬才賢看君文思縱横妙揮筆忽裁雲
錦篇

重和南窓

龍淵

針芥相投一水邊莫言山海各分天西華錦纜
重須遠南國瑤花數樹懸朗月新逢牛渚客清

遠客問津江海隈停搓一夜翰園開歌邊自有陽春動暗裏誰投明月來鳴匣寶刀藏利器凌雲奇氣見雄才休言人世眞難遇忽得龍門御李回

疊酧南窓 秋月

別界樓臺水竹隈瘦梅淸寂近窓開雲帆客子風吹到花筆詞人月與來熊吉山川馮勝地長杖賓佐見瓌才明朝一去前期遠秉燭三更坐莫回熊吉即熊山吉井川也先是問列坐之人以本州之名山川熊吉亦在擧答中

知倭國本多賢肴君筆下龍虵走才拙難酬白
雪篇

和南窓　玄川

漢漢長烟橘柚邊樓臺忽出夕陽天輕盈月逐
南箕轉點綴波搖北斗懸珠貝珍繁滄海寶棲
楠材富楚邦賢風波絕域相如　差喜枚生七
發篇

再用前韻奉謝秋月南公見酬

南窓

之此州之人不知耶余又書曰公之博物須攙日本地理志秋月見之相語又大笑

和龜山南窓　龍淵

杳

長湖烟水沓范邊南北人文會一夫畫揖来時
雲片漾彩毫開處月輪懸筐篚久續隣邦好珠
玉新逢海島賢橘柚清香要自愛贖君唯以角
弓篇

次南窓見惠韻　退石

玉節遥臨析木邊迢迢路入沆瀣天風煙似畫
山河闢橘柚凌寒日月懸自愧樗材今已老始

星槎何發漢陽邊客裏迎春異域天積水連空蒼海濶扶桑升日彩雲懸千秌更壯張騫使列國俱稱季札賢歷路風光應見遍錦囊幾有遠遊篇

即席和南窓韻　　秋月

斜月停颿煙水隈本蓮東畔綺筵開人從鰈域蒼茫到月自鼇岑蕩漾来書軌異方交有道文章垂老愧非才嵩山一境儒林盛贏得明珠載槖回（本蓮二字草書難讀指示問之乃楷書本蓮二字已而笑書曰本蓮寺萬里之人知）

鷄肋之義云爾

奉贈朝鮮國製述官秋月南公

南窓

海氣蒼茫午渚限長風吹送錦帆開九淵知拾玄珠去三島豈求神草來破浪先酬宗慤志浮湘更見馬遷才還思貔闕情頻切客裏天涯春復回

奉贈朝鮮國書記龍淵成公玄川元公退石金公

南窓

槎客萍水集卷五

龜山德基子謙甫撰

寶曆甲申正月十三日韓使之船泊于牛渚斯夜市田井藤諸公迎接其學士書記於賓館唱酬如響應對如流相與耀國華其詩若筆語積成巨卷余亦承乏從二三君子與見其盛事何其幸哉嗚呼不佞如余才識陋劣詩章遲拙唯膛乎其後耳一二唱酬固無足觀者雖然不亦人間一奇會哉因輯錄以效矉

右三月二十五日致自林祭酒門人井孝德

羌笛病懷妨奈我情無極雖君意亦慘重瀛添
瀞濶孤鴈助凄凉前路知餘幾此行見未章離
家千里遠爲客半年强旋事西歸日更將訪貴
鄉
右書牘一首排律四首二月八日致白對州
記室晁蘭滝
寄贈近藤西崖　　退石
牛窓詩會百年初三日餘香尚濕裾春樹暮雲怊悵意
東風吹送故人書

再

浦畔賓館室津陽髮白窮河使春回泛海航愁
風明石外滯風赤城旁分手纔三日回頭憶二
楊懸燈空有夢望海奈無梁耿結歌蒹露蕭條
卧柁房寒烟橫極浦愁日下踈墻旅館悲寥落
仙莊隔渺茫風濤吾困頓松菊爾相徉板屋空
懸榻瑤琴宛在床他年難可讓如子儘非常健
筆追唐傑清談類晉狂偏憐阻北學眞惜産南
荒萍會悲難再詩遊恨未央餘緣無處續宿債
幾時償樑月猶驚喜江雲寄悵昂竹筒郵便斷

章與碎鶴勳業視炊粱累貫絲蘿愧清標玉樹
望風流今杜牧神解古嵇康門對吳江濶簾開
楚竹緗名高懸析木詞健賦凢將荊璞奇珍蕊
天衢逸驥驤雲霞光爛燁瓊珮響倉琅詩律傳
心遠丘墳着眼詳文壇旗鼓壯和國鳳麟祥杜
嶽喬嵩崒嵂江動識汪丰南揮月斧鰲背拂雲
裳越璧磨爲硯紋綃織作囊詞源三峽倒筆力
萬夫當異國同盟會東方北教彰意投詩贈昭
契合客愁思題翁磨松墨沃喉勸蔗漿奎華求

求字疑牛字求牛音
相近因誤乎

驪家家樓鐵縁岸岸草花香何日能傳命經年
尚傲蘐星辰瞻北極鄉國隔西方錦帆千夫曳
金彝六疊張鷁愁維錯莫壯覲頗聊浪煙靡愁
孤島衣冠滯半洋油幢窮地軸槎路接天潢怨
鍔帆前躍踆烏枕下颺唯知王事重敢道客心
傷戀主顦揮涕思家欲斷腸旌旄羅左右文武
列班行冠服偉而整琮璜鏗且鏘仙遊通渤澥
雅樂奏笳簧金闕雲中出瑤花雪裏芳維舟小
逗浦投刺誰家郎職掌芸臺筆才兼武庫霜覃
文

日光薰琴垂衮冕丹陛儼端章天有星雲慶人
知禮義防聲明三代繼如仁德四隣揚韡韡無
懷世濕濕極樂場修盟通絶海遣使問扶桑玉
署三臣選金風六鷁翔碧山迷似夢紫海沸如
湯鮫窟深難測鵬程渺莫量有樓渾蜃氣無地
但穹蒼異果稱柑橘奇材産梓樟先春梅已白
経雪菊猶黃控隘三關險封疆一字長國風禪
制度官吏漢循良帖石成文陛劈杉覆畫堂島
民歡迓節藩國競供粮彩艦粧龍鳳華鞍韉驌

島

字知言動幾頭判聖狂正須勤以進寧取怠而荒怡悵蒼山暮依稀綠水央良辰不可往餘債昌云債念爾鸞如跨思君鶴似昂老生心每苦長託說無妨意内無畦畛言前懷惻愴相逢孚氣味不必說炎涼會合知蘭合羣分類草葦踈慵今濩落夫子正康強宇宙虛安宅河倒是故鄉

次近藤西厓七十二韻　退石

眞人御震疆赫業邁軒唐八域山河壯三韓日

素月明霞綾形雲映繡裳風流元自冨詞藻又

相當材喜東南美名驚梁楚彰懇懃文墨會灑

落語言忘金箋妙關鍵玉壺寒露漿相分牛渚

曉回首播山陽澌澌穿雲竹依依浮海航三霄

吟病後一軸在吾傍落月低横樹長烟晚鎖楊

孤松須飽雪大木視支梁散帙宜爐燭纖塵浄

葯房顏曾謄後先堯舜見羹墻活潑知源大

浸淫放海茫絃歌歸諷詠歳月以相徉會識雲

歸趑且看月入床道元無定體德亦苦難常勿

成行錯落凌雲什高低和鳳鏘洞庭飄暮笛嶰
谷韻秋簧舟楫云經歲梅萱欲吐芳危樓瞻漢
闕孤棹憶秦郎伊紀虛殘月態山閱幾霜仙鄉
藏綠橘人世入黃粱緬想懷孤往沉吟起騁望
觀風同太史樂水屬長康景物方紆矚詩篇懶
啓緗金陵名偶似周陸又相將燭下看標掞眉
端霞彩驤長篇携出篋新語欲呈琅按柳無奇
放敲推入細詳雍容申法禮冲淡履和祥筆慕
三王正文窺八斗汪學能尊洛建心亦愛冠裳

彩起陳黃載籍通蘇淅鄉庠接筑長和藜騰楚
寶伐馹詠秦良枚發登梁宴馮歌擁薛堂荷衣
紛若采蘭桂雜為糧黃棘無鸞鳳長揪走驌驦
仁隣交聘幣盟火有餘香西出班生志南修陸
賈裝秋風辭故國十月入炎方紫闕衡綸綍青
油侶驗張麈揮時講易纓濯或歌浪倏爾窮河
漢泠然馭滓洋參衡華蔽珮貽信酌洿漢簫感
禎融咽旗連景靄賜停橈憂雨滯咆擣念民傷
雲樹千重緲山河九折膓飛鳧憐逐隊羈鴈喜

山海曠形影億千强此道如長在滄洲豈異鄉

和近藤西厓　玄川

維天有宇疆騶說似荒唐融結烟霞氣漂搖蛟
蜃光區分三界影文接七襄章包絡川原勢逶
迤陸海防神人期翕習風氣澹悠揚遂爾魚龍
窟閙成璽劍塲螺螺移粒食鹵斥化田桑仙系
從周炳家風與凱翔人烟低漠漠國步倚湯湯
自阻評禽界孰能深淺量烟青中極遠霞赤曙
暉蒼媚水凝珠貝蓊林老竹樟文明歸裔徼風

地闢終有表天路詎無梁拾釆依藤渚擷華到
葯房阮嵇元並社楨植自連墻道貌存枯淡玄
機闢混茫故應悲聚散聊自喜彷徉一解懸風
纜遠懷卜夜林新知誠莫樂少別遽無常已識
詩朋罕誰憐醉興狂獨吟林雨細高嘯海雲荒
別浦天無際元宵月未央佳期前夜短餘債幾
時償絳瑪光璀璨青萍氣俯昂空嗟真契逈還
怕俗緣妨去路颷聲急迴汀露色愴館烟凝澹
泊帆旭出蒼涼肸譃違椒擧馮歌逐孟嘗衾裯

馨

院緗嶺雲真自悅海鶴遠相将老蚌文章爛名
駒步驟驤茅苔馨郁々寒玉響琅々意愜神剛
聳心閑視瞻詳荆人衍豈寶呉客鳳為祥鼓角
騷壇壯波瀾學海汪珊瑚精作飯荷惠集成裳
水韻清瑤軫花香貯錦囊銅鐘須感應風月孰
禁當赤水精華炯朱躍姓字彰金蘭期不替紵
縞顏無忘少座聯爐橋交歡侑桂漿衣鞋蓮寺
側樓館福洲陽鑑浦尋真揖牛湖載寶航班毫
脩竹裏清塵落梅旁丹契初論魏玄經號学楊

鞴足弛張春眠甘寂寞秋鬢感蒼浪徐爾留三
島齊煙渺半洋玄眞閒汗漫津次辨池漢事外
胸襟豁空邊氣宇飇發神聞恍惚堤魄足悲傷
秪歎迷方眼猶摧烈士腸思鄉勞夜夢瞻極肅
朝行波裏魚鴻斷雲端劒抉鎖客窓愁聽笛賓
席好聞簧此夜燈爐靜何人藻飾芳藤陰來海
客台嶺遇仙郎雪柏朝含霧風蒹夜帶霜喬遷
惟擇木宜攀肯隨梁芝宇依々覲霞標落々望
湖山隣賀老鉛汞說韓康洞闢花源秘簾閒竹

地新羅刑馬場蒙鶴寧滯芥杜跡始窮桑鯨屋
紛深伏鸞鵬競逐翔瘴陰疑潑墨炎水似探湯
艱險那須說行程未可量北依星宿耿南泝水
雲蒼寶氣排珠貝奇材列杞梓蘭山棕鐵綠匝
浦橘柑黃五百同舟苦三千篙海長遠遊懷屈
子偉產問陳良白芨湖邊寺華箋雨裏堂蘭薰
要結珮瑤模剩齎糧積水騰龍鯉長途老驌驦
綿參通遠贄冠冕散奇香緬想張騫役還蓋陸
賈裝危檣猶下渚旋斗又東方書畫饒評品橐

懷天未從人在水央徐君蹤未躡菱老恨何償
風逆門鷄滯天長野鶴昂琵湖領艇久若岫散
笻妨桑宿空嫪戀蓬漂足愴恨神遊團夢幻旅
瀼雲涼据鞿那當解杏橙未足嘗易衰憎藥秘
多病失身强浩蕩帆前鳥煙波處之鄉

訓西厓詞伯七十二韻　龍淵

儒冠初出疆詩律敢希唐大陸嚴霜節咸池浴
日光筆望叔地籟雲漢挾天章旄纛踰關塞樓
船跨海防粵洲朱旆遠滇浦錦帆揚圍老停槎

郎當赤兔迎曾慣青雲附益彰瓊華聯欲贈嘉
樹竟難忘近搨分罏炬揮樽用蔗漿佳朋聯賀
監美號後東陽語短嫌傳漏惟淡惜解航送臨
春水泚凝汀曉樓旁交淺新知屈文奇舊似楊

惜

離情含在樹顏色見疑梁耿耿叠蘋渚惜惜臥
竹房停雲低拂水斜雨密侵牆旣見何其恍回
遂復茫波程猶森漠津館久徊徉元夕瞻宸闕
輕寒々逼客牀溼痺愁有祟鄰慘苦無常南紀窮

荒

非遠東飈煽作狂痒烟昏淰淰竹日冷荒去國

世

世許吹簧兵氣銷銅寖筐包寶柚芳牲盟從魏

子璣乳返蘇郎海色褰淫雨天心歛肅霜北闕

輕寶藥南嶠委雕粱特送舟航數申歡冠盃斝

朝廷三策善烟火兩邊康鑄印黃金大緘泥赭

怕緗四千程敢悍五百櫂相將鳥噣三光爛龍

鱗萬斛驪藍煙初拾穗赤水更探琅人物蔥羅

細風謠採訪詳名州元馬冀之子是麟祥蓮寺

春浮淺牛湖月湧汪瑤絃參札樂卉制裂襯周裳

導意摘花筆訓詩襭錦囊眉畔饒歎曲履展不

毒沈賽鰐猶良列郡迎椋纜沿津敵綺堂金鷄
充作膳琪草折爲糧娛讌多鸚鵡騎從盡驌驦
珍夸波市畐花賤庚園香儐席煩多享征軺自
洗裴誦葩專對地持藥檢身方載橐曾垂陸滓
槎不數張珮馨紉碧芷纓垢濯清浪擷彩驪鷺
睡盤空伯望洋垤丘趙日嶽蹄涵倒天潢墨戲
休虛鷙芳徵要遠颺龍虵驚往事幾鶴有餘傷
蠻鬼雖巇魄忠臣未履睗齊家雝九世漢老淚
千行鶉火躔香孛龍泉劒擊鏘英雄翻掃局聖

○和西厓七十二韻　秋月

清秋賦出彊廷辟謬彭唐絲服違晨省芝函捧
日光窺湘思汗漫諭蜀愧〻文章禮義操長檣忠
廉峻大防玄虛掾筆涇康樂葉騷揚傳雨鳴梅
館龍雲散戰場星芒捫析木日腳夾搏桑鼇戴
宵停抃鵬搖夕振翔天風承翼翼溟路傲湯湯
眠大還盃視駒恢孰蠡量信負旋水白夷險仕
穹蒼淮產書千橋衡材採巨樟蜃驕歸妥帖疊
怒屛蓍黃突女調笙善天矣佰鼓長道僧龍不

得者今得之於兩賢
貴邦文獻之日興從可揣矣曷勝歎咨本擬如
西厓誠評點以上鄙輩和章既皆致意便一評
語并不用贅陳拙作攙忙屬和都不盡意只以
博諸賢一粲多愧和田一江所索中子梅印譜
序亦送付幸卽傳及亦告以無忘相托之意甚
仰爲此憑朝岡遞傳未知其卽明照否也僕輩
又此滯風愁悶如狂相望未遠奉際無緣益增
惆怏唯以歸時更握爲期姑不宣

爲道自愛

右書本月二十三日附郵便致諸大坂

贈井四明近藤西厓書

秋月

龍淵

玄川

退石

忽漫相逢是別筵老杜爲今日先發諸賢當亦

共此悁悁日来春陰僉况珍毖兩排舟中溫繹

儘覺其蓄積之富藻思之麗從古槎行之所未

得賜懇懇然僕欲公等羈旅疲勞之中速以就
寢是以不敢公在大坂若京師若有餘力則幸
揮灑二三紙亦爲僕致此意于南成元之三公
以煩之各揮灑二三紙以付對州記室蘭崦等
以賜之何幸加之其書則貴邦紙若倭紙一張
之中各寫五律若七律詩一首爲望伏乞見許
公等竣使命以西歸想當在初夏之間回帆維
纜牛渚則請執謁再拜淸範且以面別是僕之
願也未知許否跋涉萬里前途猶遠努力加餐

四明及僕且命還其原本毋發輒致諸南竹四明今付便以還璧貴稿原本三章而南竹四明使僕致意且以述謝僕奉呈公等排律誤以聚螢爲孫康事失檢亦甚是以追改螢火二字爲積雪對偶之澤字亦改爲編伏乞公致此意于諸公以塗擦拙稿中澤及螢火三字改爲編及積雪南公命四明及僕以徵戊辰唱和集今與四明謄寫之以贈南公敢乞幸致諸南公唱和之際二二僚友等見公等之書恍甚煩僕以乞

有

言則待譯而通何以使人欽慕如此公等汎愛
之德視天下如一家不畀物我之私也宜哉使
人欽慕如此於是乎益信傾蓋如故實非虛語
矣且瓊瑶報木李卷軸爲堆多多質問擊蒙殘
愚媟瀆之罪擢髮不以足償自公等海涵之量
不芥蔕於胸中何以得承如此龍光乎僕欲謹
修尺一奉南成元三公之各位以候其起居謝
其恩惠郵發匆匆不遑操觚公爲致此意敢煩
左右解纜朝彶錄和章之有失檢者以賜南竹

附錄

贈金士安書　西崖

日居月諸任染代謝牛渚之會已浹旬計程文
旆當已至大坂時屬孟春海颶累起加之春寒
猶薄肌膚尊候無恙牛渚之會一見如舊相識
辱蒙公及南成元三公之不棄誨僕不倦厚荷
慈愛是以分手戀戀使人有白駒之思一別以
來無一日不東望而悵然白頭如新傾蓋如故
豈虛語哉手然韓之於我以地則車書不同以

退石曰追後見還

乃求硯錄曰昨夕之會未能罄歡只待歸帆之
期而已
退石曰悵懷一般僕等昨日之軸有失檢者三
張改書以呈原本投還也乃出一封別有一小
牘與南竹錄云昨日軸有失檢者三張改書以
呈更留此紙原本還擲幸甚以付余致諸南竹
南竹開封乃有改書和南竹及四明與余詩三
章
西厓曰貴稿不在此他日當還璧

謟賓位不得已而敢煩左右僕非爲黴生高于
計一捆識也伏乞見許中和乃頷
西厓曰求墨忽卒之中不可得焉伏乞以斯硯
中之墨書小楷數十字以賜之乃以一小硯之
墨出之而以唐箋授中和中和色似不肯想是
韓人揮灑不好唐箋故以我邦之紙授之曰如
可斯紙則不得賜否乃書三四紙以出之
十四日朝舟將發余至學士旅館退石見余喜
甚曰西厓々々而呼秋月龍淵玄川而至余軒

邦

多磨墨持大筆來
西厓謂中和曰公姓名爲何
退石從側代答曰姓係名有大前任中和大守
西厓曰貴史雅之盛雖中國有所不足畏文辭
亡論至如書畫善者輩出僕觀各位之書筆勢
遒勁敬服〻〻畫員亦今從信使來者想當通
國之善者爲僕有一相識頗有書畫之癖若得
賜則當抵盈尺之璧書則幸有各位之在伏乞
書數葉以賜之欲還以贈之以國禁不得私執

人

玄川曰其名長愷

退石誤認余爲南竹向余曰近蘇西厓少俺一齒可貴可貴又曰西厓少俺一齒韶華猶存如僕老醜只自愧歎南竹少退石一齒以其誤認余故云然余知其誤唯笑而不答

唱和終一筆官至退石指之曰此來中和先生之筆名於國中君須懇求吾輩亦當力勸矣又曰中和先生之筆我國第一君須求之也又曰

玄川曰甚感甚感僕固已疑之太抵朱子之學
如日中天學不宗程朱皆異端諸賢幸益自勉
無使他說浸淫一人講之於世道大有利益
玄川曰徂徠獨歡僉尊亦知之否是想篤学之
士而其說可惜不純
西厓曰然
玄川曰長門瀧鶴臺彌八 尊有雅否為人甚忠
厚学亦博雅
西厓曰長門距此遼遠與鶴臺無雅未詳其爲

久少云今自築前至此多接儒士重厚忠信大
異前聞豈時有移易氣化流通耶甚賀弱昭見
土風不識程朱好詰明儒主陸之說未知高明
見主何論
西厓曰承公曾聞敝邦之人至質慤之風久少
云百年前距戰國不遠想當如公之所聞如他
邑僕未能詳知至敝邑學王程朱實我先寡君
烈公之餘澤也學問之道無他居敬窮理以求
至聖人而已

僕等辭筵
秋日曰秉燭夜遊古人所樂僕輩不疲勞諸賢
一別渺然今人有樂莫樂悲莫悲之懷
龍淵曰請少坐了此佳會
退石曰今夜詩會可謂浮世勝事而明日一別
之後更難重晤良可悵黯
龍淵袖和章有失稿者向余曰和章暫還余乃出
返之俄而後還之
玄川曰曾聞貴邦人清氣太多以至質慤之風

秋月已讀余近作拙稿畢余乃曰拙稿已辱賜
電覽伏乞一二評語
秋月曰謂見示排律耶當與三友飮觀而評之
有暇則亦當奉酬姑俟之
西厓曰非謂排律謂近作拙稿
秋月曰夜已闌當徐與諸友共評明日舟發則
亦隨便付還無便則俟歸帆
倡和終秋月與三書記加評點以還之
西厓曰羈旅經年如何夜已過三更各位就寢
疲勞

西厓以排律贈學士三書記曰斯排律唯學焉
搆之以呈諸客位左右以乞評品鞅掌之中不
必乞高和

秋月曰排律幾韻雖未即和答當徐圖若其求
評品則亦當如戒幸詳眡之

西厓曰七十二韻

秋月曰百韻與七十二韻欲和則惟當閑暇時
爲之但沿路山川風物人心日又到處有酬應
恐孤華什奈何（四明贈一百韻排律 此筆語示四明與余）

奪

酬唱卷以贈使之歸示前到之人幸諸公不遺惠
戊辰詩録俾得歸誇濟菴諸人如何
丙辰自承貢戊辰唱酬集然今不携來遺憾遺
憾并潛亦承斯命潛當追而貢之伏乞待之
一江乞學士以印其和章学士有我邦之紙不
宜印之答余從側執筆録示秋月同如賜高和
則録之以華紙以印之敢乞
秋月曰唐牋適置舟中未携來當用稍簿印上
乃求朝鮮紙之薄者印之

及朝鮮蔘遠未知我邦所謂華蔘者產于他所
者而上黨者海舶不載來乎本草云根味甘微
朝鮮蔘之佳及廣東蔘者今味之苦而小帶甘
或云其甘者甘草汁制之也未知本草所說與
今所味何以不同乎是僕所蓄疑敢質諸左右
伏希見教以下帰上吻辭筆識故不題藁
秋月曰人蔘之問非不欲詳復而有良醫在僕
未免越俎不必言幸問治粟都尉
秋月向曾聞槎行之到諸州文學輙攜前槎時

萬里關山餘雪寒邊鴻結陣指雲端春来向國
思花柳歸去無心借羽翰

俠客行得香字

三尺星文寶劍光携来萬里戰沙場何難生取
封侯去俠骨安甘死後香

香

西厓曰人蔘之佳者莫及貴國人所共知未知

如種

其所采用皆自生山中者乎抑下種案法而生
着乎僕見本草綱目中所收諸說多以上黨者
為上品然我邦所謂華蔘者體不堅實其効不

者公過之如念及拙作則當知其非虛想耳

山寺秋興

佛土高秋望林丘興可憐竹邊花帶露松際月

含

怱烟落葉堪觀世閒泉宜習禪雖非趺坐客持

偈空諸緣

擣衣曲

衣

梧桐葉葉冷飛霜擣罷寒夜獨夜長忽見胡

天明月落曉來停杵憶遼陽

聞雁思歸得寒々字

勝饒

函關

磐石山河佳氣流關門百二鬱相州四夷歎塞
歸清政羣客窺鷄待曉籌千鳥橋邊寒水下落
猿巖畔自雲幽樹間一路懸車去無復林泉慰
旋愁千鳥橋落猿巖皆在山中

右九首僕往年之東都途中所作也其地皆
公當將經歷各地之爲形勝也或杳渺空心
或凄惋悲人客中値之則旋況有不勝感慨

望潮坂

悠悠遠海大潮來萬里飛濤衝岸摧目盡乾坤
窮渤澥日晴烟霧出蓬萊不鞭雲際飜羣馬無
客
雨磯根鬪萬雷愁驚心膓欲斷鄉關何處夕陽
催

薩陲嶺

寒
巨鼇山上鬱岧嶢路繞空林鳥道遙密樹寥生
千嶂雪扶桑日浴五更潮舟搖半枕鮫人窟危
石全驅秦帝橋行客稀過樵徑裏凄其旋況不

難逃廷尉劒術妙入神距躍曲踊捷無倫驕之在前忽焉後三尺吳鉤誅黃巾大兇伏誅血縱橫濺入長流久不清請看黑血橋下水至今悠悠流惡名(橋在濃州土人傳昔有熊坂長範者性狡猾勇猛白日殺人剽掠財物源廷尉義經母曰常盤長範殺常盤于路義經猶幼精鍊劒術殺長範以報讎長範死其血入水其流黑七日橋架其水)

池鯉鮒驛

西辭故國望雙鳧此去山陽千里餘驅馬空過池鯉驛鄉關未寄一行書

拒之戰于此軍敗而死

磨針嶺望湖堂雪後眺望

高堂臨鏡裏一望臥爲遊兩岸陰晴變羣峰日夜浮青螺沈向雪明月落滄洲遠浦歸帆去淒然發旋愁

黑血橋懷古

黑血橋下千古流行人曾苦白波憂射目狼聲恐嗜殺自月殺人通衢頭衢頭訟樹千尺高寬人手揮偃月刀偃月長刀千斤重當之髑髏信

斑竹色烟波閣月夜絃聲水春雲夢蒸陰氣天吐彩虹懸曉晴此地從來傳八詠歸帆落鴈客中情湖在江州湖中有嶼名竹生有妙音宮土人傳云每清夜時時聞絃聲湖中有八景有詩膾炙人口

粟津懷古

中原鞭弭過千秋滿樹唯聞鳥雀愁日映飜波疑組練山來急雨誤貔貅寥風颯怒松杉色白露凄其蘆荻洲行客休佇古丘望偏教物象亂鄉憂津在江州壽永時朝日將軍木曾義仲在京放縱不度廷尉源義經承詔誅之義仲

寒雨

帆

錄近作之詩以示 秋月如左

望京

虎踞龍蟠形勝多九重依舊繡雲過六鼇仙島
通佳氣五鳳宮門靄絳河才拙難裁手子賦時
清不用伯鸞歌遙窺壯麗觀光處落日蒼茫奈
夕何

琵琶湖眺望

琵湖眺望興縱橫處處名山鏡裏明島嶼清風

當爲之悵然

稟　　　　　　　　　　西庭

鄙人鼻端之堊待匠石然後盡僕有近作之詩
雖更鍛鍊信明餘稿猶欠妥帖僕交游之中無
善詩之匠石於僕者鼻端之堊何以得盡錄若
干首歌呈諸左右伏乞寵覽運斤成風速旋匆
忙受賜旋他日而已

答　　　　　　　　　　秋月

華牘不恥問寡可仰至意當從容斟品以待回
稿

評

聆

来奉接光範得奉教誨何幸加之但恥年與時
悲意與歲去學未見進愚騃依舊耳

答　秋月

再接敝邦之人甚可稀貴如有其時唱酬集惠
賜爲望朴君今爲潔城太守濟菴其後爲陽智
大守僕離都後魁南宮解會圍得失姑未聞辭
雪曾爲安奇丞今年七十有五杜門養靜海臯
其後登第今保寧太守僕來時此四君皆致意
於其時對攝之諸公今承光顧可以歸傳一一

筆語

稟　　　　　　　西崖

戊辰歲大使来聘彩鷁洎此僕承寡君之命與

深

一二文学迎接操觚扑学士二李鄒三書記之

恩顧誨僕諄諄至今服膺餘教屈指十有七年

于此娓娓未嘗忘于懐四君今無恙想齒高德

郎爵進達尊三備未知今四君各任何官伏乞

見示當時僕所與文學其一遷職今在東都之

邸其二已爲修文郎于地下唯僕猶以文学再

菜獻何妨報主身雖致懷家意易愴夢魂勞黯
澹旅況慘悲悰跋涉艱非憚羈離險備嘗爲窮
千里外徒度一年強但願竣行役錦衣歸舊鄉

驛青歲到山陽引領思文旆臨風待絲航停槎
鮫窟曲解纜牛津旁春鳥鳴幽竹暮霞明翠楊
氷消淨澗藻泉殘徹輿梁湛露鮮漁戶輕烟籠
水房松濤閑絕響蘿網密纏牆雉嗅飛垧野鴻
歸指渺茫韶華宜嘯詠遲景耐徜徉執几迎清
範班荊侍玉牀識韓眞感佩御李豈尋常一叩
玄關寂幸無青眼狂恩深欣錫類德泰喜色荒
但恐漏將盡偏希夜未央詞篇如寡和瓊玖苦
難償傾蓋交親密懸弧心激昂芋裘貽所貴芹

淫富貴德匪頗膏粱竹帛施勳績圭璋全令望
編蒲效文寶積雪學孫康考籍窮丘索緒書談
縹緗彩精超明月氣凜吳干將翮似神仙去駿
如騄駬驤儒林推領袖丰采勝琳琅瞻正清儀
肅辭安專對詳接人容貿慇愛衆語慈祥貌壓
安仁美胸欺叔度汪承筐齎玉帛歃血會衣裳
檀羅魚縱壑溢盟錐脫囊秦童事可笑吳札賢
堪當士矣命何辱使乎名早彰行隨鸞鶴舞機
輿海翁忘樽貯逡巡酒盤斟沆瀣漿玄冬經海

瑟琴蘭殿響美酒綺筵香盛樂歌皇者多錢辨
容裝馳車辭故國擁傳向殊方羣騎飛塵走雙
帆候曉張乘風凌貝闕鼓枻度滄浪指日鵬程
遠衝烟潮路洋探珠窮赤水取石出銀潢露雨
鯨波暗樓臺蜃氣颺畏途魂易駭客地意徒傷
横海忠臣信破波男子膓羔羊恭退食鵷鷺儼
成行道路車鑾應超蹌佩玉鏘鏜鏜鳴鼓角振
振奏笙簧各位皆名世大材能吐芳浮湘思馬
史題柱擬田郎義勇堅於鐵誠心烈似霜志寧

業光致治循九範法簡約三章民物崇倫理朝
廷嚴禮防化敦皆豹變賢擧盡鷹揚閭肆詩書
業戶開翰墨場積倉饒食貨畎畒勸農桑層閣
祥雲下高岡瑞鳳翔關河稱百二城府勝金湯
鴨綠深無底熊山峻巨量南江波漾漾北岳樹
蒼蒼庭院巢鶴雀藩籬挺橡樟檗藏神草驗帝
織滿花黃果下駒身短跱頭鷄尾長善隣修國
實奉役選才良使事謀廊庿罍樽餞畫堂戒官
供節鉞盛橐裹餱糧贈物韝鷹隼聘儀羈驌驦

水絃

重和西厓　退石

赤關以北足才賢詩拙名慚海外傳晁老朝唐
知幾世桓皇開國隔千年萍逢會合孤燈夜文
物來從小華天莫問行人羈抱亂不堪明月滿
哀絃

奉呈朝鮮製述官秋月南公書記龍淵成
公玄川元公退石金公　西厓

檀君啓土疆垂統自陶唐撥亂王家盛施仁李

南来初得五君賢已戊詩篇喜共傳萬里槎行
仍此地兩邦文會又今年玄機袞袞青陽節故
國迢迢北極天海外知音無老遇峨洋一曲和
瑤絃

疊前韻奉謝退石金公之見酬

西厓

聞說三韓冨俊賢詩成詞苑大名傳復逢吳札
論詩日堪笑秦皇求藥年人弄鳳簫春月夜風
飄鶴氅雪花天迎君欲嗣瑤琴響下調難當流

流入袖天風已許吹飄纓依依對坐篇成軸脈
脈無言筆足情共子欣成長夜話歸裝更帶手
南名

奉呈朝鮮書記退石金公　西厓

詞曹綵筆映羣賢蓋世聲名藝苑傳官屬青州
從事職齡同絳縣老人年壯游裁賦秋濤色高
興騎鯨春月天客裏知君聞還雁漫將鄉思寫
朱絃

次西厓詞伯見寄贈　退石

日名

疊前韻奉謝玄川元公之見酬

西厓

鵬際浮舟過海瀛遠游何日問歸程月明牛渚
催吹笛曲入滄浪歌濯纓深愧瓊瑶酬木李兼
種
看縞紵結交情駑駘不若眞龍程獨得大宛千
里名

重和西厓

玄川

扁舟半載逐蓬瀛露宿風餐強萬程水月正憐

奉呈朝鮮書記玄川元公　西厓

飄然仙使問蓬瀛彩鷁乘風萬里程五夜灘聲喧枕席三山雪色映簪纓驚濤不屈懸弧志佇月偏懷戀闕情入幕嘉賓多俊秀翩翩書記擅才名

和西厓　玄川

謂是青岑已近瀛尚看紅日有餘程山河世憶徐王颿烟月人懷魯仲纓詞藻相憐湖海氣風流共結水雲情翩翩認得南方秀天外留期異

懸想詞臣辭漢都琴樽寵送錢城隅皇華勞使
情何極長鋏承恩車豈無徒使巴人當郢曲那
能慙石報隨珠詩成 難慰銷魂恨回首鄉園一
憶鱸

重和西厓　　　　龍淵

水路迢迢入海都皇華春色是東隅鄭公奉使
全冥漢徐子尋真定有無手上奇文惟寶劒日
南珍貨是明珠華筵酬酢饒風味橙橘香清勝
煮鱸

國君當照乘珠此去名山堪適意臨風不必憶

蓴鱸

草酬近藤西厓　龍淵

長風一帆近桃都小華衣冠出日隅天曠瑶岑

仙氣廻月明銀海俗緣無清姿好對藍田玉雅

句爭探赤水珠更喜湖山同赤壁細鱗新味似

松鱸

疊前韻奉龍淵成公之見酬　西厓

謝

誰知

重酬西厓　　　　　　秋月

春風帆落海東涯筆架茶爐與客隨文誼秖今
忩遠近聘筵從古重威儀梅侵鬓髮偏多感月
上樓臺更一奇只惜明朝催鷁路可堪生別屬
新知

奉呈朝鮮書記龍淵成公　西厓

遠遊銜命出韓都銀漢浮槎天一隅空際蜃樓
迷雨霽波間鼻眼射虛無多才自辨支機石大

颿路蒼茫未有涯　析津孤宿鎮相隨
南儒自悅周尼學　東老爭觀袞繡儀
十七年來重聘遠　三千里外一歡奇
雪翁二李今恙歸日　并筵說與知（西厓曾迎戊辰行於此事甚費力之）

疊前韻奉謝秋月南公之見酬

西厓

大邦星節問天涯　萬里壯遊詞客隨
聘禮遠勞鵷鷺列　朝陽高仰鳳凰儀
承恩幾授梁園簡　載酒爭傳揚子奇
不是周郎能顧誤　吾曹下詞復

槎客萍水集卷四

近藤篤子業甫 撰

奉呈朝鮮製述官秋月南公

西厓

星使浮槎指海涯詞臣載筆遠追隨清朝文獻
徵殷禮大國衣冠見漢儀名勝驪珠聲價貴才
奇歎靈鳳雨毛毦行道德經成否應有關門令尹
知

對燈潦草和西厓韻 秋月

天台客幽期莫謬悠

春樹牛窓遠霜蒹鶴島脩三宵愁不寐百里意
相投佳會前期在荒詞病債酬参商悲落落松
菊羨優優孤棹将尋戴豪鷹奈縶羈懷人心似
醉卧病首如因去去鄉山遠行行原隰裒王程
元有限仙窟未窮搜周覽三關際曾無五子儔
齊名今李杜並駕古應劉鄴下生曹虎文中有
杜彪豈忘閑翰墨多感動餞饌寒月迢迢夢孤
燈耿耿愁瞻雲空悵惘回首久夷猶後約留黃
犬歸程問白鷗梅開無驛使詩就阻星郵寄語

文

梧楸承父今簪筆主又早執牛高山鍾子曲白

雪郢人謳謄潟葉西客名揚海外州頓忘行役

苦翻失客懷稠花鳥籠三島風烟攬十洲紅顔

埀絲髮皓首入青油倘識同胞義應憐異域遊

鯉庭曾詠鳳文鼓獨持桴禹廟扛周鼎天衢騁

海騮徐陳欣共榻李郭欲同舟大夢醒㧻議巧

才笑棘猴且相悲燕雁遮莫比蘭橋烏兔帆前

疾梗萍水上浮離亭風散葉旅舘月如鉤玉貌

難忘魯天談尚憶鄒才宜郢竹運衣欲聖門摳

楚
寒聠犬轟淩鮫鱷飛槎迅鸛鳩 水婪趨警莘鹿
走呦呦柝木微如菁重瀛小似溝掌書同阮瑀
鮮絹愧楊脩病枕隣鼉鼈狂驄住石尤十年使
方至九酌禮相酬異果盈鈎籠香茶滿玉卣粧
絲
金縷纖絡月繫青蚪謠俗逢人問憲章入境諏
鶴衣鳴玉佩臭帶挿金鋟仙曲龍吹笛芝輦鳳
吐蔬噴僚倩似水格卒健如猴導駕鍾山守傳
厨備國庋猩鐘圍枝檻髹盒列瓊羞問國居
何地迎賓待此樓 壘兵 開壁壘霜月上

域致祥休罪合加三木吉何保一抔百年虞聘
禮七葉熯皇猷聖主垂龍袞賢臣運幄籌仁風
宣舜羽逕樂屛劉蕞朝有風雲會郡無吏卒咻
科條嚴立法修偃善貽謀至德覃禽獸深恩及
髑髏巖廊多俊乂闤市息奸偷禮樂將彌宇域
隍晝扼喉鹽銅充六府雲錦爛千臨改紀新君
繒
立修盟舊例由蓼繪裝北櫜幢節下東甌專對
三臣選文辭四土求刺書催幞擻垂老擲田耰
彩鷁帆為翼紗燈竹作篝水天迷去路風雪撲

敎　血

旱戰伐文德克懷柔上帝醒鷄醉源王奮海陬
奉天誅狗竭拓地按箕妻雪耻唐宗法藏山漢
帝侔神威淸震極隻手掃旄頭隣國南金媾飢
民臣粟賜酬勳裂茅土數偃戈矛少洩神人憤
快紓陸炭憂草根寧更蔓梟種永無留肥筑今
猶慾和韓昔豈仇賴公三國妥報我一天讎南
北蘇瘡痏稼禾免踐蹂西隣重歛東道接行輈
鯖鰈賀寧謐魚沙慰喞啾島峒歸版籍水陸撤
贈孚恭民包金橘中山貢寶球天王頒冕服衆

秀凶曾猾夏豕突八年秋銃劒迷萊浦旗旌絕
海游三京妖祲合八域血川流厥罪滔千古陰
誅議九幽天兵臨鴨水義旅集安榴間島千艘
覆箕城一鼓收烟塵消輩洛湖嶺始蠶年疆域
恢千里郊原復九疇兔亡新窟穴龍返舊淵湫
鳳闕開荊棘雲門和玉球宮中懸越膽天北貢

和

荊鏐德賁岐鳳羽儉焚晉雉裘和風恬黑水蒜
日煥青丘軒野祥麟至堯階瑞莢抽威儀重覩
漢社稷再興周闢土殊秦驥閑兵異鄭蒐武功

鵠冠帶媿成優免朓起塵綢猿馴紲畫耩志惟
黃鵠遠身入白鷳因縱之明師牖還能聖訓褎
連城和寶見虔木楚材搜幸逐江南役因交頴
上儔荆藩歸穆白黑館聚陳劉學欲才能博文
求質與彪秋麓知貯水韓豪媿棄饑已虔湖闊
險遙馳水驛愁長篇留鄭重孤飄晚吏猶歷歷
金陵樹盈盈赤穗鷗病餘收筆硯波外寄箋郵
江柳歸期在寧嗟道里悠
次四明山人百韻　退石

寒影合霜菊晚香稠一病懷牛渚三朝病鷺洲
暮雲紅似帳春水碧如油苒苒窮長路悠悠寄
浪遊睠言芝擢桂矯似棟驤桴紫繡摛文虎朱
霞蹈影騮縱横臨桂館錯莫解蘭舟獨樹懷巢
鶴寒鐘憶掛猴寄栖憐枳棘同器最蘭猶斯世
真成幻平生混是浮不教金雜鐵寧使玉為鈎
變憂陳非秋因人孟顯鄒聖賢閭若在游憂儼
如摳致志存方木潛心等束脩且知安宅入正
恂別蹊投黨庠須蒸篤親賓送獻訓諸言蓋作

修禊蘭佩潔申以簡書修將此存無懼廢幾能
寡尨孤舟煙處泊嘉客夜深醻詞藻煌瓊珮風
流映玉卣自能師漢蔡且欲傚周蚪翕繹延陵
喜翺翔太史諏搜摘宜遇石竹羽可兼鏃戛鳴
徵圖物殷常紀綴旒此時無牧馬異日孰驅貅
彩鷁麾屛翳雕龍擁水倭杉床羅怪玩篘籠雜
珍羞共子開雲揭相看倚渚樓明珠輝乘軾良
玉焌拜楸楚俗猶崇鬼齊人尚帶牛文章開海
國鐘律起江謳鄉塾連三島詩書啓八州風松

衆咻蓋由因思議奚但職人謀萬世穿犀華防
今皓髑髏瘡殘咸有賴疢疾若斯瘳北海文筐
幣南方賤蒯緱戈鋋日釋憾薪膽我非偷復恐
初從說那能更轉喉百年通信使今日又行騶
落落光陰攸迫迫道路由南車衡越趾司馬同
閩甌地斷流雲送天贏出日求嚴霜隨浪舶十
月見田擾愁壓金鈴鐸更長木燭篝烟光浮出
水樹色忽盈眸攜柚遂靈鷲柔麻憶爽鳩人多
鸞竹跱士有鹿葦吻山似踈秦塞湖疑鑿汴溝

能惠以賙山河依作鹵舟揖代戈矛縱有滔天
烈終無負海憂藥州何處是蒿辟至今留播惡
東方土生心上國仇蜾蠃移別種卵翼醞深讎
高下忽顛倒早尊恣蹈蹂北條收萬戟西海蔽
千軸慷慨吾惟咽哀寃鬼尚啾仁天非樂禍妖
氣自張乎八域周冠冕七年漢戚錄煌煌咨大
帝赫々震明休范相行援鼓張公議盜抏挺然
東武辟曰篤桓文猷風掣秦關矢雷奔漢募籌
共尤收鏚錬鄧衛索筌篠薛業收長策狂氛息

極漚漂溝不收玄霜滋綠搖胲月擢靑牟眕劃
舊箕度區分外禹疇冲融潛蜃它紺碧大鵬湫
天造開神璽靈符究大球西迦尊帝釋南越擁
錢鏐日向數玄履霞標曜絲袞鱗潛涵大澤動
植萃崇丘係土林々聚仍雲秀秀抽波間開日
月瀛外漵殷周不識兵兼華耶知狩典蒐茲維
麗震木所稟總坤柔羲馭寅暘谷攝提負孟陬
源平皆火正藤橘類卽畫因俗治能制尚風功
不侔均田千户畽董職百官頭苟可仁而撫咸

文篠孫又謝洞主阮兼劉龐外憐鸚鵡溪邊夢
葭 虎彪錦囊提作贄瓊寶擣為饌一水蒹迴重關
水竹愁詞華無爾茲珍愛莫吾猶澤國蒼涼樹
鷗 汀洲滅沒鳴交情懷贈縞詩軸阻傳郵儘知前
期在其知別恨悠

和井四明一百韻律　玄川

蒼茫臨積水緬邈問千秋灝氣凝三界澄光泛
九游地平歸嶽瀆天外鬱停流朱鳥煌南翥燭
龍低北幽暾暉升赤瑪啟海漲紅榴純浸劉無

賦

待騮雲迷留士屐春滿浪華舟謾遂磨邊蟻還

憐屋內猴竹清須倚石蘭潔莫同猶浪蘂帶虛

漾風蓬自遠浮道心歸自守靈氣入玄鈎鐵愛

荊南宋談奇稷下鄒荷裳聊自好卉服爲誰摳

鏡水蓮波濶台峰石路脩鐸鈴眞有待針芥却

捐投玉貌隣分契瑤華別入訓縱嗟文雅潔難

遺帶裳優霧隱應憐采雲飛不下覊谷鶯遷百

囀籠鶴恨狐因去住悲離合盈虧信益衰湖山

携逸興豈巖穴接窮搜桂老容招隱鴻具待喚儔

歌

哉四壯諏蔘極交好幣郊境斷遺鏃盡轟縣朱
毳牙旗掛彩旒軿韋叢翠鷁䮦御列飛貅搗藻
憨凡跡歘彗問上候雲霄聊放眼珠玉豈包羞
淑景流鱗屋睛光滿柁樓鴛歸從驂騈疏櫟閒
猎獄已覺親魚鳥寧論風馬牛水蘋荊國唱山
木鄂君謳綠纜停牛渚華筵敞備州衣巾梅下
淨文學燭前裀縹緲銅神塔蒼茫玉女洲馨香
流絳橋歌瑟散青油未了三更話相將萬里遊
暫教留對榻安得與同將犀角那須燭尻輪不

寃江關已搤喉匹夫挑盡戟元帥整飛驂苦月
三重暈黃雲百道由名城夷下陸雄幅拓東甌
舊物元非改新功信自求薩州藏劒槊馬島樂
耕耰鼉鼇方安它衣裳始禇篝盡除羣孽種初
轉異僧駢水兕那纏亮春鷹總化鳩使求龍節
賚賓待鹿鳴呦筍簴哀移磬旄俔恫納溝於焉
新好續是以舊交從節价皆膺簡賓徒盡拔尤
投金婦槀潔鳴玉儐筵醻佛寺曾回駕仙從舊
沒自斂裳紛繡鳳華皇爛騰斗邀矣羣龍舉懷

虎遷呑噬龍蛇怒踐蹴妖氛南島帆狂鍔北關
轍嶺路兵塵暗湖城鬼哭啾天心旋悔禍民物
免嬰罣陣勢聯鵝鸛鐃歌振斧鉞虎師承聖眷
蟻援荷皇休誓岫思鳴劍龕城侍飲杯君王薪
澤
膽恨將士岳韓猷漳堞揚威伐閑山振壯籌風
聲驅虜鰐月凱奏笙筵豕戢吳門食鳥喧楚幕
咻神輸厓老策天用眾翁謀龜艦嘉搉首能營
病
狀觀髏社靈羣帝護邦瘏八年瘳刹乜蛟蠘蜀
仙
眞鶴亞綏佳兵終自剪凶柄詎長偷坂塢虛譽

潮鏐霜落終軍帛天寒季子裘已通冬暖域仍
亘夜明丘沆瀣垂顧吸英華信手抽武韶元在
魯寇晃早從周後來難為寶前命不入蔥席珍
輕被服筐寶節剛柔翰墨紆長策韜鈐振遠陬
壯遊蹤杜甫明察想離婁學力須今用行裝與
孰倖參軍風落帽記堂雪盈頭漢撒非巴諭河
舟豈晉鵰波瀾輸彩筆霧露滯英氣永結隣邦
好宰屬國憂鄭公曾信挌申相復名留從古笙
黃約千今玉帛仇徒緣一兌廣中結萬年歡射

驛猶隨室浦鷗相思春樹渭遲報水籤郵細雨
濃花久重迎未謬悠

和四明山人一百韻　　龍淵

蓬壺徐市路河漢博望秋月月歸芒忽溟波信
泝游北雲鵬翼迴南極鳥輝流漢、、窮隆涸冥
、積氣幽寒花過錦石奇果問安榴翠羽珍何
用明珠爛不收蟻緬拋粟粒馮擊搖岑牟鰲出
應撐極龜騰似獻疇神颸分曠莫水府恨畢湫
虛樂諧琴軫靈和韻珮球長憶破浪懿虛問射
懷

産令良相梁遊后馬鄒顛淸吾欲冠衣短子何

樞橘服宜皇樹鳩媒失蹇脩靈心犀各吐奇意

壁相投流水雖能賞陽春未易訓不爲風所局

終覺學而優夜蚪初闌殼秋鷹颯下韝玉憐須

撲剖鸚惜窘籠因使寘思皐盜誰爭舉首褭御

良之蕢顧匠石入林接号會將誇産江東儘寡

儔神交齊豹起奇覯逼袁劉嘖唾留璀璨姿毛

想炳彪別時勤縞紵逢處飫饜餱煙月三宵隔

渺

江山百里愁雲濤還渺測樓纜尚猶未遮山城

畫舸陪天札滄洲夢玉樓寒溫思扇被霜露感
松楸灝氣凌馮虛玄遊犯斗牛春秋成越紀
詞賦雜荊謳津雨忠臣地窓梅古館州赤城霞
蓋紫牛渚月華稠王事輕三勅仙居近十洲遠
山濃晚染春浪漲新油忽還天台客仍成阮洞
遊神精針引芥聲氣鼓應桴表立鳴皋鶴孤驤
歷堤驪李園春秉燭剡浦夜維舟標格梧停鵠
才思棘刻猴良金超渾璞崇蕙秀蘭猶筆舌真
情契芝眉暗喜浮雄詩夔百繼與字右三鈞楚

犂稷紅腐千箱積朱陽萬室饗國殤榮白骨遺
老拭青眸唐耻酬胡羯齊疆復變梟魚龍波安
帖鳥鹿野嚶呦主辱非忘越時謨畧割溝蛟殲
天禍悔禽獮聖文修芟醜邦非舊包荒我不尤
刷還初結勦回答繼構疇小過捐瑕垢中孚溢
缶卣蓼極承炎豹鬃鬣軼飛虯鄧聖交鄰道宣
王遣使諏詞林掄綵筆韎跗鬲金鏤虎節先三
軾龍章散七旒冠裳冝覲鳳徒旅咲如貅吉甫
能為憲班超不顧倭忠言書帶敬清操槖金羞

征戍未西休防骨推思粉支頭飲欲杯皇皇天
者
子聖侃侃尚書獻使。奉庭哭將軍宋米籌車擊
挈壺籠畦女迷鈿簇上策謀先伐中山謗漫咻
總兵鐃窩略經理啓神謀杏疊川成血關濠岸
挂體旌麾俄忽變痼瘵霙還瘳忠武龜為艦忌
猩
憂鹿作緱龍韜河伯讐狸甲水靈偷晉捷纔寒
臍沙鏖復搤喉丹青新獸闥日月返鑾騶再造
皇威轄重恢聖算由犇駒清綏節歛器奠完甌
詒泣瘕眊聽恩陰寡婦求尋麻歸雨露榛棘化

信睦惟德懋能柔戰伐三韓世壁黃兩境陬南
平來季札西賣送扶婁馬塚懲前遠牛壇講舊
春
侔星行窮水首風俗掾邑頭漢市犁輸幣秦舟
歲汎賙百年懽玉帛萬姓息戈矛秀賊稱天乱
清朝倏主變豕虵浮越蠢羝鴈見蘇留莽阜先
中葉闘甌遂外仇豈惟宗國恥敢與大邦讎烽
火三都燬青衣八域蹂篝封鬻鼠穴灣塞狩龍
輸瘡血乾坤沸啼聲雨夜啾鯨鯢橫臭穢雉兔
罔罝罦八稔停畬穫三邊老芥鉥煙塵猶北漲

維東開一域為國邈千秋分界遺軒以陳詩遍
澤夏游析津麗尤野歸匯犀流避呂猶傳市畫姬
實在幽職方書僸佅王會貢龜榴天地容無外
皇王皇里浩不收媚神宗日吉依佛祖尼牟繡錯和
摩道膏鐃曈畠疇冨熊崇作鎮琶浪湛成湫舟
檝通閩建珍瑰集股球有穽皆礦錫無佩不鏘
鏐習水飛鯖舶能寒舍貉裘仙粻流髓液書笈
秘墳丘桓武靈源濬貞純寶斡抽璽刀元降向
端委或遜周求輯塗山瑞寧從洛涘蒐暨吾惇

矣曷勝歎咨本擬如西厓誠評點以上鄙輩和
章既皆致意使一評語并不用贅陳拙作撥忙
屬和都不盡意只以博諸賢一粲多愧和田一
江所索中子梅印譜序亦送付李節傳及亦告
以無忘相托之意甚仰爲此憑朝岡遍傳未知
其即明照也僕輩又此滯風愁悶如狂相望未
更遠奉際無緣益增惆怏唯以歸時更握爲期姑
不宣

酬四明山人一百韻　秋月

春寒行且自重不備
與井四明近藤西厓書

秋月
龍淵
玄川
退石

忽漫相逢是别筵老杜爲今日先發諸賢當亦共此悁悁日来春陰僉況珍毖兩桃舟中温繹儘覽其蓄積之富藻思之麗從古槎行之所未得者今得之於兩賢貴邦文獻之日興從可揣

爲不佞見促之萬聿往昔紛擾未獲公揮灑之
賜其落紙雲烟將揭不朽於茅茨矣公豈謂爲
瓊乎已得隴而又望蜀所得者同而地之異也
公其恕焉公及洪李金公之賜使印章古色並
飛動則其爲賁也大矣元公之華什橘有可改
者命浦子木見致之長者之厚焉一何至此也
彼公之原什亦緣子木而奉完以驛使朋發不
能各位奉書緣公以致意其一聲歸達或繫纘
則把臂且爲一夕千秋之歡擧首而待其時惟

頗善詩雖亦非大學書生而子玄之弟子有得
顧於馮州府大夫者此或來於諸公之燕居而
取謁其如斯人或來接芝眉則致不倦無疾病
之狀公所親見者極懇向者所煩之鄙什數章
以庇得致之於諸公也見致慕菴李公之酬章
敬領焉其他如吳李二判事南成洪李諸公之
和章亦以昨日見致自馮州混記室後亦敬領
焉如洪李二公與金公託意於詩中而索爲其
揮其珠玉也則附驛使而致數淺雖則鞅掌亦

滕

云之岡武二三子皆是傾蓋之人也諸公至東都井孝德子章暘世鈞守中木貞貫君恕者来接於杖屨也子章則不佞之所稱大兒者博涉經典文章壎篪於韓柳矣公與之交而后徵不佞之言不欺焉又有處士井純卿者亦不佞之友也博雅而善文章然其人以磊落居窮阨矣東都自非朝官博士與大學書生則不許来館中而接於諸公也恐純卿之不得謁於諸公也不佞以爲恨焉又不佞之舊有葉玄之字玄者

悒悒然雖不佞也（生越在乎萬里而其臭味）猶致意於同僚之士焉也豈見之如秦越人之相看肥瘠然乎哉此其爲數日之惡可知也關文旆滯于室津以十九日發無情哉石尤風不爲某等而爲他人也想當至浪華其四方之士企望者入館來而筆硏相錯唱酬蓋殷顧公之愛才稱龜井氏之子之奇而不置過賞不佞而使與之爭衡也他日使長者之言背焉則百年之後何顏見公於地下乎不佞交不泛焉浪華平安則無相識者矣前所云

以遊焉如夢聞鈞天者公一拂之惠也公其無意耶謹奉數歲以素灑珠玉矣公無吝於此則僕之神將遊於長白山矣冀憐而諒焉他侯成公之翦拔耳鄙什重和以奉笑而擲之可也春寒特沍萬惟自重不次

與成士執 四朋

一別悵然使新知與生別哀樂交至者公與不佞之謂哉向者以不佞僕於二三子而不得面別於館中也猶致意於同僚之士而不已使人

喜如新得驪珠矣將籍以誇後世使與山勢瀑布爭雄也他緣成公以聞鄙什一章奉和以謝賜以驛使詰朝發而不能詳書辭焉憐察不盡

與金仲玉 四明

不幸未傾蓋矣何天公之不情也已而得見記室之書折封而讀之則諸公之瓊華光輝相映不計木李之微焉得此報也顧邈矣其土南北殊方非生六翮則不能窮其勝也百年長以爲恨矣而一揮筆而鍾山水之美於咫尺使人臥

掌上而發也左仰右望而未決矣伏乞罪尊向
者以爲識荆於一堂得其揮灑之賜也已而未
取諧也春風解纜使人惆悵失望矣則奉數紙
以乞墨妙如天女閣則祠在
敝邑國城東五十里山亦崢嶸而瀑布千仞嘗
闕扁額尚矣山名大瀑因瀑布而得名也山人
其居于此焉嘗謂我愛此山之異也使無扁額
則已或使有扁額則願得異人之書也則使僕
乞二公之墨妙冀勿吝一揮毫之勞則山人之

草草未盡所懷也后日將復致書於東都而有請焉二三僚友亦使不佞致意於先生希強食自愛不備

與洪景魯李公弼 四明

當迎大旆於賓館與南金成元諸公周旋也如彼卓爾何不來而同席乎遺憾至今爲甚矣鄙什前纔龍淵成公而奉之不謂忽得瓊瑤之報也懷而踊躍使爲不佞之家二絶珍者何其榮也但怪二仙郎而見暗投一珠不知夜光自何

至我鄉而不肖未能歸焉嗟呼仕之不可以已
也先生其恤焉聞以風濤不便冝舟滯于金華
灘也未知大旆以何日至大坂也先生寢食無
恙否行人安穩否大阪是大都會之地四方之
士輻湊矣酬應當益殷耳有一二符至意者耶
願聞先生之風鑒也華牋六七紙奉以乞先生
及金元二公之書將揭之以照不朽雖奉遣之
邈焉猶親望玉貌也先生及二公不吝一揮則
為榮如得百朋矣具印章以照古色維祈書辭

所命戊辰唱酬集以鞅掌不能自寫也便他人謄之以奉之左右所獻三太使之鄙什三章改書以上焉罷駑尚且將緣伯樂而增其價也先生其有意耶三相公使事之閑幸而有賜則文旆至東都之日命之於井孝德伏祈子章必當以筆研會諸公於賓館矣且僕之家在東武與子章居止相鄰不肖有老母常侍子章之丁寧而后安焉以不肖前陪翰墨於函丈之狀見致之於子章則老母之喜猶親見兒也萬里之人

平原十日之飲以不佞之薄劣從二三之後而邂逅於諸公退顧所獻酬不覺汗發徹衣而先生不以僕之不肖過意見眷顧瓊瑤之賜如舊相識也此歡也設令得數旬之淹焉而陪接於杖屨尚且不慊焉況明已解纜海路蒼茫使人有終日之悉者乎僕前聞文旆之東矣也企望以俟之欲緣諸公而有問之數條一席之忽忙旣已空之遺憾何竭前所奉先父槎錄稱難久留未終電覽而徑見投還敬自近藤子業領之

日

西巖仙子折風巾片玉投來坐映人玄海御風窮萬里藍關阻雪浹三旬毫端揮灑新生色象外浮遊自采眞今日擅場吳道子嘉陵粉本作誰珍

書牘

與南時韞　四明

向者以寡君之命迎接大使於牛渚得交臂於逖矣西土之人而傾蓋如故一宵之歡窮千歲矣奚翅

我徒

用前韻奉謝洪正齋李梅窩二公見和

四明

佳人贈至自四方握裏雙珠並夜光落落赤霞拂席起翩翩飛鳥冲天翔聲名共是稱三謝草隸同知逼小王傳道從遊多秀士誰人最得上君堂

敬疊前韻謝西巖金公見和

四明

才子聲名溢縹囊揮毫忽報七襄章人稱異容存仙骨吾信東醫多禁方別有迎車關令 岸無倒屣蔡中郎應看源上崑崙色不似岷山一濫觴

用前韻奉謝南丹崖成尚菴二公見和

四明

見說仙翁市上壺相隨欲學服菖蒲岳湛容貌知連璧元仲風流非一珠暘谷天雞分縹緲瀛洲路似入虛無飄飄世外群仙子能報琅玕憐

神仙

疊前韻奉謝曇寰李公几下

四明

圭璋奉使最稱雄簫鼓相隨五百童貫月槎頭
探勝狀凌雲帆影借長風清言應是名江左雄
辯方今擅海東白眼聞君能悪酒何心猷入八
仙中

疊前韻奉謝慕菴李公見和

四明

牛渚而見致右和章五篇潛之再和及書
以廿一日送致之於浪華其如醫員寫字
官和章二人而報一詩傖父之風然耶古
今未聞有此例也殆可捧腹也
公
疊前韻奉謝長澌吳和見和
四明
大姫城上月高懸想望清輝照客舩鞭弭若逢
應退舍詩篇偏惜未當筵三更古驛登樓處萬
里長途奉節年紗帽錦裘皆仰見玄洲疑遇真

終須伏雲外神龍會欲翔作賦才能傾二陸擕
詞名可廁三王薄蹄數字憐同調不害鵶塗疥
錦堂

敬和備前國文學井公詩　西巖

鼇岑滴翠滿衣巾轉眼春光總可人別後家書
如度刼病來詩債輒經旬靜觀天地皆疑幻隨
意丹青豈逼真何幸神交塵外在一篇堪敵夜
光珍

本月十有九日馬州朝記室室津之書至

奉贈朝鮮寫字官洪正齋李梅窩二公几

下

四明

二妙聲名動四方臨池今日有輝光千文展軸雲煙起五色揮毫龍鳳翔論定不須分衛索法存何必学鍾王黃庭願換群鵝去長使精靈照草堂

嘶風五馬發都城書記翩翩從遠征行李令稱
東道主戎車久解北門兵朝宗萬里邊塵靜護
送千帆海色清時遇涓人羞下乘堪緣伯樂一
長鳴

贈馬州府浦記室 四明

韓王玉帛聘來初引客朝東太守車記室併司
周象胥落臣兼領漢鴻臚天寒霜雪三冬後路
邈江山萬里餘聞說北人文藻富緣君願欲得
瓊琚

如千里何怪丹青成十句吞練淼茫疑人夢解衣盤礴好看眞爲吾能掃滄洲色藏作菁莪不朽珍以上六首緣成龍淵而致

奉贈芳尊者　四明

一乘千里向東京相引鷹催使者行蓬蒿望来飄雪瞥梅檀香處逆風清爾天堪檀袈裟色大海遙飛錫杖聲今日好論南北學支公品藻使人驚

贈馬州府朝記室　四明

息落粤漢仙郎更聞君忌忌憂物難勸瑶池九醖觴

奉贈朝鮮醫員南冊崖成尚菴二公几下

四明

東遊采藥至方壺應問仙家九節蒲忽把銀河逢彩石終経赤水探玄珠天涯勝地知多少海上神山辨有無共是淮南奇術士風流識得八公徒

奉贈朝鮮畫員西巖金公几下

四明

畫史風流烏角巾 龍眠老手 動驚人爭稱咫尺

四明

弱冠多君職事雄可知當日李奇童夌雲賦擅千秋氣破波人乗萬里風莫是驊騮空冀北方今英妙動山東懸憐五嶽煙霞色鍾在青蓮落筆中

奉贈朝鮮良醫慕庵李公几下

四明

路上春風古錦囊藏来詩草幾篇章明珠誰解腰間佩大藥先傳肘後方六鷁泛舟秦道士雙

十壁名專車五城珠履如雲從趙勝何知獨有毛先生以上四首和未至

奉贈朝鮮漢學上判事長許吳公几下 四明

夜寒牛渚大帆懸云是三韓使者船上客衣冠鳴玉粤眞人容貌照瓊筵欣逢季札觀風日欲問吳剛入月年海上蓬瀛今得便休攀桂樹去登仙

奉贈朝鮮押物上判事曇寰李公几下

里天馮夷鳴鼓吹海若護樓船北極青雲近東
闕紫氣懸羽儀臨日域行色動星躔絶險如過
席殊方尚比肩千帆遙縹緲四牡並聯翩罔象
探珠處神人鞭石年巨鼇隨鷁首弱木拂槎邊
徒望琅玕贈寧陪玳瑁筵梅花論臭味瓠葉託
詩篇大禁猶辭宴因有蜀王賢

奉贈朝鮮同知玄公几下　四明

蔽空旌蓋渡滄瀛無限波濤知幾程折木天迴
遙北極扶桑歲晚賦東征脫囊才擢三千客完

珠履辭金海星軺出漢城如雲軍騎從帶月大
帆輕進駕羊腸險照舟魚眼精翰林曾比鳳仙
路好乘鯨貴介稱王族才賢位上卿蓬瀛窮足
跡日域耀文名累世家聲美一時門地清孤融
通剌志荀爽御車情海外思容接天涯此送迎
順流蘭槳下滿道錦袠明兩國衣裳會千秋帶
礪盟瓊瑤君不惜藏去永爲榮

敬上通信從事金公臺下　四明

大夫通國信跋涉邈山川發軔三秋日停橈萬

敬上通信正使趙公臺下 四明

使君千騎壯旌節指東方地隔重溟遠天連大壑長旅途經歲月絶域冒風霜拱璧連城價朋珠照乘光雄名殷食客方畧固封疆不拜文王什還喜四牡章宰天供俎豆津吏謹舟梁空恨簪纓貴難陪翰墨場子餘君齒舌趙孟國賢良豈望百牢賸先辭三獻觴前途紛負弩觀者鬱如牆幾日全鄰好帰來向故鄉

敬上通信副使李公臺下 四明

秋月曰諾
又曰来時或可更逢否
潛曰文旆歸途繫纜庶乎可再會也僕輩企望
而俟各立再揖而别
中八卦冠青襴衫客入來潛問曰公非良醫李
公耶其客曰非潛又曰敢問貴姓字及號其客
曰閑漫之客何必通名姓潛曰固請問貴姓字
其客曰趙潛曰貴字及號爲何其客曰希華書
畢擲筆直去不得有問焉

潛曰所奉諸公之鄙什豈敢要和先生推轂納
汙則多幸三相公使事之閑或有賜則先生至
東都之日致之於井孝德子章許子章僕之舊
也此人必來賓館而會於諸公也若彼和章亦
有范陸驛使之便耳
秋月歷覽潛所託之詩曰三使相前詩什皆以
奉贈爲題贈是我文相用之字不可用於大夫
請改之
潛曰先生之命也敢不改書而奉之極希先容

若無例則難於奉獻玄同知是首譯官因馬州舌人傳之恐宜非僕所可替當

潛曰嘗聞昔年有長門縣孝孺獻詩於三大使之事矣獘邑則無其例也且贈玄公之鄙什以馬州二記室不在故煩先生耳

秋月曰以酊菴僧例有使相前呈詩而以王事未竣不暇間吟姑未有和章盛什必難獲和所以不敢受玄同知許所贈篇當致之而夜已闌明若解纜則亦不可索和矣

朝浦二記室而見還伏祈
秋月曰先藁荷示當遍示同坐諸朋歸途奉完
刋本若追示於路中則其便可還此卷
潛曰敬承命
明日秋月臨發詫滕子業而還搓錄且簡曰先
稿難於久留雖未及畢覽徑此奉完
潛曰僕有欲奉三大便及同知玄公之鄙什冀
生
煩先②
秋月曰三大人前以詩求和未知有戊辰例否

而其風流素有稱於弊邦者也
退石曰尊大人尚康寧否
潛曰先父以三年前己易簀蒙尊問不覺嗚咽
秋月謂潛與勝子業曰百韻與七十二韻欲和
則惟當於閑暇時爲之但沿路山川風物奪人
心目又到處有酬應恐孤華什奈何
潛曰諸公使事未竣勿必勞高念
潛曰向者所命之先 人搓錄家僕自旅舍携來
則蒙本奉之此先人 手澤之書一歷電覽乃託

作

南成二公寫字官洪李二公畫員金公之鄙。何

朝浦二記室偶不在請煩先生

龍淵曰敢不惟命

潛以諸作陳龍淵之前龍淵命侍者傳之

潛曰聞之道路同知玄公才俊之人且善我國

風之什信否

龍淵曰玄公指誰

潛曰上上官中直大夫玄公

龍淵曰道不同不相爲謀玄公之藝僕所不知

過譽非僕之所勝且 公不勞手跋涉過意見留連厚哉傾蓋如故也如益懋遠大敢不承教耶

秋月曰倥偬中亂紙相推未能詳察各位瓊韻並無漏畢和否一一照眎

潛曰盡領高和

退石 誦潛排律畢曰見百韻律奇才奇才多賀多賀

潛曰 多蒙過賞不才何敢當之

潛曰 僕有贈 上判事吳李二 公 良醫李公 醫員

擢喜春夫

對馬州西山寺夜次王建韻

扶桑紅日上曨曨機露初晞竹逕風北客須醒

千里耳越中鷄犬似秦中

㴇則謝日揮毫之賜不啻連城感謝何磬

田伯高告欲辭去秋月留日秉燭夜遊古人所

莫桀

樂僕輩不疲不勞諸賢一別渺焚令人有樂悲

莫悲之懷

㴇日重疊領教以苦吟故不能速答幸恕辱蒙

潛曰一席軮掌不必要高和筆語之閑請賜電覽
秋月曰君年富才翩他日可以震耀日域須日親經籍益懋遠大
潛出摺扇二柄請曰扇面乞揮灑
秋月則書左二詩
赤間關除夕次唐人韻
五百人相對燈前共惜年明朝無曆日故國在江船念弟寒梅澀思親綠橘圓未須驚歲月歸

濟
誦畢。爲嘆賞之容龍淵莞爾收其稿矣
龍淵曰韜浦牛窓舊聞其爲
日東第一名勝今来見之果然矣江山之秀必
鍾出材俊暫挹眉宇果符鄙意甚盛
濟曰地之勝或有然也以僕之不才蒙此過譽
愧赧益甚
濟以排律一百韻呈秋月之前
秋月一看畢曰百韻非咄嗟間所和當於舟和
送姑俟之

字之內乎奈非公事則不出境者國各有律何

龍淵曰龜井道哉絕世奇才也僕得與之周旋十數日久益不能忘今看足下藻思風雅真似元賓者矣他日長慶爭衡非足下而誰與雖云境外難通必有相見之日可識吾言不誣矣

潛曰以二公之言龜井道哉秀而文者也雖境外不可交也猶可通書而定交耳但恐不佞非其比也愧愧

龍淵時出橐中所藏龜井生之詩以示潛潛一

潛曰亦未知其人矣不謂同是東方之人而從
遊矣西土之人承其姓名奇哉
退石曰龜井淳才俊之士也君宜與之交
潛曰敬承教雖筑前則敝邑甥舅之國也而各
一藩國之臣境外之交恐難遂也可恨
退石曰僕與君以異國之人猶相結交筑州同
是一寰之內則相交何害之有
潛曰諸公從旌節而萬里東矣僕輩亦以
藩命迎接於此矣大塊借我以良會也雖一寰

成龍淵傍見其姓名曰芥煥淸絢是播摩淸絢耶

潛曰欸今按似成以芥煥淸絢爲一人之姓名也不然則其連稱芥煥者爲無謂焉

龍淵曰善鄰風雅曾見其序文矣

又曰大坂城有永富鳳號獨嘯庵者君知之否

也。

潛曰不計淸絢之姓名遠聞於大國因公之言而益知其人可貴也永富鳳者不佞未知其人矣

金退石曰筑前龜井淳者君知之耶

其他則不得來也
秋月曰大坂江戶之間有文章之士幾人否願
聞其姓名
之 姑書之
潛曰大坂則不佞之所不熟地。如以所聞平安
則有岡白駒武欽繇芥煥清絢之徒東都則有
岡孝先松維時餘承裕宇惠服元雄井孝德之
徒其他則僕亦未知之
秋月傳金退石共誦之退石使潛目指而自句
其姓名

里文學之士其在 國學者已任其職也姑舍
而勿論而已不佞之父執有湯元禎字之祥石
維成字器之者頗名士也之祥送不佞之詩幸
携在此敢備高覽
秋月相傳誦之曰湯公詩儘好如此人何不來
共此席可恨
潛曰之祥以劇職日戴星而出戴星而入偶有
著述亦官暇之餘興耳且今以
寡君之命來此者則 國學中文學之士 而已

潛曰諸旅舍亦距此三里先父槎錄當明日緣
浀朝二記室而奉之
秋月曰備前名山大川多可觀否府治地名爲
何距此何方幾里亦多文學之士否願一一詳
聞
潛曰敝邑山則有熊耳常山金陵等川則有旭
河吉水等兒島乾島玄洲等之諸島屬焉其他
小者不可勝言也
都城名岡山距此四十里強在西方國方九十

筆語

南秋月曰戊辰槎行時此州有酬唱集刊行者否願從諸文學得見之

潛曰戊辰槎行之唱酬集旣已行焉而此距國都四十餘里雖如不肖之先人唱和集則齎在橐中其他不可速具焉冀見待他日具裝而傳於大坂或東都而致耳

秋月曰願先見先公唱和集如蒙追示於大坂則何幸何幸

奉職比俳優尾碌任沙汰簪纓近希羈時名甘
釣碣生事坐書因把臂親醆蔑不言知褚褒詞
源看勃窣理窟覓冥搜雅量能斟酌多才孰匹
倚百篇欺李杜八斗擬曹劉月旦非皮相文章
著外彪感息唯炙肉愆德亦乾餱廚傳嚴郊勞
詩篇慰旅愁臨岐偏慘澹分袂益更猶維縶旣
飛鷁追隨徒慕鷗縱裁懷友句方奈致書郵生
別乾坤隔無為悵望悠

吠達陌落人居稠咏雪芙蓉嶽尋芳杜若洲奇
花交鳳尾錦繡爛魚油赤岸探奇狀方壺入勝
遊始皇思柔葉仲尼憶來梓滇渤凌黃鵠巉巖
策紫騮木蘭榮擁楫青翰喜同舟勁弩蓋徵獸
莪冠愧沐猴朗如懷日月邈似隔薰蕕心醉蘭
金切面交萍水浮材齊襲燕石技拙識吳鈎臭
味無胡越箕裘仰魯鄒琅玕何以報毳褐此俱
摳鰐浦茫逾遠鷄林阻且脩泥壓雖異勢膠漆
暫相投接筆逼肝膽上堂陪唱酬屬辭供戲謾

都新主立韓使舊盟修旄節正傳信歌鍾豈效尤懸軒鼉鼓奏折俎角弓醻清酌珪璋瓚黃流秬鬯向蘋蘩享貴客苜蓿秣花蚪小雅歌嘉樂皇華拜咨諏騁儀逵軌幣賓射好鈞鍭過市星軺蓋趨階爵冕旒武夫冠鵕鸃導騎戴貔貅似極昆侖所還當博望侯咄嗟烹罽肉宰割進盤羞繫纜扶桑樹夢鄉環翠樓竹書遺古篆棊子用紋楸未見仙翁鶴先迎柱史牛國中多漢制海表屬齊謳積水三千里重關六十州郊村狗

楚咻善鄰邦國寶定鼎子孫謀宗廟覲俘戢武
軍收髑髏忠良寧戮辱喪亂正夷瘳几杖優縫
被魚輿重蒯緱纊韃驅外寇鈇鉞逐群偷海岱
山東望崤函天下喉農多千耦耜馬簇六廁騶
苛法皆攘斥舊章終率由尚書鳴華履太子識
金甌嚴瀨絲綸下傅巖容貌求填休役戍棄劍
買鉏耰隴畝歸安堵甌窶祝滿篝朝臣皆皓髮
宮妾遠明眸帝闕垂雙鳳王宮聚五鳩露臺禽
鶴鶴靈囿麀呦〻垂柳連馳道青槐蔽御溝江

戈

凶廪粟賙列庭垂棘璧納庫啚盧矛豈謂猿王
暴專爲李氏愁殊方寒曝露絶域歲淹留父子
成降卒公族失好仇干戰新隨薰係累更深讎
老少俱離散車徒互轠轢烟波傳羽檄險隘驚
梁輞丁壯疲奔走室家長歎啾餘殃魚苦轍橫
政雄罹罕北踰移君拓西征缺我錄獨夫逢帝
怒萬姓復天休有主提三尺何民盜一抔太平
斅爾策元老壯其猷下邑移書治中原借箸籌
古丘空枳棘遺響託箜篌欲救先秦弊從他衆

散洗兵陰雨收籍田餘畎澮播種遍來牟鳥跡
藏墳典龜文記範疇河渠疏鴨綠旱懸禱龍湫
贄奉玄黃篚符分大小球全羅包橘柚咸鏡貢
銀鏐風折金花帽月披貂納裘成均田泮水封
禪築圜丘葱秀三峰出人蔘五葉抽封疆并馬
弁社稷自殷周絃誦存時習戎軒不大蒐八條
先哲設七德遠人柔末界鄰遼塞東邊至海陬
曾聞玄菟郡別置幘溝婁食貨當今異裳衣與
古侔禮容隨拱手風俗改魁頭梳薄民財阜年

之而不著之言乃其孰知之故略賦其始末以奉贈於諸公列位云初聞馬首已東矣而忙乎哉之不佞潛罷駑也玄黃之旦無可取焉或歷電驪有不及如隔轢者耳然材質已止於是矣冀賜憐恕

四明

神人闢草昧奕葉幾春秋諸道通中土維城據
上游東明昌裔胄箕聖有風流虎踞山形峻羊
腸地勢幽降祥金殼卵應瑞寶珠榴討賊妖氛

家風

奉贈朝鮮製述官秋月南公書記龍淵成
公玄川元公退石金公列位几下排律一
百韻

東韓之建國肪于唐虞之際而數千年于今
矣風俗輿服不減於古也聖人復出不必易
之者可不謂美焉乎哉今二國合好吾儕小
人尚預其盛事也顧豐王暴之我神祖穆之
舊盟郡以寒焉離而后合者非耶小人已壮

重和四明　龍淵

尋眞一檝溯津涯海國春光滿月槎自是閑情盟白鳥尙看奇氣振青霞天涯道契聯荷製館裏毫談剪燭花想得幽居劉阮近天台山下是君家

重和四明　玄川

天台四對楚雲東流入南溟鰲影空遂使人才英秀出更看詞藻氣機通龍翔鳳舞金陵上水潔山明態耳中洮是義泉人不食直緣潛德有

萬里滄洲我道悠盃看溟渤芥為舟桑鄉日月
全相促水國乾坤半是浮台嶽仙來劉阮洞高
陽星聚穎南州詩來詩去情無隔莫叱明珠夜
暗投 四明自言居天台故頭聯云

疊四明山人見贈韻
退石

扶桑萬里六帆開富士山光滿眼來備後州東
多壯觀金陵浦外足奇才風濤渺渺徐王廟霜
月迢迢野馬臺回首鷄林何處是故園消息問
寒梅

飛千里故園花他鄉况是梅開日何客臨風不憶家

用前韻奉謝玄川元公見和

四明

山河六十海天東西客旌旗蔽碧空沿路烟波千里壯修盟玉帛百年通文章色著芝眉外佐使才存藥籠中桂櫂蘭橈辭國日颯然吹送大王風第六句大宗貫元瀞之諱典上芝眉皆係貴姓之典故幸勿為僻事焉

疊次四明

秋月

一作下峽

四明

千帆向處海雲開不盡長流鼓棹來照乘珠稱魏大寶班荊人嘆楚多才揮毫終夜馳詞苑梭簡他年侍吹臺欲問故鄉書至否報春應有嶺南梅

用前韻奉謝龍淵成公見和

四明

析木津邊赤水涯寧知此處見浮槎賦江文藻清如練照席衣冠軒似霞費繞五更賓館月心

看奇氣彩眉中虛襟共喜殊方會素月低垂絲竹風

用前韻奉謝秋月南公見和

四明

文旆飄〻積水悠玄洲暫駐使臣舟乾坤色在壺中濶日月光從海底浮莫是南容名魯國應知鄒衍辨神州休言兩地河山隔木李堪緣鼎監投(詩中鼎監比馬州鼎記室)

用前韻奉謝退石金公見和

朶梅

和四明山人　龍淵

春風舟楫楚南涯水國梅香動古槎詞客新看牛渚月仙郎來自赤城霞新蓮芝秀生眉穎永夜雲箋纈眼花早識岡州文學盛名聲先屬賀監家

和四明山人　玄川

賀監湖閑折木東四明山色片雲空千年自有人幷世萬里何難道與通已對清詞華燭下更

走和四明　南玉

凨輪神馬信悠〻去國天涯不繫舟月出雲煙渾灣蕩潮來樓閣半沈浮詞人道號盟湖客遠客鄉愁入蜀州聞說迎槎敎世好莫辭家集許相投

次四明山人見贈韻　退石

卜夜詩筵秉燭開天台詞客挈朋來辰申槎節迎賓職喬梓文章倚馬才出日初看靈鼇島歸雲獨送永嘉臺須君別後如相憶折寄窓前一

唯指日登瀛此處好餐霞請看若木千圍樹堪
贈芙蓉一朶花聞說箕邦文物盛靈蛇握得在
誰家

奉贈朝鮮書記玄川元公几下

四明

遙指扶桑日出東仙槎縹緲去乘空崑崙路遡
黃河遠渤澥流連赤岸通好是擅名千里外何
期交臂一堂中延陵公子今修聘海表知君論
大風

奉贈朝鮮書記退石金公几下

四明

海畔迎君賓館開吾曹此唱鹿鳴來九州今入
談天辨大國應推謀野才映日鼇身浮島嶼如
虹蜃氣吐樓臺東方已耀文圭色不曾流芳越
使梅

奉贈朝鮮書記龍淵成公几下

四明

秋風啣命向天涯可擬張騫八月槎浮海幾程

酬

書記金仁謙於賓館而唱酬筆語實正月乙丑也夜達四更而罷製述官小童裴漢星書記奴子安興福並陪筆研其唱酬筆語記左

奉贈朝鮮製述官秋月南公几下

四明

大瀛海外路悠々吹送春風彩鷁舟鼓吹聲兼錦浪起旌旗色共青雲浮俱言一氣懸巫谷先卜雙星向益州南國明珠光照席齎來千里爲誰投

槎客萍水集卷三

井潛仲龍甫撰

寶曆甲申春朝鮮王使其三大夫來聘同知判事學士書記醫員書畫員從焉路經備前藩使卿大夫郊勞有司饋芻米餼牽共幄幕焚燎且饗之於牛渚矣預命文学之士接於其学士書記之徒也僕承乏而與督学浦直春及文学田部滕篤山德基會彼製述官南玉正使書記成大中副使書記元重擧從事

奇古頗得一本帰以夸國中之精印學者揚子
棋之聲名伯高其一一告子棋子棋肯之否吾
艀維舟而待之時甲申

小華客題

斯所書何以加焉但未知子棋能寓意而不役
志乎否雖然為是者亦甚難斲石敗鐘以求其
文荒山巨壑以求其材遠邦絕域以求其泥三
者備矣又考信於古今四方求書法刻法印法
所謂有八難者也子棋之能至於是則其不為
酣荒博奕之誘可知矣抑未知子棋能從事於
大本達道而餘力於斯乎否子棋之友和田伯
高訪余于牛渚之上示是譜道子棋之意余請
伯高以於子棋惠刻余私印數枚且喜是譜之

一江答曰江尻距此六百餘里

書中子棋印譜卷首　秋月

夫物可以寓意不可以役志役志則所愛者雖清適足以厲身衛懿公之鶴嵇叔夜之琴是也寓意則所娛者雖細不能以病心宜僚之丸劉先生之髭是也印章之癖始於米家而昉於學山堂外國人往往得其學而嗜好之今觀日東中子棋所自爲譜其取法也博其致物也篤其用心也苦奇正錯出古氣宛然雖彝鼎所刻籀

附録

小童在傍一江問曰年幾許

小童援筆答曰二十一

一江又問曰姓名如何

小童又答曰姓龔名漢星也

一江又曰四位好酒為誰

小童又答曰我國大禁不能飲也

小童書曰借問江亢距此幾里出離鄉關歲已

換

稟三賢　一江

巴陵居劇職回程之期不知果雕刻否成否難

諾試爲諸君維持之

答　秋月

巴陵未有半宵之雅何望見副第以異方奇珍

欲作米家之寶不覺所欲者奢惟賢恕之

録云　秋月

倉卒成十許篇詩不足觀多愧〻〻只博諸賢

一粲歸而覆瓿爲望請各位勻照

一江又曰諾

龍淵曰印譜儘奇品也恨不得一倩其手使拙者名姓留諸群玉所也一江領

龍淵又曰如得畫刻則固幸矣倘以為難顛得打點者別圖印形示之中有加點者

退石曰乞不并行而見君印本僕欲得之倘蒙感諾否

退石又曰不敢多求只此一套倘蒙感諾否一圖印形示之

與號字以帰則幸矣如何如何

答　　　　　一江

謹受教回程之期携而奉之

秋月又曰荷此周章深佩至意然則鄙所欲求者當録奉

一江又曰諾

秋月又曰僕欲得數本名印不要大但要奇雖未可多得如顛顛得所點者三四本(別圖印形示之中有加點者)

一江又曰便面之貺遂所懇感佩

稟　一江

僕友有中村巴陵者性好篆刻印章嘗刻印譜聞諸君之西来願因僕呈小技乃携之而来雖倥偬之中一閲之若得賜數語於卷端豈唯巴陵之幸哉僕亦為幸不少也至囑至囑

答　秋月

印章僕所癖愛者當弁卷而還之但恨未得與巴陵一談若因足下紹介得巴陵好手刻賤名

便面題詩之索當强副

答　　　　　　　一江

便面之貺感佩何罄

録云　　　　　　退石

盛意雖勤筆拙不能揮洒愧恨柰何

答　　　　　　　一江

固請

退石又曰筆甚荒蕪而難孤盛意强題便面勿掛他眼只可領情耳

敢逝口亦不敢言酒之一字盛詩中不說盃樽
可謂以禮處人深仰至意
一江又曰雖有雅興席上索寘戊辰之槎不然
如何
秋月又曰戊辰在禁法之前今日請以茗撓代
之以助詩興
一江又曰我輩始侍文筵在禁法之後可恨可
恨以茗助詩興始聞命一笑
録云　秋月

答　一江

推奬過實不敢當此地距城府四十里強

稟　一江

僕曾聞諸塗說諸君此行有酒禁果然否酒以合歡且助詩材者也況此宵交會實千載之一機也無酒何以燕樂嘉賓之心恨歎恨歎故詩中不言酒

答　秋月

酒是狂藥況我聖上新作酒誥契邦人不惟不

菴公富山之大作裝潢藏之

錄云　　　　　　　　秋月

五位貴庚幾何

答　　　　　　　　　一江

直春五十七潛二十八篤四十二德基三十五

僕以己亥生

錄云　　　　　　　　秋月

一江尊庚幾何職兼文武想高才亦如之此距

貴府幾里

答 秋月

世篤文學之好可謂不墜家聲深仰深仰僕輩
詩不足塵高眼勤索難孤僕當浣呈

答 龍淵

敬奉世德深賀趾美己亥使行時僕之從祖嘯
菴公以副使書記来與先尊公唱酬多矣其時
酬唱錄如有貯在箱篋者可得奉玩否
一江又曰相共思往事心戚戚焉何料今夕與
君同筆硯多幸多幸己亥唱酬真蹟不携来嘯

冀用印章

答　秋月

我國紙不宜印章如有再和之作當用貴國紙
或唐紙而印之

稟　一江

己亥聘時先人會貴國青泉申公等于斯館詩
篇到今為篋中之珍今又以僕不肖趨陪于文
筵良幸良幸諸君所經歷山河之勝景必有大
作書此扇面賜之又以為終身之至寶

經冬色烟月中人湖海豪

席上奉贈退石金公　一江

文旆翩翩萬里程海門斜日棹歌聲使星来照

唱酬坐堪愧菲才通姓名

次一江見贈韻　退石

析木東頭萬里程忽驚詩鼓有新聲自憐衰病

文才拙寄語吾君莫問名

筆語

稟　一江

易悽感幾處江山詩思催

重和一江　　　龍淵

翡翠蘭茗南國才看君藻思信奇哉平湖月色
隨人好剩是詩籤半夜催

席上奉贈玄川元公　　　一江

飄飄春雪北風高幾日仙槎涉海濤邂逅何知
騷客意詩成彩筆見英豪

重和一江　　　玄川

楚老風流逸雲高一江踈雨滂波濤蒼松綠竹

更深

席上奉贈秋月南公　一江

牛津晩繫木蘭舟一夜幸隨仙客遊揮筆雲烟

筵上映却疑乘興到瀛洲

重和一江　秋月

樓上懸燈樓上舟扶桑咫尺辨奇遊牛湖月色

清塵骨未必迢迢覓十洲

席上奉贈龍淵成公　一江

箕國君高書記才海東奉使亦雄哉客中風物

和次一江　玄川

銀幢玉節斗南尋漲海經冬雨雪侵春色漸開
蛟蜃窟韶光晩出橘榕林華燈共對三山客彩
筆頻通異域心明日孤帆何處向遠天低処水
雲深

次和田一江韻　退石

扶桑萬里遠相尋贏得霜毛兩鬢侵拍拍驚濤
連日浦迢迢寒月上杉林二邦殊俗初聯揖四
海同袍共托心一别東西難再遇不妨詩話到

南紀山川勞遠尋風濤萬里白頭侵。星瞻斗極懷京闕花綻梅窓夢故林。雲盡千村同得月詩成四海共論心熊岑玄圃多仙氣衡泌知君道意深

謝和田一江　龍淵

三島烟霞萬里尋不愁衣帶瘴烟侵湖山逸興遒牛渚翰墨清緣在橘林海外方酬蘷老恨波間新識郢君心和韓巻裡饒文雅世世交情倍覺深

槎客萍水集卷二

和田卲伯高甫撰

奉呈朝鮮國製述官秋月南公書記龍淵

成公玄川元公退石金公　一江

舊盟千里更追尋跋涉豈難霜氣侵。持節使臣

辞鳳闕乘槎才子發雞林。風濤海外疎郷信雨

雪天涯傷客心賓館迎君催雅會一時傾蓋興

何深

月下次一江韻　秋月

多罪
惟紙墨荒蕪恐似狎尊者多罪。今改書以奉呈
冀更笑留

還擲幸甚

答二賢　南竹

昨夜二賢所酬瓊韻有失檢者改書以賜高意懇懇欣躍何限藏以為寶原本承教奉還之前逢春猶寒自愛加飧僕只數回程之日耳四明西厓亦欲為傳慇懃

稟 初呈詩解纜後改書以贈因附此語　南竹

僕初呈巴章辭席後左右尋覓不得僕亦尋不得解纜期迫不暇改書別有艸稿暫供電矚伏

稟　　　　　　　　　秋月
南竹初惠之詩尋覓不得或乱入於筆談紙中
覓送爲望如不在其中改寫以示如何
答　　　　　　　　　南竹
僕初呈之蕪章尋覓紙中不得袖中別有艸稿
敢復奉呈
稟　　　　　　　　　玄川
　　　　　　　　　　退石
昨日軸有失檢者三張改書以呈更留此紙原本

一篇

筆語

稟　南竹

頃四賢賜高和黃昏通刺贈以詞賦筆語屢往来漏聲過初更諸客未催吟次故及此

答　秋月

僕當屬和而萬里之人幸接一席先之以筆話次以酬唱未為不可不須汲汲如風檣之疾陣馬之驟

再和南竹　玄川

生居萬里北南天忽勝相逢瀛海船檣燭松茶長短話洲雲汀雨兩三賢正愁積水雲侵袖不妨深更月入筵風土山川憑仔細且將歸裁職方篇

和南竹疊贈韻　退石

星斗迢迢午夜天本蓮寺外客停船花殘梅下看情重芝宇灯前得爾賢筑島腥雲題菊圃金鼇仙月開詩筵應和來日分携後惟誦蒹葭第

未信韓桑限各天詞人隨處笑迎船江山已識
文風盛眉睫仍看性氣賢古意香煙浮茗盌交
心淸月上詩筵三章宵雅難窮誼不覺相酬過
十篇

疊和南竹　龍淵

靑棕紅橘蘸湖天書畫初停大米船第一名亭
江左勝二三詞客斗南賢豪情滿載乘春帆雅
趣全歸卜夜筵自是同文親氣味晁卿曾入翰
林篇

土詞人喜滿筵花鳥春秋須莫問奚囊惟有畫鳥篇

疊原韻奉謝製述官三書記賜高和

南竹

客裏春来東海天蓬瀛佳氣映樓船。觀濤不讓枚乘賦奉使何慚季子賢大國光華動殊域群賓容止見初筵。菲才堪比燕人石誰料忽看瓊玖篇

疊和南竹

秋月

幾篇

和南竹 玄川

高閣虛明新月天門前春色繫樓船百年跡倦
寰中夢一揭人逢海外賢紅日扶桑看客路素
琴流水攞賓筵吳金楚玉多新彩不妨詩收邦
國篇

次市浦南竹見贈韻 退石

長風直到廣桑天小華衣冠載一船二百年來
通國信三千里外得君賢東韓病客悲添齒南

席上酬南竹瓊韻　秋月

牛渚千秋月半天水村殘雪繫征船江城宛入
蘇杭美候客頻逢卲幹賢風馬休言南北海靈
犀不隔始終筵官兼文武知多藝新得燈前第
一篇

走次市浦南竹　龍淵

鍾律相應是各天繡帆来迓使華船清霜紫電
吳門士金鏡瑤囊楚國賢學士舘中花照筆女
娘湖上月侵筵牛窓物色佳如許風雅新聲又

槎客萍水集卷一

市浦直春 子木甫撰

奉呈朝鮮製述官秋月南公書記龍淵成
公玄川元公退石金公各位案下

南竹

皇華遥指海東天渺渺波濤泛客舩交久千秋
異方信名高萬里使臣賢脩盟玉帛臨暘谷觀
國衣冠映綺筵驛路猶寒春雪裡才毫幾和郢
歌篇

興郎永感下有弟一人無子未能各紙幸輪照

退石從事書記

僕姓金名仁謙字士安號退石年五十八永感

下無兄弟

秋月姓南名玉學士

僕字時韞號秋月嚴侍下雁行三人年今四十
三曾任潔城太守今承文校檢

龍淵正使書記

僕姓成名大中字士執號龍淵昌山人壬子生
癸酉司馬丙子對策登第奉嚴君有弟一人子
亦有一人年三十三

玄川副使書記

僕姓元名重擧字子才號玄川年四十六官長

官國學文學兼世子侍讀承寡君備前侯之命
執謁賓館奉接清範諸公不棄賜借盈尺之地
遂披雲之望感戴何罄

龜山德基

航海萬里錦帆無恙儼然臨焉不亦兩邦之慶
乎敢賀僕姓龜山名德基字子讓號南窓為備
前國學書生今承本藩之命從二三文學執謁
賓館若不遐棄枉蒙青眄實鄙生之大幸也因
奉呈蕪章以供贄敬伏惟高明有以教之

事于東都藩邸今復奉寡君之命来陪於函丈
蕪詞數章聊以換縞苧之贈諸公憐而有賜乃
不獨不肖之幸也先人亦將展眉於地下矣敢
請諸公官在何階貴庚幾齡交萼及令胤幾位
尊親在堂否冀示之欽慰

近藤篤

二國重善隣之義百年修尋盟之禮四海晏如
不揚一塵錦帆無恙文旆抵此想是天降春顧
之所致乎敢賀僕姓近藤名篤字子業號西厓

一矢不相加遺焉無揚波之警焉而如吾儕賤人亦捧袂而得承諸公之顏色於絕海之外何幸加之僕姓井名潛字仲龍東都人以舊家于東天台山下號四明山人春秋二十有八官敝邑之文學不肖之先人諱通熙字子叔號蘭臺故東都直醫監玄璠之次子年壯應我侯之聘延享戊辰大國修聘奉藩命迎接大使於此地與大國矩軒朴公濟菴李公海皐李公之徒周旋唱酬不肖潛以先父職官故襲爲藩文學給

軒渠若賜高和為幸甚僕館中職事多若有釁
辞文席幸恕之

和田郘

僕姓和田名郘字伯高號一江又號衡沙舍主
人官為備前州類宮文學寡君命以迎接諸君
今也海路無恙錦帆泊此慶賀慶賀渴望有日
始接慈範不勝欣悚敢問諸君字號為何

井潛

跋涉萬里行色無恙踊躍何罄方今治世百年

槎客萍水集

主客通刺

市浦直春

聘使之槎去歳發韓已經齎發又過栗烈賢勞多多貴體輕健旅中添壽方抵於斯欣喜何言敬賀僕姓市浦名直春字子木號　竹事備前候領麾下長鎗隊兼掌國史督國學方今承寡君之命携二三文學来接芝眉何幸如之僕雖拙詞賦豈不敢叙下悃手聊録鄙律一首奉[illegible]

甲申槎客萍水集 全
1
95
東京圖書館
和書門
詩文類
一九函
七架
三七號
一册

【영인자료】

甲申槎客萍水集

여기서부터 영인본을 인쇄한 부분입니다. 이 부분부터 보시기 바랍니다.

조선후기 통신사 필담창화집 번역총서를 간행하면서

20세기 초까지 한자(漢字)는 동아시아 사회의 공동문자였다. 국경의 벽이 높아서 사신 외에는 국제적인 교류가 불가능했지만, 문자를 통한 교류는 활발했다. 중국에서 간행된 한문 전적이 이천년 동안 계속 한국과 일본을 비롯한 주변 나라에 전파되었으며, 사신의 수행원들은 상대방 나라의 말을 못해도 상대방 문인들에게 한시(漢詩)를 창화(唱和)하여 감정을 전달하거나 필담(筆談)을 하며 의사를 소통했다.

동아시아 삼국이 얽혀 싸웠던 임진왜란이 7년 만에 끝난 뒤, 조선에 군대를 파견하였던 중국과 일본은 각기 왕조와 정권이 바뀌었다. 중국에는 이민족인 청나라가 건국되고 일본에는 도쿠가와 막부가 세워졌다. 조선과 일본은 강화회담이 결실을 맺어 포로도 쇄환하고 장군이 계승할 때마다 통신사를 파견하여 외교를 회복했지만, 청나라와 에도 막부는 끝내 외교를 회복하지 못하고 단절상태가 계속되었다. 일본은 조선을 통해서 대륙문화를 받아들일 수밖에 없었고, 그 방법 중 하나가 바로 통신사를 초청할 때 시인, 화가, 의원 등의 각 분야 전문가를 초청하는 것이었다.

오백 명 규모의 문화사절단 통신사

연암 박지원은 천재시인 이언진(李彦瑱, 1740~1766)이 11차 통신사 수행원으로 일본에 다녀온 지 2년 만에 세상을 뜨자, 이를 애석히 여겨 「우상전」을 지었다. 그 첫머리에 일본이 조선에 다양한 전문가들로 구성된 문화사절단을 파견해 달라고 요청한 사연이 실려 있다.

> 일본의 관백(關白)이 새로 정권을 잡자, 그는 저축을 늘리고 건물을 수리했으며, 선박을 손질하고 속국의 각 섬들에서 기재(奇才)·검객(劍客)·궤기(詭技)·음교(淫巧)·서화(書畵)·여러 분야의 인물들을 샅샅이 긁어내어, 서울로 모아들여 훈련시키고 계획을 갖추었다. 그런 지 몇 달 뒤에야 우리나라에 사신을 파견해 달라고 요청하였는데, 마치 상국(上國)의 조명(詔命)을 기다리는 것처럼 공손하였다.
>
> 그러자 우리 조정에서는 문신 가운데 3품 이하를 골라 뽑아서 삼사(三使)를 갖추어 보냈다. 이들을 수행하는 사람들도 모두 말 잘하고 많이 아는 자들이었다. 천문·지리·산수·점술·의술·관상·무력으로부터 통소 잘 부는 사람, 술 잘 마시는 사람, 장기나 바둑 잘 두는 사람, 말을 잘 타거나 활을 잘 쏘는 사람에 이르기까지, 한 가지 기술로 나라 안에서 이름난 사람들은 모두 함께 따라가게 되었다. 그런데 이들 가운데서도 문장과 서화를 가장 중요하게 여기지 않을 수가 없었다. 왜냐하면 그들은 조선 사람의 작품 가운데 한 글자만 얻어도 양식을 싸지 않고 천 리 길을 갈 수 있기 때문이었다.

도쿠가와 이에하루(德川家治)가 쇼군을 계승하자 일본 각 분야의 대표적인 인물들을 에도로 불러들여 조선 사절단 맞을 준비를 시킨 뒤, "마치 상국의 조서를 기다리는 것처럼 공손하게" 조선에 통신사를 요

청하였다. 중국과 공식적인 외교가 단절되었으므로, 대륙문화를 받아들이기 위해 조선을 상국같이 모신 것이다. 사무라이 국가 일본에는 과거제도가 없기 때문에 한문학을 직업삼아 평생 파고든 지식인들이 적어서, 일본인들은 조선 문인의 문장과 서화를 보물같이 여겼다.

조선에서도 국위를 선양하기 위해 여러 분야의 문화 전문가들을 선발하여 파견했는데, 『계림창화집(鷄林唱和集)』이 출판된 8차 통신사(1711년) 때에는 500명을 파견했다. 당시 쓰시마에서 에도까지 왕복하는 동안 일본인들이 숙소마다 찾아와 필담을 나누거나 한시를 주고받았는데, 필담집이나 창화집은 곧바로 출판되어 널리 읽혔다. 필담 창화에 참여한 일본 지식인은 대륙의 새로운 지식을 얻었을 뿐만 아니라, 일본 사회에서 전문가로서의 위상도 획득하였다.

8차 통신사 때에 출판된 필담 창화집은 현재 9종이 확인되었으며, 필담 창화에 참여한 일본 문인은 250여 명이나 된다. 이는 7차까지 출판된 필담 창화집을 모두 합한 것보다 훨씬 많은 수인데, 통신사 파견이 100년 가까이 되자 일본에서도 한문학 지식인 계층이 두터워졌음을 알 수 있다. 8차 통신사에 참여한 일행 가운데 2명은 기행문을 남겼는데, 부사 임수간(任守幹)이 기록한 『동사록(東槎錄)』이나 역관 김현문(金顯門)이 기록한 또 하나의 『동사록』이 조선에 돌아와 남에게 보여주기 위해 일방적으로 쓴 글이라면, 필담 창화집은 일본에서 조선과 일본의 지식인들이 마주앉아 함께 기록한 글이다. 그러기에 타인의 눈을 통해 자신의 모습을 객관적으로 볼 수 있다.

16권 16책의 방대한 분량으로 다양한 주제를 정리한 『계림창화집』

에도막부 초기의 일본 지식인은 주로 승려였기에, 당연히 승려들이 통신사를 접대하고, 필담에 참여하였다. 그 다음으로 유자(儒者)들이 있었는데, 로널드 토비는 이들을 조선의 유학자와 비교해 "일본의 유학자는 국가에 이용가치를 인정받은 일종의 전문 지식인에 지나지 않았다"고 규정하였다. 그 가운데 상당수는 의원이었으므로 흔히 유의(儒醫)라고 하는데, 한문으로 된 의서를 읽다보니 유학에도 관심을 가지게 된 것이다. 이노 작스이(稻生若水)가 물고기 한 마리를 가지고 제술관 이현과 서기 홍순연 일행을 찾아가서 필담을 나눈 기록이 『계림창화집』 권5에 실려 있다.

> 이 현 : 이 물고기는 우리나라의 송어입니다. 조령의 동남 지방에 많이 있어, 아주 귀하지는 않습니다.
>
> 홍순연 : 이 물고기는 우리나라의 농어와 매우 닮았습니다. 귀국에도 농어가 있는지 모르겠지만, 이것과 같지 않습니까? 농어가 아니라면 내가 아는 물고기가 아닙니다.
>
> 남성중 : 이 물고기는 우리나라 송어입니다. 연어와 성질이 같으나 몸집이 작으며, 우리나라 동해에서 납니다. 7~8월 사이에 바다에서 떼를 지어 강으로 올라가는데, 몸이 바위에 갈려 비늘이 다 떨어져 나가 죽기까지 하니 그 성질을 모르겠습니다.

그는 일본산 물고기의 습성을 자세히 설명하고 조선에도 있는지 물었지만, 조선 문인들은 이 방면의 전문가들이 아니어서 이름 정도나 추정했을 뿐이다. 홍순연은 농어라고 엉뚱하게 대답하기까지 하였다.

조선 문인이라면 모든 것을 알 수 있을 것이라고 기대했기에 생긴 결과인데, 아직 의학필담으로 분화되기 이전의 형태다. 이 필담 말미에 이노 작스이는 이런 기록을 덧붙여 마무리했다.

『동의보감』을 살펴보니 "송어는 성질이 태평하고 맛이 달며 독이 없다. 맛이 진기하고 살지다. 색은 붉으면서 선명하다. 소나무 마디 같아서 이름이 송어이다. 동북쪽 바다에서 난다"고 하였다. 지금 남성중의 대답에 『동의보감』의 설명을 참고하니, '鮏'은 송어와 같은 것이다. 그러나 '송어'라는 이름은 조선의 방언이지, 중화에서 부르는 이름이 아니다. 『팔민통지(八閩通志)』(줄임) 『해징현지(海澄縣志)』 등의 책에 모두 송어가 실려 있으나, 모습이 이것과 매우 다르다. 다른 종류인데, 이름이 같을 뿐이다.

기록에서 보듯, 이노 작스이는 다수의 의견에 따라 이 물고기를 '송어'라고 추정한 후, 비교적 자세한 남성중의 대답과 『동의보감』의 기록을 비교하여 '송어'로 결론 내렸다. 그런 뒤에 조선의 '송어'가 중국의 송어와 같은 것인지 확인하기 위해 중국의 여러 지방지를 조사한 후, '송어'는 정확한 명칭이 아니라 그저 조선의 방언인 것으로 결론지었다. 양의(良醫) 기두문(奇斗文)에게는 약초를 가지고 가서 필담을 시도하였다.

稻生若水 : 이 나뭇잎은 세 개의 뾰족한 끝이 있고 겨울에 시들지 않으며, 봄에 가느다란 꽃이 핍니다. 열매의 크기는 대두만하고, 모여서 둥글게 공처럼 되며, 생길 때는 파랗고, 익으면 자흑색이 됩니다. 나무에 진액이 있어 엉기면 향이 나고, 색이 붉습니다. 이름은 선인장 나무입니다. (줄임)

기두문 : 이것이 진짜 백부자(白附子)입니다.

제술관이나 서기들이 경험에 의존해 대답한 것과 달리, 기두문은 의원이었으므로 자신의 지식을 바탕으로 확실하게 대답하였다. 구지현박사의 연구에 의하면 이노 작스이는 『서물류찬(庶物類纂)』이라는 박물지를 편찬하기 위해 방대한 자료를 수집·고증하고 있었는데, 문화 선진국 조선의 문인에게 서문을 부탁하여, 제술관 이현이 써 주었다. 1,054권이나 되는 일본 최대의 백과사전에 조선 문인이 서문을 써주어 권위를 얻게 된 것이다.

출판사 주인이 상업적인 출판을 위해 직접 필담에 참여하다

초기의 필담 창화집은 일본의 시인, 유학자, 의원 등 전문 지식인이 번주(藩主)의 명령이나 자신의 정보욕, 명예욕에 따라 필담에 나선 결과물이지만, 『계림창화집』 16권 16책은 출판사 주인이 직접 전국 각 지역에서 발생한 필담 창화 원고들을 수집하여 출판한 것이다. 따라서 필담 창화 인원도 수십 명에 이르며, 많은 자본을 들여서 출판하였다. 막부(幕府)의 어용 서적을 공급하던 게이분칸(奎文館) 주인 세오겐베이(瀨尾源兵衛, 1691~1728)가 21세 청년의 몸으로 교토지역 필담에 참여해 『계림창화집』 권6을 편집하고, 다른 지역의 필담 창화 원고까지 모두 수집해 16권 16책을 출판했을 뿐 아니라, 여기에 빠진 원고들까지 수집해 『칠가창화집(七家唱和集)』 10권 10책을 출판하였다.

『칠가창화집』은 『계림창화속집』이라고도 불렸는데, 7차 사행 때의 최대 필담 창화집인 『화한창수집(和韓唱酬集)』 4권 7책의 갑절 규모에 해당한다. 규모가 이러하니 자본 또한 막대하게 소요되어, 고쇼모노도

코로(御書物所)인 이즈모지 이즈미노조(出雲寺 和泉掾) 쇼하쿠도(松栢堂)와 공동 투자하여 출판하였다. 게이분칸(奎文館)에서는 9차 사행 때에도 『상한창화훈지집(桑韓唱和塤篪集)』 11권 11책을 출판하여, 세오겐베이(瀨尾源兵衛)는 29세에 이미 대표적인 출판업자로 자리매김하게 되었다. 그러나 안타깝게도 38세에 세상을 떠나, 더 이상의 거질 필담창화집은 간행되지 못했다.

필담창화집 178책을 수집하여 원문을 입력하고 번역한 결과물

나는 조선시대 한문학 연구가 조선 국경 안의 한문학만이 아니라 국경 너머를 오가며 외국인들과 주고받은 한자 기록물까지 연구해야 한다는 생각으로, 첫 번째 박사논문을 지도하면서 '통신사 필담창화집'을 과제로 주었다. 구지현 선생은 1763년에 파견된 11차 통신사 구성원들이 기록한 사행록 9종과 필담창화집 30종을 수집하여 분석했는데, 박사학위를 받은 뒤에도 필담창화집을 계속 수집하여 2008년 한국학술진흥재단의 토대연구에 『조선후기 통신사 필담창수집의 수집, 번역 및 데이터베이스 구축』이라는 과제를 신청하였다. 이 과제를 진행하면서 우리 팀에서 수집한 필담창화집 178책의 목록과, 우리가 예상한 작업진도 및 번역 분량은 다음과 같다.

1) 1차년도(2008. 7.~2009. 6.) : 1607년(1차 사행)에서 1711년(8차 사행)까지

연번	필담창화집 책 제목	면 수	1면 당 행수	1행 당 글자 수	예상되는 원문 글자 수
001	朝鮮筆談集	44	8	15	5,280
002	朝鮮三官使酬和	24	23	9	4,968
003	和韓唱酬集首	74	10	14	10,360
004	和韓唱酬集一	152	10	14	21,280
005	和韓唱酬集二	130	10	14	18,200
006	和韓唱酬集三	90	10	14	12,600
007	和韓唱酬集四	53	10	14	7,420
008	和韓唱酬集(결본)				
009	韓使手口錄	94	10	21	19,740
010	朝鮮人筆談幷贈答詩(國圖本)	24	10	19	4,560
011	朝鮮人筆談幷贈答詩(東京都立本)	78	10	18	14,040
012	任處士筆語	55	10	19	10,450
013	水戶公朝鮮人贈答集	65	9	20	11,700
014	西山遺事附朝鮮使書簡	48	9	16	6,912
015	木下順菴稿	59	7	10	4,130
016	鷄林唱和集1	96	9	18	15,552
017	鷄林唱和集2	102	9	18	16,524
018	鷄林唱和集3	128	9	18	20,736
019	鷄林唱和集4	122	9	18	19,764
020	鷄林唱和集5	110	9	18	17,820
021	鷄林唱和集6	115	9	18	18,630
022	鷄林唱和集7	104	9	18	16,848
023	鷄林唱和集8	129	9	18	20,898
024	觀樂筆談	49	9	16	7,056
025	廣陵問槎錄上	72	7	20	10,080
026	廣陵問槎錄下	64	7	19	8,512
027	問槎二種上	84	7	19	11,172
028	問槎二種中	50	7	19	6,650
029	問槎二種下	73	7	19	9,709
030	尾陽倡和錄	50	8	14	5,600

031	槎客通筒集	140	10	17	23,800
032	桑韓醫談	88	9	18	14,256
033	辛卯唱酬詩	26	7	11	2,002
034	辛卯韓客贈答	118	8	16	15,104
035	辛卯和韓唱酬	70	10	20	14,000
036	兩東唱和錄上	56	10	20	11,200
037	兩東唱和錄下	60	10	20	12,000
038	兩東唱和後錄	42	10	20	8,400
039	正德韓槎諭禮	16	10	18	2,880
040	朝鮮客館詩文稿(내용 중복)	0	0	0	0
041	坐間筆語附江關筆談	44	10	20	8,800
042	七家唱和集-班荊集	74	9	18	11,988
043	七家唱和集-正德和韓集	89	9	18	14,418
044	七家唱和集-支機閒談	74	9	18	11,988
045	七家唱和集-朝鮮客館詩文稿	48	9	18	7,776
046	七家唱和集-桑韓唱酬集	20	9	18	3,240
047	七家唱和集-桑韓唱和集	54	9	18	8,748
048	七家唱和集-賓館縞紵集	83	9	18	13,446
049	韓客贈答別集	222	9	19	37,962
예상 총 글자수					589,839
1차년도 예상 번역 매수 (200자원고지)					약 8,900매

2) 2차년도(2009. 7.~2010. 6.) : 1719년(9차 사행)에서 1748년(10차 사행)까지

연번	필담창화집 책 제목	면수	1면 당 행수	1행 당 글자 수	예상되는 원문 글자 수
050	客館璀璨集	50	9	18	8,100
051	蓬島遺珠	54	9	18	8,748
052	三林韓客唱和集	140	9	19	23,940
053	桑韓星槎餘響	47	9	18	7,614
054	桑韓星槎答響	106	9	18	17,172
055	桑韓唱酬集1권	43	9	20	7,740
056	桑韓唱酬集2권	38	9	20	6,840

057	桑韓唱酬集3권	46	9	20	8,280
058	桑韓唱和塤箎集1권	42	10	20	8,400
059	桑韓唱和塤箎集2권	62	10	20	12,400
060	桑韓唱和塤箎集3권	49	10	20	9,800
061	桑韓唱和塤箎集4권	42	10	20	8,400
062	桑韓唱和塤箎集5권	52	10	20	10,400
063	桑韓唱和塤箎集6권	83	10	20	16,600
064	桑韓唱和塤箎集7권	66	10	20	13,200
065	桑韓唱和塤箎集8권	52	10	20	10,400
066	桑韓唱和塤箎集9권	63	10	20	12,600
067	桑韓唱和塤箎集10권	56	10	20	11,200
068	桑韓唱和塤箎集11권	35	10	20	7,000
069	信陽山人韓館倡和稿	40	9	19	6,840
070	兩關唱和集1권	44	9	20	7,920
071	兩關唱和集2권	56	9	20	10,080
072	朝鮮人對詩集1권	160	8	19	24,320
073	朝鮮人對詩集2권	186	8	19	28,272
074	韓客唱和/浪華唱和合章	86	6	12	6,192
075	和韓唱和	100	9	20	18,000
076	來庭集	77	10	20	15,400
077	對麗筆語	34	10	20	6,800
078	鳴海驛唱和	96	7	18	12,096
079	蓬左賓館集	14	10	18	2,520
080	蓬左賓館唱和	10	10	18	1,800
081	桑韓醫問答	84	9	17	12,852
082	桑韓鏘鏗錄1권	40	10	20	8,000
083	桑韓鏘鏗錄2권	43	10	20	8,600
084	桑韓鏘鏗錄3권	36	10	20	7,200
085	桑韓萍梗錄	30	8	17	4,080
086	善隣風雅1권	80	10	20	16,000
087	善隣風雅2권	74	10	20	14,800
088	善隣風雅後篇1권	80	9	20	14,400
089	善隣風雅後篇2권	74	9	20	13,320
090	星軺餘轟	42	9	16	6,048
091	兩東筆語1권	70	9	20	12,600

092	兩東筆語2권	51	9	20	9,180
093	兩東筆語3권	49	9	20	8,820
094	延享五年韓人唱和集1권	10	10	18	1,800
095	延享五年韓人唱和集2권	10	10	18	1,800
096	延享五年韓人唱和集3권	22	10	18	3,960
097	延享韓使唱和	46	8	14	5,152
098	牛窓錄	22	10	21	4,620
099	林家韓館贈答1권	38	10	20	7,600
100	林家韓館贈答2권	32	10	20	6,400
101	長門戊辰問槎상권	50	10	20	10,000
102	長門戊辰問槎중권	51	10	20	10,200
103	長門戊辰問槎하권	20	10	20	4,000
104	丁卯酬和集	50	20	30	30,000
105	朝鮮筆談(元丈)	127	10	18	22,860
106	朝鮮筆談1권(河村春恒)	44	12	20	10,560
107	朝鮮筆談1권(河村春恒)	49	12	20	11,760
108	韓客對話贈答	44	10	16	7,040
109	韓客筆譚	91	8	18	13,104
110	韓人唱和詩	16	14	21	4,704
111	韓人唱和詩集1권	14	7	18	1,764
112	韓人唱和詩集1권	12	7	18	1,512
113	和韓文會	86	9	20	15,480
114	和韓唱和錄1권	68	9	20	12,240
115	和韓唱和錄2권	52	9	20	9,360
116	和韓唱和附錄	80	9	20	14,400
117	和韓筆談薰風編1권	78	9	20	14,040
118	和韓筆談薰風編2권	52	9	20	9,360
119	鴻臚傾蓋集	28	9	20	5,040
예상 총 글자수					723,730
2차년도 예상 번역 매수 (200자원고지)					약 10,850매

3) 3차년도(2010. 7.~ 2011. 6.) : 1763년(11차 사행)에서 1811년(12차 사행)까지

연번	필담창화집 책 제목	면수	1면당 행수	1행당 글자수	예상되는 원문 글자수
120	歌芝照乘	26	10	20	5,200
121	甲申槎客萍水集	210	9	18	34,020
122	甲申接槎錄	56	9	14	7,056
123	甲申韓人唱和歸國1권	72	8	20	11,520
124	甲申韓人唱和歸國2권	47	8	20	7,520
125	客館唱和	58	10	18	10,440
126	鷄壇嚶鳴 간본 부분	62	10	20	12,400
127	鷄壇嚶鳴 필사부분	82	8	16	10,496
128	奇事風聞	12	10	18	2,160
129	南宮先生講餘獨覽	50	9	20	9,000
130	東渡筆談	80	10	20	16,000
131	東槎餘談	104	10	21	21,840
132	東游篇	102	10	20	20,400
133	問槎餘響1권	60	9	20	10,800
134	問槎餘響2권	46	9	20	8,280
135	問佩集	54	9	20	9,720
136	賓館唱和集	42	7	13	3,822
137	三世唱和	23	15	17	5,865
138	桑韓筆語	78	11	22	18,876
139	松菴筆語	50	11	24	13,200
140	殊服同調集	62	10	20	12,400
141	快快餘響	136	8	22	23,936
142	兩東鬪語乾	59	10	20	11,800
143	兩東鬪語坤	121	10	20	24,200
144	兩好餘話상권	62	9	22	12,276
145	兩好餘話하권	50	9	22	9,900
146	倭韓醫談(刊本)	96	9	16	13,824
147	倭韓醫談(寫本)	63	12	20	15,120
148	栗齋探勝草1권	48	9	17	7,344
149	栗齋探勝草2권	50	9	17	7,650
150	長門癸甲問槎1권	66	11	22	15,972

151	長門癸甲問槎2권	62	11	22	15,004
152	長門癸甲問槎3권	80	11	22	19,360
153	長門癸甲問槎4권	54	11	22	13,068
154	萍遇錄	68	12	17	13,872
155	品川一燈	41	10	20	8,200
156	表海英華	54	10	20	10,800
157	河梁雅契	38	10	20	7,600
158	和韓醫談	60	10	20	12,000
159	韓客人相筆話	80	10	20	16,000
160	韓館應酬錄	45	10	20	9,000
161	韓館唱和1권	92	8	14	10,304
162	韓館唱和2권	78	8	14	8,736
163	韓館唱和3권	67	8	14	7,504
164	韓館唱和續集1권	180	8	14	20,160
165	韓館唱和續集2권	182	8	14	20,384
166	韓館唱和續集3권	110	8	14	12,320
167	韓館唱和別集	56	8	14	6,272
168	鴻臚摭華	112	10	12	13,440
169	鷄林情盟	63	10	20	12,600
170	對禮餘藻	90	10	20	18,000
171	對禮餘藻(明遠館叢書 57)	123	10	20	24,600
172	對禮餘藻(明遠館叢書 58)	132	10	20	26,400
173	三劉先生詩文	58	10	20	11,600
174	辛未和韓唱酬錄	80	13	19	19,760
175	接鮮瘖語(寫本)1	102	10	20	20,400
176	接鮮瘖語(寫本)2	110	11	21	25,410
177	精里筆談	17	10	20	3,400
178	中興五侯詠	42	9	20	7,560
예상 총 글자수					786,791
3차년도 예상 번역 매수 (200자원고지)					약 11,800매

1차년도에는 하우봉(전북대) 교수와 유경미(일본 나가사키국립대학) 교수를 공동연구원으로 하여 고운기, 구지현, 김형태, 허은주, 김용흠 박

사가 전임연구원으로 번역에 참여하였다. 3년 동안 기태완, 이지양, 진영미, 김유경, 김정신, 강지희 박사가 연구원으로 교체되어, 결국 35,000매나 되는 번역원고를 마무리하였다.

일본식 한문이 중국식 한문과 달라서 특히 인명이나 지명 번역이 힘들었는데, 번역문에서는 독자들이 읽기 쉽도록 한국식 한자음으로 표기하고, 첫 번째 각주에서만 일본식 한자음을 표기하였다. 원문을 표점 입력하는 방법은 고전번역원에서 채택한 방법을 권장했지만, 번역자마다 한문을 교육받고 번역해온 과정이 다르기 때문에 재량을 인정하였다. 원본 상태를 확인하려는 연구자를 위해 영인본을 뒤에 편집하였는데, 모두 국내외 소장처의 사용 승인을 받았다.

원문과 번역문을 합하여 200자원고지 5만 매 분량의 『조선후기 통신사 필담창화집 번역총서』를 12,000면의 이미지와 함께 편집하고 4차에 나누어 10책씩 출판하는 과정이 복잡하고 힘들었기에, 연세대학교 정갑영 총장에게 편집비 지원을 신청하였다. 『조선후기 통신사 필담창수집 번역본 30권 편집』 정책연구비(2012-1-0332)를 지원해주신 정갑영 총장에게 감사드린다.

『조선후기 통신사 필담창화집 번역총서』를 편집하는 과정에 문화재청으로부터 『통신사기록 조사 및 번역, 데이터베이스 구축』 연구용역을 발주받게 되어, 필담창화집을 비롯한 통신사 관련 기록을 세계기록유산으로 등재하는 작업에 참여하게 된 것도 기쁜 일이다. 통신사 관련 기록들이 모두 데이터베이스로 구축되어 국내외 학자들이 한일문화교류, 나아가서는 동아시아문화교류 연구에 손쉽게 참여하게 된다면 『통신사 필담창화집 번역총서』의 사명을 다하는 것이라고 생각한다.

조선후기 통신사가 동아시아 문화교류 연구에 중요한 이유는 임진

왜란 이후에 중국(청나라)과 일본의 단절된 외교를 통신사가 간접적으로 이어주었기 때문이다. 통신사 필담창화집 번역총서 60권 출판이 마무리되면 조선후기에 한국(조선)과 중국(청나라) 지식인들이 주고받은 척독집 40여 권도 데이터베이스로 구축하여, 일본에서 조선을 거쳐 청나라로 이어지는 '동아시아 문화교류의 길' 데이터베이스를 국내외 학자들에게 제공하고자 한다.

▒ 김유경(金裕卿)

1961년 서울 출생.
숙명여자대학교 국어국문학과 및 연세대학교 대학원 졸업. 문학박사.
민족문화추진회 국역연수원 수료.
현재 연세대학교 강사.
주요 논저로는『세책고소설 월왕전·김진옥전·김홍전(이회문화사),『식민지시기 한시자료집』(공저, 성균관대학교 대동문화연구원),『향가의 깊이와 아름다움』(공저, 보고사),『향가의 수사와 상상력』(공저, 보고사),『교주 남훈태평가 한양가』(공저, 연세대학교출판문화원) 등이 있다.

조선후기 통신사 필담창화집 번역총서 36

甲申槎客萍水集

2017년 6월 23일 초판 1쇄 펴냄

역 자 김유경
발행인 김흥국
발행처 도서출판 보고사

등록 1990년 12월 13일 제6-0429호
주소 경기도 파주시 회동길 337-15 보고사 2층
전화 031-955-9797(대표), 02-922-5120~1(편집), 02-922-2246(영업)
팩스 02-922-6990
메일 kanapub3@naver.com / bogosabooks@naver.com
http://www.bogosabooks.co.kr

ISBN 979-11-5516-681-9 94810
979-11-5516-055-8 (세트)

정가 42,000원